ŒUVRES COMPLÈTES

DE VOLTAIRE

TOME SEPTIÈME

PARIS

LIBRAIRIE HACHETTE ET Cie

79, BOULEVARD SAINT-GERMAIN, 79

ŒUVRES COMPLÈTES

DE VOLTAIRE

COULOMMIERS

Imprimerie PAUL BRODARD

ŒUVRES COMPLÈTES

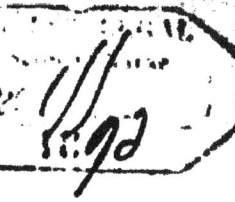

DE VOLTAIRE

TOME SEPTIÈME

PARIS

LIBRAIRIE HACHETTE ET Cⁱᵉ

79, BOULEVARD SAINT-GERMAIN, 79

1893

LA HENRIADE

POÈME EN DIX CHANTS.

PRÉFACE POUR LA HENRIADE,

PAR MARMONTEL.

On ne se lasse point de réimprimer les ouvrages que le public ne se lasse point de relire; et le public relit toujours avec un nouveau plaisir ceux qui, comme *la Henriade*, ayant d'abord mérité son estime, ne cessent de se perfectionner sous les mains de leurs auteurs.

Ce poème, si différent dans sa naissance de ce qu'il est aujourd'hui, parut pour la première fois en 1723, imprimé à Londres sous le titre de *la Ligue*. M. de Voltaire ne put donner ses soins à cette édition : aussi est-elle remplie de fautes, de transpositions, et de lacunes considérables.

L'abbé Desfontaines en donna, peu de temps après, une édition à Évreux, aussi imparfaite que la première, avec cette différence qu'il glissa dans les vides quelques vers de sa façon, tels que ceux-ci, où il est aisé de reconnaître un tel écrivain :

Et malgré les Perraults, et malgré les Houdarts,
L'on verra le bon goût naître de toutes parts.
                    (Chant VI de son édition.)

En 1726[1] on en fit une édition à Londres, sous le titre de *la Henriade*, in-4, avec des figures; elle est dédiée à la reine d'Angleterre : et, pour ne rien laisser à désirer dans cette édition, j'ai cru devoir insérer dans ma préface cette épître dédicatoire. On sait que dans ce genre d'écrire M. de Voltaire a pris une route qui lui est propre. Les gens de goût, qui s'épargnent ordinairement la lecture des fades éloges que même nos plus grands auteurs n'ont pu se dispenser de prodiguer à leurs Mécènes, lisent avidement et avec fruit les épîtres dédicatoires d'*Alzire*, de *Zaïre*, etc. Celle-ci est dans le même goût; on y reconnaît un philosophe judicieux et poli, qui sait louer les rois, même sans les flatter. Il n'écrivit cette épître qu'en anglais.

M. l'abbé Lenglet-Dufresnoy nous en a donné la traduction suivante :

« A LA REINE[2].

« Madame,

« C'est le sort de Henri IV d'être protégé par une reine d'Angleterre; il a été appuyé par Élisabeth, cette grande princesse,

---

1. L'édition de Londres est de 1728. (ÉD.)

2. « TO THE QUEEN.

« Madam, It is the fate of Henry the Fourth to be protected by an english queen. He was assisted by that great Elisabeth, who was in her age

qui était dans son temps la gloire de son sexe. A qui sa mémoire pourrait-elle être aussi bien confiée qu'à une princesse dont les vertus personnelles ressemblent tant à celles d'Élisabeth?

« Votre Majesté trouvera dans ce livre des vérités bien grandes et bien importantes; la morale à l'abri de la superstition; l'esprit de liberté également éloigné de la révolte et de l'oppression; les droits des rois toujours assurés, et ceux du peuple toujours défendus. Le même esprit dans lequel il est écrit me fait prendre la liberté de l'offrir à la vertueuse épouse d'un roi qui, parmi tant de têtes couronnées, jouit presque seul de l'honneur, sans prix, de gouverner une nation libre, d'un roi qui fait consister son pouvoir à être aimé, et sa gloire à être juste.

« Notre Descartes, le plus grand philosophe de l'Europe, avant que le chevalier Newton parût, a dédié ses *Principes* à la célèbre princesse palatine Élisabeth; non pas, dit-il, parce qu'elle était princesse (car les vrais philosophes respectent les princes et ne les flattent point), mais parce que, de tous ses lecteurs, il la regardait comme la plus capable de sentir et d'aimer le vrai.

« Permettez-moi, madame (sans me comparer à Descartes), de dédier de même *la Henriade* à Votre Majesté, non-seulement parce qu'elle protége les sciences et les arts, mais encore parce qu'elle en est un excellent juge.

« Je suis, avec ce profond respect qui est dû à la plus grande vertu et au plus haut rang, si Votre Majesté veut bien me le permettre,

« De Votre Majesté,

« Le très-humble, très-respectueux et très-obéissant serviteur.

« VOLTAIRE. »

Cette édition, qui fut faite par souscription, a servi de prétexte à mille calomnies contre l'auteur. Il a dédaigné d'y répondre;

---

the glory of her sex. By whom can his memory be so well protected, as by her who resembles so much Elisabeth in her personal virtues?

« Your Majesty will find in this book bold impartial truths, morality unstained with superstition, a spirit of liberty, equally abhorrent of rebellion and of tyranny, the rights of kings always asserted, and those of mankind never laid aside.

« The same spirit, in which it is written, gave me the confidence to offer it to the virtuous consort of a king who, among so many crowned heads, enjoys almost alone the inestimable honour of ruling a free nation, a king who makes his power consist in being beloved, and his glory in being just.

« Our Descartes, who was the greatest philosopher in Europe, before sir Isaac Newton appeared, dedicated his *Principles* to the celebrated princess palatine Elisabeth; not, said he, because she was a princess (for true philosophers respect princes and never flatter them), but because of all his readers she understood him the best, and loved truth the most.

« I beg leave, Madam (without comparing myself to Descartes), to dedicate *the Henriade* to your Majesty, upon the like account, not only as the protectress of all arts and sciences, but as the best judge of them

« I am, with that profound respect which is due to the greatest virtue as well as to the highest rank, may it please your Majesty,

« Your Majesty's,

« Most humble, most dutiful, most obliged servant,

« VOLTAIRE. »

mais il a remis dans la Bibliothèque du roi, c'est-à-dire sous les yeux du public et de la postérité, des preuves authentiques de la conduite généreuse qu'il ont dans cette occasion : je n'en parle qu'après les avoir vues.

Il serait long et inutile de compter ici toutes les éditions qui ont précédé celle-ci, dans laquelle on les trouvera réunies par le moyen des variantes.

En 1736, le roi de Prusse, alors prince royal, avait chargé M. Algarotti, qui était à Londres, d'y faire graver ce poëme avec des vignettes à chaque page. Ce prince, ami des arts, qu'il daigne cultiver, voulant laisser aux siècles à venir un monument de son estime pour les lettres, et particulièrement pour *la Henriade*, daigna en composer la préface; et, se mettant ainsi au rang des auteurs, il apprit au monde qu'une plume éloquente sied bien dans la main d'un héros. Récompenser les beaux-arts est un mérite commun à un grand nombre de princes; mais les encourager par l'exemple et les éclairer par d'excellents écrits en est un d'autant plus recommandable dans le roi de Prusse, qu'il est plus rare parmi les hommes. La mort du roi son père, les guerres survenues, et le départ de M. Algarotti de Londres, interrompirent ce projet, si digne de celui qui l'avait conçu.

Comme la préface qu'il avait composée n'a pas vu le jour, j'en ai pris deux fragments qui peuvent en donner une idée, et qui doivent être regardés comme un morceau bien précieux dans la littérature :

« Les difficultés, dit-il en un endroit, qu'eut à surmonter M. de Voltaire lorsqu'il composa son poëme épique, sont innombrables. Il voyait contre lui les préjugés de toute l'Europe et celui de sa propre nation, qui était du sentiment que l'épopée ne réussirait jamais en français. Il avait devant lui le triste exemple de ses prédécesseurs, qui avaient tous bronché dans cette pénible carrière. Il avait encore à combattre le respect superstitieux et exclusif du peuple savant pour Virgile et pour Homère, et, plus que tout cela, une santé faible qui aurait mis tout autre homme moins sensible que lui à la gloire de sa nation hors d'état de travailler. C'est cependant indépendamment de tous ces obstacles que M. de Voltaire est venu à bout de son dessein, etc.

« Quant à la saine morale, dit-il ailleurs, quant à la beauté des sentiments, on trouve dans ce poëme tout ce qu'on peut désirer. La valeur prudente de Henri IV, jointe à sa générosité et à son humanité, devrait servir d'exemple à tous les rois et à tous les héros, qui se piquent quelquefois mal à propos de dureté envers ceux que le destin des États et le sort de la guerre ont soumis à leur puissance. Qu'il leur soit dit, en passant, que ce n'est ni dans l'inflexibilité ni dans la tyrannie que consiste la véritable grandeur, mais bien dans ce sentiment que l'auteur exprime avec tant de noblesse :

Amitié, don du ciel, plaisir des grandes âmes,
Amitié, que les rois, ces illustres ingrats,
Sont assez malheureux pour ne connaître pas. »

Ainsi pensait ce grand prince avant que de monter sur le trône. Il ne pouvait alors instruire les rois que par des maximes ; aujourd'hui il les instruit par des exemples.

La Henriade a été traduite en plusieurs langues, en vers anglais par M. Lockman; une partie l'a été en vers italiens par M. Quirini, noble vénitien, et une autre en vers latins par le cardinal de ce nom, bibliothécaire du Vatican, si connu par sa grande littérature. Ce sont ces deux hommes célèbres qui ont traduit le poëme de *Fontenoy*. MM. Ortolani et Nenci ont aussi traduit plusieurs chants de *la Henriade*. Elle l'a été entièrement en vers hollandais et allemands, et en vers latins par M. Caux de Cappeval.

Cette justice, rendue par tant d'étrangers contemporains, semble suppléer à ce qui manque d'ancienneté à ce poëme; et puisqu'il a été généralement approuvé dans un siècle qu'on peut appeler celui du goût, il y a apparence qu'il le sera des siècles à venir. On pourrait donc, sans être téméraire, le placer à côté de ceux qui ont le sceau de l'immortalité. C'est ce que semble avoir fait M. Cocchi, lecteur de Pise, dans une lettre imprimée à la tête de quelques éditions de *la Henriade*, où il parle du sujet, du plan, des mœurs, des caractères, du merveilleux, et des principales beautés de ce poëme, en homme de goût et de beaucoup de littérature; bien différent d'un Français, auteur de feuilles périodiques, qui, plus jaloux qu'éclairé, l'a comparé à *la Pharsale*. Une telle comparaison suppose dans son auteur ou bien peu de lumières, ou bien peu d'équité : car en quoi se ressemblent ces deux poëmes? Le sujet de l'un et de l'autre est une guerre civile; mais, dans *la Pharsale*, « l'audace est triomphante et le crime adoré : » dans *la Henriade*, au contraire, tout l'avantage est du côté de la justice. Lucain a suivi scrupuleusement l'histoire sans mélange de fiction, au lieu que M. de Voltaire a changé l'ordre des temps, transporté les faits, et employé le merveilleux. Le style du premier est souvent ampoulé, défaut dont on ne voit pas un seul exemple dans le second. Lucain a peint ses héros avec de grands traits, il est vrai, et il a des coups de pinceau dont on trouve peu d'exemples dans Virgile et dans Homère. C'est peut-être en cela que lui ressemble notre poëte: on convient assez que personne n'a mieux connu que lui l'art de marquer les caractères : un vers lui suffit quelquefois pour cela, témoin les suivants :

> Médicis la [1] reçut avec indifférence,
> Sans paraître jouir du fruit de sa vengeance,
> Sans remords, sans plaisir, etc.

> Connaissant les périls, et ne redoutant rien:
> Heureux guerrier [2], grand prince, et mauvais citoyen.

> Il [3] se présente aux Seize, et demande des fers,
> Du front dont il aurait condamné ces pervers.

> Il [4] marche en philosophe où l'honneur le conduit,
> Condamne les combats, plaint son maître, et le suit.

Mais, si M. de Voltaire annonce avec tant d'art ses personnages, il les soutient avec beaucoup de sagesse : et je ne crois

---

1. La tête de Coligny, chant II. (ÉD.) — 2. Guise, chant III. (ÉD.) — 3. Harlay, chant IV. (ED.) — 4. Mornay, chant IV. (ED.)

pas que dans le cours de son poëme on trouve un seul vers où quelqu'un d'eux se démente. Lucain, au contraire, est plein d'inégalités; et, s'il atteint quelquefois la véritable grandeur, il donne souvent dans l'enflure. Enfin ce poëte latin, qui a porté à un si haut point la noblesse des sentiments, n'est plus le même lorsqu'il faut ou peindre ou décrire; et j'ose assurer qu'en cette partie notre langue n'a jamais été si loin que dans la Henriade.

Il y aurait donc plus de justesse à comparer la Henriade avec l'Énéide. On pourrait mettre dans la balance le plan, les mœurs, le merveilleu e ces deux poëmes; les personnages, comme Henri IV et e, Achates et Mornay, Sinon et Clément, Turnus et d'Aumale, etc.; les épisodes qui se répondent, comme le repas des Troyens sur la côte de Carthage, et celui de Henri chez le solitaire de Jersey; le massacre de la Saint-Barthélemy, et l'incendie de Troie; le quatrième chant de l'Énéide, et le neuvième de la Henriade; la descente d'Énée aux enfers, et le songe de Henri IV; l'antre de la Sibylle, et le sacrifice des Seize; les guerres qu'ont à soutenir les deux héros, et l'intérêt qu'on prend à l'un et à l'autre; la mort d'Euryale et celle du jeune d'Ailly; les combats singuliers de Turenne contre d'Aumale, et d'Énée contre Turnus; enfin le style des deux poëtes, l'art avec lequel ils ont enchaîné les faits, et leur goût dans le choix des épisodes, leurs comparaisons, leurs descriptions. Et après un tel examen, on pourrait décider d'après le sentiment.

Les bornes que je suis obligé de me prescrire dans cette préface ne me permettent pas d'appuyer sur ce parallèle; mais je crois qu'il me suffit de l'indiquer à des lecteurs éclairés et sans prévention.

Les rapports vagues et généraux dont je viens de parler ont fait dire à quelques critiques que la Henriade manquait du côté de l'invention : que ne fait-on le même reproche à Virgile, au Tasse, etc.? Dans l'Énéide sont réunis le plan de l'Odyssée et celui de l'Iliade; dans la Jérusalem délivrée, on trouve le plan de l'Iliade exactement suivi, et orné de quelques épisodes tirés de l'Énéide.

Avant Homère, Virgile, et le Tasse, on avait décrit des siéges, des incendies, des tempêtes; on avait peint toutes les passions; on connaissait les enfers et les champs Elysées; on disait qu'Orphée, Hercule, Pirithoüs, Ulysse, y étaient descendus pendant leur vie. Enfin ces poëtes n'ont rien dont l'idée générale ne soit ailleurs. Mais ils ont peint les objets avec les couleurs les plus belles : ils les ont modifiés et embellis suivant le caractère de leur génie et les mœurs de leur temps; ils les ont mis dans leur jour et à leur place. Si ce n'est pas là créer, c'est du moins donner aux choses une nouvelle vie; et on ne saurait disputer à M. de Voltaire la gloire d'avoir excellé dans ce genre de production. Ce n'est là, dit-on, que de l'invention de détail, et quelques critiques voudraient de la nouveauté dans le tout. On faisait un jour remarquer à un homme de lettres ce beau vers où M. de Voltaire exprime le mystère de l'eucharistie :

Et lui découvre un Dieu sous un pain qui n'est plus [1].

Oui, dit-il, ce vers est beau; mais, je ne sais, l'idée n'en est

[1]. Chant X, vers 402. (ÉD.)

pas neu/e. » — « Malheur, dit M. de Fénelon¹, à qui n'est pas ému en lisant ces vers :

Fortunate senex! hic, inter flumina nota
Et fontes sacros, frigus captabis opacum. »
                                        (Virg., égl. I.)

N'aurais-je pas raison d'adresser cette espèce d'anathème au critique dont je viens de parler? J'ose prédire à tous ceux qui, comme lui, veulent du neuf, c'est-à-dire de l'inouï, qu'on ne les satisfera jamais qu'aux dépens du bon sens. Milton lui-même n'a pas inventé les idées générales de son poëme, quelque extraordinaires qu'elles soient : il les a puisées dans les poëtes, dans l'Écriture sainte. L'idée de son pont, toute gigantesque qu'elle est, n'est pas neuve. Sadi s'en était servi avant lui, et l'avait tirée de la théologie des Turcs. Si donc un poëte qui a franchi les limites du monde, et peint des objets hors de la nature, n'a rien dit dont l'idée générale ne soit ailleurs, je crois qu'on doit se contenter d'être original dans les détails et dans l'ordonnance, surtout quand on a assez de génie pour s'élever au-dessus de ses modèles.

Je ne réfuterai pas ici ceux qui ont été assez ennemis de la poésie pour avancer qu'il peut y avoir des poëmes en prose : ce paradoxe paraît téméraire à tous les gens de bon goût et de bon sens. M. de Fénelon, qui avait beaucoup de l'un et de l'autre, n'a jamais donné son *Télémaque* que sous le nom des *Aventures de Télémaque*, et jamais sous celui de poëme. C'est sans contredit le premier de tous les romans; mais il ne peut pas même être mis dans la classe des derniers poëmes. Je ne dis pas seulement parce que les aventures qu'on y raconte sont presque toutes indépendantes les unes des autres, et parce que le style, tout fleuri et tendre qu'il est, serait trop uniforme; je dis parce qu'il n'a pas le nombre, le rhythme, la mesure, la rime, les inversions, en un mot rien de ce qui constitue cet art si difficile de la poésie, art qui n'a pas plus de rapport avec la prose que la musique n'en a avec le ton ordinaire de la parole.

Il ne me reste plus qu'un mot à dire sur l'orthographe qu'on a suivie dans cette édition; c'est celle de l'auteur; il l'a justifiée lui-même : et puisqu'il n'a contre lui qu'un usage condamné par ceux même qui le suivent, il paraît assez inutile de prouver qu'il a eu raison de s'en écarter; je me contenterai donc, pour faire voir combien cet usage est pernicieux à notre poésie, de citer quelques endroits de nos meilleurs poëtes, où ils ne l'ont que trop scrupuleusement suivi ·

Attaquons² dans leurs murs ces conquérants si *fiers*;
Qu'ils tremblent à leur tour pour leurs propres *foyers*.

Ma colère revient, et je me *reconnois*;
Immolons en partant trois ingrats à la *fois*

. . . . Je ne fais que recueillir les *voix*,
Et dirais vos défauts si je vous en *savois*³.

1. *Lettre à l'Académie française.* — 2. *Mithridate.* (Éd.)
3. *Le Flatteur.* (Éd.)

Il est sûr qu'une orthographe conforme à la prononciation eût obvié à ces défauts, et que deux poëtes si exacts et si heureux dans leurs rimes ne se sont contentés de celles-ci que parce qu'elles satisfaisaient les yeux : ce qui le prouve, c'est qu'on ne s'est jamais avisé de faire rimer *Beaui ais*, qu'on prononce comme *savois*, avec *voix*, qu'on a cru cependant pouvoir rimer avec *savois*. Dans ces deux vers de Boileau :

> La discorde [1] en ces lieux menace de *s'accroître;*
> Demain avec l'aurore un lutrin va *paroître,*

on prononce *s'accraître* pour la rime; et cela est assez usité. Mme Deshoulières dit :

> Puisse [2] durer, puisse *croître*
> L'ardeur de mon jeune amant,
> Comme feront sur ce *hêtre*
> Les marques de mon tourment!

Mais ce qui paraît singulier, c'est que *paroître*, en faveur de qui on prononce *s'accraître*, change lui-même sa prononciation en faveur de *cloître :*

> L'honneur [3] et la vertu n'osèrent plus *paroître;*
> La piété chercha les déserts et le *cloître.*

Une bizarrerie si marquée vient de ce qu'on a changé l'ancienne prononciation, sans changer l'orthographe qui la représente. La réformation générale d'un tel abus eût été une affaire d'éclat. M. de Voltaire n'a porté que les premiers coups; il a cru judicieusement qu'on devait rimer pour l'oreille, et non pour les yeux : en conséquence il a fait rimer *François* avec *succès*, etc. Et, pour satisfaire en même temps les oreilles et les yeux, il a écrit *Français*, substituant à la diphthongue *oi* la diphthongue *ai*, qui, accompagnée d'une *s*, exprime à la fin des mots le son de l'*è*, comme dans *bienfaits, souhaits*, etc. M. de Voltaire a été d'autant plus autorisé à ce changement d'orthographe, qu'il lui fallait distinguer dans son poëme certains mots qui, écrits partout ailleurs de la même façon, ont néanmoins une prononciation et une signification différentes : sous le froc de *François*, etc., des courtisans *français*, etc.

Quant à ce que j'ai dit sur le mérite de ce poëme, je déclare qu'il ne m'a été permis que de laisser entrevoir mon sentiment, et que, si je n'ai pas heurté de front la prévention de quelques critiques, ce n'est pas que je ne leur sois entièrement opposé. Peut-être un jour pourrai-je sans contrainte parler comme pensera la postérité.

---

1. *Lutrin*, chant II. (ÉD.) — 2. *Célimène*, églogue. (ÉD.)
3. Boileau, (ÉD.)

AVANT-PROPOS SUR LA HENRIADE,

PAR LE ROI DE PRUSSE.

Le poëme de *la Henriade* est connu de toute l'Europe. Les éditions multipliées qui s'en sont faites l'ont répandu chez toutes les nations qui ont des livres, et qui sont assez policées pour avoir quelque goût pour les lettres.

M. de Voltaire, peut-être l'unique auteur qui préfère la perfection de son art aux intérêts de son amour-propre, ne s'est point lassé de corriger ses fautes; et depuis la première édition, où *la Henriade* parut sous le titre de *Poëme de la Ligue*, jusqu'à celle qu'on donne aujourd'hui au public, l'auteur s'est toujours élevé, d'efforts en efforts, jusqu'à ce point de perfection que les grands génies et les maîtres de l'art ont ordinairement mieux dans l'idée qu'il ne leur est possible d'y atteindre.

L'édition qu'on donne à présent au public est considérablement augmentée par l'auteur : c'est une marque évidente que la fécondité de son génie est comme une source intarissable, et qu'on peut toujours s'attendre, sans se tromper, à des beautés nouvelles et à quelque chose de parfait d'une aussi excellente plume que l'est celle de M. de Voltaire.

Les difficultés que ce prince de la poésie française a trouvées à surmonter, lorsqu'il composa ce poëme épique, sont innombrables. Il avait contre lui les préjugés de toute l'Europe, et ceux de sa propre nation, qui était du sentiment que l'épopée ne réussirait jamais en français; il avait devant lui le triste exemple de ses précurseurs, qui avaient tous bronché dans cette pénible carrière; il avait encore à combattre ce respect superstitieux du peuple savant pour Virgile et pour Homère, et, plus que tout cela, une santé faible et délicate, qui aurait mis tout autre homme moins sensible que lui à la gloire de sa nation hors d'état de travailler. C'est néanmoins malgré ces obstacles que M. de Voltaire est venu à bout d'exécuter son dessein, quoique aux dépens de sa fortune, et souvent de son repos.

Un génie aussi vaste, un esprit aussi sublime, un homme aussi laborieux que l'est M. de Voltaire, se serait ouvert le chemin aux emplois les plus illustres, s'il avait voulu sortir de la sphère des sciences, qu'il cultive, pour se vouer à ces affaires que l'intérêt et l'ambition des hommes ont coutume d'appeler de solides occupations; mais il a préféré de suivre l'impulsion irrésistible de son génie pour ces arts et pour ces sciences aux avantages que la fortune aurait été forcée de lui accorder : aussi a-t-il fait des progrès qui répondent parfaitement à son attente. Il fait autant d'honneur aux sciences que les sciences lui en font : on ne le connaît dans *la Henriade* qu'en qualité de poëte; mais il est philosophe profond et sage historien en même temps.

Les sciences et les arts sont comme de vastes pays, qu'il nous est presque aussi impossible de subjuguer tous, qu'il l'a été à César, ou bien à Alexandre, de conquérir le monde entier : il faut beaucoup de talents et beaucoup d'application pour s'assu-

jettir quelque petit terrain : aussi la plupart des hommes ne
marchent-ils qu'à pas de tortue dans la conquête de ce pays. Il
en a été cependant des sciences comme des empires du monde,
qu'une infinité de petits souverains se sont partagés; et ces
petits souverains réunis ont composé ce qu'on appelle des académies : et comme dans ces gouvernements aristocratiques il
s'est souvent trouvé des hommes nés avec une intelligence su-
périeure, qui se sont élevés au-dessus des autres, de même les
siècles éclairés ont produit des hommes qui ont uni en eux
les sciences qui devaient donner une occupation suffisante à
quarante têtes pensantes. Ce que les Leibnitz, ce que les Fontenelle ont été de leur temps, M. de Voltaire l'est aujourd'hui : il
n'y a aucune science qui n'entre dans la sphère de son activité;
et, depuis la géométrie la plus sublime jusqu'à la poésie, tout
est soumis à la force de son génie.

Malgré une vingtaine de sciences qui partagent M. de Voltaire,
malgré ses fréquentes infirmités, et malgré les chagrins que lui
donnent d'indignes envieux, il a conduit sa *Henriade* à un point
de maturité où je ne sache pas qu'aucun poème soit jamais
parvenu.

On trouve toute la sagesse imaginable dans la conduite de
la Henriade. L'auteur a profité des défauts qu'on a reprochés à
Homère; ses chants et l'action ont peu ou point de liaison les
uns avec les autres, ce qui leur a mérité le nom de rapsodies :
dans *la Henriade* on trouve une liaison intime entre tous les
chants; ce n'est qu'un même sujet divisé par l'ordre des temps
en dix actions principales. Le dénoûment de *la Henriade* est
naturel : c'est la conversion de Henri IV et son entrée à Paris
qui met fin aux guerres civiles des ligueurs, qui troublaient la
France; et en cela le poëte français est infiniment supérieur au
poëte latin, qui ne termine pas son *Énéide* d'une manière aussi
intéressante qu'il l'avait commencée; ce ne sont plus alors que
les étincelles du beau feu que le lecteur admirait dans le commencement de ce poëme; on dirait que Virgile en a composé
les premiers chants dans la fleur de sa jeunesse, et qu'il a composé les derniers dans cet âge où l'imagination mourante et le
feu de l'esprit à moitié éteint ne permettent plus aux guerriers
d'être héros, ni aux poëtes d'écrire.

Si le poëte français imite en quelques endroits Homère et
Virgile, c'est pourtant toujours une imitation qui tient de l'original, et dans laquelle on voit que le jugement du poëte français
est infiniment supérieur à celui du poëte grec. Comparez la descente d'Ulysse aux enfers avec le septième chant de *la Henriade*,
vous verrez que ce dernier est enrichi d'une infinité de beautés
que M. de Voltaire ne doit qu'à lui-même.

La seule idée d'attribuer au rêve de Henri IV ce qu'il voit
dans le ciel, dans les enfers, et ce qui lui est pronostiqué au
temple du Destin, vaut seule toute l'*Iliade* : car le rêve de
Henri IV ramène tout ce qui lui arrive aux règles de la vraisemblance, au lieu que le voyage d'Ulysse aux enfers est dépourvu
de tous les agréments qui auraient pu donner l'air de vérité à
l'ingénieuse fiction d'Homère.

De plus, tous les épisodes de *la Henriade* sont placés dans
leur lieu; l'art est si bien caché par l'auteur, qu'il est difficile

de l'apercevoir : tout y paraît naturel, et l'on dirait que ces fruits qu'a produits la fécondité de son imagination, et qui embellissent tous les endroits de ce poëme, n'y sont que par nécessité. Vous n'y trouverez point de ces petits détails où se noient tant d'auteurs à qui la sécheresse et l'enflure tiennent lieu de génie. M. de Voltaire s'applique à décrire d'une manière touchante les sujets pathétiques; il sait le grand art de toucher le cœur; tels sont ces endroits touchants, comme la mort de Coligny, l'assassinat de Valois, le combat du jeune d'Ailly, le congé de Henri IV de la belle Gabrielle d'Estrées, et la mort du brave d'Aumale: on se sent ému à chaque fois qu'on en fait la lecture; en un mot, l'auteur ne s'arrête qu'aux endroits intéressants, et il passe légèrement sur ceux qui ne feraient que grossir son poëme : il n'y a ni du trop ni du trop peu dans *la Henriade*.

Le merveilleux que l'auteur a employé ne peut choquer aucun lecteur sensé; tout y est ramené au vraisemblable par le système de la religion : tant la poésie et l'éloquence savent l'art de rendre respectables des objets qui ne le sont guère par eux-mêmes, et de fournir des preuves de crédibilité capables de séduire !

Toutes les allégories qu'on trouve dans ce poëme sont nouvelles; il y a la Politique, qui habite au Vatican; le temple de l'Amour, la vraie Religion, la Discorde, les Vertus, les Vices; tout est animé par le pinceau de M. de Voltaire; ce sont autant de tableaux qui surpassent, au jugement des connaisseurs, tout ce qu'a produit le crayon habile du Carrache et du Poussin.

Il me reste à présent à parler de la poésie du style, de cette partie qui caractérise proprement le poëte. Jamais la langue française n'eut autant de force que dans *la Henriade :* on y trouve partout de la noblesse; l'auteur s'élève avec un feu infini jusqu'au sublime, et il ne s'abaisse qu'avec grâce et dignité : quelle vivacité dans les peintures, quelle force dans les caractères et dans les descriptions, et quelle noblesse dans les détails! Le combat du jeune Turenne doit faire en tout temps l'admiration des lecteurs; c'est dans cette peinture de coups portés, parés, reçus et rendus, que M. de Voltaire a trouvé principalement des obstacles dans le génie de sa langue; il s'en est cependant tiré avec toute la gloire possible. Il transporte le lecteur sur le champ de bataille; et il vous semble plutôt voir un combat qu'en lire la description en vers.

Quant à la saine morale, quant à la beauté des sentiments, on trouve dans ce poëme tout ce qu'on peut désirer. La valeur prudente de Henri IV, jointe à sa générosité et à son humanité, devrait servir d'exemple à tous les rois et à tous les héros qui se piquent quelquefois mal à propos de dureté et de brutalité envers ceux que le destin des États ou le sort de la guerre a soumis à leur puissance; qu'il leur soit dit, en passant, que ce n'est point dans l'inflexibilité ni dans la tyrannie que consiste la vraie grandeur, mais bien dans ces sentiments que l'auteur exprime avec tant de noblesse:

> Amitié, don du ciel, plaisir des grandes âmes[1],
> Amitié, que les rois, ces illustres ingrats,
> Sont assez malheureux pour ne connaître pas

1. Chant VIII, vers 322-24. (ÉD.)

Le caractère de Philippe de Mornay peut aussi être compté parmi les chefs-d'œuvre de *la Henriade*; ce caractère est tout nouveau. Un philosophe guerrier, un soldat humain, un courtisan vrai et sans flatterie; un assemblage de vertus aussi rare doit mériter nos suffrages : aussi l'auteur y a-t-il puisé comme dans une riche source de sentiments. Que j'aime à voir Philippe de Mornay, ce fidèle et stoïque ami, à côté de son jeune et vaillant maître, repousser partout la mort, et ne la donner jamais[1]! Cette sagesse philosophique est bien éloignée des mœurs de notre siècle; et il est à déplorer, pour le bien de l'humanité, qu'un caractère aussi beau que celui de ce sage ne soit qu'un être de raison.

D'ailleurs *la Henriade* ne respire que l'humanité : cette vertu si nécessaire aux princes, ou plutôt leur unique vertu, est relevée par M. de Voltaire; il montre un roi victorieux qui pardonne aux vaincus; il conduit ce héros aux murs de Paris, où, au lieu de saccager cette ville rebelle, il fournit les aliments nécessaires à la vie de ses habitants désolés par la famine la plus cruelle; mais, d'un autre côté, il dépeint des couleurs les plus vives l'affreux massacre de la Saint-Barthélemy, et la cruauté inouïe avec laquelle Charles IX hâtait lui-même la mort de ses malheureux sujets calvinistes.

La sombre politique de Philippe II, les artifices et les intrigues de Sixte-Quint, l'indolence léthargique de Valois, et les faiblesses que l'amour fit commettre à Henri IV, sont estimées à leur juste valeur. M. de Voltaire accompagne tous ses récits de réflexions courtes, mais excellentes, qui ne peuvent que former le jugement de la jeunesse, et donner des vertus et des vices les idées qu'on en doit avoir. On trouve de toute part dans ce poëme que l'auteur recommande aux peuples la fidélité pour leurs lois et pour leurs souverains. Il a immortalisé le nom du président de Harlay[2], dont la fidélité inviolable pour son maître méritait une pareille récompense; il en fait autant pour les conseillers Brisson, Larcher, Tardif, qui furent mis à mort par les factieux; ce qui fournit la réflexion suivante de l'auteur :

Vos noms toujours fameux vivront dans la mémoire[3];
Et qui meurt pour son roi meurt toujours avec gloire.

Le discours de Potier[4] aux factieux est aussi beau par la justesse des sentiments que par la force de l'éloquence. L'auteur fait parler un grave magistrat dans l'assemblée de la Ligue; il s'oppose courageusement au dessein des rebelles, qui voulaient élire roi un d'entre eux : il les renvoie à la domination légitime de leur souverain, à laquelle ils voulaient se soustraire; il condamne toutes les vertus des Guises, en tant que vertus militaires, puisqu'elles devenaient criminelles dès là qu'ils en faisaient usage contre leur roi et leur patrie. Mais tout ce que je pourrais dire de ce discours ne saurait en approcher; il faut le lire avec attention. Je ne prétends que d'en faire remarquer les beautés à ceux des lecteurs auxquels elles pourraient échapper.

1. Chant VIII, vers 204. (Éd.) — 2. Chant IV, vers 439. (Éd.) 3. *Id.*, 467-68. (Éd.) — 4. Chant V, vers 83 et suivants. (Éd.)

Je passe à la guerre de religion, qui fait le sujet de *la Henriade*. L'auteur a dû exposer naturellement les abus que les superstitieux et les fanatiques ont coutume de faire de la religion : car on a remarqué que, par je ne sais quelle fatalité, ces sortes de guerres ont toujours été plus sanguinaires que celles que l'ambition des princes ou l'indocilité des sujets ont suscitées ; et, comme le fanatisme et la superstition ont été de tout temps les ressorts de la politique détestable des grands et des ecclésiastiques, il fallait nécessairement y opposer une digue. L'auteur a employé tout le feu de son imagination, et tout ce qu'ont pu l'éloquence et la poésie, pour mettre devant les yeux de ce siècle les folies de nos ancêtres, afin de nous en préserver à jamais. Il voudrait purifier les camps et les soldats des arguments pointilleux et subtils de l'école, pour les renvoyer au peuple pédant des scolastiques ; il voudrait désarmer à perpétuité les hommes du glaive saint qu'ils prennent sur l'autel, et dont ils égorgent impitoyablement leurs frères : en un mot, le bien et le repos de la société font le principal but de ce poëme, et c'est pourquoi l'auteur avertit si souvent d'éviter dans cette route l'écueil dangereux du fanatisme et du faux zèle.

Il paraît cependant, pour le bien de l'humanité, que la mode des guerres de religion est finie, et ce serait assurément une folie de moins dans le monde ; mais j'ose dire que nous en sommes en partie redevables à l'esprit philosophique, qui prend depuis quelques années beaucoup le dessus en Europe. Plus on est éclairé, moins on est superstitieux. Le siècle où vivait Henri IV était bien différent : l'ignorance monacale, qui surpassait toute imagination, et la barbarie des hommes, qui ne connaissaient pour toute occupation que d'aller à la chasse et de s'entre-tuer, donnaient de l'accès aux erreurs les plus palpables. Catherine de Médicis et les princes factieux pouvaient donc alors abuser d'autant plus facilement de la crédulité des peuples, puisque ces peuples étaient grossiers, aveugles et ignorants.

Les siècles polis qui ont vu fleurir les sciences n'ont point d'exemples à nous présenter de guerres de religion, ni de guerres séditieuses. Dans les beaux temps de l'empire romain, je veux dire vers la fin du règne d'Auguste, tout l'empire, qui composait presque les deux tiers du monde, était tranquille et sans agitation ; les hommes abandonnaient les intérêts de la religion à ceux dont l'emploi était d'y vaquer, et ils préféraient le repos, les plaisirs et l'étude, à l'ambitieuse rage de s'égorger les uns les autres, soit pour des mots, soit pour l'intérêt, ou pour une funeste gloire.

Le siècle de Louis le Grand, qui peut-être égale, sans flatterie, celui d'Auguste, nous fournit de même un exemple d'un règne heureux et tranquille pour l'intérieur du royaume, mais qui malheureusement fut troublé vers la fin par l'ascendant que le P. Le Tellier prenait sur l'esprit de Louis XIV, qui commençait à baisser ; mais c'est la faute proprement d'un particulier, et l'on n'en saurait charger ce siècle, d'ailleurs si fécond en grands hommes, que par une injustice manifeste.

Les sciences ont ainsi toujours contribué à humaniser les hommes, en les rendant plus doux, plus justes, et moins portés aux violences ; elles ont pour le moins autant de part que les lois au bien de la société et au bonheur des peuples. Cette façon de penser aimable et douce se communique insensiblement de ceux qui cultivent les arts et les sciences au public et au vulgaire; elle passe de la cour à la ville, et de la ville à la province : on voit alors avec évidence que la nature ne nous forma point assurément pour que nous nous exterminions dans ce monde, mais pour que nous nous assistions dans nos communs besoins; que le malheur, les infirmités, et la mort, nous poursuivent sans cesse, et que c'est une démence extrême de multiplier les causes de nos misères et de notre destruction. On reconnaît, indépendamment de la différence des conditions, l'égalité que la nature a mise entre nous, la nécessité qu'il y a de vivre unis et en paix, de quelque nation et de quelque opinion que nous soyons; que l'amitié et la compassion sont des devoirs universels : en un mot, la réflexion corrige en nous tous les défauts du tempérament.

Tel est le véritable usage des sciences, et voilà par conséquent la règle et l'obligation que nous devons avoir à ceux qui les cultivent, et qui tâchent d'en fixer l'usage parmi nous. M. de Voltaire, qui embrasse toutes ces sciences, m'a toujours paru mériter une part à la gratitude du public, et d'autant plus qu'il ne vit et ne travaille que pour le bien de l'humanité. Cette réflexion, jointe à l'envie que j'ai eue toute ma vie de rendre hommage à la vérité, m'a déterminé à procurer au public cette édition, que j'ai rendue aussi digne qu'il me l'a été possible de M. de Voltaire et de ses lecteurs.

En un mot, il m'a paru que donner des marques d'estime à cet admirable auteur était en quelque façon honorer notre siècle, et que du moins la postérité se redirait d'âge en âge que, si notre siècle a porté des grands hommes, il en a reconnu toute l'excellence, et que l'envie ni les cabales n'ont pu opprimer ceux que leur mérite et leurs talents distinguaient du vulgaire et même des grands hommes.

TRADUCTION

D'UNE LETTRE D'ANTOINE COCCHI, LECTEUR DE PISE,

A M. RINUCCINI, SECRÉTAIRE D'ÉTAT DE FLORENCE,

SUR LA HENRIADE.

Selon moi, monsieur, il y a peu d'ouvrages plus beaux que le poëme de *la Henriade*, que vous avez eu la bonté de me prêter.

J'ose vous dire mon jugement avec d'autant plus d'assurance, que j'ai remarqué qu'ayant lu quelques pages de ce poëme à gens de différente condition et de différent génie, et adonnés à divers genres d'érudition, tout cela n'a point empêché *la Henriade* de plaire également à tous; ce qui est la preuve la plus certaine que l'on puisse rapporter de sa perfection réelle.

Les actions chantées dans *la Henriade* regardent, à la vérité, æs Français plus particulièrement que nous; mais, comme elles sont véritables, grandes, simples, fondées sur la justice, et entremêlées d'incidents qui frappent, elles excitent l'attention de tout le monde.

Qui est celui qui ne se plairait point à voir une rébellion étouffée, et l'héritier légitime du trône s'y maintenir, en assiégeant sa capitale rebelle, en donnant une sanglante bataille, en prenant toutes les mesures dans lesquelles la force, la valeur, la prudence et la générosité, brillent à l'envi?

Il est vrai que certaines circonstances historiques sont changées dans le poëme; mais, outre que les véritables sont notoires et récentes, ces changements, étant ajustés à la vraisemblance, ne doivent point embarrasser l'esprit d'un lecteur tant soit peu accoutumé à considérer un poëme comme l'imitation du possible et de l'ordinaire, liés ensemble par des fictions ingénieuses.

Tout l'éloge que puisse jamais mériter un poëme, pour le bon choix de son sujet, est certainement dû à la Henriade, d'autant plus que, par une suite naturelle, il a été nécessaire de raconter le massacre de la Saint-Barthélemy, le meurtre de Henri III, la bataille d'Ivry, et la famine de Paris : événements tous vrais, tous extraordinaires, tous terribles, et tous représentés avec cette admirable vivacité qui excite dans le spectateur et de l'horreur et de la compassion; effet que doivent produire pareilles peintures, quand elles sont de main de maître.

Le nombre d'acteurs dans la Henriade n'est pas grand; mais ils sont tous remarquables dans leurs rôles, et extrêmement bien dépeints dans leurs mœurs.

Le caractère du héros Henri IV est d'autant plus incomparable, que l'on y voit la valeur, la prudence militaire, l'humanité et l'amour s'entre-disputer le pas, et se le céder tour à tour, et toujours à propos pour sa gloire.

Celui de Mornay, son ami intime, est certainement rare; il est représenté comme un philosophe savant, courageux, prudent, et bon.

Les êtres invisibles, sans l'entremise desquels les poëtes n'oseraient entreprendre un poëme, sont bien ménagés dans celui-ci, et aisés à supposer : telles sont l'âme de saint Louis, et quelques passions humaines personnifiées; encore l'auteur les a-t-il employées avec tant de jugement et d'économie, que l'on peut facilement les prendre pour des allégories.

En voyant que ce poëme soutient toujours sa beauté, sans être farci, comme tous les autres, d'une infinité d'agents surnaturels, cela m'a confirmé dans l'idée que j'ai toujours eue que, si l'on retranchait de la poésie épique ces personnages imaginaires, invisibles, et tout-puissants, et qu'on les remplaçât, comme dans les tragédies, par des personnages réels, le poëme n'en deviendrait que plus beau.

Ce qui m'a d'abord fait venir cette pensée, c'est d'avoir observé que, dans Homère, Virgile, le Dante, l'Arioste, le Tasse, Milton, et en un mot dans tous ceux que j'ai lus, les plus beaux endroits de leurs poëmes ne sont pas ceux où ils font agir ou parler les dieux, le diable, le destin, et les esprits; au contraire, tout cela fait rire, sans jamais produire dans le cœur ces sentiments touchants qui naissent de la représentation de quelque action insigne, proportionnée à la capacité de l'homme notre égal, et qui ne passe point la sphère ordinaire des passions de notre âme.

C'est pourquoi j'ai admiré le jugement de ce poëte, qui, pour enfermer sa fiction dans les bornes de la vraisemblance et des facultés humaines, a placé le transport de son héros au ciel et aux enfers dans un songe, dans lequel ces sortes de visions peuvent paraître naturelles et croyables.

D'ailleurs il faut avouer que sur la constitution de l'univers, sur les lois de la nature, sur la morale, et sur l'idée qu'il faut se former du mal et du bien, des vertus et du vice, le poëte sur tout cela a parlé avec tant de force et de justesse, que l'on ne peut s'empêcher de reconnaître en lui un génie supérieur, et une connaissance parfaite de tout ce que les philosophes modernes ont de plus raisonnable dans leur système.

Il semble rapporter toute sa science à inspirer au monde entier une espèce d'amitié universelle, et une horreur générale pour la cruauté et pour le fanatisme.

Également ennemi de l'irréligion, le poëte, dans les disputes que notre raison ne saurait décider, qui dépendent de la révélation, adjuge avec modestie et solidité la préférence à notre doctrine romaine, dont il éclaircit même plusieurs obscurités.

Pour juger de son style, il serait nécessaire de connaître toute l'étendue et la force de la langue; habileté à laquelle il est presque impossible qu'un étranger puisse atteindre, et sans laquelle il n'est pas facile d'approfondir la pureté de la diction.

Tout ce que je puis dire là-dessus, c'est qu'à l'oreille ses vers paraissent aisés et harmonieux, et que dans tout le poëme je n'ai trouvé rien de puéril, rien de languissant, ni aucune fausse pensée; défauts dont les plus excellents poëtes ne sont pas tout à fait exempts.

Dans Homère et Virgile, on en voit quelques-uns, mais rares : on en trouve beaucoup dans les principaux, ou, pour mieux dire, dans tous les poëtes des langues modernes, surtout dans ceux de la seconde classe de l'antiquité.

A l'égard du style, je puis encore ajouter une expérience que j'ai faite, qui donne beaucoup à présumer en sa faveur. Ayant traduit ce poëme couramment, en le lisant à différentes personnes, je me suis aperçu qu'elles en ont senti toute la grâce et la majesté : indice infaillible que le style en est très-excellent. Aussi l'auteur se sert-il d'une noble simplicité et brièveté pour exprimer des choses difficiles et vastes, sans néanmoins rien laisser à désirer pour leur entière intelligence; talent bien rare, et qui fait l'essence du vrai sublime.

Après avoir fait connaître en général le prix et le mérite de ce poëme, il est inutile d'entrer dans un détail particulier de ses beautés les plus éclatantes. Il y en a, je l'avoue, plusieurs dont je crois reconnaître les originaux dans Homère, et surtout dans l'Iliade, copiés depuis avec différents succès par tous les poëtes postérieurs; mais on trouve aussi dans ce poëme une infinité de beautés qui semblent neuves, et appartenir en propre à la Henriade.

Telles sont, par exemple, la noblesse et l'allégorie de tout le chant V^e, l'endroit où le poëte représente l'infâme meurtrier de Henri III, et sa juste réflexion sur ce misérable assassin.

C'est encore quelque chose de nouveau dans la poésie, que le discours ingénieux qu'on lit sur les châtiments à subir après la mort.

Il ne me souvient pas non plus d'avoir vu ailleurs ce beau trait qu'il met dans le caractère de Mornay, *qu'il combat sans vouloir tuer personne*[1].

La mort du jeune d'Ailly[2], massacré par son père sans en être connu, m'a fait verser des larmes, quoique j'eusse lu une aventure un peu semblable dans le Tasse; mais celle de M. de Voltaire, étant décrite avec plus de précision, m'a paru nouvelle et sublime.

Les vers sur l'amitié sont d'une beauté inimitable, et rien ne les égale, si ce n'est la description de la modestie de la belle d'Estrées.

Enfin, dans ce poëme, sont répandues mille grâces qui démontrent que l'auteur, né avec un goût infini pour le beau, s'est perfectionné encore davantage par une application infatigable à à toutes sortes de sciences, afin de devoir sa réputation moins à la nature qu'à lui-même.

Plus il a réussi, plus il est obligeant à lui envers notre Italie, d'avoir, dans un discours à la suite de son poëme, préféré notre Virgile et notre Tasse à tout autre poëte, quoique nous n'osions nous-mêmes les égaler à Homère, qui a été le premier fondateur de la belle poésie.

HISTOIRE ABRÉGÉE

DES ÉVÉNEMENTS SUR LESQUELS EST FONDÉE LA FABLE

DU POËME DE LA HENRIADE.

Le feu des guerres civiles, dont François II vit les premières étincelles, avait embrasé la France sous la minorité de Charles IX. La religion en était le sujet parmi les peuples, et le prétexte parmi les grands. La reine mère, Catherine de Médicis, avait plus d'une fois hasardé le salut du royaume pour conserver son autorité, armant le parti catholique contre le protestant, et les Guises contre les Bourbons, pour accabler les uns par les autres.

La France avait alors, pour son malheur, beaucoup de seigneurs trop puissants, par conséquent factieux; des peuples devenus fanatiques et barbares par cette fureur de parti qu'inspire le faux zèle; des rois enfants, au nom desquels on ravageait l'État. Les batailles de Dreux, de Saint-Denys, de Jarnac, de Moncontour, avaient signalé le malheureux règne de Charles IX; les plus grandes villes étaient prises, reprises, saccagées tour à tour par les partis opposés; on faisait mourir les prisonniers de guerre par des supplices recherchés. Les églises étaient mises en cendres par les réformés, les temples par les catholiques; les empoisonnements et les assassinats n'étaient regardés que comme des vengeances d'ennemis habiles.

1. Chant VIII, vers 204. (ÉD.) — 2. *Ibid.*, vers 102. (ÉD.)

On mit le comble à tant d'horreurs par la journée de la Saint-Barthélemy. Henri le Grand, alors roi de Navarre, et dans une extrême jeunesse chef du parti réformé, dans le sein duquel il était né, fut attiré à la cour avec les plus puissants seigneurs du parti. On le maria à la princesse Marguerite, sœur de Charles IX. Ce fut au milieu des réjouissances de ces noces, au milieu de la paix la plus profonde, et après les serments les plus solennels, que Catherine de Médicis ordonna ces massacres dont il faut perpétuer la mémoire (toute affreuse et toute flétrissante qu'elle est pour le nom français), afin que les hommes, toujours prêts à en venir dans de malheureuses querelles de religion, voient à quel excès l'esprit de parti peut enfin conduire.

On vit donc, dans une cour qui se piquait de politesse, une femme célèbre par les agréments de l'esprit, et un jeune roi de vingt-trois ans, ordonner de sang-froid la mort de plus d'un million de leurs sujets. Cette même nation, qui ne pense aujourd'hui à ce crime qu'en frissonnant, le commit avec transport et avec zèle. Plus de cent mille hommes furent assassinés par leurs compatriotes; et, sans les sages précautions de quelques personnages vertueux, comme le président Jeannin, le marquis de Saint-Herem, etc., la moitié des Français égorgeait l'autre.

Charles IX ne vécut pas longtemps après la Saint-Barthélemy. Son frère Henri III quitta le trône de la Pologne pour venir replonger la France dans de nouveaux malheurs, dont elle ne fut tirée que par Henri IV, si justement surnommé le Grand par la postérité, qui seule peut donner ce titre.

Henri III, en revenant en France, y trouva deux partis dominants : l'un était celui des réformés, renaissant de sa cendre, plus violent que jamais, et ayant à sa tête le même Henri le Grand, alors roi de Navarre; l'autre était celui de la Ligue, faction puissante, formée peu à peu par les princes de Guise, encouragée par les papes, fomentée par l'Espagne, s'accroissant tous les jours par l'artifice des moines, consacrée en apparence par le zèle de la religion catholique, mais ne tendant qu'à la rébellion. Son chef était le duc de Guise, surnommé le Balafré, prince d'une réputation éclatante, et qui, ayant plus de grandes qualités que de bonnes, semblait né pour changer la face de l'État dans ce temps de troubles.

Henri III, au lieu d'accabler ces deux partis sous le poids de l'autorité royale, les fortifia par sa faiblesse : il crut faire un grand coup de politique en se déclarant le chef de la Ligue, mais il n'en fut que l'esclave. Il fut forcé de faire la guerre pour les intérêts du duc de Guise, qui le voulait détrôner, contre le roi de Navarre, son beau-frère, son héritier présomptif, qui ne pensait qu'à rétablir l'autorité royale, d'autant plus qu'en agissant pour Henri III, à qui il devait succéder, il agissait pour lui-même.

L'armée que Henri III envoya contre le roi son beau-frère fut battue à Coutras; son favori Joyeuse y fut tué. Le Navarrois ne voulut d'autre fruit de sa victoire que de se réconcilier avec le roi. Tout vainqueur qu'il était, il demanda la paix, et le roi vaincu n'osa l'accepter, tant il craignait le duc de Guise et la Ligue. Guise, dans ce temps-là même, venait de dissiper une armée d'Allemands. Ces succès du Balafré humilièrent encore davantage le roi de France, qui se crut à la fois vaincu par les ligueurs et par les réformés.

Le duc de Guise, enflé de sa gloire, et fort de la faiblesse de son souverain, vint à Paris malgré ses ordres. Alors arriva la fameuse journée des barricades, où le peuple chassa les gardes du roi, et où ce monarque fut obligé de fuir de sa capitale. Guise fit plus : il obligea le roi de tenir les états généraux du royaume à Blois, et il prit si bien ses mesures, qu'il était prêt de partager l'autorité royale, du consentement de ceux qui représentaient la nation, et sous l'apparence des formalités les plus respectables. Henri III, réveillé par ce pressant danger, fit assassiner au château de Blois cet ennemi dangereux, aussi bien que son frère le cardinal, plus violent et plus ambitieux encore que le duc de Guise.

Ce qui était arrivé au parti protestant après la Saint-Barthélemy arriva alors à la Ligue : la mort des chefs ranima le parti. Les ligueurs levèrent le masque : Paris ferma ses portes; on ne songea qu'à la vengeance. On regarda Henri III comme l'assassin des défenseurs de la religion, et non comme un roi qui avait puni ses sujets coupables. Il fallut que Henri III, pressé de tous côtés, se réconciliât enfin avec le Navarrois. Ces deux princes vinrent camper devant Paris; et c'est là que commence *la Henriade*.

Le duc de Guise laissait encore un frère : c'était le duc de Mayenne, homme intrépide, mais plus habile qu'agissant, qui se vit tout d'un coup à la tête d'une faction instruite de ses forces, et animée par la vengeance et par le fanatisme.

Presque toute l'Europe entra dans cette guerre. La célèbre Élisabeth, reine d'Angleterre, qui était pleine d'estime pour le roi de Navarre, et qui eut toujours une extrême passion de le voir, le secourut plusieurs fois d'hommes, d'argent, de vaisseaux; et ce fut Duplessis-Mornay qui alla toujours en Angleterre solliciter ces secours. D'un autre côté, la branche d'Autriche, qui régnait en Espagne, favorisait la Ligue, dans l'espérance d'arracher quelques dépouilles d'un royaume déchiré par la guerre civile. Les papes combattaient le roi de Navarre, non-seulement par des excommunications, mais par tous les artifices de la politique, et par les petits secours d'hommes et d'argent que la cour de Rome peut fournir.

Cependant Henri III allait se rendre maître de Paris, lorsqu'il fut assassiné à Saint-Cloud par un moine dominicain, qui commit ce parricide dans la seule idée qu'il obéissait à Dieu, et qu'il courait au martyre; et ce meurtre ne fut pas seulement le crime de ce moine fanatique, ce fut le crime de tout le parti. L'opinion publique, la créance de tous les ligueurs, était qu'il fallait tuer son roi, s'il était mal avec la cour de Rome. Les prédicateurs le criaient dans leurs mauvais sermons; on l'imprimait dans tous ces livres pitoyables qui inondaient la France, et qu'on trouve à peine aujourd'hui dans quelques bibliothèques, comme des monuments curieux d'un siècle également barbare et pour les lettres et pour les mœurs.

Après la mort de Henri III, le roi de Navarre (Henri le Grand), reconnu roi de France par l'armée, eut à soutenir toutes les forces de la Ligue, celles de Rome, de l'Espagne, et son royaume à conquérir. Il bloqua, il assiégea Paris à plusieurs reprises. Parmi les plus grands hommes qui lui furent utiles dans cette guerre, et dont on a fait quelque usage dans ce poëme, on compte les maréchaux d'Aumont et de Biron, le duc de Bouillon, etc. Duplessis-Mornay fut dans sa plus intime confidence jusqu'au changement de religion de ce prince; il le servait de sa personne dans les armées, de sa plume contre les excommunications des papes, et de son grand art de négocier, en lui cherchant des secours chez tous les princes protestants.

Le principal chef de la Ligue était le duc de Mayenne; celui qui avait le plus de réputation après lui était le chevalier d'Aumale, jeune prince connu par cette fierté et ce courage brillant qui distinguaient particulièrement la maison de Guise. Ils obtinrent plusieurs secours de l'Espagne; mais il n'est question ici que du fameux comte d'Egmont, fils de l'amiral, qui amena treize ou quatorze cents lances au duc de Mayenne. On donna beaucoup de combats, dont le plus fameux, le plus décisif et le plus glorieux pour Henri IV, fut la bataille d'Ivry, où le duc de Mayenne fut vaincu, et le comte d'Egmont fut tué.

Pendant le cours de cette guerre, le roi était devenu amoureux de la belle Gabrielle d'Estrées; mais son courage ne s'amollit point auprès d'elle, témoin la lettre qu'on voit encore dans la Bibliothèque du roi, dans laquelle il dit à sa maîtresse : « Si je suis vaincu, vous me connaissez assez pour croire que je ne fuirai pas; mais ma dernière pensée sera à Dieu, et l'avant-dernière à vous. »

Au reste, on omet plusieurs faits considérables, qui, n'ayant point de place dans le poëme, n'en doivent point avoir ici. On ne parle ni de l'expédition du duc de Parme en France, qui ne servit qu'à retarder la chute de la Ligue, ni de ce cardinal de Bourbon, qui fut quelque temps un fantôme de roi sous le nom de Charles X. Il suffit de dire qu'après tant de malheurs et de désolation, Henri IV se fit catholique et que les Parisiens, qui haïssaient sa religion et révéraient sa personne, le reconnurent alors pour leur roi [1].

1. Dans des éditions de 1730 et de 1732, on lisait ce qui suit:

« Après avoir mis sous les yeux du lecteur un petit abrégé de l'histoire qui sert de fondement à *la Henriade*, il semblerait qu'on dût, selon l'usage, donner ici une dissertation sur l'épopée, d'autant plus que le P. Le Bossu a bien donné des règles pour composer un poëme épique en grec ou en latin, mais non pas en français, et qu'il a écrit beaucoup plus pour les mœurs des anciens que pour les nôtres; ordinaire défaut des savants, qui connaissent mieux leurs auteurs classiques que leur propre pays, et qui, sachant Plaute par cœur, mais n'ayant jamais vu représenter une pièce de Molière, nous donnent pourtant des règles du théâtre.

« Plusieurs personnes demandaient qu'on imprimât à la tête de cette édition un petit ouvrage intitulé *Essai sur la poésie épique*, composé en anglais par M. de Voltaire en 1726, imprimé plusieurs fois à Londres. Il comptait le donner ici tel qu'il a été traduit en français par M. l'abbé Guyot-Desfontaines, qui écrit avec plus d'élégance et de pureté que personne, et qui a contribué beaucoup à décrier en France ce style recherché et ces tours affectés qui commençaient à infecter les ouvrages des meilleurs auteurs. M. de Voltaire ne se serait pas flatté de le traduire lui-même aussi bien que M. l'abbé Desfontaines l'a traduit (à quelque

IDÉE DE LA HENRIADE.

Le sujet de *la Henriade* est le siége de Paris, commencé par Henri de Valois et Henri le Grand, achevé par ce dernier seul.

Le lieu de la scène ne s'étend pas plus loin que de Paris à Ivry, où se donna cette fameuse bataille qui décida du sort de la France et de la maison royale.

Le poëme est fondé sur une histoire connue, dont on a conservé la vérité dans les événements principaux. Les autres, moins respectables, ont été ou retranchés, ou arrangés suivant la vraisemblance qu'exige un poëme. On a tâché d'éviter en cela le défaut de Lucain, qui ne fit qu'une gazette ampoulée, et on a pour garant ces vers de M. Despréaux :

> Loin ces rimeurs craintifs dont l'esprit flegmatique
> Garde dans ses fureurs un ordre didactique :
> . . . .
> Pour prendre Lille, il faut que Dôle soit rendue,
> Et que leur vers exact, ainsi que Mézeray,
> Ait déjà fait tomber les remparts de Courtray[1].

On n'a fait même que ce qui se pratique dans toutes les tragédies, où les événements sont pliés aux règles du théâtre.

Au reste, ce poëme n'est pas plus historique qu'aucun autre. Le Camoëns, qui est le Virgile des Portugais, a célébré un événement dont il avait été témoin lui-même. Le Tasse a chanté une croisade connue de tout le monde, et n'en a omis ni l'ermite Pierre, ni les processions. Virgile n'a construit la fable de son *Énéide* que des fables reçues de son temps, et qui passaient pour l'histoire véritable de la descente d'Énée en Italie.

Homère, contemporain d'Hésiode, et qui par conséquent vivait environ cent ans après la prise de Troie, pouvait aisément avoir vu dans sa jeunesse des vieillards qui avaient connu les héros de cette guerre. Ce qui doit même plaire davantage dans Homère, c'est que le fond de son ouvrage n'est point un roman, que les

inadvertances près). Mais il a considéré que cet *Essai* est plutôt un simple exposé des poëmes épiques anciens et modernes, qu'une dissertation bien utile sur cet art. Le poëme épique sur lequel il s'étendait le plus était *le Paradis perdu* de Milton, ouvrage alors ignoré en France, mais qui est aujourd'hui très-connu par la belle traduction qu'en a faite, quoique en prose, M. Dupré de Saint-Maur.

« On prend donc le parti de renvoyer ceux qui seraient curieux de lire cet *Essai sur l'Épopée*, à la traduction de M. Desfontaines, à Paris, chez Chaubert, quai des Augustins.

« Ce n'est que le projet d'un plus long ouvrage que M. de Voltaire a composé depuis, et qu'il n'ose faire imprimer, ne croyant pas que ce soit à lui de donner des règles pour courir dans une carrière dans laquelle il n'a fait peut-être que broncher.

« Il se contentera donc de faire ici quelques courtes observations nécessaires à des lecteurs peu instruits d'ailleurs, qui pourraient jeter les yeux sur ce poëme. »

Ensuite venait l'*Idée de la Henriade*. (Éd.)

1. Boileau, *Art poétique*, chant II, vers 73-74, 78-80. (Éd.)

caractères ne sont point de son imagination, qu'il a peint les
hommes tels qu'ils étaient, avec leurs bonnes et mauvaises qualités, et que son livre est un monument des mœurs de ces temps
reculés.

La Henriade est composée de deux parties; d'événements réels
dont on vient de rendre compte, et de fictions. Ces fictions sont
toutes puisées dans le système du merveilleux, telles que la pré-
diction de la conversion de Henri IV, la protection que lui donne
saint Louis, son apparition, le feu du ciel détruisant ces opérations magiques qui étaient alors si communes, etc. Les autres
sont purement allégoriques : de ce nombre sont le voyage de la
Discorde à Rome, la Politique, le Fanatisme, personnifiés, le
temple de l'Amour, enfin les Passions et les Vices,

> Prenant un corps, une âme, un esprit, un visage [1].

Que si l'on a donné dans quelques endroits à ces passions personnifiées les mêmes attributs que leur donnaient les païens, c'est
que ces attributs allégoriques sont trop connus pour être changés.
L'Amour a des flèches, la Justice a une balance dans nos ouvrages
les plus chrétiens, dans nos tableaux, dans nos tapisseries, sans
que ces représentations aient la moindre teinture de paganisme.
Le mot d'Amphitrite, dans notre poésie, ne signifie que la mer
et non l'épouse de Neptune. Les champs de Mars ne veulent dire
que la guerre, etc. S'il est quelqu'un d'un avis contraire, il faut
le renvoyer encore à ce grand maître, M. Despréaux, qui dit :

> C'est d'un scrupule vain s'alarmer sottement,
> C'est vouloir au lecteur plaire sans agrément.
> Bientôt ils défendront de peindre la Prudence,
> De donner à Thémis ni bandeau ni balance,
> De figurer aux yeux la Guerre au front d'airain,
> Ou le Temps qui s'enfuit, une horloge à la main;
> Et partout des discours, comme une idolâtrie,
> Dans leur faux zèle iront chasser l'allégorie [2].

Ayant rendu compte de ce que contient cet ouvrage, on croit
devoir dire un mot de l'esprit dans lequel il a été composé. On
n'a voulu ni flatter ni médire. Ceux qui trouveront ici les mauvaises actions de leurs ancêtres n'ont qu'à les réparer par leur
vertu. Ceux dont les aïeux y sont nommés avec éloge ne doivent
aucune reconnaissance à l'auteur, qui n'a eu en vue que la vérité; et le seul usage qu'ils doivent faire de ces louanges, c'est
d'en mériter de pareilles.

Si l'on a, dans cette nouvelle édition, retranché quelques vers
qui contenaient des vérités dures contre les papes qui ont autrefois déshonoré le saint-siége par leurs crimes, ce n'est pas qu'on
fasse à la cour de Rome l'affront de penser qu'elle veuille rendre
respectable la mémoire de ces mauvais pontifes : les Français
qui condamnent les méchancetés de Louis XI et de Catherine de
Médicis peuvent parler sans doute avec horreur d'Alexandre VI.

---

1. Boileau, Art poétique, chant III, vers 164. (ÉD.)
2. Ibid., vers 225 et suiv. (ÉD.)

Mais l'auteur a élagué ce morceau, uniquement parce qu'il était
trop long, et qu'il y avait des vers dont il n'était pas content.

C'est dans cette seule vue qu'il a mis beaucoup de noms à la
place de ceux qui se trouvent dans les premières éditions, selon
qu'il les a trouvés plus convenables à son sujet, ou que les noms
mêmes lui ont paru plus sonores. La seule politique dans un
poème doit être de faire de bons vers. On a retranché la mort
d'un jeune Boufflers, qu'on supposait tué par Henri IV, parce
que, dans cette circonstance, la mort de ce jeune homme semblait rendre Henri IV un peu odieux, sans le rendre plus grand.
On a fait passer Duplessis-Mornay en Angleterre auprès de la
reine Élisabeth, parce qu'effectivement il y fut envoyé, et qu'on
s'y ressouvient encore de sa négociation. On s'est servi de ce
même Duplessis-Mornay dans le reste du poème, parce qu'ayant
joué le rôle de confident du roi dans le premier chant, il eût été
ridicule qu'un autre prît sa place dans les chants suivants; de
même qu'il serait impertinent dans une tragédie (dans *Bérénice*,
par exemple), que Titus se confiât à Paulin au premier acte, et
à un autre au cinquième. Si quelques personnes veulent donner
des interprétations malignes à ces changements, l'auteur ne doit
point s'en inquiéter : il sait que quiconque écrit est fait pour essuyer les traits de la malice.

Le point le plus important est la religion, qui fait en grande
partie le sujet du poème, et qui en est le seul dénoûment.

L'auteur se flatte de s'être expliqué en beaucoup d'endroits
avec une précision rigoureuse, qui ne peut donner aucune prise
à la censure. Tel est, par exemple, ce morceau de la trinité :

> La puissance, l'amour, avec l'intelligence,
> Unis et divisés, composent son essence [1].

Et celui-ci :

> Il reconnaît l'Église ici-bas combattue,
> L'Église toujours une, et partout étendue,
> Libre, mais sous un chef, adorant en tout lieu
> Dans le bonheur des saints la grandeur de son Dieu;
> Le Christ, de nos péchés victime renaissante,
> De ses élus chéris nourriture vivante,
> Descend sur les autels à ses yeux éperdus,
> Et lui découvre un Dieu sous un pain qui n'est plus [2].

Si l'on n'a pu s'exprimer partout avec cette exactitude théologique, le lecteur raisonnable y doit suppléer. Il y aurait une
extrême injustice à examiner tout l'ouvrage comme une thèse de
théologie. Ce poème ne respire que l'amour de la religion et des
lois; on y déteste également la rébellion et la persécution. Il ne
faut pas juger sur un mot un livre écrit dans un tel esprit.

1. Chant X, vers 425-26. (ÉD.) — 2. *Ibid.*, vers 485 et suiv. (ÉD.)

CHANT PREMIER.

ARGUMENT. — Henri III, réuni avec Henri de Bourbon, roi de Navarre, contre la Ligue, ayant déjà commencé le blocus de Paris, envoie secrètement Henri de Bourbon demander du secours à Élisabeth, reine d'Angleterre. Le héros essuie une tempête. Il relâche dans une île, où un vieillard catholique lui prédit son changement de religion et son avénement au trône. Description de l'Angleterre et de son gouvernement.

Je chante ce héros qui régna sur la France
Et par droit de conquête et par droit de naissance;
Qui par de longs malheurs apprit à gouverner,
Calma les factions, sut vaincre et pardonner,
Confondit et Mayenne, et la Ligue, et l'Ibère,
Et fut de ses sujets le vainqueur et le père.

Descends du haut des cieux, auguste Vérité!
Répands sur mes écrits ta force et ta clarté:
Que l'oreille des rois s'accoutume à t'entendre.
C'est à toi d'annoncer ce qu'ils doivent apprendre;
C'est à toi de montrer aux yeux des nations
Les coupables effets de leurs divisions.
Dis comment la Discorde a troublé nos provinces;
Dis les malheurs du peuple et les fautes des princes:
Viens, parle; et, s'il est vrai que la Fable autrefois
Sut à tes fiers accents mêler sa douce voix;
Si sa main délicate orna ta tête altière,
Si son ombre embellit les traits de ta lumière,
Avec moi sur tes pas permets-lui de marcher,
Pour orner tes attraits, et non pour les cacher.

Valois[1] régnait encore, et ses mains incertaines
De l'État ébranlé laissaient flotter les rênes;
Les lois étaient sans force, et les droits confondus;
Ou plutôt en effet Valois ne régnait plus.
Ce n'était plus ce prince environné de gloire,
Aux combats[2], dès l'enfance, instruit par la victoire,
Dont l'Europe en tremblant regardait les progrès,
Et qui de sa patrie emporta les regrets,
Quand du Nord étonné de ses vertus suprêmes
Les peuples à ses pieds mettaient les diadèmes[3].

1. Henri III, roi de France, l'un des principaux personnages de ce poëme, y est toujours nommé Valois, nom de la branche royale dont il était.

2. Henri III (Valois), étant duc d'Anjou, avait commandé les armées de Charles IX, son frère, contre les protestants, et avait gagné, à dix-huit ans, les batailles de Jarnac et de Moncontour.

3. Le duc d'Anjou fut élu roi de Pologne par les mouvements que se

Tel brille au second rang qui s'éclipse au premier;
Il devint lâche roi d'intrépide guerrier :
Endormi sur le trône au sein de la mollesse,
Le poids de sa couronne accablait sa faiblesse.
Quélus et Saint-Mégrin, Joyeuse et d'Épernon [1],
Jeunes voluptueux qui régnaient sous son nom,
D'un maître efféminé corrupteurs politiques,
Plongeaient dans les plaisirs ses langueurs léthargiques.

     Des Guises cependant le rapide bonheur
Sur son abaissement élevait leur grandeur;

donna Jean de Montluc, évêque de Valence, ambassadeur de France en
Pologne; et Henri n'alla qu'à regret recevoir cette couronne : mais ayant
appris, en 1574, la mort de son frère, il ne tarda pas à revenir en
France.

    1. C'étaient eux qu'on appelait les mignons de Henri III. Saint-Luc,
Livarot, Villequier, Duguast et Maugiron eurent part aussi à sa faveur et à ses débauches. Il est certain qu'il eut pour Quélus une passion
capable des plus grands excès. Dans sa première jeunesse, on lui avait
déjà reproché ses goûts : il avait eu une amitié fort équivoque pour ce
même duc de Guise, qu'il fit depuis tuer à Blois. Le docteur Boucher,
dans son livre *De justa Henrici tertii abdicatione*, ose avancer que la
haine de Henri III pour le cardinal de Guise n'avait d'autre fondement
que les refus qu'il en avait essuyés dans sa jeunesse; mais ce conte
ressemble à toutes les autres calomnies dont le livre de Boucher est
rempli.

    Henri III mêlait avec ses mignons la religion à la débauche; il faisait
avec eux des retraites, des pèlerinages, et se donnait la discipline. Il
institua la confrérie de la Mort, soit pour la mort d'un de ses mignons,
soit pour celle de la princesse de Condé, sa maîtresse : les capucins et
les minimes étaient les directeurs des confrères, parmi lesquels il admit quelques bourgeois de Paris; ces confrères étaient vêtus d'une robe
d'étamine avec un capuchon. Dans une autre confrérie toute contraire,
qui était celle des pénitents blancs, il n'admit que ses courtisans. Il
était persuadé, aussi bien que certains théologiens de son temps, que
ces momeries expiaient les péchés d'habitude. On tient que les statuts
de ces confrères, leurs habits, leurs règles, étaient des emblèmes de ses
amours, et que le poète Desportes, abbé de Tyron, l'un des plus fins
courtisans de ce temps-là, les avait expliqués dans un livre qu'il jeta
depuis au feu.

    Henri III vivait d'ailleurs dans la mollesse et dans l'afféterie d'une
femme coquette; il couchait avec des gants d'une peau particulière pour
conserver la beauté de ses mains, qu'il avait effectivement plus belles
que toutes les femmes de sa cour; il mettait sur son visage une pâte
préparée, et une espèce de masque par-dessus : c'est ainsi qu'en parle
le livre des *Hermaphrodites*, qui circonstancie les moindres détails sur
son coucher, sur son lever, et sur ses habillements. Il avait une exactitude scrupuleuse sur la propreté dans la parure : il était si attaché à
ces petitesses, qu'il chassa un jour le duc d'Épernon de sa présence,
parce qu'il s'était présenté devant lui sans escarpins blancs, et avec un
habit mal boutonné.

    Quélus fut tué en duel le 27 avril 1578.

    Louis de Maugiron, baron d'Ampus, était l'un des mignons pour qui
Henri III eut le plus de faiblesse : c'était un jeune homme d'un grand
courage et d'une grande espérance. Il avait fait de fort belles actions
au siège d'Issoire, où il avait eu le malheur de perdre un œil. Cette
disgrâce lui laissait encore assez de charmes pour être infiniment du
goût du roi; on le comparait à la princesse d'Éboli, qui, étant borgne

Ils formaient dans Paris cette Ligue fatale,
De sa faible puissance orgueilleuse rivale.
Les peuples déchaînés, vils esclaves des grands,
Persécutaient leur prince, et servaient des tyrans.
Ses amis corrompus bientôt l'abandonnèrent;
Du Louvre épouvanté ses peuples le chassèrent :
Dans Paris révolté l'étranger accourut;
Tout périssait enfin, lorsque Bourbon ¹ parut.
Le vertueux Bourbon, plein d'une ardeur guerrière,
A son prince aveuglé vint rendre la lumière :

comme lui, était dans le même temps maîtresse de Philippe II, roi d'Espagne. On dit que ce fut pour cette princesse et pour Maugiron qu'un Italien fit ces quatre beaux vers renouvelés de l'*Anthologie grecque* :

> *Lumine Acon dextro, capta est Leonida sinistro,*
> *Et poterat forma vincere uterque deos :*
> *Parce puer, lumen quod habes concede puellæ·*
> *Sic tu cæcus Amor, sic erit illa Venus.*

Maugiron fut tué en servant Quélus dans sa querelle.
Paul Stuart de Caussade de Saint-Mégrin, gentilhomme d'auprès de Bordeaux, fut aimé de Henri III autant que Quélus et Maugiron, et mourut d'une manière aussi tragique; il fut assassiné le 21 juillet de la même année, dans la rue Saint-Honoré, sur les onze heures du soir, en revenant du Louvre. Il fut porté à ce même hôtel de Boissy où étaient morts ses deux amis; il mourut le lendemain, de trente-quatre blessures qu'il avait reçues la veille. Le duc de Guise, le Balafré, fut soupçonné de cet assassinat, parce que Saint-Mégrin s'était vanté d'avoir couché avec la duchesse de Guise. Les Mémoires du temps rapportent que le duc de Mayenne fut reconnu, parmi les assassins, à sa barbe large, et à sa main faite en épaule de mouton. Le duc de Guise ne passait pourtant point pour un homme trop sévère sur la conduite de sa femme; et il n'y a pas d'apparence que le duc de Mayenne, qui n'avait jamais fait aucune action de lâcheté, se fût avili jusqu'à se mêler dans une troupe de vingt assassins pour tuer un seul homme.
Le roi baisa Saint-Mégrin, Quélus et Maugiron, après leur mort, les fit raser, et garda leurs blonds cheveux; il ôta de sa main à Quélus des boucles d'oreilles qu'il lui avait attachées lui-même. M. de L'Estoile dit que ces trois mignons moururent sans aucune religion, Maugiron en blasphémant, Quélus en disant à tout moment: « Ah! mon roi! » *sans dire un seul mot de Jésus-Christ ni de la Vierge*. Ils furent enterrés à Saint-Paul : le roi leur fit élever dans cette église trois tombeaux de marbre, sur lesquels étaient leurs figures à genoux; leurs tombeaux furent chargés d'épitaphes en prose et en vers, en latin et en français : on y comparait Maugiron à Horatius Coclès et à Annibal, parce qu'il était borgne comme eux. On ne rapporte point ici ces épitaphes, quoiqu'elles ne se trouvent que dans les *Antiquités de Paris*, imprimées sous le règne de Henri III. Il n'y a rien de remarquable ni de trop bon dans ces monuments; ce qu'il y a de meilleur est l'épitaphe de Quélus :

> *Non injuriam, sed mortem patienter tulit.*
> Il ne put souffrir un outrage,
> Et souffrit constamment la mort.

— Voyez, sur Joyeuse, les notes du troisième chant.

1. Henri IV, le héros de ce poème, y est appelé indifféremment Bourbon ou Henri.
Il naquit à Pau en Béarn, le 13 décembre 1553.

Il ranima sa force, il conduisit ses pas
De la honte à la gloire, et des jeux aux combats :
Aux remparts de Paris les deux rois s'avancèrent :
Rome s'en alarma; les Espagnols tremblèrent :
L'Europe, intéressée à ces fameux revers,
Sur ces murs malheureux avait les yeux ouverts.

On voyait dans Paris la Discorde inhumaine
Excitant aux combats et la Ligue et Mayenne,
Et le peuple et l'Église; et, du haut de ses tours
Des soldats de l'Espagne appelant les secours.
Ce monstre impétueux, sanguinaire, inflexible,
De ses propres sujets est l'ennemi terrible :
Aux malheurs des mortels il borne ses desseins;
Le sang de son parti rougit souvent ses mains :
Il habite en tyran dans les cœurs qu'il déchire,
Et lui-même il punit les forfaits qu'il inspire.

Du côté du couchant, près de ces bords fleuris
Où la Seine serpente en fuyant de Paris,
Lieux aujourd'hui charmants, retraite aimable et pure
Où triomphent les arts, où se plaît la nature,
Théâtre alors sanglant des plus mortels combats,
Le malheureux Valois rassemblait ses soldats.
On y voit ces héros, fiers soutiens de la France,
Divisés par leur secte, unis par la vengeance.
C'est aux mains de Bourbon que leur sort est commis :
En gagnant tous les cœurs, il les a tous unis.
On eût dit que l'armée, à son pouvoir soumise,
Ne connaissait qu'un chef, et n'avait qu'une Église.

Le père des Bourbons[1], du sein des immortels,
Louis fixait sur lui ses regards paternels :
Il présageait en lui la splendeur de sa race;
Il plaignait ses erreurs; il aimait son audace;
De sa couronne un jour il devait l'honorer;
Il voulait plus encore, il voulait l'éclairer.
Mais Henri s'avançait vers sa grandeur suprême,
Par des chemins secrets, inconnus à lui-même :
Louis, du haut des cieux, lui prêtait son appui;
Mais il cachait le bras qu'il étendait pour lui,
De peur que ce héros, trop sûr de sa victoire,
Avec moins de danger n'eût acquis moins de gloire.

Déjà les deux partis au pied de ces remparts
Avaient plus d'une fois balancé les hasards;

---

1 Saint Louis, neuvième du nom, roi de France, est la tige de la
branche des Bourbons.

Dans nos champs désolés le démon du carnage
Déjà jusqu'aux deux mers avait porté sa rage,
Quand Valois à Bourbon tint ce triste discours,
Dont souvent ses soupirs interrompaient le cours ·

« Vous voyez à quel point le destin m'humilie ;
Mon injure est la vôtre ; et la Ligue ennemie,
Levant contre son prince un front séditieux,
Nous confond dans sa rage, et nous poursuit tous deux.
Paris nous méconnaît ; Paris ne veut pour maître,
Ni moi qui suis son roi, ni vous qui devez l'être.
Ils savent que les lois, le mérite, et le sang,
Tout, après mon trépas, vous appelle à ce rang ;
Et, redoutant déjà votre grandeur future,
Du trône où je chancelle ils pensent vous exclure.
De la religion ¹, terrible en son courroux,
Le fatal anathème est lancé contre vous.
Rome, qui sans soldats porte en tous lieux la guerre,
Aux mains des Espagnols a remis son tonnerre :
Sujets, amis, parents, tout a trahi sa foi,
Tout me fuit, m'abandonne, ou s'arme contre moi ;
Et l'Espagnol avide, enrichi de mes pertes,
Vient en foule inonder mes campagnes désertes.

« Contre tant d'ennemis ardents à m'outrager,
Dans la France à mon tour appelons l'étranger :
Des Anglais en secret gagnez l'illustre reine.
Je sais qu'entre eux et nous une immortelle haine
Nous permet rarement de marcher réunis,
Que Londre est de tout temps l'émule de Paris ;
Mais, après les affronts dont ma gloire est flétrie,
Je n'ai plus de sujets, je n'ai plus de patrie.
Je hais, je veux punir des peuples odieux,
Et quiconque me venge est Français à mes yeux.
Je n'occuperai point, dans un tel ministère,
De mes secrets agents la lenteur ordinaire ;
Je n'implore que vous : c'est vous de qui la voix

---

1. Henri IV, roi de Navarre, avait été solennellement excommunié
par le pape Sixte-Quint dès l'an 1585, trois ans avant l'événement dont il
est ici question. Le pape, dans sa bulle, l'appelle *génération bâtarde et
détestable de la maison de Bourbon* ; le prive, lui et toute la maison de
Condé, à jamais de tous leurs domaines et fiefs, et les déclare surtout
incapables de succéder à la couronne.
Quoique alors le roi de Navarre et le prince de Condé fussent en armes
à la tête des protestants, le parlement, toujours attentif à conserver
l'honneur et les libertés de l'État, fit contre cette bulle les remontrances
les plus fortes ; et Henri IV fit afficher dans Rome, à la porte du Vatican, que Sixte-Quint, soi-disant pape, en avait menti, et que c'était
lui-même qui était hérétique, etc

Peut seule à mon malheur intéresser les rois.
Allez en Albion; que votre renommée
Y parle en ma défense, et m'y donne une armée
Je veux par votre bras vaincre mes ennemis;
Mais c'est de vos vertus que j'attends des amis. »

Il dit; et le héros qui, jaloux de sa gloire,
Craignait de partager l'honneur de la victoire,
Sentit, en l'écoutant, une juste douleur.
Il regrettait ces temps si chers à son grand cœur,
Où, fort de sa vertu, sans secours, sans intrigue,
Lui seul avec Condé¹ faisait trembler la Ligue,
Mais il fallut d'un maître accomplir les desseins :
Il suspendit les coups qui partaient de ses mains;
Et, laissant ses lauriers cueillis sur ce rivage,
A partir de ces lieux il força son courage.
Les soldats étonnés ignorent son dessein;
Et tous de son retour attendent leur destin.
Il marche. Cependant la ville criminelle
Le croit toujours présent, prêt à fondre sur elle;
Et son nom, qui du trône est le plus ferme appui;
Semait encor la crainte, et combattait pour lui.

Déjà des Neustriens il franchit la campagne.
De tous ses favoris, Mornay seul l'accompagne,
Mornay², son confident, mais jamais son flatteur;
Trop vertueux soutien du parti de l'erreur,
Qui, signalant toujours son zèle et sa prudence,
Servit également son Église et la France;
Censeur des courtisans, mais à la cour aimé;
Fier ennemi de Rome, et de Rome estimé.

---

1. C'était Henri, prince de Condé, fils de Louis, tué à Jarnac, Henri
de Condé était l'espérance du parti protestant. Il mourut à Saint-Jean
d'Angély à l'âge de trente-cinq ans, en 1588. Sa femme, Charlotte de La
Trimouille, fut accusée de sa mort. Elle était grosse de trois mois
lorsque son mari mourut, et accoucha six mois après de Henri de Condé,
second du nom, qu'une tradition populaire et ridicule fait naître treize
mois après la mort de son père.
    Larrey a suivi cette tradition dans son *Histoire de Louis XIV*, histoire
où le style, la vérité, et le bon sens, sont également négligés.
    2. Duplessis-Mornay, le plus vertueux et le plus grand homme du
parti protestant, naquit à Buy le 5 novembre 1549. Il savait le latin et le
grec parfaitement, et l'hébreu autant qu'on peut le savoir; ce qui était
un prodige alors dans un gentilhomme. Il servit sa religion et son maître
de sa plume et de son épée. Ce fut lui que Henri IV, étant roi de Navarre,
envoya à Elisabeth reine d'Angleterre. Il n'eut jamais d'autre instruc-
tion de son maître qu'un blanc signé. Il réussit dans presque toutes ses
négociations parce qu'il était un vrai politique, et non un intrigant. Ses
lettres passent pour être écrites avec beaucoup de force et de sagesse.
    Lorsque Henri IV eut changé de religion, Duplessis-Mornay lui fit d-

A travers deux rochers où la mer mugissante
Vient briser en courroux son onde blanchissante,
Dieppe aux yeux du héros offre son heureux port :
Les matelots ardents s'empressent sur le bord ;
Les vaisseaux sous leurs mains, fiers souverains des ondes,
Étaient prêts à voler sur les plaines profondes ;
L'impétueux Borée, enchaîné dans les airs,
Au souffle du zéphyr abandonnait les mers.
On lève l'ancre, on part, on fuit loin de la terre :
On découvrait déjà les bords de l'Angleterre :
L'astre brillant du jour à l'instant s'obscurcit ;
L'air siffle, le ciel gronde, et l'onde au loin mugit ;
Les vents sont déchaînés sur les vagues émues ;
La foudre étincelante éclate dans les nues ;
Et le feu des éclairs, et l'abîme des flots,
Montraient partout la mort aux pâles matelots.
Le héros, qu'assiégeait une mer en furie,
Ne songe en ce danger qu'aux maux de la patrie,
Tourne ses yeux vers elle, et, dans ses grands desseins,
Semble accuser les vents d'arrêter ses destins.
Tel, et moins généreux, aux rivages d'Épire,
Lorsque de l'univers il disputait l'empire,
Confiant sur les flots aux aquilons mutins
Le destin de la terre et celui des Romains,
Défiant à la fois et Pompée et Neptune,
César[1] à la tempête opposait sa fortune.

Dans ce même moment, le Dieu de l'univers,
Qui vole sur les vents, qui soulève les mers,
Ce Dieu dont la sagesse ineffable et profonde

sanglants reproches, et se retira de sa cour, On l'appelait *le pape des huguenots*. Tout ce qu'on dit de son caractère dans le poëme est conforme à l'histoire.

La raison qui porta l'auteur à choisir le personnage de Mornay, c'est ce caractère de philosophe qui n'appartient qu'à lui, et qu'on trouve développé au chant VIII :

> Et son rare courage, ennemi des combats,
> Sait affronter la mort, et ne la donne pas.

Et au chant VI :

> Il marche en philosophe où l'honneur le conduit,
> Condamne les combats, plaint son maître, et le suit.

1. Jules César, étant en Épire, dans la ville d'Apollonie, aujourd'hui Cérès, s'en déroba secrètement, et s'embarqua sur la petite rivière de Bolina, qui s'appelait alors l'Anius. Il se jeta seul pendant la nuit dans une barque à douze rames, pour aller lui-même chercher ses troupes, qui étaient au royaume de Naples. Il essuya une furieuse tempête. (Voyez Plutarque.)

Forme, élève, et détruit les empires du monde,
De son trône enflammé, qui luit au haut des cieux,
Sur le héros français daigna baisser les yeux.
Il le guidait lui-même. Il ordonne aux orages
De porter le vaisseau vers ces prochains rivages,
Où Jersey semble aux yeux sortir du sein des flots :
Là, conduit par le ciel, aborda le héros.

Non loin de ce rivage, un bois sombre et tranquille
Sous des ombrages frais présente un doux asile :
Un rocher, qui le cache à la fureur des flots,
Défend aux aquilons d'en troubler le repos :
Une grotte est auprès, dont la simple structure
Doit tous ses ornements aux mains de la nature.
Un vieillard vénérable avait, loin de la cour,
Cherché la douce paix dans cet obscur séjour.
Aux humains inconnu, libre d'inquiétude,
C'est là que de lui-même il faisait son étude;
C'est là qu'il regrettait ses inutiles jours,
Plongés dans les plaisirs, perdus dans les amours.
Sur l'émail de ces prés, au bord de ces fontaines,
Il foulait à ses pieds les passions humaines :
Tranquille, il attendait qu'au gré de ses souhaits
La mort vint à son Dieu le rejoindre à jamais.
Ce Dieu qu'il adorait prit soin de sa vieillesse;
Il fit dans son désert descendre la sagesse;
Et, prodigue envers lui de ses trésors divins,
Il ouvrit à ses yeux le livre des destins.

Ce vieillard, au héros que Dieu lui fit connaître,
Au bord d'une onde pure offre un festin champêtre.
Le prince à ces repas était accoutumé :
Souvent sous l'humble toit du laboureur charmé,
Fuyant le bruit des cours, et se cherchant lui-même
Il avait déposé l'orgueil du diadème.

Le trouble répandu dans l'empire chrétien
Fut pour eux le sujet d'un utile entretien.
Mornay, qui dans sa secte était inébranlable,
Prêtait au calvinisme un appui redoutable;
Henri doutait encore, et demandait aux cieux
Qu'un rayon de clarté vint dessiller ses yeux.
« De tout temps, disait-il, la vérité sacrée
Chez les faibles humains fut d'erreurs entourée :
Faut-il que, de Dieu seul attendant son appui,
J'ignore les sentiers qui mènent jusqu'à lui?
Hélas! un Dieu si bon, qui de l'homme est le maître,
En eût été servi, s'il avait voulu l'être. »

« De Dieu, dit le vieillard, adorons les desseins,
Et ne l'accusons pas des fautes des humains.
J'ai vu naître autrefois le calvinisme en France ;
Faible, marchant dans l'ombre, humble dans sa naissance,
Je l'ai vu, sans support, exilé dans nos murs,
S'avancer à pas lents par cent détours obscurs :
Enfin mes yeux ont vu, du sein de la poussière,
Ce fantôme effrayant lever sa tête altière,
Se placer sur le trône, insulter aux mortels,
Et d'un pied dédaigneux renverser nos autels.

« Loin de la cour alors, en cette grotte obscure,
De ma religion je vins pleurer l'injure.
Là, quelque espoir au moins flatte mes derniers jours ·
Un culte si nouveau ne peut durer toujours.
Des caprices de l'homme il a tiré son être ;
On le verra périr ainsi qu'on l'a vu naître.
Les œuvres des humains sont fragiles comme eux ;
Dieu dissipe à son gré leurs desseins factieux.
Lui seul est toujours stable ; et, tandis que la terre
Voit de sectes sans nombre une implacable guerre.
La Vérité repose aux pieds de l'Éternel.
Rarement elle éclaire un orgueilleux mortel :
Qui la cherche du cœur, un jour peut la connaître.
Vous serez éclairé, puisque vous voulez l'être.
Ce Dieu vous a choisi : sa main, dans les combats,
Au trône des Valois va conduire vos pas.
Déjà sa voix terrible ordonne à la victoire
De préparer pour vous les chemins de la gloire ;
Mais, si la vérité n'éclaire vos esprits,
N'espérez point entrer dans les murs de Paris.
Surtout des plus grands cœurs évitez la faiblesse ;
Fuyez d'un doux poison l'amorce enchanteresse
Craignez vos passions, et sachez quelque jour
Résister aux plaisirs, et combattre l'amour.
Enfin quand vous aurez, par un effort suprême,
Triomphé des ligueurs, et surtout de vous-même :
Lorsqu'en un siége horrible, et célèbre à jamais,
Tout un peuple étonné vivra de vos bienfaits,
Ces temps de vos États finiront les misères ;
Vous lèverez les yeux vers le Dieu de vos pères,
Vous verrez qu'un cœur droit peut espérer en lui.
Allez : qui lui ressemble est sûr de son appui. »

Chaque mot qu'il disait était un trait de flamme
Qui pénétrait Henri jusqu'au fond de son âme.
Il se crut transporté dans ces temps bienheureux
Où le Dieu des humains conversait avec eux,

Où la simple vertu, prodiguant les miracles,
Commandait à des rois, et rendait des oracles.

Il quitte avec regret ce vieillard vertueux :
Des pleurs, en l'embrassant, coulèrent de ses yeux;
Et, dès ce moment même, il entrevit l'aurore
De ce jour qui pour lui ne brillait pas encore.
Mornay parut surpris, et ne fut point touché :
Dieu, maître de ses dons, de lui s'était caché.
Vainement sur la terre il eut le nom de sage :
Au milieu des vertus l'erreur fut son partage.

Tandis que le vieillard, instruit par le Seigneur,
Entretenait le prince, et parlait à son cœur,
Les vents impétueux à sa voix s'apaisèrent,
Le soleil reparut, les ondes se calmèrent;
Bientôt jusqu'au rivage il conduisit Bourbon :
Le héros part, et vole aux plaines d'Albion.

En voyant l'Angleterre, en secret il admire
Le changement heureux de ce puissant empire,
Où l'éternel abus de tant de sages lois
Fit longtemps le malheur et du peuple et des rois.
Sur ce sanglant théâtre où cent héros périrent,
Sur ce trône glissant dont cent rois descendirent,
Une femme, à ses pieds enchaînant les destins,
De l'éclat de son règne étonnait les humains :
C'était Élisabeth; elle dont la prudence
De l'Europe à son choix fit pencher la balance,
Et fit aimer son joug à l'Anglais indompté,
Qui ne peut ni servir, ni vivre en liberté.
Ses peuples sous son règne ont oublié leurs pertes;
De leurs troupeaux féconds leurs plaines sont couvertes;
Les guérets de leurs blés, les mers de leurs vaisseaux;
Ils sont craints sur la terre, ils sont rois sur les eaux;
Leur flotte impérieuse, asservissant Neptune,
Des bouts de l'univers appelle la fortune.
Londres, jadis barbare, est le centre des arts,
Le magasin du monde, et le temple de Mars.
Aux murs de Westminster¹ on voit paraître ensemble
Trois pouvoirs étonnés du nœud qui les rassemble,
Les députés du peuple, et les grands, et le roi,
Divisés d'intérêt, réunis par la loi;
Tous trois membres sacrés de ce corps invincible,

---

1. C'est à Westminster que s'assemble le parlement d'Angleterre : il faut le concours de la chambre des communes, de celle des pairs, et le consentement du roi, pour faire des lois.

Dangereux à lui-même, à ses voisins terrible.
Heureux lorsque le peuple, instruit dans son devoir,
Respecte autant qu'il doit le souverain pouvoir!
Plus heureux lorsqu'un roi, doux, juste et politique,
Respecte, autant qu'il doit, la liberté publique!
« Ah ! s'écria Bourbon, quand pourront les Français
Réunir, comme vous, la gloire avec la paix?
Quel exemple pour vous, monarques de la terre!
Une femme a fermé les portes de la guerre;
Et, renvoyant chez vous la discorde et l'horreur,
D'un peuple qui l'adore elle a fait le bonheur. »

    Cependant il arrive à cette ville immense,
Où la liberté seule entretient l'abondance.
Du vainqueur des Anglais il aperçoit la Tour. [1]
Plus loin d'Elisabeth est l'auguste séjour.
Suivi de Mornay seul, il va trouver la reine,
Sans appareil, sans bruit, sans cette pompe vaine
Dont les grands, quels qu'ils soient, en secret sont épris,
Mais que le vrai héros regarde avec mépris.
Il parle; sa franchise est sa seule éloquence :
Il expose en secret les besoins de la France;
Et, jusqu'à la prière humiliant son cœur,
Dans ses soumissions découvre sa grandeur.
« Quoi! vous servez Valois! dit la reine surprise;
C'est lui qui vous envoie au bord de la Tamise?
Quoi! de ses ennemis devenu protecteur,
Henri vient me prier pour son persécuteur!
Des rives du couchant aux portes de l'aurore,
De vos longs différends l'univers parle encore;
Et je vous vois armer en faveur de Valois
Ce bras, ce même bras qu'il a craint tant de fois!
— Ses malheurs, lui dit-il, ont étouffé nos haines;
Valois était esclave; il brise enfin ses chaînes.
Plus heureux, si, toujours assuré de ma foi,
Il n'eût cherché d'appui que son courage et moi!
Mais il employa trop l'artifice et la feinte;
Il fut mon ennemi par faiblesse et par crainte.
J'oublie enfin sa faute, en voyant son danger;
Je l'ai vaincu, madame, et je vais le venger.
Vous pouvez, grande reine, en cette juste guerre,
Signaler à jamais le nom de l'Angleterre,
Couronner vos vertus en défendant nos droits,
Et venger avec moi la querelle des rois. »

1. La Tour de Londres est un vieux château bâti près de la Tamise,
par Guillaume le Conquérant, duc de Normandie.

Élisabeth alors avec impatience
Demande le récit des troubles de la France,
Veut savoir quels ressorts et quel enchaînement
Ont produit dans Paris un si grand changement.
« Déjà, dit-elle au roi, la prompte Renommée
De ces revers sanglants m'a souvent informée;
Mais sa bouche, indiscrète en sa légèreté,
Prodigue le mensonge avec la vérité :
J'ai rejeté toujours ses récits peu fidèles.
Vous donc, témoin fameux de ces longues querelles,
Vous, toujours de Valois le vainqueur ou l'appui,
Expliquez-nous le nœud qui vous joint avec lui :
Daignez développer ce changement extrême;
Vous seul pouvez parler dignement de vous-même.
Peignez-moi vos malheurs, et vos heureux exploits;
Songez que votre vie est la leçon des rois.

— Hélas! reprit Bourbon, faut-il que ma mémoire
Rappelle de ces temps là malheureuse histoire!
Plût au ciel irrité, témoin de mes douleurs,
Qu'un éternel oubli nous cachât tant d'horreurs!
Pourquoi demandez-vous que ma bouche raconte
Des princes de mon sang les fureurs et la honte?
Mon cœur frémit encore à ce seul souvenir;
Mais vous me l'ordonnez, je vais vous obéir.
Un autre, en vous parlant, pourrait avec adresse
Déguiser leurs forfaits, excuser leur faiblesse;
Mais ce vain artifice est peu fait pour mon cœur,
Et je parle en soldat plus qu'en ambassadeur[1]. »

1. Ceux qui n'approuvent point que l'auteur ait supposé ce voyage de Henri IV en Angleterre peuvent dire qu'il ne paraît pas permis de mêler ainsi le mensonge à la vérité dans une histoire si récente; que les savants dans l'Histoire de France en doivent être choqués, et les ignorants peuvent être induits en erreur; que si les fictions ont droit d'entrer dans un poëme épique, il faut que le lecteur les reconnaisse aisément pour telles; que quand on personnifie les passions, que l'on peint la Politique et la Discorde allant de Rome à Paris, l'Amour enchaînant Henri IV, etc., personne ne peut être trompé à ces peintures; mais que lorsqu'on voit Henri IV passer la mer pour demander du secours à une princesse de sa religion, on peut croire facilement que ce prince a fait effectivement ce voyage; qu'en un mot, un tel épisode doit être moins regardé comme une imagination du poëte que comme un mensonge d'historien.

Ceux qui ont du sentiment contraire peuvent opposer que non-seulement il est permis à un poëte d'altérer l'histoire dans les faits principaux, mais qu'il est impossible de ne le pas faire; qu'il n'y a jamais eu d'événement dans le monde tellement disposé par le hasard, qu'on pût en faire un poëme épique sans y rien changer; qu'il ne faut pas avoir plus de scrupule dans le poëme que dans la tragédie, où l'on pousse beaucoup plus loin la liberté de ces changements : car, si l'on était trop servilement attaché à l'histoire, on tomberait dans le défaut de Lucain,

VARIANTES DU CHANT I.

Vers 1. La première édition commençait ainsi :

Je chante les combats, et ce roi généreux
Qui força les Français à devenir heureux,
Qui dissipa la Ligue et fit trembler l'Ibère,
Qui fut de ses sujets le vainqueur et le père,
Dans Paris subjugué fit adorer ses lois,
Et fut l'amour du monde et l'exemple des rois.
Muse, raconte-moi quelle haine obstinée
Arma contre Henri la France mutinée,
Et comment nos aïeux, à leur perte courants,
Au plus juste des rois préféraient des tyrans.

Voltaire avait mis d'abord :

Qui força les Français à devenir heureux.

Dadiky, Smyrniote, interprète du roi d'Angleterre, alla trouver Voltaire, et lui dit : « Monsieur, je suis du pays d'Homère ; il ne com-

qui a fait une gazette en vers, au lieu d'un poëme épique. A la vérité il serait ridicule de transporter des événements principaux et dépendants les uns des autres, de placer la bataille d'Ivry avant la bataille de Coutras, et la Saint-Barthélemy après les Barricades. Mais l'on peut bien faire passer secrètement Henri IV en Angleterre, sans que ce voyage, qu'on suppose ignoré des Parisiens mêmes, change en rien la suite des événements historiques. Les mêmes lecteurs, qui sont choqués qu'on lui fasse faire un trajet de mer de quelques lieues, ne seraient point étonnés qu'on le fît aller en Guyenne, qui est quatre fois plus éloignée. Que si Virgile a fait venir en Italie Enée, qui n'y alla jamais, s'il l'a rendu amoureux de Didon, qui vivait trois cents ans après lui, on peut sans scrupule faire rencontrer ensemble Henri IV et la reine Elisabeth, qui s'estimaient l'un l'autre, et qui eurent toujours un grand désir de se voir. Virgile, dira-t-on, parlait d'un temps très-éloigné : il est vrai ; mais ces événements, tout reculés qu'ils étaient dans l'antiquité, étaient fort connus. L'*Iliade* et l'histoire de Carthage étaient aussi familières aux Romains que nous le sont les histoires les plus récentes : il est aussi permis à un poëte français de tromper le lecteur de quelques lieues, qu'à Virgile de le tromper de trois cents ans. Enfin ce mélange de l'histoire et de la fable est une règle établie et suivie, non-seulement dans tous les poëmes, mais dans tous les romans. Ils sont remplis d'aventures qui, à la vérité, ne sont pas rapportées dans l'histoire, mais qui ne sont pas démenties par elle. Il suffit, pour établir le voyage de Henri en Angleterre, de trouver un temps où l'histoire ne donne point à ce prince d'autres occupations. Or il est certain qu'après la mort des Guises Henri a pu faire ce voyage, qui n'est que de quinze jours au plus, et qui peut aisément être de huit. D'ailleurs cet épisode est d'autant plus vraisemblable que la reine Elisabeth envoya effectivement six mois après à Henri le Grand quatre mille Anglais. De plus, il faut remarquer que Henri, le héros du poëme, est le seul qui puisse conter dignement l'histoire de la cour de France, et qu'il n'y a guère qu'Elisabeth qui puisse l'entendre. Enfin il s'agit de savoir si les choses que se disent Henri IV et la reine Elisabeth sont assez bonnes pour excuser cette fiction dans l'esprit de ceux qui la condamnent, et pour autoriser ceux qui l'approuvent.

mençait point ses poëmes par un trait d'esprit, par une énigme. » La critique était juste; Voltaire la sentit et se corrigea.

Vers 3 :

> Qui par de longs travaux apprit à gouverner,
> Qui, formidable et doux, sut vaincre et pardonner.

Édition de 1730 :

> Qui par le malheur même apprit à gouverner,
> Persécuté longtemps, sut vaincre et pardonner.

Vers 20. Voltaire avait d'abord composé ces vers, qui n'ont pas paru :

> Et toi, jeune héros, toujours conduit par elle,
> Disciple de Trajan, rival de Marc Aurèle,
> Citoyen sur le trône, et l'exemple du Nord,
> Sois mon plus cher appui, sois mon plus grand support
> Laisse les autres rois, ces faux dieux de la terre,
> Porter de toutes parts ou la fraude ou la guerre :
> De leurs fausses vertus laisse-les s'honorer;
> Ils désolent le monde, et tu dois l'éclairer.

Vers 42 :

> De son faible pouvoir insolente rivale :
> Cent partis opposés, du même orgueil épris,
> De son trône à ses yeux disputaient les débris.
> Ses amis corrompus, etc.

Vers 51 :

> Troublant tout dans Paris, et, du haut de ses tours,
> De Rome et de l'Espagne appelant les secours;
> De l'autre paraissaient les soutiens de la France
> Divisés par leur secte, unis par la vengeance;
> Henri de leurs desseins était l'âme et l'appui;
> Leurs cœurs impatients volaient tous après lui.
> On eût dit que l'armée, à son pouvoir soumise,
> Ne connaissait qu'un chef et n'avait qu'une Église.
> Vous le vouliez ainsi, grand Dieu, dont les desseins,
> Par de secrets ressorts inconnus aux humains,
> Confondant des ligués la superbe espérance,
> Destinaient aux Bourbons l'empire de la France :
> Déjà les deux partis, etc.

Vers 117 :

> L'Angleterre vous aime, et votre renommée
> Sur vos pas en ces lieux conduira son armée.
> Les moments nous sont chers, et le vent nous seconde :
> Allez, qu'à mes desseins votre zèle réponde;
> Partez, je vous attends pour signaler mes coups :

Qui veut vaincre et régner ne combat point sans vous.
Il dit ; et le héros, etc.

Vers 137 :

Déjà des Neustriens il franchit la campagne ;
De tous ses favoris Sully seul l'accompagne ;
Sully qui, dans la guerre et dans la paix fameux,
Intrépide soldat, courtisan vertueux,
Dans les plus grands emplois signalant sa prudence
Servit également et son maître et la France :
Heureux, si, mieux instruit de la divine loi,
Il eût fait pour son Dieu ce qu'il fit pour son roi !
A travers deux rochers, etc.

L'amitié de M. de Voltaire pour M. le duc de Sully l'avait engagé
à donner Sully pour confident à Henri IV dans son poëme. Cependant
le rôle que Sully pouvait jouer dans *la Henriade*, qui se termine à la
reddition de Paris, était trop inférieur à celui qu'il a joué depuis
dans l'histoire. M. de Voltaire, ayant eu des raisons très-justes et
très-graves de se plaindre de M. le duc de Sully, a corrigé ce défaut,
et substitué le sage Mornay à Sully, et, ne pouvant le rendre intéressant en le faisant agir, il lui a donné ce caractère original et sublime
qu'il n'eût pu supposer à Sully, ou à quelque autre ami de Henri IV,
sans trop s'écarter de l'histoire.

Vers 153 :

On lève l'ancre, on part, on fuit loin de la terre ;
On aborde bientôt les champs de l'Angleterre :
Henri court au rivage, et d'un œil curieux
Contemple ces climats, alors aimés des cieux.
Sous de rustiques toits, les laboureurs tranquilles
Amassent les trésors des campagnes fertiles,
Sans craindre qu'à leurs yeux des soldats inhumains
Ravagent ces beaux champs cultivés par leurs mains.
La paix au milieu d'eux, comblant leur espérance,
Amène les plaisirs, enfants de l'abondance.
« Peuple heureux, dit Bourbon, quand pourront les Français
Voir d'un règne aussi doux fleurir les justes lois ?
Quel exemple pour vous, monarques de la terre !
Une femme a fermé les portes de la guerre ;
Et, renvoyant chez vous la discorde et l'horreur,
D'un peuple qui l'adore elle fait le bonheur. »
En achevant ces mots, il découvre un bocage
Dont un léger zéphyr agitait le feuillage ;
Flore étalait au loin ses plus vives couleurs ;
Une onde transparente y fuit entre les fleurs ;
Une grotte est auprès, etc.

Vers 236 :

              Leurs desseins orgueilleux.
Lui seul est toujours stable. En vain notre caprice
De sa sainte cité veut saper l'édifice ;

Lui-même en affermit les sacrés fondements,
Ces fondements vainqueurs de l'enfer et du temps.
C'est à vous, grand Bourbon, qu'il se fera connaître.

Vers 267 :

Il embrasse en pleurant ce vieillard vertueux ;
Il s'éloigne à regret de ces paisibles lieux :
Il avance, il arrive à la cité fameuse
Qu'arrose de ses eaux la Tamise orgueilleuse.
Là, des rois d'Albion est l'antique séjour ;
Élisabeth alors y rassemblait sa cour.
L'univers la respecte, et le ciel l'a formée
Pour rendre un calme heureux à cette île alarmée,
Pour faire aimer son joug à ce peuple indompté,
Qui ne peut ni servir ni vivre en liberté.
Le héros en secret est conduit chez la reine ;
Il la voit, il lui dit le sujet qui l'amène ;
Et, jusqu'à la prière humiliant son cœur,
Dans ses soumissions découvre sa grandeur.
« Quoi ! vous servez Valois, etc.

Le beau tableau de l'Angleterre a été ajouté dans les éditions sui-
vantes, d'après ce que M. de Voltaire avait vu lui-même dans cette
île ; et ce tableau ressemble plus à l'Angleterre sous Georges Iᵉʳ qu'à
l'Angleterre sous Élisabeth.

Dans un poëme, on n'est obligé de se conformer rigoureusement à
la vérité historique, ni pour l'ordre et les détails des faits, ni même
pour le caractère des personnages. Il suffit de ne point s'écarter de
l'histoire dans les grands événements, et de ne pas choquer l'opinion
publique sur les caractères principaux. M. de Voltaire a donc pu,
sans se contredire, ne donner ici que des louanges à Élisabeth, et
rendre justice dans son histoire à la perfidie, à la cruauté, à l'hypocrisie de cette princesse.

Vers 353 :

Mais n'employant jamais que la ruse et la feinte,
Il fut mon ennemi par faiblesse et par crainte ;
Je l'ai vaincu, madame, et je vais le venger ;
Le bras qui l'a puni saura le protéger.

Dans d'autres éditions, il y avait :

Reine, je parle ici sans détour et sans feinte :
Vous m'avez commandé de bannir la contrainte ;
Et mon cœur, qui jamais n'a su se déguiser,
Prêt à servir Valois, ne saurait l'excuser.

Vers 360 :

La querelle des rois.
La reine accorda tout à sa noble prière ;
De Mars à ses sujets elle ouvrit la barrière.
Mille jeunes héros vont bientôt sur ses pas
Fendre le sein des mers et chercher les combats.

Essex est à leur tête, Essex dont la vaillance
Vingt fois de l'Espagnol confondit la prudence,
Et qui ne croyait pas qu'un indigne destin
Dût flétrir les lauriers qu'avait cueillis sa main.

Quelques-uns de ces vers ont été transposés dans le troisième chant

Au lieu du vers 385 et des trois suivants, on lisait dans les éditions
de 1723 à 1737 :

Surtout, en écoutant ces tristes aventures,
Pardonnez, grande reine, à des vérités dures
Qu'un autre aurait pu taire ou saurait mieux voiler,
Mais que jamais Bourbon n'a pu dissimuler.

CHANT SECOND.

ARGUMENT. — Henri le Grand raconte à la reine Élisabeth l'histoire des
malheurs de la France : il remonte à leur origine, et entre dans le
détail des massacres de la Saint-Barthélemy.

« Reine, l'excès des maux où la France est livrée
Est d'autant plus affreux que leur source est sacrée :
C'est la religion dont le zèle inhumain
Met à tous les Français les armes à la main.
Je ne décide point entre Genève et Rome.[1]
De quelque nom divin que leur parti les nomme,
J'ai vu des deux côtés la fourbe et la fureur ;
Et si la perfidie est fille de l'erreur,
Si, dans les différends où l'Europe se plonge,
La trahison, le meurtre, est le sceau du mensonge,
L'un et l'autre parti, cruel également,
Ainsi que dans le crime est dans l'aveuglement.
Pour moi, qui, de l'État embrassant la défense,
Laissai toujours aux cieux le soin de leur vengeance,
On ne m'a jamais vu, surpassant mon pouvoir,
D'une indiscrète main profaner l'encensoir :

---

1. Quelques lecteurs peu attentifs pourront s'effaroucher de la hardiesse de ces expressions. Il est juste de ménager sur cela leur scrupule, et de leur faire considérer que les mêmes paroles qui seraient une
impiété dans la bouche d'un catholique, sont très-séantes dans celle du
roi de Navarre. Il était alors calviniste. Beaucoup de nos historiens
même nous le peignent flottant entre les deux religions ; et certainement, s'il ne jugeait de l'une et de l'autre que par la conduite des deux
partis, il devait se défier des deux cultes, qui n'étaient soutenus alors
que par des crimes. On le donne ici pour un homme d'honneur, tel qu'il
était, cherchant de bonne foi à s'éclairer, ami de la vérité, ennemi de la
persécution, et détestant le crime partout où il se trouve.

Et périsse à jamais l'affreuse politique
Qui prétend sur les cœurs un pouvoir despotique,
Qui veut, le fer en main, convertir les mortels,
Qui du sang hérétique arrose les autels,
Et, suivant un faux zèle, ou l'intérêt, pour guides,
Ne sert un Dieu de paix que par des homicides!

« Plût à ce Dieu puissant, dont je cherche la loi,
Que la cour des Valois eût pensé comme moi!
Mais l'un et l'autre Guise¹ ont eu moins de scrupule.
Ces chefs ambitieux d'un peuple trop crédule,
Couvrant leurs intérêts de l'intérêt des cieux,
Ont conduit dans le piége un peuple furieux,
Ont armé contre moi sa piété cruelle.
J'ai vu nos citoyens s'égorger avec zèle,
Et, la flamme à la main, courir dans les combats,
Pour de vains arguments qu'ils ne comprenaient pas.
Vous connaissez le peuple, et savez ce qu'il ose
Quand, du ciel outragé pensant venger la cause,
Les yeux ceints du bandeau de la religion,
Il a rompu le frein de la soumission.
Vous le savez, madame, et votre prévoyance
Étouffa dès longtemps ce mal en sa naissance.
L'orage en vos États à peine était formé;
Vos soins l'avaient prévu, vos vertus l'ont calmé :
Vous régnez; Londre² est libre, et vos lois florissantes
Médicis a suivi des routes différentes.
Peut-être que, sensible à ces tristes récits,
Vous me demanderez quelle était Médicis;
Vous l'apprendrez du moins d'une bouche ingénue.
Beaucoup en ont parlé; mais peu l'ont bien connue,

---

1. François, duc de Guise, appelé communément alors le grand duc de Guise, était père du Balafré. Ce fut lui qui, avec le cardinal son frère, jeta les fondements de la Ligue. Il avait de très-grandes qualités, qu'il faut bien se donner de garde de confondre avec de la vertu.
Le président de Thou, ce grand historien, rapporte que François de Guise voulut faire assassiner Antoine de Navarre, père de Henri IV, dans la chambre de François II. Il avait engagé ce jeune roi à permettre ce meurtre. Antoine de Navarre avait le cœur hardi, quoique l'esprit faible. Il fut informé du complot, et ne laissa pas d'entrer dans la chambre où on devait l'assassiner. « S'ils me tuent, dit-il à Reinsi, gentilhomme à lui, prenez ma chemise toute sanglante, portez-la à mon fils et à ma femme; ils liront dans mon sang ce qu'ils doivent faire pour me venger. » François II n'osa pas, dit M. de Thou, se souiller de ce crime, et le duc de Guise, en sortant de la chambre, s'écria : « Le pauvre roi que nous avons! »
2. M. de Castelnau, envoyé de France auprès de la reine Élisabeth, parle ainsi d'elle :
« Cette princesse avait toutes les plus grandes qualités requises pour régner heureusement. On pourrait dire de son règne ce qui advint au temps d'Auguste, lorsque le temple de Janus fut fermé, etc. »

Peu de son cœur profond ont sondé les replis.
Pour moi, nourri vingt ans à la cour de ses fils,
Qui vingt ans sous ses pas vis les orages naître,
J'ai trop à mes périls appris à la connaître.

« Son époux, expirant dans la fleur de ses jours,
A son ambition laissait un libre cours.
Chacun de ses enfants, nourri sous sa tutelle [1],
Devint son ennemi dès qu'il régna sans elle.
Ses mains autour du trône, avec confusion,
Semaient la jalousie et la division,
Opposant sans relâche avec trop de prudence
Les Guises [2] aux Condés, et la France à la France;
Toujours prête à s'unir avec ses ennemis,
Et changeant d'intérêt, de rivaux, et d'amis;
Esclave [3] des plaisirs, mais moins qu'ambitieuse;
Infidèle [4] à sa secte, et superstitieuse [5];
Possédant, en un mot, pour n'en pas dire plus,
Les défauts de son sexe, et peu de ses vertus.
Ce mot m'est échappé, pardonnez ma franchise :
Dans ce sexe, après tout, vous n'êtes point comprise;
L'auguste Elisabeth n'en a que les appas;
Le ciel, qui vous forma pour régir des Etats,
Vous fait servir d'exemple à tous tant que nous sommes;
Et l'Europe vous compte au rang des plus grands hommes

« Déjà François second, par un sort imprévu,
Avait rejoint son père au tombeau descendu;
Faible enfant, qui de Guise adorait les caprices,
Et dont on ignorait les vertus et les vices.
Charles, plus jeune encore, avait le nom de roi :
Médicis régnait seule; on tremblait sous sa loi.
D'abord sa politique, assurant sa puissance,
Semblait d'un fils docile éterniser l'enfance;
Sa main, de la discorde allumant le flambeau,
Signala par le sang son empire nouveau;

1. Catherine de Médicis se brouilla avec son fils Charles IX sur la fin de la vie de ce prince, et ensuite avec Henri III. Elle avait été si ouvertement mécontente du gouvernement de François II, qu'on l'avait soupçonnée, quoique injustement, d'avoir hâté la mort de ce roi.

2. Dans les *Mémoires de la Ligue*, on trouve une lettre de Catherine de Médicis au prince de Condé, par laquelle elle le remercie d'avoir pris les armes contre la cour.

3. Elle fut accusée d'avoir eu des intrigues avec le vidame de Chartres, mort à la Bastille, et avec un gentilhomme breton nommé Moscouet.

4. Quand elle crut la bataille de Dreux perdue, et les protestants vainqueurs : « Hé bien, dit-elle, nous prierons Dieu en français. »

5. Elle était assez faible pour croire à la magie; témoin les talismans qu'on trouva après sa mort.

Elle arma le courroux de deux sectes rivales.
Dreux [1], qui vit déployer leurs enseignes fatales,
Fut le théâtre affreux de leurs premiers exploits.
Le vieux Montmorency [2], près du tombeau des rois,
D'un plomb mortel atteint par une main guerrière,
De cent ans de travaux termina la carrière.
Guise [3] auprès d'Orléans mourut assassiné.
Mon père [4] malheureux, à la cour enchaîné,

1. La bataille de Dreux fut la première bataille rangée qui se donna entre le parti catholique et le parti protestant. Ce fut en 1562.

2. Anne de Montmorency, homme opiniâtre et inflexible, le plus malheureux général de son temps, fait prisonnier à Pavie et à Dreux, battu à Saint-Quentin par Philippe II, fut enfin blessé à mort à la bataille de Saint-Denys, par un Anglais nommé Stuart, le même qui l'avait pris à la bataille de Dreux.

3. C'est ce même François de Guise cité ci-dessus, fameux par la défense de Metz contre Charles-Quint. Il assiégeait les protestants dans Orléans, en 1563, lorsque Poltrot de Méré, gentilhomme angoumois, le tua par derrière d'un coup de pistolet chargé de trois balles empoisonnées. Il mourut à l'âge de quarante-quatre ans, comblé de gloire, et regretté des catholiques.

4. Antoine de Bourbon, roi de Navarre, père du plus intrépide et du plus ferme de tous les hommes, fut le plus faible et le moins décidé : il était huguenot, et sa femme catholique. Ils changèrent tous deux de religion presque en même temps.

Jeanne d'Albret fut depuis huguenote opiniâtre; mais Antoine chancela toujours dans sa catholicité, jusque-là même qu'on douta dans quelle religion il mourut. Il porta les armes contre les protestants, qu'il aimait, et servit Catherine de Médicis, qu'il détestait, et le parti des Guises, qui l'opprimait.

Il songea à la régence après la mort de François II. La reine mère l'envoya chercher : « Je sais, lui dit-elle, que vous prétendez au gouvernement; je veux que vous me le cédiez tout à l'heure par un écrit de votre main, et que vous vous engagiez à me remettre la régence, si les états vous la défèrent. » Antoine de Bourbon donna l'écrit que la reine lui demandait, et signa ainsi son déshonneur. C'est à cette occasion que l'on fit ces vers, que j'ai lus dans les manuscrits de M. le premier président de Mesmes :

　　　Marc Antoine, qui pouvoit être
　　　Le plus grand seigneur et le maître
　　　De son pays, s'oublia tant,
　　　Qu'il se contenta d'être Antoine;
　　　Servant lâchement une reine.
　　　Le Navarrois en fait autant.

Après la fameuse conjuration d'Amboise, un nombre infini de gentilshommes vinrent offrir leurs services et leurs vies à Antoine de Navarre : il se mit à leur tête; mais il les congédia bientôt, en leur promettant de demander grâce pour eux. « Songez seulement à l'obtenir pour vous, lui répondit un vieux capitaine; la nôtre est au bout de nos épées. »

Il mourut à quarante-quatre ans, au même âge que le duc de Guise, d'un coup d'arquebuse reçu dans l'épaule gauche au siége de Rouen, où il commandait. Sa mort arriva le 17 novembre 1562, le trente-cinquième jour de sa blessure. L'incertitude qu'il avait eue pendant sa vie le troubla dans ses derniers moments; et, quoiqu'il eût reçu les sacrements selon l'usage de l'Église romaine, on douta s'il ne mourut

Trop faible, et malgré lui servant toujours la reine,
Traîna dans les affronts sa fortune incertaine;
Et, toujours de sa main préparant ses malheurs,
Combattit et mourut pour ses persécuteurs.
Condé[1], qui vit en moi le seul fils de son frère,
M'adopta, me servit et de maître et de père;
Son camp fut mon berceau; là, parmi les guerriers,
Nourri dans la fatigue à l'ombre des lauriers,

point protestant. Il avait reçu le coup mortel dans la tranchée, dans le temps qu'il pissait; aussi lui fit-on cette épitaphe :

> Ami François, le prince ici gisant
> Vécut sans gloire, et mourut en pissant.

Il y en a une dans M. Le Laboureur qui ressemble à celle-là, et finit par le même hémistiche. M. Jurieu assure que lorsque Louis, prince de Condé, était en prison à Orléans, le roi de Navarre, son frère, allait solliciter le cardinal de Lorraine, et que celui-ci recevait, assis et couvert, le roi de Navarre, qui lui parlait debout et nu-tête; je ne sais où M. Jurieu a pu déterrer ce fait.

1. Louis de Condé, frère d'Antoine, roi de Navarre, le septième et dernier des enfants de Charles de Bourbon, duc de Vendôme, fut un de ces hommes extraordinaires nés pour le malheur et pour la gloire de leur patrie. Il fut longtemps le chef des réformés, et mourut, comme l'on sait, à Jarnac. Il avait un bras en écharpe le jour de la bataille. Comme il marchait aux ennemis, le cheval du comte de La Rochefoucauld, son beau-frère, lui donna un coup de pied qui lui cassa la jambe. Ce prince, sans daigner se plaindre, s'adressa aux gentilshommes qui l'accompagnaient : « Apprenez, leur dit-il, que les chevaux fougueux nuisent plus qu'ils ne servent dans une armée. » Un instant après il leur dit, avec un bras en écharpe et une jambe cassée; « Le prince de Condé ne craint point de donner la bataille, puisque vous le suivez; » et chargea dans le moment.

Brantôme dit qu'après que le prince se fut rendu prisonnier à Dargence, dans cette bataille, arriva un très-honnête et très-brave gentilhomme, nommé Montesquiou, qui, ayant demandé qui c'était, comme on lui dit que c'était M. le prince de Condé : « Tuez, tuez, mordieu! » dit-il, et lui tira un coup de pistolet dans la tête. Montesquiou était capitaine des gardes du duc d'Anjou, depuis Henri III. Le comte de Soissons, fils cadet du prince de Condé, chercha partout Montesquiou et ses parents, pour les sacrifier à sa vengeance.

Henri IV était à la journée de Jarnac, quoiqu'il n'eût pas quatorze ans, et remarqua les fautes qui firent perdre la bataille.

Le prince de Condé était bossu et petit, et cependant plein d'agréments, spirituel, galant, aimé des femmes. On fit sur lui ce vaudeville

> Ce petit homme tant joli
> Qui toujours cause et toujours rit,
> Et toujours baise sa mignonne :
> Dieu gard' de mal ce petit homme!

La maréchale de Saint-André se ruina pour lui, et lui donna, entre autres présents, la terre de Vallery, qui depuis est devenue la sépulture des princes de la maison de Condé.

Jamais général ne fut plus aimé de ses soldats; on en vit à Pont-à-Mousson un exemple étonnant. Il manquait d'argent pour ses troupes, et surtout pour les reîtres, qui étaient venus à son secours, et qui menaçaient de l'abandonner : il osa proposer à son armée, qu'il ne payait point, de payer elle-même l'armée auxiliaire; et, ce qui ne pouvait ja-

De la cour avec lui dédaignant l'indolence,
Ses combats ont été les jeux de mon enfance.

« O plaines de Jarnac ! ô coup trop inhumain !
Barbare Montesquiou, moins guerrier qu'assassin,
Condé, déjà mourant, tomba sous ta furie !
J'ai vu porter le coup ; j'ai vu trancher sa vie :
Hélas ! trop jeune encor, mon bras, mon faible bras
Ne put ni prévenir ni venger son trépas.

« Le ciel, qui de mes ans protégeait la faiblesse,
Toujours à des héros confia ma jeunesse.
Coligny ¹, de Condé le digne successeur,
De moi, de mon parti devint le défenseur.
Je lui dois tout, madame, il faut que je l'avoue,
Et d'un peu de vertu si l'Europe me loue,
Si Rome a souvent même estimé mes exploits,
C'est à vous, ombre illustre, à vous que je le dois.
Je croissais sous ses yeux, et mon jeune courage
Fit longtemps de la guerre un dur apprentissage.
Il m'instruisait d'exemple au grand art des héros :
Je voyais ce guerrier, blanchi dans les travaux,
Soutenant tout le poids de la cause commune
Et contre Médicis et contre la fortune ;
Chéri dans son parti, dans l'autre respecté ;
Malheureux quelquefois, mais toujours redouté ;
Savant dans les combats, savant dans les retraites ;
Plus grand, plus glorieux, plus craint dans ses défaites

mais arriver que dans une guerre de religion et sous un général tel que lui, toute son armée se cotisa, jusqu'au moindre goujat.

Il fut condamné, sous François II, à Orléans, à perdre la tête ; mais on ignore si l'arrêt fut signé. La France fut étonnée de voir un pair, prince du sang, qui ne pouvait être jugé que par la cour des pairs, les chambres assemblées, obligé de répondre devant des commissaires ; mais ce qui parut le plus étrange fut que ces commissaires mêmes fussent tirés du corps du parlement. C'étaient Christophe de Thou, depuis premier président, et père de l'historien ; Barthélemy Faye, Jacques Viole, conseillers ; Bourdin, procureur général, et du Tillet, greffier, qui tous, en acceptant cette commission, dérogeaient à leurs priviléges, et s'ôtaient par là la liberté de réclamer leurs droits, si jamais on leur eût voulu donner à eux-mêmes, dans l'occasion, d'autres juges que leurs juges naturels. — On prétend que Mme Renée de France, fille de Louis XII et duchesse de Ferrare, qui arriva en France dans ce même temps, ne contribua pas peu à empêcher l'exécution de l'arrêt.

Il ne faut pas omettre un artifice de cour dont on se servit pour perdre ce prince, qui se nommait Louis. Ses ennemis firent frapper une médaille qui le représentait : il y avait pour légende, LOUIS XIII ROI DE FRANCE. On fit tomber cette médaille entre les mains du connétable de Montmorency, qui la montra tout en colère au roi, persuadé que le prince de Condé l'avait fait frapper. Il est parlé de cette médaille dans Brantôme et dans Vigneul de Marville.

1. Gaspard de Coligny, amiral de France, fils de Gaspard de Coligny

Que Dunois ni Gaston ne l'ont jamais été
Dans le cours triomphant de leur prospérité.

« Après dix ans entiers de succès et de pertes,
Médicis, qui voyait nos campagnes couvertes
D'un parti renaissant qu'elle avait cru détruit,
Lasse enfin de combattre et de vaincre sans fruit,
Voulut, sans plus tenter des efforts inutiles,
Terminer d'un seul coup les discordes civiles.
La cour de ses faveurs nous offrit les attraits;
Et n'ayant pu nous vaincre, on nous donna la paix.
Quelle paix, juste Dieu! Dieu vengeur que j'atteste,
Que de sang arrosa son olive funeste!
Ciel! faut-il voir ainsi les maîtres des humains
Du crime à leurs sujets aplanir les chemins!

« Coligny, dans son cœur à son prince fidèle,
Aimait toujours la France en combattant contre elle :
Il chérit, il prévint l'heureuse occasion
Qui semblait de l'État assurer l'union.
Rarement un héros connaît la défiance :
Parmi ses ennemis il vint plein d'assurance;
Jusqu'au milieu du Louvre il conduisit mes pas.
Médicis en pleurant me reçut dans ses bras,
Me prodigua longtemps des tendresses de mère,
Assura Coligny d'une amitié sincère,
Voulait par ses avis se régler désormais,
L'ornait de dignités, le comblait de bienfaits,
Montrait à tous les miens, séduits par l'espérance,

maréchal de France, et de Louise de Montmorency, sœur du connétable;
né à Châtillon le 16 février 1516; après la mort du prince de Condé, fut
déclaré chef du parti des réformés en France. Catherine de Médicis et
Charles IX surent l'attirer à la cour pour le mariage de Henri IV et de
Marguerite de Valois, sœur de Charles IX et de Henri III. Il fut massacré le jour de la Saint-Barthélemy; c'était principalement à ce grand
homme qu'on en voulait.
  Quelques personnes ont reproché à l'auteur de *la Henriade* d'avoir fait
son héros, dans ce second chant, d'un huguenot révolté contre son roi,
et accusé par la voix publique de l'assassinat de François de Guise. Cette
critique louable est fondée sur l'obéissance au souverain, qui doit faire
le principal caractère d'un héros français : mais il faut considérer que
c'est ici Henri IV qui parle. Il avait fait ses premières campagnes sous
l'amiral, qui lui avait tenu lieu de père; il avait été accoutumé à le respecter, et ne devait ni ne pouvait le soupçonner d'aucune action indigne
d'un grand homme, surtout après la justification publique de Coligny,
qui ne pouvait point paraître douteuse au roi de Navarre.
  A l'égard de la révolte, ce n'était pas à ce prince à regarder comme un
crime dans l'amiral son union avec la maison de Bourbon contre des
Lorrains et une Italienne. Quant à la religion, ils étaient tous deux protestants; et les huguenots, dont Henri IV était le chef, regardaient
l'amiral comme un martyr.

Des faveurs de son fils la flatteuse apparence.
Hélas ! nous espérions en jouir plus longtemps.

« Quelques-uns soupçonnaient ces perfides présents,
Les dons d'un ennemi leur semblaient trop à craindre.
Plus ils se défiaient, plus le roi savait feindre :
Dans l'ombre du secret, depuis peu Médicis
A la fourbe, au parjure, avait formé son fils,
Façonnait aux forfaits ce cœur jeune et facile ;
Et le malheureux prince, à ses leçons docile,
Par son penchant féroce à les suivre excité,
Dans sa coupable école avait trop profité.

« Enfin, pour mieux cacher cet horrible mystère,
Il me donna sa sœur[1], il m'appela son frère.
O nom qui m'as trompé ! vains serments ! nœud fatal !
Hymen qui de nos maux fus le premier signal !
Tes flambeaux, que du ciel alluma la colère,
Eclairaient à mes yeux le trépas de ma mère.
Je[2] ne suis point injuste, et je ne prétends pas

---

1. Marguerite de Valois, sœur de Charles IX, fut mariée à Henri IV en 1572, peu de jours avant les massacres.
2. Jeanne d'Albret, attirée à Paris avec les autres huguenots, mourut après cinq jours d'une fièvre maligne : le temps de sa mort, les massacres qui la suivirent, la crainte que son courage aurait pu donner à la cour, enfin sa maladie, qui commença après avoir acheté des gants et des collets parfumés chez un parfumeur nommé René, venu de Florence avec la reine, et qui passait pour un empoisonneur public ; tout cela fit croire qu'elle était morte de poison. On dit même que ce René se vanta de son crime, et osa dire qu'il en préparait autant à deux grands seigneurs qui ne s'en doutaient pas. Mézeray, dans sa grande *Histoire*, semble favoriser cette opinion, en disant que les chirurgiens qui ouvrirent le corps de la reine ne touchèrent point à la tête, où l'on soupçonnait que le poison avait laissé des traces trop visibles. On n'a point voulu mettre ces soupçons dans la bouche de Henri IV, parce qu'il est juste de se défier de ces idées qui n'attribuent jamais la mort des grands à des causes naturelles. Le peuple, sans rien approfondir, regarde toujours comme coupables de la mort d'un prince ceux à qui cette mort est utile. On poussa la licence de ces soupçons jusqu'à accuser Catherine de Médicis de la mort de ses propres enfants ; cependant il n'y a jamais eu de preuves ni que ces princes, ni que Jeanne d'Albret, dont il est ici question, soient morts empoisonnés.
Il n'est pas vrai, comme le prétend Mézeray, qu'on n'ouvrit point le cerveau de la reine de Navarre ; elle avait recommandé expressément qu'on visitât avec exactitude cette partie après sa mort. Elle avait été tourmentée toute sa vie de grandes douleurs de tête, accompagnées de démangeaisons, et avait ordonné qu'on cherchât soigneusement la cause de ce mal, afin qu'on pût le guérir dans ses enfants s'ils en étaient atteints. La *Chronologie novennaire* rapporte formellement que Caillard son médecin, et Desnœuds son chirurgien, disséquèrent son cerveau, qu'ils trouvèrent très-sain ; qu'ils aperçurent seulement de petites bulles d'eau logées entre le crâne et la pellicule qui enveloppe le cerveau, et qu'ils jugèrent être la cause des maux de tête dont la reine s'était plainte : ils attestèrent d'ailleurs qu'elle était morte d'un abcès formé

A Médicis encore imputer son trépas ;
J'écarte des soupçons peut-être légitimes,
Et je n'ai pas besoin de lui chercher des crimes.
Ma mère enfin mourut. Pardonnez à des pleurs
Qu'un souvenir si tendre arrache à mes douleurs.
Cependant tout s'apprête, et l'heure est arrivée
Qu'au fatal dénoûment la reine a réservée.

« Le signal est donné sans tumulte et sans bruit ;
C'était à la faveur des ombres de la nuit.
De ce mois malheureux l'inégale courrière [1]
Semblait cacher d'effroi sa tremblante lumière :
Coligny languissait dans les bras du repos,
Et le sommeil trompeur lui versait ses pavots.
Soudain de mille cris le bruit épouvantable
Vient arracher ses sens à ce calme agréable :
Il se lève, il regarde, il voit de tous côtés
Courir des assassins à pas précipités ;
Il voit briller partout les flambeaux et les armes,
Son palais embrasé, tout un peuple en alarmes,

dans la poitrine. Il est à remarquer que ceux qui l'ouvrirent étaient huguenots, et qu'apparemment ils auraient parlé de poison s'ils y avaient trouvé quelque vraisemblance. On peut me répondre qu'ils furent gagnés par la cour : mais Desnœuds, chirurgien de Jeanne d'Albret, huguenot passionné, écrivit depuis des libelles contre la cour ; ce qu'il n'eût pas fait s'il se fût vendu à elle ; et, dans ces libelles, il ne dit point que Jeanne d'Albret ait été empoisonnée. De plus, il n'est pas croyable qu'une femme aussi habile que Catherine de Médicis eût chargé d'une pareille commission un misérable parfumeur, qui avait, dit-on, l'insolence de s'en vanter.

Jeanne d'Albret était née, en 1530, de Henri d'Albret, roi de Navarre, et de Marguerite de Valois, sœur de François Ier. A l'âge de douze ans, Jeanne fut mariée à Guillaume, duc de Clèves ; elle n'habita pas avec son mari. Le mariage fut déclaré nul deux ans après par le pape Paul III, et elle épousa Antoine de Bourbon. Ce second mariage, contracté du vivant du premier mari, donna lieu depuis aux prédicateurs de la Ligue de dire publiquement, dans leurs sermons contre Henri IV, qu'il était bâtard ; mais ce qu'il y eut de plus étrange fut que les Guises, et entre autres ce François de Guise qu'on dit avoir été si bon chrétien, abusèrent de la faiblesse d'Antoine de Bourbon au point de lui persuader de répudier sa femme, dont il avait des enfants, pour épouser leur nièce, et se donner entièrement à eux. Peu s'en fallut que le roi de Navarre ne donnât dans ce piége. Jeanne d'Albret mourut à quarante-deux ans, le 9 juin 1572.

M. Bayle, dans ses *Réponses aux questions d'un provincial*, dit qu'on avait vu de son temps, en Hollande, le fils d'un ministre, nommé Goyon, qui passait pour petit-fils de cette reine. On prétendait qu'après la mort d'Antoine de Navarre, elle s'était mariée à un gentilhomme nommé Goyon, dont elle avait eu ce ministre.

1. Ce fut la nuit du 23 au 24 août, fête de saint Barthélemy, en 1572, que s'exécuta cette sanglante tragédie.

L'amiral était logé dans la rue Bétizy, dans une maison qui est à présent une auberge appelée l'hôtel Saint-Pierre, où l'on voit encore sa chambre.

Ses serviteurs sanglants dans la flamme étouffés,
Les meurtriers en foule au carnage échauffés,
Criant à haute voix : « Qu'on n'épargne personne;
C'est Dieu, c'est Médicis, c'est le roi qui l'ordonne! »
Il entend retentir le nom de Coligny;
Il aperçoit de loin le jeune Téligny [1],
Téligny dont l'amour a mérité sa fille,
L'espoir de son parti, l'honneur de sa famille,
Qui, sanglant, déchiré, traîné par des soldats,
Lui demandait vengeance, et lui tendait les bras.

« Le héros malheureux, sans armes, sans défense,
Voyant qu'il faut périr, et périr sans vengeance,
Voulut mourir du moins comme il avait vécu,
Avec toute sa gloire et toute sa vertu.

« Déjà des assassins la nombreuse cohorte
Du salon qui l'enferme allait briser la porte;
Il leur ouvre lui-même, et se montre à leurs yeux
Avec cet œil serein, ce front majestueux,
Tel que dans les combats, maître de son courage,
Tranquille il arrêtait ou pressait le carnage.

« A cet air vénérable, à cet auguste aspect,
Les meurtriers surpris sont saisis de respect;
Une force inconnue a suspendu leur rage.
« Compagnons, leur dit-il, achevez votre ouvrage,
« Et de mon sang glacé souillez ces cheveux blancs,
« Que le sort des combats respecta quarante ans;
« Frappez, ne craignez rien; Coligny vous pardonne;
« Ma vie est peu de chose, et je vous l'abandonne...
« J'eusse aimé mieux la perdre en combattant pour vous... »
Ces tigres à ces mots tombent à ses genoux :
L'un saisi d'épouvante, abandonne ses armes;
L'autre embrasse ses pieds, qu'il trempe de ses larmes;
Et de ses assassins ce grand homme entouré
Semblait un roi puissant par son peuple adoré.

« Besme [2], qui dans la cour attendait sa victime,
Monte, accourt, indigné qu'on diffère son crime;

---

1. Le comte de Téligny avait épousé, il y avait dix mois, la fille de l'amiral: il avait un visage si agréable et si doux, que les premiers qui étaient venus pour le tuer s'étaient laissé attendrir à sa vue; mais d'autres plus barbares le massacrèrent.
2. Besme était un Allemand, domestique de la maison de Guise. Ce misérable étant depuis pris par les protestants, les Rochellois voulurent l'acheter pour le faire écarteler dans leur place publique. Ils proposèrent ensuite de l'échanger contre le brave Montbrun, chef des protestants du Dauphiné, à qui le parlement de Grenoble faisait alors le procès. Montbrun fut exécuté, et Besme tué par un nommé Bretánville.

Des assassins trop lents il veut hâter les coups;
Aux pieds de ce héros il les voit trembler tous.
A cet objet touchant lui seul est inflexible;
Lui seul, à la pitié toujours inaccessible,
Aurait cru faire un crime et trahir Médicis,
Si du moindre remords il se sentait surpris.
A travers les soldats il court d'un pas rapide :
Coligny l'attendait d'un visage intrépide;
Et bientôt dans le flanc ce monstre furieux
Lui plonge son épée, en détournant les yeux,
De peur que d'un coup d'œil cet auguste visage
Ne fît trembler son bras, et glaçât son courage.

« Du plus grand des Français tel fut le triste sort.
On l'insulte [1], on l'outrage encore après sa mort.

1. Il est impossible de savoir s'il est vrai que Catherine de Médicis
ait envoyé la tête de l'amiral à Rome, comme l'assurent les protestants.
— Mais il est sûr qu'on porta sa tête à la reine, avec un coffre plein de
papiers, parmi lesquels était l'histoire du temps, écrite de la main de
Coligny. — On y trouva aussi plusieurs mémoires sur les affaires publiques. Un de ces mémoires avait pour objet d'engager Charles à faire
la guerre aux Anglais. Charles IX fit lire ce mémoire à l'ambassadeur
d'Angleterre, qui se plaignait à lui de la trahison faite aux protestants,
et qui n'en méprisa que plus la politique de la cour de France. Un autre
mémoire montrait les dangers auxquels il exposerait la tranquillité de
l'Etat, s'il donnait un apanage à son frère le duc d'Alençon : on le montra à ce jeune prince, qui regrettait l'amiral. « Je ne sais pas, répondit-
il après l'avoir lu, si ce mémoire est d'un de mes amis, mais il est sûre-
ment d'un sujet fidèle. » (Ep.)
   La populace traîna le corps de l'amiral par les rues, et le pendit par
les pieds avec une chaîne de fer au gibet de Montfaucon. Le roi eut la
cruauté d'aller lui-même avec sa cour à Montfaucon jouir de cet horrible
spectacle. Quelqu'un lui ayant dit que le corps de l'amiral sentait mauvais, il répondit, comme Vitellius : « Le corps d'un ennemi mort sent
toujours bon. »
   Il alla au parlement accuser l'amiral d'une conspiration, et le parlement rendit un arrêt contre le mort, par lequel il ordonna que son corps,
après avoir été traîné sur une claie, serait pendu en Grève, ses enfants
déclarés roturiers et incapables de posséder aucune charge, sa maison
de Châtillon-sur-Loing rasée, les arbres coupés, etc.; et que tous les
ans on ferait une procession, le jour de la Saint-Barthélemy, pour remercier Dieu de la découverte de la conspiration, à laquelle l'amiral
n'avait pas songé. Malgré cet arrêt, la fille de l'amiral, veuve de Téli-
gni, épousa peu de temps après le prince d'Orange.
   Le parlement avait mis quelques années auparavant sa tête à cinquante mille écus; il est assez singulier que ce soit précisément le
même prix qu'il mit depuis à celle du cardinal Mazarin. Le génie des
Français est de tourner en plaisanterie les événements les plus affreux :
on débita un petit écrit intitulé : *Passio Domini nostri Gaspardi Coligny, secundum Bartholomæum.*
   Mézeray rapporte, dans sa grande histoire, un fait dont il est très-
permis de douter. Il dit que, quelques années auparavant, le gardien
du couvent des cordeliers de Saintes, nommé Michel Crellet, condamné
par l'amiral à être pendu, lui prédit qu'il mourrait assassiné, qu'il serait jeté par les fenêtres, et ensuite pendu lui-même.
   De nos jours, un financier, ayant acheté une terre qui avait appartenu

Son corps percé de coups, privé de sépulture,
Des oiseaux dévorants fut l'indigne pâture;
Et l'on porta sa tête aux pieds de Médicis,
Conquête digne d'elle, et digne de son fils
Médicis la reçut avec indifférence,
Sans paraître jouir du fruit de sa vengeance,
Sans remords, sans plaisir, maîtresse de ses sens,
Et comme accoutumée à de pareils présents.

« Qui pourrait cependant exprimer les ravages
Dont cette nuit cruelle étala les images?
La mort de Coligny, prémices des horreurs,
N'était qu'un faible essai de toutes leurs fureurs.
D'un peuple d'assassins les troupes effrénées,
Par devoir et par zèle au carnage acharnées,
Marchaient le fer en main, les yeux étincelants,
Sur les corps étendus de nos frères sanglants.
Guise¹ était à leur tête, et, bouillant de colère,
Vengeait sur tous les miens les mânes de son père.
Nevers², Gondi³, Tavanne⁴, un poignard à la main,
Échauffaient les transports de leur zèle inhumain;
Et, portant devant eux la liste de leurs crimes,
Les conduisaient au meurtre, et marquaient les victimes.

« Je ne vous peindrai point le tumulte et les cris,
Le sang de tous côtés ruisselant dans Paris,
Le fils assassiné sur le corps de son père,
Le frère avec la sœur, la fille avec la mère,
Les époux expirant sous leurs toits embrasés,
Les enfants au berceau sur la pierre écrasés;
Des fureurs des humains c'est ce qu'on doit attendre
Mais ce que l'avenir aura peine à comprendre,

aux Coligny, y trouva dans le parc, à quelques pieds sous terre, un coffre de fer rempli de papiers qu'il fit jeter au feu, comme ne produisant aucun revenu.

1. C'était Henri, duc de Guise, surnommé le Balafré, fameux depuis par les barricades, et qui fut tué à Blois. Il était fils du duc François, assassiné par Poltrot.

2. Frédéric de Gonzague, de la maison de Mantoue, duc de Nevers, l'un des auteurs de la Saint-Barthélemy.

3. Albert de Gondi, maréchal de Retz, favori de Catherine de Médicis. C'était lui qui avait appris à Charles IX à jurer et à renier Dieu, comme on disait dans ces temps-là.

4. Gaspard de Tavannes, élevé page de François Iᵉʳ. Il courait dans les rues la nuit de la Saint-Barthélemy, criant : « Saignez, saignez; la saignée est aussi bonne au mois d'août qu'au mois de mai. » Son fils, qui a écrit des Mémoires, rapporte que son père, étant au lit de la mort, fit une confession générale de sa vie, et que le confesseur lui ayant dit d'un air étonné : « Quoi! vous ne parlez point de la Saint-Barthélemy? — Je la regarde, répondit le maréchal, comme une action méritoire qu'il doit effacer mes autres péchés. »

Ce que vous-même encore à peine vous croirez,
Ces monstres furieux, de carnage altérés,
Excités par la voix des prêtres sanguinaires,
Invoquaient le Seigneur en égorgeant leurs frères;
Et, le bras tout souillé du sang des innocents,
Osaient offrir à Dieu cet exécrable encens.

« O combien de héros indignement périrent !
Resnel[1] et Pardaillan chez les morts descendirent;
Et vous, brave Guerchy[2], vous, sage Lavardin,
Digne de plus de vie et d'un autre destin.
Parmi les malheureux que cette nuit cruelle
Plongea dans les horreurs d'une nuit éternelle,
Marsillac et Soubise[3], au trépas condamnés,
Défendent quelque temps leurs jours infortunés.
Sanglants, percés de coups, et respirant à peine,
Jusqu'aux portes du Louvre on les pousse, on les traîne;
Ils teignent de leur sang ce palais odieux,
En implorant leur roi, qui les trahit tous deux.

« Du haut de ce palais excitant la tempête,
Médicis à loisir contemplait cette fête :
Ses cruels favoris, d'un regard curieux,
Voyaient les flots de sang regorger sous leurs yeux,
Et de Paris en feu les ruines fatales
Étaient de ces héros les pompes triomphales.

« Que dis-je? ô crime! ô honte! ô comble de nos maux
Le roi[4], le roi lui-même, au milieu des bourreaux,
Poursuivant des proscrits les troupes égarées,
Du sang de ses sujets souillait ses mains sacrées :
Et ce même Valois que je sers aujourd'hui,

1. Antoine de Clermont-Resnel, se sauvant en chemise, fut massacré par le fils du baron des Adrets, et par son propre cousin Bussy d'Amboise.

Le marquis de Pardaillan fut tué à côté de lui.

2. Guerchy se défendit longtemps dans la rue, et tua quelques meurtriers, avant d'être accablé par le nombre; mais le marquis de Lavardin n'eut pas le temps de tirer l'épée.

3. Marsillac, comte de La Rochefoucauld, était favori de Charles IX, et avait passé une partie de la nuit avec le roi. Ce prince avait eu quelque envie de le sauver, et lui avait même dit de coucher dans le Louvre; mais enfin il le laissa aller en disant : « Je vois bien que Dieu veut qu'il périsse. »

Soubise portait ce nom, parce qu'il avait épousé l'héritière de la maison de Soubise. Il s'appelait Dupont-Quellenec. Il se défendit très-longtemps, et tomba percé de coups sous les fenêtres de la reine. Comme sa femme lui avait intenté un procès pour cause d'impuissance, les dames de la cour allèrent voir son corps nu et tout sanglant, par une curiosité barbare digne de cette cour abominable.

4. Voici ce que Brantôme ne fait pas difficulté d'avouer lui-même

Ce roi qui par ma bouche implore votre appui,
Partageant les forfaits de son barbare frère,
A ce honteux carnage excitait sa colère :
Non qu'après tout Valois ait un cœur inhumain,
Rarement dans le sang il a trempé sa main ;
Mais l'exemple du crime assiégeait sa jeunesse ;
Et sa cruauté même était une faiblesse.

« Quelques-uns, il est vrai, dans la foule des morts,
Du fer des assassins trompèrent les efforts.
De Caumont¹, jeune enfant, l'étonnante aventure
Ira de bouche en bouche à la race future.
Son vieux père, accablé sous le fardeau des ans,

dans ses Mémoires : « Quand il fut jour, le roi mit la tête à la fenêtre de
sa chambre, et voyant aucuns dans le faubourg Saint-Germain qui se
remuoient et se sauvoient, il prit une grande arquebuse de chasse qu'il
avoit, et en tiroit tout plein de coups à eux, mais en vain, car l'arquebuse ne tiroit si loin ; incessamment crioit : *Tuez, tuez.* »

Plusieurs personnes ont entendu conter à M. le maréchal de Tessé
que, dans son enfance, il avait vu un gentilhomme âgé de plus de cent
ans, qui avait été fort jeune dans les gardes de Charles IX. Il interrogea
ce vieillard sur la Saint-Barthélemy, et lui demanda s'il était vrai que
le roi eût tiré sur les huguenots. « C'était moi, monsieur, répondit le
vieillard, qui chargeais son arquebuse. »

Henri IV dit publiquement plus d'une fois qu'après la Saint-Barthélemy
une nuée de corbeaux était venue se percher sur le Louvre, et que, pendant sept nuits, le roi, lui, et toute la cour, entendirent des gémisse-
ments et des cris épouvantables à la même heure. Il racontait un prodige encore plus étrange : il disait que, quelques jours avant les
massacres, jouant aux dés avec le duc d'Alençon et le duc de Guise, il
vit des gouttes de sang sur la table ; que par deux fois il les fit essuyer,
que deux fois elles reparurent, et qu'il quitta le jeu saisi d'effroi.

1. Caumont, qui échappa à la Saint-Barthélemy, est le fameux maréchal de La Force, qui depuis se fit une si grande réputation, et qui vécut
jusqu'à l'âge de quatre-vingt-quatre ans. Il a laissé des Mémoires qui
n'ont point été imprimés, et qui doivent être encore dans la maison de
La Force.

Mézeray, dans sa grande histoire, dit que le jeune Caumont, son père,
et son frère, couchaient dans un même lit ; que son père et son frère
furent massacrés, et qu'il échappa comme par miracle, etc. C'est sur la
foi de cet historien que j'ai mis en vers cette aventure.

Les circonstances dont Mézeray appuie son récit ne me permettaient
pas de douter de la vérité du fait, tel qu'il le rapporte : mais depuis
M. le duc de La Force m'a fait voir les Mémoires manuscrits de ce même
maréchal de La Force, écrits de sa propre main. Le maréchal y conte son
aventure d'une autre façon : cela fait voir comme il faut se fier aux historiens.

Voici l'extrait des particularités curieuses que le maréchal de La
Force raconte de la Saint-Barthélemy :

Deux jours avant la Saint-Barthélemy, le roi avait ordonné au parlement de relâcher un officier qui était prisonnier à la Conciergerie ; le
parlement n'en ayant rien fait, le roi avait envoyé quelques-uns de ses
gardes enfoncer les portes de la prison, et tirer de force le prisonnier. Le
lendemain, le parlement vint faire ses remontrances au roi : tous ces
messieurs avaient mis leurs bras en écharpe, pour faire voir à Charles IX qu'il avait estropié la justice. Tout cela avait fait beaucoup de
bruit ; et, au commencement du massacre, on persuada d'abord aux hu-

Se livrait au sommeil entre ses deux enfants;
Un lit seul enfermait et les fils et le père.
Les meurtriers ardents, qu'aveuglait la colère,
Sur eux à coups pressés enfoncent le poignard :
Sur ce lit malheureux la mort vole au hasard.

« L'Éternel en ses mains tient seul nos destinées;
Il sait, quand il lui plaît, veiller sur nos années,
Tandis qu'en ses fureurs l'homicide est trompé.
D'aucun coup, d'aucun trait, Caumont ne fut frappé.
Un invisible bras, armé pour sa défense,
Aux mains des meurtriers dérobait son enfance;
Son père, à son côté, sous mille coups mourant,

guenots que le tumulte qu'ils entendaient venait d'une sédition excitée dans le peuple à l'occasion de l'affaire du parlement.

Cependant un maquignon, qui avait vu le duc de Guise entrer avec des satellites chez l'amiral de Coligny, et qui, se glissant dans la foule, avait été témoin de l'assassinat de ce seigneur, courut aussitôt en donner avis au sieur de Caumont de La Force, à qui il avait vendu dix chevaux huit jours auparavant.

La Force et ses deux fils logeaient au faubourg Saint-Germain, aussi bien que plusieurs calvinistes. Il n'y avait point encore de pont qui joignît ce faubourg à la ville. On s'était saisi de tous les bateaux par ordre de la cour, pour faire passer les assassins dans le faubourg. Ce maquignon se jette à la nage, passe à l'autre bord, et avertit M. de La Force de son danger. La Force était déjà sorti de sa maison; il avait encore eu le temps de se sauver; mais, voyant que ses enfants ne venaient pas, il retourna les chercher. A peine est-il rentré chez lui, que les assassins arrivent : un nommé Martin, à leur tête, entre dans sa chambre, le désarme, lui et ses deux enfants, et lui dit, avec des serments affreux, qu'il faut mourir. La Force lui proposa une rançon de deux mille écus : le capitaine l'accepte; La Force lui jure de la payer dans deux jours; et aussitôt les assassins, après avoir tout pillé dans la maison, disent à La Force et à ses enfants de mettre leurs mouchoirs en croix sur leurs chapeaux, et leur font retrousser leur manche droite sur l'épaule : c'était la marque des meurtriers. En cet état ils leur font passer la rivière, et les amènent dans la ville. Le maréchal de La Force assure qu'il vit la rivière couverte de morts. Son père, son frère, et lui, abordèrent devant le Louvre; là ils virent égorger plusieurs de leurs amis, et entre autres le brave de Piles, père de celui qui tua en duel le fils de Malherbe. De là le capitaine Martin mena ses prisonniers dans sa maison, rue des Petits-Champs, fit jurer à La Force que ni lui ni ses enfants ne sortiraient point de là avant d'avoir payé les deux mille écus, les laissa en garde à deux soldats suisses, et alla chercher quelques autres calvinistes à massacrer dans la ville.

L'un des deux Suisses, touché de compassion, offrit aux prisonniers de les faire sauver. La Force n'en voulut jamais rien faire; il répondit qu'il avait donné sa parole, et qu'il aimait mieux mourir que d'y manquer. Une tante qu'il avait lui trouva les deux mille écus; et l'on allait les délivrer au capitaine Martin, lorsque le comte de Coconas (celui-là même à qui depuis on coupa le cou) vint dire à La Force que le duc d'Anjou demandait à lui parler. Aussitôt il fit descendre le père et les enfants nu-tête et sans manteau. La Force vit bien qu'on le menait à la mort; il suivit Coconas, en le priant d'épargner ses deux enfants innocents. Le plus jeune, âgé de treize ans, qui s'appelait Jacques Nompar, et qui a écrit ceci, éleva la voix, et reprocha à ces meurtriers leurs crimes, en leur disant qu'ils en seraient punis de Dieu. Cependant les

Le couvrait tout entier de son corps expirant ;
Et, du peuple et du roi trompant la barbarie,
Une seconde fois il lui donna la vie.

« Cependant que faisais-je en ces affreux moments
Hélas ! trop assuré sur la foi des serments,
Tranquille au fond du Louvre, et loin du bruit des armes,
Mes sens d'un doux repos goûtaient encor les charmes.
O nuit, nuit effroyable ! ô funeste sommeil !
L'appareil de la mort éclaira mon réveil.
On avait massacré mes plus chers domestiques ;
Le sang de tous côtés inondait mes portiques :
Et je n'ouvris les yeux que pour envisager
Les miens que sur le marbre on venait d'égorger.
Les assassins sanglants vers mon lit s'avancèrent :
Leurs parricides mains devant moi se levèrent ;
Je touchais au moment qui terminait mon sort ;
Je présentai ma tête, et j'attendis la mort.

« Mais, soit qu'un vieux respect pour le sang de leurs maîtres
Parlât encor pour moi dans le cœur de ces traîtres ;
Soit que de Médicis l'ingénieux courroux
Trouvât pour moi la mort un supplice trop doux ;
Soit qu'enfin, s'assurant d'un port durant l'orage,
Sa prudente fureur me gardât pour otage,
On réserva ma vie à de nouveaux revers,

deux enfants sont menés avec leur père au bout de la rue des Petits-
Champs ; on donne d'abord plusieurs coups de poignard à l'aîné, qui
s'écrie : « Ah, mon père ! ah, mon Dieu ! je suis mort. » Dans le même
moment le père tombe percé de coups sur le corps de son fils. Le plus
jeune, couvert de leur sang, mais qui, par un miracle étonnant, n'avait
reçu aucun coup, eut la prudence de s'écrier aussi : « Je suis mort. » Il
se laissa tomber entre son père et son frère, dont il reçut les derniers
soupirs. Les meurtriers, les croyant tous morts, s'en allèrent en disant :
« Les voilà bien tous trois. » Quelques malheureux vinrent ensuite dépouiller les corps : il restait un bas de toile au jeune La Force ; un marqueur du jeu de paume de Verdelet voulut avoir ce bas de toile ; en le
tirant, il s'amusa à considérer le corps de ce jeune enfant : « Hélas !
dit-il, c'est bien dommage ; celui-ci n'est qu'un enfant, que peut-il avoir
fait ? » Ces paroles de compassion obligèrent le petit La Force à
lever doucement la tête, et lui dire tout bas : « Je ne suis pas encore
mort. » Ce pauvre homme lui répondit : « Ne bouge, mon enfant, ayez
patience. » Sur le soir il le vint chercher ; il lui dit : « Levez-vous, ils
n'y sont plus ; » et lui mit sur les épaules un méchant manteau. Comme
il le conduisait, quelqu'un des bourreaux lui demanda : « Qui est ce
jeune garçon ? — C'est mon neveu, lui dit-il, qui s'est enivré ; vous voyez
comme il s'est accommodé ; je m'en vais bien lui donner le fouet. » Enfin
le pauvre marqueur le mena chez lui, et lui demanda trente écus pour sa
récompense. De là le jeune La Force se fit conduire, déguisé en gueux,
jusqu'à l'Arsenal, chez le maréchal de Biron, son parent, grand maître
de l'artillerie ; on le cacha quelque temps dans la chambre des filles ;
enfin, sur le bruit que la cour le faisait chercher pour s'en défaire, on le
fit sauver en habit de page, sous le nom de Beaupui.

Et bientôt de sa part on m'apporta des fers.

« Coligny, plus heureux et plus digne d'envie,
Du moins, en succombant, ne perdit que la vie ;
Sa liberté, sa gloire au tombeau le suivit....
Vous frémissez, madame, à cet affreux récit :
Tant d'horreur vous surprend ; mais de leur barbarie
Je ne vous ai conté que la moindre partie.
On eût dit que, du haut de son Louvre fatal,
Médicis à la France eût donné le signal ;
Tout imita Paris : la mort sans résistance
Couvrit en un moment la face de la France.
Quand un roi veut le crime, il est trop obéi !
Par cent mille assassins son courroux fut servi ;
Et des fleuves français les eaux ensanglantées
Ne portaient que des morts aux mers épouvantées[1]. »

CHANT TROISIÈME.

ARGUMENT. — Le héros continue l'histoire des guerres civiles de France.
Mort funeste de Charles IX. Règne de Henri III. Son caractère. Celui
du fameux duc de Guise, connu sous le nom de *Balafré*. Bataille de
Coutras. Meurtre du duc de Guise. Extrémités où Henri III est réduit.
Mayenne est le chef de la Ligue ; d'Aumale en est le héros. Réconci-
liation de Henri III et de Henri roi de Navarre. Secours que promet la
reine Elisabeth. Sa réponse à Henri de Bourbon.

« Quand l'arrêt des destins eut, durant quelques jours,
A tant de cruautés permis un libre cours,
Et que des assassins, fatigués de leurs crimes,
Les glaives émoussés manquèrent de victimes,
Le peuple, dont la reine avait armé le bras,
Ouvrit enfin les yeux, et vit ses attentats.
Aisément sa pitié succède à sa furie :
Il entendit gémir la voix de la patrie.
Bientôt Charles lui-même en fut saisi d'horreur ;
Le remords dévorant s'éleva dans son cœur.
Des premiers ans du roi la funeste culture
N'avait que trop en lui corrompu la nature ;
Mais elle n'avait point étouffé cette voix
Qui jusque sur le trône épouvante les rois.
Par sa mère élevé, nourri dans ses maximes,
Il n'était point, comme elle, endurci dans les crimes.

---

1 Le second chant est le seul auquel l'auteur n'ait jamais rien
changé. (ED.)

Le chagrin vint flétrir la fleur de ses beaux jours;
Une langueur mortelle en abrégea le cours :
Dieu, déployant sur lui sa vengeance sévère,
Marqua ce roi mourant du sceau de sa colère,
Et par son châtiment voulut épouvanter
Quiconque à l'avenir oserait l'imiter.
Je le vis [1] expirant. Cette image effrayante
A mes yeux attendris semble être encor présente.
Son sang, à gros bouillons de son corps élancé,
Vengeait le sang français par ses ordres versé;
Il se sentait frappé d'une main invisible;
Et le peuple, étonné de cette fin terrible,
Plaignit un roi si jeune et sitôt moissonné,
Un roi par les méchants dans le crime entraîné,
Et dont le repentir permettait à la France
D'un empire plus doux quelque faible espérance.

« Soudain du fond du Nord, au bruit de son trépas,
L'impatient Valois, accourant à grands pas,
Vint saisir dans ces lieux, tout fumants de carnage,
D'un frère infortuné le sanglant héritage.

« La Pologne [2], en ce temps, avait, d'un commun choix,
Au rang des Jagellons placé l'heureux Valois;
Son nom, plus redouté que les plus puissants princes,
Avait gagné pour lui les voix de cent provinces.
C'est un poids bien pesant qu'un nom trop tôt fameux!
Valois ne soutint pas ce fardeau dangereux.
Qu'il ne s'attende point que je le justifie :
Je lui peux immoler mon repos et ma vie,
Tout, hors la vérité, que je préfère à lui.
Je le plains, je le blâme, et je suis son appui

---

1. Charles IX fut toujours malade depuis la Saint-Barthélemy, et
mourut environ deux ans après, le 30 mai 1574, tout baigné dans son
sang, qui lui sortait par les pores. — Henri IV fut témoin de la mort
de Charles IX. Ce prince, dont il avait reçu tant d'outrages, le fit appeler
peu d'heures avant de mourir; il lui recommanda sa femme et sa fille,
comme à l'héritier naturel de la couronne, et à un prince dont il connaissait la grandeur d'âme et la bonne foi. Il l'avertit ensuite de se
défier de.... (Mais il prononça ce nom, et quelques paroles qui suivirent,
de manière à n'être pas entendu de ceux qui étaient dans la chambre).
« Monsieur, il ne faut pas dire cela, » dit la reine mère, qui était présente. « Pourquoi ne pas le dire? répondit Charles IX; cela est vrai. »
Il est vraisemblable que c'est de Henri III qu'il parlait; il connaissait
tous ses vices, et l'avait pris en horreur depuis qu'il l'avait vu retarder son départ pour la Pologne, dans l'espérance de sa mort prochaine. (ED.)
2. La réputation qu'il avait acquise à Jarnac et à Moncontour, soute-
nue de l'argent de la France, l'avait fait élire roi de Pologne en 1573. Il
succéda à Sigismond II, dernier prince de la race des Jagellons.

« Sa gloire avait passé comme une ombre légère
Ce changement est grand, mais il est ordinaire :
On a vu plus d'un roi, par un triste retour,
Vainqueur dans les combats, esclave dans sa cour.
Reine, c'est dans l'esprit qu'on voit le vrai courage.
Valois reçut des cieux des vertus en partage :
Il est vaillant, mais faible ; et, moins roi que soldat
Il n'a de fermeté qu'en un jour de combat.
Ses honteux favoris, flattant son indolence,
De son cœur, à leur gré, gouvernaient l'inconstance ;
Au fond de son palais, avec lui renfermés,
Sourds aux cris douloureux des peuples opprimés,
Ils dictaient par sa voix leurs volontés funestes ;
Des trésors de la France ils dissipaient les restes ;
Et le peuple accablé, poussant de vains soupirs,
Gémissait de leur luxe et payait leurs plaisirs.

« Tandis que, sous le joug de ses maîtres avides,
Valois pressait l'État du fardeau des subsides,
On vit paraître Guise[1], et le peuple inconstant
Tourna bientôt ses yeux vers cet astre éclatant.
Sa valeur, ses exploits, la gloire de son père,
Sa grâce, sa beauté, cet heureux don de plaire,
Qui mieux que la vertu sait régner sur les cœurs,
Attiraient tous les vœux par des charmes vainqueurs.

« Nul ne sut mieux que lui le grand art de séduire ;
Nul sur ses passions n'eut jamais plus d'empire,
Et ne sut mieux cacher, sous des dehors trompeurs,
Des plus vastes desseins les sombres profondeurs.
Altier, impérieux, mais souple et populaire,
Des peuples en public il plaignait la misère,
Détestait des impôts le fardeau rigoureux ;
Le pauvre allait le voir, et revenait heureux :
Il savait prévenir la timide indigence ;
Ses bienfaits dans Paris annonçaient sa présence ;
Il se faisait aimer des grands qu'il haïssait ;
Terrible et sans retour alors qu'il offensait ;
Téméraire en ses vœux, sage en ses artifices ;
Brillant par ses vertus, et même par ses vices ;
Connaissant le péril, et ne redoutant rien ;
Heureux guerrier, grand prince, et mauvais citoyen.

« Quand il eut quelque temps essayé sa puissance,

1. Henri de Guise le Balafré, né en 1550, de François de Guise et d'Anne d'Est. Il exécuta le grand projet de la Ligue, formé par le cardinal de Lorraine son oncle, du temps du concile de Trente, et entamé par François, son père.

Et du peuple aveuglé cru fixer l'inconstance,
Il ne se cacha plus, et vint ouvertement
Du trône de son roi briser le fondement.
Il forma dans Paris cette Ligue funeste,
Qui bientôt de la France infecta tout le reste :
Monstre affreux, qu'ont nourri les peuples et les grands,
Engraissé de carnage, et fertile en tyrans.

« La France dans son sein vit alors deux monarques
L'un n'en possédait plus que les frivoles marques;
L'autre, inspirant partout l'espérance ou l'effroi,
A peine avait besoin du vain titre de roi.

« Valois se réveilla du sein de son ivresse.
Ce bruit, cet appareil, ce danger qui le presse,
Ouvrirent un moment ses yeux appesantis;
Mais du jour importun ses regards éblouis
Ne distinguèrent point, au fort de la tempête,
Les foudres menaçants qui grondaient sur sa tête;
Et, bientôt fatigué d'un moment de réveil,
Las, et se rejetant dans les bras du sommeil,
Entre ses favoris, et parmi les délices,
Tranquille, il s'endormit au bord des précipices.
Je lui restais encore; et, tout prêt de périr,
Il n'avait plus que moi qui pût le secourir :
Héritier, après lui, du trône de la France,
Mon bras sans balancer s'armait pour sa défense;
J'offrais à sa faiblesse un nécessaire appui;
Je courais le sauver, ou me perdre avec lui.

« Mais Guise, trop habile, et trop savant à nuire
L'un par l'autre, en secret, songeait à nous détruire.
Que dis-je? il obligea Valois à se priver
De l'unique soutien qui le pouvait sauver.
De la religion le prétexte ordinaire
Fut un voile honorable à cet affreux mystère.
Par sa feinte vertu tout le peuple échauffé
Ranima son courroux encor mal étouffé.
Il leur représentait le culte de leurs pères,
Les derniers attentats des sectes étrangères,
Me peignait ennemi de l'Eglise et de Dieu :
« Il porte, disait-il, ses erreurs en tout lieu;
« Il suit d'Elisabeth les dangereux exemples;
« Sur vos temples détruits il va fonder ses temples;
« Vous verrez dans Paris ses prêches criminels[1]. »

1. On reprit l'auteur d'avoir mis le mot de *prêches* dans un poème épique. Il répondit que tout peut y entrer, et que l'épithète de *criminels* relève l'expression de *prêches.*

« Tout le peuple, à ces mots, trembla pour ses autels.
Jusqu'au palais du roi l'alarme en est portée.
La Ligue, qui feignait d'en être épouvantée,
Vient de la part de Rome annoncer à son roi
Que Rome lui défend de s'unir avec moi.
Hélas! le roi, trop faible, obéit sans murmure;
Et, lorsque je volais pour venger son injure,
J'apprends que mon beau-frère, à la Ligue soumis,
S'unissait, pour me perdre, avec ses ennemis,
De soldats, malgré lui, couvrait déjà la terre,
Et par timidité me déclarait la guerre.
Je plaignis sa faiblesse; et, sans rien ménager,
Je courus le combattre, au lieu de le venger.
De la Ligue, en cent lieux, les villes alarmées
Contre moi dans la France enfantaient des armées
Joyeuse, avec ardeur, venait fondre sur moi,
Ministre impétueux des faiblesses du roi :
Guise, dont la prudence égalait le courage,
Dispersait mes amis, leur fermait le passage.
D'armes et d'ennemis pressé de toutes parts,
Je les défiai tous, et tentai les hasards.

« Je cherchai dans Coutras ce superbe Joyeuse [1].
Vous savez sa défaite et sa fin malheureuse :
Je dois vous épargner des récits superflus.

— Non, je ne reçois point vos modestes refus;
Non, ne me privez point, dit l'auguste princesse,
D'un récit qui m'éclaire autant qu'il m'intéresse;
N'oubliez point ce jour, ce grand jour de Coutras,
Vos travaux, vos vertus, Joyeuse, et son trépas :
L'auteur de tant d'exploits doit seul me les apprendre;
Et peut-être je suis digne de les entendre. »
Elle dit. Le héros, à ce discours flatteur,
Sentit couvrir son front d'une noble rougeur;
Et réduit, à regret, à parler de sa gloire,
Il poursuivit ainsi cette fatale histoire :

« De tous les favoris qu'idolâtrait Valois [2],

1. Anne, duc de Joyeuse, donna la bataille de Coutras contre Henri IV,
alors roi de Navarre, le 20 octobre 1587. On comparait son armée à
celle de Darius, et l'armée de Henri IV à celle d'Alexandre. Joyeuse fut
tué dans la bataille par deux capitaines d'infanterie nommés Bordeaux
et Descent ers.
2, Il avait épousé la sœur de la femme de Henri III. Dans son ambas
sade à Rome, il fut traité comme frère du roi. Il avait un cœur digne de
sa grande fortune. Un jour, ayant fait attendre trop longtemps les deux
secrétaires d'État dans l'antichambre du roi, il leur en fit ses excuses,
en leur abandonnant un don de cent mille écus que le roi venait de lui
faire.

Qui flattaient sa mollesse et lui donnaient des lois,
Joyeuse, né d'un sang chez les Français insigne,
D'une faveur si haute était le moins indigne :
Il avait des vertus ; et si de ses beaux jours
La Parque, en ce combat, n'eût abrégé le cours,
Sans doute aux grands exploits son âme accoutumée
Aurait de Guise, un jour, atteint la renommée.
Mais, nourri jusqu'alors au milieu de la cour,
Dans le sein des plaisirs, dans les bras de l'amour,
Il n'eut à m'opposer qu'un excès de courage,
Dans un jeune héros dangereux avantage.
Les courtisans en foule, attachés à son sort,
Du sein des voluptés s'avançaient à la mort.
Des chiffres amoureux, gages de leurs tendresses,
Traçaient sur leurs habits les noms de leurs maîtresses ;
Leurs armes éclataient du feu des diamants,
De leurs bras énervés frivoles ornements.
Ardents, tumultueux, privés d'expérience,
Ils portaient au combat leur superbe imprudence :
Orgueilleux de leur pompe, et fiers d'un camp nombreux,
Sans ordre ils s'avançaient d'un pas impétueux.

« D'un éclat différent mon camp frappait leur vue :
Mon armée, en silence à leurs yeux étendue,
N'offrait de tous côtés que farouches soldats,
Endurcis aux travaux, vieillis dans les combats,
Accoutumés au sang, et couverts de blessures :
Leur fer et leurs mousquets composaient leurs parures.
Comme eux vêtu sans pompe, armé de fer comme eux,
Je conduisais aux coups leurs escadrons poudreux ;
Comme eux, de mille morts affrontant la tempête,
Je n'étais distingué qu'en marchant à leur tête.
Je vis nos ennemis vaincus et renversés,
Sous nos coups expirants, devant nous dispersés :
A regret dans leur sein j'enfonçais cette épée,
Qui du sang espagnol eût été mieux trempée.

« Il le faut avouer, parmi ces courtisans
Que moissonna le fer en la fleur de leurs ans,
Aucun ne fut percé que de coups honorables :
Tous fermes dans leur poste, et tous inébranlables,
Ils voyaient devant eux avancer le trépas,
Sans détourner les yeux, sans reculer d'un pas.
Des courtisans français tel est le caractère :
La paix n'amollit point leur valeur ordinaire ;
De l'ombre du repos ils volent aux hasards,
Vils flatteurs à la cour, héros aux champs de Mars.

« Pour moi, dans les horreurs d'une mêlée affreuse,
J'ordonnais, mais en vain, qu'on épargnât Joyeuse :
Je l'aperçus bientôt porté par des soldats,
Pâle, et déjà couvert des ombres du trépas.
Telle une tendre fleur, qu'un matin voit éclore
Des baisers du Zéphyre et des pleurs de l'Aurore,
Brille un moment aux yeux, et tombe, avant le temps,
Sous le tranchant du fer, ou sous l'effort des vents.

« Mais pourquoi rappeler cette triste victoire ?
Que ne puis-je plutôt ravir à la mémoire
Les cruels monuments de ces affreux succès !
Mon bras n'est encor teint que du sang des Français :
Ma grandeur, à ce prix, n'a point pour moi de charmes,
Et mes lauriers sanglants sont baignés de mes larmes.

« Ce malheureux combat ne fit qu'approfondir
L'abîme dont Valois voulait en vain sortir.
Il fut plus méprisé, quand on vit sa disgrâce ;
Paris fut moins soumis, la Ligue eut plus d'audace,
Et la gloire de Guise, aigrissant ses douleurs,
Ainsi que ses affronts redoubla ses malheurs.
Guise ¹ dans Vimory, d'une main plus heureuse,
Vengea sur les Germains la perte de Joyeuse,
Accabla dans Auneau mes alliés surpris,
Et, couvert de lauriers, se montra dans Paris.
Ce vainqueur y parut comme un dieu tutélaire.
Valois vit triompher son superbe adversaire,
Qui, toujours insultant à ce prince abattu,
Semblait l'avoir servi moins que l'avoir vaincu.

« La honte irrite enfin le plus faible courage :
L'insensible Valois ressentit cet outrage ;
Il voulut, d'un sujet réprimant la fierté,
Essayer dans Paris sa faible autorité :
Il n'en était plus temps ; la tendresse et la crainte
Pour lui dans tous les cœurs était alors éteinte :
Son peuple audacieux, prompt à se mutiner,
Le prit pour un tyran dès qu'il voulut régner.
On s'assemble, on conspire, on répand des alarmes ;
Tout bourgeois est soldat, tout Paris est en armes ;
Mille remparts naissants, qu'un instant a formés,
Menacent de Valois les gardes enfermés.

1. Dans le même temps que l'armée du roi était battue à Coutras, le duc de Guise faisait des actions d'un très-habile général contre une armée nombreuse de reîtres venus au secours de Henri IV ; et après les avoir harcelés et fatigués longtemps, il les défit au village d'Auneau.

« Guise [1], tranquille et fier au milieu de l'orage,
Précipitait du peuple ou retenait la rage,
De la sédition gouvernait les ressorts,
Et faisait à son gré mouvoir ce vaste corps.
Tout le peuple au palais courait avec furie :
Si Guise eût dit un mot, Valois était sans vie
Mais, lorsque d'un coup d'œil il pouvait l'accabler,
Il parut satisfait de l'avoir fait trembler ;
Et, des mutins lui-même arrêtant la poursuite,
Lui laissa par pitié le pouvoir de la fuite.
Enfin Guise attenta, quel que fût son projet,
Trop peu pour un tyran, mais trop pour un sujet.
Quiconque a pu forcer son monarque à le craindre
A tout à redouter, s'il ne veut tout enfreindre.
Guise, en ses grands desseins dès ce jour affermi,
Vit qu'il n'était plus temps d'offenser à demi ;
Et qu'élevé si haut, mais sur un précipice,
S'il ne montait au trône, il marchait au supplice.
Enfin, maître absolu d'un peuple révolté,
Le cœur plein d'espérance et de témérité,
Appuyé des Romains, secouru des Ibères,
Adoré des Français, secondé de ses frères,
Ce sujet [2] orgueilleux crut ramener ces temps
Où de nos premiers rois les lâches descendants,
Déchus presque en naissant de leur pouvoir suprême,
Sous un froc odieux cachaient leur diadème,
Et, dans l'ombre d'un cloître en secret gémissants,

1. Le duc de Guise, à cette journée des barricades, se contenta de renvoyer à Henri III ses gardes, après les avoir désarmés.
2. Le cardinal de Guise, l'un des frères du duc de Guise, avait dit plus d'une fois qu'il ne mourrait jamais content qu'il n'eût tenu la tête du roi entre ses jambes, pour lui faire une couronne de moine. Mme de Montpensier, sœur des Guises, voulait qu'on se servît de ses ciseaux pour ce saint usage. Tout le monde connaît la devise de Henri III : c'étaient trois couronnes avec ces mots : *Manet ultima cœlo*, auxquels les ligueurs substituèrent ceux-ci : *Manet ultima claustro*. On connaît aussi ces deux vers latins qu'on afficha aux portes du Louvre :

> *Qui dedit ante duas, unam abstulit ; altera nutat ;*
> *Tertia tonsoris est facienda manu.*

En voici une traduction que l'auteur a lue dans les manuscrits de feu M. le président de Mesmes :

> Valois, qui les dames n'aime,
> Deux couronnes posséda :
> Bientôt sa prudence extrême
> Des deux l'une lui ôta.
> L'autre va tombant de même,
> Grâce à ses heureux travaux.
> Une paire de ciseaux
> Lui baillera la troisième.

Abandonnaient l'empire aux mains de leurs tyrans.

« Valois, qui cependant différait sa vengeance,
Tenait alors dans Blois les états de la France.
Peut-être on vous a dit quels furent ces états :
On proposa des lois qu'on n'exécuta pas;
De mille députés l'éloquence stérile
Y fit de nos abus un détail inutile :
Car de tant de conseils l'effet le plus commun
Est de voir tous nos maux sans en soulager un.

« Au milieu des états, Guise avec arrogance
De son prince offensé vint braver la présence,
S'assit auprès du trône, et, sûr de ses projets,
Crut dans ces députés voir autant de sujets.
Déjà leur troupe indigne, à son tyran vendue,
Allait mettre en ses mains la puissance absolue,
Lorsque, las de le craindre, et las de l'épargner,
Valois voulut enfin se venger et régner.
Son rival, chaque jour, soigneux de lui déplaire,
Dédaigneux ennemi, méprisait sa colère,
Ne soupçonnant pas même, en ce prince irrité,
Pour un assassinat assez de fermeté.
Son destin l'aveuglait, son heure était venue :
Le roi le fit lui-même immoler à sa vue.
De cent coups de poignard indignement percé[1],
Son orgueil, en mourant, ne fut point abaissé;

---

1. Le duc de Guise fut tué le vendredi 23 décembre 1588, à huit heures du matin. Les historiens disent qu'il lui prit une faiblesse dans l'antichambre du roi, parce qu'il avait passé la nuit avec une femme de la cour : c'était Mme de Noirmoutier, selon la tradition. Tous ceux qui ont écrit la relation de cette mort disent que ce prince, dès qu'il fut entré dans la chambre du conseil, commença à soupçonner son malheur par les mouvements qu'il aperçut. D'Aubigné rapporte qu'il rencontra d'abord dans cette chambre d'Espinac, archevêque de Lyon, son confident. Celui-ci, qui en même temps se douta de quelque chose, lui dit en présence de Larchant, capitaine des gardes, à propos d'un habit neuf que le duc portait : « Cet habit est bien léger, au temps qui court; vous en auriez dû prendre un plus fourré. » Ces paroles, prononcées avec un air de crainte, confirmèrent celles du duc. Il entra cependant par une petite allée dans la chambre du roi, qui conduisait à un cabinet dont le roi avait fait condamner la porte. Le duc, ignorant que la porte fût murée, lève, pour entrer, la tapisserie qui la couvrait : dans le moment, plusieurs de ces Gascons qu'on nommait les *Quarante-cinq* le percent avec des poignards que le roi leur avait distribués lui-même.

Les assassins étaient La Bastide, Monsivry, Saint-Malin, Saint-Gaudin, Saint-Capautel, Halfrenas, Herbelade, avec Lognac, leur capitaine. Monsivry fut celui qui donna le premier coup; il fut suivi de Lognac, de La Bastide, de Saint-Malin, etc., qui se jetèrent en même temps sur le duc.

On montre encore dans le château de Blois une pierre de la muraille contre laquelle il s'appuya en tombant, et qui fut la première teinte de

Et ce front, que Valois craignait encor peut-être,
Tout pâle et tout sanglant semblait braver son maître.
C'est ainsi que mourut ce sujet tout-puissant,
De vices, de vertus assemblage éclatant.
Le roi, dont il ravit l'autorité suprême,
Le souffrit lâchement, et s'en vengea de même.

« Bientôt ce bruit affreux se répand dans Paris.
Le peuple épouvanté remplit l'air de ses cris.
Les vieillards désolés, les femmes éperdues,
Vont du malheureux Guise embrasser les statues.
Tout Paris croit avoir, en ce pressant danger,
L'Église à soutenir, et son père à venger.
De Guise, au milieu d'eux, le redoutable frère,
Mayenne, à la vengeance anime leur colère;
Et, plus par intérêt que par ressentiment,
Il allume en cent lieux ce grand embrasement.

« Mayenne[1], dès longtemps nourri dans les alarmes,
Sous le superbe Guise avait porté les armes.
Il succède à sa gloire, ainsi qu'à ses desseins;
Le sceptre de la Ligue a passé dans ses mains.
Cette grandeur sans borne, à ses désirs si chère,
Le console aisément de la perte d'un frère[2] :
Il servait à regret, et Mayenne aujourd'hui
Aime mieux le venger que de marcher sous lui.
Mayenne a, je l'avoue, un courage héroïque;
Il sait, par une heureuse et sage politique,
Réunir sous ses lois mille esprits différents,
Ennemis de leur maître, esclaves des tyrans :
Il connaît leurs talents, il sait en faire usage;
Souvent du malheur même il tire un avantage.

son sang. Quelques Lorrains, en passant par Blois, ont baisé cette pierre, et la raclant avec un couteau, en ont emporté précieusement la poussière.

On ne parle point dans le poème de la mort du cardinal de Guise, qui fut aussi tué à Blois; il est aisé d'en voir la raison : c'est que le détail de l'histoire ne convient point à l'unité du poème, parce que l'intérêt diminue à mesure qu'il se partage.

C'est par cette raison que l'on n'a point parlé du prince de Condé dans la bataille de Coutras, afin de n'arrêter les yeux du lecteur que sur Henri IV.

1. Le duc de Mayenne, frère puîné du Balafré, tué à Blois, avait été longtemps jaloux de la réputation de son aîné. Il avait toutes les grandes qualités de son frère, à l'activité près.

2. On lit dans la grande histoire de Mézeray que le duc de Mayenne fut soupçonné d'avoir écrit une lettre au roi, où il l'avertissait de se défier de son frère. Ce seul soupçon suffit pour autoriser le caractère qu'on donne ici au duc de Mayenne, caractère naturel à un ambitieux, et surtout à un chef de parti.

Guise avec plus d'éclat éblouissait les yeux,
Fut plus grand, plus héros, mais non plus dangereux.
Voilà quel est Mayenne, et quelle est sa puissance.
Autant la Ligue altière espère en sa prudence,
Autant le jeune Aumale[1], au cœur présomptueux,
Répand dans les esprits son courage orgueilleux.
D'Aumale est du parti le bouclier terrible;
Il a jusqu'aujourd'hui le titre d'invincible :
Mayenne, qui le guide au milieu des combats,
Est l'âme de la Ligue, et l'autre en est le bras.

« Cependant des Flamands l'oppresseur politique,
Ce voisin dangereux, ce tyran catholique,
Ce roi, dont l'artifice est le plus grand soutien,
Ce roi, votre ennemi, mais plus encor le mien,
Philippe[2], de Mayenne embrassant la querelle,
Soutient de nos rivaux la cause criminelle;
Et Rome[3], qui devait étouffer tant de maux,
Rome de la discorde allume les flambeaux :
Celui qui des chrétiens se dit encor le père
Met aux mains de ses fils un glaive sanguinaire.

« Des deux bouts de l'Europe, à mes regards surpris,
Tous les malheurs ensemble accourent dans Paris.
Enfin, roi sans sujets, poursuivi sans défense,
Valois s'est vu forcé d'implorer ma puissance.
Il m'a cru généreux, et ne s'est point trompé :
Des malheurs de l'État mon cœur s'est occupé;
Un danger si pressant a fléchi ma colère;
Je n'ai plus, dans Valois, regardé qu'un beau-frère :
Mon devoir l'ordonnait, j'en ai subi la loi;
Et roi, j'ai défendu l'autorité d'un roi.
Je suis venu vers lui sans traité, sans otage[4] :

1. Le chevalier d'Aumale, frère du duc d'Aumale, de la maison de Lorraine, jeune homme impétueux, qui avait des qualités brillantes, qui était toujours à la tête des sorties pendant le siége de Paris, et inspirait aux habitants sa valeur et sa confiance.

2. Philippe II, roi d'Espagne, fils de Charles-Quint. On l'appelait le démon du Midi, DÆMONIUM MERIDIANUM, parce qu'il troublait toute l'Europe, au midi de laquelle l'Espagne est située. Il envoya de puissants secours à la Ligue, dans le dessein de faire tomber la couronne de France à l'infante Claire-Eugénie, ou à quelque prince de sa famille.

3. La cour de Rome, gagnée par les Guises, et soumise alors à l'Espagne, fit ce qu'elle put pour ruiner la France. Grégoire XIII secourut la Ligue d'hommes et d'argent; et Sixte-Quint commença son pontificat par les excès les plus grands, et heureusement les plus inutiles, contre la maison royale, comme on peut voir aux remarques sur le premier chant.

4. Henri IV, alors roi de Navarre, eut la générosité d'aller à Tours voir Henri III, suivi d'un page seulement, malgré les défiances et les

« Votre sort, ai-je dit, est dans votre courage;
« Venez mourir ou vaincre aux remparts de Paris. »
Alors un noble orgueil a rempli ses esprits :
Je ne me flatte point d'avoir pu dans son âme
Verser, par mon exemple, une si belle flamme;
Sa disgrâce a sans doute éveillé sa vertu :
Il gémit du repos qui l'avait abattu.
Valois avait besoin d'un destin si contraire;
Et souvent l'infortune aux rois est nécessaire. »

Tels étaient de Henri les sincères discours.
Des Anglais cependant il presse le secours :
Déjà du haut des murs de la ville rebelle
La voix de la victoire en son camp le rappelle;
Mille jeunes Anglais vont bientôt, sur ses pas,
Fendre le sein des mers, et chercher les combats.

Essex[1] est à leur tête, Essex dont la vaillance
A des fiers Castillans confondu la prudence,
Et qui ne croyait pas qu'un indigne destin
Dût flétrir les lauriers qu'avait cueillis sa main.

Henri ne l'attend point : ce chef que rien n'arrête,
Impatient de vaincre, à son départ s'apprête.
« Allez, lui dit la reine, allez, digne héros;
Mes guerriers sur vos pas traverseront les flots.
Non, ce n'est point Valois, c'est vous qu'ils veulent suivre;
A vos soins généreux mon amitié les livre :
Au milieu des combats vous les verrez courir,
Plus pour vous imiter que pour vous secourir,
Formés par votre exemple au grand art de la guerre,
Ils apprendront sous vous à servir l'Angleterre.
Puisse bientôt la Ligue expirer sous vos coups!
L'Espagne sert Mayenne, et Rome est contre vous :
Allez vaincre l'Espagne, et songez qu'un grand homme
Ne doit point redouter les vains foudres de Rome.
Allez des nations venger la liberté;
De Sixte et de Philippe[2] abaissez la fierté.

prières de ses vieux officiers, qui craignaient pour lui une seconde
Saint-Barthélemy.
1. Robert d'Évreux, comte d'Essex, fameux par la prise de Cadix sur
les Espagnols, par la tendresse d'Elisabeth pour lui, et par sa mort tragique arrivée en 1601. Il avait pris Cadix sur les Espagnols, et les avait
battus plus d'une fois sur mer. La reine Elisabeth l'envoya effectivement
en France en 1599, au secours de Henri IV, à la tête de cinq mille
hommes.
2. Sixte-Quint, pape, avait osé excommunier le roi de France, et surtout Henri IV, alors roi de Navarre.
Philippe II, roi d'Espagne, grand protecteur de la Ligue.

« Philippe, de son père héritier tyrannique,
Moins grand, moins courageux, et non moins politique,
Divisant ses voisins pour leur donner des fers,
Du fond de son palais croit dompter l'univers.

« Sixte[1], au trône élevé du sein de la poussière,
Avec moins de puissance, a l'âme encor plus fière :
Le pâtre de Montalte est le rival des rois;
Dans Paris comme à Rome, il veut donner des lois;
Sous le pompeux éclat d'un triple diadème,
Il pense asservir tout, jusqu'à Philippe même.
Violent, mais adroit, dissimulé, trompeur,
Ennemi des puissants, des faibles oppresseur,
Dans Londres, dans ma cour, il a formé des brigues,
Et l'univers, qu'il trompe, est plein de ses intrigues.

« Voilà les ennemis que vous devez braver.
Contre moi l'un et l'autre osèrent s'élever :
L'un, combattant en vain l'Anglais et les orages,
Fit voir à l'Océan[2] sa fuite et ses naufrages;
Du sang de ses guerriers ce bord est encor teint :
L'autre se tait dans Rome, et m'estime, et me craint.

« Suivez donc, à leurs yeux, votre noble entreprise.
Si Mayenne est dompté, Rome sera soumise;
Vous seul pouvez régler sa haine ou ses faveurs.
Inflexible aux vaincus, complaisante aux vainqueurs,
Prête à vous condamner, facile à vous absoudre,
C'est à vous d'allumer ou d'éteindre sa foudre. »

---

1. Sixte-Quint, né aux Grottes, dans la Marche d'Ancône, d'un pauvre vigneron nommé Peretti; homme dont la turbulence égala la dissimulation. Étant cordelier, il assomma de coups le neveu de son provincial, et se brouilla avec tout l'ordre. Inquisiteur à Venise, il y mit le trouble, et fut obligé de s'enfuir. Étant cardinal, il composa en latin la bulle d'excommunication lancée par le pape Pie V contre la reine Élisabeth. Cependant il estimait cette reine, et l'appelait *un gran cervello di principessa.*

2. Cet événement était tout récent; car Henri IV est supposé voir secrètement Élisabeth en 1589; et c'était l'année précédente que la grande flotte de Philippe II, destinée pour la conquête de l'Angleterre, fut battue par l'amiral Drake, et dispersée par la tempête.

On a fait, dans un journal de Trévoux, une critique spécieuse de cet endroit. Ce n'est pas, dit-on, à la reine Élisabeth de croire que Rome est complaisante pour les puissances, puisque Rome avait osé excommunier son père.

Mais le critique ne songeait pas que le pape n'avait excommunié le roi d'Angleterre, Henri VIII, que parce qu'il craignait davantage l'empereur Charles-Quint. Ce n'est pas la seule faute qui soit dans cet extrait de Trévoux, dont l'auteur, désavoué et condamné par la plupart de ses confrères, a mis dans ses censures peut-être plus d'injures que de raisons.

VARIANTES DU CHANT III.

Vers 43 :

Reine, je parle ici sans détour et sans feinte ;
Vous m'avez commandé de bannir la contrainte ;
Et mon cœur, qui jamais n'a su se déguiser,
Prêt à servir Valois, ne saurait l'excuser.

Vers 153 :

L'arbitre des combats, à mes armes propice,
De ma cause en ce jour protégea la justice :
Je combattis Joyeuse ; il fut vaincu ; mon bras
Lui fit mordre la poudre aux plaines de Coutras ;
Et ma brave noblesse, à vaincre accoutumée,
Dissipa devant moi cette innombrable armée.

Vers 175 :

Il n'eut à m'opposer qu'un aveugle courage,
Dans un chef orgueilleux dangereux avantage ;
Mille jeunes guerriers attachés à son sort
Du sein des voluptés s'avançaient à la mort.
Cent chiffres amoureux...

Vers 320. On trouve dans l'édition de 1723 ces quatre vers, que l'auteur a retranchés, parce qu'ils rendaient le duc de Mayenne trop petit :

Mais Paris, occupé d'un nom si glorieux,
Sur un chef moins connu n'arrêtait point ses yeux :
Et ce guerrier si craint, que tout un peuple adore,
Si Guise était vivant, ne serait rien encore.
Il succède, etc.

Vers 331 :

Mais souvent il se trompe, à force de prudence ;
Il est irrésolu par trop de prévoyance,
Moins agissant qu'habile ; et souvent la lenteur
Dérobe à son parti les fruits de sa valeur.
Voilà quel est Mayenne, et quelle est sa puissance.
Cependant l'ennemi du pouvoir de la France,
L'ennemi de l'Europe, et le vôtre, et le mien,
Ce roi dont l'artifice est le plus grand soutien,
Philippe, avec ardeur embrassant sa querelle,
Soutient des révoltés la cause criminelle ;
Et Rome, qui l'avait, etc.

CHANT QUATRIÈME.

ARGUMENT. — D'Aumale était près de se rendre maître du camp de
Henri III, lorsque le héros, revenant d'Angleterre, combat les ligueurs,
et fait changer la fortune.
La Discorde console Mayenne, et vole à Rome pour y chercher du secours. Description de Rome, où régnait alors Sixte-Quint. La Discorde y trouve la Politique ; elle revient avec elle à Paris, soulève la
Sorbonne, anime les Seize contre le parlement, et arme les moines.
On livre à la main du bourreau des magistrats qui tenaient pour le
parti des rois. Troubles et confusion horrible dans Paris.

Tandis que, poursuivant leurs entretiens secrets,
Et pesant à loisir de si grands intérêts,
Ils épuisaient tous deux la science profonde
De combattre, de vaincre, et de régir le monde,
La Seine, avec effroi, voit sur ses bords sanglants
Les drapeaux de la Ligue abandonnés aux vents

Valois, loin de Henri, rempli d'inquiétude,
Du destin des combats craignait l'incertitude.
A ses desseins flottants il fallait un appui ;
Il attendait Bourbon, sûr de vaincre avec lui.
Par ses retardements les ligueurs s'enhardirent ;
Des portes de Paris leurs légions sortirent :
Le superbe d'Aumale, et Nemours, et Brissac,
Le farouche Saint-Paul, La Châtre, Canillac,
D'un coupable parti défenseurs intrépides,
Épouvantaient Valois de leurs succès rapides ;
Et ce roi, trop souvent sujet au repentir,
Regrettait le héros qu'il avait fait partir.

Parmi ces combattants, ennemis de leur maître,
Un frère[1] de Joyeuse osa longtemps paraître.
Ce fut lui que Paris vit passer tour à tour
Du siècle au fond d'un cloître, et du cloître à la cour

___

1. Henri, comte de Bouchage, frère puîné du duc de Joyeuse, tué à
Coutras.
Un jour qu'il passait à Paris, à quatre heures du matin, près du couvent des Capucins, après avoir passé la nuit en débauche, il s'imagina
que les anges chantaient les matines dans le couvent. Frappé de cette
idée, il se fit capucin sous le nom de frère Ange. Depuis il quitta son
froc, et prit les armes contre Henri IV. Le duc de Mayenne le fit gouverneur du Languedoc, duc et pair, et maréchal de France. Enfin il fit
son accommodement avec le roi ; mais un jour ce prince étant avec lui
sur un balcon au-dessous duquel beaucoup de peuple était assemblé :
« Mon cousin, lui dit Henri IV, ces gens ci me paraissent fort aises de
voir ensemble un apostat et un renégat. » Cette parole du roi fit rentrer
Joyeuse dans son couvent, où il mourut.

Vicieux, pénitent, courtisan, solitaire,
Il prit, quitta, reprit la cuirasse et la haire.
Du pied des saints autels arrosés de ses pleurs,
Il courut de la Ligue animer les fureurs,
Et plongea dans le sang de la France éplorée
La main qu'à l'Eternel il avait consacrée.

    Mais de tant de guerriers, celui dont la valeur
Inspira plus d'effroi, répandit plus d'horreur,
Dont le cœur fut plus fier et la main plus fatale,
Ce fut vous, jeune prince, impétueux d'Aumale,
Vous, né du sang lorrain, si fécond en héros,
Vous, ennemi des rois, des lois, et du repos.
La fleur de la jeunesse en tout temps l'accompagne :
Avec eux sans relâche il fond dans la campagne ;
Tantôt dans le silence, et tantôt à grand bruit,
A la clarté des cieux, dans l'ombre de la nuit,
Chez l'ennemi surpris portant partout la guerre,
Du sang des assiégeants son bras couvrait la terre.
Tels du front du Caucase, ou du sommet d'Athos,
D'où l'œil découvre au loin l'air, la terre, et les flots,
Les aigles, les vautours, aux ailes étendues,
D'un vol précipité fendant les vastes nues,
Vont dans les champs de l'air enlever les oiseaux,
Dans les bois, sur les prés déchirent les troupeaux,
Et dans les flancs affreux de leurs roches sanglantes
Remportent à grands cris ces dépouilles vivantes.

    Déjà plein d'espérance, et de gloire enivré,
Aux tentes de Valois il avait pénétré.
La nuit et la surprise augmentaient les alarmes :
Tout pliait, tout tremblait, tout cédait à ses armes.
Cet orageux torrent, prompt à se déborder,
Dans son choc ténébreux allait tout inonder.
L'étoile du matin commençait à paraître :
Mornay, qui précédait le retour de son maître,
Voyait déjà les tours du superbe Paris.
D'un bruit mêlé d'horreur il est soudain surpris ;
Il court, il aperçoit dans un désordre extrême
Les soldats de Valois, et ceux de Bourbon même ;
« Juste ciel ! est-ce ainsi que vous nous attendiez ?
Henri va vous défendre ; il vient, et vous fuyez !
Vous fuyez, compagnons ! » Au son de sa parole,
Comme on vit autrefois au pied du Capitole
Le fondateur de Rome, opprimé des Sabins,
Au nom de Jupiter arrêter ses Romains,
Au seul nom de Henri les Français se rallient ;
La honte les enflamme, ils marchent, ils s'écrient :

« Qu'il vienne, ce héros, nous vaincrons sous ses yeux. »
Henri dans le moment paraît au milieu d'eux,
Brillant comme l'éclair au fort de la tempête :
Il vole aux premiers rangs, il s'avance à leur tête;
Il combat, on le suit; il change les destins :
La foudre est dans ses yeux, la mort est dans ses main
Tous les chefs ranimés autour de lui s'empressent;
La victoire revient, les ligueurs disparaissent,
Comme aux rayons du jour, qui s'avance et qui luit,
S'est dissipé l'éclat des astres de la nuit.
C'est en vain que d'Aumale arrête sur ces rives
Des siens épouvantés les troupes fugitives;
Sa voix pour un moment les rappelle aux combats :
La voix du grand Henri précipite leurs pas;
De son front menaçant la terreur les renverse;
Leur chef les réunit, la crainte les disperse.
D'Aumale est avec eux dans leur fuite entraîné;
Tel que du haut d'un mont de frimas couronné,
Au milieu des glaçons et des neiges fondues,
Tombe et roule un rocher qui menaçait les nues.

Mais que dis-je? il s'arrête, il montre aux assiégeants,
Il montre encor ce front redouté si longtemps.
Des siens qui l'entraînaient, fougueux, il se dégage :
Honteux de vivre encore, il revole au carnage,
Il arrête un moment son vainqueur étonné;
Mais d'ennemis bientôt il est environné.
La mort allait punir son audace fatale.

La Discorde le vit, et trembla pour d'Aumale.
La barbare qu'elle est a besoin de ses jours :
Elle s'élève en l'air, et vole à son secours.
Elle approche; elle oppose au nombre qui l'accable
Son bouclier de fer, immense, impénétrable,
Qui commande au trépas, qu'accompagne l'horreur,
Et dont la vue inspire ou la rage ou la peur.
Ô fille de l'enfer! Discorde inexorable,
Pour la première fois tu parus secourable!
Tu sauvas un héros, tu prolongeas son sort,
De cette même main, ministre de la mort,
De cette main barbare, accoutumée aux crimes,
Qui jamais jusque-là n'épargna ses victimes.
Elle entraîne d'Aumale aux portes de Paris,
Sanglant, couvert de coups qu'il n'avait point sentis.
Elle applique à ses maux une main salutaire;
Elle étanche ce sang répandu pour lui plaire :
Mais tandis qu'à son corps elle rend la vigueur,
De ses mortels poisons elle infecte son cœur.

Tel souvent un tyran, dans sa pitié cruelle,
Suspend d'un malheureux la sentence mortelle;
A ses crimes secrets il fait servir son bras;
Et, quand ils sont commis, il le rend au trépas.

Henri sait profiter de ce grand avantage,
Dont le sort des combats honora son courage.
Des moments dans la guerre il connaît tout le prix :
Il presse au même instant ses ennemis surpris;
Il veut que les assauts succèdent aux batailles;
Il fait tracer leur perte autour de leurs murailles.
Valois, plein d'espérance, et fort d'un tel appui,
Donne aux soldats l'exemple, et le reçoit de lui;
Il soutient les travaux, il brave les alarmes.
La peine a ses plaisirs, le péril a ses charmes.
Tous les chefs sont unis, tout succède à leurs vœux;
Et bientôt la Terreur, qui marche devant eux,
Des assiégés tremblants dissipant les cohortes,
A leurs yeux éperdus allait briser leurs portes.
Que peut faire Mayenne en ce péril pressant?
Mayenne a pour soldats un peuple gémissant.
Ici, la fille en pleurs lui redemande un père;
Là, le frère effrayé pleure au tombeau d'un frère.
Chacun plaint le présent, et craint pour l'avenir;
Ce grand corps alarmé ne peut se réunir.
On s'assemble, on consulte, on veut fuir ou se rendre,
Tous sont irrésolus, nul ne veut se défendre :
Tant le faible vulgaire, avec légèreté,
Fait succéder la peur à la témérité!

Mayenne, en frémissant, voit leur troupe éperdue :
Cent desseins partageaient son âme irrésolue,
Quand soudain la Discorde aborde ce héros,
Fait siffler ses serpents, et lui parle en ces mots :

« Digne héritier d'un nom redoutable à la France,
Toi qu'unit avec moi le soin de ta vengeance,
Toi, nourri sous mes yeux et formé sous mes lois,
Entends ta protectrice, et reconnais ma voix.
Ne crains rien de ce peuple imbécile et volage,
Dont un faible malheur a glacé le courage;
Leurs esprits sont à moi, leurs cœurs sont dans mes mains;
Tu les verras bientôt, secondant nos desseins,
De mon fiel abreuvés, à mes fureurs en proie,
Combattre avec audace, et mourir avec joie. »

La Discorde aussitôt, plus prompte qu'un éclair
Fend d'un vol assuré les campagnes de l'air,
Partout chez les Français le trouble et les alarmes

Présentent à ses yeux des objets pleins de charmes :
Son haleine en cent lieux répand l'aridité ;
Le fruit meurt en naissant, dans son germe infecté ;
Les épis renversés sur la terre languissent ;
Le ciel s'en obscurcit, les astres en pâlissent ;
Et la foudre en éclats, qui gronde sous ses pieds,
Semble annoncer la mort aux peuples effrayés.

Un tourbillon la porte à ces rives fécondes
Que l'Éridan rapide arrose de ses ondes.

Rome enfin se découvre à ses regards cruels ;
Rome, jadis son temple, et l'effroi des mortels ;
Rome, dont le destin, dans la paix, dans la guerre,
Est d'être en tous les temps maîtresse de la terre.
Par le sort des combats on la vit autrefois
Sur leurs trônes sanglants enchaîner tous les rois ;
L'univers fléchissait sous son aigle terrible.
Elle exerce en nos jours un pouvoir plus paisible :
On la voit sous son joug asservir ses vainqueurs,
Gouverner les esprits, et commander aux cœurs ;
Ses avis font ses lois, ses décrets sont ses armes.

Près de ce Capitole où régnaient tant d'alarmes,
Sur les pompeux débris de Bellone et de Mars,
Un pontife est assis au trône des Césars ;
Des prêtres fortunés foulent d'un pied tranquille
Les tombeaux des Catons et la cendre d'Émile.
Le trône est sur l'autel, et l'absolu pouvoir
Met dans les mêmes mains le sceptre et l'encensoir.

Là, Dieu même a fondé son Église naissante,
Tantôt persécutée, et tantôt triomphante :
Là, son premier apôtre, avec la Vérité,
Conduisit la Candeur et la Simplicité.
Ses successeurs heureux quelque temps l'imitèrent,
D'autant plus respectés que plus ils s'abaissèrent.
Leur front d'un vain éclat n'était point revêtu ;
La pauvreté soutint leur austère vertu ;
Et, jaloux des seuls biens qu'un vrai chrétien désire,
Du fond de leur chaumière ils volaient au martyre.
Le temps, qui corrompt tout, changea bientôt leurs mœurs.
Le ciel, pour nous punir, leur donna des grandeurs.
Rome, depuis ce temps, puissante et profanée,
Au conseil des méchants se vit abandonnée ;
La trahison, le meurtre, et l'empoisonnement,
De son pouvoir nouveau fut l'affreux fondement.
Les successeurs du Christ au fond du sanctuaire
Placèrent sans rougir l'inceste et l'adultère ;

Et Rome, qu'opprimait leur empire odieux,
Sous ces tyrans sacrés regretta ses faux dieux.
On écouta depuis de plus sages maximes;
On sut ou s'épargner ou mieux voiler les crimes.
De l'Église[1] et du peuple on régla mieux les droits;
Rome devint l'arbitre et non l'effroi des rois;
Sous l'orgueil imposant du triple diadème,
La modeste vertu reparut elle-même.
Mais l'art de ménager le reste des humains
Est, surtout aujourd'hui, la vertu des Romains.

Sixte alors était roi de l'Église et de Rome[2].
Si, pour être honoré du titre de grand homme,
Il suffit d'être faux, austère et redouté,
Au rang des plus grands rois Sixte sera compté.
Il devait sa grandeur à quinze ans d'artifices;
Il sut cacher, quinze ans, ses vertus et ses vices :
Il sembla fuir le rang qu'il brûlait d'obtenir,
Et s'en fit croire indigne afin d'y parvenir.

Sous le puissant abri de son bras despotique,
Au fond du Vatican régnait la Politique,
Fille de l'Intérêt et de l'Ambition,
Dont naquirent la Fraude et la Séduction.
Ce monstre ingénieux, en détours si fertile,
Accablé de soucis, paraît simple et tranquille;
Ses yeux creux et perçants, ennemis du repos,
Jamais du doux sommeil n'ont senti les pavots;
Par ses déguisements, à toute heure elle abuse
Les regards éblouis de l'Europe confuse :
Le mensonge subtil qui conduit ses discours,
De la Vérité même empruntant le secours,
Du sceau du Dieu vivant empreint ses impostures,
Et fait servir le ciel à venger ses injures.

A peine la Discorde avait frappé ses yeux,
Elle court dans ses bras d'un air mystérieux;
Avec un ris malin la flatte, la caresse;
Puis prenant tout à coup un ton plein de tristesse.
« Je ne suis plus, dit-elle, en ces temps bienheureux
Où les peuples séduits me présentaient leurs vœux,
Où la crédule Europe, à mon pouvoir soumise,
Confondait dans mes lois les lois de son Église.

---

1. Voyez l'*Histoire des papes.*
2. Sixte-Quint, étant cardinal de Montalte, contrefit si bien l'imbécile
près de quinze années, qu'on l'appelait communément l'*âne d'Ancône.*
On sait avec quel artifice il obtint la papauté, et avec quelle hauteur il
régna.

'e parlais; et soudain les rois humiliés
Du trône, en frémissant, descendaient à mes pieds;
Sur la terre, à mon gré, ma voix soufflait les guerres;
Du haut du Vatican je lançais les tonnerres;
Je tenais dans mes mains la vie et le trépas;
Je donnais, j'enlevais, je rendais les Etats.
Cet heureux temps n'est plus. Le sénat[1] de la France
Éteint presque en mes mains les foudres que je lance;
Plein d'amour pour l'Eglise, et pour moi plein d'horreur,
Il ôte aux nations le bandeau de l'erreur.
C'est lui qui, le premier, démasquant mon visage,
Vengea la vérité, dont j'empruntais l'image.
Que ne puis-je, ô Discorde! ardente à te servir,
Le séduire lui-même, ou du moins le punir!
Allons, que tes flambeaux rallument mon tonnerre :
Commençons par la France à ravager la terre;
Que le prince et l'Etat retombent dans nos fers. »
Elle dit, et soudain s'élance dans les airs.

Loin du faste de Rome, et des pompes mondaines,
Des temples consacrés aux vanités humaines,
Dont l'appareil superbe impose à l'univers,
L'humble Religion se cache en des déserts :
Elle y vit avec Dieu dans une paix profonde,
Cependant que son nom, profané dans le monde,
Est le prétexte saint des fureurs des tyrans,
Le bandeau du vulgaire, et le mépris des grands.
Souffrir est son destin, bénir est son partage :
Elle prie en secret pour l'ingrat qui l'outrage;
Sans ornement, sans art, belle de ses attraits,
Sa modeste beauté se dérobe à jamais
Aux hypocrites yeux de la foule importune
Qui court à ses autels adorer la Fortune.

Son âme pour Henri brûlait d'un saint amour;
Cette fille des cieux sait qu'elle doit un jour,
Vengeant de ses autels le culte légitime,
Adopter pour son fils ce héros magnanime :
Elle l'en croyait digne, et ses ardents soupirs
Hâtaient cet heureux temps, trop lent pour ses désirs.
Soudain la Politique et la Discorde impie

---

1. En 1570, le parlement donna un fameux arrêt contre la bulle *In cœna Domini.*
On connaît ses remontrances célèbres sous Louis XI, au sujet de la pragmatique-sanction; celle qu'il fit à Henri III contre la bulle scandaleuse de Sixte-Quint, qui appelait la maison régnante gérente bâtarde, et sa fermeté constante à soutenir nos libertés contre les prétentions de la cour de Rome.

Surprennent en secret leur auguste ennemie.
Elle lève à son Dieu ses yeux mouillés de pleurs :
Son Dieu, pour l'éprouver, la livre à leurs fureurs.
Ces monstres, dont toujours elle a souffert l'injure,
De ses voiles sacrés couvrent leur tête impure,
Prennent ses vêtements respectés des humains,
Et courent dans Paris accomplir leurs desseins.
D'un air insinuant, l'adroite Politique
Se glisse au vaste sein de la Sorbonne antique;
C'est là que s'assemblaient ces sages révérés,
Des vérités du ciel interprètes sacrés,
Qui, des peuples chrétiens arbitres et modèles,
A leur culte attachés, à leur prince fidèles,
Conservaient jusqu'alors une mâle vigueur,
Toujours impénétrable aux flèches de l'erreur.
Qu'il est peu de vertus qui résistent sans cesse !
Du monstre déguisé la voix enchanteresse
Ébranle leurs esprits par ses discours flatteurs.
Aux plus ambitieux elle offre des grandeurs;
Par l'éclat d'une mitre elle éblouit leur vue :
De l'avare en secret la voix lui fut vendue;
Par un éloge adroit le savant enchanté,
Pour prix d'un vain encens trahit la vérité;
Menacé par sa voix, le faible s'intimide.

On s'assemble en tumulte, en tumulte on décide.
Parmi les cris confus, la dispute, et le bruit,
De ces lieux, en pleurant, la Vérité s'enfuit.
Alors au nom de tous un des vieillards s'écrie :
« L'Église fait les rois, les absout, les châtie;
En nous est cette Église, en nous seuls est sa loi :
Nous réprouvons Valois, il n'est plus notre roi;
Serments[1] jadis sacrés, nous brisons votre chaîne! »

A peine a-t-il parlé, la Discorde inhumaine
Trace en lettres de sang ce décret odieux;
Chacun jure par elle, et signe sous ses yeux.

Soudain elle s'envole, et d'église en église
Annonce aux factieux cette grande entreprise;

---

1. Le 7 de janvier de l'an 1589, la faculté de théologie de Paris donna ce fameux décret par lequel il fut déclaré que les sujets étaient déliés de leur serment de fidélité, et pouvaient légitimement faire la guerre au roi. La Fèvre, doyen, et quelques-uns des plus sages, refusèrent de signer. Depuis, dès que la Sorbonne fut libre, elle révoqua ce décret, que la tyrannie de la Ligue avait arraché de quelques-uns de son corps. Tous les ordres religieux qui, comme la Sorbonne, s'étaient déclarés contre la maison royale, se rétractèrent depuis comme elle. Mais si la maison de Lorraine avait eu le dessus, se serait-on rétracté?

Sous l'habit d'Augustin, sous le froc de François,
Dans les cloîtres sacrés fait entendre sa voix.
Elle appelle à grands cris tous ces spectres austères,
De leur joug rigoureux esclaves volontaires.
« De la Religion reconnaissez les traits,
Dit-elle, et du Très-Haut vengez les intérêts.
C'est moi qui viens à vous, c'est moi qui vous appelle.
Ce fer, qui dans mes mains à vos yeux étincelle,
Ce glaive redoutable à nos fiers ennemis,
Par la main de Dieu même en la mienne est remis.
Il est temps de sortir de l'ombre de vos temples :
Allez d'un zèle saint répandre les exemples;
Apprenez aux Français, incertains de leur foi,
Que c'est servir leur Dieu que d'immoler leur roi.
Songez que de Lévi la famille sacrée,
Du ministère saint par Dieu même honorée,
Mérita cet honneur en portant à l'autel
Des mains teintes du sang des enfants d'Israël.
Que dis-je? où sont ces temps, où sont ces jours prospères,
Où j'ai vu les Français massacrés par leurs frères?
C'était vous, prêtres saints, qui conduisiez leurs bras;
Coligny par vous seuls a reçu le trépas.
J'ai nagé dans le sang; que le sang coule encore :
Montrez-vous, inspirez ce peuple qui m'adore ! »

   Le monstre au même instant donne à tous le signal;
Tous sont empoisonnés de son venin fatal;
Il conduit dans Paris leur marche solennelle;
L'étendard ¹ de la croix flottait au milieu d'elle.
Ils chantent; et leurs cris, dévots et furieux,
Semblent à leur révolte associer les cieux.
On les entend mêler, dans leurs vœux fanatiques,
Les imprécations aux prières publiques.

---

1. Dès que Henri III et le roi de Navarre parurent en armes devant
Paris, la plupart des moines endossèrent la cuirasse, et firent la garde
avec les bourgeois. Cependant cet endroit du poëme désigne la procession de la Ligue, où douze cents moines armés firent la revue dans Paris, ayant Guillaume Rose, évêque de Senlis, à leur tête. On a placé ici
ce fait, quoiqu'il ne soit arrivé qu'après la mort de Henri III.
   — Au lieu de la phrase qui termine cette note, on lit dans l'édition de
1723 : « Cette procession extravagante, que l'on appela à Paris la Drô-
lerie, se fit en 1590. Ce fut à cette belle cérémonie qu'un moine, qui avait
malheureusement un mousquet chargé à balles, tua un aumônier du
cardinal Caïetan, dans le carrosse de ce légat, qui s'était arrêté au bout
du pont Notre-Dame pour voir passer cette mascarade. L'auteur du Ca-
tholicon a transporté cette procession en 1593, aux états de la Ligue; et
par la même liberté on la place, dans ce poëme, sous Henri III, en 1589,
selon la règle qui veut qu'un poëte épique, dans l'arrangement des éve-
nements, ait plus d'égard à l'ordonnance de son dessein qu'à l'exacte
vérité de l'histoire. »

Prêtres audacieux, imbéciles soldats,
Du sabre et de l'é[...] ils ont chargé leurs bras;
Une lourde cuirasse a couvert leur cilice.
Dans les murs de Paris cette infâme milice
Suit, au milieu des flots d'un peuple impétueux,
Le Dieu, ce Dieu de paix, qu'on porte devant eux.

Mayenne, qui de loin voit leur folle entreprise,
La méprise en secret, et tout haut l'autorise;
Il sait combien le peuple, avec soumission,
Confond le fanatisme et la religion;
Il connaît ce grand art, aux princes nécessaire,
De nourrir la faiblesse et l'erreur du vulgaire.
A ce pieux scandale enfin il applaudit;
Le sage s'en indigne, et le soldat en rit.
Mais le peuple excité jusques aux cieux envoie
Des cris d'emportement, d'espérance, et de joie;
Et comme à son audace a succédé la peur,
La crainte en un moment fait place à la fureur,
Ainsi l'ange des mers, sur le sein d'Amphitrite,
Calme à son gré les flots, à son gré les irrite.
La Discorde [1] a choisi seize séditieux,
Signalés par le crime entre les factieux.
Ministres insolents de leur reine nouvelle,
Sur son char tout sanglant ils montent avec elle.
L'Orgueil, la Trahison, la Fureur, le Trépas,
Dans des ruisseaux de sang marchent devant leurs pas.
Nés dans l'obscurité, nourris dans la bassesse,
Leur haine pour les rois leur tient lieu de noblesse;
Et jusque sous le dais par le peuple portés,
Mayenne, en frémissant, les voit à ses côtés;
Des jeux de la Discorde ordinaires caprices,
Qui souvent rend égaux ceux qu'elle rend complices [2].
Ainsi, lorsque les vents, fougueux tyrans des eaux,

1. Ce n'est point à dire qu'il n'y eût que seize particuliers séditieux, comme l'a marqué Legendre dans sa petite *Histoire de France*; mais on les nomma *les Seize*, à cause des seize quartiers de Paris qu'ils gouvernaient par leurs intelligences et leurs émissaires. Ils avaient mis d'abord à leur tête seize des plus factieux de leur corps. Les principaux étaient Bussi Le Clerc, gouverneur de la Bastille, ci-devant maître en fait d'armes; La Bruyère, lieutenant particulier; le commissaire Louchart; Emmonot et Morin, procureurs; Oudinet, Passart, et surtout Senault, commis au greffe du parlement, homme de beaucoup d'esprit, qui le premier développa cette question obscure et dangereuse du pouvoir qu'une nation peut avoir sur son roi. Je dirai en passant que Senault était père du P. J. F. Senault, cet homme éloquent, qui est mort général des prêtres de l'Oratoire en France.

2. Les Seize furent longtemps indépendants du duc de Mayenne. L'un d'eux, nommé Normand, dit un jour dans la chambre du duc: « Ceux qui l'ont fait pourraient bien le défaire. »

De la Seine ou du Rhône ont soulevé les flots,
Le limon croupissant dans leurs grottes profondes
S'élève, en bouillonnant, sur la face des ondes;
Ainsi, dans les fureurs de ces embrasements
Qui changent les cités en de funestes champs,
Le fer, l'airain, le plomb, que les feux amollissent,
Se mêlent dans la flamme à l'or qu'ils obscurcissent.

Dans ces jours de tumulte et de sédition,
Thémis résistait seule à la contagion;
La soif de s'agrandir, la crainte, l'espérance,
Rien n'avait dans ses mains fait pencher sa balance;
Son temple était sans tache, et la simple Équité
Auprès d'elle, en fuyant, cherchait sa sûreté.

Il était dans ce temple un sénat vénérable,
Propice à l'innocence, au crime redoutable,
Qui, des lois de son prince et l'organe et l'appui,
Marchait d'un pas égal entre son peuple et lui.
Dans l'équité des rois sa juste confiance
Souvent porte à leurs pieds les plaintes de la France
Le seul bien de l'État fait son ambition;
Il hait la tyrannie et la rébellion;
Toujours plein de respect, toujours plein de courage,
De la soumission distingue l'esclavage;
Et, pour nos libertés toujours prompt à s'armer,
Connaît Rome, l'honore, et la sait réprimer.

Des tyrans de la Ligue une affreuse cohorte
Du temple de Thémis environne la porte :
Bussi les conduisait; ce vil gladiateur,
Monté par son audace à ce coupable honneur,
Entre, et parle en ces mots à l'auguste assemblée
Par qui des citoyens la fortune est réglée :
« Mercenaires appuis d'un dédale de lois,
Plébéiens, qui pensez être tuteurs des rois,
Lâches, qui dans le trouble et parmi les cabales
Mettez l'honneur honteux de vos grandeurs vénales,
Timides dans la guerre, et tyrans dans la paix,
Obéissez au peuple, écoutez ses décrets.
Il fut des citoyens avant qu'il fût des maîtres.
Nous rentrons dans les droits qu'ont perdus nos ancêtres.
Ce peuple fut longtemps par vous-même abusé;
Il s'est lassé du sceptre, et le sceptre est brisé.
Effacez ces grands noms qui vous gênaient sans doute,
Ces mots *de plein pouvoir*, qu'on hait et qu'on redoute :
Jugez au nom du peuple; et tenez au sénat
Non la place du roi, mais celle de l'État :

Imitez la Sorbonne, ou craignez ma vengeance. »

Le sénat répondit par un noble silence.
Tels, dans les murs de Rome abattus et brûlants,
Ces sénateurs courbés sous le fardeau des ans
Attendaient fièrement, sur leur siége immobiles,
Les Gaulois et la mort avec des yeux tranquilles.
Bussi, plein de fureur, et non pas sans effroi :
« Obéissez, dit-il, tyrans, ou suivez-moi.... »
Alors Harlay se lève, Harlay, ce noble guide,
Ce chef d'un parlement juste autant qu'intrépide ;
Il se présente aux Seize, il demande des fers,
Du front dont il aurait condamné ces pervers.
On voit auprès de lui les chefs de la justice,
Brûlant de partager l'honneur de son supplice,
Victimes de la foi qu'on doit aux souverains,
Tendre aux fers des tyrans leurs généreuses mains [1].

Muse, redites-moi ces noms chers à la France ;
Consacrez ces héros qu'opprima la licence,
Le vertueux de Thou [2], Molé, Scarron, Bayeul,
Potier, cet homme juste, et vous, jeune Longueil,
Vous en qui, pour hâter vos belles destinées,
L'esprit et la vertu devançaient les années.
Tout le sénat enfin, par les Seize enchaîné,
A travers un vil peuple en triomphe est mené

---

1. Le 16 janvier 1589, Bussi Le Clerc, l'un des Seize, qui de tireur d'armes était devenu gouverneur de la Bastille, et le chef de cette faction, entra dans la grand'chambre du parlement, suivi de cinquante satellites : il présenta au parlement une requête, ou plutôt un ordre, pour forcer cette compagnie à ne plus reconnaître la maison royale.

Sur le refus de la compagnie, il mena lui-même à la Bastille tous ceux qui étaient opposés à son parti ; il les y fit jeûner au pain et à l'eau, pour les obliger à se racheter plus tôt de ses mains ; voilà pourquoi on l'appelait le grand pénitencier du parlement.

2. Augustin de Thou, second du nom, oncle du célèbre historien ; il eut la charge de président du fameux Pibrac en 1585.

Molé ne peut-être qu'Édouard Molé, conseiller au parlement, mort en 1634.

Scarron était le bisaïeul du fameux Scarron, si connu par ses poésies et par l'enjouement de son esprit.

Bayeul était oncle du surintendant des finances.

Nicolas Potier de Novion de Blancménil, président à mortier, se nommait Blancménil, à cause de la terre de ce nom, qui depuis tomba dans la maison de Lamoignon, par le mariage de sa petite-fille avec le président de Lamoignon.

Nicolas Potier ne fut pas, à la vérité, conduit à la Bastille avec les autres membres du parlement, car il n'était pas venu ce jour-là à la grand'chambre ; mais il fut depuis emprisonné au Louvre, dans le temps de la mort de Brisson. On voulut lui faire le même traitement qu'à ce président. On l'accusait d'avoir une correspondance secrète avec Henri IV. Les Seize lui firent son procès dans les formes, afin de mettre de leur côté les apparences de la justice et de ne plus effaroucher le

Dans cet affreux château[1], palais de la vengeance,
Qui renferme souvent le crime et l'innocence.
Ainsi ces factieux ont changé tout l'État;
La Sorbonne est tombée, il n'est plus de sénat....
Mais pourquoi ce concours et ces cris lamentables?
Pourquoi ces instruments de la mort des coupables?
Qui sont ces magistrats que la main d'un bourreau,
Par l'ordre des tyrans, précipite au tombeau?
Les vertus dans Paris ont le destin des crimes.
Brisson[2], Larcher, Tardif, honorables victimes,
Vous n'êtes point flétris par ce honteux trépas :
Mânes trop généreux, vous n'en rougissez pas;
Vos noms toujours fameux vivront dans la mémoire;
Et qui meurt pour son roi meurt toujours avec gloire.

Cependant la Discorde, au milieu des mutins,
S'applaudit du succès de ses affreux desseins :
D'un air fier et content, sa cruauté tranquille
Contemple les effets de la guerre civile;
Dans ces murs tout sanglants, des peuples malheureux
Unis contre leur prince, et divisés entre eux,
Jouets infortunés des fureurs intestines,
De leur triste patrie avançant les ruines;
La tumulte au dedans, le péril au dehors,
Et partout le débris, le carnage, et les morts.

peuple par des exécutions précipitées, que l'on regardait comme des assassinats.

Enfin, comme Blancménil allait être condamné à être pendu, le duc de Mayenne revint à Paris. Ce prince avait toujours eu pour Blancménil une vénération qu'on ne pouvait refuser à sa vertu; il alla lui-même le tirer de prison. Le prisonnier se jeta à ses pieds, et lui dit : « Monseigneur, je vous ai obligation de la vie; mais j'ose vous demander un plus grand bienfait, c'est de me permettre de me retirer auprès de Henri IV, mon légitime roi : je vous reconnaîtrai toute la vie pour mon bienfaiteur; mais je ne puis vous servir comme mon maître. » Le duc de Mayenne, touché de ce discours, le releva, l'embrassa, et le renvoya à Henri IV. Le récit de cette aventure, avec l'interrogatoire de Blancménil, sont encore dans les papiers de M. le président de Novion d'aujourd'hui.

Bussi Le Clerc avait été d'abord maître en fait d'armes, et ensuite procureur. Quand le hasard et le malheur des temps l'eut mis en quelque crédit, il prit le surnom de Bussi, comme s'il eût été aussi redoutable que le fameux Bussi d'Amboise. Il se faisait nommer Bussi Grande-Puissance.

1. La Bastille.

2. En 1591, un vendredi 15 novembre, Barnabé Brisson, homme très-savant, et qui faisait les fonctions de premier président, en l'absence d'Achille de Harlay; Claude Larcher, conseiller aux enquêtes, et Jean Tardif, conseiller au Châtelet, furent pendus à une poutre dans le Petit-Châtelet, par l'ordre des Seize. Il est à remarquer que Hamilton, curé de Saint-Côme, furieux ligueur, était venu prendre lui-même Tardif dans sa maison, ayant avec lui des prêtres qui servaient d'archers.

VARIANTES DU CHANT IV.

Vers 13 :

Nemours, d'Aumale, Elbeuf, et Villars et Brissac,
La Châtre, Bois-Dauphin, Saint-Paul, et Canillac.

Dans l'édition de 1728, le premier de ces deux vers est tel qu'on le lit aujourd'hui. Le second est ainsi :

Elbeuf et Bois-Dauphin, Boufflers et Canillac.

Vers 19 :

Soudain, pareil au feu dont l'éclat fend la nue,
Henri vole à Paris d'une course imprévue;
La fureur dans les yeux et la mort dans les mains,
Il arrive, il combat, il change les destins;
Il met d'Aumale en fuite, il fait tomber Saveuse :
Vers son indigne cloître on voit s'enfuir Joyeuse.
Boufflers, où courez-vous, trop jeune audacieux?
Ne cherchez point la mort qui s'avance à vos yeux;
Respectez de Henri la valeur invincible.
Mais il tombe de, sous cette main terrible;
Ses beaux yeux sont noyés dans l'ombre du trépas,
Et son sang qui le couvre efface ses appas :
Telle une tendre fleur, qu'un matin voit éclore
Des baisers du Zéphire et des pleurs de l'Aurore,
Tombe aux premiers efforts de l'orage et des vents,
Dont le souffle ennemi vient ravager nos champs.
C'est en vain que Mayenne arrête sur ces rives
De ses soldats tremblants les troupes fugitives;
C'est en vain que sa voix les rappelle aux combats,
La voix du grand Henri précipite leurs pas;
De son front menaçant la terreur les renverse,
La fureur les a joints, la crainte les disperse;
Et Mayenne, avec eux dans leur fuite emporté,
Suit bientôt dans Paris ce peuple épouvanté.
Henri sait profiter de ce grand avantage.

Vers 139 :

. . . . Nul ne veut se défendre, etc.

Après ce vers, l'édition de 1723 met les quatre suivants :

Où sont ces grands guerriers, ces fiers soutiens des lois,
Ces ligueurs redoutés qui font trembler les rois?
Paris n'a dans son sein que de lâches complices,
Qu'a déjà fait pâlir la crainte des supplices :
Tant le faible vulgaire, etc.

Vers 186 :

Le sceptre et l'encensoir,
C'est de là que le Dieu qui pour nous voulut naître

S'explique aux nations par la voix du grand prêtre ;
Là, son premier disciple, avec la Vérité,
Conduisait la Candeur et la Simplicité ;
Mais Rome avait perdu sa trace apostolique.
   Alors au Vatican régnait la Politique,
Fille de l'intérêt, etc.

Et en note, on lisait :

« On a mis exprès ce mot *alors*, afin de fermer la bouche aux malintentionnés, qui pourraient dire qu'on a manqué de respect à la cour de Rome.

« Cette fiction de la Politique, qui se joint à la Discorde et qui emprunte les habits de la Religion, ne signifie autre chose que les intrigues des Espagnols et des ligueurs auprès du pape ; il n'y a presque personne en Europe qui ne sache que leurs artifices engagèrent la cour de Rome à se déclarer contre la France. Le pape peut être considéré comme le chef de l'Église ; alors on ne peut avoir qu'un respect sans bornes pour la sainteté de son caractère, et une soumission profonde pour ses décisions ; mais, comme prince temporel, il a des intérêts temporels à ménager ; c'est un prince qui a besoin de politique pour faire la guerre et la paix. Ainsi Sixte-Quint donna de l'argent à la Ligue, et Grégoire XIV lui donna aussi de l'argent et des troupes. »

Vers 209 :

Sous des dehors plus doux la cour cacha ses crimes ;
La décence y régna, le conclave eut ses lois ;
La vertu la plus pure y régna quelquefois ;
Des Ursins dans nos jours a mérité des temples ;
Mais d'un tel souverain la terre a peu d'exemples,
Et l'Église a compté, depuis plus de mille ans,
Peu de pasteurs sans tache, et beaucoup de tyrans.
Sixte alors était roi, etc.

Vers 234 :

Toujours l'autorité lui prête un prompt secours.
Le mensonge subtil règne en tous ses discours ;
Et, pour mieux déguiser son artifice extrême,
Elle emprunte la voix de la vérité même.

Vers 260 :

Allons, qu'à tes flambeaux je rallume ma foudre ;
Que le trône français tombe réduit en poudre ;
Que nos poisons unis infectent l'univers.

Vers 263 :

Ces monstres à l'instant pénètrent un asile
Où la Religion, solitaire, tranquille,
Sans pompe, sans éclat, belle de sa beauté,
Passait, dans la prière et dans l'humilité,
Des jours qu'elle dérobe à la foule importune

Qui court a ses autels encenser la Fortune.
Son âme pour Henri, etc.

Vers 284 :

Surprennent en secret leur auguste ennemie ;
Sur son modeste front, sur ses charmes divins,
Ils portent sans frémir leurs sacrilèges mains,
Prennent ses vêtements, et, fiers de cette injure,
De ses voiles sacrés ornent leur tête impure :
C'en est fait, et déjà leurs malignes fureurs
Dans Paris éperdu vont changer tous les cœurs.
D'un air insinuant l'adroite Politique
Pénètre au vaste sein de la Sorbonne antique :
Elle y voit à grands flots accourir ces docteurs,
De la vérité sainte éclairés défenseurs,
Qui des peuples chrétiens, etc.

Vers 299 :

Qu'il est peu de vertu qui résiste sans cesse !

Vers 344 :

On brise les liens de cette obéissance
Qu'aux enfants des Capets avait juré la France.
La Discorde aussitôt, de sa cruelle main,
Trace en lettres de sang ce décret inhumain.
Soudain elle s'envole, etc.

Vers 345 :

Le monstre au même instant leur donne le signal,
Et marche en déployant son étendard fatal.
Ils le suivent en foule, et remplis de sa rage,
Dans leur zèle insensé ces reclus furieux
Pensent à leur révolte associer les cieux ;
On les entend mêler, etc.

Il y a, comme on voit, un vers sans rime. Ce vers manque aussi
dans l'édition de 1724.

Vers 355 :

D'une lourde cuirasse ils couvrent leurs cilices.
Dans les murs de Paris ces indignes milices
Suivent parmi les flots d'un peuple impétueux.

Vers 411 :

De ces seize tyrans l'insolente cohorte
Du temple de Thémis environne la porte,
On voyait à leur tête un vil gladiateur,
Monté par son audace à ce coupable honneur,
Il s'avance au milieu de l'auguste assemblée
Par qui des citoyens la fortune est réglée :
« Magistrats, leur dit-il, qui tenez au sénat,

Non la place du roi, mais celle de l'État,
Le peuple, assez longtemps opprimé par vous-mêmes,
Vous instruit par ma voix de ses ordres suprêmes.
Las du joug des Capets qui l'ont tyrannisé,
Il leur ôte un pouvoir dont ils ont abusé :
Je vous défends ici d'oser les reconnaître ;
Songez que désormais le peuple est votre maître :
Obéissez.... » Ces mots, prononcés fièrement,
Portent dans les esprits un juste étonnement.
Le sénat, indigné d'une telle insolence,
Ne pouvant la punir, garde un morne silence.
La Ligue audacieuse en frémit de fureur ;
Elle avait tout séduit, hors ce sénat vengeur.
Cette fermeté rare est pour elle un outrage ;
Le grand Harlay surtout est l'objet de sa rage :
Cet organe des lois, si terrible aux pervers,
Par ceux qu'il doit punir se voit chargé de fers.
On voit auprès de lui, etc.

L'édition de 1723 contient en note le nom du *vil gladiateur* : « Il s'appelait Bussi Le Clerc. »

Vers 452 :

Amelot, Blancménil, et vous jeune Longueil
De qui le rare esprit tient lieu d'expérience,
Et dont l'âme intrépide égala la prudence.

La version actuelle est de 1730.

CHANT CINQUIÈME.

ARGUMENT. — Les assiégés sont vivement pressés. La Discorde excite Jacques Clément à sortir de Paris pour assassiner le roi. Elle appelle du fond des enfers le démon du Fanatisme, qui conduit ce parricide. Sacrifice des ligueurs aux esprits infernaux. Henri III est assassiné. Sentiments de Henri IV. Il est reconnu roi par l'armée.

Cependant s'avançaient ces machines mortelles
Qui portaient dans leur sein la perte des rebelles ;
Et le fer et le feu, volant de toutes parts,
De cent bouches d'airain foudroyaient leurs remparts.

Les Seize et leur courroux, Mayenne et sa prudence,
D'un peuple mutiné la farouche insolence,
Des docteurs de la loi les scandaleux discours,
Contre le grand Henri n'étaient qu'un vain secours :
La victoire a grands pas s'approchait sur ses traces.
Sixte, Philippe, Rome, éclataient en menaces :
Mais Rome n'était plus terrible à l'univers ;
Ses foudres impuissants se perdaient dans les airs,
Et du vieux Castillan la lenteur ordinaire

Privait les assiégés d'un secours nécessaire.
Ses soldats, dans la France errant de tous côtés,
Sans secourir Paris, désolaient nos cités.
Le perfide attendait que la Ligue épuisée
Pût offrir à son bras une conquête aisée,
Et l'appui dangereux de sa fausse amitié
Leur préparait un maître, au lieu d'un allié;
Lorsque d'un furieux la main déterminée
Sembla pour quelque temps changer la destinée.
Vous, des murs de Paris tranquilles habitants,
Que le ciel a fait naître en de plus heureux temps,
Pardonnez si ma main retrace à la mémoire
De vos aïeux séduits la criminelle histoire.
L'horreur de leurs forfaits ne s'étend point sur vous :
Votre amour pour vos rois les a réparés tous.

L'Église a de tout temps produit des solitaires,
Qui, rassemblés entre eux sous des règles sévères,
Et distingués en tout du reste des mortels,
Se consacraient à Dieu par des vœux solennels.
Les uns sont demeurés dans une paix profonde,
Toujours inaccessible aux vains attraits du monde;
Jaloux de ce repos qu'on ne peut leur ravir,
Ils ont fui les humains, qu'ils auraient pu servir :
Les autres, à l'Etat rendus plus nécessaires,
Ont éclairé l'Église, ont monté dans les chaires;
Mais, souvent enivrés de ces talents flatteurs,
Répandus dans le siècle, ils en ont pris les mœurs :
Leur sourde ambition n'ignore point les brigues;
Souvent plus d'un pays s'est plaint de leurs intrigues.
Ainsi chez les humains, par un abus fatal,
Le bien le plus parfait est la source du mal.

Ceux qui de Dominique¹ ont embrassé la vie
Ont vu longtemps leur secte en Espagne établie,
Et de l'obscurité des plus humbles emplois
Ont passé tout à coup dans les palais des rois.
Avec non moins de zèle, et bien moins de puissance,
Cet ordre respecté fleurissait dans la France,
Protégé par les rois, paisible, heureux enfin,
Si le traître Clément n'eût été dans son sein.

Clément² dans la retraite avait, dès son jeune âge,
Porté les noirs accès d'une vertu sauvage.

1. Dominique, né à Calahorra en Aragon, fonda les dominicains en 1215. — Calahorra est dans la vieille Castille. (ÉD.)
2. Jacques Clément, de l'ordre des dominicains, natif de Sorbonne,

Esprit faible, et crédule en sa dévotion,
Il suivait le torrent de la rébellion.
Sur ce jeune insensé la Discorde fatale
Répandit le venin de sa bouche infernale.
Prosterné chaque jour aux pieds des saints autels,
Il fatiguait les cieux de ses vœux criminels.
On dit que, tout souillé de cendre et de poussière,
Un jour il prononça cette horrible prière :

« Dieu qui venges l'Église et punis les tyrans,
Te verra-t-on sans cesse accabler tes enfants,
Et, d'un roi qui te brave armant les mains impures,
Favoriser le meurtre et bénir les parjures?
Grand Dieu! par tes fléaux c'est trop nous éprouver;
Contre tes ennemis daigne enfin t'élever;
Détourne loin de nous la mort et la misère;
Délivre-nous d'un roi donné dans ta colère :
Viens, des cieux outragés abaisse la hauteur;
Fais marcher devant toi l'ange exterminateur;
Viens, descends, arme-toi; que ta foudre enflammée
Frappe, écrase à nos yeux leur sacrilége armée;
Que les chefs, les soldats, les deux rois expirants,
Tombent comme la feuille éparse au gré des vents,
Et que, sauvés par toi, nos ligueurs catholiques
Sur leurs corps tout sanglants t'adressent leurs cantiques. »

La Discorde attentive, en traversant les airs,
Entend ces cris affreux, et les porte aux enfers.
Elle amène à l'instant, de ces royaumes sombres,
Le plus cruel tyran de l'empire des ombres.
Il vient, le Fanatisme est son horrible nom :
Enfant dénaturé de la Religion,
Armé pour la défendre, il cherche à la détruire,
Et, reçu dans son sein, l'embrasse, et le déchire.

C'est lui qui, dans Raba, sur les bords de l'Arnon[1],
Guidait les descendants du malheureux Ammon,
Quand à Moloch, leur dieu, des mères gémissantes
Offraient de leurs enfants les entrailles fumantes.
Il dicta de Jephté le serment inhumain;

---

village près de Sens, était âgé de vingt-quatre ans et demi, et venait de recevoir l'ordre de prêtrise lorsqu'il commit ce parricide.

La fiction qui règne dans ce cinquième chant, et qui peut-être pourra paraître trop hardie à quelques lecteurs, n'est point nouvelle. La malice des ligueurs et le fanatisme des moines de ce temps firent passer pour certain dans l'esprit du peuple ce qui n'est ici qu'une invention du poëte.

1. Pays des Ammonites, qui jetaient leurs enfants dans les flammes au son des tambours et des trompettes, en l'honneur de la divinité qu'ils adoraient sous le nom de Moloch.

Dans le cœur de sa fille il conduisit sa main.
C'est lui qui, de Calchas ouvrant la bouche impie,
Demanda par sa voix la mort d'Iphigénie.
France, dans tes forêts il habita longtemps :
A l'affreux Teutatès[1] il offrit ton encens.
Tu n'as point oublié ces sacrés homicides
Qu'à tes indignes dieux présentaient tes druides.
Du haut du Capitole il criait aux païens :
« Frappez, exterminez, déchirez les chrétiens. »
Mais lorsqu'au Fils de Dieu Rome enfin fut soumise,
Du Capitole en cendre il passa dans l'Église ;
Et, dans les cœurs chrétiens inspirant ses fureurs,
De martyrs qu'ils étaient, les fit persécuteurs.
Dans Londre il a formé la secte[2] turbulente
Qui sur un roi trop faible a mis sa main sanglante.
Dans Madrid, dans Lisbonne, il allume ces feux,
Ces bûchers solennels, où des Juifs malheureux
Sont tous les ans en pompe envoyés par des prêtres,
Pour n'avoir point quitté la foi de leurs ancêtres.

Toujours il revêtait, dans ses déguisements,
Des ministres des cieux les sacrés ornements :
Mais il prit cette fois dans la nuit éternelle,
Pour des crimes nouveaux, une forme nouvelle :
L'audace et l'artifice en firent les apprêts.
Il emprunte de Guise et la taille et les traits,
De ce superbe Guise, en qui l'on vit paraître
Le tyran de l'État et le roi de son maître,
Et qui, toujours puissant, même après son trépas,
Traînait encor la France à l'horreur des combats.
D'un casque redoutable il a chargé sa tête ;
Un glaive est dans sa main, au meurtre toujours prête ;
Son flanc même est percé des coups dont autrefois
Ce héros factieux fut massacré dans Blois ;
Et la voix de son sang, qui coule en abondance,
Semble accuser Valois et demander vengeance.

Ce fut dans ce terrible et lugubre appareil,
Qu'au milieu des pavots que verse le sommeil,
Il vint trouver Clément au fond de sa retraite.
La Superstition, la Cabale inquiète,
Le faux Zèle enflammé d'un courroux éclatant

---

1. Teutatès était un des dieux des Gaulois. Il n'est pas sûr que ce fût le même que Mercure ; mais il est constant qu'on lui sacrifiait des hommes.
2. Les enthousiastes, qui étaient appelés indépendants, furent ceux qui eurent le plus de part à la mort de Charles I⁰ʳ, roi d'Angleterre.

Veillaient tous à sa porte, et l'ouvrent à l'instant.
Il entre, et d'une voix majestueuse et fière :
« Dieu reçoit, lui dit-il, tes vœux et ta prière;
Mais n'aura-t-il de toi, pour culte et pour encens,
Qu'une plainte éternelle, et des vœux impuissants?
Au Dieu que sert la Ligue il faut d'autres offrandes;
Il exige de toi les dons que tu demandes.
Si Judith autrefois, pour sauver son pays,
N'eût offert à son Dieu que des pleurs et des cris;
Si, craignant pour les siens, elle eût craint pour sa vie,
Judith eût vu tomber les murs de Béthulie.
Voilà les saints exploits que tu dois imiter,
Voilà l'offrande enfin que tu dois présenter.
Mais tu rougis déjà de l'avoir différée....
Cours, vole, et que ta main, dans le sang consacrée,
Délivrant les Français de leur indigne roi,
Venge Paris, et Rome, et l'univers, et moi.
Par un assassinat Valois trancha ma vie;
Il faut d'un même coup punir sa perfidie.
Mais du nom d'assassin ne prends aucun effroi;
Ce qui fut crime en lui sera vertu dans toi.
Tout devient légitime à qui venge l'Église :
Le meurtre est juste alors, et le ciel l'autorise....
Que dis-je? il le commande; il t'instruit par ma voix
Qu'il a choisi ton bras pour la mort de Valois :
Heureux si tu pouvais, consommant sa vengeance,
Joindre le Navarrois au tyran de la France;
Et si de ces deux rois tes citoyens sauvés
Te pouvaient...! Mais les temps ne sont pas arrivés.
Bourbon doit vivre encor; le Dieu qu'il persécute
Réserve à d'autres mains la gloire de sa chute.
Toi, de ce Dieu jaloux remplis les grands desseins,
Et reçois ce présent qu'il te fait par mes mains. »

Le fantôme, à ces mots, fait briller une épée
Qu'aux infernales eaux la Haine avait trempée;
Dans la main de Clément il met ce don fatal;
Il fuit, et se replonge au séjour infernal.

Trop aisément trompé, le jeune solitaire
Des intérêts des cieux se crut dépositaire;
Il baise avec respect ce funeste présent;
Il implore à genoux le bras du Tout-Puissant;
Et, plein du monstre affreux dont la fureur le guide,
D'un air sanctifié s'apprête au parricide.

Combien le cœur de l'homme est soumis à l'erreur!
Clément goûtait alors un paisible bonheur :

Il était animé de cette confiance
Qui dans le cœur des saints affermit l'innocence ;
Sa tranquille fureur marche les yeux baissés ;
Ses sacriléges vœux¹ au ciel sont adressés ;
Son front de la vertu porte l'empreinte austère ;
Et son fer parricide est caché sous sa haire.
Il marche : ses amis, instruits de son dessein,
Et de fleurs sous ses pas parfumant son chemin,
Remplis d'un saint respect, aux portes le conduisent,
Bénissent son destin, l'encouragent, l'instruisent,
Placent déjà son nom parmi les noms sacrés

1. L'on imprima et l'on débita publiquement une relation du martyre de frère Jacques Clément, dans laquelle on assurait qu'un ange lui avait apparu, et lui avait ordonné de tuer le tyran, en lui montrant une épée nue. Il est resté depuis un soupçon dans le public que quelques confrères de Jacques Clément, abusant de la faiblesse de ce misérable, Lui avaient eux-mêmes parlé pendant la nuit, et avaient aisément troublé sa tête, échauffée par le jeûne et par la superstition. Quoi qu'il en soit, Clément se prépara au parricide comme un bon chrétien ferait au martyre, par les mortifications et par la prière. On ne put douter qu'il n'y eût de la bonne foi dans son crime ; c'est pourquoi on a pris le parti de le représenter plutôt comme un esprit faible, séduit par sa simplicité, que comme un scélérat déterminé par son mauvais penchant.

Jacques Clément sortit de Paris le dernier juillet 1589, et fut mené à Saint-Cloud par La Guesle, procureur général. Celui-ci, qui soupçonnait un mauvais coup de la part de ce moine, l'envoya épier pendant la nuit dans l'endroit où il était retiré. On le trouva dans un profond sommeil ; son bréviaire était auprès de lui, ouvert, et tout gras, au chapitre du meurtre d'Holopherne par Judith. On a eu soin, dans le poème, de présenter l'exemple de Judith à Jacques Clément, à l'imitation des prédicateurs de la Ligue, qui se servaient de l'Ecriture sainte pour prêcher le parricide.

— Nous citerons ici un passage d'un livre fait par un jacobin, et imprimé à Troyes, chez M. Moreau, peu de temps après la mort de Henri III :

« De façon que Dieu, exauçant la prière de cestui serviteur, nommé frère Jacques Clément, une nuit, comme il était en son lit, lui envoie son ange en vision, lequel avec grande lumière se présente à ce religieux, et lui montre un glaive nu, lui dit ces mots : « Frère Jacques, je suis « messager du Dieu tout-puissant, qui te viens acertener que par toi le « tyran de France doit être mis à mort. Pense donc à toi, et te prépare, « comme la couronne de martyre t'est aussi préparée. »

« Cela dit, la vision se disparut, et le laissa rêver à telles paroles véritables. Le matin venu, frère Jacques se remet devant les yeux l'apparition précédente ; et, douteux de ce qu'il devoit faire, s'adresse à un sien ami, aussi religieux, homme fort scientifique, et bien versé en la sainte Ecriture, auquel il déclare franchement sa vision, lui demandant d'abondant si c'étoit chose agréable à Dieu de tuer un roi qui n'a ni foi ni religion, et qui ne cherche que l'oppression de ses pauvres sujets, étant altéré du sang innocent, et regorgeant en vices autant qu'il est possible. A quoi l'honnête homme fit réponse que véritablement il nous étoit défendu de Dieu étroitement d'être homicides ; mais d'autant que le roi qu'il entendoit étoit un homme distrait et séparé de l'Eglise, qui bouffoit de tyrannies exécrables, et qui se déterminoit d'être le fléau perpétuel et sans retour de la France, il estimoit que celui qui le mettroit à mort, comme fit jadis Judith un Holopherne, feroit chose très-sainte et très-recommandable. »

Dans les fastes de Rome à jamais révérés,
Le nomment à grands cris le vengeur de la France,
Et, l'encens à la main, l'invoquent par avance.
C'est avec moins d'ardeur, avec moins de transport,
Que les premiers chrétiens, avides de la mort,
Intrépides soutiens de la foi de leurs pères,
Au martyre autrefois accompagnaient leurs frères,
Enviaient les douceurs de leur heureux trépas,
Et baisaient, en pleurant, les traces de leurs pas.
Le fanatique aveugle et le chrétien sincère
Ont porté trop souvent le même caractère :
Ils ont même courage, ils ont mêmes désirs.
Le crime a ses héros; l'erreur a ses martyrs :
Du vrai zèle et du faux vains juges que nous sommes !
Souvent des scélérats ressemblent aux grands hommes.

Mayenne, dont les yeux savent tout éclairer,
Voit le coup qu'on prépare, et feint de l'ignorer.
De ce crime odieux son prudent artifice
Songe à cueillir le fruit sans en être complice :
Il laisse avec adresse aux plus séditieux
Le soin d'encourager ce jeune furieux.

Tandis que des ligueurs une troupe homicide
Aux portes de Paris conduisait le perfide,
Des Seize en même temps le sacrilége effort
Sur cet événement interrogeait le sort.
Jadis de Médicis ! l'audace curieuse
Chercha de ces secrets la science odieuse,
Approfondit longtemps cet art surnaturel,
Si souvent chimérique, et toujours criminel.
Tout suivit son exemple; et le peuple imbécile,
Des vices de la cour imitateur servile,
Épris du merveilleux, amant des nouveautés,
S'abandonnait en foule à ces impiétés.

Dans l'ombre de la nuit, sous une voûte obscure,
Le silence a conduit leur assemblée impure.
A la pâle lueur d'un magique flambeau,
S'élève un vil autel dressé sur un tombeau :

---

1. Catherine de Médicis avait mis la magie si fort à la mode en
France, qu'un prêtre nommé Sechelles, qui fut brûlé en Grève sous
Henri III, pour sorcellerie, accusa douze cents personnes de ce prétendu crime. L'ignorance et la stupidité étaient poussées si loin dans
ces temps-là, qu'on n'entendait parler que d'exorcismes et de condamna-
tions au feu. On trouvait partout des hommes assez sots pour se croire
magiciens, et des juges superstitieux qui les punissaient de bonne foi
comme tels.

C'est là que des deux rois on plaça les images,
Objets de leur terreur, objets de leurs outrages.
Leurs sacrilèges mains ont mêlé, sur l'autel,
A des noms infernaux le nom de l'Eternel.
Sur ces murs ténébreux des lances sont rangées,
Dans des vases de sang leurs pointes sont plongées,
Appareil menaçant de leur mystère affreux.
Le prêtre de ce temple est un de ces Hébreux
Qui, proscrits sur la terre, et citoyens du monde,
Portent de mers en mers leur misère profonde,
Et d'un antique amas de superstitions
Ont rempli dès longtemps toutes les nations.

D'abord, autour de lui, les ligueurs en furie
Commencent à grands cris ce sacrifice impie.
Leurs parricides bras se lavent dans le sang;
De Valois sur l'autel ils vont percer le flanc;
Avec plus de terreur, et plus encor de rage,
De Henri sous leurs pieds ils renversent l'image,
Et pensent que la mort[1], fidèle à leur courroux,
Va transmettre à ces rois l'atteinte de leurs coups.

L'Hébreu[2] joint cependant la prière au blasphème:
Il invoque l'abîme, et les cieux, et Dieu même;
Tous ces impurs esprits qui troublent l'univers,
Et le feu de la foudre, et celui des enfers.

Tel fut dans Gelboa le secret sacrifice
Qu'à ses dieux infernaux offrit la pythonisse,
Alors qu'elle évoqua devant un roi cruel
Le simulacre affreux du prêtre Samuel;
Ainsi contre Juda, du haut de Samarie,
Des prophètes menteurs tonnait la bouche impie;
Ou tel, chez les Romains, l'inflexible Atéius[3]
Maudit, au nom des dieux, les armes de Crassus.

Aux magiques accents que sa bouche prononce,

1. Plusieurs prêtres ligueurs avaient fait faire de petites images de cire qui représentaient Henri III et le roi de Navarre; ils les mettaient sur l'autel, les perçaient pendant la messe quarante jours consécutifs, et le quarantième jour les perçaient au cœur.
2. C'était, pour l'ordinaire, de juifs que l'on se servait pour faire des opérations magiques. Cette ancienne superstition vient des secrets de la cabale, dont les juifs se disaient seuls dépositaires. Catherine de Médicis, la maréchale d'Ancre, et beaucoup d'autres, employèrent des juifs à ces prétendus sortilèges.
3. Atéius, tribun du peuple, ne pouvant empêcher Crassus de partir pour aller contre les Parthes, porta un brasier ardent à la porte de la ville par où Crassus sortait, y jeta certaines herbes, et maudit l'expédition de Crassus en invoquant les divinités infernales.

Les Seize osent du ciel attendre la réponse;
A dévoiler leur sort ils pensent le forcer.
Le ciel, pour les punir, voulut les exaucer :
Il interrompt pour eux les lois de la nature;
De ces antres muets sort un triste murmure;
Les éclairs, redoublés dans la profonde nuit,
Poussent un jour affreux qui renaît et qui fuit.
Au milieu de ces feux, Henri, brillant de gloire,
Apparaît à leurs yeux sur un char de victoire :
Des lauriers couronnaient son front noble et serein,
Et le sceptre des rois éclatait dans sa main.
L'air s'embrase à l'instant par les traits du tonnerre;
L'autel, couvert de feux, tombe, et fuit sous la terre;
Et les Seize éperdus, l'Hébreu saisi d'horreur,
Vont cacher dans la nuit leur crime et leur terreur.

Ces tonnerres, ces feux, ce bruit épouvantable,
Annonçaient à Valois sa perte inévitable :
Dieu, du haut de son trône, avait compté ses jours;
Il avait loin de lui retiré son secours :
La Mort impatiente attendait sa victime;
Et, pour perdre Valois, Dieu permettait un crime.

Clément au camp royal a marché sans effroi.
Il arrive, il demande à parler à son roi;
Il dit que, dans ces lieux amené par Dieu même,
Il y vient rétablir les droits du diadème,
Et révéler au roi des secrets importants.
On l'interroge, on doute, on l'observe longtemps;
On craint sous cet habit un funeste mystère :
Il subit sans alarme un examen sévère;
Il satisfait à tout avec simplicité;
Chacun, dans ses discours, croit voir la vérité.
La garde aux yeux du roi le fait enfin paraître.

L'aspect du souverain n'étonna point ce traître.
D'un air humble et tranquille il fléchit les genoux :
Il observe à loisir la place de ses coups;
Et le mensonge adroit, qui conduisait sa langue,
Lui dicta cependant sa perfide harangue.
« Souffrez, dit-il, grand roi, que ma timide voix
S'adresse au Dieu puissant qui fait régner les rois;
Permettez, avant tout, que mon cœur le bénisse
Des biens que va sur nous répandre sa justice.
Le vertueux Potier[1], le prudent Villeroi,

1. Potier, président du parlement, dont il est parlé ci-devant, chant IV, v. 150.
Villeroi, qui avait été secrétaire d'État sous Henri III, et qui avait

Parmi vos ennemis vous ont gardé leur foi ;
Harlay¹, le grand Harlay, dont l'intrépide zèle
Fut toujours formidable à ce peuple infidèle,
Du fond de sa prison réunit tous les cœurs,
Rassemble vos sujets, et confond les ligueurs.
Dieu, qui, bravant toujours les puissants et les sages,
Par la main la plus faible accomplit ses ouvrages,
Devant le grand Harlay lui-même m'a conduit.
Rempli de sa lumière, et par sa bouche instruit,
J'ai volé vers mon prince, et vous rends cette lettre
Qu'à mes fidèles mains Harlay vient de remettre. »

Valois reçoit la lettre avec empressement.
Il bénissait les cieux d'un si prompt changement :
« Quand pourrai-je, dit-il, au gré de ma justice,
Récompenser ton zèle, et payer ton service ? »
En lui disant ces mots, il lui tendait les bras :
Le monstre au même instant tire son coutelas,
L'en frappe, et dans le flanc l'enfonce avec furie.
Le sang coule ; on s'étonne, on s'avance, on s'écrie ;
Mille bras sont levés pour punir l'assassin :
Lui, sans baisser les yeux, les voit avec dédain ;
Fier de son parricide, et quitte envers la France,
Il attend à genoux la mort pour récompense ;
De la France et de Rome il croit être l'appui ;
Il pense voir les cieux qui s'entr'ouvrent pour lui ;
Et, demandant à Dieu la palme du martyre,
Il bénit, en tombant, les coups dont il expire.
Aveuglement terrible, affreuse illusion!
Digne à la fois d'horreur et de compassion,
Et de la mort du roi moins coupable peut-être
Que ces lâches docteurs, ennemis de leur maître,
Dont la voix, répandant un funeste poison,
D'un faible solitaire égara la raison !

Déjà Valois touchait à son heure dernière ;
Ses yeux ne voyaient plus qu'un reste de lumière :
Ses courtisans en pleurs, autour de lui rangés,
Par leurs desseins divers en secret partagés ;

pris le parti de la Ligue, pour avoir été insulté en présence du roi par
le duc d'Épernon.
1. Achille de Harlay, qui était alors gardé à la Bastille par Bussi Le
Clerc. Jacques Clément présenta au roi une lettre de la part de ce magistrat. On n'a point su si la lettre était contrefaite ou non : c'est ce qui
est étonnant dans un fait de cette importance ; et c'est ce qui me ferait
croire que la lettre était véritable, et qu'on l'aurait surprise au président de Harlay : autrement on aurait fait sonner bien haut cette fausseté
contre la Ligue.

D'une commune voix formant les mêmes plaintes,
Exprimaient des douleurs ou sincères ou feintes.
Quelques-uns, que flattait l'espoir du changement,
Du danger de leur roi s'affligeaient faiblement;
Les autres, qu'occupait leur crainte intéressée,
Pleuraient, au lieu du roi, leur fortune passée.
Parmi ce bruit confus de plaintes, de clameurs,
Henri, vous répandiez de véritables pleurs.
Il fut votre ennemi; mais les cœurs nés sensibles
Sont aisément émus dans ces moments horribles.
Henri ne se souvint que de son amitié ;
En vain son intérêt combattait sa pitié;
Ce héros vertueux se cachait à lui-même
Que la mort de son roi lui donne un diadème.

Valois tourna sur lui, par un dernier effort,
Ses yeux appesantis qu'allait fermer la mort;
Et, touchant de sa main ses mains victorieuses :
« Retenez, lui dit-il, vos larmes généreuses;
L'univers indigné doit plaindre votre roi :
Vous, Bourbon, combattez, régnez et vengez-moi.
Je meurs, et je vous laisse, au milieu des orages,
Assis sur un écueil couvert de mes naufrages.
Mon trône vous attend, mon trône vous est dû :
Jouissez de ce bien par vos mains défendu :
Mais songez que la foudre en tout temps l'environne;
Craignez, en y montant, ce Dieu qui vous le donne.
Puissiez-vous, détrompé d'un dogme criminel,
Rétablir de vos mains son culte et son autel!
Adieu, régnez heureux ; qu'un plus puissant génie
Du fer des assassins défende votre vie!
Vous connaissez la Ligue, et vous voyez ses coups :
Ils ont passé par moi pour aller jusqu'à vous;
Peut-être un jour viendra qu'une main plus barbare....
Juste ciel, épargnez une vertu si rare!
Permettez...! » A ces mots l'impitoyable Mort
Vient fondre sur sa tête¹, et termine son sort.

1. Henri III mourut de sa blessure le 3 août, à deux heures du matin,
à Saint-Cloud, mais non point dans la même maison où il avait pris,
avec son frère, la résolution de la Saint-Barthélemy, comme l'ont écrit
plusieurs historiens; car cette maison n'était point encore bâtie du
temps de la Saint-Barthélemy. — La note de 1723 donnait quelques détails de plus. « La malheureuse journée de Saint-Barthélemy arriva
en 1572; alors la maison appartenait à un bourgeois nommé Chapelier :
Catherine de Médicis l'acheta en 1577, et la donna à la femme de Jé-
rôme de Gondy, qui la fit rebâtir; par conséquent il est impossible que
Henri III soit mort dans la chambre où il avait tenu le conseil de la
Saint-Barthélemy. »

Au bruit de son trépas, Paris se livre en proie
Aux transports odieux de sa coupable joie :
De cent cris de victoire ils remplissent les airs;
Les travaux sont cessés, les temples sont ouverts;
De couronnes de fleurs ils ont paré leurs têtes;
Ils consacrent ce jour à d'éternelles fêtes;
Bourbon n'est à leurs yeux qu'un héros sans appui,
Qui n'a plus que sa gloire et sa valeur pour lui.
Pourra-t-il résister à la Ligue affermie,
A l'Église en courroux, à l'Espagne ennemie,
Aux traits du Vatican, si craints, si dangereux,
A l'or du Nouveau Monde, encor plus puissant qu'eux ?

Déjà quelques guerriers, funestes politiques,
Plus mauvais citoyens que zélés catholiques,
D'un scrupule affecté colorant leur dessein,
Séparent leurs drapeaux des drapeaux de Calvin;
Mais le reste, enflammé d'une ardeur plus fidèle,
Pour la cause des rois redouble encor son zèle.
Ces amis éprouvés, ces généreux soldats,
Que longtemps la victoire a conduits sur ses pas,
De la France incertaine ont reconnu le maître;
Tout leur camp réuni le croit digne de l'être.
Ces braves chevaliers, les Givrys, les d'Aumonts,
Les grands Montmorencys, les Sancys, les Crillons,
Lui jurent de le suivre aux deux bouts de la terre :
Moins faits pour disputer que formés pour la guerre,
Fidèles à leur Dieu, fidèles à leurs lois,
C'est l'honneur qui leur parle; ils marchent à sa voix.

« Mes amis, dit Bourbon, c'est vous dont le courage
Des héros de mon sang me rendra l'héritage :
Les pairs, et l'huile sainte, et le sacre des rois,
Font les pompes du trône, et ne font pas mes droits.
C'est sur un bouclier qu'on vit vos premiers maîtres
Recevoir les serments de vos braves ancêtres.
Le champ de la victoire est le temple où vos mains
Doivent aux nations donner leurs souverains. »

C'est ainsi qu'il s'explique; et bientôt il s'apprête
A mériter son trône en marchant à leur tête.

VARIANTES DU CHANT V.

Vers 81 :

Les enfers sont émus de ces accents funèbres ;
Un monstre en ce moment sort du fond des ténèbres,
Monstre qui de l'abîme et de ses noirs démons
Réunit dans son sein la rage et les poisons ;
Cet enfant de la nuit, fécond en artifices,
Sait ternir les vertus, sait embellir les vices,
Sait donner, par l'éclat de ses pinceaux trompeurs,
Aux forfaits les plus grands les plus vives couleurs.
C'est lui qui, sous la cendre et couvert du cilice,
Saintement aux mortels enseigne l'injustice.
Toujours il revêtait, etc.

Vers 97 :

Voilà comme à nos yeux, trop faibles que nous sommes,
Souvent les scélérats ressemblent aux grands hommes.
On ne distingue point le vrai zèle et le faux ;
Comme la vérité, l'erreur a ses héros.
Le fanatique impie et le chrétien sincère
Sont marqués quelquefois du même caractère.
Mayenne, dont les yeux, etc.

Vers 225 :

Là sont les instruments de ces sombres mystères,
Des métaux constellés, d'inconnus caractères,
Des vases pleins de sang, et de serpents affreux.
Le prêtre de ce temple est un de ces Hébreux
Qui, proscrits sur la terre et citoyens du monde,
Vont porter en tous lieux leur misère profonde,
Et d'un antique amas de superstitions
Ont rempli de tout temps toutes les nations.
Aux magiques accents, etc.

Vers 370 :

Insensés qu'ils étaient ! ils ne découvraient pas
Les abîmes profonds qu'ils creusaient sous leurs pas ;
Ils devaient bien plutôt, prévoyant leurs misères,
Changer ce vain triomphe en des larmes amères.
Ce vainqueur, ce héros qu'ils osaient défier,
Henri, du haut du trône allait les foudroyer.
Le sceptre, dans sa main rendu plus redoutable,
Annonce à ces mutins leur perte inévitable.
Devant lui tous les chefs ont fléchi les genoux,
Pour leur roi légitime ils l'ont reconnu tous ;
Et, certains désormais du destin de la guerre,
Ils jurent de le suivre aux deux bouts de la terre.

CHANT SIXIÈME[1].

ARGUMENT. — Après la mort de Henri III, les états de la Ligue s'assemblent dans Paris pour choisir un roi. Tandis qu'ils sont occupés de leurs délibérations, Henri IV livre un assaut à la ville; l'assemblée des états se sépare; ceux qui la composaient vont combattre sur les remparts; description de ce combat. Apparition de saint Louis à Henri IV.

C'est un usage antique, et sacré parmi nous,
Quand la mort sur le trône étend ses rudes coups,
Et que du sang des rois, si cher à la patrie,
Dans ses derniers canaux la source s'est tarie,
Le peuple au même instant rentre en ses premiers droits;
Il peut choisir un maître, il peut changer ses lois :
Les états assemblés, organes de la France,
Nomment un souverain, limitent sa puissance.
Ainsi de nos aïeux les augustes décrets,
Au rang de Charlemagne ont placé les Capets.
La Ligue audacieuse, inquiète, aveuglée,
Ose de ces états ordonner l'assemblée,
Et croit avoir acquis par un assassinat
Le droit d'élire un maître et de changer l'État.

1. Le sixième et le septième chant sont ceux où M. de Voltaire a fait le plus de changements. Celui qui était le sixième dans la première édition de 1723 est le septième dans l'édition de Londres, in-4°, et dans les autres qui l'ont suivie; et le commencement de ce chant est tiré du chant neuvième de l'édition de 1723.

Comme on a plus d'égard, dans un poème épique, à l'ordonnance du dessein qu'à la chronologie, on a placé immédiatement après la mort de Henri III les états de Paris, qui ne se tinrent effectivement que quatre ans après.

Selon la vérité de l'histoire, Henri le Grand assiégea Paris quelque temps après la bataille d'Ivry, en 1590, au mois d'avril. Le duc de Parme lui en fit lever le siége au mois de septembre. La Ligue, longtemps après, en 1593, assembla les états pour élire un roi à la place du cardinal de Bourbon, qu'elle avait reconnu sous le nom de Charles X, et qui était mort depuis deux ans et demi : et, la même année 1593, au mois de juillet, le roi fit son abjuration dans Saint-Denis, et n'entra dans Paris qu'au mois de mars 1594.

De tous ces événements on a supprimé l'arrivée du duc de Parme et le prétendu règne de Charles, cardinal de Bourbon. Il est aisé de s'apercevoir que faire paraître le duc de Parme sur la scène eût été diminuer la gloire de Henri IV, le héros du poème, et agir précisément contre le but de l'ouvrage, ce qui serait une faute impardonnable.

A l'égard du cardinal de Bourbon, ce n'était pas la peine de blesser l'unité, si essentielle dans tout ouvrage épique, en faveur d'un roi en peinture, tel que ce cardinal : il serait aussi inutile dans le poème qu'il le fut dans le parti de la Ligue. En un mot, on passe sous silence le duc de Parme, parce qu'il était trop grand, et le cardinal de Bourbon, parce qu'il était trop petit. On a été obligé de placer les états de Paris avant le siége, parce que, si on les eût mis dans leur ordre, on n'aurait pas eu

Ils pensaient, à l'abri d'un trône imaginaire,
Mieux repousser Bourbon, mieux tromper le vulgaire.
Ils croyaient qu'un monarque unirait leurs desseins;
Que sous ce nom sacré leurs droits seraient plus saints;
Qu'injustement élu, c'était beaucoup de l'être,
Et qu'enfin, quel qu'il soit, le Français veut un maître.

Bientôt à ce conseil accourent à grand bruit
Tous ces chefs obstinés qu'un fol orgueil conduit :
Les Lorrains, les Nemours, de prêtres en furie,
L'ambassadeur de Rome, et celui d'Ibérie.
Ils marchent vers le Louvre, où, par un nouveau choix,
Ils allaient insulter aux mânes de nos rois.
Le luxe, toujours né des misères publiques,
Prépare avec éclat ces états tyranniques.
Là ne parurent point ces princes, ces seigneurs,
De nos antiques pairs augustes successeurs,
Qui, près des rois assis, nés juges de la France,
Du pouvoir qu'ils n'ont plus ont encor l'apparence.
Là, de nos parlements les sages députés
Ne défendirent point nos faibles libertés;
On n'y vit point des lis l'appareil ordinaire :
Le Louvre est étonné de sa pompe étrangère.
Là, le légat de Rome est d'un siège honoré;
Près de lui, pour Mayenne, un dais est préparé.

les mêmes occasions de mettre dans leur jour les vertus du héros; on
n'aurait pas pu lui faire donner des vivres aux assiégés, ni le faire
aussitôt récompenser de sa générosité. D'ailleurs les états de Paris ne
sont point du nombre des événements qu'on ne peut déranger de leur
point chronologique; la poésie permet la transposition de tous les faits
qui ne sont point écartés les uns des autres d'un grand nombre d'années, et qui n'ont entre eux aucune liaison nécessaire. Par exemple, je
pouvais, sans qu'on eût rien à me reprocher, faire Henri IV amoureux
de Gabrielle d'Estrées du vivant de Henri III, parce que la vie et la mort
de Henri III n'ont rien de commun avec l'amour de Henri IV pour Gabrielle d'Estrées. Les états de la Ligue sont dans le même cas par rapport au siège de Paris; ce sont deux événements absolument indépendants l'un de l'autre. Ces états n'eurent aucun effet, on n'y prit nulle
résolution; ils ne contribuèrent en rien aux affaires du parti; le hasard
aurait pu les assembler avant le siège comme après, et ils sont bien
mieux placés avant le siège dans le poème; de plus, il faut considérer
qu'un poème épique n'est pas une histoire : on ne saurait trop présenter
cette règle aux lecteurs qui n'en seraient pas instruits :

Loin ces rimeurs craintifs, dont l'esprit flegmatique,
Garde dans ses fureurs un ordre didactique;
Qui, chantant d'un héros les progrès éclatants,
Maigres historiens, suivront l'ordre des temps.
Ils n'osent un moment perdre un sujet de vue :
Pour prendre Dôle, il faut que Lille soit rendue,
Et que leur vers, exact ainsi que Mézeray,
Ait fait tomber déjà les remparts de Courtray.
                              Boileau, Art. poét., chant III.

Sous ce dais on lisait ces mots épouvantables :
« Rois, qui jugez la terre, et dont les mains coupables
Osent tout entreprendre et ne rien épargner,
Que la mort de Valois vous apprenne à régner ! »

On s'assemble, et déjà les partis, les cabales,
Font retentir ces lieux de leurs voix infernales.
Le bandeau de l'erreur aveugle tous les yeux.
L'un, des faveurs de Rome esclave ambitieux,
S'adresse au légat seul, et devant lui déclare
Qu'il est temps que les lis rampent sous la tiare ;
Qu'on érige à Paris ce sanglant tribunal,
Ce monument[1] affreux du pouvoir monacal,
Que l'Espagne a reçu, mais qu'elle même abhorre,
Qui venge les autels et qui les déshonore,
Qui, tout couvert de sang, de flammes entouré,
Égorge les mortels avec un fer sacré ;
Comme si nous vivions dans ces temps déplorables
Où la terre adorait des dieux impitoyables,
Que des prêtres menteurs, encor plus inhumains,
Se vantaient d'apaiser par le sang des humains !

Celui-ci, corrompu par l'or de l'Ibérie,
A l'Espagnol qu'il hait veut vendre sa patrie.

Mais un parti puissant, d'une commune voix,
Plaçait déjà Mayenne au trône de nos rois.
Ce rang manquait encore à sa vaste puissance ;
Mais de ses vœux hardis l'orgueilleuse espérance
Devorait en secret, dans le fond de son cœur,
De ce grand nom de roi le dangereux honneur.

Soudain Potier[2] se lève, et demande audience.
Sa rigide vertu faisait son éloquence.
Dans ce temps malheureux, par le crime infecté,
Potier fut toujours juste, et pourtant respecté.
Souvent on l'avait vu, par sa mâle constance,
De leurs emportements réprimer la licence,
Les conservant toujours sa vénérable autorité,
Leur montrer la justice avec impunité.
Il élève sa voix, on murmure, on s'empresse ;
On l'entoure, on l'écoute, et le tumulte cesse.
Ainsi, dans un vaisseau qu'ont agité les flots,

1. L'inquisition, que les ducs de Guise voulurent établir en France.
2. Potier de Blancmesnil, président du parlement, dont il est question dans les quatrième et cinquième chants.
Il demanda publiquement au duc de Mayenne la permission de se retirer vers Henri IV. « Je vous regarderai toute ma vie comme mon bienfaiteur, lui dit-il, mais je ne puis vous regarder comme mon maître. »

Quand l'air n'est plus frappé des cris des matelots,
On n'entend que le bruit de la proue écumante,
Qui fend, d'un cours heureux, la mer obéissante.
Tel paraissait Potier dictant ses justes lois,
Et la confusion se taisait à sa voix.

« Vous destinez, dit-il, Mayenne au rang suprême :
Je conçois votre erreur, je l'excuse moi-même.
Mayenne a des vertus qu'on ne peut trop chérir ;
Et je le choisirais si je pouvais choisir.
Mais nous avons nos lois, et ce héros insigne,
S'il prétend à l'empire, en est dès lors indigne.

Comme il disait ces mots, Mayenne entre soudain
Avec tout l'appareil qui suit un souverain.
Potier le voit entrer sans changer de visage :
« Oui, prince, poursuit-il d'un ton plein de courage,
Je vous estime assez pour oser contre vous
Vous adresser ma voix pour la France et pour nous.
En vain nous prétendons le droit d'élire un maître :
La France a des Bourbons ; et Dieu vous a fait naître
Près de l'auguste rang qu'ils doivent occuper,
Pour soutenir leur trône, et non pour l'usurper.
Guise, du sein des morts, n'a plus rien à prétendre ;
Le sang d'un souverain doit suffire à sa cendre :
S'il mourut par un crime, un crime l'a vengé.
Changez avec l'Etat, que le ciel a changé :
Périsse avec Valois votre juste colère !
Bourbon n'a point versé le sang de votre frère.
Le ciel, le juste ciel, qui vous chérit tous deux,
Pour vous rendre ennemis vous fit trop vertueux.
Mais j'entends le murmure et la clameur publique ;
J'entends ces noms affreux de relaps, d'hérétique :
Je vois d'un zèle faux nos prêtres emportés,
Qui, le fer à la main... Malheureux, arrêtez !
Quelle loi, quel exemple, ou plutôt quelle rage
Peut à l'oint du Seigneur arracher votre hommage ?
Le fils de saint Louis, parjure à ses serments,
Vient-il de ses autels briser les fondements ?
Aux pieds de nos autels il demande à s'instruire ;
Il aime, il suit les lois dont vous bravez l'empire ;
Il sait dans toute secte honorer les vertus,
Respecter votre culte, et même vos abus.
Il laisse au Dieu vivant, qui voit ce que nous sommes,
Le soin que vous prenez de condamner les hommes.
Comme un roi, comme un père, il vient vous gouverner ;
Et, plus chrétien que vous, il vient vous pardonner.
Tout est libre avec lui ; lui seul ne peut-il l'être ?

Quel droit vous a rendus juges de notre maître ?
Infidèles pasteurs, indignes citoyens,
Que vous ressemblez mal à ces premiers chrétiens,
Qui, bravant tous ces dieux de métal ou de plâtre,
Marchaient sans murmurer sous un maître idolâtre,
Expiraient sans se plaindre, et sur les échafauds,
Sanglants, percés de coups, bénissaient leurs bourreaux !
Eux seuls étaient chrétiens, je n'en connais point d'autres ;
Ils mouraient pour leurs rois, vous massacrez les vôtres :
Et Dieu, que vous peignez implacable et jaloux,
S'il aime à se venger, barbares, c'est de vous. »

A ce hardi discours aucun n'osait répondre ;
Par des traits trop puissants ils se sentaient confondre ;
Ils repoussaient en vain de leur cœur irrité
Cet effroi qu'aux méchants donne la vérité ;
Le dépit et la crainte agitaient leurs pensées ;
Quand soudain mille voix, jusqu'au ciel élancées,
Font partout retentir avec un bruit confus :
« Aux armes, citoyens, ou nous sommes perdus ! »

Les nuages épais que formait la poussière
Du soleil dans les champs dérobaient la lumière.
Des tambours, des clairons, le son rempli d'horreur
De la mort qui les suit était l'avant-coureur.
Tels des antres du Nord échappés sur la terre,
Précédés par les vents, et suivis du tonnerre,
D'un tourbillon de poudre obscurcissant les airs
Les orages fougueux parcourent l'univers.

C'était du grand Henri la redoutable armée,
Qui, lasse du repos et de sang affamée,
Faisait entendre au loin ses formidables cris,
Remplissait la campagne, et marchait vers Paris.

Bourbon n'employait point ces moments salutaires
A rendre au dernier roi les honneurs ordinaires,
A parer son tombeau de ces titres brillants
Que reçoivent les morts de l'orgueil des vivants ;
Ses mains ne chargeaient point ces rives désolées
De l'appareil pompeux de ces vains mausolées,
Par qui, malgré l'injure et des temps et du sort,
La vanité des grands triomphe de la mort :
Il voulait à Valois, dans la demeure sombre,
Envoyer des tributs plus dignes de son ombre,
Punir ses assassins, vaincre ses ennemis,
Et rendre heureux son peuple, après l'avoir soumis.

Au bruit inopiné des assauts qu'il prépare

Des états consternés le conseil se sépare.
Mayenne au même instant court au haut des remparts;
Le soldat rassemblé vole à ses étendards
Il insulte à grands cris le héros qui s'avance.
Tout est prêt pour l'attaque, et tout pour la défense.

Paris n'était point tel, en ces temps orageux,
Qu'il paraît en nos jours aux Français trop heureux.
Cent forts, qu'avaient bâtis la fureur et la crainte,
Dans un moins vaste espace enfermaient son enceinte.
Ces faubourgs, aujourd'hui si pompeux et si grands,
Que la main de la Paix tient ouverts en tout temps,
D'une immense cité superbes avenues,
Où nos palais dorés se perdent dans les nues,
Étaient de longs hameaux d'un rempart entourés,
Par un fossé profond de Paris séparés.
Du côté du levant bientôt Bourbon s'avance.
Le voilà qui s'approche, et la Mort le devance.
Le fer avec le feu vole de toutes parts
Des mains des assiégeants et du haut des remparts.
Ces remparts menaçants, leurs tours, et leurs ouvrages,
S'écroulent sous les traits de ces brûlants orages;
On voit les bataillons rompus et renversés,
Et loin d'eux dans les champs leurs membres dispersés.
Ce que le fer atteint tombe réduit en poudre,
Et chacun des partis combat avec la foudre.

Jadis avec moins d'art, au milieu des combats,
Les malheureux mortels avançaient leur trépas;
Avec moins d'appareil ils volaient au carnage,
Et le fer dans leurs mains suffisait à leur rage.
De leurs cruels enfants l'effort industrieux
A dérobé le feu qui brûle dans les cieux.
On entendait gronder ces bombes effroyables[1],
Des troubles de la Flandre enfants abominables
Dans ces globes d'airain le salpêtre enflammé
Vole avec la prison qui le tient renfermé;
Il la brise, et la mort en sort avec furie.

Avec plus d'art encore, et plus de barbarie,
Dans des antres profonds on a su renfermer
Des foudres souterrains, tout prêts à s'allumer.
Sous un chemin trompeur, où, volant au carnage
Le soldat valeureux se fie à son courage,

1. C'est dans les guerres de Flandre, sous Philippe II, qu'un ingénieur italien fit usage des bombes pour la première fois. Presque tous nos arts sont dus aux Italiens.

On voit en un instant des abîmes ouverts,
De noirs torrents de soufre épandus dans les airs,
Des bataillons entiers par ce nouveau tonnerre
Emportés, déchirés, engloutis sous la terre.
Ce sont là les dangers où Bourbon va s'offrir;
C'est par là qu'à son trône il brûle de courir.
Ses guerriers avec lui dédaignent ces tempêtes;
L'enfer est sous leurs pas, la foudre est sur leurs têtes:
Mais la gloire à leurs yeux vole à côté du roi;
Ils ne regardent qu'elle, et marchent sans effroi.

　　Mornay, parmi les flots de ce torrent rapide,
S'avance d'un pas grave et non moins intrépide:
Incapable à la fois de crainte et de fureur,
Sourd au bruit des canons, calme au sein de l'horreur,
D'un œil ferme et stoïque il regarde la guerre
Comme un fléau du ciel, affreux, mais nécessaire.
Il marche en philosophe où l'honneur le conduit,
Condamne les combats, plaint son maître, et le suit.

　　Ils descendent enfin dans ce chemin terrible,
Qu'un glacis teint de sang rendait inaccessible.
C'est là que le danger ranime leurs efforts:
Ils comblent les fossés de fascines, de morts;
Sur ces morts entassés ils marchent, ils s'avancent;
D'un cours précipité sur la brèche ils s'élancent,
Armé d'un fer sanglant, couvert d'un bouclier,
Henri vole à leur tête, et monte le premier.
Il monte; il a déjà, de ses mains triomphantes,
Arboré de ses lis les enseignes flottantes.
Les ligueurs, devant lui, demeurent pleins d'effroi:
Ils semblaient respecter leur vainqueur et leur roi.
Ils cédaient, mais Mayenne à l'instant les ranime:
Il leur montre l'exemple, il les rappelle au crime;
Leurs bataillons serrés pressent de toutes parts
Ce roi dont ils n'osaient soutenir les regards.
Sur le mur, avec eux, la Discorde cruelle
Se baigne dans le sang que l'on verse pour elle.
Le soldat à son gré, sur ce funeste mur,
Combattant de plus près, porte un trépas plus sûr.
Alors on n'entend plus ces foudres de la guerre,
Dont les bouches de bronze épouvantaient la terre;
Un farouche silence, enfant de la fureur,
A ces bruyants éclats succède avec horreur.
D'un bras déterminé, d'un œil brûlant de rage,
Parmi ses ennemis chacun s'ouvre un passage,
On saisit, on reprend, par un contraire effort,
Ce rempart teint de sang, théâtre de la mort.

Dans ses fatales mains la victoire incertaine,
Tient encor près des lis l'étendard de Lorraine.
Les assiégeants surpris sont partout renversés,
Cent fois victorieux, et cent fois terrassés;
Pareils à l'Océan poussé par les orages,
Qui couvre à chaque instant et qui fuit ses rivages.

Jamais le roi, jamais son illustre rival,
N'avaient été si grands qu'en cet assaut fatal :
Chacun d'eux, au milieu du sang et du carnage,
Maître de son esprit, maître de son courage.
Dispose, ordonne, agit, voit tout en même temps,
Et conduit d'un coup d'œil ces affreux mouvements.

Cependant des Anglais la formidable élite,
Par le vaillant Essex à cet assaut conduite,
Marchait sous nos drapeaux pour la première fois,
Et semblait s'étonner de servir sous nos rois.
Ils viennent soutenir l'honneur de leur patrie,
Orgueilleux de combattre, et de donner leur vie
Sur ces mêmes remparts et dans ces mêmes lieux
Où la Seine autrefois vit régner leurs aïeux.
Essex monte à la brèche où combattait d'Aumale;
Tous deux jeunes, brillants, pleins d'une ardeur égale,
Tels qu'aux remparts de Troie on peint les demi-dieux.
Leurs amis, tout sanglants, sont en foule autour d'eux :
Français, Anglais, Lorrains, que la fureur assemble,
Avançaient, combattaient, frappaient, mouraient ensemble.

Ange, qui conduisiez leur fureur et leur bras,
Ange exterminateur, âme de ces combats,
De quel héros enfin prîtes-vous la querelle?
Pour qui pencha des cieux la balance éternelle?
Longtemps Bourbon, Mayenne, Essex, et son rival,
Assiégeants, assiégés, font un carnage égal.
Le parti le plus juste eut enfin l'avantage :
Enfin Bourbon l'emporte, il se fait un passage;
Les ligueurs fatigués ne lui résistent plus;
Ils quittent les remparts, ils tombent éperdus.

Comme on voit un torrent, du haut des Pyrénées,
Menacer des vallons les nymphes consternées;
Les digues qu'on oppose à ses flots orageux
Soutiennent quelque temps son choc impétueux;
Mais bientôt, renversant sa barrière impuissante,
Il porte au loin le bruit, là mort, et l'épouvante;
Déracine, en passant, ces chênes orgueilleux
Qui bravaient les hivers, et qui touchaient les cieux;
Détache les rochers du penchant des montagnes,

Et poursuit les troupeaux fuyant dans les campagnes.
Tel Bourbon descendait à pas précipités
Du haut des murs fumants qu'il avait emportés;
Tel, d'un bras foudroyant fondant sur les rebelles,
Il moissonne en courant leurs troupes criminelles.
Les Seize, avec effroi, fuyaient ce bras vengeur;
Égarés, confondus, dispersés par la peur.

Mayenne ordonne enfin que l'on ouvre les portes :
Il rentre dans Paris, suivi de ses cohortes.
Les vainqueurs furieux, les flambeaux à la main,
Dans les faubourgs sanglants se répandent soudain.
Du soldat effréné la valeur tourne en rage;
Il livre tout au fer, aux flammes, au pillage.
Henri ne les voit point; son vol impétueux
Poursuivait l'ennemi fuyant devant ses yeux.
Sa victoire l'enflamme, et sa valeur l'emporte;
Il franchit les faubourgs, il s'avance à la porte :
« Compagnons, apportez et le fer et les feux,
Venez, volez, montez sur ces murs orgueilleux. »

Comme il parlait ainsi, du profond d'une nue
Un fantôme éclatant se présente à sa vue.
Son corps majestueux, maître des éléments,
Descendait vers Bourbon sur les ailes des vents.
De la Divinité les vives étincelles
Étalaient sur son front des beautés immortelles.
Ses yeux semblaient remplis de tendresse et d'horreur.
« Arrête, cria-t-il, trop malheureux vainqueur!
Tu vas abandonner aux flammes, au pillage
De cent rois tes aïeux l'immortel héritage,
Ravager ton pays, mes temples, tes trésors,
Égorger tes sujets, et régner sur des morts.
Arrête!... » A ces accents, plus forts que le tonnerre,
Le soldat s'épouvante; il embrasse la terre,
Il quitte le pillage. Henri, plein de l'ardeur
Que le combat encore enflammait dans son cœur,
Semblable à l'Océan qui s'apaise et qui gronde :
« O fatal habitant de l'invisible monde!
Que viens-tu m'annoncer dans ce séjour d'horreur? »
Alors il entendit ces mots pleins de douceur :
« Je suis cet heureux roi que la France révère,
Le père des Bourbons, ton protecteur, ton père;
Ce Louis qui jadis combattit comme toi,
Ce Louis dont ton cœur a négligé la foi,
Ce Louis qui te plaint, qui t'admire, et qui t'aime.
Dieu sur ton trône un jour te conduira lui-même,
Dans Paris, ô mon fils! tu rentreras vainqueur,

Pour prix de ta clémence, et non de ta valeur.
C'est Dieu qui t'en instruit, et c'est Dieu qui m'envoie. »
Le héros, à ces mots, verse des pleurs de joie.
La paix a dans son cœur étouffé son courroux :
Il s'écrie, il soupire, il adore à genoux.
D'une divine horreur son âme est pénétrée :
Trois fois il tend les bras à cette ombre sacrée;
Trois fois son père échappe à ses embrassements,
Tel qu'un léger nuage écarté par les vents.

Du faîte cependant de ce mur formidable,
Tous les ligueurs armés, tout un peuple innombrable,
Etrangers et Français, chefs, citoyens, soldats,
Font pleuvoir sur le roi le fer et le trépas.
La vertu du Très-Haut brille autour de sa tête,
Et des traits qu'on lui lance écarte la tempête.
Il vit alors, il vit de quel affreux danger
Le père des Bourbons venait le dégager.
Il contemplait Paris d'un œil triste et tranquille :
« Français! s'écria-t-il, et toi, fatale ville,
Citoyens malheureux, peuple faible et sans foi,
Jusqu'à quand voulez-vous combattre votre roi? »

Alors, ainsi que l'astre auteur de la lumière,
Après avoir rempli sa brûlante carrière,
Au bord de l'horizon brille d'un feu plus doux,
Et, plus grand à nos yeux, paraît fuir loin de nous,
Loin des murs de Paris le héros se retire,
Le cœur plein du saint roi, plein du Dieu qui l'inspire.
Il marche vers Vincenne, où Louis autrefois,
Au pied d'un chêne assis, dicta ses justes lois.
Que vous êtes changé, séjour jadis aimable !
Vincenne[1], tu n'es plus qu'un donjon détestable,
Qu'une prison d'Etat, qu'un lieu de désespoir,
Où tombent si souvent du faîte du pouvoir
Ces ministres, ces grands, qui tonnent sur nos têtes,
Qui vivent à la cour au milieu des tempêtes;
Oppresseurs, opprimés, fiers, humbles tour à tour,
Tantôt l'horreur du peuple, et tantôt leur amour.
Bientôt de l'occident, où se forment les ombres,
La nuit vint sur Paris porter ses voiles sombres,
Et cacher aux mortels, en ce sanglant séjour,
Ces morts et ces combats qu'avait vus l'œil du jour.

---

1. On sait combien d'illustres prisonniers d'État les cardinaux de
Richelieu et Mazarin firent enfermer à Vincennes. Lorsqu'on travaillait
à la Henriade, le secrétaire d'État Le Blanc était prisonnier dans ce
château, et il y fit ensuite enfermer ses ennemis.

VARIANTES DU CHANT VI.

Vers 12 :

Ose de ces états demander l'assemblée.
Partout on entendait cette fatale voix,
Que le peuple en tout temps est souverain des rois.
Ces maximes alors, en malheurs si fécondes,
Jetaient dans les esprits des racines profondes.
On voit de tous côtés s'assembler à grand bruit
Ces ligueurs obstinés qu'un fol orgueil conduit.
Le luxe, toujours né des misères publiques,
Prépare avec éclat ces états chimériques.
   Là ne parurent point les princes, les seigneurs,
De nos antiques pairs augustes successeurs,
Qui, près des rois assis, nés juges de la France,
Du pouvoir qu'ils n'ont plus conservent l'apparence,
Là, de nos parlements les sages députés
Ne défendirent point nos faibles libertés.
Les lis n'ornèrent point ce tribunal impie;
Sous un dais étranger l'ambition hardie,
Au milieu des Lorrains renversait à ses pieds
Des indignes Français les fronts humiliés.
Dans ces lieux étonnés Rome et Madrid commandent.
Cent conseils opposés de tous côtés s'entendent;
Le bandeau de l'erreur aveugle tous les yeux.
L'un, de la cour de Rome esclave ambitieux,
Aux états assemblés insolemment déclare
Qu'il est temps que les lis rampent sous la tiare;
Qu'on érige à Paris ce sanglant tribunal,
Monument odieux du pouvoir monacal;
Que l'Espagne a reçu, que l'univers abhorre,
Qui venge les autels, et qui les déshonore;

Il manque ici deux vers.

Celui-ci, corrompu par l'or de l'Ibérie,
A l'Espagnol qu'il hait veut vendre sa patrie;
L'autre, plus emporté, mais moins lâche en son choix,
Plaçait déjà Mayenne au trône de nos rois.
   Soudain Daubray se lève, et demande audience.
Chacun, à son aspect, garde un morne silence;
Parmi ce peuple lâche et du crime infecté,
Daubray fut toujours juste, et pourtant respecté;
Souvent on l'avait vu, par sa mâle éloquence,
De leurs emportements réprimer la licence.
Une noble colère éclate dans ses yeux.
« Lorsque j'ai vu, dit-il, assemblés en ces lieux
Les soutiens de l'Église et nos chefs les plus braves,
J'ai cru voir des Français, et non point des esclaves.
Quoi! sous un long honteux prompts à nous avilir,
Ne disputez-vous donc que l'honneur de servir?
Ah! si de sept cents ans les droits héréditaires

N'ont pu placer Bourbon dans le rang de nos pères,
Si, tant de fois vaincus et toujours moins soumis,
Nous comptons les Capets parmi nos ennemis,
Si le joug de Henri nous semble un joug trop rude
Pourquoi faut-il si loin chercher la servitude,
Et rejeter nos rois pour aller à genoux
Attendre qu'un tyran daigne régner sur nous?
     Pour vous, qui destinez Mayenne au rang suprême,
Je conçois votre erreur, et l'excuse moi-même;
Mayenne a des vertus qu'on ne peut trop chérir;
Et je le choisirais si je pouvais choisir.
Mais nous avons des lois; et ce héros insigne,
S'il veut monter au trône, en est dès lors indigne. »
Comme il disait ces mots, Mayenne entre soudain
Avec l'éclat pompeux qui suit un souverain.
Daubray le voit entrer, etc.

Dès l'édition de 1728, Voltaire substitua Potier à Daubray; c'est aussi dans l'édition de 1728 qu'au lieu de *morne silence*, on lit *profond silence*. Enfin c'est encore de 1728 que date la transposition, dans le chant VI, de la tenue des états, qui faisait précédemment partie du chant IX.

Vers 152 :

Qui, lasse du repos et de sang affamée,
Venait, d'un sang rebelle inondant nos sillons,
Aux champs parisiens planter ses pavillons;
Ces lions déchaînés, avides de carnage
N'attendent que l'assaut, la prise, le pillage.
Le fer vengeur est prêt, les feux sont allumés;
Bientôt ces murs fameux détruits et consumés,
Cachant sous leurs débris le crime et l'innocence,
Vont être un grand exemple au reste de la France.
Mais, d'un peuple barbare ennemi généreux,
Henri retient ses traits déjà tournés sur eux.
Il voulait les sauver de leur propre furie :
Haï de ses sujets, il aimait sa patrie.
Armé pour les punir, prompt à les épargner,
Eux seuls voulaient le perdre; il voulait les gagner.
Heureux si sa bonté, etc.

Vers 102 :

Le salpêtre, enfoncé dans ces globes d'airain,
Part, s'échauffe, s'embrase, et s'écarte soudain;
La mort en mille éclats en sort avec furie.

Vers 267 :

De la noblesse anglaise une nombreuse élite
Par le vaillant Essex en nos climats conduite,
Prête à nous secourir pour la première fois,
S'étonnait en marchant de servir sous nos rois.
Ils suivaient nos drapeaux dans les champs de Neustrie;
C'est là qu'ils soutenaient l'honneur de leur patrie,

Orgueilleux de combattre et de vaincre en des lieux
Où la Seine autrefois vit régner leurs aïeux.
Cependant s'avançaient, etc.

C'est en 1728 que l'auteur transposa ces vers, dans le chant VI,
tels qu'ils sont aujourd'hui.

Vers 355. Au lieu de ce vers et des dix-huit qui le suivent, il y
avait en 1723 :

Cependant la nuit vient ; le héros dans la plaine
Suit Louis, qui s'envole aux chênes de Vincenne :
Vincenne, lieux sacrés, où Louis autrefois....

CHANT SEPTIÈME[1].

ARGUMENT. — Saint Louis transporte Henri IV en esprit au ciel et aux
enfers, et lui fait voir, dans le palais des Destins, sa postérité, et les
grands hommes que la France doit produire.

Du Dieu qui nous créa la clémence infinie,
Pour adoucir les maux de cette courte vie,
A placé parmi nous deux êtres bienfaisants,
De la terre à jamais aimables habitants,
Soutiens dans les travaux, trésors dans l'indigence :
L'un est le doux Sommeil, et l'autre est l'Espérance.
L'un, quand l'homme accablé sent de son faible corps
Les organes vaincus sans force et sans ressort,
Vient par un calme heureux secourir la nature,
Et lui porter l'oubli des peines qu'elle endure ;
L'autre anime nos cœurs, enflamme nos désirs,
Et, même en nous trompant, donne de vrais plaisirs ;
Mais aux mortels chéris à qui le ciel l'envoie,
Elle n'inspire point une infidèle joie ;
Elle apporte de Dieu la promesse et l'appui ;
Elle est inébranlable et pure comme lui.

Louis près de Henri tous les deux les appelle :
« Approchez vers mon fils, venez, couple fidèle. »
Le Sommeil l'entendit de ses antres secrets ;
Il marche mollement vers ces ombrages frais.

---

1. Le lecteur judicieux voit bien qu'on a été dans l'obligation indis-
pensable de mettre dans un songe toute l'action de ce septième chant,
qui sans cela eût paru trop insoutenable dans notre religion. On a donc
supposé (et la religion chrétienne le permet) que Dieu, qui nous donne
toutes nos idées et le jour et la nuit, fait voir en songe à Henri IV les
événements qu'il prépare à la France, et lui montre les secrets de sa
providence sous des emblèmes allégoriques, ce qu'on expliquera plus au
long dans le cours des remarques.

Les Vents, à son aspect, s'arrêtent en silence;
Les Songes fortunés, enfants de l'Espérance,
Voltigent vers le prince, et couvrent ce héros
D'olive et de lauriers, mêlés à leurs pavots.

Louis, en ce moment, prenant son diadème,
Sur le front du vainqueur il le posa lui-même :
« Règne, dit-il, triomphe, et sois en tout mon fils;
Tout l'espoir de ma race en toi seul est remis :
Mais le trône, ô Bourbon ! ne doit point te suffire;
Des présents de Louis le moindre est son empire.
C'est peu d'être un héros, un conquérant, un roi;
Si le ciel ne t'éclaire, il n'a rien fait pour toi.
Tous ces honneurs mondains ne sont qu'un bien stérile,
Des humaines vertus récompense fragile,
Un dangereux éclat qui passe et qui s'enfuit,
Que le trouble accompagne, et que la mort détruit.
Je vais te découvrir un plus durable empire,
Pour te récompenser, bien moins que pour t'instruire.
Viens, obéis, suis-moi par de nouveaux chemins :
Vole au sein de Dieu même, et remplis tes destins. »

L'un et l'autre, à ces mots, dans un char de lumière,
Des cieux, en un moment, traversent la carrière.
Tels on voit dans la nuit la foudre et les éclairs
Courir d'un pôle à l'autre, et diviser les airs;
Et telle s'éleva cette nue embrasée
Qui, dérobant aux yeux le maître d'Elisée,
Dans un céleste char, de flamme environné,
L'emporta loin des bords de ce globe étonné.

Dans le centre éclatant de ces orbes immenses,
Qui n'ont pu nous cacher leur marche et leurs distances,
Luit cet astre du jour, par Dieu même allumé,
Qui tourne autour de soi sur son axe enflammé :
De lui partent sans fin des torrents de lumière;
Il donne, en se montrant, la vie à la matière,
Et dispense les jours, les saisons et les ans,
A des mondes divers autour de lui flottants.
Ces astres, asservis à la loi qui les presse,
S'attirent dans leur course[1], et s'évitent sans cesse,
Et, servant l'un à l'autre et de règle et d'appui,
Se prêtent les clartés qu'ils reçoivent de lui.
Au delà de leur cours, et loin dans cet espace

---

1. Que l'on admette ou non l'attraction de M. Newton, toujours de-
meure-t-il certain que les globes célestes, s'approchant et s'éloignant
tour à tour, paraissent s'attirer et s'éviter.

Où la matière nage, et que Dieu seul embrasse,
Sont des soleils sans nombre, et des mondes sans fin.
Dans cet abîme immense il leur ouvre un chemin.
Par delà tous ces cieux le Dieu des cieux réside.

C'est là que le héros suit son céleste guide;
C'est là que sont formés tous ces esprits divers
Qui remplissent les corps et peuplent l'univers.
Là sont, après la mort, nos âmes replongées,
De leur prison grossière à jamais dégagées.

Un juge incorruptible y rassemble à ses pieds
Ces immortels esprits que son souffle a créés,
C'est cet Être infini qu'on sert et qu'on ignore;
Sous des noms différents le monde entier l'adore :
Du haut de l'empyrée il entend nos clameurs;
Il regarde en pitié ce long amas d'erreurs,
Ces portraits insensés que l'humaine ignorance
Fait avec piété de sa sagesse immense.

La Mort auprès de lui, fille affreuse du Temps,
De ce triste univers conduit les habitants :
Elle amène à la fois les bonzes, les brachmanes,
Du grand Confucius les disciples profanes,
Des antiques Persans les secrets successeurs,
De Zoroastre[1] encore aveugles sectateurs;
Les pâles habitants de ces froides contrées
Qu'assiégent de glaçons les mers hyperborées;
Ceux qui de l'Amérique habitent les forêts,
De l'erreur invincible innombrables sujets.
Le dervis étonné, d'une vue inquiète
A la droite de Dieu cherche en vain son prophète.
Le bonze, avec des yeux sombres et pénitents,
Y vient vanter en vain ses vœux et ses tourments.

Éclairés à l'instant, ces morts dans le silence
Attendent en tremblant l'éternelle sentence.
Dieu, qui voit à la fois, entend, et connaît tout,
D'un coup d'œil les punit, d'un coup d'œil les absout.
Henri n'approcha point vers le trône invisible,
D'où part à chaque instant ce jugement terrible,
Où Dieu prononce à tous ses arrêts éternels,
Qu'osent prévoir en vain tant d'orgueilleux mortels,
« Quelle est, disait Henri, s'interrogeant lui-même,

___

1 En Perse, les Guèbres ont une religion à part, qu'ils prétendent
être la religion fondée par Zoroastre, et qui paraît moins folle que les
autres superstitions humaines, puisqu'ils rendent un culte secret au soleil, comme à une image du Créateur.

Quelle est de Dieu sur eux la justice suprême ?
Ce Dieu les punit-il d'avoir fermé leurs yeux
Aux clartés que lui-même il plaça si loin d'eux ?
Pourrait-il les juger, tel qu'un injuste maître,
Sur la loi des chrétiens, qu'ils n'avaient pu connaître ?
Non. Dieu nous a créés, Dieu nous veut sauver tous ;
Partout il nous instruit, partout il parle à nous ;
Il grave en tous les cœurs la loi de la nature,
Seule à jamais la même, et seule toujours pure ;
Sur cette loi, sans doute, il juge les païens,
Et si leur cœur fut juste, ils ont été chrétiens. »

　　Tandis que du héros la raison confondue
Portait sur ce mystère une indiscrète vue,
Au pied du trône même une voix s'entendit ;
Le ciel s'en ébranla, l'univers en frémit ;
Ses accents ressemblaient à ceux de ce tonnerre,
Quand du mont Sinaï Dieu parlait à la terre.
Le cœur des immortels se tut pour l'écouter,
Et chaque astre en son cours alla le répéter.
« A ta faible raison garde-toi de te rendre :
Dieu t'a fait pour l'aimer, et non pour le comprendre.
Invisible à tes yeux, qu'il règne dans ton cœur ;
Il confond l'injustice, il pardonne à l'erreur ;
Mais il punit aussi toute erreur volontaire :
Mortel, ouvre les yeux quand son soleil t'éclaire. »

　　Henri dans ce moment, d'un vol précipité,
Est par un tourbillon dans l'espace emporté
Vers un séjour informe, aride, affreux, sauvage,
De l'antique chaos abominable image,
Impénétrable aux traits de ces soleils brillants,
Chefs-d'œuvre du Très-Haut, comme lui bienfaisants.
Sur cette terre horrible, et des anges haïe,
Dieu n'a point répandu le germe de la vie.
La Mort, l'affreuse Mort, et la Confusion
Y semblent établir leur domination.
« Quelles clameurs, ô Dieu ! quels cris épouvantables !
Quels torrents de fumée ! et quels feux effroyables !
Quels monstres, dit Bourbon, volent dans ces climats !
Quels gouffres enflammés s'entr'ouvrent sous mes pas ! »

　　— O mon fils ! vous voyez les portes de l'abîme,
Creusé par la Justice, habité par le Crime :
Suivez-moi ; les chemins en sont toujours ouverts. »
Ils marchent aussitôt aux portes des enfers.

---

1. Les théologiens n'ont pas décidé comme un article de foi que l'en-

Là, gît la sombre Envie, à l'œil timide et louche,
Versant sur des lauriers les poisons de sa bouche;
Le jour blesse ses yeux, dans l'ombre étincelants :
Triste amante des morts, elle hait les vivants.
Elle aperçoit Henri, se détourne, et soupire.
Auprès d'elle est l'Orgueil, qui se plaît et s'admire;
La Faiblesse au teint pâle, aux regards abattus,
Tyran qui cède au crime et détruit les vertus;
L'Ambition sanglante, inquiète, égarée,
De trônes, de tombeaux, d'esclaves entourée;
La tendre Hypocrisie, aux yeux pleins de douceur
(Le ciel est dans ses yeux, l'enfer est dans son cœur);
Le faux Zèle étalant ses barbares maximes;
Et l'Intérêt enfin, père de tous les crimes.

Des mortels corrompus ces tyrans effrénés,
A l'aspect de Henri, paraissent consternés;
Ils ne l'ont jamais vu; jamais leur troupe impie
N'approcha de son âme, à la vertu nourrie :
« Quel mortel, disaient-ils, par ce juste conduit,
Vient nous persécuter dans l'éternelle nuit? »

Le héros, au milieu de ces esprits immondes,
S'avançait à pas lents sous ces voûtes profondes.
Louis guidait ses pas : « Ciel! qu'est-ce que je voi?
L'assassin de Valois! ce monstre devant moi!
Mon père, il tient encor ce couteau parricide
Dont le conseil des Seize arma sa main perfide;
Tandis que, dans Paris, tous ces prêtres cruels
Osent de son portrait souiller les saints autels,
Que la Ligue l'invoque, et que Rome le loue [1],
Ici, dans les tourments, l'enfer le désavoue.

— Mon fils, reprit Louis, de plus sévères lois
Poursuivent en ces lieux les princes et les rois;
Regardez ces tyrans, adorés dans leur vie;
Plus ils étaient puissants, plus Dieu les humilie.
Il punit les forfaits que leurs mains ont commis,
Ceux qu'ils n'ont point vengés, et ceux qu'ils ont permis.
La mort leur a ravi leurs grandeurs passagères,

fer fût au centre de la terre, ainsi qu'il l'était dans la théologie païenne.
Quelques-uns l'ont placé dans le soleil : on l'a mis ici dans un globe
destiné uniquement à cet usage.

1. Le parricide Jacques Clément fut loué à Rome dans la chaire, où
l'on aurait dû prononcer l'oraison funèbre d'Henri III. On mit son portrait à Paris sur les autels, avec l'eucharistie. Le cardinal de Retz rapporte que le jour des Barricades, sous la minorité de Louis XIV, il vit
un bourgeois portant un hausse-col sur lequel était gravé ce moine,
avec ces mots : Saint Jacques Clément.

Ce faste, ces plaisirs, ces flatteurs mercenaires,
De qui la complaisance, avec dextérité,
A leurs yeux éblouis cachait la vérité.
La Vérité terrible ici fait leurs supplices !
Elle est devant leurs yeux, elle éclaire leurs vices.
Voyez comme à sa voix tremblent ces conquérants !
Héros aux yeux du peuple, aux yeux de Dieu tyrans ;
Fléaux du monde entier, que leur fureur embrase,
La foudre qu'ils portaient à leur tour les écrase.
Auprès d'eux sont couchés tous ces rois fainéants,
Sur un trône avili fantômes impuissants. »

Henri voit près des rois leurs insolents ministres :
Il remarque surtout ces conseillers sinistres,
Qui, des mœurs et des lois avares corrupteurs,
De Thémis et de Mars ont vendu les honneurs ;
Qui mirent les premiers à d'indignes enchères
L'inestimable prix des vertus de nos pères.
Êtes-vous dans dans ces lieux, faibles et tendres cœurs,
Qui, livrés aux plaisirs, et couchés sur des fleurs,
Sans fiel et sans fierté couliez dans la paresse
Vos inutiles jours, filés dans la mollesse ?
Avec les scélérats seriez-vous confondus,
Vous, mortels bienfaisants, vous, amis des vertus,
Qui, par un seul moment de doute ou de faiblesse,
Avez séché le fruit de trente ans de sagesse ?

Le généreux Henri ne put cacher ses pleurs.
« Ah ! s'il est vrai, dit-il, qu'en ce séjour d'horreurs
La race des humains soit en foule engloutie[1],
Si les jours passagers d'une si triste vie
D'un éternel tourment sont suivis sans retour,
Ne vaudrait-il pas mieux ne voir jamais le jour ?
Heureux, s'ils expiraient dans le sein de leur mère !
Ou si ce Dieu du moins, ce grand Dieu si sévère,
A l'homme, hélas ! trop libre, avait daigné ravir
Le pouvoir dangereux de lui désobéir ! »

— Ne crois point, dit Louis, que ces tristes victimes

---

1. On compte plus de 950 millions d'hommes sur la terre ; le nombre des catholiques va à 50 millions : si la vingtième partie est celle des élus, c'est beaucoup ; donc il y a actuellement sur la terre 947 millions 500 mille hommes destinés aux peines éternelles de l'enfer. Et comme le genre humain se répare environ tous les vingt ans, mettez, l'un portant l'autre, les temps les plus peuplés avec les moins peuplés, il se trouve qu'à ne compter que 6000 ans depuis la création, il y a déjà 300 fois 947 millions de damnés. De plus, le peuple juif ayant été cent fois moins nombreux que le peuple catholique, cela augmente le nombre des damnés prodigieusement : ce calcul méritait bien les larmes de Henri IV.

Souffrent des châtiments qui surpassent leurs crimes,
Ni que ce juste Dieu, créateur des humains,
Se plaise à déchirer l'ouvrage de ses mains :
Non, s'il est infini, c'est dans ses récompenses :
Prodigue de ses dons, il borne ses vengeances.
Sur la terre, on le peint l'exemple des tyrans ;
Mais ici c'est un père, il punit ses enfants ;
Il adoucit les traits de sa main vengeresse ;
Il ne sait point punir des moments de faiblesse,
Des plaisirs passagers, pleins de trouble et d'ennui
Par des tourments affreux, éternels comme lui [1]. »

　Il dit, et dans l'instant l'un et l'autre s'avance
Vers les lieux fortunés qu'habite l'innocence.
Ce n'est plus des enfers l'affreuse obscurité ;
C'est du jour le plus pur l'immortelle clarté.
Henri voit ces beaux lieux, et soudain, à leur vue,
Sent couler dans son âme une joie inconnue :
Les soins, les passions n'y troublent point les cœurs ;
La volupté tranquille y répand ses douceurs.
Amour, en ces climats tout ressent ton empire !
Ce n'est point cet amour que la mollesse inspire ;
C'est ce flambeau divin, ce feu saint et sacré
Ce pur enfant des cieux sur la terre ignoré
De lui seul à jamais tous les cœurs se remplissent ;
Ils désirent sans cesse, et sans cesse ils jouissent,
Et goûtent, dans les feux d'une éternelle ardeur,
Des plaisirs sans regrets, du repos sans langueur.
Là, règnent les bons rois qu'ont produits tous les âges ;
Là, sont les vrais héros ; là, vivent les vrais sages ;
Là, sur un trône d'or, Charlemagne et Clovis [2]
Veillent du haut des cieux sur l'empire des lis.
Les plus grands ennemis, les plus fiers adversaires,
Réunis dans ces lieux, n'y sont plus que des frères.
Le sage Louis douze [3], au milieu de ces rois,
S'élève comme un cèdre, et leur donne des lois.
Ce roi, qu'à nos aïeux donna le ciel propice,
Sur son trône avec lui fit asseoir la justice ;
Il pardonna souvent ; il régna sur les cœurs,
Et des yeux de son peuple il essuya les pleurs.

---

　1. On peut entendre par cet endroit les fautes vénielles et le purgatoire. Les anciens eux-mêmes en admettaient un, et on le trouve expressément dans Virgile.
　2. Il ne s'agit pas d'examiner dans un poëme si Clovis et Charlemagne, François Ier, Charles V, etc., sont des saints : il suffit qu'ils ont été de grands rois, et que dans notre religion on doit les supposer heureux, puisqu'ils sont morts en chrétiens.
　3. Louis XII est le seul roi qui ait eu le surnom de Père du peuple.

D'Amboise ! est à ses pieds, ce ministre fidèle
Qui seul aima la France, et fut seul aimé d'elle;
Tendre ami de son maître, et qui, dans ce haut rang,
Ne souilla point ses mains de rapine et de sang.
O jours ! ô mœurs ! ô temps d'éternelle mémoire !
Le peuple était heureux, le roi couvert de gloire :
De ses aimables lois chacun goûtait les fruits.
Revenez, heureux temps, sous un autre Louis !

Plus loin sont ces guerriers prodigues de leur vie,
Qu'enflamma leur devoir, et non pas leur furie;
La Trimouille¹, Clisson, Montmorency, de Foix³,
Guesclin⁴, le destructeur et le vengeur des rois,
Le vertueux Bayard⁵, et vous, brave amazone⁶,
La honte des Anglais, et le soutien du trône.

1. « Sur ces entrefaites mourut Georges d'Amboise, qui fut justement aimé de la France et de son maître, parce qu'il les aimait tous deux également. » (Mézeray, *Grande Histoire.*)
2. Parmi plusieurs grands hommes de ce nom on a eu ici en vue Guy de La Trimouille, surnommé le Vaillant, qui portait l'oriflamme, et qui refusa l'épée de connétable sous Charles VI.
Clisson (le connétable de), sous Charles VI.
Montmorency. Il faudrait un volume pour spécifier les services rendus à l'État par cette maison.
3. Gaston de Foix, duc de Nemours, neveu de Louis XII, fut tué de quatorze coups à la célèbre bataille de Ravenne, qu'il avait gagnée. Dans quelques éditions on lisait Dunois.
4. Guesclin (le connétable du). Il sauva la France sous Charles V, conquit la Castille, mit Henri de Transtamare sur le trône de Pierre le Cruel, et fut connétable de France et de Castille.
5. Bayard (Pierre du Terrail, surnommé le Chevalier sans peur et sans reproche). Il arma François I⁰ⁿ chevalier à la bataille de Marignan; il fut tué en 1523, à la retraite de Rebec, en Italie.
6. Jeanne d'Arc, connue sous le nom de la Pucelle d'Orléans, servante d'hôtellerie, née au village de Domremy-sur-Meuse, qui, se trouvant une force de corps et une hardiesse au-dessus de son sexe, fut employée par le comte de Dunois pour rétablir les affaires de Charles VII. Elle fut prise dans une sortie à Compiègne, en 1430, conduite à Rouen, jugée comme sorcière par un tribunal ecclésiastique, également ignorant et barbare, et brûlée par les Anglais, qui auraient dû honorer son courage.
Voici ce qu'on a écrit de plus raisonnable sur la Pucelle d'Orléans : c'est Monstrelet, auteur contemporain, qui parle :
« En l'an 1428, vint devers le roi Charles de France à Chinon, où il se tenoit, une pucelle, jeune fille de vingt ans, nommée Jeanne, laquelle étoit vêtue et habillée en guise d'homme, et étoit des parties entre Bourgogne et Lorraine, d'une ville nommée Droimi, à présent Domremy, assez près de Vaucouleur; laquelle pucelle Jeanne fut grand espace de temps chambrière en une hôtellerie, et étoit hardie de chevaucher chevaux, les mener boire, et faire telles autres apertises et habiletés que jeunes filles n'ont point accoutumé de faire; et fut mise à voye, et envoyée devers le roi, par un chevalier nommé messire Roger de Baudrencourt, capitaine, de par le roi, de Vaucouleur, etc. »
On sait comment on se servit de cette fille pour ranimer le courage des Français, qui avaient besoin d'un miracle; il suffit qu'on l'ait crue envoyée de Dieu, pour qu'un poète soit en droit de la placer dans le ciel avec les héros. Mézeray dit tout bonnement que saint Michel, le prince

« Ces héros, dit Louis, que tu vois dans les cieux,
Comme toi de la terre ont ébloui les yeux,
La vertu comme à toi, mon fils, leur était chère :
Mais, enfants de l'Eglise, ils ont chéri leur mère;
Leur cœur simple et docile aimait la vérité;
Leur culte était le mien : pourquoi l'as-tu quitté? »

Comme il disait ces mots d'une voix gémissante,
Le palais des Destins devant lui se présente :
Il fait marcher son fils vers ces sacrés remparts,
Et cent portes d'airain s'ouvrent à ses regards.

Le Temps, d'une aile prompte et d'un vol insensible,
Fuit et revient sans cesse à ce palais terrible;
Et de là sur la terre il verse à pleines mains
Et les biens et les maux destinés aux humains.
Sur un autel de fer, un livre inexplicable
Contient de l'avenir l'histoire irrévocable :
La main de l'Eternel y marqua nos désirs,
Et nos chagrins cruels, et nos faibles plaisirs.
On voit la Liberté, cette esclave si fière,
Par d'invisibles nœuds en ces lieux prisonnière :
Sous un joug inconnu, que rien ne peut briser,
Dieu sait l'assujettir sans la tyranniser;
A ses suprêmes lois d'autant mieux attachée,
Que sa chaîne à ses yeux pour jamais est cachée,
Qu'en obéissant même elle agit par son choix,
Et souvent aux destins pense donner des lois.
« Mon cher fils, dit Louis, c'est de là que la grâce
Fait sentir aux humains sa faveur efficace;
C'est de ces lieux sacrés qu'un jour son trait vainqueur
Doit partir, doit brûler, doit embraser ton cœur.
Tu ne peux différer, ni hâter, ni connaître
Ces moments précieux dont Dieu seul est le maître.
Mais qu'ils sont encor loin ces temps, ces heureux temps
Où Dieu doit te compter au rang de ses enfants!
Que tu dois éprouver de faiblesses honteuses!
Et que tu marcheras dans des routes trompeuses!
Retranches, ô mon Dieu! des jours de ce grand roi,
Ces jours infortunés qui l'éloignent de toi. »

Mais dans ces vastes lieux quelle foule s'empresse?
Elle entre à tout moment, et s'écoule sans cesse.
« Vous voyez, dit Louis, dans ce sacré séjour,

---

de la milice céleste, apparut à cette fille, etc. Quoi qu'il en soit, si les
Français ont été trop crédules sur la Pucelle d'Orléans, les Anglais ont
été trop cruels en la faisant brûler, car ils n'avaient rien à lui reprocher
que son courage et leurs défaites.

Les portraits des humains qui doivent naître un jour :
Des siècles à venir ces vivantes images
Rassemblent tous les lieux, devancent tous les âges.
Tous les jours des humains, comptés avant les temps,
Aux yeux de l'Éternel à jamais sont présents.
Le Destin marque ici l'instant de leur naissance,
L'abaissement des uns, des autres la puissance,
Les divers changements attachés à leur sort,
Leurs vices, leurs vertus, leur fortune, et leur mort.

« Approchons-nous : le ciel te permet de connaître
Les rois et les héros qui de toi doivent naître.
Le premier qui paraît, c'est ton auguste fils :
Il soutiendra longtemps la gloire de nos lis,
Triomphateur heureux du Belge et de l'Ibère ;
Mais il n'égalera ni son fils ni son père. »

Henri, dans ce moment, voit sur des fleurs de lis
Deux mortels orgueilleux auprès du trône assis :
Ils tiennent sous leurs pieds tout un peuple à la chaîne ;
Tous deux sont revêtus de la pourpre romaine ;
Tous deux sont entourés de gardes, de soldats :
Il les prend pour des rois.... « Vous ne vous trompez pas ;
Ils le sont, dit Louis, sans en avoir le titre ;
Du prince et de l'État l'un et l'autre est l'arbitre.
Richelieu, Mazarin, ministres immortels,
Jusqu'au trône élevés à l'ombre des autels,
Enfants de la Fortune et de la Politique,
Marcheront à grands pas au pouvoir despotique.
Richelieu, grand, sublime, implacable ennemi ;
Mazarin, souple, adroit, et dangereux ami :
L'un[1], fuyant avec art, et cédant à l'orage ;
L'autre aux flots irrités opposant son courage ;
Des princes de mon sang ennemis déclarés ;
Tous deux haïs du peuple, et tous deux admirés ;
Enfin, par leurs efforts, ou par leur industrie,
Utiles à leurs rois, cruels à la patrie.
O toi, moins puissant qu'eux, moins vaste en tes desseins,
Toi, dans le second rang le premier des humains,
Colbert, c'est sur tes pas que l'heureuse abondance,
Fille de tes travaux, vient enrichir la France.
Bienfaiteur de ce peuple ardent à t'outrager[2],

1. Le cardinal Mazarin fut obligé de sortir du royaume en 1651, malgré la reine régente, qu'il gouvernait ; mais le cardinal de Richelieu se maintint toujours, malgré ses ennemis, et même malgré le roi, qui était dégoûté de lui.
2. Le peuple, ce monstre féroce et aveugle, détestait le grand Colbert,

En le rendant heureux, tu sauras t'en venger :
Semblable à ce héros, confident de Dieu même,
Qui nourrit les Hébreux pour prix de leur blasphème.

« Ciel ! quel pompeux amas d'esclaves à genoux
Est aux pieds de ce roi¹ qui les fait trembler tous !
Quels honneurs ! quels respects ! jamais roi dans la France
N'accoutuma son peuple à tant d'obéissance.
Je le vois, comme vous, par la gloire animé,
Mieux obéi, plus craint, peut-être moins aimé.
Je le vois, éprouvant des fortunes diverses,
Trop fier dans ses succès, mais ferme en ses traverses ;
De vingt peuples ligués bravant seul tout l'effort,
Admirable en sa vie, et plus grand dans sa mort.
Siècle heureux de Louis, siècle que la nature
De ses plus beaux présents doit combler sans mesure,
C'est toi qui dans la France amènes les beaux-arts ;
Sur toi tout l'avenir va porter ses regards ;
Les Muses à jamais y fixent leur empire ;
La toile est animée, et le marbre respire ;
Quels sages², rassemblés dans ces augustes lieux,
Mesurent l'univers, et lisent dans les cieux ;
Et, dans la nuit obscure apportant la lumière,
Sondent les profondeurs de la nature entière ?
L'erreur présomptueuse à leur aspect s'enfuit,
Et vers la vérité le doute les conduit.

« Et toi, fille du ciel, toi, puissante harmonie,
Art charmant qui polis la Grèce et l'Italie,
J'entends de tous côtés ton langage enchanteur,
Et tes sons, souverains de l'oreille et du cœur !
Français, vous savez vaincre et chanter vos conquêtes ;
Il n'est point de lauriers qui ne couvrent vos têtes :
Un peuple de héros va naître en ces climats ;
Je vois tous les Bourbons voler dans les combats.
A travers mille feux je vois Condé³ paraître,

au point qu'il voulut déterrer son corps ; mais la voix des gens sensés,
qui prévaut à la longue, a rendu sa mémoire à jamais chère et respectable.

1. Louis XIV.
2. L'Académie des sciences, dont les mémoires sont estimés dans toute
l'Europe.
3. Louis de Bourbon, appelé communément le grand Condé, et Henri,
vicomte de Turenne, ont été regardés comme les plus grands capitaines
de leur temps ; tous deux ont remporté de grandes victoires, et acquis
de la gloire même dans leurs défaites. Le génie du prince de Condé
semblait, à ce qu'on dit, plus propre pour un jour de bataille, et celui de
M. de Turenne pour toute une campagne. Au moins est-il certain que
M. de Turenne remporta des avantages sur le grand Condé à Gien, à

Tour à tour la terreur et l'appui de son maître :
Turenne, de Condé le généreux rival,
Moins brillant, mais plus sage, et du moins son égal.
Catinat [1] réunit, par un rare assemblage,
Les talents du guerrier et les vertus du sage.
Vauban [2], sur un rempart, un compas à la main,
Rit du bruit impuissant de cent foudres d'airain.
Malheureux à la cour, invincible à la guerre,
Luxembourg [3] fait trembler l'Empire et l'Angleterre.

« Regardez, dans Denain, l'audacieux Villars [4]
Disputant le tonnerre à l'aigle des Césars,
Arbitre de la paix que la victoire amène,
Digne appui de son roi, digne rival d'Eugène.
Quel est ce jeune prince [5] en qui la majesté

Étampes, à Paris, à Arras, à la bataille des Dunes ; cependant on n'ose point décider quel était le plus grand homme.

1. Le maréchal de Catinat, né en 1637. Il gagna les batailles de Staffarde et de la Marsaille, et obéit ensuite, sans murmurer, au maréchal de Villeroy, qui lui envoyait des ordres sans le consulter. Il quitta le commandement sans peine, ne se plaignit jamais de personne, ne demanda rien au roi, mourut en philosophe dans une petite maison de campagne à Saint-Gratien, n'ayant ni augmenté ni diminué son bien, et n'ayant jamais démenti un moment son caractère de modération.

2. Le maréchal de Vauban, né en 1633, le plus grand ingénieur qui ait jamais été, a fait fortifier, selon sa nouvelle manière, trois cents places anciennes, et en a bâti trente-trois ; il a conduit cinquante-trois sièges, et s'est trouvé à cent quarante actions ; il a laissé douze volumes manuscrits pleins de projets pour le bien de l'État, dont aucun n'a encore été exécuté. Il était de l'Académie des sciences, et lui a fait plus d'honneur que personne, en faisant servir les mathématiques à l'avantage de sa patrie.

3. François-Henri de Montmorency, qui prit le nom de Luxembourg, maréchal de France, duc et pair, gagna la bataille de Cassel sous les ordres de Monsieur, frère de Louis XIV, remporta en chef les fameuses victoires de Mons, de Fleurus, de Steinkerque, de Nerwinde, et conquit des provinces au roi. Il fut mis à la Bastille, et reçut mille dégoûts des ministres.

4. On s'était proposé de ne parler dans ce poème d'aucun homme vivant ; on ne s'est écarté de cette règle qu'en faveur du maréchal duc de Villars.

Il a gagné la bataille de Frédelingue et celle du premier Hochstedt. Il est à remarquer qu'il occupa dans cette bataille le même terrain où se posta depuis le duc de Marlborough, lorsqu'il remporta contre d'autres généraux cette grande victoire du second Hochstedt, si fatale à la France. Depuis, le maréchal de Villars, ayant repris le commandement des armées, donna la fameuse bataille de Blangis ou de Malplaquet, dans laquelle on tua vingt mille hommes aux ennemis, et qui ne fut perdue que quand le maréchal fut blessé.

Enfin, en 1712, lorsque les ennemis menaçaient de venir à Paris, et qu'on délibérait si Louis XIV quitterait Versailles, le maréchal de Villars battit le prince Eugène à Denain, s'empara du dépôt de l'armée ennemie à Marchiennes, fit lever le siége de Landrecies, prit Douai, le Quesnoy, Bouchain, etc., à discrétion, et fit ensuite la paix à Rastadt, au nom du roi, avec le même prince Eugène, plénipotentiaire de l'empereur.

5. Feu M. le duc de Bourgogne.

Sur son visage aimable éclate sans fierté ?
D'un œil d'indifférence il regarde le trône :
Ciel ! quelle nuit soudaine à mes yeux l'environne !
La mort autour de lui vole sans s'arrêter ;
Il tombe aux pieds du trône, étant près d'y monter.
O mon fils ! des Français vous voyez le plus juste ;
Les cieux le formeront de votre sang auguste.
Grand Dieu ! ne faites-vous que montrer aux humains
Cette fleur passagère, ouvrage de vos mains ?
Hélas ! que n'eût point fait cette âme vertueuse !
La France sous son règne eût été trop heureuse :
Il eût entretenu l'abondance et la paix ;
Mon fils, il eût compté ses jours par ses bienfaits ;
Il eût aimé son peuple. O jours remplis d'alarmes !
Oh ! combien les Français vont répandre de larmes,
Quand sous la même tombe ils verront réunis
Et l'époux et la femme, et la mère et le fils !

« Un faible rejeton¹ sort entre les ruines
De cet arbre fécond coupé dans ses racines.
Les enfants de Louis, descendus au tombeau,
Ont laissé dans la France un monarque au berceau,
De l'État ébranlé douce et frêle espérance.
O toi, prudent Fleury, veille sur son enfance ;
Conduis ses premiers pas, cultive sous tes yeux
Du plus pur de mon sang le dépôt précieux !
Tout souverain qu'il est, instruis-le à se connaître :
Qu'il sache qu'il est homme en voyant qu'il est maître ;
Qu'aimé de ses sujets, ils soient chers à ses yeux :
Apprends-lui qu'il n'est roi, qu'il n'est né que pour eux.
France, reprends sous lui ta majesté première,
Perce la triste nuit qui couvrait ta lumière ;
Que les arts, qui déjà voulaient t'abandonner,
De leurs utiles mains viennent te couronner !
L'Océan se demande, en ses grottes profondes,
Où sont tes pavillons qui flottaient sur ses ondes.
Du Nil et de l'Euxin, de l'Inde et de ses ports,
Le Commerce t'appelle, et t'ouvre ses trésors.
Maintiens l'ordre et la paix, sans chercher la victoire ;
Sois l'arbitre des rois ; c'est assez pour ta gloire :
Il t'en a trop coûté d'en être la terreur.

« Près de ce jeune roi s'avance avec splendeur
Un héros² que de loin poursuit la calomnie,

---

1. Ce poëme fut composé dans l'enfance de Louis XV.
2. Vrai portrait de Philippe, duc d'Orléans, régent du royaume.

Facile et non pas faible, ardent, plein de génie,
Trop ami des plaisirs, et trop des nouveautés,
Remuant l'univers du sein des voluptés.
Par des ressorts nouveaux sa politique habile
Tient l'Europe en suspens, divisée et tranquille.
Les arts sont éclairés par ses yeux vigilants;
Né pour tous les emplois, il a tous les talents,
Ceux d'un chef, d'un soldat, d'un citoyen, d'un maître
Il n'est pas roi, mon fils; mais il enseigne à l'être. »

    Alors dans un nuage, au milieu des éclairs,
L'étendard de la France apparut dans les airs;
Devant lui d'Espagnols une troupe guerrière
De l'aigle des Germains brisait la tête altière.
« O mon père ! quel est ce spectacle nouveau ?
— Tout change, dit Louis, et tout a son tombeau.
Adorons du Très-Haut la sagesse cachée.
Du puissant Charles-Quint la race est retranchée
L'Espagne, à nos genoux, vient demander des rois :
C'est un de nos neveux qui leur donne des lois.
Philippe.... » A cet objet, Henri demeure en proie
A la douce surprise, aux transports de sa joie.
« Modérez, dit Louis, ce premier mouvement;
Craignez encor, craignez ce grand événement.
Oui, du sein de Paris Madrid reçoit un maître :
Cet honneur à tous deux est dangereux peut-être.
O rois nés de mon sang ! ô Philippe ! ô mes fils !
France, Espagne, à jamais puissiez-vous être unis !
Jusqu'à quand voulez-vous, malheureux politiques[1],
Allumer les flambeaux des discordes publiques ? »

    Il dit. En ce moment le héros ne vit plus
Qu'un assemblage vain de mille objets confus.
Du temple des Destins les portes se fermèrent,
Et les voûtes des cieux devant lui s'éclipsèrent.

    L'Aurore cependant, au visage vermeil,
Ouvrait dans l'orient le palais du Soleil :
La Nuit en d'autres lieux portait ses voiles sombres;
Les Songes voltigeants fuyaient avec les ombres.
Le prince, en s'éveillant, sent au fond de son cœur
Une force nouvelle, une divine ardeur :
Ses regards inspiraient le respect et la crainte;
Dieu remplissait son front de sa majesté sainte.

1. Dans le temps que cela fut écrit, la branche de France et la branche
d'Espagne semblaient désunies.

Ainsi, quand le vengeur des peuples d'Israël,
Eut sur le mont Sina consulté l'Éternel,
Les Hébreux, à ses pieds couchés dans la poussière,
Ne purent de ses yeux soutenir la lumière.

VARIANTES DU CHANT VII.

Tout le commencement de ce chant est entièrement différent dans
la première édition (où il était le sixième).

Les voiles de la nuit s'étendaient dans les airs;
Un silence profond régnait dans l'univers;
Henri, près d'affronter de nouvelles alarmes,
Endormi dans son camp, reposait sur ses armes.
Un héros, descendu de la voûte des cieux,
Ministre de Dieu même, apparut à ses yeux :
C'était ce saint guerrier qui, loin du bord celtique
Alla vaincre et mourir sur les sables d'Afrique;
Le généreux Louis, le père des Bourbons,
À qui Dieu prodigua ses plus augustes dons.
Sur sa tête éclatait un brillant diadème,
Au front du nouveau prince il le posa lui-même
« Recevez-le, dit-il, de la main de Louis;
Acceptez-moi pour père, et devenez mon fils.
La vertu, qui toujours vous guida sur ma trace,
Du temps qui nous sépare a rapproché l'espace;
Je reconnais mon sang, que Dieu vous a transmis;
Tout l'espoir de ma race en vous seul est remis.
Mais ce sceptre, mon fils, ne doit point vous suffire :
Possédez ma sagesse ainsi que mon empire,
C'est peu qu'un vain éclat qui passe et qui s'enfuit,
Que le trouble accompagne, et que la mort détruit;
Tous ces honneurs mondains ne sont qu'un bien stérile,
Des humaines vertus récompense fragile.
D'un bien plus précieux oser être jaloux;
Si Dieu ne vous éclaire, il n'a rien fait pour vous.
Quand verrai-je, ô mon fils, votre vertu guerrière,
Comme sous son appui, marcher à sa lumière!
Mais qu'ils sont encor loin ces temps, ces heureux temps
Où Dieu doit vous compter au rang de ses enfants!
Que vous éprouverez de faiblesses honteuses,
Et que vous marcherez dans des routes trompeuses!

Des points indiquent qu'il y a ici une lacune.)

Osez suivre mes pas par de nouveaux chemins,
Et venez de la France apprendre les destins. »

Henri crut, à ces mots, dans un char de lumière
Des cieux en un moment pénétrer la carrière
Comme on voit dans la nuit la foudre et les éclairs
Courir d'un pôle à l'autre, et diviser les airs.

Parmi ces tourbillons que d'une main féconde
Disposa l'Éternel au premier jour du monde,
Est un globe élevé dans le faîte des cieux,
Dont l'éclat se dérobe à nos profanes yeux :
C'est là que le Très-Haut forme à sa ressemblance,
Ces esprits immortels, enfants de son essence,
Qui, soudain répandus dans les mondes divers,
Vont animer les corps, et peuplent l'univers.
Là sont, après la mort, nos âmes replongées,
De leur prison grossière à jamais dégagées ;
Quand le Dieu qui les fit les rappelle en son sein,
D'une course rapide elles volent soudain :
Comme on voit dans les bois les feuilles incertaines,
Avec un bruit confus tomber du haut des chênes,
Lorsque les aquilons, messagers des hivers,
Ramènent la froidure et sifflent dans les airs ;
Ainsi la mort entraîne en ces lieux redoutables
Des mortels passagers les troupes innombrables.
Un juge incorruptible avec d'égales lois
Y rassemble à ses pieds les peuples et les rois.
Tout frémit devant lui ; les morts dans le silence
Attendent en tremblant l'éternelle sentence ;
Lui qui, dans un moment, voit, entend, connaît tout,
D'un coup d'œil les punit, d'un coup d'œil les absout.
De ses ministres saints la troupe inexorable
Sépare incessamment l'innocent du coupable
Donne aux uns des plaisirs, aux autres des tourments,
Des vertus et du crime éternels monuments.

Mais d'où partent, grand Dieu ! ces cris épouvantables,
Ces torrents de fumée et ces feux effroyables ?
« Quels monstres, dit Bourbon, volent dans ces climats ?
Quel est ce gouffre affreux qui s'ouvre sous mes pas ?
—O mon fils, vous voyez, etc.

Vers 78.

Fait si pieusement de sa sagesse immense
La Mort est à ses pieds, elle amène à la fois
Le juif et le chrétien, le Turc et le Chinois.
Là, le dervis tremblant, d'une vue inquiète,
A la droite de Dieu cherche en vain son prophète ;
Le bonze, avec des yeux tristes et pénitents,
Y vient vanter en vain ses vœux et ses tourments :
Leurs tourments et leurs vœux, leur foi, leur ignorance,
Comme sans châtiment restent sans récompense.
Dieu ne les punit point d'avoir fermé les yeux
Aux clartés que lui-même il plaça si loin d'eux ;
Il ne les juge point tel qu'un injuste maître
Sur les chrétiennes lois qu'ils n'ont point pu connaître,
Sur le zèle insensé de leurs saintes fureurs,
Mais sur la simple loi qui parle à tous les cœurs.
La Nature sa fille, et des humains la mère,
Nous inspire en naissant, nous conduit, nous éclaire ;

Vers 143. Dans l'édition de *la Ligue*, de 1723, on lisait :

> En sont toujours ouverts :
> L'un et l'autre à ces mots descendent aux enfers.
> D'abord de tous côtés s'offrent sur leur passage
> Le Désespoir, la Mort, la Fureur, le Carnage,
> Et ces vices affreux, suivis par les douleurs,
> Formés dans les enfers, ou plutôt dans nos cœurs :
> L'Orgueil au front d'airain, la lâche Perfidie,
> Qui d'abord en rampant se cache et s'humilie,
> Puis tout à coup, levant un homicide bras,
> Fait siffler ses serpents et porte le trépas ;
> L'Avarice au teint pâle, et la Haine, et l'Envie
> Le Mensonge, et surtout sa sœur l'Hypocrisie,
> Qui, les regards baissés, l'encensoir à la main,
> Distille en soupirant sa rage et son venin ;
> Le faux Zèle étalant, etc.

Vers 171 :

> Voyez de ces serpents tout son corps entouré,
> Sous leur dent vengeresse en lambeaux déchiré ;
> Fuyons, n'aigrissons point le tourment qui l'opprime.
> « Sa peine, dit Louis, est égale à son crime. »
> Tandis que dans Paris, etc.

Vers 185 :

> La vérité terrible, augmentant leurs supplices,
> De son flambeau sacré vient éclairer leurs vices.
> Près de ces mauvais rois sont ces fiers conquérants,
> Héros aux yeux du peuple, etc.

Vers 191 :

> Devant eux sont couchés tous ces rois fainéants.

Vers 199 :

> Êtes-vous en ces lieux, faibles et tendres cœurs, etc.

Au lieu de ce vers et des sept qui le suivent, en voici huit autres qu'on lit dans l'édition de 1723 :

> Le sujet révolté, le lâche adulateur,
> Le juge corrompu, l'infâme délateur,
> Ceux même qui, nourris au sein de la mollesse,
> N'ont eu pour tous forfaits qu'un cœur plein de faiblesse ;
> Ceux qui, livrés sans crainte à des penchants flatteurs,
> N'ont connu, n'ont aimé que leurs douces erreurs ;
> Tous enfin, de la mort éternelles victimes,
> Souffrent des châtiments qui surpassent leurs crimes.
> Le généreux Henri, etc.

Et dans celle de 1727, voici ce qu'on lit au lieu de ces huit vers :

> Il est, il est aussi dans ce lieu de douleurs
> Des cœurs qui n'ont aimé que leurs douces erreurs,

Des foules de mortels noyés dans la mollesse,
Qu'entraîna le plaisir, qu'endormit la paresse.
Le généreux Henri, etc.

Vers 265, édition de 1723 :

Plus loin sont ces guerriers, vengeurs de la patrie,
Qui dans les champs d'honneur ont prodigué leur vie ;
La Trimouille, Clisson, Montmorency, de Foix,
Et le brave Guesclin, et l'auguste Dunois.
Là brille au milieu d'eux cette illustre amazone
Qui délivra la France et raffermit le trône.
Antoine de Navarre, avec des yeux surpris,
Voit Henri qui s'avance, et reconnaît son fils :
Le héros attendri tombe aux pieds de son père ;
Trois fois il tend les bras à cette ombre si chère,
Trois fois son père échappe à ses embrassements,
Tel qu'un léger nuage écarté par les vents.
Cependant il apprend à cette ombre charmée
Sa grandeur, ses desseins, l'ordre de son armée,
Et ses premiers travaux, et ses derniers exploits.
Tous les héros en foule accouraient à sa voix ;
Les Martels, les Pépins, l'écoutaient en silence,
Et respectaient en lui la gloire de la France.
Enfin, le saint guerrier, poursuivant ses desseins
« Suivez mes pas, dit-il, au temple des destins ;
Avançons, il est temps de vous faire connaître
Les rois et les héros qui de vous doivent naître.
De ce temple déjà vous voyez les remparts,
Et ses portes d'airain s'ouvrent à vos regards. »
   Le Temps, d'un cours rapide et pourtant insensible,
Parcourt tous les dehors de ce palais terrible ;
Et de là sur la terre, etc.

Vers 284 :

De Dieu dans ce lieu saint la volonté réside.
La Crainte languissante et l'Espérance avide
Près de ces murs sacrés gémissent nuit et jour :
Les Désirs inquiets voltigent à l'entour.

Vers 287 :

Là Dieu même a marqué nos plus secrets désirs.

Vers 370 :

Là le marbre est vivant et la toile respire.
Ici de mille esprits les efforts curieux
Mesurent l'univers et lisent dans les cieux.
Descartes, répandant sa lumière féconde,
Franchit d'un vol hardi les limites du monde.
J'entends de tous côtés ce langage enchanteur,
Si flatteur à l'oreille et doux tyran du cœur.
Français, vous savez vaincre, etc.

Sur cette variante, les éditeurs de Kehl disent : « Ces vers se

retrouvent dans l'édition de Londres. Ce fut dans ce voyage en Angleterre que M. de Voltaire connut et adopta le système de Newton,
dans un temps où très-peu de mathématiciens l'avaient étudié, où
les géomètres les plus illustres du continent l'attaquaient encore, où
le sage Fontenelle reprochait à ce système de ramener les qualités
occultes que Descartes avait bannies de la physique. »

La version actuelle n'est que de (1730).

Vers 391. Voltaire avait changé ainsi les deux vers sur Vauban :

> Ce héros dont la main raffermit nos remparts,
> C'est Vauban, c'est l'ami des vertus et des arts.

Mais, dans les dernières éditions, il les a rétablis tels qu'ils étaient
dans la première ; ils rappellent ces vers d'*Athalie*, acte V, scène I :

> Cependant Athalie, un poignard à la main,
> Rit des faibles remparts, de nos portes d'airain.

Vers 394 :

> Luxembourg de son nom remplit toute la terre.

Vers 422. Au lieu de ce vers et des dix-huit qui le suivent, voici
ce que met l'édition de 1723 :

> « De l'empire français douce et frêle espérance,
> O vous, qui gouvernez les jours de son enfance,
> Vous, Villeroy, Fleury ! conservez sous vos yeux
> Du plus pur de mon sang le dépôt précieux ;
> Conduisez par la main son enfance docile ;
> Le sentier des vertus à cet âge est facile ;
> Age heureux, où son cœur, exempt de passion,
> N'a point du vice encor reçu l'impression ;
> Où d'une cour trompeuse, ardente à nous séduire,
> Le souffle empoisonné ne peut encor lui nuire ;
> Age heureux, où lui-même, ignorant son pouvoir,
> Vit tranquille et soumis aux règles du devoir.
> Qu'au sortir de l'enfance il puisse se connaître,
> Qu'il songe qu'il est homme en voyant qu'il est maître ;
> Qu'attentif aux besoins des peuples malheureux,
> Il ne les charge point de fardeaux rigoureux ;
> Qu'il aime à pardonner ; qu'il donne avec prudence
> Aux services rendus leur juste récompense ;
> Qu'il ne permette pas qu'un ministre insolent
> Change son règne aimable en un joug accablant ;
> Que la simple vertu, de soutiens dépourvue,
> Par ses sages bienfaits soit toujours prévenue ;
> Que de l'amitié même il chérisse les lois,
> Bien pur, présent du ciel, et peu connu des rois ;
> Et que, digne en effet de la grandeur suprême,
> Il imite, s'il peut, Henri Quatre et moi-même. »
> Il dit. En ce moment, etc.

Vers 448. Au lieu des trois vers suivants, Voltaire se proposait de placer une tirade sur le système de Law. Le poète disait du régent :

D'un sujet et d'un maître il a tous les talents ;
Malheureux toutefois dans le cours de sa vie
D'avoir reçu du ciel un si vaste génie.
Philippe, garde-toi des prodiges pompeux
Qu'on offre à ton esprit, trop plein du merveilleux ;
Un Écossais arrive, et promet l'abondance ;
Il parle ; il fait changer la face de la France ;
Des trésors inconnus se forment sous ses mains.
L'or devient méprisable aux avides humains.
Le pauvre qui s'endort au sein de l'indigence,
Des rois, à son réveil, égale l'opulence ;
Le riche, en un moment, voit fuir devant ses yeux
Tous les biens qu'en naissant il eut de ses aïeux.
Qui pourra dissiper ces funestes prestiges? etc.

Dans l'édition de 1723, les vers sur le duc d'Orléans étaient placés immédiatement après ceux sur Richelieu et Mazarin, qui sont aujourd'hui les 227-46. Ils étaient ainsi :

Près de ce jeune roi regardez ce héros,
Propre à tous les emplois, né pour tous les travaux.
Il unit les talents d'un sujet et d'un maître.
Il n'est pas roi, mon fils, mais il enseigne à l'être.

Autre variante :

Auprès du jeune roi regardez ce héros,
Propre à tous les emplois, né pour tous les travaux
Son esprit éclairé, peu connu du vulgaire,
De l'art de gouverner possède le mystère.
Les arts sont étonnés de marcher sur ses pas
Avec la politique et le dieu des combats :
Sans besoin de ministre, il fait tout par lui-même ;
Maître de ses voisins, sa clémence est extrême ;
Toute l'Europe entière, appuyant son pouvoir,
Cède à ses volontés sans s'en apercevoir.
Il a tous les talents de sujet et de maître ;
Il n'est pas roi, etc.

CHANT HUITIÈME.

ARGUMENT. — Le comte d'Egmont vient de la part du roi d'Espagne au secours de Mayenne et des ligueurs. Bataille d'Ivry, dans laquelle Mayenne est défait, et d'Egmont tué. Valeur et clémence de Henri le Grand.

Des états dans Paris la confuse assemblée
Avait perdu l'orgueil dont elle était enflée.
Au seul nom de Henri, les ligueurs, pleins d'effroi,
Semblaient tous oublier qu'ils voulaient faire un roi.

Rien ne pouvait fixer leur fureur incertaine ;
Et, n'osant dégrader ni couronner Mayenne,
Ils avaient confirmé, par leurs décrets honteux,
Le pouvoir et le rang qu'il ne tenait pas d'eux.

Ce lieutenant sans chef[1], ce roi sans diadème,
Toujours dans son parti garde un pouvoir suprême.
Un peuple obéissant, dont il se dit l'appui,
Lui promet de combattre et de mourir pour lui.
Plein d'un nouvel espoir, au conseil il appelle
Tous ces chefs orgueilleux, vengeurs de sa querelle ;
Les Lorrains[2], les Nemours, La Châtre, Canillac,
Et l'inconstant Joyeuse[3], et Saint-Paul, et Brissac.
Ils viennent : la fierté, la vengeance, la rage,
Le désespoir, l'orgueil, sont peints sur leur visage.
Quelques-uns en tremblant semblaient porter leurs pas,
Affaiblis par leur sang versé dans les combats ;
Mais ces mêmes combats, leur sang, et leurs blessures,
Les excitaient encore à venger leurs injures.
Tout auprès de Mayenne ils viennent se ranger ;
Tous, le fer dans les mains, jurent de le venger.
Telle au haut de l'Olympe, aux champs de Thessalie,
Des enfants de la terre on peint la troupe impie
Entassant des rochers, et menaçant les cieux,
Ivre du fol espoir de détrôner les dieux.

La Discorde à l'instant, entr'ouvrant une nue,
Sur un char lumineux se présente à leur vue :
« Courage ! leur dit-elle, on vient vous secourir ;
C'est maintenant, Français, qu'il faut vaincre ou mourir.
D'Aumale, le premier, se lève à ces paroles ;
Il court, il voit de loin des lances espagnoles :
« Le voilà, cria-t-il, le voilà ce secours
Demandé si longtemps, et différé toujours :
Amis, enfin l'Autriche a secouru la France. »

1. Il se fit déclarer, par la partie du parlement qui lui demeura attachée, lieutenant général de l'État et royaume de France.
2. Les Lorrains. Le chevalier d'Aumale, dont il était si souvent parlé,
et son frère le duc, étaient de la maison de Lorraine.
Charles-Emmanuel, duc de Nemours, frère utérin du duc de Mayenne.
La Châtre était un des maréchaux de la Ligue que l'on appelait des
bâtards qui se feraient un jour légitimer aux dépens de leur père. En
effet, La Châtre fit sa paix depuis, et Henri lui confirma la dignité de
maréchal de France.
3. Joyeuse est le même dont il est parlé au quatrième chant, note 1,
page 69.
Saint-Paul, soldat de fortune, fait maréchal par le même duc de
Mayenne, homme emporté et d'une violence extrême. Il fut tué par le
duc de Guise, fils du Balafré.
Brissac s'était jeté dans le parti de la Ligue, par indignation contre

Il dit. Mayenne alors vers les portes s'avance.
Le secours paraissait vers ces lieux révérés
Qu'aux tombes de nos rois la mort a consacrés.
Ce formidable amas d'armes étincelantes,
Cet or, ce fer brillant, ces lances éclatantes,
Ces casques, ces harnois, ce pompeux appareil,
Défilaient dans les champs les rayons du soleil.
Tout le peuple au-devant court en foule avec joie :
Ils bénissent le chef que Madrid leur envoie :
C'était le jeune Egmont[1], ce guerrier obstiné,
Ce fils ambitieux d'un père infortuné,
Dans les murs de Bruxelle il a reçu la vie :
Son père, qu'aveugla l'amour de la patrie,
Mourut sur l'échafaud, pour soutenir les droits
Des malheureux Flamands opprimés par leurs rois :
Le fils, courtisan lâche, et guerrier téméraire,
Baisa longtemps la main qui fit périr son père,
Servit, par politique, aux maux de son pays,
Persécuta Bruxelle, et secourut Paris.
Philippe l'envoyait sur les bords de la Seine,
Comme un Dieu tutélaire, au secours de Mayenne ;
Et Mayenne, avec lui, crut aux tentes du roi
Rapporter à son tour le carnage et l'effroi.
Le téméraire orgueil accompagnait leur trace.
Qu'avec plaisir, grand roi, tu voyais cette audace !
Et que tes vœux hâtaient le moment d'un combat
Où semblaient attachés les destins de l'État !

Près des bords de l'Iton[2] et des rives de l'Eure
Est un champ fortuné, l'amour de la nature :
La guerre avait longtemps respecté les trésors
Dont Flore et les Zéphyrs embellissaient ces bords.
Au milieu des horreurs des discordes civiles,
Les bergers de ces lieux coulaient des jours tranquilles.
Protégés par le ciel et par leur pauvreté,

Henri III, qui avait dit qu'il n'était bon ni sur terre ni sur mer. Il négocia depuis secrètement avec Henri IV, et lui ouvrit les portes de Paris, moyennant le bâton de maréchal de France.

1. Le comte d'Egmont, fils de Lamoral, comte d'Egmont, qui fut décapité à Bruxelles avec le prince de Horn, le 5 juin 1568.
Le fils, étant resté dans le parti de Philippe II, roi d'Espagne, fut envoyé au secours du duc de Mayenne, à la tête de dix-huit cents lances. A son entrée dans Paris, il reçut les compliments de la ville. Celui qui le haranguait ayant mêlé dans son discours les louanges du comte d'Egmont, son père : « Ne parlez pas de lui, dit le comte ; il méritait la mort, c'était un rebelle. » Paroles d'autant plus condamnables que c'était à des rebelles qu'il parlait, et dont il venait défendre la cause.
2. Ce fut dans une plaine entre l'Iton et l'Eure que se donna la bataille d'Ivry, le 14 mars 1590.

Ils semblaient des soldats braver l'avidité,
Et, sous leurs toits de chaume, à l'abri des alarmes,
N'entendaient point le bruit des tambours et des armes.
Les deux camps ennemis arrivent en ces lieux
La désolation partout marche avant eux.
De l'Eure et de l'Iton les ondes s'alarmèrent;
Les bergers, pleins d'effroi, dans les bois se cachèrent;
Et leurs tristes moitiés, compagnes de leurs pas,
Emportent leurs enfants gémissants dans leurs bras.

Habitants malheureux de ces bords pleins de charmes,
Du moins à votre roi n'imputez point vos larmes :
S'il cherche les combats, c'est pour donner la paix :
Peuples, sa main sur vous répandra ses bienfaits :
Il veut finir vos maux, il vous plaint, il vous aime,
Et dans ce jour affreux il combat pour vous-même.
Les moments lui sont chers, il court dans tous les rangs
Sur un coursier fougueux plus léger que les vents,
Qui, fier de son fardeau, du pied frappant la terre,
Appelle les dangers, et respire la guerre.
On voyait près de lui briller tous ces guerriers,
Compagnons de sa gloire et ceints de ses lauriers :
D'Aumont ¹, qui sous cinq rois avait porté les armes
Biron ², dont le seul nom répandait les alarmes;
Et son fils ³, jeune encore, ardent, impétueux,
Qui depuis.... mais alors il était vertueux;
Sully ⁴, Nangis, Crillon, ces ennemis du crime,

---

1. Jean d'Aumont, maréchal de France, qui fit des merveilles à la bataille d'Ivry, était fils de Pierre d'Aumont, gentilhomme de la chambre, et de Françoise de Sully, héritière de l'ancienne maison de Sully. Il servit sous les rois Henri II, François II, Charles IX, Henri III et Henri IV.

2. Henri de Gontaud de Biron, maréchal de France, grand maître de l'artillerie, était un grand homme de guerre : il commandait à Ivry le corps de réserve, et contribua au gain de la bataille en se présentant à propos à l'ennemi. Il dit à Henri le Grand, après la victoire : « Sire, vous avez fait ce que devait faire Biron, et Biron ce que devait faire le roi. » Ce maréchal fut tué d'un coup de canon, en 1592, au siège d'Epernay.

3. Charles de Gontaud de Biron, maréchal et duc et pair, fils du précédent, conspira depuis contre Henri IV, et fut décapité dans la cour de la Bastille en 1602. On voit encore à la muraille les crampons de fer qui servirent à l'échafaud.

4. Rosny, depuis duc de Sully, surintendant des finances, grand maître de l'artillerie, fait maréchal de France après la mort de Henri IV, reçut sept blessures à la bataille d'Ivry.
Il naquit à Rosny en 1550, et mourut à Villebon en 1641 : ainsi il avait vu Henri II et Louis XIV. Il fut grand voyer et grand maître de l'artillerie, grand maître des ports de France, surintendant des finances, duc et pair et maréchal de France. C'est le seul homme à qui on ait jamais donné le bâton de maréchal comme une marque de disgrâce : il ne l'eut qu'en échange de la charge de grand maître de l'artillerie, que la reine régente lui ôta en 1634. Il était très-brave homme de guerre, et encore

Que la Ligue déteste et que la Ligue estime;
Turenne, qui depuis, de la jeune Bouillon
Mérita, dans Sedan, la puissance et le nom [1];
Puissance malheureuse et trop mal conservée,
Et par Armand [2] détruite aussitôt qu'élevée.
Essex avec éclat paraît au milieu d'eux,
Tel que dans nos jardins un palmier sourcilleux,
A nos ormes touffus mêlant sa tête altière,

meilleur ministre; incapable de tromper le roi et d'être trompé par les
financiers. Il fut inflexible pour les courtisans, dont l'avidité est insa-
tiable, et qui trouvaient en lui une rigueur conforme à l'humeur économe de Henri IV. Ils l'appelaient le *négatif*, et l'on disait que le mot de
oui n'était jamais dans sa bouche. Avec cette vertu sévère il ne plut jamais qu'à son maître, et le moment de la mort de Henri IV fut celui de
sa disgrâce. Le roi Louis XIII le fit revenir à la cour quelques années
après, pour lui demander ses avis. Il y vint, quoique avec répugnance.
Les jeunes courtisans qui gouvernaient Louis XIII voulurent, selon
l'usage, donner des ridicules à ce vieux ministre, qui reparaissait dans
une jeune cour avec des habits et des airs de mode passés depuis longtemps. Le duc de Sully, qui s'en aperçut, dit au roi : « Sire, quand le roi
votre père, de glorieuse mémoire, me faisait l'honneur de me consulter,
nous ne commencions à parler d'affaires qu'au préalable on n'eût fait passer dans l'antichambre les baladins et les bouffons de la cour. »
  Il composa, dans la solitude de Sully, des Mémoires dans lesquels règne un air d'honnête homme, avec un style naïf, mais trop diffus.
  On y trouve quelques vers de sa façon, qui ne valent pas plus que sa
prose. Voici ceux qu'il composa en se retirant de la cour, sous la régence
de Marie de Médicis :

  Adieu maisons, châteaux, armes, canons du roi;
  Adieu conseils, trésors déposés à ma foi ;
  Adieu munitions, adieu grands équipages;
  Adieu tant de rachats, adieu tant de ménages;
  Adieu faveurs, grandeurs; adieu le temps qui court;
  Adieu les amitiés et les amis de cour; etc.

  Il ne voulut jamais changer de religion ; cependant il fut des premiers
à conseiller à Henri IV d'aller à la messe. Le cardinal Duperron l'exhortant un jour à quitter le calvinisme, il lui répondit : « Je me ferai catholique quand vous aurez supprimé l'Evangile : car il est si contraire à
l'Eglise romaine, que je ne peux pas croire que l'un et l'autre aient été
inspirés par le même esprit. »
  Le pape lui écrivit un jour une lettre remplie de louanges sur la sagesse de son ministère; le pape finissait sa lettre comme un bon pasteur, par prier Dieu qu'il ramenât sa brebis égarée, et conjurait le duc
de Sully de se servir de ses lumières pour entrer dans la bonne voie. Le
duc lui répondit sur le même ton; il l'assura qu'il priait Dieu tous les
jours pour la conversion de Sa Sainteté. Cette lettre est dans ses Mémoires.
  1. Henri de La Tour d'Orliègues, vicomte de Turenne, maréchal de
France. Henri le Grand le maria à Charlotte de La Mark, princesse de
Sedan, en 1591. La nuit de ses noces, le maréchal alla prendre Stenay
d'assaut.
  2. La souveraineté de Sedan, acquise par Henri de Turenne, fut perdue par Frédéric-Maurice, duc de Bouillon, son fils, qui ayant trempé
dans la conspiration de Cinq-Mars contre Louis XIII, ou plutôt contre
le cardinal de Richelieu, donna Sedan pour conserver sa vie : il eut, en
échange de sa souveraineté, de très-grandes terres, plus considérables
en revenu, mais qui jouissaient plus de richesses et moins de puissance.

Paraît s'enorgueillir de sa tige étrangère.
Son casque étincelait des feux les plus brillants
Qu'étalaient à l'envi l'or et les diamants,
Dons chers et précieux dont sa fière maîtresse
Honora son courage, ou plutôt sa tendresse.
Ambitieux Essex, vous étiez à la fois
L'amour de votre reine et le soutien des rois.
Plus loin sont La Trimouille [1], et Clermont, et Feuquières,
Le malheureux de Nesle, et l'heureux Lesdiguières [2],
D'Ailly, pour qui ce jour fut un jour trop fatal.
Tous ces héros en foule attendaient le signal,
Et, rangés près du roi, lisaient sur son visage
D'un triomphe certain l'espoir et le présage.

Mayenne en ce moment, inquiet, abattu,
Dans son cœur étonné cherche en vain sa vertu :
Soit que, dans son parti connaissant l'injustice,
Il ne crût point le ciel à ses armes propice ;
Soit que l'âme, en effet, ait des pressentiments,
Avant-coureurs certains des grands événements.
Ce héros cependant, maître de sa faiblesse,
Déguisait ses chagrins sous sa fausse allégresse :
Il s'excite, il s'empresse, il inspire aux soldats
Cet espoir généreux que lui-même il n'a pas.

D'Egmont auprès de lui, plein de la confiance
Que dans un jeune cœur fait naître l'imprudence,
Impatient déjà d'exercer sa valeur,
De l'incertain Mayenne accusait la lenteur.
Tel qu'échappé du sein d'un riant pâturage,
Au bruit de la trompette animant son courage,
Dans les champs de la Thrace un coursier orgueilleux,
Indocile, inquiet, plein d'un feu belliqueux,
Levant les crins mouvants de sa tête superbe,
Impatient du frein, vole et bondit sur l'herbe ;
Tel paraissait Egmont : une noble fureur
Éclate dans ses yeux, et brûle dans son cœur.
Il s'entretient déjà de sa prochaine gloire ;
Il croit que son destin commande à la victoire.

---

1. Claude, duc de La Trimouille, était à la bataille d'Ivry. Il avait un grand courage et une ambition démesurée, de grandes richesses ; il était le seigneur le plus considérable parmi les calvinistes. Il mourut à trente-huit ans.
Balsac de Clermont d'Entragues, oncle de la fameuse marquise de Verneuil, fut tué à la bataille d'Ivry. Feuquières et de Nesle, capitaines de cinquante hommes d'armes, y furent tués aussi.
2. Jamais homme ne mérita mieux le titre d'heureux ; il commença par être simple soldat, et finit par être connétable sous Louis XIII.

Hélas! il ne sait point que son fatal orgueil
Dans les plaines d'Ivry lui prépare un cercueil.

Vers les ligueurs enfin le grand Henri s'avance;
Et s'adressant aux siens, qu'enflammait sa présence:
« Vous êtes nés Français, et je suis votre roi[1];
Voilà nos ennemis, marchez, et suivez-moi;
Ne perdez point de vue, au fort de la tempête,
Ce panache éclatant qui flotte sur ma tête;
Vous le verrez toujours au chemin de l'honneur. »
A ces mots, que ce roi prononçait en vainqueur,
Il voit d'un feu nouveau ses troupes enflammées,
Et marche en invoquant le grand Dieu des armées.
Sur les pas des deux chefs alors en même temps
On voit des deux partis voler les combattants.
Ainsi lorsque des monts séparés par Alcide
Les aquilons fougueux fondent d'un vol rapide,
Soudain les flots émus de deux profondes mers
D'un choc impétueux s'élancent dans les airs;
La terre au loin gémit, le jour fuit, le ciel gronde,
Et l'Africain tremblant craint la chute du monde.

Au mousquet réuni le sanglant coutelas
Déjà de tous côtés porte un double trépas:
Cette arme[2] que jadis, pour dépeupler la terre,
Dans Bayonne inventa le démon de la guerre,
Rassemble en même temps, digne fruit de l'enfer,
Ce qu'ont de plus terrible et la flamme et le fer.
On se mêle, on combat; l'adresse, le courage,
Le tumulte, les cris, la peur, l'aveugle rage,
La honte de céder, l'ardente soif du sang,
Le désespoir, la mort, passent de rang en rang.
L'un poursuit un parent dans le parti contraire;
Là, le frère en fuyant meurt de la main d'un frère.
La nature en frémit, et ce rivage affreux
S'abreuvait à regret de leur sang malheureux.

Dans d'épaisses forêts de lances hérissées,
De bataillons sanglants, de troupes renversées,
Henri pousse, s'avance, et se fait un chemin.
Le grand Mornay[3] le suit, toujours calme et serein;

1. On a tâché de rendre en vers les propres paroles que dit Henri IV à la journée d'Ivry : « Ralliez-vous à mon panache blanc, vous le verrez toujours au chemin de l'honneur et de la gloire. »
2. La baïonnette au bout du fusil ne fut en usage que longtemps après. Le nom de *baïonnette* vient de Bayonne, où l'on fit les premières baïonnettes.
3. Duplessis-Mornay eut deux chevaux tués sous lui à cette bataille. Il avait effectivement dans l'action le sang-froid dont on le loue ici.

Il veille autour de lui tel qu'un puissant génie,
Tel qu'on feignait jadis, aux champs de la Phrygie,
De la terre et des cieux les moteurs éternels
Mêlés dans les combats sous l'habit des mortels;
Ou tel que du vrai Dieu les ministres terribles,
Ces puissances des cieux, ces êtres impassibles,
Environnés des vents, des foudres, des éclairs,
D'un front inaltérable ébranlent l'univers.
Il reçoit de Henri tous ces ordres rapides,
De l'âme d'un héros mouvements intrépides,
Qui changent le combat, qui fixent le destin;
Aux chefs des légions il les porte soudain;
L'officier les reçoit; sa troupe impatiente
Règle, au son de sa voix, sa rage obéissante.
On s'écarte, on s'unit, on marche en divers corps;
Un esprit seul préside à ces vastes ressorts.
Mornay revole au prince, il le suit, il l'escorte;
Il pare, en lui parlant, plus d'un coup qu'on lui porte;
Mais il ne permet pas à ses stoïques mains
De se souiller du sang des malheureux humains.
De son roi seulement son âme est occupée :
Pour sa défense seule il a tiré l'épée;
Et son rare courage, ennemi des combats,
Sait affronter la mort, et ne la donne pas.

De Turenne déjà la valeur indomptée
Repoussait de Nemours la troupe épouvantée.
D'Ailly portait partout la crainte et le trépas;
D'Ailly, tout orgueilleux de trente ans de combats,
Et qui, dans les horreurs de la guerre cruelle,
Reprend, malgré son âge, une force nouvelle.
Un seul guerrier s'oppose à ses coups menaçants :
C'est un jeune héros à la fleur de ses ans,
Qui, dans cette journée illustre et meurtrière,
Commençait des combats la fatale carrière;
D'un tendre hymen à peine il goûtait les appas;
Favori des Amours, il sortait de leurs bras.
Honteux de n'être encor fameux que par ses charmes,
Avide de la gloire, il volait aux alarmes.
Ce jour, sa jeune épouse, en accusant le ciel,
En détestant la Ligue et ce combat mortel,
Arma son tendre amant, et, d'une main tremblante,
Attacha tristement sa cuirasse pesante,
Et couvrit, en pleurant, d'un casque précieux
Ce front si plein de grâce, et si cher à ses yeux.

Il marche vers d'Ailly, dans sa fureur guerrière,

Parmi des tourbillons de flamme, de poussière,
A travers les blessés, les morts et les mourants,
De leurs coursiers fougueux tous deux pressent les flancs;
Tous deux sur l'herbe unie, et de sang colorée,
S'élancent loin des rangs d'une course assurée :
Sanglants, couverts de fer, et la lance à la main,
D'un choc épouvantable ils se frappent soudain.
La terre en retentit, leurs lances sont rompues :
Comme en un ciel brûlant deux effroyables nues,
Qui, portant le tonnerre et la mort dans leurs flancs,
Se heurtent dans les airs, et volent sur les vents :
De leur mélange affreux les éclairs rejaillissent;
La foudre en est formée, et les mortels frémissent.
Mais loin de leurs coursiers, par un subit effort,
Ces guerriers malheureux cherchent une autre mort;
Déjà brille en leurs mains le fatal cimeterre.
La Discorde accourut; le démon de la guerre,
La Mort pâle et sanglante, étaient à ses côtés.
Malheureux, suspendez vos coups précipités !
Mais un destin funeste enflamme leur courage;
Dans le cœur l'un de l'autre ils cherchent un passage,
Dans ce cœur ennemi qu'ils ne connaissent pas.
Le fer qui les couvrait brille et vole en éclats;
Sous les coups redoublés leur cuirasse étincelle;
Leur sang, qui rejaillit, rougit leur main cruelle;
Leur bouclier, leur casque, arrêtant leur effort,
Pare encor quelques coups, et repousse la mort.
Chacun d'eux, étonné de tant de résistance,
Respectait son rival, admirait sa vaillance.
Enfin le vieux d'Ailly, par un coup malheureux,
Fait tomber à ses pieds ce guerrier généreux.
Ses yeux sont pour jamais fermés à la lumière;
Son casque auprès de lui roule sur la poussière.
D'Ailly voit son visage : ô désespoir! ô cris !
Il le voit, il l'embrasse : hélas! c'était son fils.
Le père infortuné, les yeux baignés de larmes,
Tournait contre son sein ses parricides armes;
On l'arrête; on s'oppose à sa juste fureur :
Il s'arrache, en tremblant, de ce lieu plein d'horreur;
Il déteste à jamais sa coupable victoire;
Il renonce à la cour, aux humains, à la gloire;
Et, se fuyant lui-même, au milieu des déserts,
Il va cacher sa peine au bout de l'univers.
Là, soit que le soleil rendît le jour au monde,
Soit qu'il finît sa course au vaste sein de l'onde,
Sa voix faisait redire aux échos attendris
Le nom, le triste nom de son malheureux fils.

Du héros expirant la jeune et tendre amante,
Par la terreur conduite, incertaine, tremblante,
Vient d'un pied chancelant sur ces funestes bords :
Elle cherche, elle voit dans la foule des morts,
Elle voit son époux; elle tombe éperdue :
Le voile de la mort se répand sur sa vue.
« Est-ce toi, cher amant? » Ces mots interrompus,
Ces cris demi-formés ne sont point entendus;
Elle rouvre les yeux; sa bouche presse encore
Par ses derniers baisers la bouche qu'elle adore :
Elle tient dans ses bras ce corps pâle et sanglant,
Le regarde, soupire, et meurt en l'embrassant.

Père, époux malheureux, famille déplorable,
Des fureurs de ces temps exemple lamentable,
Puisse de ce combat le souvenir affreux
Exciter la pitié de nos derniers neveux,
Arracher à leurs yeux des larmes salutaires,
Et qu'ils n'imitent point les crimes de leurs pères!

Mais qui fait fuir ainsi ces ligueurs dispersés?
Quel héros, ou quel dieu, les a tous renversés?
C'est le jeune Biron; c'est lui dont le courage
Parmi leurs bataillons s'était fait un passage.
D'Aumale les voit fuir, et, bouillant de courroux :
« Arrêtez, revenez.... lâches, où courez-vous?
Vous, fuir! vous, compagnons de Mayenne et de Guise!
Vous qui devez venger Paris, Rome, et l'Église !
Suivez-moi, rappelez votre antique vertu ;
Combattez sous d'Aumale, et vous avez vaincu. »
Aussitôt, secouru de Beauvau, de Fosseuse,
Du farouche Saint-Paul, et même de Joyeuse,
Il rassemble avec eux ces bataillons épars,
Qu'il anime en marchant du feu de ses regards.
La fortune avec lui revient d'un pas rapide :
Biron soutient en vain, d'un courage intrépide,
Le cours précipité de ce fougueux torrent;
Il voit à ses côtés Parabère expirant;
Dans la foule des morts il voit tomber Feuquière;
Nesle, Clermont, d'Angenne, ont mordu la poussière;
Percé de coups lui-même, il est près de périr....
C'était ainsi, Biron, que tu devais mourir !
Un trépas si fameux, une chute si belle,
Rendait de ta vertu la mémoire immortelle.
Le généreux Bourbon sut bientôt le danger
Où Biron trop ardent venait de s'engager :
Il l'aimait, non en roi, non en maître sévère
Qui souffre qu'on aspire à l'honneur de lui plaire,

Et de qui le cœur dur et l'inflexible orgueil
Croit le sang d'un sujet trop payé d'un coup d'œil.
Henri de l'amitié sentit les nobles flammes :
Amitié, don du ciel, plaisir des grandes âmes;
Amitié, que les rois, ces illustres ingrats,
Sont assez malheureux pour ne connaître pas!
Il court le secourir; ce beau feu qui le guide
Rend son bras plus puissant, et son vol plus rapide
Biron [1], qu'environnaient les ombres de la mort,
A l'aspect de son roi fait un dernier effort;
Il rappelle, à sa voix, les restes de sa vie;
Sous les coups de Bourbon, tout s'écarte, tout plie :
Ton roi, jeune Biron, t'arrache à ces soldats
Dont les coups redoublés achevaient ton trépas;
Tu vis : songe du moins à lui rester fidèle.

Un bruit affreux s'entend. La Discorde cruelle,
Aux vertus du héros opposant ses fureurs,
D'une rage nouvelle embrase les ligueurs.
Elle vole à leur tête, et sa bouche fatale
Fait retentir au loin sa trompette infernale.
Par ses sons trop connus d'Aumale est excité :
Aussi prompt que le trait dans les airs emporté,
Il cherchait le héros; sur lui seul il s'élance;
Des ligueurs en tumulte une foule s'avance :
Tels, au fond des forêts, précipitant leurs pas,
Ces animaux hardis, nourris pour les combats,
Fiers esclaves de l'homme, et nés pour le carnage,
Pressent un sanglier, en raniment la rage;
Ignorant le danger, aveugles, furieux,
Le cor excite au loin leur instinct belliqueux;
Les antres, les rochers, les monts en retentissent :
Ainsi contre Bourbon mille ennemis s'unissent;
Il est seul contre tous, abandonné du sort,
Accablé par le nombre, entouré de la mort.
Louis, du haut des cieux, dans ce danger terrible,
Donne au héros qu'il aime une force invincible;
Il est comme un rocher qui, menaçant les airs,
Rompt la course des vents et repousse les mers.
Qui pourrait exprimer le sang et le carnage
Dont l'Eure, en ce moment, vit couvrir son rivage?

O vous, mânes sanglants du plus vaillant des rois,

---

1. Le duc de Biron fut blessé à Ivry; mais ce fut au combat de Fontaine-Française que Henri le Grand lui sauva la vie. On a transporté à
la bataille d'Ivry cet événement, qui, n'étant point un fait principal,
peut être aisément déplacé.

Éclairez mon esprit, et parlez par ma voix !
Il voit voler vers lui sa noblesse fidèle ;
Elle meurt pour son roi, son roi combat pour elle.
L'effroi le devançait, la mort suivait ses coups,
Quand le fougueux Egmont s'offrit à son courroux.

Longtemps cet étranger, trompé par son courage,
Avait cherché le roi dans l'horreur du carnage :
Dût sa témérité le conduire au cercueil,
L'honneur de le combattre irritait son orgueil.
« Viens, Bourbon, criait-il, viens augmenter ta gloire.
Combattons; c'est à nous de fixer la victoire. »
Comme il disait ces mots, un lumineux éclair,
Messager des destins, fend les plaines de l'air :
L'arbitre des combats fait gronder son tonnerre ;
Le soldat sous ses pieds sentit trembler la terre.
D'Egmont croit que les cieux lui doivent leur appui,
Qu'ils défendent sa cause, et combattent pour lui ;
Que la nature entière, attentive à sa gloire,
Par la voix du tonnerre annonçait sa victoire.
D'Egmont joint le héros; il l'atteint vers le flanc ;
Il triomphait déjà d'avoir versé son sang.
Le roi, qu'il a blessé, voit son péril sans trouble [1];
Ainsi que le danger son audace redouble :
Son grand cœur s'applaudit d'avoir, au champ d'honneur,
Trouvé des ennemis dignes de sa valeur.
Loin de le retarder, sa blessure l'irrite ;
Sur ce fier ennemi Bourbon se précipite :

---

[1]. Ce ne fut point à Ivry, ce fut au combat d'Aumale que Henri IV fut blessé : il eut la bonté depuis de mettre dans ses gardes le soldat qui l'avait blessé.

Le lecteur s'aperçoit bien sans doute que l'on n'a pu parler de tous les combats de Henri le Grand dans un poème où il faut observer l'unité d'action. Ce prince fut blessé à Aumale ; il sauva la vie au maréchal de Biron à Fontaine-Française. Ce sont là des événements qui méritent d'être mis en œuvre par le poète; mais il ne peut les placer dans les temps où ils sont arrivés; il faut qu'il rassemble autant qu'il peut ces actions séparées; qu'il les rapporte à la même époque; en un mot, qu'il compose un tout de diverses parties : sans cela, il est absolument impossible de faire un poème épique fondé sur une histoire.

Henri IV ne fut donc point blessé à Ivry, mais il courut un grand risque de la vie; il fut même enveloppé de trois cornettes wallonnes, et y aurait péri s'il n'eût été dégagé par le maréchal d'Aumont et par le duc de La Trimouille. Les siens le crurent mort quelque temps, et jetèrent de grands cris de joie quand ils le virent revenir l'épée à la main, tout couvert du sang des ennemis.

Je remarquerai qu'après la blessure du roi à Aumale, Duplessis-Mornay lui écrivit : « Sire, vous avez fait l'Alexandre; il est temps que vous fassiez le César : c'est à nous à mourir pour Votre Majesté; et ce vous est gloire à vous, sire, de vivre pour nous; et j'ose vous dire que ce vous est devoir. »

D'Egmont d'un coup plus sûr est renversé soudain ;
Le fer étincelant se plongea dans son sein,
Sous leurs pieds teints de sang les chevaux le foulèrent ;
Des ombres du trépas ses yeux s'enveloppèrent,
Et son âme en courroux s'envola chez les morts,
Où l'aspect de son père excita ses remords.

Espagnols tant vantés, troupe jadis si fière,
Sa mort anéantit votre vertu guerrière ;
Pour la première fois vous connûtes la peur.

L'étonnement, l'esprit de trouble et de terreur,
S'empare, en ce moment, de leur troupe alarmée ;
Il passe en tous les rangs, il s'étend sur l'armée ;
Les chefs sont effrayés, les soldats éperdus ;
L'un ne peut commander, l'autre n'obéit plus.
Ils jettent leurs drapeaux, ils courent, se renversent,
Poussent des cris affreux, se heurtent, se dispersent
Les uns, sans résistance, à leur vainqueur offerts,
Fléchissent les genoux, et demandent des fers ;
D'autres, d'un pas rapide évitant sa poursuite,
Jusqu'aux rives de l'Eure emportés dans leur fuite,
Dans ses profondes eaux vont se précipiter,
Et courent au trépas qu'ils veulent éviter.
Les flots couverts de morts interrompent leur course,
Et le fleuve sanglant remonte vers sa source.

Mayenne, en ce tumulte, incapable d'effroi,
Affligé, mais tranquille, et maître encor de soi,
Voit d'un œil assuré sa fortune cruelle,
Et, tombant sous ses coups, songe à triompher d'elle.
D'Aumale auprès de lui, la fureur dans les yeux,
Accusait les Flamands, la fortune et les cieux.
« Tout est perdu, dit-il ; mourons, brave Mayenne !
— Quittez, lui dit son chef, une fureur si vaine ;
Vivez pour un parti dont vous êtes l'honneur ;
Vivez pour réparer sa perte et son malheur :
Que vous et Bois-Dauphin, dans ce moment funeste,
De nos soldats épars assemblent ce qui reste.
Suivez-moi l'un et l'autre aux remparts de Paris :
De la Ligue en marchant ramassez les débris :
De Coligny vaincu surpassons le courage. »
D'Aumale, en l'écoutant, pleure, et frémit de rage.
Cet ordre qu'il déteste, il va l'exécuter,
Semblable au fier lion qu'un Maure a su dompter,
Qui, docile à son maître, à tout autre terrible,
A la main qu'il connaît soumet sa tête horrible,
Le suit d'un air affreux, le flatte en rugissant.

Et paraît menacer, même en obéissant.

Mayenne cependant, par une fuite prompte,
Dans les murs de Paris courait cacher sa honte

Henri victorieux voyait de tous côtés
Les ligueurs sans défense implorant ses bontés.
Des cieux en ce moment les voûtes s'entr'ouvrirent :
Les mânes des Bourbons dans les airs descendirent.
Louis au milieu d'eux, du haut du firmament,
Vint contempler Henri dans ce fameux moment,
Vint voir comme il saurait user de la victoire,
Et s'il achèverait de mériter sa gloire.

Ses soldats près de lui, d'un œil plein de courroux,
Regardaient ces vaincus échappés à leurs coups.
Les captifs en tremblant, conduits en sa présence,
Attendaient leur arrêt dans un profond silence.
Le mortel désespoir, la honte, la terreur,
Dans leurs yeux égarés avaient peint leur malheur.
Bourbon tourna sur eux des regards pleins de grâce,
Où régnaient à la fois la douceur et l'audace.
« Soyez libres, dit-il; vous pouvez désormais
Rester mes ennemis, ou vivre mes sujets.
Entre Mayenne et moi reconnaissez un maître,
Voyez qui de nous deux a mérité de l'être :
Esclaves de la Ligue, ou compagnons d'un roi,
Allez gémir sous elle, ou triomphez sous moi :
Choisissez. » A ces mots d'un roi couvert de gloire,
Sur un champ de bataille, au sein de la victoire,
On voit en un moment ces captifs éperdus,
Contents de leur défaite, heureux d'être vaincus ;
Leurs yeux sont éclairés, leurs cœurs n'ont plus de haine;
Sa valeur les vainquit, sa vertu les enchaîne;
Et, s'honorant déjà du nom de ses soldats,
Pour expier leur crime, ils marchent sur ses pas.
Le généreux vainqueur a cessé le carnage;
Maître de ses guerriers, il fléchit leur courage.
Ce n'est plus ce lion qui, tout couvert de sang,
Portait avec l'effroi la mort de rang en rang;
C'est un dieu bienfaisant, qui, laissant son tonnerre,
Enchaîne la tempête et console la terre.
Sur ce front menaçant, terrible, ensanglanté,
La paix a mis les traits de la sérénité.
Ceux à qui la lumière était presque ravie,
Par ses ordres humains sont rendus à la vie;
Et sur tous leurs dangers, et sur tous leurs besoins,
Tel qu'un père attentif il étendait ses soins.

Du vrai comme du faux la prompte messagère,
Qui s'accroît dans sa course, et d'une aile légère,
Plus prompte que le temps, vole au delà des mers,
Passe d'un pôle à l'autre, et remplit l'univers;
Ce monstre composé d'yeux, de bouches, d'oreilles,
Qui célèbre des rois la honte ou les merveilles,
Qui rassemble sous lui la Curiosité,
L'Espoir, l'Effroi, le Doute, et la Crédulité,
De sa brillante voix, trompette de la gloire,
Du héros de la France annonçait la victoire.
Du Tage à l'Éridan le bruit en fut porté,
Le Vatican superbe en fut épouvanté.
Le Nord à cette voix tressaillit d'allégresse;
Madrid frémit d'effroi, de honte, et de tristesse.

O malheureux Paris! infidèles ligueurs!
O citoyens trompés! et vous, prêtres trompeurs!
De quels cris douloureux vos temples retentirent!
De cendre en ce moment vos têtes se couvrirent.
Hélas! Mayenne encor vient flatter vos esprits.
Vaincu mais plein d'espoir, et maître de Paris
Sa politique habile, au fond de sa retraite,
Aux ligueurs incertains déguisait sa défaite.
Contre un coup si funeste il veut les rassurer;
En cachant sa disgrâce, il croit la réparer.
Par cent bruits mensongers il ranimait leur zèle :
Mais, malgré tant de soins, la vérité cruelle,
Démentant à ses yeux ses discours imposteurs,
Volait de bouche en bouche, et glaçait tous les cœurs.

La Discorde en frémit, et redoublant sa rage :
« Non, je ne verrai point détruire mon ouvrage,
Dit-elle, et n'aurai point, dans ces murs malheureux,
Versé tant de poisons, allumé tant de feux,
De tant de flots de sang cimenté ma puissance,
Pour laisser à Bourbon l'empire de la France.
Tout terrible qu'il est, j'ai l'art de l'affaiblir;
Si je n'ai pu le vaincre, on le peut amollir.
N'opposons plus d'efforts à sa valeur suprême :
Henri n'aura jamais de vainqueur que lui-même.
C'est son cœur qu'il doit craindre, et je veux aujourd'hui
L'attaquer, le combattre, et le vaincre par lui. »
Elle dit; et soudain, des rives de la Seine,
Sur un char teint de sang, attelé par la Haine
Dans un nuage épais qui fait pâlir le jour,
Elle part, elle vole, et va trouver l'Amour.

VARIANTES DU CHANT VIII.

Vers 1 :

Paris, toujours injuste et toujours furieux,
De la mort de son roi rendait grâces aux cieux.
Le peuple, qui jamais n'a connu la prudence,
S'enivrait follement de sa vaine espérance;
Mais Philippe, au récit de la mort de Valois,
Trembla dans ses États pour la première fois.
Il voyait des Bourbons les forces réunies;
Du trône sous leurs pas les routes aplanies;
Un chef infatigable et plein de fermeté,
Instruit par le travail et par l'adversité,
Et qui pouvait bientôt, conduit par la vengeance,
Reporter dans Madrid les malheurs de la France :
Il crut qu'il était temps d'envoyer un secours
Demandé si longtemps, et différé toujours.
Des rives de l'Escaut sur les bords de la Seine,
Le malheureux Egmont vint se joindre à Mayenne;
Et Mayenne avec lui crut aux tentes du roi
Renvoyer à son tour le carnage et l'effroi.
Le téméraire Orgueil accompagnait leur trace.
Qu'avec plaisir, grand roi, tu voyais cette audace!
Et que tes vœux hâtaient le moment du combat
Qui devait décider du destin de l'État!
Henri, loin des remparts de la ville alarmée,
Aux campagnes d'Ivry conduisit son armée,
Attirant sur ses pas Mayenne et ses ligueurs,
Que leur aveuglement poussait à leurs malheurs.

Près des bords de l'Iton et des rives de l'Eure
Est un champ fortuné, l'amour de la nature.
Là, souvent les bergers, conduisant leurs troupeaux,
Du son de leur musette éveillaient les échos;
Là, les nymphes d'Anet, d'une course rapide,
Suivaient le daim léger et le chevreuil timide;
Les tranquilles zéphyrs habitaient sur ces bords;
Cérès y répandait ses utiles trésors.
C'est là que le Destin guida les deux armées,
D'une chaleur égale au combat animées:
Cérès en un moment vit leurs fiers bataillons
Ravager ses bienfaits naissant dans les sillons.
De l'Eure et de l'Iton les ondes s'alarmèrent;
Dans le fond des forêts les nymphes se cachèrent.
Le berger plein d'effroi, chassé de ces beaux lieux,
Du sein de son foyer fuit les larmes aux yeux.
Habitants malheureux, etc.

Vers 102 :

Sancy, brave guerrier, ministre, magistrat,
Estimé dans l'armée, à la cour, au sénat;

La Trimouille, Clermont, Tournemine, et d'Angenne;
Et ce fier ennemi de la pourpre romaine,
Mornay, dont l'éloquence égale la valeur,
Soutien trop vertueux du parti de l'erreur.
Là paraissaient Givry, Noailles, et Feuquières;
Le malheureux de Neale, et l'heureux Lesdiguières.

Vers 163, édition de 1723 :

Le salpêtre, enfermé dans des globes d'airain,
Part, s'échauffe, s'embrase, et s'écarte soudain :
La mort qu'ils renfermaient en sort avec furie.
O coupables mortels ! ô funeste industrie !
Pour vous exterminer, vos efforts odieux
Ont dérobé le foudre allumé dans les cieux.
    Dans tous les deux partis l'adresse, le courage,
Le tumulte, les cris, la peur, l'aveugle rage,
Le désespoir, la mort, l'ardente soif du sang,
Partout sans s'arrêter passent de rang en rang :
L'un poursuit un parent.

Vers 181 :

Il veille autour de lui, tel qu'un heureux génie :
« Voyez-vous, lui dit-il, cet escadron qui plie?
Ici, près de ce bois, Mayenne est arrêté,
D'Aumale vient à nous, marchons de ce côté. »
Mornay vole au prince, il le suit, il l'escorte, etc.

Vers 204 : C'est probablement après ce vers qu'on lisait les suivants:

Dans les murs de Paris, la jeune Sennetère,
Noble sang d'un héros illustre dans la guerre,
Au parti de la Ligue avait par ses appas
Attiré cent héros attachés à ses pas.
Au milieu des horreurs d'une guerre cruelle,
Rassuré par ses yeux, l'Amour volait près d'elle.

. . . .
. . . .

Longtemps elle promit d'unir sa destinée
Au plus vaillant guerrier dont la main fortunée
Saurait dans les combats, par les plus grands exploits,
Déterminer son cœur à mériter son choix.
De ses jeunes amants une troupe enflammée,
Par cet espoir charmant à la gloire animée,
Disputait à l'envi dans les champs de l'honneur
Ce prix que la beauté promit à la valeur.
Chacun d'eux aux dangers se livrant pour lui plaire,
Y portait un courage au-dessus du vulgaire;
Chacun d'eux ne craignait que ses nobles rivaux :
Et de tous ces amants l'amour fit des héros.
Mais l'amour les trompait; en vain leur fier courage
Recherchait ses faveurs au milieu du carnage :
De l'objet de leur flamme il séduisit le cœur;
Sennetère en secret reconnut un vainqueur.
Par le pouvoir soudain d'un charme inexprimable,

Le prix du plus vaillant fut pour le plus aimable;
Tandis que pour lui plaire ils volaient à la mort,
Vivonne la charma sans peine et sans effort.
Dans la fleur de ses ans, nourri loin des alarmes,
A peine il commençait la carrière des armes;
Près d'un objet si fier il n'avait nul appui,
Et la gloire parlait pour d'autres que pour lui;
Mais, de tous ses rivaux effaçant la mémoire,
Un regard de ses yeux fit oublier leur gloire.
On l'aimait en secret, et des charmes si doux
Faisaient le bien d'un seul et les désirs de tous.
Le ciel fit luire enfin cette heureuse journée
Qui semblait des Français régler la destinée;
Vivonne alors parut entre tous ces guerriers,
Le myrte sur la tête, attendant des lauriers;
Honteux de n'être encor connu que par ses charmes,
Il voulut signaler la gloire de ses armes;
Il voulut en ce jour exercer son grand cœur,
Aux yeux de ses rivaux mériter son bonheur.
Vivonne fut armé des mains de son amante :
Elle-même attacha sa cuirasse pesante,
Et couvrit, en tremblant, d'un casque précieux
Ce front si plein d'attraits et si cher à ses yeux.
Elle mit dans ses mains la redoutable épée
Qui du sang des Français devait être trempée.
. . . .
. . . .
Elle le vit partir les yeux remplis de larmes :
Vivonne en la quittant partagea ses alarmes;
Mais la gloire emportait ses pas et ses désirs.
Il parut, et l'amour en poussa des soupirs.
Tel qu'échappé du sein d'un riant pâturage,
Au bruit de la trompette animant son courage,
Dans les champs de la Thrace un coursier orgueilleux,
Jeune, inquiet, ardent, plein d'un feu belliqueux,
Levant les crins mouvants de sa superbe tête,
Franchit les champs poudreux, plus prompt que la tempête;
Tel Vivonne accourut sur ces remparts sanglants
Où l'implacable Mort volait dans tous les rangs.
La Victoire à ses coups est d'abord attachée;
Il renverse Rambure, et de Luynes, et Dachée;
Il arrache en cent lieux les étendards vainqueurs
Plantés par Bourbon même aux yeux des fiers ligueurs :
Au milieu des Anglais s'élançant comme un foudre,
A Taylor, à Quélus il fait mordre la poudre;
Du Guesclin, de ce peuple autrefois la terreur,
Dans leurs rangs éperdus répandait moins d'horreur.
. . . .
. . . .

Vers 205 :
    Du superbe d'Aumont la valeur indomptée
    Repoussait de Nemours la troupe épouvantée

D'Ailly portait partout l'horreur et le trépas,
Les ligueurs ébranlés fuyaient devant ses pas.
Soudain, de mille dards affrontant la tempête,
Un jeune audacieux dans sa course l'arrête,
Ils fondent l'un sur l'autre à coups précipités :
La Victoire et la Mort volent à leurs côtés;
Ils s'attaquent cent fois, et cent fois se repoussent;
Leur courage s'augmente, et leurs glaives s'émoussent;
Défendus par leur casque et par leur bouclier,
Ils parent tous les traits du redoutable acier.
Chacun d'eux, étonné de tant de résistance,
Respecte son rival, admire sa vaillance.
Enfin le vieux d'Ailly, par un coup malheureux,
Fait tomber à ses pieds ce guerrier généreux;
Ses yeux sont pour jamais fermés à la lumière;
Son casque auprès de lui roule sur la poussière.
D'Ailly voit son visage : ô désespoir! ô cris!
Il le voit, il l'embrasse : hélas! c'était son fils!
Le père infortuné, les yeux baignés de larmes,
Tournait contre son sein ses parricides armes :
On l'arrête, on s'oppose à sa juste fureur.
Il s'arrache en tremblant de ce lieu plein d'horreur;
Il déteste à jamais sa coupable victoire;
Il renonce à la cour, aux humains, à la gloire;
Et se fuyant lui-même, au milieu des déserts,
Il va cacher sa peine au bout de l'univers :
Là, soit que le soleil rendît le jour au monde,
Soit qu'il finît sa course au vaste sein de l'onde,
Sa voix faisait redire aux échos attendris
Le nom, le triste nom de son malheureux fils.
    Ciel! quels cris effrayants se font partout entendre!
Quels flots de sang français viennent de se répandre!
Qui précipite ainsi ces ligueurs dispersés?
Quel héros ou quel dieu, etc.

Vers 299 :

    « Arrêtez, rappelez votre antique vertu;
Suivez mes pas, marchez, et vous avez vaincu. »
Aussitôt secouru de Beauvau, de Joyeuse,
Du farouche Saint-Paul, et du brave Fosseuse.

Vers 315 :

    Que vois-je? c'est ton roi qui marche à ton secours;
Il sait l'affreux danger qui menace tes jours :
Il le sait, il y vole, il laisse la poursuite
De ceux qui devant lui précipitaient leur fuite;
Il arrive, il paraît comme un dieu menaçant;
La Chastre à son aspect recule en frémissant;
Tout tremble devant lui, tout succombe, tout plie.
Ton roi, jeune Biron, te sauve enfin la vie;
Il t'arrache sanglant aux fureurs des soldats.

Vers 334 :

Mayenne apprend bientôt cette triste nouvelle;
Il court aux lieux sanglants où son rival vainqueur
Répandait le désordre, et la mort, et la peur.
Qui pourrait exprimer le sang et le carnage,
Dont l'Eure en ce moment vit couvrir son rivage;
Tant de coups, tant de morts, tant d'exploits éclatants
Que nous cache aujourd'hui l'obscure nuit des temps!
    O vous! mânes sanglants du plus grand roi du monde,
Sortez pour un moment de votre nuit profonde;
Pour chanter ce grand jour, pour chanter vos exploits,
Éclairez mon esprit, et parlez par ma voix.
    Pressé de tous côtés, sa redoutable épée
Est du sang espagnol et du français trempée;
Mille ennemis sanglants expiraient sous ses coups,
Quand le fougueux Egmont s'offrit à son courroux;
Egmont, courtisan lâche et soldat téméraire,
Esclave du tyran qui fit périr son père.
Malheureux! il osait sur un bord étranger,
Chercher dans les combats la gloire et le danger,
Et de ses fers honteux chérissant l'infamie,
Il n'osait point venger son père et sa patrie.
Il parut, le héros le fit tomber soudain;
Le fer étincelant se plongea dans son sein;
Sous leurs pieds teints de sang les chevaux le foulèrent;
Des ombres du trépas ses yeux s'enveloppèrent;
Et son âme en courroux s'envola chez les morts,
Où l'aspect de son père excita ses remords.
Sur son corps tout sanglant le roi sans résistance,
Tel qu'un foudre éclatant, vers Mayenne s'avance;
Il l'attaque, il l'étonne, il le presse, et son bras
A chaque instant sur lui suspendait le trépas.
Ce bras vaillant, Mayenne, allait trancher ta vie;
La Ligue en pâlissait, la guerre était finie;
Mais d'Aumale et Saint-Paul accourent à l'instant;
On l'entoure, on l'arrache à la mort qui l'attend.
Que vois-je? au moment même une main inconnue
Frappe le grand Henri d'une atteinte imprévue.
C'est ainsi qu'autrefois dans ces temps fabuleux,
Que l'amour du mensonge a rendus trop fameux,
Au pied de ces remparts qu'Hector ne put défendre,
Dans ces combats sanglants, aux rives du Scamandre
On vit plus d'une fois des mortels furieux
Par un fer sacrilège oser blesser les dieux.
Le héros tout sanglant voit son péril sans trouble;
Ainsi que ses dangers son audace redouble;
Son grand cœur s'applaudit d'avoir aux champs d'honneur
Trouvé des ennemis dignes de sa valeur.
Ses guerriers sur ses pas volent à la victoire;
La trace de son sang les conduit à la gloire;
Et bientôt devant eux il voit de toutes parts
Les ligueurs éperdus, confusément épars,
Les chefs épouvantés, les soldats en alarmes,

Quittant leurs étendards, abandonnant leurs armes;
Les uns, sans résistance à son courroux offerts,
Fléchissaient les genoux et demandaient des fers;
D'autres, d'un pas rapide évitant sa poursuite,
Jusqu'aux rives de l'Eure emportés dans leur fuite,
Dans les profondes eaux vont se précipiter,
Et cherchent le trépas qu'ils veulent éviter.
Les flots ensanglantés interrompent leur course,
Le fleuve avec effroi remonte vers sa source :
De mille cris affreux l'air au loin retentit,
Anet s'en épouvante, et Mantes en frémit.
   Mayenne cependant, par une fuite prompte, etc.

Vers 374. Au lieu de ce vers et des neuf qui le suivent, on lit
dans l'édition de 1728 :

   Il dit : il pousse au prince, il l'atteint vers le flanc;
   Il triomphait déjà d'avoir versé ce sang.

Vers 436 :

   « Vivez, s'écria-t-il, peuple né pour me nuire;
   Henri voulait vous vaincre, et non pas vous détruire :
   C'est la seule vertu qui doit vous désarmer :
   Vivez, c'est trop me craindre, apprenez à m'aimer. »
   Il dit, et dans l'instant arrêtant le carnage,
   Maître de ses soldats, il fléchit leur courage.
   Ce n'est plus ce lion, etc.

Vers 464 :

   C'est un dieu bienfaisant, qui, laissant son tonnerre,
   Fait succéder le calme aux horreurs de la guerre
   Console les vaincus, applaudit aux vainqueurs,
   Soulage, récompense, et gagne tous les cœurs.
   Ceux à qui la lumière était presque ravie, etc.

Vers 479 :

   Traversant tous les jours et les monts et les mers,
   Des actions des rois va remplir l'univers;
   La Renommée enfin, dans la ville rebelle,
   Des exploits de Henri répandait la nouvelle.
   Mayenne dans ces murs abusait les esprits.

CHANT NEUVIÈME[1].

ARGUMENT. — Description du temple de l'Amour : la Discorde implore son pouvoir pour amollir le courage de Henri IV. Ce héros est retenu quelque temps auprès de Mme d'Estrées, si célèbre sous le nom de la belle Gabrielle. Mornay l'arrache à son amour, et le roi retourne à son armée.

Sur les bords fortunés de l'antique Idalie,
Lieux où finit l'Europe et commence l'Asie,
S'élève un vieux palais[2] respecté par les temps
La Nature en posa les premiers fondements ;
Et l'art, ornant depuis sa simple architecture,
Par ses travaux hardis surpassa la nature.
Là, tous les champs voisins, peuplés de myrtes verts,
N'ont jamais ressenti l'outrage des hivers.
Partout on voit mûrir, partout on voit éclore
Et les fruits de Pomone et les présents de Flore ;
Et la terre n'attend, pour donner ses moissons,
Ni les vœux des humains, ni l'ordre des saisons.
L'homme y semble goûter, dans une paix profonde,
Tout ce que la nature, aux premiers jours du monde,
De sa main bienfaisante accordait aux humains,
Un éternel repos, des jours purs et sereins,
Les douceurs, les plaisirs que promet l'abondance,
Les biens du premier âge, hors la seule innocence.
On entend, pour tout bruit, des concerts enchanteurs,
Dont la molle harmonie inspire les langueurs ;
Les voix de mille amants, les chants de leurs maîtresses,
Qui célèbrent leur honte, et vantent leurs faiblesses.
Chaque jour on les voit, le front paré de fleurs,
De leur aimable maître implorer les faveurs ;
Et, dans l'art dangereux de plaire et de séduire,
Dans son temple à l'envi s'empresser de s'instruire.
La flatteuse Espérance, au front toujours serein,

1. Ce chant était le huitième dans l'édition de 1723. Il est imité du dixième livre de l'*Odyssée*, du quatrième de l'*Énéide*, du quinzième et du seizième de la *Jérusalem délivrée*, du neuvième des *Lusiades*, du huitième de *Télémaque*, etc.
2. Cette description du temple de l'Amour, et la peinture de cette passion personnifiée, sont entièrement allégoriques. On a placé en Chypre le lieu de la scène, comme on a mis à Rome la demeure de la Politique, parce que les peuples de l'île de Chypre ont de tout temps passé pour être adonnés à l'amour, de même que la cour de Rome a eu la réputation d'être la cour la plus politique de l'Europe.
On ne doit point regarder ici l'Amour comme fils de Vénus et comme un dieu de la fable, mais comme une passion représentée avec tous les plaisirs et tous les désordres qui l'accompagnent.

A l'autel de l'Amour les conduit par la main.
Près du temple sacré les Grâces demi-nues
Accordent à leurs voix leurs danses ingénues;
La molle Volupté, sur un lit de gazons,
Satisfaite et tranquille, écoute leurs chansons.
On voit à ses côtés le Mystère en silence,
Le Sourire enchanteur, les Soins, la Complaisance,
Les Plaisirs amoureux, et les tendres Désirs,
Plus doux, plus séduisants encor que les Plaisirs.
De ce temple fameux telle est l'aimable entrée.
Mais, lorsqu'en avançant sous la voûte sacrée,
On porte au sanctuaire un pas audacieux,
Quel spectacle funeste épouvante les yeux!
Ce n'est plus des Plaisirs la troupe aimable et tendre :
Leurs concerts amoureux ne s'y font plus entendre.
Les Plaintes, les Dégoûts, l'Imprudence, la Peur,
Font de ce beau séjour un séjour plein d'horreur.
La sombre Jalousie, au teint pâle et livide,
Suit d'un pied chancelant le Soupçon qui la guide .
La Haine et le Courroux, répandant leur venin,
Marchent devant ses pas, un poignard à la main.
La Malice les voit, et d'un souris perfide
Applaudit, en passant, à leur troupe homicide.
Le Repentir les suit, détestant leurs fureurs,
Et baisse en soupirant ses yeux mouillés de pleurs.

C'est là, c'est au milieu de cette cour affreuse,
Des plaisirs des humains compagne malheureuse,
Que l'Amour a choisi son séjour éternel.
Ce dangereux enfant, si tendre et si cruel,
Porte en sa faible main les destins de la terre,
Donne, avec un souris, ou la paix, ou la guerre,
Et, répandant partout ses trompeuses douceurs,
Anime l'univers, et vit dans tous les cœurs.
Sur un trône éclatant contemplant ses conquêtes,
Il foulait à ses pieds les plus superbes têtes;
Fier de ses cruautés plus que de ses bienfaits
Il semblait s'applaudir des maux qu'il avait faits.

La Discorde soudain, conduite par la Rage,
Écarte les Plaisirs, s'ouvre un libre passage,
Secouant dans ses mains ses flambeaux allumés,
Le front couvert de sang, et les yeux enflammés :
« Mon frère, lui dit-elle, où sont tes traits terribles?
Pour qui réserves-tu tes flèches invincibles?
Ah! si de la Discorde allumant le tison,
Jamais à tes fureurs tu mêlas mon poison;
Si tant de fois pour toi j'ai troublé la nature,

Viens, vole sur mes pas, viens venger mon injure !
Un roi victorieux écrase mes serpents ;
Ses mains joignent l'olive aux lauriers triomphants :
La Clémence avec lui marchant d'un pas tranquille,
Au sein tumultueux de la guerre civile,
Va sous ses étendards, flottants de tous côtés,
Réunir tous les cœurs par moi seul écartés :
Encore une victoire, et mon trône est en poudre.
Aux remparts de Paris Henri porte la foudre :
Ce héros va combattre, et vaincre, et pardonner ;
De cent chaînes d'airain son bras va m'enchaîner.
C'est à toi d'arrêter ce torrent dans sa course :
Va de tant de hauts faits empoisonner la source ;
Que sous ton joug, Amour, il gémisse abattu ;
Va dompter son courage au sein de la vertu.
C'est toi, tu t'en souviens, toi dont la main fatale
Fit tomber sans effort Hercule aux pieds d'Omphale.
Ne vit-on pas Antoine amolli dans tes fers,
Abandonnant pour toi les soins de l'univers,
Fuyant devant Auguste, et te suivant sur l'onde,
Préférer Cléopatre à l'empire du monde ?
Henri te reste à vaincre, après tant de guerriers :
Dans ses superbes mains va flétrir ses lauriers ;
Va du myrte amoureux ceindre sa tête altière ;
Endors entre tes bras son audace guerrière ;
A mon trône ébranlé cours servir de soutien :
Viens, ma cause est la tienne, et ton règne est le mien. »

   Ainsi parlait ce monstre ; et la voûte tremblante
Répétait les accents de sa voix effrayante.
L'Amour qui l'écoutait, couché parmi les fleurs,
D'un souris fier et doux répond à ses fureurs.
Il s'arme cependant de ses flèches dorées :
Il fend des vastes cieux les voûtes azurées,
Et précédé des Jeux, des Grâces, des Plaisirs,
Il vole aux champs français sur l'aile des Zéphyrs.

Dans sa course d'abord il découvre avec joie
Le faible Simoïs, et les champs où fut Troie ;
Il rit en contemplant, dans ces lieux renommés,
La cendre des palais par ses mains consumés.
Il aperçoit de loin ces murs bâtis sur l'onde,
Ces remparts orgueilleux, ce prodige du monde,
Venise, dont Neptune admire le destin,
Et qui commande aux flots renfermés dans son sein.

   Il descend, il s'arrête aux champs de la Sicile,
Où lui-même inspira Théocrite et Virgile.

Où l'on dit qu'autrefois, par des chemins nouveaux,
De l'amoureux Alphée il conduisit les eaux.
Bientôt, quittant les bords de l'aimable Aréthuse,
Dans les champs de Provence il vole vers Vaucluse[1]
Asile encor plus doux, lieux où, dans ses beaux jours,
Pétrarque soupira ses vers et ses amours.
Il voit les murs d'Anet, bâtis aux bords de l'Eure;
Lui-même en ordonna la superbe structure
Par ses adroites mains avec art enlacés,
Les chiffres de Diane[2] y sont encor tracés.
Sur sa tombe, en passant, les Plaisirs et les Grâces
Répandirent les fleurs qui naissaient sur leurs traces.

   Aux campagnes d'Ivry l'Amour arrive enfin.
Le roi, près d'en partir pour un plus grand dessein,
Mêlant à ses plaisirs l'image de la guerre,
Laissait pour un moment reposer son tonnerre.
Mille jeunes guerriers, à travers les guérets,
Poursuivaient avec lui les hôtes des forêts.
L'Amour sent, à sa vue, une joie inhumaine;
Il aiguise ses traits, il prépare sa chaîne;
Il agite les airs que lui-même a calmés;
Il parle, on voit soudain les éléments armés.
D'un bout du monde à l'autre appelant les orages,
Sa voix commande aux vents d'assembler les nuages,
De verser ces torrents suspendus dans les airs,
Et d'apporter la nuit, la foudre, et les éclairs.

   Déjà les Aquilons, à ses ordres fidèles,
Dans les cieux obscurcis ont déployé leurs ailes;
La plus affreuse nuit succède au plus beau jour;
La Nature en gémit, et reconnaît l'Amour.

   Dans les sillons fangeux de la campagne humide,
Le roi marche incertain, sans escorte et sans guide :
L'Amour, en ce moment, allumant son flambeau,
Fait briller devant lui ce prodige nouveau.
Abandonné des siens, le roi, dans ces bois sombres,
Suit cet astre ennemi, brillant parmi les ombres :
Comme on voit quelquefois les voyageurs troublés
Suivre ces feux ardents de la terre exhalés,
Ces feux dont la vapeur maligne et passagère

1. Vaucluse, *Vallis clausa*, près de Gordes en Provence, célèbre par le séjour que fit Pétrarque dans les environs. L'on voit même encore près de sa source une maison qu'on appelle la maison de Pétrarque.
2. Anet fut bâti par Henri II pour Diane de Poitiers, dont les chiffres sont mêlés dans tous les ornements de ce château, lequel n'est pas loin de la plaine d'Ivry.

Conduit au précipice, à l'instant qu'elle éclaire.

Depuis peu la fortune, en ces tristes climats,
D'une illustre mortelle avait conduit les pas.
Dans le fond d'un château tranquille et solitaire,
Loin du bruit des combats elle attendait son père,
Qui, fidèle à ses rois, vieilli dans les hasards,
Avait du grand Henri suivi les étendards.
D'Estrée[1] était son nom : la main de la nature
De ses aimables dons la combla sans mesure.
Telle ne brillait point, aux bords de l'Eurotas,
La coupable beauté qui trahit Ménélas;
Moins touchante et moins belle à Tarse on vit paraître
Celle qui des Romains avait dompté le maître[2],
Lorsque les habitants des rives du Cydnus,
L'encensoir à la main, la prirent pour Vénus.
Elle entrait dans cet âge, hélas! trop redoutable,
Qui rend des passions le joug inévitable.
Son cœur, né pour aimer, mais fier et généreux,
D'aucun amant encor n'avait reçu les vœux :
Semblable en son printemps à la rose nouvelle,
Qui renferme en naissant sa beauté naturelle,
Cache aux vents amoureux les trésors de son sein,
Et s'ouvre aux doux rayons d'un jour pur et serein.

L'Amour, qui cependant s'apprête à la surprendre,
Sous un nom supposé vient près d'elle se rendre;
Il paraît sans flambeau, sans flèches, sans carquois;
Il prend d'un simple enfant la figure et la voix.
« On a vu, lui dit-il, sur la rive prochaine,
S'avancer vers ces lieux le vainqueur de Mayenne. »
Il glissait dans son cœur, en lui disant ces mots,

1. Gabrielle d'Estrées, d'une ancienne maison de Picardie, fille et petite-fille d'un grand maître de l'artillerie, mariée au seigneur de Liancourt, et depuis duchesse de Beaufort, etc.
Henri IV en devint amoureux pendant les guerres civiles; il se dérobait quelquefois pour l'aller voir. Un jour même il se déguisa en paysan, passa au travers des gardes ennemies, et arriva chez elle, non sans courir risque d'être pris.
On peut voir ces détails dans l'*Histoire des amours du grand Alcandre*, écrite par une princesse de Conti.
2. Cléopâtre allant à Tarse, où Antoine l'avait mandée, fit ce voyage sur un vaisseau brillant d'or et orné des plus belles peintures; les voiles étaient de pourpre, les cordages d'or et de soie. Cléopâtre était habillée comme on représentait alors la déesse Vénus; ses femmes représentaient les nymphes et les Grâces; la poupe et la proue étaient remplies des plus beaux enfants déguisés en Amours. Elle avançait dans cet équipage sur le fleuve Cydnus, au son de mille instruments de musique. Tout le peuple de Tarse la prit pour la déesse. On quitte le tribunal d'Antoine pour courir au-devant d'elle. Ce Romain lui-même alla la recevoir, et en devint éperdument amoureux. (Plutarque.)

Un désir inconnu de plaire à ce héros.
Son teint fut animé d'une grâce nouvelle.
L'Amour s'applaudissait en la voyant si belle :
Que n'espérait-il point, aidé de tant d'appas!
Au-devant du monarque il conduisit ses pas.
L'art simple dont lui-même a formé sa parure
Paraît aux yeux séduits l'effet de la nature :
L'or de ses blonds cheveux, qui flotte au gré des vents,
Tantôt couvre sa gorge et ses trésors naissants,
Tantôt expose aux yeux leur charme inexprimable.
Sa modestie encor la rendait plus aimable :
Non pas cette farouche et triste austérité
Qui fait fuir les Amours, et même la beauté ;
Mais cette pudeur douce, innocente, enfantine,
Qui colore le front d'une rougeur divine,
Inspire le respect, enflamme les désirs,
Et de qui la peut vaincre augmente les plaisirs.

Il fait plus (à l'Amour tout miracle est possible),
Il enchante ces lieux par un charme invincible.
Des myrtes enlacés, que d'un prodigue sein
La terre obéissante a fait naître soudain,
Dans les lieux d'alentour étendent leur feuillage :
A peine a-t-on passé sous leur fatal ombrage,
Par des liens secrets on se sent arrêter ;
On s'y plaît, on s'y trouble, on ne peut les quitter.
On voit fuir sous cette ombre une onde enchanteresse ;
Les amants fortunés, pleins d'une douce ivresse,
Y boivent à longs traits l'oubli de leur devoir.
L'Amour dans tous ces lieux fait sentir son pouvoir :
Tout y paraît changé ; tous les cœurs y soupirent :
Tous sont empoisonnés du charme qu'ils respirent :
Tout y parle d'amour. Les oiseaux dans les champs
Redoublent leurs baisers, leurs caresses, leurs chants.
Le moissonneur ardent, qui court avant l'aurore
Couper les blonds épis que l'été fait éclore,
S'arrête, s'inquiète, et pousse des soupirs :
Son cœur est étonné de ses nouveaux désirs ;
Il demeure enchanté dans ces belles retraites,
Et laisse, en soupirant, ses moissons imparfaites.
Près de lui, la bergère, oubliant ses troupeaux,
De sa tremblante main sent tomber ses fuseaux.
Contre un pouvoir si grand qu'eût pu faire d'Estrée ?
Par un charme indomptable elle était attirée ;
Elle avait à combattre, en ce funeste jour,
Sa jeunesse, son cœur, un héros, et l'Amour.

Quelque temps de Henri la valeur immortelle

Vers ses drapeaux vainqueurs en secret le rappelle :
Une invisible main le retient malgré lui.
Dans sa vertu première il cherche un vain appui :
Sa vertu l'abandonne ; et son âme enivrée
N'aime, ne voit, n'entend, ne connaît que d'Estrée.

Loin de lui cependant tous ses chefs étonnés
Se demandent leur prince, et restent consternés.
Ils tremblaient pour ses jours : aucun d'eux n'eût pu croire
Qu'on eût, dans ce moment, dû craindre pour sa gloire :
On le cherchait en vain ; ses soldats abattus,
Ne marchant plus sous lui, semblaient déjà vaincus.

Mais le génie heureux qui préside à la France
Ne souffrit pas longtemps sa dangereuse absence
Il descendit des cieux à la voix de Louis,
Et vint d'un vol rapide au secours de son fils.

Quand il fut descendu vers ce triste hémisphère,
Pour y trouver un sage il regarda la terre.
Il ne le chercha point dans ces lieux révérés,
A l'étude, au silence, au jeûne consacrés ;
Il alla dans Ivry : là, parmi la licence
Où du soldat vainqueur s'emporte l'insolence,
L'ange heureux des Français fixa son vol divin
Au milieu des drapeaux des enfants de Calvin :
Il s'adresse à Mornay. C'était pour nous instruire
Que souvent la raison suffit à nous conduire,
Ainsi qu'elle guida, chez des peuples païens,
Marc Aurèle, ou Platon, la honte des chrétiens.

Non moins prudent ami que philosophe austère,
Mornay sut l'art discret de reprendre et de plaire :
Son exemple instruisait bien mieux que ses discours :
Les solides vertus furent ses seuls amours.
Avide de travaux, insensible aux délices,
Il marchait d'un pas ferme au bord des précipices.
Jamais l'air de la cour, et son souffle infecté
N'altéra de son cœur l'austère pureté.
Belle Aréthuse, ainsi ton onde fortunée
Roule, au sein furieux d'Amphitrite étonnée,
Un cristal toujours pur et des flots toujours clairs ;
Que jamais ne corrompt l'amertume des mers.

Le généreux Mornay, conduit par la Sagesse,
Part, et vole en ces lieux où la douce Mollesse,
Retenait dans ses bras le vainqueur des humains,
Et de la France en lui maîtrisait les destins.
L'Amour, à chaque instant, redoublant sa victoire,

Le rendait plus heureux, pour mieux flétrir sa gloire.
Les plaisirs, qui souvent ont des termes si courts,
Partageaient ses moments et remplissaient ses jours.

L'Amour, au milieu d'eux, découvre avec colère,
A côté de Mornay, la Sagesse sévère :
Il veut sur ce guerrier lancer un trait vengeur;
Il croit charmer ses sens, il croit blesser son cœur :
Mais Mornay méprisait sa colère et ses charmes;
Tous ses traits impuissants s'émoussaient sur ses armes.
Il attend qu'en secret le roi s'offre à ses yeux,
Et d'un œil irrité contemple ces beaux lieux.

Au fond de ces jardins, au bord d'une onde claire,
Sous un myrte amoureux, asile du mystère,
D'Estrée à son amant prodiguait ses appas;
Il languissait près d'elle, il brûlait dans ses bras.
De leurs doux entretiens rien n'altérait les charmes :
Leurs yeux étaient remplis de ces heureuses larmes,
De ces larmes qui font les plaisirs des amants :
Ils sentaient cette ivresse et ces saisissements,
Ces transports, ces fureurs, qu'un tendre amour inspire,
Que lui seul fait goûter, que lui seul peut décrire.
Les folâtres Plaisirs, dans le sein du repos,
Les Amours enfantins désarmaient ce héros :
L'un tenait sa cuirasse encor de sang trempée,
L'autre avait détaché sa redoutable épée,
Et riait, en tenant dans ses débiles mains
Ce fer, l'appui du trône et l'effroi des humains.

La Discorde de loin insulte à sa faiblesse;
Elle exprime en grondant sa barbare allégresse.
Sa fière activité ménage ces instants :
Elle court de la Ligue irriter les serpents;
Et, tandis que Bourbon se repose et sommeille,
De tous ses ennemis la rage se réveille.

Enfin dans ces jardins, où sa vertu languit,
Il voit Mornay paraître : il le voit, et rougit.
L'un de l'autre, en secret, ils craignaient la présence.
Le sage, en l'abordant, garde un morne silence;
Mais ce silence même, et ces regards baissés,
Se font entendre au prince, et s'expliquent assez :
Sur ce visage austère, où régnait la tristesse,
Henri lut aisément sa honte et sa faiblesse.
Rarement de sa faute on aime le témoin :
Tout autre eût de Mornay mal reconnu le soin.
« Cher ami, dit le roi, ne crains point ma colère;
Qui m'apprend mon devoir est trop sûr de me plaire :

Viens, le cœur de ton prince est digne encor de toi :
Je t'ai vu, c'en est fait, et tu me rends à moi ;
Je reprends ma vertu, que l'Amour m'a ravie
De ce honteux repos fuyons l'ignominie ;
Fuyons ce lieu funeste, où mon cœur mutiné
Aime encor les liens dont il fut enchaîné.
Me vaincre est désormais ma plus belle victoire :
Partons, bravons l'Amour dans les bras de la Gloire ;
Et bientôt, vers Paris répandant la terreur,
Dans le sang espagnol effaçons mon erreur. »

A ces mots généreux, Mornay connut son maître.
« C'est vous, s'écria-t-il, que je revois paraître ;
Vous, de la France entière auguste défenseur ;
Vous, vainqueur de vous-même, et roi de votre cœur !
L'Amour à votre gloire ajoute un nouveau lustre :
Qui l'ignore est heureux, qui le dompte est illustre. »

Il dit. Le roi s'apprête à partir de ces lieux,
Quelle douleur, ô ciel ! attendrit ses adieux !
Plein de l'aimable objet qu'il fuit et qu'il adore,
En condamnant ses pleurs, il en versait encore.
Entraîné par Mornay, par l'Amour attiré,
Il s'éloigne, il revient, il part désespéré,
Il part. En ce moment d'Estrée, évanouie,
Reste sans mouvement, sans couleur, et sans vie ;
D'une soudaine nuit ses beaux yeux sont couverts.
L'Amour, qui l'aperçut, jette un cri dans les airs ;
Il s'épouvante, il craint qu'une nuit éternelle
N'enlève à son empire une nymphe si belle,
N'efface pour jamais les charmes de ces yeux
Qui devaient dans la France allumer tant de feux ;
Il la prend dans ses bras ; et bientôt cette amante
Rouvre, à sa douce voix, sa paupière mourante,
Lui nomme son amant, le redemande en vain,
Le cherche encor des yeux, et les ferme soudain.
L'Amour, baigné des pleurs qu'il répand auprès d'ella,
Au jour qu'elle fuyait tendrement la rappelle ;
D'un espoir séduisant il lui rend la douceur,
Et soulage les maux dont lui seul est l'auteur.

Mornay, toujours sévère et toujours inflexible,
Entraînait cependant son maître trop sensible.
La Force et la Vertu leur montrent le chemin ;
La Gloire les conduit, les lauriers à la main ;
Et l'Amour indigné, que le devoir surmonte,
Va cacher loin d'Anet sa colère et sa honte.

VARIANTES DU CHANT IX.

Vers 13 :

Dans ces climats charmants habite l'Indolence.
Les peuples paresseux, séduits par l'abondance,
N'ont jamais exercé, par d'utiles travaux,
Leurs corps appesantis qu'énerve le repos;
Dans un loisir profond, aux soins inaccessible,
La Mollesse entretient un silence paisible ;
Seulement quelquefois on entend dans les airs
Les sons efféminés des plus tendres concerts,
Les voix de mille amants, etc.

Vers 57 :

Sans cesse armé de traits plus prompts que le tonnerre,
Porte en sa faible main les destins de la terre.

Vers 124 :

Bientôt dans la Provence il voit cette fontaine
Dont son pouvoir aimable éternisa la veine,
Quand le tendre Pétrarque, au printemps de ses jours,
Sur ces bords enchantés soupirait ses amours.
Il voit les murs d'Anet, etc.

Vers 167 :

Jamais rien de plus beau ne parut sous les cieux,
Et seule elle ignorait le pouvoir de ses yeux.
Elle entrait dans cet âge, etc.

Vers 192 :

Au-devant du monarque il conduisait ses pas ;
Armé de tous ses traits, présent à l'entrevue,
Il allume en leur âme une crainte inconnue,
Leur inspire ce trouble et ces émotions
Que forment en naissant les grandes passions.
Quelque temps de Henri la valeur immortelle, etc.

Vers 238 :

C'est alors que l'on vit dans les bras du repos
Les folâtres Plaisirs désarmer ce héros :
L'un tenait sa cuirasse encor de sang trempée ;
L'autre avait détaché sa redoutable épée,
Et riait en voyant dans ses débiles mains
Ce fer, l'appui du trône et l'effroi des humains.
Tandis que de l'amour Henri goûtait les charmes,
Son absence en son camp répandait les alarmes ;
Et ses chefs étonnés, ses soldats abattus,
Ne marchant plus sous lui, semblaient déjà vaincus.
Mais le génie heureux qui préside à la France

Ne souffrit pas longtemps sa dangereuse absence;
Il va trouver Sully d'un vol léger et prompt,
Il lui dit de son roi la faiblesse et l'affront.
Non moins prudent ami que philosophe austère,
Sully sut l'art heureux de reprendre et de plaire;
Des solides vertus rigoureux sectateur,
Favori de son maître, et jamais son flatteur;
Avide de travaux, etc.

Vers 320 :

Tout autre eût de Sully mal reconnu le soin,
Tout autre eût d'un censeur haï le front sévère.
« Cher ami, dit le roi, tu ne peux me déplaire;
Viens, le cœur de ton prince, etc. »

CHANT DIXIÈME[1].

ARGUMENT. — Retour du roi à son armée : il recommence le siége. Combat singulier du vicomte de Turenne et du chevalier d'Aumale. Famine horrible qui désole la ville. Le roi nourrit lui-même les habitants qu'il assiége. Le ciel récompense enfin ses vertus. La Vérité vient l'éclairer. Paris lui ouvre ses portes, et la guerre est finie.

Ces moments dangereux, perdus dans la mollesse,
Avaient fait aux vaincus oublier leur faiblesse.
A de nouveaux exploits Mayenne est préparé,
D'un espoir renaissant le peuple est enivré.
Leur espoir les trompait : Bourbon, que rien n'arrête,
Accourt, impatient d'achever sa conquête.
Paris épouvanté revit ses étendards;
Le héros reparut aux pieds de ses remparts,
De ces mêmes remparts où fume encor sa foudre,
Et qu'à réduire en cendre il ne put se résoudre,
Quand l'ange de la France, apaisant son courroux,
Retint son bras vainqueur, et suspendit ses coups.
Déjà le camp du roi jette des cris de joie;
D'un œil d'impatience il dévorait sa proie.
Les ligueurs cependant, d'un juste effroi troublés,
Près du prudent Mayenne étaient tous rassemblés.
Là, d'Aumale, ennemi de tout conseil timide,
Leur tenait fièrement ce langage intrépide :
« Nous n'avons point encore appris à nous cacher;
L'ennemi vient à nous : c'est là qu'il faut marcher.
C'est là qu'il faut porter une fureur heureuse.
Je connais des Français la fougue impétueuse;

1. Ce chant était d'abord le neuvième.

L'ombre de leurs remparts affaiblit leur vertu :
Le Français qu'on attaque est à demi vaincu.
Souvent le désespoir a gagné des batailles ;
J'attends tout de nous seuls, et rien de nos murailles.
Héros qui m'écoutez, volez aux champs de Mars ;
Peuples qui nous suivez, vos chefs sont vos remparts. »

Il se tut à ces mots : les ligueurs en silence
Semblaient de son audace accuser l'imprudence.
Il en rougit de honte, et dans leurs yeux confus
Il lut, en frémissant, leur crainte et leur refus.
« Eh bien ! poursuivit-il, si vous n'osez me suivre
Français, à cet affront je ne veux point survivre :
Vous craignez les dangers ; seul je m'y vais offrir,
Et vous apprendre à vaincre, ou du moins à mourir. »

De Paris à l'instant il fait ouvrir la porte ;
Du peuple qui l'entoure il éloigne l'escorte ;
Il s'avance : un héraut, ministre des combats,
Jusqu'aux tentes du roi marche devant ses pas,
Et crie à haute voix : « Quiconque aime la gloire,
Qu'il dispute en ces lieux l'honneur de la victoire :
D'Aumale vous attend ; ennemis, paraissez. »

Tous les chefs, à ces mots, d'un beau zèle poussés ;
Voulaient contre d'Aumale essayer leur courage :
Tous briguaient près du roi cet illustre avantage ;
Tous avaient mérité ce prix de la valeur
Mais le vaillant Turenne emporta cet honneur.
Le roi mit dans ses mains la gloire de la France.
« Va, dit-il, d'un superbe abaisser l'insolence ;
Combats pour ton pays, pour ton prince, et pour toi.
Et reçois, en partant, les armes de ton roi. »
Le héros, à ces mots, lui donne son épée.
« Votre attente, ô grand roi ! ne sera point trompée,
Lui répondit Turenne embrassant ses genoux :
J'en atteste ce fer, et j'en jure par vous. »
Il dit. Le roi l'embrasse, et Turenne s'élance
Vers l'endroit où d'Aumale, avec impatience,
Attendait qu'à ses yeux un combattant parût.
Le peuple de Paris aux remparts accourut ;
Les soldats de Henri près de lui se rangèrent :
Sur les deux combattants tous les yeux s'attachèrent,
Chacun, dans l'un des Ceux voyant son défenseur,
Du geste et de la voix excitait sa valeur.

Cependant sur Paris s'élevait un nuage
Qui semblait apporter le tonnerre et l'orage ;
Ses flancs noirs et brûlants, tout à coup entr'ouverts,

Vomissent dans ces lieux les monstres des enfers,
Le Fanatisme affreux, la Discorde farouche,
La sombre Politique au cœur faux, à l'œil louche,
Le démon des combats respirant les fureurs,
Dieux enivrés de sang, dieux dignes des ligueurs.
Aux remparts de la ville ils fondent, ils s'arrêtent;
En faveur de d'Aumale au combat ils s'apprêtent.
Voilà qu'au même instant, du haut des cieux ouverts,
Un ange est descendu sur le trône des airs,
Couronné de rayons, nageant dans la lumière,
Sur des ailes de feu parcourant sa carrière,
Et laissant loin de lui l'occident éclairé
Des sillons lumineux dont il est entouré.
Il tenait d'une main cette olive sacrée,
Présage consolant d'une paix désirée;
Dans l'autre étincelait ce fer d'un Dieu vengeur,
Ce glaive dont s'arma l'ange exterminateur,
Quand jadis le Très-Haut à la Mort dévorante
Livra les premiers-nés d'une race insolente.
A l'aspect de ce glaive, interdits, désarmés,
Les monstres infernaux semblent inanimés;
La terreur les enchaîne; un pouvoir invincible
Fait tomber tous les traits de leur troupe inflexible.
Ainsi de son autel teint du sang des humains
Tomba ce fier Dagon, ce dieu des Philistins,
Lorsque de l'Éternel, en son temple apportée,
A ses yeux éblouis l'arche fut présentée.

Paris, le roi, l'armée, et l'enfer, et les cieux,
Sur ce combat illustre avaient fixé les yeux.
Bientôt les deux guerriers entrent dans la carrière.
Henri du champ d'honneur leur ouvre la barrière.
Leur bras n'est point chargé du poids d'un bouclier;
Ils ne se cachent point sous ces bustes d'acier,
Des anciens chevaliers ornement honorable,
Éclatant à la vue, aux coups impénétrable;
Ils négligent tous deux cet appareil qui rend
Et le combat plus long, et le danger moins grand.
Leur arme est une épée; et, sans autre défense,
Exposé tout entier, l'un et l'autre s'avance.
« O Dieu! cria Turenne, arbitre de mon roi,
Descends, juge sa cause, et combats avec moi;
Le courage n'est rien sans ta main protectrice;
J'attends peu de moi-même, et tout de ta justice. »
D'Aumale répondit : « J'attends tout de mon bras;
C'est de nous que dépend le destin des combats;
En vain l'homme timide implore un Dieu suprême,

Tranquille au haut du ciel, il nous laisse à nous-même :
Le parti le plus juste est celui du vainqueur ;
Et le dieu de la guerre est la seule valeur. »
Il dit ; et, d'un regard enflammé d'arrogance,
Il voit de son rival la modeste assurance.

Mais la trompette sonne : ils s'élancent tous deux ;
Ils commencent enfin ce combat dangereux.
Tout ce qu'ont pu jamais la valeur et l'adresse,
L'ardeur, la fermeté, la force, la souplesse,
Parut des deux côtés en ce choc éclatant.
Cent coups étaient portés et parés à l'instant.
Tantôt avec fureur l'un d'eux se précipite ;
L'autre d'un pas léger se détourne, et l'évite :
Tantôt, plus rapprochés, ils semblent se saisir ;
Leur péril renaissant donne un affreux plaisir ;
On se plaît à les voir s'observer et se craindre,
Avancer, s'arrêter, se mesurer, s'atteindre :
Le fer étincelant, avec art détourné,
Par de feints mouvements trompe l'œil étonné.
Telle on voit du soleil la lumière éclatante
Briser ses traits de feu dans l'onde transparente,
Et, se rompant encor par des chemins divers,
De ce cristal mouvant repasser dans les airs.
Le spectateur surpris, et ne pouvant le croire,
Voyait à tout moment leur chute et leur victoire.
D'Aumale est plus ardent, plus fort, plus furieux :
Turenne est plus adroit, et moins impétueux ;
Maître de tous ses sens, animé sans colère,
Il fatigue à loisir son terrible adversaire.
D'Aumale en vains efforts épuise sa vigueur
Bientôt son bras lassé ne sert plus sa valeur.
Turenne, qui l'observe, aperçoit sa faiblesse ;
Il se ranime alors, il le pousse, il le presse ;
Enfin, d'un coup mortel, il lui perce le flanc.
D'Aumale est renversé dans les flots de son sang :
Il tombe ; et de l'enfer tous les monstres frémirent ;
Ces lugubres accents dans les airs s'entendirent :
« De la Ligue à jamais le trône est renversé ;
Tu l'emportes, Bourbon ; notre règne est passé. »
Tout le peuple y répond par un cri lamentable.
D'Aumale sans vigueur étendu sur le sable,
Menace encor Turenne, et le menace en vain
Sa redoutable épée échappe de sa main :
Il veut parler ; sa voix expire dans sa bouche.
L'horreur d'être vaincu rend son air plus farouche.
Il se lève, il retombe, il ouvre un œil mourant

Il regarde Paris, et meurt en soupirant.
Tu le vis expirer, infortuné Mayenne;
Tu le vis; tu frémis; et ta chute prochaine
Dans ce moment affreux s'offrit à tes esprits.

Cependant des soldats dans les murs de Paris
Rapportaient à pas lents le malheureux d'Aumale [1].
Ce spectacle sanglant, cette pompe fatale,
Entre au milieu d'un peuple interdit, égaré :
Chacun voit, en tremblant, ce corps défiguré,
Ce front souillé de sang, cette bouche entr'ouverte,
Cette tête penchée, et de poudre couverte,
Ces yeux où le trépas étale ses horreurs.
On n'entend point de cris, on ne voit point de pleurs :
La honte, la pitié, l'abattement, la crainte,
Étouffent leurs sanglots, et retiennent leur plainte :
Tout se tait, et tout tremble. Un bruit rempli d'horreur
Bientôt de ce silence augmente la terreur.
Les cris des assiégeants jusqu'au ciel s'élevèrent;
Les chefs et les soldats près du roi s'assemblèrent;
Ils demandent l'assaut : mais l'auguste Louis,
Protecteur des Français, protecteur de son fils,
Modérait de Henri le courage terrible.
Ainsi des éléments le moteur invisible
Contient les aquilons suspendus dans les airs,
Et pose la barrière où se brisent les mers :
Il fonde les cités, les disperse en ruines,
Et les cœurs des mortels sont dans ses mains divines.

Henri, de qui le ciel a réprimé l'ardeur,
Des guerriers qu'il gouverne enchaîne la fureur.
Il sentit qu'il aimait son ingrate patrie;
Il voulut la sauver de sa propre furie.
Haï de ses sujets, prompt à les épargner,
Eux seuls voulaient se perdre; il les voulut gagner.
Heureux si sa bonté, prévenant leur audace,
Forçait ces malheureux à lui demander grâce!
Pouvant les emporter, il les fait investir;
Il laisse à leur fureur le temps du repentir.
Il crut que, sans assauts, sans combats, sans alarmes,

1. Le chevalier d'Aumale fut tué dans ce temps-là à Saint-Denis, et affaiblit beaucoup le parti de la Ligue. Son duel avec le vicomte de Tavanes n'est qu'une fiction; mais ces combats singuliers étaient encore à la mode. Il s'en fit un célèbre derrière les Chartreux, entre le sieur de Marivaut, qui tenait pour les royalistes, et le sieur Claude de Marolles, qui tenait pour les ligueurs. Ils se battirent en présence du peuple et de l'armée, le jour même de l'assassinat de Henri III; mais ce fut de Marolles qui fut vainqueur.
2. Henri IV bloqua Paris en 1590, avec moins de vingt mille hommes.

La disette et la faim, plus fortes que ses armes,
Lui livreraient sans peine un peuple inanimé,
Nourri dans l'abondance, au luxe accoutumé;
Qui, vaincu par ses maux, souple dans l'indigence,
Viendrait à ses genoux implorer sa clémence :
Mais le faux Zèle, hélas ! qui ne saurait céder,
Enseigne à tout souffrir, comme à tout hasarder

Les mutins, qu'épargnait cette main vengeresse,
Prenaient d'un roi clément la vertu pour faiblesse;
Et, fiers de ses bontés, oubliant sa valeur,
Ils défiaient leur maître, ils bravaient leur vainqueur;
Ils osaient insulter à sa vengeance oisive.

Mais lorsque enfin les eaux de la Seine captive
Cessèrent d'apporter dans ce vaste séjour
L'ordinaire tribut des moissons d'alentour;
Quand on vit dans Paris la Faim pâle et cruelle,
Montrant déjà la Mort qui marchait après elle;
Alors on entendit des hurlements affreux;
Ce superbe Paris fut plein de malheureux
De qui la main tremblante et la voix affaiblie
Demandaient vainement le soutien de leur vie.
Bientôt le riche même, après de vains efforts,
Éprouva la famine au milieu des trésors.
Ce n'était plus ces jeux, ces festins, et ces fêtes,
Où de myrte et de rose ils couronnaient leurs têtes;
Où, parmi des plaisirs toujours trop peu goûtés,
Les vins les plus parfaits, les mets les plus vantés.
Sous des lambris dorés qu'habite la Mollesse,
De leurs goûts dédaigneux irritaient la paresse.
On vit avec effroi tous ces voluptueux,
Pâles, défigurés, et la mort dans les yeux
Périssant de misère au sein de l'opulence,
Détester de leurs biens l'inutile abondance.
Le vieillard, dont la faim va terminer les jours,
Voit son fils au berceau, qui périt sans secours.
Ici meurt dans la rage une famille entière.
Plus loin, des malheureux, couchés sur la poussière,
Se disputaient encore, à leurs derniers moments,
Les restes odieux des plus vils aliments.
Ces spectres affamés, outrageant la nature,
Vont au sein des tombeaux chercher leur nourriture.
Des morts épouvantés les ossements poudreux,
Ainsi qu'un pur froment, sont préparés par eux.
Que n'osent point tenter les extrêmes misères!
On les vit se nourrir des cendres de leurs pères,

Ce détestable mets[1] avança leur trépas,
Et ce repas pour eux fut le dernier repas.

Ces prêtres cependant, ces docteurs fanatiques,
Qui, loin de partager les misères publiques,
Bornant à leurs besoins tous leurs soins paternels,
Vivaient dans l'abondance, à l'ombre des autels[2],
Du Dieu qu'ils offensaient attestant la souffrance,
Allaient partout du peuple animer la constance.
Aux uns, à qui la mort allait fermer les yeux,
Leurs libérales mains ouvraient déjà les cieux;
Aux autres ils montraient, d'un coup d'œil prophétique,
Le tonnerre allumé sur un prince hérétique,
Paris bientôt sauvé par des secours nombreux,
Et la manne du ciel prête à tomber pour eux.
Hélas! ces vains appâts, ces promesses stériles,
Charmaient ces malheureux, à tromper trop faciles :
Par les prêtres séduits, par les Seize effrayés,
Soumis, presque contents, ils mouraient à leurs pieds.
Trop heureux, en effet, d'abandonner la vie!

D'un ramas d'étrangers la ville était remplie,
Tigres que nos aïeux nourrissaient dans leur sein,
Plus cruels que la mort, et la guerre, et la faim.
Les uns étaient venus des campagnes belgiques,
Les autres, des rochers et des monts helvétiques;
Barbares[3] dont la guerre est l'unique métier,
Et qui vendent leur sang à qui veut le payer.
De ces nouveaux tyrans les avides cohortes
Assiégent les maisons, en enfoncent les portes;
Aux hôtes effrayés présentent mille morts,
Non pour leur arracher d'inutiles trésors,
Non pour aller ravir, d'une main adultère,
Une fille éplorée à sa tremblante mère;
De la cruelle faim le besoin consumant

---

1. Ce fut l'ambassadeur d'Espagne auprès de la Ligue qui donna le conseil de faire du pain avec des os de mort; conseil qui fut exécuté, et qui ne servit qu'à avancer les jours de plusieurs milliers d'hommes. Sur quoi on remarque l'étrange faiblesse de l'imagination humaine. Ces assiégés n'auraient pas osé manger la chair de leurs compatriotes qui venaient d'être tués, mais ils mangeaient volontiers les os.

2. On fit la visite, dit Mézeray, dans les logis des ecclésiastiques et dans les couvents, qui se trouvèrent tous pourvus, même celui des capucins, pour plus d'un an.

3. Les Suisses qui étaient dans Paris à la solde du duc de Mayenne y commirent des excès affreux, au rapport de tous les historiens du temps; c'est sur eux seuls que tombe ce mot de barbares, et non sur leur nation, pleine de bon sens et de droiture, et l'une des plus respectables nations du monde, puisqu'elle ne songe qu'à conserver sa liberté, et jamais à opprimer celle des autres.

Fait expirer en eux tout autre sentiment ;
Et d'un peu d'aliments la découverte heureuse
Etait l'unique but de leur recherche affreuse.
Il n'est point de tourment, de supplice, et d'horreur,
Que, pour en découvrir, n'inventât leur fureur.

Une femme (grand Dieu ! faut-il à la mémoire[1]
Conserver le récit de cette horrible histoire?),
Une femme avait vu, par ces cœurs inhumains,
Un reste d'aliment arraché de ses mains.
Des biens que lui ravit la fortune cruelle,
Un enfant lui restait, prêt à périr comme elle
Furieuse, elle approche, avec un coutelas,
De ce fils innocent qui lui tendait les bras ;
Son enfance, sa voix, sa misère, et ses charmes,
A sa mère en fureur arrachent mille larmes ;
Elle tourne sur lui son visage effrayé,
Plein d'amour, de regret, de rage, de pitié ;
Trois fois le fer échappe à sa main défaillante.
La rage enfin l'emporte ; et, d'une voix tremblante,
Détestant son hymen et sa fécondité :
« Cher et malheureux fils que mes flancs ont porté,
Dit-elle, c'est en vain que tu reçus la vie ;
Les tyrans ou la faim l'auraient bientôt ravie.
Et pourquoi vivrais-tu ? pour aller dans Paris,
Errant et malheureux, pleurer sur ses débris ?
Meurs, avant de sentir mes maux et ta misère ;
Rends-moi le jour, le sang, que t'a donné ta mère ;
Que mon sein malheureux te serve de tombeau,
Et que Paris du moins voie un crime nouveau. »
En achevant ces mots, furieuse, égarée,
Dans les flancs de son fils sa main désespérée
Enfonce, en frémissant, le parricide acier,
Porte le corps sanglant auprès de son foyer,
Et, d'un bras que poussait sa faim impitoyable,
Prépare avidement ce repas effroyable.

Attirés par la faim, les farouches soldats
Dans ces coupables lieux reviennent sur leurs pas :
Leur transport est semblable à la cruelle joie
Des ours et des lions qui fondent sur leur proie ;
A l'envi l'un de l'autre ils courent en fureur,
Ils enfoncent la porte. O surprise ! ô terreur !
Près d'un corps tout sanglant à leurs yeux se présente
Une femme égarée, et de sang dégouttante

---

1. Cette histoire est rapportée dans tous les mémoires du temps. De pareilles horreurs arrivèrent aussi au siége de la ville de Sancerre.

« Oui, c'est mon propre fils, oui, monstres inhumains,
C'est vous qui dans son sang avez trempé mes mains :
Que la mère et le fils vous servent de pâture :
Craignez-vous plus que moi d'outrager la nature?
Quelle horreur à mes yeux semble vous glacer tous?
Tigres, de tels festins sont préparés pour vous. »

Ce discours insensé, que sa rage prononce,
Est suivi d'un poignard qu'en son cœur elle enfonce.
De crainte, à ce spectacle, et d'horreur agités,
Ces monstres confondus courent épouvantés.
Ils n'osent regarder cette maison funeste;
Ils pensent voir sur eux tomber le feu céleste,
Et le peuple, effrayé de l'horreur de son sort,
Levait les mains au ciel, et demandait la mort.

Jusqu'aux tentes du roi mille bruits en coururent;
Son cœur en fut touché, ses entrailles s'émurent;
Sur ce peuple infidèle il répandit des pleurs :
« O Dieu ! s'écria-t-il, Dieu qui lis dans les cœurs,
Qui vois ce que je puis, qui connais ce que j'ose,
Des ligueurs et de moi tu sépares la cause.
Je puis lever vers toi mes innocentes mains :
Tu le sais, je tendais les bras à ces mutins;
Tu ne m'imputes point leurs malheurs et leurs crimes.
Que Mayenne à son gré s'immole ces victimes;
Qu'il impute, s'il veut, des désastres si grands
A la nécessité, l'excuse des tyrans;
De mes sujets séduits qu'il comble la misère;
Il en est l'ennemi; j'en dois être le père :
Je le suis; c'est à moi de nourrir mes enfants,
Et d'arracher mon peuple à ces loups dévorants :
Dût-il de mes bienfaits s'armer contre moi-même,
Dussé-je, en le sauvant, perdre mon diadème,
Qu'il vive, je le veux, il n'importe à quel prix;
Sauvons-le, malgré lui, de ses vrais ennemis;
Et, si trop de pitié me coûte mon empire,
Que du moins sur ma tombe un jour on puisse lire :
« Henri, de ses sujets ennemi généreux,
Aima mieux les sauver que de régner sur eux. »

Il dit¹; et dans l'instant il veut que son armée

_____

1. Henri IV fut si bon, qu'il permettait à ses officiers d'envoyer
(comme le dit Mézeray) des rafraîchissements à leurs anciens amis et
aux dames. Les soldats en faisaient autant, à l'exemple des officiers. Le
roi avait de plus la générosité de laisser sortir de Paris presque tous
ceux qui se présentaient. Par là il arriva effectivement que les assiégeants nourrirent les assiégés.

Approche sans éclat de la ville affamée,
Qu'on porte aux citoyens des paroles de paix,
Et qu'au lieu de vengeance on parle de bienfaits.
A cet ordre divin ses troupes obéissent.
Les murs en ce moment de peuple se remplissent .
On voit sur les remparts avancer à pas lents
Ces corps inanimés, livides, et tremblants,
Tels qu'on feignait jadis que des royaumes sombres
Les mages à leur gré faisaient sortir les ombres,
Quand leur voix, du Cocyte arrêtant les torrents,
Appelait les enfers, et les mânes errants.

Quel est de ces mourants l'étonnement extrême
Leur cruel ennemi vient les nourrir lui-même.
Tourmentés, déchirés par leurs fiers défenseurs,
Ils trouvent la pitié dans leurs persécuteurs.
Tous ces événements leur semblaient incroyables
Ils voyaient devant eux ces piques formidables,
Ces traits, ces instruments des cruautés du sort,
Ces lances qui toujours avaient porté la mort,
Secondant de Henri la généreuse envie,
Au bout d'un fer sanglant leur apporter la vie.
« Sont-ce là, disaient-ils, ces monstres si cruels?
Est-ce là ce tyran si terrible aux mortels,
Cet ennemi de Dieu, qu'on peint si plein de rage?
Hélas! du Dieu vivant c'est la brillante image;
C'est un roi bienfaisant, le modèle des rois;
Nous ne méritons pas de vivre sous ses lois.
Il triomphe, il pardonne, il chérit qui l'offense.
Puisse tout notre sang cimenter sa puissance!
Trop dignes du trépas dont il nous a sauvés,
Consacrons-lui ces jours qu'il nous a conservés. »

De leurs cœurs attendris tel était le langage :
Mais qui peut s'assurer sur un peuple volage,
Dont la faible amitié s'exhale en vains discours,
Qui quelquefois s'élève, et retombe toujours?
Ces prêtres, dont cent fois la fatale éloquence
Ralluma tous ces feux qui consumaient la France,
Vont se montrer en pompe à ce peuple abattu.
« Combattants sans courage, et chrétiens sans vertu,
A quel indigne appât vous laissez-vous séduire?
Ne connaissez-vous plus les palmes du martyre?
Soldats du Dieu vivant, voulez-vous aujourd'hui
Vivre pour l'outrager, pouvant mourir pour lui?
Quand Dieu du haut des cieux nous montre la couronne
Chrétiens, n'attendons pas qu'un tyran nous pardonne.
Dans sa coupable secte il veut nous réunir :

De ses propres bienfaits songeons à le punir.
Sauvons nos temples saints de son culte hérétique. »

C'est ainsi qu'ils parlaient; et leur voix fanatique,
Maîtresse du vil peuple, et redoutable aux rois,
Des bienfaits de Henri faisait taire la voix;
Et déjà quelques-uns, reprenant leur furie,
S'accusaient en secret de lui devoir la vie.

A travers ces clameurs et ces cris odieux,
La vertu de Henri pénétra dans les cieux.
Louis, qui du plus haut de la voûte divine
Veille sur les Bourbons dont il est l'origine,
Connut qu'enfin les temps allaient être accomplis,
Et que le Roi des rois adopterait son fils.
Aussitôt de son cœur il chassa les alarmes :
La Foi vint essuyer ses yeux mouillés de larmes·
Et la douce Espérance et l'Amour paternel
Conduisirent ses pas aux pieds de l'Éternel.

Au milieu des clartés d'un feu pur et durable,
Dieu mit, avant les temps, son trône inébranlable.
Le ciel est sous ses pieds; de mille astres divers
Le cours, toujours réglé, l'annonce à l'univers.
La puissance, l'amour, avec l'intelligence,
Unis et divisés, composent son essence.
Ses saints, dans les douceurs d'une éternelle paix,
D'un torrent de plaisirs enivrés à jamais,
Pénétrés de sa gloire, et remplis de lui-même,
Adorent à l'envi sa majesté suprême.
Devant lui sont ces dieux, ces brûlants séraphins,
A qui de l'univers il commet les destins.
Il parle, et de la terre ils vont changer la face;
Des puissances du siècle ils retranchent la race;
Tandis que les humains, vils jouets de l'erreur,
Des conseils éternels accusent la hauteur.
Ce sont eux dont la main, frappant Rome asservie,
Aux fiers enfants du Nord a livré l'Italie,
L'Espagne aux Africains, Solyme aux Ottomans :
Tout empire est tombé, tout peuple eut ses tyrans,
Mais cette impénétrable et juste Providence,
Ne laisse pas toujours prospérer l'insolence;
Quelquefois sa bonté, favorable aux humains,
Met le sceptre des rois dans d'innocentes mains.

Le père des Bourbons à ses yeux se présente,
Et lui parle en ces mots d'une voix gémissante :
« Père de l'univers, si tes yeux quelquefois
Honorent d'un regard les peuples et les rois,

Vois le peuple français à son prince rebelle,
S'il viole tes lois, c'est pour t'être fidèle.
Aveuglé par son zèle, il te désobéit,
Et pense te venger, alors qu'il te trahit.
Vois ce roi triomphant, ce foudre de la guerre,
L'exemple, la terreur, et l'amour de la terre;
Avec tant de vertus, n'as-tu formé son cœur
Que pour l'abandonner aux piéges de l'erreur?
Faut-il que de tes mains le plus parfait ouvrage
A son Dieu qu'il adore offre un coupable hommage
Ah! si du grand Henri ton culte est ignoré,
Par qui le Roi des rois veut-il être adoré?
Daigne éclairer ce cœur créé pour te connaître :
Donne à l'Église un fils, donne à la France un maître;
Des ligueurs obtinés confonds les vains projets;
Rends les sujets au prince, et le prince aux sujets
Que tous les cœurs unis adorent ta justice,
Et t'offrent dans Paris le même sacrifice. »

   L'Éternel à ses vœux se laissa pénétrer;
Par un mot de sa bouche il daigna l'assurer.
A sa divine voix les astres s'ébranlèrent;
La terre en tressaillit, les ligueurs en tremblèrent
Le roi, qui dans le ciel avait mis son appui,
Sentit que le Très-Haut s'intéressait pour lui.

   Soudain la Vérité, si longtemps attendue,
Toujours chère aux humains, mais souvent inconnue,
Dans les tentes du roi descend du haut des cieux.
D'abord un voile épais la cache à tous les yeux :
De moment en moment, les ombres qui la couvrent
Cèdent à la clarté des feux qui les entr'ouvrent
Bientôt elle se montre à ses yeux satisfaits,
Brillante d'un éclat qui n'éblouit jamais.

   Henri, dont le grand cœur était formé pour elle,
Voit, connaît, aime enfin sa lumière immortelle.
Il avoue, avec foi, que la religion
Est au-dessus de l'homme, et confond la raison
Il reconnaît l'Église ici-bas combattue,
L'Église toujours une, et partout étendue,
Libre, mais sous un chef, adorant en tout lieu,
Dans le bonheur des saints, la grandeur de son Dieu.
Le Christ, de nos péchés victime renaissante,
De ses élus chéris nourriture vivante,
Descend sur les autels à ses yeux éperdus,
Et lui découvre un Dieu sous un pain qui n'est plus.
Son cœur obéissant se soumet, s'abandonne

A ces mystères saints dont son esprit s'étonne.

Louis, dans ce moment qui comble ses souhaits,
Louis, tenant en main l'olive de la paix,
Descend du haut des cieux vers le héros qu'il aime;
Aux remparts de Paris il le conduit lui-même.
Les remparts ébranlés s'entr'ouvrent à sa voix.
Il entre [1] au nom du Dieu qui fait régner les rois.
Les ligueurs éperdus, et mettant bas les armes,
Sont aux pieds de Bourbon, les baignent de leurs larmes;
Les prêtres sont muets; les Seize épouvantés
En vain cherchent, pour fuir, des antres écartés.
Tout le peuple, changé dans ce jour salutaire,
Reconnaît son vrai roi, son vainqueur, et son père.

Dès lors on admira ce règne fortuné,
Et commencé trop tard, et trop tôt terminé.
L'Autrichien trembla. Justement désarmée,
Rome adopta Bourbon, Rome s'en vit aimée.
La Discorde rentra dans l'éternelle nuit.
A reconnaître un roi Mayenne fut réduit;
Et, soumettant enfin son cœur et ses provinces,
Fut le meilleur sujet du plus juste des princes.

VARIANTES DU CHANT X.

L'édition de 1723, où ce chant était le neuvième (et toujours le dernier), contenait une longue remarque que voici :

« Il y aura sans doute des lecteurs qui seront étonnés de la suppression de plusieurs événements considérables dans le neuvième chant, et de quelques dérangements de chronologie qu'ils y trouveront; cette matière mérite d'être éclaircie.

« Ce chant contient trois faits principaux : 1° les états de Paris; 2° le siége de cette ville; et 3° la conversion de Henri IV, qui attira la réduction de Paris.

« Selon la vérité de l'histoire, Henri le Grand assiégea Paris quelque temps après la bataille d'Ivry, en 1590, au mois d'avril. Le duc de Parme lui fit lever le siége au mois de septembre. La Ligue, longtemps après, en 1593, assembla les états pour élire un roi à la place du cardinal de Bourbon, qu'elle avait reconnu sous le nom de Charles X, et qui était mort depuis deux ans et demi. Enfin, sur la fin de la même année 1593, au mois de juillet, le roi fit son abjuration dans Saint-Denis, et n'entra dans Paris qu'au mois de mars [1]. »

---

1. Ce blocus et cette famine de Paris ont pour époque l'année 1590, et Henri IV n'entra dans Paris qu'au mois de mars 1594. Il s'était fait catholique en 1593; mais il a fallu rapprocher ces trois grands événements parce qu'on écrivait un poème, et non une histoire.

« De tous ces événements on a supprimé l'arrivée du duc de Parme, et le prétendu règne de Charles, cardinal de Bourbon. Il est aisé de s'apercevoir que faire paraître le duc de Parme sur la scène eût été avilir Henri IV, le héros du poëme, et agir précisément contre le but de l'ouvrage ; ce qui serait une faute impardonnable.

« A l'égard du cardinal de Bourbon, ce n'était pas la peine de blesser l'unité, si essentielle dans tout ouvrage épique, en faveur d'un roi en peinture tel que ce cardinal : il serait aussi inutile dans le poëme qu'il le fut dans le parti de la Ligue. En un mot, on passe sous silence le duc de Parme, parce qu'il était trop grand ; et le cardinal de Bourbon, parce qu'il était trop petit. On a été obligé de placer les états de Paris avant le siége, parce que, si on les eût mis dans leur ordre, on n'aurait pas eu les mêmes occasions de faire paraître la vérité de l'histoire ; on n'aurait pas pu lui faire donner des vivres aux assiégés, et le faire aussitôt récompenser de sa générosité. D'ailleurs, les états de Paris ne sont pas du nombre des événements qu'on ne peut déranger de leur point chronologique ; la poésie permet la transposition de tous les faits qui ne sont point écartés les uns des autres d'un grand nombre d'années, et qui n'ont entre eux aucune liaison nécessaire. Par exemple, je pourrais, sans qu'on eût rien à me reprocher, faire Henri IV amoureux de Gabrielle d'Estrées du vivant de Henri III, parce que la vie et la mort de Henri III n'ont rien de commun avec l'amour de Henri IV pour Gabrielle d'Estrées.

« Les états de la Ligue sont dans le même cas par rapport au siége de Paris : ce sont deux événements absolument indépendants l'un de l'autre. Ces états n'eurent aucun effet ; on n'y fit nulle résolution, ils ne contribuèrent en rien aux affaires du parti : le hasard aurait pu les assembler avant le siége comme après, et ils sont bien mieux placés avant le siége dans le poëme : de plus, il faut considérer qu'un poëme épique n'est pas une histoire ; on ne saurait trop présenter cette règle aux lecteurs qui n'en seraient pas instruits :

> Loin ces rimeurs craintifs dont l'esprit flegmatique
> Garde dans ses fureurs un ordre didactique ;
> Qui, chantant d'un héros les exploits éclatants,
> Maigres historiens, suivront l'ordre des temps !
> Ils n'osent un moment perdre un sujet de vue :
> Pour prendre Lille, il faut que Dôle soit rendue,
> Et que leur vers, exact ainsi que Mézeray,
> Ait déjà fait tomber les remparts de Courtray. »

Voici de quelle manière commence l'édition de 1723 :

> Le temps vole, et sa perte est toujours dangereuse ;
> En vain du grand Bourbon la main victorieuse
> Fit dans les champs d'Ivry triompher sa vertu :
> Négliger ses lauriers, c'est n'avoir point vaincu.
> Ces jours, ces doux moments, perdus dans la mollesse,
> Rendaient aux ennemis l'audace et l'allégresse ;
> Déjà dans leur asile oubliant leurs malheurs,
> Vaincus, chargés d'opprobre, ils parlaient en vainqueurs.
> Les envoyés de Rome et ceux de l'Ibérie,
> Les ligueurs obstinés, les prêtres en furie,
> Pour réparer leur honte et cacher leur effroi,

Dans ces murs désolés veulent choisir un roi.
Ils pensaient, etc.

Vers 179 :

Ils demandent l'assaut : le roi dans ce moment
Modéra leur courage et leur emportement;
Il sentit qu'il aimait, etc.

Vers 203 :

Mais il ne prévit pas en cette occasion
Ce que pouvaient les Seize et la religion.
Aux yeux d'un ennemi la clémence est faiblesse,
Les mutins qu'épargnait cette main vengeresse,
A peine encor remis de leur juste terreur,
Allaient insolemment défier leur vainqueur.
Ils osaient insulter.

Vers 342 :

Que la Ligue, à son gré, s'immole ces victimes,
Que Pelleve, Mendozze, et Mayenne, et Nemours,
Des peuples, sans pitié, laissent trancher les jours
De mes sujets séduits qu'ils comblent la misère
Ils en sont les tyrans, j'en dois être le père.

Vers 393 :

Guincestre, dont cent fois la fatale éloquence
Ralluma tous ces feux qui consumaient la France;
Guincestre se présente à ce peuple abattu,
Combattant sans courage, et chrétien sans vertu.
« A quel indigne appât, etc.

Vers 411 :

Enfin les temps affreux allaient être accomplis,
Qu'aux plaines d'Albion le ciel avait prédits,
Le saint roi, qui du haut de la voûte divine
Veillait sur le héros dont il est l'origine,
Touché de ma vertu, suivi de tant d'horreurs,
Aux pieds de l'Eternel apporte ses douleurs,
Au milieu des clartés, etc.

Vers 425 :

Unis et séparés, composent son essence.

Vers 431 :

Par des coups effrayants souvent ce Dieu jaloux
A sur les nations déroulé son courroux,
Mais toujours pour le juste il eut des yeux propices,
Il le soutient lui-même au bord des précipices,
Epure sa vertu dans les adversités,
Conduit dans le chemin, la marche, etc.
Le père des Bourbons, etc.

Vers 456 :

> N'offre au Dieu qui l'a fait qu'un criminel hommage.

Vers 481 :

> Henri, dont le grand cœur était formé pour elle,
> Voit, connaît, aime enfin sa lumière immortelle;
> Ces rayons désirés enflamment ses esprits.
> Il avance avec elle aux remparts de Paris;
> Il parle, et les remparts tombent en sa présence;
> Les ligueurs éperdus implorent sa clémence;
> Les prêtres sont muets; les Seize épouvantés
> En vain cherchent pour fuir des antres écartés,
> Et le peuple à genoux, dans ce jour salutaire,
> Reconnaît son vrai roi, son vainqueur, et son père.

Vers 483 :

> Il abjure avec foi ces dogmes séducteurs,
> Ingénieux enfants de cent nouveaux docteurs.
> Il reconnaît l'Église, etc.

FIN DE LA HENRIADE.

ESSAI
SUR LES GUERRES CIVILES
DE FRANCE[1].

Henri le Grand naquit, en 1553, à Pau, petite ville, capitale du Béarn : Antoine de Bourbon, duc de Vendôme, son père, était du sang royal de France, et chef de la branche de Bourbon (ce qui autrefois signifiait *bourbeux*), ainsi appelée d'un fief de ce nom, qui tomba dans leur maison par un mariage avec l'héritière de Bourbon.

La maison de Bourbon, depuis Louis IX jusqu'à Henri IV, avait presque toujours été négligée, et réduite à un tel degré de pauvreté, qu'on a prétendu que le fameux prince de Condé, frère d'Antoine de Navarre, et oncle de Henri le Grand, n'avait que six cents livres de rente de son patrimoine.

La mère de Henri était Jeanne d'Albret, fille de Henri d'Albret, roi de Navarre, prince sans mérite, mais bon homme, plutôt indolent que paisible, qui soutint avec trop de résignation la perte de son royaume, enlevé à son père par une bulle du pape, appuyée des armes de l'Espagne. Jeanne, fille d'un prince si faible, eut encore un plus faible époux, auquel elle apporta en mariage la principauté de Béarn, et le vain titre de roi de Navarre.

Ce prince, qui vivait dans un temps de factions et de guerres civiles, où la fermeté d'esprit est si nécessaire, ne fit voir qu'incertitude et irrésolution dans sa conduite. Il ne sut jamais de quel parti ni de quelle religion il était. Sans talent pour la cour, et sans capacité pour l'emploi de général d'armée, il passa toute sa vie à favoriser ses ennemis, et à ruiner ses serviteurs, joué par Catherine de Médicis, amusé et accablé par les Guises, et toujours dupe de lui-même. Il reçut une blessure mortelle au siége de Rouen, où il combattit pour la cause de ses ennemis contre l'intérêt de sa propre maison. Il fit voir, en mourant, le même esprit inquiet et flottant qui l'avait agité pendant sa vie.

Jeanne d'Albret était d'un caractère tout opposé : pleine de courage et de résolution, redoutée de la cour de France, chérie des protestants, estimée des deux partis. Elle avait toutes les qualités qui font les grands politiques, ignorant cependant les petits artifices de l'intrigue et de la cabale. Une chose remar-

---

1. L'auteur avait écrit ce morceau en anglais, lorsqu'on imprima *la Henriade* à Londres.

quable est qu'elle se fit protestante dans le même temps que son
époux redevint catholique, et fut aussi constamment attachée à
sa nouvelle religion qu'Antoine était chancelant dans la sienne.
Ce fut par là qu'elle se vit à la tête d'un parti, tandis que son
époux était le jouet de l'autre.

Jalouse de l'éducation de son fils, elle voulut seule en prendre
le soin. Henri apporta en naissant toutes les excellentes qualités
de sa mère, et il les porta dans la suite à un plus haut degré de
perfection. Il n'avait hérité de son père qu'une certaine facilité
d'humeur, qui dans Antoine dégénéra en incertitude et en faiblesse, mais qui dans Henri fut bienveillance et bon naturel.

Il ne fut pas élevé, comme un prince, dans cet orgueil lâche
et efféminé qui énerve le corps, affaiblit l'esprit, et endurcit le
cœur. Sa nourriture était grossière, et ses habits simples et unis.
Il alla toujours nu-tête. On l'envoyait à l'école avec des jeunes
gens de même âge; il grimpait avec eux sur les rochers et sur le
sommet des montagnes voisines, suivant la coutume du pays et
des temps.

Pendant qu'il était ainsi élevé au milieu de ses sujets, dans
une sorte d'égalité sans laquelle il est facile à un prince d'oublier qu'il est né homme, la fortune ouvrit en France une scène
sanglante; et, au travers des débris d'un royaume presque détruit, et sur les cendres de plusieurs princes enlevés par une
mort prématurée, lui fraya le chemin d'un trône qu'il ne put
rétablir dans son ancienne splendeur qu'après en avoir fait la
conquête.

Henri II, roi de France, chef de la branche des Valois, fut tué
à Paris dans un tournoi, qui fut en Europe le dernier de ces
romanesques et périlleux divertissements.

Il laissa quatre fils : François II, Charles IX, Henri III, et le
duc d'Alençon. Tous ces indignes descendants de François I⁰ʳ
montèrent successivement sur le trône, excepté le duc d'Alençon,
et moururent, heureusement, à la fleur de leur âge, et sans
postérité.

Le règne de François II fut court, mais remarquable. Ce fut
alors que percèrent ces factions et que commencèrent ces cala-
mités qui, pendant trente ans successivement, ravagèrent le
royaume de France.

Il épousa la célèbre et malheureuse Marie Stuart, reine d'Écosse,
que sa beauté et sa faiblesse conduisirent à de grandes fautes, à
de plus grands malheurs, et enfin à une mort déplorable. Elle
était maîtresse absolue de son jeune époux, prince de dix-huit
ans, sans vices et sans vertus, né avec un corps délicat et un
esprit faible.

Incapable de gouverner par elle-même, elle se livra sans réserve au duc de Guise, frère de sa mère. Il influait sur l'esprit
du roi par son moyen, et jetait par là les fondements de la gran-

deur de sa propre maison. Ce fut dans ce temps que Catherine
de Médicis, veuve du feu roi, et mère du roi régnant, laissa
échapper les premières étincelles de son ambition, qu'elle avait
habilement étouffée pendant la vie de Henri II. Mais, se voyant
incapable de l'emporter sur l'esprit de son fils et sur une jeune
princesse qu'il aimait passionnément, elle crut qu'il lui était plus
avantageux d'être pendant quelque temps leur instrument, et de
se servir de leur pouvoir pour établir son autorité, que de s'y
opposer inutilement. Ainsi les Guises gouvernaient le roi et les
deux reines. Maîtres de la cour, ils devinrent les maîtres de tout
le royaume : l'un, en France, est toujours une suite nécessaire
de l'autre.

La maison de Bourbon gémissait sous l'oppression de la maison de Lorraine ; et Antoine, roi de Navarre, souffrit tranquillement plusieurs affronts d'une dangereuse conséquence. Le prince
de Condé son frère, encore plus indignement traité, tâcha de
secouer le joug, et s'associa pour ce grand dessein à l'amiral de
Coligny, chef de la maison de Châtillon. La cour n'avait point
d'ennemi plus redoutable. Condé était plus ambitieux, plus entreprenant, plus actif ; Coligny était d'une humeur plus posée,
plus mesuré dans sa conduite, plus capable d'être chef d'un
parti : à la vérité aussi malheureux à la guerre que Condé, mais
réparant souvent par son habileté ce qui semblait irréparable ;
plus dangereux après une défaite que ses ennemis après une
victoire ; orné d'ailleurs d'autant de vertus que des temps si
orageux et l'esprit de faction pouvaient le permettre.

Les protestants commençaient alors à devenir nombreux ; ils
s'aperçurent bientôt de leurs forces.

La superstition, les secrètes fourberies des moines de ce
temps-là, le pouvoir immense de Rome, la passion des hommes
pour la nouveauté, l'ambition de Luther et de Calvin, la politique de plusieurs princes, servirent à l'accroissement de cette
secte, libre à la vérité de superstition, mais tendant aussi im-
pétueusement à l'anarchie que la religion de Rome à la tyrannie.

Les protestants avaient essuyé en France les persécutions les
plus violentes, dont l'effet ordinaire est de multiplier les prosé-
lytes. Leur secte croissait au milieu des échafauds et des tortures. Condé, Coligny, les deux frères de Coligny, leurs partisans, et tous ceux qui étaient tyrannisés par les Guises,
embrassèrent en même temps la religion protestante. Ils unirent
avec tant de concert leurs plaintes, leur vengeance, et leurs
intérêts, qu'il y eut en même temps une révolution dans la
religion et dans l'État.

La première entreprise fut un complot pour arrêter les Guises
à Amboise, et pour s'assurer de la personne du roi. Quoique ce
complot eût été tramé avec hardiesse et conduit avec secret, il
fut découvert au moment où il allait être mis à exécution. Les

Guises punirent les conspirateurs de la manière la plus cruelle, pour intimider leurs ennemis, et les empêcher de former à l'avenir de pareils projets. Plus de sept cents protestants furent exécutés ; Condé fut fait prisonnier, et accusé de lèse-majesté ; on lui fit son procès, et il fut condamné à mort.

Pendant le cours de son procès, Antoine, roi de Navarre, son frère, leva en Guyenne, à la sollicitation de sa femme et de Coligny, un grand nombre de gentilshommes, tant protestants que catholiques, attachés à sa maison. Il traversa la Gascogne avec son armée ; mais, sur un simple message qu'il reçut de la cour en chemin, il les congédia tous en pleurant. « Il faut que j'obéisse, dit-il ; mais j'obtiendrai votre pardon du roi. — Allez, et demandez pardon pour vous-même, lui répondit un vieux capitaine : notre sûreté est au bout de nos épées. » Là-dessus, la noblesse qui le suivait s'en retourna avec mépris et indignation.

Antoine continua sa route, et arriva à la cour. Il y sollicita pour la vie de son frère, n'étant pas sûr de la sienne. Il allait tous les jours chez le duc et chez le cardinal de Guise, qui le recevaient assis, et couverts, pendant qu'il était debout et nu-tête.

Tout était prêt alors pour la mort du prince de Condé, lorsque le roi tomba tout d'un coup malade, et mourut. Les circonstances et la promptitude de cet événement, le penchant des hommes à croire que la mort précipitée des princes n'est point naturelle, donnèrent cours au bruit commun que François II avait été empoisonné.

Sa mort donna un nouveau tour aux affaires. Le prince de Condé fut mis en liberté ; son parti commença à respirer ; la religion protestante s'étendit de plus en plus ; l'autorité des Guises baissa, sans cependant être abattue ; Antoine de Navarre recouvra une ombre d'autorité dont il se contenta ; Marie Stuart fut renvoyée en Écosse ; et Catherine de Médicis, qui commença alors à jouer le premier rôle sur ce théâtre, fut déclarée régente du royaume pendant la minorité de Charles IX, son second fils.

Elle se trouva elle-même embarrassée dans un labyrinthe de difficultés insurmontables, et partagée entre deux religions et différentes factions, qui étaient aux prises l'une avec l'autre, et se disputaient le pouvoir souverain.

Cette princesse résolut de les détruire par leurs propres armes, s'il était possible. Elle nourrit la haine des Condés contre les Guises ; elle jeta la semence des guerres civiles ; indifférente et impartiale entre Rome et Genève, uniquement jalouse de sa propre autorité.

Les Guises, qui étaient zélés catholiques, parce que Condé et Coligny étaient protestants, furent longtemps à la tête des troupes. Il y eut plusieurs batailles livrées : le royaume fut ravagé en même temps par trois ou quatre armées.

Le connétable Anne de Montmorency fut tué à la journée de Saint-Denis, dans la soixante et quatorzième année de son âge. François, duc de Guise, fut assassiné par Poltrot, au siège d'Orléans. Henri III, alors duc d'Anjou, grand prince dans sa jeunesse, quoique roi de peu de mérite dans la maturité de l'âge, gagna la bataille de Jarnac contre Condé, et celle de Moncontour contre Coligny.

La conduite de Condé, et sa mort funeste à la bataille de Jarnac, sont trop remarquables pour n'être pas détaillées. Il avait été blessé au bras deux jours auparavant. Sur le point de donner bataille à son ennemi, il eut le malheur de recevoir un coup de pied d'un cheval fougueux, sur lequel était monté un de ses officiers. Le prince, sans marquer aucune douleur, dit à ceux qui étaient autour de lui : « Messieurs, apprenez par cet accident qu'un cheval fougueux est plus dangereux qu'utile dans un jour de bataille. Allons, poursuivit-il, le prince de Condé, avec une jambe cassée et le bras en écharpe, ne craint point de donner bataille, puisque vous le suivez. » Le succès ne répondit point à son courage : il perdit la bataille; toute son armée fut mise en déroute. Son cheval ayant été tué sous lui, il se tint tout seul, le mieux qu'il put, appuyé contre un arbre, à demi évanoui, à cause de la douleur que lui causait son mal, mais toujours intrépide, et le visage tourné du côté de l'ennemi. Montesquiou, capitaine des gardes du duc d'Anjou, passa par là quand ce prince infortuné était en cet état, et demanda qui il était. Comme on lui dit que c'était le prince de Condé, il le tua de sang-froid.

Après la mort de Condé, Coligny eut sur les bras tout le fardeau du parti. Jeanne d'Albret, alors veuve, confia son fils à ses soins. Le jeune Henri, alors âgé de quatorze ans, alla avec lui à l'armée, et partagea les fatigues de la guerre. Le travail et les adversités furent ses guides et ses maîtres.

Sa mère et l'amiral n'avaient point d'autre vue que de rendre en France leur religion indépendante de l'Eglise de Rome, et d'assurer leur propre autorité contre le pouvoir de Catherine de Médicis.

Catherine était déjà débarrassée de plusieurs de ses rivaux. François, duc de Guise, qui était le plus dangereux et le plus nuisible de tous, quoiqu'il fût de même parti, avait été assassiné devant Orléans. Henri de Guise, son fils, qui joua depuis un si grand rôle dans le monde, était alors fort jeune.

Le prince de Condé était mort. Charles IX, fils de Catherine, avait pris le pli qu'elle voulait, étant aveuglément soumis à ses volontés. Le duc d'Anjou, qui fut depuis Henri III, était absolument dans ses intérêts; elle ne craignait d'autres ennemis que Jeanne d'Albret, Coligny, et les protestants. Elle crut qu'un seul coup pouvait les détruire tous, et rendre son pouvoir immuable.

Elle pressentit le roi, et même le duc d'Anjou, sur son dessein. Tout fut concerté; et les piéges étant préparés, une paix avantageuse fut proposée aux protestants. Coligny, fatigué de la guerre civile, l'accepta avec chaleur. Charles, pour ne laisser aucun sujet de soupçon, donna sa sœur en mariage au jeune Henri de Navarre. Jeanne d'Albret, trompée par des apparences si séduisantes, vint à la cour avec son fils, Coligny, et tous les chefs des protestants. Le mariage fut célébré avec pompe : toutes les manières obligeantes, toutes les assurances d'amitié, tous les serments, si sacrés parmi les hommes, furent prodigués par Catherine et par le roi. Le reste de la cour n'était occupé que de fêtes, de jeux, et de mascarades. Enfin une nuit, qui fut la veille de la Saint-Barthélemy, au mois d'août 1572, le signal fut donné à minuit. Toutes les maisons des protestants furent forcées et ouvertes en même temps. L'amiral de Coligny, alarmé du tumulte, sauta de son lit. Une troupe d'assassins entra dans sa chambre; un certain Besme, Lorrain, qui avait été élevé domestique dans la maison de Guise, était à leur tête : il plongea son épée dans le sein de l'amiral, et lui donna un coup de revers sur le visage.

Le jeune Henri, duc de Guise, qui forma ensuite la ligue catholique, et qui fut depuis assassiné à Blois, était à la porte de la maison de Coligny, attendant la fin de l'assassinat, et cria tout haut : *Besme, cela est-il fait?* Immédiatement après, les assassins jetèrent le corps de l'amiral par la fenêtre. Coligny tomba et expira aux pieds de Guise, qui lui marcha sur le corps; non qu'il fût enivré de ce zèle catholique pour la persécution, qui dans ce temps avait infecté la moitié de la France, mais il y fut poussé par l'esprit de vengeance, qui, bien qu'il ne soit pas en général si cruel que le faux zèle pour la religion, mène souvent à de plus grandes bassesses.

Cependant tous les amis de Coligny étaient attaqués dans Paris; hommes, enfants, tout était massacré sans distinction; toutes les rues étaient jonchées de corps morts. Quelques prêtres, tenant un crucifix d'une main et une épée de l'autre, couraient à la tête des meurtriers, et les encourageaient, au nom de Dieu, à n'épargner ni parents ni amis.

Le maréchal de Tavannes, soldat ignorant et superstitieux, qui joignait la fureur de la religion à la rage du parti, courait à cheval dans Paris, criant aux soldats : « Du sang, du sang! La saignée est aussi salutaire dans le mois d'août que dans le mois de mai. »

Le palais du roi fut un des principaux théâtres du carnage, car le prince de Navarre logeait au Louvre, et tous ses domestiques étaient protestants. Quelques-uns d'entre eux furent tués dans leurs lits avec leurs femmes; d'autres s'enfuyaient tout nus, et étaient poursuivis par les soldats sur les escaliers de toules appartements du palais, et même jusqu'à l'antichambre du roi. La jeune femme de Henri de Navarre, éveillée par cet affreux tumulte, craignant pour son époux et pour elle-même, saisie d'horreur et à demi morte, sauta brusquement de son lit pour aller se jeter aux pieds du roi son frère. A peine eut-elle ouvert la porte de sa chambre, que quelques-uns de ses domestiques protestants coururent s'y réfugier. Les soldats entrèrent après eux, et les poursuivirent en présence de la princesse. Un d'eux, qui s'était caché sous son lit, y fut tué, deux autres furent percés de coups de hallebardes à ses pieds; elle fut elle-même couverte de sang.

Il y avait un jeune gentilhomme qui était fort avant dans la faveur du roi, à cause de son air noble, de sa politesse, et d'un certain tour heureux qui régnait dans sa conversation : c'était le comte de La Rochefoucauld, bisaïeul du marquis de Montendre, qui est venu en Angleterre pendant une persécution moins cruelle, mais aussi injuste. La Rochefoucauld avait passé la soirée avec le roi dans une douce familiarité, où il avait donné l'essor à son imagination. Le roi sentit quelques remords, et fut touché d'une sorte de compassion pour lui : il lui dit deux ou trois fois de ne point retourner chez lui, et de coucher dans sa chambre; mais La Rochefoucauld répondit qu'il voulait aller trouver sa femme. Le roi ne l'en pressa pas davantage, et dit : « Qu'on le laisse aller; je vois bien que Dieu a résolu sa mort. » Ce jeune homme fut massacré deux heures après.

Il y en eut fort peu qui échappèrent de ce massacre général. Parmi ceux-ci, la délivrance du jeune La Force est un exemple illustre de ce que les hommes appellent destinée. C'était un enfant de dix ans. Son père, son frère aîné, et lui, furent arrêtés en même temps par les soldats du duc d'Anjou. Ces meurtriers tombèrent sur tous les trois tumultuairement, et les frappèrent au hasard. Le père et les enfants, couverts de sang, tombèrent à la renverse les uns sur les autres. Le plus jeune, qui n'avait reçu aucun coup, contrefit le mort, et le jour suivant il fut délivré de tout danger. Une vie si miraculeusement conservée dura quatre-vingt-cinq ans. Ce fut le célèbre maréchal de La Force, oncle de la duchesse de La Force, qui est présentement en Angleterre.

Cependant plusieurs de ces infortunées victimes fuyaient du côté de la rivière. Quelques-unes la traversaient à la nage pour gagner le faubourg Saint-Germain. Le roi les aperçut de sa fenêtre, qui avait vue sur la rivière : ce qui est presque incroyable, quoique cela ne soit que trop vrai, il tira sur eux avec une carabine. Catherine de Médicis, sans trouble, et avec un air serein et tranquille au milieu de cette boucherie, regardait du haut d'un balcon qui avait vue sur la ville, enhardissait les assassins, et riait d'entendre les soupirs des mourants et les cris de[']

ceux qui étaient massacrés. Ses filles d'honneur vinrent dans la rue avec une curiosité effrontée, digne des abominations de ce siècle : elles contemplèrent le corps nu d'un gentilhomme nommé Soubise, qui avait été soupçonné d'impuissance, et qui venait d'être assassiné sous les fenêtres de la reine.

La cour, qui fumait encore du sang de la nation, essaya quelques jours après de couvrir un forfait si énorme par les formalités des lois. Pour justifier ce massacre, ils imputèrent calomnieusement à l'amiral une conspiration qui ne fut crue de personne. On ordonna au parlement de procéder contre la mémoire de Coligny. Son corps fut pendu par les pieds avec une chaîne de fer au gibet de Montfaucon. Le roi lui-même eut la cruauté d'aller jouir de ce spectacle horrible. Un de ses courtisans l'avertissant de se retirer, parce que le corps sentait mauvais, le roi répondit : « Le corps d'un ennemi mort sent toujours bon. »

Il est impossible de savoir s'il est vrai que l'on envoya la tête de l'amiral à Rome. Ce qu'il y a de bien certain, c'est qu'il y a à Rome, dans le Vatican, un tableau où est représenté le massacre de la Saint-Barthélemy, avec ces paroles : « Le pape approuve la mort de Coligny. »

Le jeune Henri de Navarre fut épargné plutôt par politique que par compassion de la part de Catherine, qui le retint prisonnier jusqu'à la mort du roi, pour être caution de la soumission des protestants qui voudraient se révolter.

Jeanne d'Albret était morte subitement trois ou quatre jours auparavant. Quoique peut-être sa mort eût été naturelle, ce n'est pas toutefois une opinion ridicule de croire qu'elle avait été empoisonnée.

L'exécution ne fut pas bornée à la ville de Paris. Les mêmes ordres de la cour furent envoyés à tous les gouverneurs des provinces de France. Il n'y eut que deux ou trois gouverneurs qui refusèrent d'obéir aux ordres du roi. Un entre autres, appelé Montmorin, gouverneur d'Auvergne, écrivit à Sa Majesté la lettre suivante, qui mérite d'être transmise à la postérité :

« Sire, j'ai reçu un ordre, sous le sceau de Votre Majesté, de faire mourir tous les protestants qui sont dans ma province. Je respecte trop Votre Majesté pour ne pas croire que ces lettres sont supposées; et si (ce qu'à Dieu ne plaise) l'ordre est véritablement émané d'elle, je la respecte aussi trop pour lui obéir. »

Ces massacres portèrent au cœur des protestants la rage et l'épouvante. Leur haine irréconciliable sembla prendre de nouvelles forces : l'esprit de vengeance les rendit plus forts et plus redoutables.

Peu de temps après, le roi fut attaqué d'une étrange maladie qui l'emporta au bout de deux ans. Son sang coulait toujours, et perçait au travers des pores de sa peau : maladie incompréhensible, contre laquelle échoua l'art et l'habileté des médecins, et qui fut regardée comme un effet de la vengeance divine.

Durant la maladie de Charles, son frère, le duc d'Anjou, avait été élu roi de Pologne : il devait son élévation à la réputation qu'il avait acquise étant général, et qu'il perdit en montant sur le trône.

Dès qu'il apprit la mort de son frère, il s'enfuit de Pologne, et se hâta de venir en France se mettre en possession du périlleux héritage d'un royaume déchiré par des factions fatales à ses souverains, et inondé du sang de ses habitants. Il ne trouva en arrivant que partis et troubles, qui augmentèrent à l'infini.

Henri, alors roi de Navarre, se mit à la tête des protestants, et donna une nouvelle vie à ce parti. D'un autre côté, le jeune duc de Guise commençait à frapper les yeux de tout le monde par ses grandes et dangereuses qualités. Il avait un génie encore plus entreprenant que son père ; il semblait d'ailleurs avoir une heureuse occasion d'atteindre à ce faîte de grandeurs dont son père lui avait frayé le chemin.

Le duc d'Anjou, alors Henri III, était regardé comme incapable d'avoir des enfants, à cause de ses infirmités, qui étaient les suites des débauches de sa jeunesse. Le duc d'Alençon, qui avait pris le nom de duc d'Anjou, était mort en 1584, et Henri de Navarre était légitime héritier de la couronne. Guise essaya de se l'assurer à lui-même, du moins après la mort de Henri III, et de l'enlever à la maison des Capets, comme les Capets l'avaient usurpée sur la maison de Charlemagne, et comme le père de Charlemagne l'avait ravie à son légitime souverain.

Jamais si hardi projet ne parut si bien et si heureusement concerté. Henri de Navarre et toute la maison de Bourbon était protestante. Guise commença à se concilier la bienveillance de la nation, en affectant un grand zèle pour la religion catholique : sa libéralité lui gagna le peuple ; il avait tout le clergé à sa dévotion, des amis dans le parlement, des espions à la cour, des serviteurs dans tout le royaume. Sa première démarche politique fut une association sous le nom de *sainte ligue* contre les protestants, pour la sûreté de la religion catholique.

La moitié du royaume entra avec empressement dans cette nouvelle confédération. Le pape Sixte-Quint donna sa bénédiction à la Ligue, et la protégea comme une nouvelle milice romaine. Philippe II, roi d'Espagne, selon la politique des souverains qui concourent toujours à la ruine de leurs voisins, encouragea la Ligue de toutes ses forces, dans la vue de mettre la France en pièces, et de s'enrichir de ses dépouilles.

Ainsi Henri III, toujours ennemi des protestants, fut trahi lui-même par des catholiques, assiégé d'ennemis secrets et déclarés, et inférieur en autorité à un sujet qui, soumis en apparence, était réellement plus roi que lui.

La seule ressource pour se tirer de cet embarras était peut-être de se joindre avec Henri de Navarre, dont la fidélité, le courage, et l'esprit infatigable, étaient l'unique barrière qu'on pouvait opposer à l'ambition de Guise, et qui pouvait retenir dans le parti du roi tous les protestants; ce qui eût mis un grand poids de plus dans sa balance.

Le roi, dominé par Guise, dont il se défiait, mais qu'il n'osait offenser, intimidé par le pape, trahi par son conseil et par sa mauvaise politique, prit un parti tout opposé; il se mit lui-même à la tête de la sainte Ligue. Dans l'espérance de s'en rendre le maître, il s'unit avec Guise, son sujet rebelle, contre son successeur et son beau-frère, que la nature et la bonne politique lui désignaient pour son allié.

Henri de Navarre commandait alors en Gascogne une petite armée, tandis qu'un grand corps de troupes accourait à son secours de la part des princes protestants d'Allemagne : il était déjà sur les frontières de Lorraine.

Le roi s'imagina qu'il pourrait tout à la fois réduire le Navarrois, et se débarrasser de Guise. Dans ce dessein, il envoya le Lorrain avec une très-petite et très-faible armée contre les Allemands, par lesquels il faillit à être mis en déroute.

Il fit marcher en même temps Joyeuse, son favori, contre le Navarrois, avec la fleur de la noblesse française, et avec la plus puissante armée qu'on eût vue depuis François Iᵉʳ. Il échoua dans tous ces desseins : Henri de Navarre défit entièrement à Coutras cette armée si redoutable, et Guise remporta la victoire sur les Allemands.

Le Navarrois ne se servit de sa victoire que pour offrir une paix sûre au royaume, et son secours au roi. Mais, quoique vainqueur, il se vit refusé, le roi craignant plus ses propres sujets que ce prince.

Guise retourna victorieux à Paris, et y fut reçu comme le sauveur de la nation. Son parti devint plus audacieux, et le roi plus méprisé; en sorte que Guise semblait plutôt avoir triomphé du roi que des Allemands.

Le roi, sollicité de toutes parts, sortit, mais trop tard, de sa profonde léthargie. Il essaya d'abattre la Ligue : il voulut s'assurer de quelques bourgeois les plus séditieux : il osa défendre à Guise l'entrée de Paris; mais il éprouva à ses dépens ce que c'est que de commander sans pouvoir. Guise, au mépris de ses ordres, vint à Paris; les bourgeois prirent les armes; les gardes du roi furent arrêtés, et lui-même fut emprisonné dans son palais.

Rarement les hommes sont assez bons ou assez méchants. Si Guise avait entrepris dans ce jour sur la liberté ou la vie du roi, il aurait été le maître de la France; mais il le laissa échapper après l'avoir assiégé, et en fit ainsi trop ou trop peu.

Henri III s'enfuit à Blois, où il convoqua les états généraux du royaume. Ces états ressemblaient au parlement de la Grande-Bretagne, quant à leur convocation ; mais leurs opérations étaient différentes. Comme ils étaient rarement assemblés, ils n'avaient point de règles pour se conduire : c'était en général une assemblée de gens incapables, faute d'expérience, de savoir prendre de justes mesures ; ce qui formait une véritable confusion.

Guise, après avoir chassé son souverain de sa capitale, osa venir le braver à Blois, en présence d'un corps qui représentait la nation. Henri et lui se réconcilièrent solennellement ; ils allèrent ensemble au même autel ; ils y communièrent ensemble. L'un promit par serment d'oublier toutes les injures passées, l'autre d'être obéissant et fidèle à l'avenir ; mais dans le même temps le roi projetait de faire mourir Guise, et Guise de faire détrôner le roi.

Guise avait été suffisamment averti de se défier de Henri ; mais il le méprisait trop pour le croire assez hardi d'entreprendre un assassinat. Il fut la dupe de sa sécurité ; le roi avait résolu de se venger de lui et de son frère le cardinal de Guise, le compagnon de ses ambitieux desseins, et le plus hardi promoteur de la Ligue. Le roi fit lui-même provision de poignards, qu'il distribua à quelques Gascons qui s'étaient offerts d'être les ministres de sa vengeance. Ils tuèrent Guise dans le cabinet du roi ; mais ces mêmes hommes qui avaient tué le duc ne voulurent point tremper leurs mains dans le sang de son frère, parce qu'il était prêtre et cardinal ; comme si la vie d'un homme qui porte une robe longue et un rabat était plus sacrée que celle d'un homme qui porte un habit court et une épée !

Le roi trouva quatre soldats, qui, au rapport du jésuite Maimbourg, n'étant pas si scrupuleux que les Gascons, tuèrent le cardinal pour cent écus chacun. Ce fut sous l'appartement de Catherine de Médicis que les deux frères furent tués ; mais elle ignorait parfaitement le dessein de son fils, n'ayant plus alors la confiance d'aucun parti, et étant même abandonnée par le roi.

Si une telle vengeance eût été revêtue des formalités de la loi, qui sont les instruments naturels de la justice des rois, ou le voile naturel de leur iniquité, la Ligue en eût été épouvantée ; mais, manquant de cette forme solennelle, cette action fut regardée comme un affreux assassinat, et ne fit qu'irriter le parti. Le sang des Guises fortifia la Ligue, comme la mort de Coligny avait fortifié les protestants. Plusieurs villes de France se révoltèrent ouvertement contre le roi.

Il vint d'abord à Paris ; mais il en trouva les portes fermées, et tous les habitants sous les armes.

Le fameux duc de Mayenne, cadet du feu duc de Guise, était alors dans Paris. Il avait été éclipsé par la gloire de Guise pendant sa vie ; mais, après sa mort, le roi le trouva aussi dangereux ennemi que son frère : il avait toutes ses grandes qualités, auxquelles il ne manqua que l'éclat et le lustre.

Le parti des Lorrains était très-nombreux dans Paris. Le grand nom de Guise, leur magnificence, leur libéralité, leur zèle apparent pour la religion catholique, les avaient rendus les délices de la ville. Prêtres, bourgeois, femmes, magistrats, tout se ligua fortement avec Mayenne pour poursuivre une vengeance qui leur paraissait légitime.

La veuve du duc présenta une requête au parlement contre les meurtriers de son mari. Le procès commença suivant le cours ordinaire de la justice; deux conseillers furent nommés pour informer des circonstances du crime; mais le parlement n'alla pas loin, les principaux étant singulièrement attachés aux intérêts du roi.

La Sorbonne ne suivit point cet exemple de modération : soixante et dix docteurs publièrent un écrit par lequel ils déclarèrent Henri de Valois déchu de son droit à la couronne, et ses sujets dispensés du serment de fidélité.

Mais l'autorité royale n'avait pas d'ennemis plus dangereux que ces bourgeois de Paris nommés les Seize, non à cause de leur nombre, puisqu'ils étaient quarante, mais à cause des seize quartiers de Paris, dont ils s'étaient partagé le gouvernement. Le plus considérable de tous ces bourgeois était un certain Le Clerc, qui avait usurpé le grand nom de Bussy. C'était un citoyen hardi, et un méchant soldat, comme tous ses compagnons. Ces Seize avaient acquis une autorité absolue, et devinrent dans la suite aussi insupportables à Mayenne qu'ils avaient été terribles au roi.

D'ailleurs les prêtres, qui ont toujours été les trompettes de toutes les révolutions, tonnaient en chaire, et assuraient de la part de Dieu que celui qui tuerait le tyran entrerait infailliblement en paradis. Les noms sacrés et dangereux de Jéhu et de Judith, et tous ces assassinats consacrés par l'Écriture sainte, frappaient partout les oreilles de la nation. Dans cette affreuse extrémité, le roi fut enfin forcé d'implorer le secours de ce même Navarrois qu'il avait autrefois refusé. Ce prince fut plus sensible à la gloire de protéger son beau-frère et son roi, qu'à la victoire qu'il avait remportée sur lui.

Il mena son armée au roi; mais, avant que ses troupes fussent arrivées, il vint le trouver, accompagné d'un seul page. Le roi ut étonné de ce trait de générosité, dont il n'avait pas été lui-même capable. Les deux rois marchèrent vers Paris à la tête d'une puissante armée. La ville n'était point en état de se défendre. La Ligue touchait au moment de sa ruine entière, lorsqu'un jeune religieux de l'ordre de Saint-Dominique changea toute la face des affaires.

Son nom était Jacques Clément; il était né dans un village de

Bourgogne, appelé Sorbonne, et alors âgé de vingt-quatre ans.
Sa farouche piété, et son esprit noir et mélancolique, se laissèrent
bientôt entraîner au fanatisme par les importunes clameurs des
prêtres. Il se chargea d'être le libérateur et le martyr de la sainte
Ligue. Il communiqua son projet à ses amis et à ses supérieurs :
tous l'encouragèrent, et le canonisèrent d'avance. Clément se
prépara à son parricide par des jeûnes et par des prières conti-
nuelles pendant des nuits entières. Il se confessa, reçut les sacrements, puis acheta un bon couteau. Il alla à Saint-Cloud, où
était le quartier du roi, et demanda à être présenté à ce prince,
sous prétexte de lui révéler un secret dont il lui importait d'être
promptement instruit. Ayant été conduit devant Sa Majesté, il se
prosterna avec une modeste rougeur sur le front, et il lui remit
une lettre qu'il disait être écrite par Achille de Harlay, premier
président. Tandis que le roi lit, le moine le frappe dans le ventre,
et laisse le couteau dans la plaie ; ensuite, avec un regard assuré,
et les mains sur sa poitrine, il lève les yeux au ciel, attendant
paisiblement les suites de son assassinat. Le roi se lève, arrache
le couteau de son ventre, et en frappe le meurtrier au front.
Plusieurs courtisans accoururent au bruit. Leur devoir exigeait
qu'ils arrêtassent le moine pour l'interroger, et tâcher de découvrir ses complices ; mais ils le tuèrent sur-le-champ, avec une
précipitation qui les fit soupçonner d'avoir été trop instruits de
son dessein. Henri de Navarre fut alors roi de France par le droit
de sa naissance, reconnu d'une partie de l'armée, et abandonné
par l'autre.

Le duc d'Épernon, et quelques autres, quittèrent l'armée,
alléguant qu'ils étaient trop bons catholiques pour prendre les
armes en faveur d'un roi qui n'allait point à la messe. Ils espé-
raient secrètement que le renversement du royaume, l'objet de
leurs désirs et de leur espérance, leur donnerait occasion de se
rendre souverains dans leur pays.

Cependant l'attentat de Clément fut approuvé à Rome, et ce
moine adoré dans Paris. La sainte Ligue reconnut pour son roi le
cardinal de Bourbon, vieux prêtre, oncle de Henri IV, pour faire
voir au monde que ce n'était pas la maison de Bourbon, mais les
hérétiques, que sa haine poursuivait.

Ainsi le duc de Mayenne fut assez sage pour ne pas usurper le
titre de roi ; et cependant il s'empara de toute l'autorité royale,
pendant que le malheureux cardinal de Bourbon, appelé roi par
la Ligue, fut gardé prisonnier par Henri IV le reste de sa vie,
qui dura encore deux ans. La Ligue, plus appuyée que jamais
par le pape, secourue des Espagnols, et forte par elle-même,
était parvenue au plus haut point de sa grandeur, et faisait sentir à Henri IV cette haine que le faux zèle inspire, et ce mépris
que font naître les heureux succès.

Henri avait peu d'amis, peu de places importantes, point d'argent, et une petite armée; mais son courage, son activité, sa politique, suppléaient à tout ce qui lui manquait. Il gagna plusieurs batailles, et entre autres celle d'Ivry sur le duc de Mayenne, une des plus remarquables qui aient jamais été données. Les deux généraux montrèrent dans ce jour toute leur capacité, et les soldats tout leur courage. Il y eut peu de fautes commises de part et d'autre. Henri fut enfin redevable de la victoire à la supériorité de ses connaissances et de sa valeur; mais il avoua que Mayenne avait rempli tous les devoirs d'un grand général : « Il n'a péché, dit il, que dans la cause qu'il soutenait. »

Il se montra après la victoire aussi modéré qu'il avait été terrible dans le combat. Instruit que le pouvoir diminue souvent quand on en fait un usage trop étendu, et qu'il augmente en l'employant avec ménagement, il mit un frein à la fureur du soldat armé contre l'ennemi; il eut soin des blessés, et donna la liberté à plusieurs personnes. Cependant tant de valeur et tant de générosité ne touchèrent point les ligueurs.

Les guerres civiles de France étaient devenues la querelle de toute l'Europe. Le roi Philippe II était vivement engagé à défendre la Ligue : la reine Élisabeth donnait toutes sortes de secours à Henri, non parce qu'il était protestant, mais parce qu'il était ennemi de Philippe II, dont il lui était dangereux de laisser croître le pouvoir. Elle envoya à Henri cinq mille hommes, sous le commandement du comte d'Essex son favori, auquel elle fit depuis trancher la tête.

Le roi continua la guerre avec différents succès. Il prit d'assaut tous les faubourgs de Paris dans un seul jour. Il eût peut-être pris de même la ville, s'il n'eût pensé qu'à la conquérir; mais il craignit de donner sa capitale en proie aux soldats, et de ruiner une ville qu'il avait envie de sauver. Il assiégea Paris; il leva le siége, il le recommença; enfin il bloqua la ville, et lui coupa toutes les communications, dans l'espérance que les Parisiens seraient forcés, par la disette des vivres, à se rendre sans effusion de sang.

Mais Mayenne, les prêtres, et les Seize, tournèrent les esprits avec tant d'art, les envenimèrent si fort contre les hérétiques, et remplirent leur imagination de tant de fanatisme, qu'ils aimèrent mieux mourir de faim que de se rendre et d'obéir.

Les moines et les religieux donnèrent un spectacle qui, bien que ridicule en lui-même, fut cependant un ressort merveilleux pour animer le peuple. Ils firent une espèce de revue militaire, marchant par rang et de file, et portant des armes rouillées par-dessus leurs capuchons, ayant à leur tête la figure de la vierge Marie, branlant des épées, et criant qu'ils étaient tout prêts à combattre et à mourir pour la défense de la foi; en sorte que les bourgeois, voyant leurs confesseurs armés, croyaient effectivement soutenir la cause de Dieu.

Quoi qu'il en soit, la disette dégénéra en famine universelle : ce nombre prodigieux de citoyens n'avait d'autre nourriture que les sermons des prêtres et que les miracles imaginaires des moines, qui, par ce pieux artifice, avaient dans leurs couvents toutes choses en abondance, tandis que toute la ville était sur le point de mourir de faim. Les misérables Parisiens, trompés d'abord par l'espérance d'un prompt secours, chantaient dans les rues des ballades et des lampons contre Henri : folie qu'on ne pourrait attribuer à quelque autre nation avec vraisemblance, mais qui est assez conforme au génie des Français, même dans un état si affreux. Cette courte et déplorable joie fut bientôt entièrement étouffée par la misère la plus réelle et la plus étonnante : trente mille hommes moururent de faim dans l'espace d'un mois. Les malheureux citoyens, pressés par la famine, essayèrent de faire une espèce de pain avec les os des morts, lesquels étant brisés et bouillis formaient une sorte de gelée ; mais cette nourriture si peu naturelle ne servait qu'à les faire mourir plus promptement. On conte (et cela est attesté par les témoignages les plus authentiques) qu'une femme tua et mangea son propre enfant. Au reste, l'inflexible opiniâtreté des Parisiens était égale à leur misère. Henri eut plus de compassion pour leur état qu'ils n'en avaient eux-mêmes : son bon naturel l'emporta sur son intérêt particulier.

Il souffrit que ses soldats vendissent en particulier toutes sortes de provisions à la ville. Ainsi on vit arriver ce qu'on n'avait pas encore vu, que les assiégés étaient nourris par les assiégeants : c'était un spectacle bien singulier, que de voir les soldats qui, du fond de leurs tranchées, envoyaient des vivres aux citoyens, qui leur jetaient de l'argent de leurs remparts. Plusieurs officiers, entraînés par la licence si ordinaire à la soldatesque, troquaient un aloyau pour une fille ; en sorte qu'on ne voyait que femmes qui descendaient dans des baquets, et des baquets qui remontaient pleins de provisions. Par là une licence hors de saison régna parmi les officiers ; les soldats amassèrent beaucoup d'argent ; les assiégés furent soulagés, et le roi perdit la ville ; car dans le même temps une armée d'Espagnols vint des Pays-Bas. Le roi fut obligé de lever le siége, et d'aller à sa rencontre au travers de tous les dangers et de tous les hasards de la guerre, jusqu'à ce qu'enfin les Espagnols ayant été chassés du royaume, il revint une troisième fois devant Paris, qui était toujours plus opiniâtré à ne point le recevoir.

Sur ces entrefaites, le cardinal de Bourbon, ce fantôme de la royauté, mourut. On tint une assemblée à Paris, qui nomma les états généraux du royaume pour procéder à l'élection d'un nouveau roi. L'Espagne influait fortement sur ces états ; Mayenne avait un parti considérable qui voulait le mettre sur le trône. Enfin Henri, ennuyé de la cruelle nécessité de faire éternellement la guerre à ses sujets, et sachant d'ailleurs que ce n'était pas sa personne, mais sa religion qu'ils haïssaient, résolut de rentrer au giron de l'Église romaine. Peu de semaines après, Paris lui ouvrit ses portes. Ce qui avait été impossible à sa valeur et à sa magnanimité, il l'obtint facilement en allant à la messe, et en recevant l'absolution du pape.

> Tout le peuple, changé dans ce jour salutaire,
> Reconnaît son vrai roi, son vainqueur, et son père.
> Dès lors on admira ce règne fortuné,
> Et commencé trop tard, et trop tôt terminé.
> L'Autrichien trembla. Justement désarmée,
> Rome adopta Bourbon, Rome s'en vit aimée.
> La Discorde rentra dans l'éternelle nuit.
> A reconnaître un roi Mayenne fut réduit;
> Et, soumettant enfin son cœur et ses provinces,
> Fut le meilleur sujet du plus juste des princes.
>
> *Henriade*, fin du dernier chant.

DISSERTATION

SUR LA MORT DE HENRI IV.

Le plus horrible accident qui soit jamais arrivé en Europe a produit les plus odieuses conjectures. Presque tous les Mémoires du temps de la mort de Henri IV jettent également des soupçons sur les ennemis de ce bon roi, sur les courtisans, sur les jésuites, sur sa maîtresse, sur sa femme même. Ces accusations durent encore, et on ne parle jamais de cet assassinat sans former un jugement téméraire. J'ai toujours été étonné de cette facilité malheureuse avec laquelle les hommes les plus incapables d'une méchante action aiment à imputer les crimes les plus affreux aux hommes d'État, aux hommes en place. On veut se venger de leur grandeur en les accusant; on veut se faire valoir en racontant des anecdotes étranges. Il en est de la conversation comme d'un spectacle, comme d'une tragédie, dans laquelle il faut attacher par de grandes passions et par de grands crimes.

Des voleurs assassinent Vergier dans la rue; tout Paris accuse de ce meurtre un grand prince. Une rougeole pourprée enlève des personnes considérables; il faut qu'elles aient été toutes empoisonnées. L'absurdité de l'accusation, le défaut total de preuves, rien n'arrête; et la calomnie, passant de bouche en bouche, et bientôt de livre en livre, devient une vérité importante aux yeux de la postérité toujours crédule. Depuis que je m'applique à l'histoire, je ne cesse de m'indigner contre ces accusations sans preuves, dont les historiens se plaisent à noircir leurs ouvrages.

La mère de Henri IV mourut d'une pleurésie; combien d'auteurs la font empoisonner par un marchand de gants qui lui vendit des gants parfumés, et qui était, dit-on, l'empoisonneur à brevet de Catherine de Médicis! On ne s'avise guère de douter que le pape Alexandre VI ne soit mort du poison qu'il avait préparé pour le cardinal Corneto, et pour quelques autres cardinaux dont il voulait, dit-on, être l'héritier. Guichardin, auteur contemporain, auteur respecté, dit qu'on imputait la mort de ce pontife à ce crime, et à ce châtiment du crime; il ne dit pas que le pape fût un empoisonneur, il le laisse entendre, et l'Europe ne l'a que trop bien entendu.

Et moi j'ose dire à Guichardin : « L'Europe est trompée par vous, et vous l'avez été par votre passion. Vous étiez l'ennemi du pape; vous avez trop cru votre haine et les actions de sa vie. Il avait, à la vérité, exercé des vengeances cruelles et perfides contre des ennemis aussi perfides et aussi cruels que lui ; de là vous concluez qu'un pape de soixante-douze ans n'est pas mort d'une façon naturelle; vous prétendez, sur des rapports vagues, qu'un vieux souverain, dont les coffres étaient remplis alors de plus d'un million de ducats d'or, voulut empoisonner quelques cardinaux pour s'emparer de leur mobilier; mais ce mobilier était-il un objet si important? Ces effets étaient presque toujours enlevés par les valets de chambre avant que les papes pussent en saisir quelques dépouilles. Comment pouvez-vous croire qu'un homme prudent ait voulu hasarder, pour un aussi petit gain, une action aussi infâme, une action qui demandait des complices et qui tôt ou tard eût été découverte? Ne dois-je pas croire le journal de la maladie du pape, plutôt qu'un bruit populaire? Ce journal le fait mourir d'une fièvre double tierce. Il n'y a pas le moindre vestige de cette accusation intentée contre sa mémoire. Son fils Borgia tomba malade dans le temps de la mort de son père; voilà le seul fondement de l'histoire du poison. Le père et le fils sont malades en même temps, donc ils sont empoisonnés; ils sont l'un et l'autre de grands politiques, des princes sans scrupule, donc ils sont atteints du poison même qu'ils destinaient à douze cardinaux. C'est ainsi que raisonne l'animosité; c'est la logique d'un peuple qui déteste son maître : mais ce ne doit pas être celle d'un historien. Il se porte pour juge, il prononce les arrêts de la postérité : il ne doit déclarer personne coupable sans des preuves évidentes. »

Ce que je dis de Guichardin, je le dirai des *Mémoires de Sully* au sujet de la mort de Henri IV. Ces Mémoires furent composés par des secrétaires du duc de Sully, alors disgracié par Marie de Médicis; on y laisse échapper quelques soupçons sur cette princesse, que la mort de Henri IV faisait maîtresse du royaume, et sur le duc d'Épernon, qui servit à la faire déclarer régente. Mézeray, plus hardi que judicieux, fortifie ces soupçons; et celui qui vient de faire imprimer le sixième tome des *Mémoires de Condé* fait ses efforts pour donner au misérable Ravaillac les complices les plus respectables. N'y a-t-il donc pas assez de crimes sur la terre? faut-il encore en chercher où il n'y en a point?

On accuse à la fois le P. Alagona, jésuite, oncle du duc de Lerme, tout le conseil espagnol, la reine Marie de Médicis, la maîtresse de Henri IV, Mme de Verneuil, et le duc d'Épernon. Choisissez donc. Si la maîtresse est coupable, il n'y a pas d'apparence que l'épouse le soit; si le conseil d'Espagne a mis dans Naples le couteau à la main de Ravaillac, ce n'est donc pas le duc d'Épernon qui l'a séduit dans Paris, lui que Ravaillac appelait *catholique à gros grain*, comme il est prouvé au procès; lui qui n'avait jamais fait que des actions généreuses; lui qui d'ailleurs empêcha qu'on ne tuât Ravaillac à l'instant qu'on le reconnut tenant son couteau sanglant, et qui voulait qu'on le réservât à la question et au supplice.

Il y a des preuves, dit Mézeray, que des prêtres avaient mené Ravaillac jusqu'à Naples : je réponds qu'il n'y a aucune preuve. Consultez le procès criminel de ce monstre, vous y trouverez tout le contraire. Je ne sais quelles dépositions vagues d'un nommé Dujardin et d'une Descomans ne sont pas des allégations à opposer aux aveux que fit Ravaillac dans les tortures. Rien n'est plus simple, plus ingénu, moins embarrassé, moins inconstant, rien par conséquent de plus vrai que toutes ses réponses. Quel intérêt aurait-il eu à cacher les noms de ceux qui l'auraient abusé? Je conçois bien qu'un scélérat associé à d'autres scélérats cèle d'abord ses complices. Les brigands s'en font un point d'honneur; car il y a de ce qu'on appelle *honneur* jusque dans le crime : cependant ils avouent tout à la fin. Comment donc un jeune homme qu'on aurait séduit, un fanatique à qui on aurait fait accroire qu'il serait protégé, ne décèlerait-il pas ses séducteurs? comment, dans l'horreur des tortures, n'accuserait-il pas les imposteurs qui l'ont rendu le plus malheureux des hommes? n'est-ce pas là le premier mouvement du cœur humain?

Ravaillac persiste toujours à dire dans ses interrogatoires : « J'ai cru bien faire en tuant un roi qui voulait faire la guerre au pape; j'ai eu des visions, des révélations; j'ai cru servir Dieu : je reconnais que je me suis trompé, et que je suis coupable d'un crime horrible; je n'y ai jamais été excité par personne. » Voilà la substance de toutes ses réponses. Il avoue que le jour de l'assassinat il avait été dévotement à la messe; il avoue qu'il avait voulu plusieurs fois parler au roi, pour le détourner de faire la guerre en faveur des princes hérétiques; il avoue que le dessein de tuer le roi l'a déjà tenté deux fois, qu'il y a résisté, qu'il a quitté Paris pour se rendre le crime impossible, qu'il y est re-

tourné, vaincu par son fanatisme. Il signe l'un de ses interrogatoires, *François Ravaillac* :

> Que toujours dans mon cœur
> Jésus soit le vainqueur !

Qui ne reconnaît, qui ne voit, à ces deux vers dont il accom-
pagna sa signature, un malheureux dévot dont le cerveau égaré
était empoisonné de tous les venins de la Ligue ?

Ses complices étaient la superstition et la fureur qui animèrent
Jean Chastel, Pierre Barrière, Jacques Clément. C'était l'esprit de
Poltrot, qui assassina le duc de Guise; c'étaient les maximes de
Balthazar Gérard, assassin du grand prince d'Orange. Ravaillac
avait été feuillant; et il suffisait alors d'avoir été moine, pour
croire que c'était une œuvre méritoire de tuer un prince ennemi
de la religion catholique. On s'étonne qu'on ait attenté plusieurs
fois sur la vie de Henri IV, le meilleur des rois; on devrait
s'étonner que les assassins n'aient pas été en plus grand nombre.
Chaque superstitieux avait continuellement devant les yeux Aod
assassinant le roi des Philistins; Judith se prostituant à Holopherne pour l'égorger dormant entre ses bras; Samuel coupant
par morceaux un roi prisonnier de guerre, envers qui Saül
n'osait violer le droit des nations. Rien n'avertissait alors que ces
cas particuliers étaient des exceptions, des inspirations, des
ordres exprès, qui ne tiraient point à conséquence; on les prenait pour la loi générale. Tout encourageait à la démence, tout
consacrait le parricide. Il me paraît enfin bien prouvé, par l'esprit de superstition, de fureur et d'ignorance, qui dominait, par
la connaissance du cœur humain, et par les interrogatoires de
Ravaillac, qu'il n'eut aucun complice. Il faut surtout s'en tenir
à ces confessions faites à la mort devant des juges. Ces confessions prouvent expressément que Jean Chastel avait commis son
parricide dans l'espérance d'être moins damné, et Ravaillac,
dans l'espérance d'être sauvé.

Il le faut avouer, ces monstres étaient fervents dans la foi.
Ravaillac se recommande en pleurant à saint François son patron
et à tous les saints; il se confesse avant de recevoir la question;
il charge deux docteurs auxquels il s'est confessé d'assurer le
greffier que jamais il n'a parlé à personne du dessein de tuer le
roi; il avoue seulement qu'il a parlé au P. d'Aubigny, jésuite,
de quelques visions qu'il a eues, et le P. d'Aubigny dit très-
prudemment qu'il ne s'en souvient pas; enfin le criminel jure
jusqu'au dernier moment, sur sa damnation éternelle, qu'il est
seul coupable, et il le jure plein de repentir. Sont-ce là des raisons? sont-ce là des preuves suffisantes?

Cependant l'éditeur du sixième tome des *Mémoires de Condé*
insiste encore; il recherche un passage des *Mémoires de L'Estoile*
dans lequel on fait dire à Ravaillac, dans la place de l'exécution :

« On m'a bien trompé quand on m'a voulu persuader que le coup que je ferais serait bien reçu du peuple, puisqu'il fournit lui-même des chevaux pour me déchirer. » Premièrement, ces paroles ne sont point rapportées dans le procès-verbal de l'exécution; secondement, il est vrai peut-être que Ravaillac dit ou voulut dire : « On m'a bien trompé quand on me disait : Le roi est haï, on se réjouira de sa mort. » Il voyait le contraire, et les regrets du peuple; il se voyait l'objet de l'horreur publique. Il pouvait bien dire : « On m'a trompé. » Et en effet, s'il n'avait jamais entendu justifier dans les conversations le crime de Jean Chastel, s'il n'avait pas eu les oreilles rebattues des maximes fanatiques de la Ligue, il n'eût jamais commis ce parricide. Voilà l'unique sens de ces paroles. Mais les a-t-il prononcées? qui l'a dit à M. de L'Estoile? un bruit de ville qu'il rapporte prévaudra-t-il sur un procès-verbal? Dois-je en croire ce L'Estoile, qui écrivait le soir tous les contes populaires qu'il avait entendus le jour? Défions-nous de tous ces journaux qui sont des recueils de tout ce que la renommée débite.

Je lus il y a quelques années dix-huit tomes in-folio des *Mémoires* du feu marquis de Dangeau : j'y trouvai ces propres paroles : « La reine d'Espagne, Marie-Louise d'Orléans, est morte empoisonnée par le marquis de Mansfeld; le poison avait été mis dans une tourte d'anguilles; la comtesse de Pernits, qui mangea la desserte de la reine, en est morte aussi; trois caméristes en ont été malades. Le roi l'a dit ce soir à son petit couvert. » Qui ne croirait un tel fait, circonstancié, appuyé du témoignage de Louis XIV, et rapporté par un courtisan de ce monarque, par un homme d'honneur qui avait soin de recueillir toutes les anecdotes? Cependant il est très-faux que la comtesse de Pernits soit morte alors; il est tout aussi faux qu'il y ait eu trois caméristes malades, et non moins faux que Louis XIV ait prononcé des paroles aussi indiscrètes. Ce n'était point M. de Dangeau qui faisait ces malheureux mémoires, c'était un vieux valet de chambre imbécile, qui se mêlait de faire à tort et à travers des gazettes manuscrites de toutes les sottises qu'il entendait dans les antichambres. Je suppose cependant que ces mémoires tombassent dans cent ans entre les mains de quelque compilateur, que de calomnies alors sous presse! que de mensonges répétés dans tous les journaux! Il faut tout lire avec défiance. Aristote avait bien raison, quand il disait que le doute est le commencement de la sagesse.

EXTRAIT

DU PROCÈS CRIMINEL FAIT A FRANÇOIS RAVAILLAC.

DU 19 MAI 1610.

A dit qu'il n'a jamais reçu aucun outrage du roi, et que la cour a assez d'arguments suffisants par les interrogatoires et réponses au procès; qu'il n'y a nullement apparence qu'il y ait été induit par argent, ou suscité par gens ambitieux du sceptre de France : car si tant est qu'il eût été porté par argent ou autrement, il semble qu'il ne fût pas venu jusqu'à trois fois et à trois voyages exprès d'Angoulême à Paris, distants l'un de l'autre de cent lieues, pour donner conseil au roi de ranger à l'Église catholique et romaine ceux de la prétendue réformée, gens du tout contraires à la volonté de Dieu et de son Église, parce que qui a volonté de tuer autrui par argent, dès qu'il se laisse malheureusement corrompre pour assassiner son prince, ne va pas le faire avertir comme il a fait trois diverses fois, ainsi que le sieur de La Force a reconnu, depuis l'homicide commis par l'accusé, avoir été dans le Louvre, et prié instamment de le faire parler au roi, à quoi ledit sieur de La Force aurait répondu qu'il était un papaute et un catholique à gros grain, lui disant s'il connaissait M. d'Épernon; et l'accusé lui répondit qu'oui, et que c'était un catholique à gros grain : et ayant dit au sieur de La Force qu'étant catholique, apostolique et romain, et voulant tel vivre et mourir, il le supplie de vouloir le faire parler au roi, afin de déclarer à Sa Majesté l'intention où il était depuis si longtemps de le tuer, n'osant le déclarer à aucun autre, parce que l'ayant dit à Sa Majesté, il se serait désisté tout à fait de cette mauvaise volonté.

Enquis si de lors qu'il fit ses voyages pour parler au roi et lui conseiller de faire la guerre à ceux de la religion prétendue réformée, il avait protesté à son curé que, si Sa Majesté ne voulait accorder ce dont l'accusé la suppliait, il ferait le malheureux acte qu'il a commis;

A dit que non, et que s'il l'avait projeté, s'en était désisté, et avait cru qu'il était expédient de lui faire cette remontrance plutôt que de le tuer.

Remontré qu'il n'avait changé sa mauvaise intention, parce que depuis le dernier voyage qu'il a fait à Angoulême le jour de Pâques, il n'a cherché les moyens de parler au roi, ce qui démontre assez qu'il était parti en cette résolution de faire ce qu'il a fait;

A dit qu'il est véritable.

Enquis si le jour de Pâques et de son départ il **fit la sainte communion**; a dit que non, et l'avait faite le premier **dimanche** de carême; mais néanmoins qu'il fit célébrer le sacrifice de la sainte messe à l'église Saint-Paul d'Angoulême sa paroisse, comme se reconnaissant indigne d'approcher de ce très-saint et très-auguste sacrement, plein de mystère et d'incompréhensible vertu, parce qu'il se sentait encore vexé de cette tentation de tuer le roi, et en tel état ne voulait s'approcher de la sainte table.

..... Enquis s'il ne les a pas fait venir (les démons) dans la chambre où était couché ledit Dubois;

A dit que non; qu'il est bien vrai que lui accusé étant couché dans un grenier au-dessus de la chambre dudit Dubois, dans lequel grenier étaient aussi couchées d'autres personnes, il entendit à l'heure de minuit ledit Dubois qui le priait de descendre dans sa chambre, s'exclamant avec grands cris : « Ravaillac, mon ami, descends en bas, je suis mort; mon Dieu, ayez pitié de moi ! » Alors l'accusé voulut descendre : mais il en fut empêché par ceux qui étaient avec lui, pour la crainte qu'ils avaient; de sorte qu'il ne descendit point, et le lendemain il demanda audit Dubois qui l'avait mû de crier ainsi; à quoi il lui fit réponse qu'il avait vu dans sa chambre un chien d'une excessive grosseur et fort effroyable, lequel s'était mis les deux pieds de devant sur son lit; de quoi il avait eu telle peur qu'il en avait pensé mourir, et avait appelé l'accusé à son secours; à quoi l'accusé fit réponse que, pour renverser ses visions, il devait avoir recours à la sainte communion, ou à la célébration de la messe; et furent à cet effet au couvent des cordeliers faire dire la messe, pour armer la grâce de Dieu contre les visions de Satan, ennemi commun des hommes.

Remontré qu'il y a apparence que c'était lui qui avait fait paraître ce chien;

A dit que non, et de peur que nous n'ajoutions pas de foi à ses réponses, cette vérité serait attestée par ceux qui étaient dans la chambre où il était couché, qui l'empêchèrent de descendre, qui étaient l'hôtesse de la maison et une sienne cousine, qui le prièrent de n'y point aller, à cause qu'elles avaient entendu un grand bruit dans la chambre.

Remontré qu'il n'a pas eu volonté de changer son malheureux dessein, ne voulant recevoir la communion le jour de Pâques, parce que c'était le moyen de s'en divertir, duquel moyen n'ayant usé, et s'étant ainsi éloigné de la sainte communion, il a continué en sa méchante entreprise;

A dit que ce qui l'empêcha de communier fut qu'il avait pris cette résolution le jour de Pâques pour venir tuer le roi; mais aurait ouï la sainte messe auparavant de partir, croyant que la communion réelle de sa mère était suffisante pour elle et pour lui.

Remontré que lui ayant cette mauvaise intention de commettre cet acte, il était en péché et en danger de damnation, ne pouvant participer à la grâce de Dieu et communion des fidèles chrétiens pendant qu'il avait cette mauvaise volonté, dont se devait départir pour être en la grâce de Dieu.

A dit qu'il ne fait pas de difficulté de convenir qu'il n'ait été porté d'un propre mouvement et particulier, contraire à la volonté de Dieu, auteur de tout bien et vérité, contraire au diable, père du mensonge; mais que maintenant, à la remontrance que lui faisons, il reconnaît qu'il n'a pu résister à cette tentation, étant hors du pouvoir des hommes de s'empêcher du mal; et qu'à présent qu'il a déclaré la vérité entière, sans rien retenir et cacher, il espérait que Dieu tout bénin et miséricordieux lui ferait pardon et rémission de ses péchés, étant plus puissant pour dissoudre le péché, moyennant la confession et absolution sacerdotale, que les hommes pour l'offenser; priant la sacrée Vierge, saint Pierre, saint Paul, saint François (en pleurant), saint Bernard, et toute la cour céleste du paradis, requérir être ses avocats envers sa sacrée majesté, afin qu'elle impose sa croix entre sa mort et jugement de son âme et l'enfer. Par ainsi requiert et espère être participant des mérites de la passion de notre Sauveur Jésus-Christ, le priant bien très-humblement lui faire la grâce d'être associé aux mérites de tous les trésors qu'il a infus en sa puissance apostolique, lorsqu'il a dit : *Tu es Petrus.*

EXTRAIT DU PROCÈS-VERBAL DE LA QUESTION.

DU 27 MAI.

Arrêt de mort prononcé par le greffier, qui l'a prévenu que, pour révélation de ses complices, serait appliqué à la question; et, le serment de lui pris, a été exhorté de prévenir le tourment, et s'en rédimer par la connaissance de la vérité qui l'avait induit, persuadé et fortifié au méchant acte, à qui il en avait conféré et communiqué;

A dit que, par la damnation de son âme, il n'y a eu homme, femme, ni autre que lui qui l'ait su, et persisté, etc.....

SATIRES.

LE BOURBIER.

(1714.)

Pour tous rimeurs, habitants du Parnasse,
De par Phébus il est plus d'une place :
Les rangs n'y sont confondus comme ici :
Et c'est raison. Ferait beau voir aussi
Le fade auteur d'un roman ridicule [1]
Sur même lit couché près de Catulle ;
Ou bien La Motte ayant l'honneur du pas
Sur le harpeur [2] ami de Mécénas :
Trop bien Phébus sait de sa république
Régler les rangs et l'ordre hiérarchique ;
Et, dispensant honneur et dignité,
Donne à chacun ce qu'il a mérité.
Au haut du mont sont fontaines d'eau pure,
Riants jardins, non tels qu'à Châtillon
En a planté l'ami de Crébillon [3],
Et dont l'art seul a fourni la parure :
Ce sont jardins ornés par la nature ;
Là sont lauriers, orangers toujours verts ;
Séjournent là gentils faiseurs de vers.
Anacréon, Virgile, Horace, Homère,
Dieux qu'à genoux le bon Dacier révère,
D'un beau laurier y couronnent leur front :
Un peu plus bas, sur le penchant du mont,
Est le séjour de ces esprits timides,
De la raison partisans insipides,
Qui, compassés dans leurs vers languissants,
A leur lecteur font haïr le bon sens.
Adonc, amis, si, quand ferez voyage,
Vous abordez la poétique plage,
Et que La Motte ayez désir de voir,
Retenez bien qu'illec est son manoir.
Là ses consorts ont leurs têtes ornées
De quelques fleurs presque en naissant fanées,
D'un sol aride incultes nourrissons,

1. Jean de La Chapelle, auteur des *Amours de Catulle* et des *Amours de Tibulle*. (Ed.)
2. Horace. (Ed.)
3. Soyrot, contrôleur général des finances de Bourgogne. (Ed.)

Et digne prix de leurs maigres chansons,
Cettui pays n'est pays de Cocagne.
Il est enfin, au pied de la montagne,
Un bourbier noir, d'infecte profondeur,
Qui fait sentir très-malplaisante odeur
A tout chacun, fors à la troupe impure
Qui va nageant dans ce peuple d'ordure.
Et qui sont-ils ces rimeurs diffamés ?
Pas ne prétends que par moi soient nommés,
Mais quand verrez chansonniers, faiseurs d'odes,
Rogues corneurs de leurs vers incommodes,
Peintres, abbés, brocanteurs, jetonniers,
D'un vil café superbes casaniers,
Où tous les jours, contre Rome et la Grèce,
De maldisants se tient bureau d'adresse,
Direz alors, en voyant tel gibier :
« Ceci paraît citoyen du bourbier. »
De ces grimauds la croupissante race
En cettui lac incessamment coasse
Contre tous ceux qui, d'un vol assuré,
Sont parvenus au haut du mont sacré.
En ce seul point cettui peuple s'accorde,
Et va cherchant la fange la plus orde
Pour en noircir les menins d'Hélicon,
Et polluer le trône d'Apollon.
C'est vainement; car cet impur nuage
Que contre Homère, en son aveugle rage
La gent moderne assemblait avec art,
Est retombé sur le poète Houdart :
Houdart, ami de la troupe aquatique,
Et de leurs vers approbateur unique,
Comme est aussi le tiers état auteur
Dudit Houdart unique admirateur;
Houdart enfin, qui, dans un coin du Pinde,
Loin du sommet où Pindare se guinde,
Non loin du lac est assis, ce dit-on,
Tout au-dessus de l'abbé Terrasson.

LA CRÉPINADE[1].

Le diable un jour, se trouvant de loisir,
Dit : « Je voudrais former à mon plaisir
Quelque animal dont l'âme et la figure

---

1. J. B. Rousseau avait fait une satire intitulée la Baronade, contre
le baron de Breteuil son bienfaiteur, dont il avait été le secrétaire, et

Fût à tel point au rebours de nature,
Qu'en le voyant l'esprit le plus bouché
Y reconnût mon portrait tout craché. »
Il dit, et prend une argile ensoufrée,
Des eaux du Styx imbue et pénétrée;
Il en modèle un chef-d'œuvre naissant,
Pétrit son homme, et rit en pétrissant.
D'abord il met sur une tête immonde
Certain poil roux que l'on sent à la ronde;
Ce crin de juif orne un cuir bourgeonné,
Un front d'airain, vrai casque de damné;
Un sourcil blanc cache un œil sombre et louche;
Sous un nez large il tord sa laide bouche.
Satan lui donne un ris sardonien
Qui fait frémir les pauvres gens de bien,
Cou de travers, omoplate en arcade,
Un dos cintré propre à la bastonnade;
Puis il lui souffle un esprit imposteur,
Traître et rampant, satirique et flatteur.
Rien n'épargnait : il vous remplit la bête
De fiel au cœur, et de vent dans la tête.
Quand tout fut fait, Satan considéra
Ce beau garçon, le baisa, l'admira;
Endoctrina, gouverna son ouaille;
Puis dit à tous : « Il est temps qu'il rimaille. »
Aussitôt fait, l'animal rimailla,
Monta sa vielle, et Rabelais pilla;
Il griffonna des *Ceintures magiques*,
Des *Adonis*, des *Aïeux chimériques* [1];
Dans les cafés il fit le bel esprit;
Il nous chanta Sodome et Jésus-Christ;
Il fut sifflé, battu pour son mérite,
Puis fut errant, puis se fit hypocrite;
Et, pour finir, à son père il alla.
Qu'il y demeure. Or je veux sur cela
Donner au diable un conseil salutaire :
« Monsieur Satan, lorsque vous voudrez faire

---

il avait eu l'impudence de prétendre ne s'être brouillé avec M. de Voltaire que par zèle pour la religion : hypocrisie révoltante dans un homme connu par tant d'épigrammes irréligieuses, et banni pour crime de subornation. Ces circonstances rendent cette satire excusable : l'ingratitude et l'hypocrisie doivent être traitées sans ménagement. — Tout le monde n'a pas autant d'indulgence : « Il est triste qu'un homme comme M. de Voltaire, qui, jusque-là, avait eu la gloire de ne se jamais servir de son talent pour accabler ses ennemis, ait voulu perdre cette gloire. » Telles sont les expressions employées par Voltaire lui-même dans sa *Vie de Rouss.* », à propos de *la Crépinade*. (*Note de M. Bouchot.*)
1. Ouvrages dramatiques de J. B. Rousseau. (F.)

Quelque bon tour au chétif genre humain,
Prenez-vous-y par un autre chemin.
Ce n'est le tout d'envoyer son semblable
Pour nous tenter : Crépin, votre féal,
Vous servant trop, vous a servi fort mal :
Pour nous damner, rendez le vice aimable.

LE MONDAIN[1].

(1736.)

AVERTISSEMENT DES ÉDITEURS DE KEHL.

Ces deux ouvrages[2] ont attiré à M. de Voltaire les reproches non-seulement des dévots, mais de plusieurs philosophes austères et respectables. Ceux des dévots ne pouvaient mériter que du mépris, et on leur a répondu dans la *Défense du Mondain*. Toute prédication contre le luxe n'est qu'une insolence ridicule dans un pays où les chefs de la religion appellent leur maison un *palais*, et mènent dans l'opulence une vie molle et voluptueuse.

Les reproches des philosophes méritent une réponse plus grave. Toute grande société est fondée sur le droit de propriété : elle ne peut fleurir qu'autant que les individus qui la composent sont intéressés à multiplier les productions de la terre et celles des arts, c'est-à-dire autant qu'ils peuvent compter sur la libre jouissance de ce qu'ils acquièrent par leur industrie; sans cela les hommes, bornés au simple nécessaire, sont exposés à en manquer. D'ailleurs l'espèce humaine tend naturellement à se multiplier, puisqu'un homme et une femme qui ont de quoi se nourrir et nourrir leur famille, élèveront en général un plus grand nombre d'enfants que les deux qui sont nécessaires pour les remplacer. Ainsi toute peuplade qui n'augmente point souffre, et l'on sait que dans tout pays où la culture n'augmente point, la population ne peut augmenter.

Il faut donc que les hommes puissent acquérir en propriété plus que le nécessaire, et que cette propriété soit respectée, pour que la société soit florissante. L'inégalité des fortunes, et par conséquent le luxe, y est donc utile.

On voit d'un autre côté que moins cette inégalité est grande, plus la société est heureuse. Il faut donc que les lois, en laissant à chacun la liberté d'acquérir des richesses et de jouir de celles qu'il possède, tendent à diminuer l'inégalité; mais si elles établissent le partage égal des successions; si elles n'étendent point

---

1. Cette pièce est de 1736. C'est un badinage dont le fond est très-philosophique et très-utile : son utilité se trouve expliquée dans la pièce suivante. Voyez aussi, page 419, la lettre de M. de Melon à Mme la comtesse de Verrue.
2. *Le Mondain* et la *Défense du Mondain*. (Éd.)

trop la permission de tester; si elles laissent au commerce, aux professions de l'industrie, toute leur liberté naturelle; si une administration simple d'impôts rend impossibles les grandes fortunes de finances; si aucune grande place n'est héréditaire ni lucrative, dès lors il ne peut s'établir une grande inégalité; en sorte que l'intérêt de la prospérité publique est ici d'accord avec la raison, la nature, et la justice.

Si l'on suppose une grande inégalité établie, le luxe n'est point un mal; en effet, le luxe diminue en grande partie les effets de cette inégalité, en faisant vivre le pauvre aux dépens des fantaisies du riche. Il vaut mieux qu'un homme qui a cent mille écus de rente nourrisse des doreurs, des brodeuses ou des peintres, que s'il employait son superflu, commes les anciens Romains, à se faire des créatures, ou bien, comme nos anciens seigneurs, à entretenir de la valetaille, des moines, ou des bêtes fauves.

La corruption des mœurs naît de l'inégalité d'état ou de fortune, et non pas du luxe : elle n'existe que parce qu'un individu de l'espèce humaine en peut acheter ou soumettre un autre.

Il est vrai que le luxe le plus innocent, celui qui consiste à jouir des délices de la vie, amollit les âmes, et en leur rendant une grande fortune nécessaire, les dispose à la corruption; mais en même temps il les adoucit. Une grande inégalité de fortune, dans un pays où les délices sont inconnues, produit des complots, des troubles, et tous les crimes si fréquents dans les siècles de barbarie.

Il n'est donc qu'un moyen sûr d'attaquer le luxe; c'est de détruire l'inégalité des fortunes par les lois sages qui l'auraient empêché de nuire. Alors le luxe diminuera sans que l'industrie y perde rien; les mœurs seront moins corrompues; les âmes pourront être fortes sans être féroces.

Les philosophes qui ont regardé le luxe comme la source des maux de l'humanité ont donc pris l'effet pour la cause; et ceux qui ont fait l'apologie du luxe, en le regardant comme la source de la richesse réelle d'un État, ont pris pour un bon régime de santé un remède qui ne fait que diminuer les ravages d'une maladie funeste.

C'est ici toute l'erreur qu'on peut reprocher à M. de Voltaire; erreur qu'il partageait avec les hommes les plus éclairés sur la politique qu'il y eût en France, quand il composa cette satire.

Quant à ce qu'il dit dans la première pièce, et qui se borne à prétendre que les commodités de la vie sont une bonne chose, cela est vrai, pourvu qu'on soit sûr de les conserver, et qu'on n'en jouisse point aux dépens d'autrui.

Il n'est pas moins vrai que la frugalité, qu'on a prise pour une vertu, n'a été souvent que l'effet du défaut d'industrie, ou de l'indifférence pour les douceurs de la vie, que les brigands des forêts de la Tartarie poussent au moins aussi loin que les stoïciens.

Les conseils que donne Mentor à Idoménée, quoique inspirés par un sentiment vertueux, ne seraient guère praticables, surtout dans une grande société; et il faut avouer que cette division des citoyens en classes distinguées entre elles par les habits n'est d'une politique ni bien profonde ni bien solide.

Les progrès de l'industrie, il faut en convenir, ont contribué, sinon au bonheur, du moins au bien-être des hommes ; et l'opinion que le siècle où a vécu M. de Voltaire valait mieux que ceux qu'on regrette tant n'est point particulière à cet illustre philosophe; elle est celle de beaucoup d'hommes très-éclairés.

Ainsi, en ayant égard à l'espèce d'exagération que permet la poésie, surtout dans un ouvrage de plaisanterie, ces pièces ne méritent aucun reproche grave, et moins qu'aucun autre celui de dureté ou de personnalité que leur a fait J. J. Rousseau : car c'est précisément parce que le commerce, l'industrie, le luxe, lient entre eux les nations et les états de la société, adoucissent les hommes, et font aimer la paix, que M. de Voltaire en a quelquefois exagéré les avantages.

Nous avouerons avec la même franchise que La vie d'un honnête homme, peinte dans le Mondain, est celle d'un sybarite, et que tout homme qui mène cette vie ne peut être, même sans avoir aucun vice, qu'un homme aussi méprisable qu'ennuyé ; mais il est aisé de voir que c'est une pure plaisanterie. Un homme qui, pendant soixante et dix ans, n'a point peut-être passé un seul jour sans écrire, ou sans agir en faveur de l'humanité, aurait-il approuvé une vie consumée dans de vains plaisirs ? Il a voulu dire seulement qu'une vie inutile, perdue dans les voluptés, est moins criminelle et moins méprisable qu'une vie austère employée dans l'intrigue, souillée par les ruses de l'hypocrisie, ou les manœuvres de l'avidité.

Regrette qui veut le bon vieux temps,
Et l'âge d'or, et le règne d'Astrée,
Et les beaux jours de Saturne et de Rhée,
Et le jardin de nos premiers parents :
Moi je rends grâce à la nature sage
Qui, pour mon bien, m'a fait naître en cet âge
Tant décrié par nos tristes frondeurs :
Ce temps profane est tout fait pour mes mœurs
J'aime le luxe, et même la mollesse,
Tous les plaisirs, les arts de toute espèce,
La propreté, le goût, les ornements :
Tout honnête homme a de tels sentiments.
Il est bien doux pour mon cœur très-immonde
De voir ici l'abondance à la ronde,
Mère des arts et des heureux travaux,
Nous apporter, de sa source féconde,
Et des besoins et des plaisirs nouveaux.
L'or de la terre et les trésors de l'onde,
Leurs habitants et les peuples de l'air,
Tout sert au luxe, aux plaisirs de ce monde.
O le bon temps que ce siècle de fer !
Le superflu, chose très-nécessaire,
A réuni l'un et l'autre hémisphère.
Voyez-vous pas ces agiles vaisseaux

Qui, du Texel, de Londres, de Bordeaux,
S'en vont chercher, par un heureux échange,
De nouveaux biens, nés aux sources du Gange
Tandis qu'au loin, vainqueurs des musulmans,
Nos vins de France enivrent les sultans ?
Quand la nature était dans son enfance,
Nos bons aïeux vivaient dans l'ignorance,
Ne connaissant ni le *tien* ni le *mien*.
Qu'auraient-ils pu connaître ? ils n'avaient rien.
Ils étaient nus ; et c'est chose très-claire
Que qui n'a rien n'a nul partage à faire.
Sobres étaient. Ah ! je le crois encor :
Martialo[1] n'est point du siècle d'or.
D'un bon vin frais ou la mousse ou la séve
Ne gratta point le triste gosier d'Ève ;
La soie et l'or ne brillaient point chez eux.
Admirez-vous pour cela nos aïeux ?
Il leur manquait l'industrie et l'aisance :
Est-ce vertu ? c'était pure ignorance.
Quel idiot, s'il avait eu pour lors
Quelque bon lit, aurait couché dehors ?
Mon cher Adam, mon gourmand, mon bon père
Que faisais-tu dans les jardins d'Éden ?
Travaillais-tu pour ce sot genre humain ?
Caressais-tu madame Ève ma mère ?
Avouez-moi que vous aviez tous deux
Les ongles longs, un peu noirs et crasseux.
La chevelure un peu mal ordonnée,
Le teint bruni, la peau bise et tannée.
Sans propreté l'amour le plus heureux
N'est plus amour, c'est un besoin honteux.
Bientôt lassés de leur belle aventure,
Dessous un chêne ils soupent galamment
Avec de l'eau, du millet, et du gland ;
Le repas fait, ils dorment sur la dure :
Voilà l'état de la pure nature.
    Or maintenant voulez-vous, mes amis,
Savoir un peu, dans nos jours tant maudits,
Soit à Paris, soit dans Londre, ou dans Rome,
Quel est le train des jours d'un honnête homme.
Entrez chez lui : la foule des beaux-arts,
Enfants du goût, se montre à vos regards.
De mille mains l'éclatante industrie
De ces dehors orna la symétrie.
L'heureux pinceau, le superbe dessin

---

1. Auteur du *Cuisinier français*.

Du doux Corrége et du savant Poussin
Sont encadrés dans l'or d'une bordure;
C'est Bouchardon¹ qui fit cette figure,
Et cet argent fut poli par Germain².
Des Gobelins l'aiguille et la teinture
Dans ces tapis surpassent la peinture.
Tous ces objets sont vingt fois répétés
Dans des trumeaux tout brillants de clartés.
De ce salon je vois par la fenêtre,
Dans des jardins, des myrtes en berceaux;
Je vois jaillir les bondissantes eaux.
Mais du logis j'entends sortir le maître :
Un char commode, avec grâces orné,
Par deux chevaux rapidement traîné,
Paraît aux yeux une maison roulante,
Moitié dorée, et moitié transparente :
Nonchalamment je l'y vois promené;
De deux ressorts la liante souplesse,
Sur le pavé le porte avec mollesse.
Il court au bain : les parfums les plus doux
Rendent sa peau plus fraîche et plus polie.
Le plaisir presse; il vole au rendez-vous
Chez Camargo, chez Gaussin, chez Julie;
Il est comblé d'amour et de faveurs.
Il faut se rendre à ce palais magique ³
Où les beaux vers, la danse, la musique,
L'art de tromper les yeux par les couleurs,
L'art plus heureux de séduire les cœurs,
De cent plaisirs font un plaisir unique.
Il va siffler quelque opéra nouveau,
Ou, malgré lui, court admirer Rameau.
Allons souper. Que ces brillants services,
Que ces ragoûts ont pour moi de délices !
Qu'un cuisinier est un mortel divin !
Chloris, Eglé, me versent de leur main
D'un vin d'Aï dont la mousse pressée,
De la bouteille avec force élancée,
Comme un éclair fait voler le bouchon;
Il part, on rit; il frappe le plafond.
De ce vin frais l'écume pétillante,
De nos Français est l'image brillante.
Le lendemain donne d'autres désirs,
D'autres soupers, et de nouveaux plaisirs.

1. Fameux sculpteur, né à Chaumont en Champagne.
2. Excellent orfèvre, dont les dessins et les ouvrages sont du plus grand goût.
3. L'Opéra.

Or maintenant, monsieur du Télémaque,
Vantez-nous bien votre petite Ithaque;
Votre Salente, et vos murs malheureux,
Où vos Crétois, tristement vertueux,
Pauvres d'effet, et riches d'abstinence,
Manquent de tout pour avoir l'abondance :
J'admire fort votre style flatteur,
Et votre prose, encor qu'un peu traînante;
Mais, mon ami, je consens de grand cœur
D'être fessé dans vos murs de Salente,
Si je vais là pour chercher mon bonheur.
Et vous, jardin de ce premier bon homme,
Jardin fameux par le diable et la pomme,
C'est bien en vain que, par l'orgueil séduits,
Huet, Calmet, dans leur savante audace,
Du paradis ont recherché la place :
Le paradis terrestre est où je suis[1].

DÉFENSE DU MONDAIN

OU L'APOLOGIE DU LUXE.

(1737.)

*Lettre de M. de Melon[2], ci-devant secrétaire du régent du royaume,
à Mme la comtesse de Verue,*

SUR L'APOLOGIE DU LUXE.

J'ai lu, madame, l'ingénieuse *Apologie du luxe*; je regarde ce petit ouvrage comme une excellente leçon de politique, cachée sous un badinage agréable. Je me flatte d'avoir démontré, dans mon *Essai politique sur le commerce*, combien ce goût des

1. Les curieux d'anecdotes seront bien aisés de savoir que ce badinage, non-seulement très-innocent, mais dans le fond très-utile, fut composé dans l'année 1736, immédiatement après le succès de la tragédie d'*Alzire*. Ce succès anima tellement les ennemis littéraires de l'auteur, que l'abbé Desfontaines alla dénoncer la petite plaisanterie du *Mondain* à un prêtre nommé Couturier, qui avait du crédit sur l'esprit du cardinal de Fleury. Desfontaines falsifia l'ouvrage, y mit des vers de sa façon, comme il avait fait à *la Henriade*. L'ouvrage fut traité de scandaleux, et l'auteur de *la Henriade*, de *Mérope*, de *Zaïre*, fut obligé de s'enfuir de sa patrie. Le roi de Prusse lui offrit alors le même asile qu'il lui a donné depuis; mais l'auteur aima mieux aller retrouver ses amis dans sa patrie. Nous tenons cette anecdote de la bouche même de M. de Voltaire.

2. Cette lettre fut écrite dans le temps que la pièce du *Mondain* parut en 1736.

beaux-arts et cet emploi des richesses, cette âme d'un grand
État qu'on nomme *luxe*, sont nécessaires pour la circulation de
l'espèce et pour le maintien de l'industrie : je vous regarde, madame, comme un des grands exemples de cette vérité. Combien
de familles de Paris subsistent uniquement par la protection que
vous donnez aux arts ? Que l'on cesse d'aimer les tableaux, les
estampes, les curiosités en toute sorte de genre, voilà vingt
mille hommes, au moins, ruinés tout d'un coup dans Paris, et
qui sont forcés d'aller chercher de l'emploi chez l'étranger. Il est
bon que dans un canton suisse on fasse des lois somptuaires, par
la raison qu'il ne faut pas qu'un pauvre vive comme un riche.
Quand les Hollandais ont commencé leur commerce, ils avaient
besoin d'une extrême frugalité ; mais à présent que c'est la nation
de l'Europe qui a le plus d'argent, elle a besoin de luxe, etc.

A table hier, par un triste hasard,
J'étais assis près d'un maître cafard,
Lequel me dit : « Vous avez bien la mine
D'aller un jour échauffer la cuisine
De Lucifer ; et moi, prédestiné,
Je rirai bien quand vous serez damné.
— Damné ! comment ? pourquoi ? — Pour vos folies.
Vous avez dit en vos œuvres non pies,
Dans certain conte en rimes barbouillé,
Qu'au paradis Adam était mouillé
Lorsqu'il pleuvait sur notre premier père·
Qu'Ève avec lui buvait de belle eau claire,
Qu'ils avaient même, avant d'être déchus,
La peau tannée et les ongles crochus.
Vous avancez, dans votre folle ivresse,
Prêchant le luxe, et vantant la mollesse,
Qu'il vaut bien mieux (ô blasphèmes maudits !)
Vivre à présent qu'avoir vécu jadis.
Par quoi, mon fils, votre muse pollu
Sera rôtie, et c'est chose conclue. »
     Disant ces mots, son gosier altéré
Humait un vin qui, d'ambre coloré,
Sentait encor la grappe parfumée
Dont fut pour nous la liqueur exprimée.
Un rouge vif enluminait son teint,
Lors je lui dis : « Pour Dieu, monsieur le saint,

Mme la comtesse de Verue, mère de Mme la princesse de Cari-
gnan, dépensait cent mille francs par an en curiosités : elle s'était
formé un des plus beaux cabinets de l'Europe en raretés et en tableaux.
Elle rassemblait chez elle une société de philosophes, auxquels elle fit
des legs par son testament. Elle mourut avec la fermeté et la simplicité
de la philosophie la plus intrépide.

Quel est ce vin? d'où vient-il, je vous prie
D'où l'avez-vous? — Il vient de Canarie;
C'est un nectar, un breuvage d'élu;
Dieu nous le donne, et Dieu veut qu'il soit bu.
— Et ce café, dont après cinq services
Votre estomac goûte encor les délices?
— Par le Seigneur il me fut destiné.
— Bon : mais avant que Dieu vous l'ait donné,
Ne faut-il pas que l'humaine industrie
L'aille ravir aux champs de l'Arabie?
La porcelaine et la frêle beauté
De cet émail à la Chine empâté,
Par mille mains fut pour vous préparée,
Cuite, recuite, et peinte, et diaprée;
Cet argent fin, ciselé, godronné,
En plat, en vase, en soucoupe tourné,
Fut arraché de la terre profonde,
Dans le Potose, au sein d'un nouveau monde.
Tout l'univers a travaillé pour vous,
Afin qu'en paix, dans votre heureux courroux,
Vous insultiez, pieux atrabilaire,
Au monde entier, épuisé pour vous plaire.
  « O faux dévot, véritable mondain,
Connaissez-vous; et, dans votre prochain,
Ne blâmez plus ce que votre indolence
Souffre chez vous avec tant d'indulgence.
Sachez surtout que le luxe enrichit
Un grand État, s'il en perd un petit.
Cette splendeur, cette pompe mondaine,
D'un règne heureux est la marque certaine
Le riche est né pour beaucoup dépenser;
Le pauvre est fait pour beaucoup amasser.
Dans ces jardins regardez ces cascades,
L'étonnement et l'amour des naïades;
Voyez ces flots dont les nappes d'argent
Vont inonder ce marbre blanchissant;
Les humbles prés s'abreuvent de cette onde;
La terre en est plus belle et plus féconde.
Mais de ces eaux si la source tarit,
L'herbe est séchée, et la fleur se flétrit.
Ainsi l'on voit en Angleterre, en France,
Par cent canaux circuler l'abondance.
Le goût du luxe entre dans tous les rangs :
Le pauvre y vit des vanités des grands;
Et le travail, gagé par la mollesse,
S'ouvre à pas lents la route à la richesse.
  « J'entends d'ici des pédants à rabats,

Tristes censeurs des plaisirs qu'ils n'ont pas,
Qui, me citant Denys d'Halicarnasse,
Dion, Plutarque, et même un peu d'Horace,
Vont criaillant qu'un certain Curius,
Cincinnatus, et des consuls en *us*,
Bêchaient la terre au milieu des alarmes ;
Qu'ils maniaient la charrue et les armes ;
Et que les blés tenaient à grand honneur
D'être semés par la main d'un vainqueur.
C'est fort bien dit, mes maîtres, je veux croire
Des vieux Romains la chimérique histoire.
Mais, dites-moi, si les dieux, par hasard,
Faisaient combattre Auteuil et Vaugirard,
Faudrait-il pas, au retour de la guerre,
Que le vainqueur vînt labourer sa terre ?
L'auguste Rome, avec tout son orgueil,
Rome jadis était ce qu'est Auteuil.
Quand ces enfants de Mars et de Sylvie,
Pour quelque pré signalant leur furie,
De leur village allaient au champ de Mars,
Ils arboraient du foin [1] pour étendards.
Leur Jupiter, au temps du bon roi Tulle,
Était de bois ; il fut d'or sous Luculle.
N'allez donc pas, avec simplicité,
Nommer vertu ce qui fut pauvreté.
« Oh ! que Colbert était un esprit sage ! »
Certain butor conseillait, par ménage,
Qu'on abolît ces travaux précieux,
Des Lyonnais ouvrage industrieux.
Du conseiller l'absurde prud'homie
Eût tout perdu par pure économie ;
Mais le ministre, utile avec éclat,
Sut par le luxe enrichir notre État.
De tous nos arts il agrandit la source ;
Et du midi, du levant, et de l'Ourse,
Nos fiers voisins, de nos progrès jaloux,
Payaient l'esprit qu'ils admiraient en nous.
Je veux ici vous parler d'un autre homme,
Tel que n'en vit Paris, Pékin, ni Rome :
C'est Salomon, ce sage fortuné,
Roi philosophe, et Platon couronné,
Qui connut tout, du cèdre jusqu'à l'herbe ;
Vit-on jamais un luxe plus superbe ?
Il faisait naître au gré de ses désirs

---

1. Une poignée de foin au bout d'un bâton, nommée *manipulus*, était le premier standard des Romains.

L'argent et l'or, mais surtout les plaisirs.
Mille beautés servaient à son usage.
— Mille? — On le dit; c'est beaucoup pour un sage.
Qu'on m'en donne une, et c'est assez pour moi,
Qui n'ai l'honneur d'être sage ni roi. »
　Parlant ainsi, je vis que les convives
Aimaient assez mes peintures naïves;
Mon doux béat très-peu me répondait,
Riait beaucoup, et beaucoup plus buvait;
Et tout chacun présent à cette fête
Fit son profit de mon discours honnête.

SUR L'USAGE DE LA VIE.

POUR RÉPONDRE AUX CRITIQUES QU'ON AVAIT FAITES DU MONDAIN

Sachez, mes très-chers amis,
Qu'en parlant de l'abondance,
J'ai chanté la jouissance
Des plaisirs purs et permis,
Et jamais l'intempérance.
Gens de bien voluptueux,
Je ne veux que vous apprendre
L'art peu connu d'être heureux :
Cet art, qui doit tout comprendre,
Est de modérer ses vœux.
Gardez de vous y méprendre :
Les plaisirs, dans l'âge tendre,
S'empressent à vous flatter :
Sachez que, pour les goûter,
Il faut savoir les quitter,
Les quitter pour les reprendre.
Passez du fracas des cours
A la douce solitude;
Quittez les jeux pour l'étude :
Changez tout, hors vos amours
D'une recherche importune
Que vos cœurs embarrassés
Ne volent point empressés
Vers les biens que la fortune
Trop loin de vous a placés
Laissez la fleur étrangère
Embellir d'autres climats;
Cueillez d'une main légère
Celle qui naît sous vos pas.
Tout rang, tout sexe, tout âge,

Reconnaît la même loi ;
Chaque mortel en partage
A son bonheur près de soi.
L'inépuisable nature
Prend soin de la nourriture
Des tigres et des lions,
Sans que sa main abandonne
Le moucheron qui bourdonne
Sur les feuilles des buissons ;
Et tandis que l'aigle altière
S'applaudit de sa carrière
Dans le vaste champ des airs,
La tranquille Philomèle
A sa compagne fidèle
Module ses doux concerts
Jouissez donc de la vie,
Soit que dans l'adversité
Elle paraisse avilie,
Soit que sa prospérité
Irrite l'œil de l'envie.
Tout est égal, croyez-moi :
On voit souvent plus d'un roi
Que la tristesse environne ;
Les brillants de la couronne
Ne sauvent point de l'ennui :
Ses mousquetaires, ses pages,
Jeunes, indiscrets, volages,
Sont plus fortunés que lui
La princesse et la bergère
Soupirent également ;
Et si leur âme diffère,
C'est en un point seulement :
Philis a plus de tendresse,
Philis aime constamment,
Et bien mieux que Son Altesse...
Ah ! madame la princesse,
Comme je sacrifierais
Tous vos augustes attraits
Aux larmes de ma maîtresse !
Un destin trop rigoureux
A mes transports amoureux
Ravit cet objet aimable ;
Mais, dans l'ennui qui m'accable,
Si mes amis sont heureux,
Je serai moins misérable.

LE PAUVRE DIABLE[1],

OUVRAGE EN VERS AISÉS, DE FEU M. VADÉ, MIS EN LUMIÈRE
PAR CATHERINE VADÉ, SA COUSINE.

(1758[2].)

A MAÎTRE ABRAHAM CHAUMEIX.

Comme il est parlé de vous dans cet ouvrage de feu mon cousin Vadé, je vous le dédie. C'est mon *Vade mecum* : vous direz sans doute *Vade retro*, et vous trouverez dans l'œuvre de mon cousin plusieurs passages contre l'État, contre la religion, les mœurs, etc.; partant vous pouvez le dénoncer; car je préfère mon devoir à mon cousin Vadé.

Faites l'analyse de l'ouvrage; ne manquez pas d'y répandre un *filet de vinaigre* en souvenance de votre premier métier. J'ai des *préjugés légitimes* que vous êtes un des plus absurdes barbouilleurs de papier qui se soient jamais mêlés de raisonner; ainsi personne n'est plus en droit que vous d'obtenir, par vos raisonnements et par votre crédit, qu'on brûle ce petit poëme, comme si c'était un mandement d'évêque, ou le *Nouveau Testament* de frère Berruyer. Continuez de faire honneur à votre siècle, ainsi qu'à tous les personnages dont il est question dans ce livret que je vous présente.

CATHERINE VADÉ.

A Paris, rue Thibautodé, chez maître Jean Gauchat, attenant le gîte de l'auteur des *Nouvelles ecclésiastiques*; 2ᵉ mars 1758.

———

« Quel parti prendre? où suis-je, et qui dois-je être?
Né dépourvu, dans la foule jeté,
Germe naissant par le vent emporté,
Sur quel terrain puis-je espérer de croître?
Comment trouver un état, un emploi?
Sur mon destin, de grâce, instruisez-moi.
— Il faut s'instruire et se sonder soi-même,
S'interroger, ne rien croire que soi,

1. On nous assure que l'auteur s'amusa à composer cet ouvrage en 1758, pour détourner de la carrière dangereuse des lettres un jeune homme sans fortune, qui prenait pour du génie sa fureur de faire de mauvais vers. Le nombre de ceux qui se perdent par cette passion malheureuse est prodigieux. Ils se rendent incapables d'un travail utile; leur petit orgueil les empêche de prendre un emploi subalterne, mais honnête, qui leur donnerait du pain; ils vivent de rimes et d'espérance, et meurent dans la misère.

2. M. Beuchot a vu un exemplaire in-4° du *Pauvre Diable* sur lequel Voltaire avait écrit : « Mlle Catherine Vadé a l'honneur de vous envoyer cette coyonerie, feu Vadé vous était très-attaché. » (ED.)

Que son instinct, bien savoir ce qu'on aime;
Et, sans chercher des conseils superflus,
Prendre l'état qui vous plaira le plus.
— J'aurais aimé le métier de la guerre.
— Qui vous retient? allez, déjà l'hiver
A disparu; déjà gronde dans l'air
L'airain bruyant, ce rival du tonnerre :
Du duc Broglie¹ osez suivre les pas :
Sage en projets, et vif dans les combats,
Il a transmis sa valeur aux soldats;
Il va venger les malheurs de la France :
Sous ses drapeaux marchez dès aujourd'hui,
Et méritez d'être aperçu de lui.
— Il n'est plus temps; j'ai d'une lieutenance
Trop vainement demandé la faveur,
Mille rivaux briguaient la préférence.
C'est une presse! En vain Mars en fureur
De la patrie a moissonné la fleur,
Plus on en tue, et plus il s'en présente;
Ils vont trottant des bords de la Charente,
De ceux du Lot, des coteaux champenois,
Et de Provence, et des monts francs-comtois,
En botte, en guêtre, et surtout en guenille,
Tous assiégeant la porte de Cremille²,
Pour obtenir des maîtres de leur sort
Un beau brevet qui les mène à la mort.
Parmi les flots de la foule empressée,
J'allai montrer ma mine embarrassée;
Mais un commis, me prenant pour un sot,
Me rit au nez, sans me répondre un mot;
Et je voulus, après cette aventure,
Me retourner vers la magistrature.
— Eh bien, la robe est un métier prudent;
Et cet air gauche et ce front de pédant
Pourront encor passer dans les enquêtes :
Vous verrez là de merveilleuses têtes!
Vite achetez un emploi de Caton,
Allez juger : êtes-vous riche? — Non,
Je n'ai plus rien, c'en est fait. — Vil atome!
Quoi! point d'argent, et de l'ambition!
Pauvre impudent! apprends qu'en ce royaume
Tous les honneurs sont fondés sur le bien.
L'antiquité tenait pour axiome

1. C'est le troisième maréchal de Broglie, maréchal en 1759, mort en
1804. (ED.)
2. M. de Cremille, lieutenant général, était chargé alors du département de la guerre, sous M. le maréchal de Belle-Isle.

Que rien n'est rien, que de rien ne vient rien.
Du genre humain connais quelle est la trempe;
Avec de l'or je te fais président,
Fermier du roi, conseiller, intendant :
Tu n'as point d'aile, et tu veux voler! rampe.
— Hélas! monsieur, déjà je rampe assez.
Ce fol espoir qu'un moment a fait naître,
Ces vains désirs pour jamais sont passés :
Avec mon bien j'ai vu périr mon être.
Né malheureux, de la crasse tiré,
Et dans la crasse en un moment rentré,
A tous emplois on me ferme la porte.
Rebut du monde, errant, privé d'espoir,
Je me fais moine, ou gris, ou blanc, ou noir,
Rasé, barbu, chaussé, déchaux, n'importe.
De mes erreurs déchirant le bandeau,
J'abjure tout; un cloître est mon tombeau,
J'y vais descendre; oui, j'y cours. — Imbécile,
Va donc pourrir au tombeau des vivants.
Tu crois trouver le repos; mais apprends
Que des soucis c'est l'éternel asile,
Que les ennuis en font leur domicile,
Que la discorde y nourrit ses serpents;
Que ce n'est plus ce ridicule temps
Où le capuce et la toque à trois cornes,
Le scapulaire et l'impudent cordon,
Ont extorqué des hommages sans bornes.
Du vil berceau de son illusion,
La France arrive à l'âge de raison;
Et les enfants de François et d'Ignace,
Bien reconnus, sont remis à leur place.
    « Nous faisons cas d'un cheval vigoureux
Qui, déployant quatre jarrets nerveux,
Frappe la terre, et bondit sous son maître :
J'aime un gros bœuf, dont le pas lent et lourd,
En sillonnant un arpent dans un jour,
Forme un guéret où mes épis vont naître.
L'âne me plaît : son dos porte au marché
Les fruits du champ que le rustre a bêché;
Mais pour le singe, animal inutile,
Malin, gourmand, saltimbanque indocile,
Qui gâte tout et vit à nos dépens,
On l'abandonne aux laquais fainéants.
Le fier guerrier, dans la Saxe, en Thuringe,
    C'est le cheval : un Pequet, un Pleneuf[1],

1. Pequet était un premier commis des affaires étrangères; Pleneuf était un entrepreneur des vivres.

Un trafiquant, un commis, est le bœuf;
Le peuple est l'âne, et le moine est le singe.
— S'il est ainsi, je me décloître. O ciel!
Faut-il rentrer dans mon état cruel!
Faut-il me rendre à ma première vie!
— Quelle était donc cette vie? — Un enfer,
Un piége affreux, tendu par Lucifer.
J'étais sans bien, sans métier, sans génie,
Et j'avais lu quelques méchants auteurs:
Je croyais même avoir des protecteurs.
Mordu du chien de la *Métromanie*,
Le mal me prit, je fus auteur aussi.
— Ce métier-là ne t'a pas réussi,
Je le vois trop : çà, fais-moi, pauvre diable,
De ton désastre un récit véritable.
Que faisais-tu sur le Parnasse? — Hélas!
Dans mon grenier, entre deux sales draps,
Je célébrais les faveurs de Glycère,
De qui jamais n'approcha ma misère;
Ma triste voix chantait d'un gosier sec
Le vin mousseux, le frontignan, le grec,
Buvant de l'eau dans un vieux pot à bière;
Faute de bas, passant le jour au lit,
Sans couverture, ainsi que sans habit,
Je fredonnais des vers sur la paresse;
D'après Chaulieu, je vantais la mollesse.
« Enfin un jour qu'un surtout emprunté
Vêtit à cru ma triste nudité,
Après midi, dans l'antre de Procope [1]
(C'était le jour que l'on donnait *Mérope*),
Seul en un coin, pensif, et consterné,
Rimant une ode, et n'ayant point dîné,
Je m'accostai d'un homme à lourde mine,
Qui sur sa plume a fondé sa cuisine,
Grand écumeur des bourbiers d'Hélicon,
De Loyola chassé pour ses fredaines,
Vermisseau né du cul de Desfontaines,
Digne en tous sens de son extraction,
Lâche Zoïle, autrefois laid giton :
Cet animal se nommait Jean Fréron [2].
« J'étais tout neuf, j'étais jeune, sincère,

1. Le café Procope qui existe encore. (Éd.)
2. Fréron ne se nomme pas Jean, mais Caterin. Il semble que cet homme soit le cadavre d'un coupable qu'on abandonne au scalpel des chirurgiens. Il a été méchant, et il en a été puni. Il dit, dans une de ses feuilles de l'année 1756 : « Je ne hais pas la médisance, peut-être même ne haïrais-je pas la calomnie. » Un homme qui écrit ainsi ne doit pas être surpris qu'on lui rende justice.

Et j'ignorais son naturel félon :
Je m'engageai, sous l'espoir d'un salaire,
A travailler à son hebdomadaire,
Qu'aucuns nommaient alors patibulaire.
Il m'enseigna comment on dépeçait
Un livre entier, comme on le recousait,
Comme on jugeait du tout par la préface [1],
Comme on louait un sot auteur en place,
Comme on fondait avec lourde roideur
Sur l'écrivain pauvre et sans protecteur.
Je m'enrôlai, je servis le corsaire ;
Je critiquai, sans esprit et sans choix,
Impunément le théâtre, la chaire,
Et je mentis pour dix écus par mois.

« Quel fut le prix de ma plate manie?
Je fus connu, mais par mon infamie,
Comme un gredin que la main de Thémis
A diapré de nobles fleurs de lis,
Par un fer chaud gravé sur l'omoplate.
Triste et honteux, je quittai mon pirate,
Qui me vola, pour fruit de mon labeur,
Mon honoraire, en me parlant d'honneur.

« M'étant ainsi sauvé de sa boutique,
Et n'étant plus compagnon satirique,
Manquant de tout, dans mon chagrin poignant,
J'allai trouver Le Franc de Pompignan [2]

1. L'abbé Mercier de Saint-Léger achetait de Fréron des livres dont il avait rendu compte, et ne trouvait jamais que les feuillets de la préface qui fussent coupés. (ED.)

2. L'homme dont il s'agit ici était d'ailleurs un magistrat et un homme de lettres et de mérite. Il eut le malheur de prononcer à l'Académie un discours peu mesuré, et même très-offensant. Il est vrai que sa tragédie de *Didon* est faite sur le modèle de celle de Metastasio; mais aussi il y a de beaux morceaux qui sont à l'auteur français. Il faut avouer qu'en général la pièce est mal écrite. Il n'y a qu'à voir le commencement :

Tous mes ambassadeurs, irrités et confus,
Trop souvent de la reine ont subi les refus.
Voisin de ses états, faibles dans leur naissance,
Je croyais que Didon, redoutant ma vengeance,
Se résoudrait sans peine à l'hymen glorieux
D'un monarque puissant, fils du maître des dieux.
Je contiens cependant la fureur qui m'anime ;
Et déguisant encor mon dépit légitime,
Pour la dernière fois, en proie a ses hauteurs,
Je viens sous le faux nom de mes ambassadeurs,
Au milieu de la cour d'une reine étrangère,
D'un refus obstiné pénétrer le mystère ;
Que sais-je?... n'écouter qu'un transport amoureux.

Des ambassadeurs ne subissent point des refus ; on essuie, on reçoit des refus.
Si tous ses ambassadeurs irrités et confus ont subi des refus, com-

Ainsi que moi natif de Montauban,
Lequel jadis a brodé quelque phrase
Sur la Didon qui fut de Métastase;
Je lui contai tous les tours du croquant :
« Mon cher pays, secourez-moi, lui dis-je,
« Fréron me vole, et pauvreté m'afflige.
   « — De ce bourbier vos pas seront tirés,
« Dit Pompignan; votre dur cas me touche :
« Tenez, prenez mes cantiques sacrés;
« Sacrés ils sont, car personne n'y touche;
« Avec le temps un jour vous les vendrez :
« Plus, acceptez mon chef-d'œuvre tragique
« De *Zoraïd* [1]; la scène est en Afrique :
« A la Clairon vous le présenterez;
« C'est un trésor : allez, et prospérez. »
   « Tout ranimé par son ton didactique,
Je cours en hâte au parlement comique,
Bureau de vers, où maint auteur pelé
Vend mainte scène à maint acteur sifflé.

ment ce Jarbe pouvait-il croire que Didon se soumettrait sans peine à cet hymen glorieux? Jarbe d'ailleurs a-t-il envoyé tous ses ambassadeurs ensemble, ou l'un après l'autre?

Il contient cependant la fureur qui l'anime, et il déguise encore son dépit légitime. S'il déguise ce dépit légitime, et s'il ... furieux, il ne croit donc pas que Didon l'épousera sans peine. Epouser quelqu'un sans peine, et déguiser son dépit légitime, ne sont pas des expressions bien nobles, bien tragiques, bien élégantes.

Il vient, sous le faux nom de ses ambassadeurs, être en proie à des hauteurs! Comment vient-on sous le nom de ses ambassadeurs? on peut venir sous le nom d'un autre, mais on ne vient point sous le nom de plusieurs personnes. De plus, si on vient sous le nom de quelqu'un, on vient à la vérité sous un faux nom, puisqu'on prend un nom qui n'est pas le sien, mais on ne prend pas le faux nom d'un ambassadeur quand on prend le véritable nom de cet ambassadeur même.

Il veut pénétrer le mystère d'un refus obstiné. Qu'est-ce que le mystère d'un refus si net et déclaré avec tant de hauteur? Il peut y avoir du mystère dans des délais, dans des réponses équivoques, dans des promesses mal tenues; mais quand on a déclaré avec des hauteurs à tous vos ambassadeurs qu'on ne veut point de vous, il n'y a certainement là aucun mystère.

Que sais-je?... n'écouter qu'un transport amoureux. Que sait-il? il n'écoutera qu'un transport, il sera terrible dans le tête-à-tête.

Le grand malheur de tant d'auteurs est de n'employer presque jamais le mot propre : ils sont contents pourvu qu'ils riment, mais les connaisseurs ne sont pas contents.

1. *Zoraïde* était une tragédie africaine du même auteur. Les comédiens le prièrent de leur faire une seconde lecture pour y corriger quelque chose; il leur écrivit cette lettre :

« Je suis fort surpris, messieurs, que vous exigiez une seconde lecture d'une tragédie telle que *Zoraïde*. Si vous ne vous connaissez pas en mérite, je me connais en procédés, et je me souviendrai assez longtemps des vôtres pour ne plus m'occuper d'un théâtre où l'on distingue si peu les personnes et les talents. Je suis, messieurs, autant que vous méritez que je le sois, votre, etc. »

J'entre, je lis d'une voix fausse et grêle
Le triste drame écrit pour la Denèle[1].
Dieu paternel, quels dédains, quel accueil!
De quelle œillade altière, impérieuse,
La Dumesnil rabattit mon orgueil!
La Dangeville est plaisante et moqueuse:
Elle riait; Grandval me regardait
D'un air de prince, et Sarrazin dormait;
Et, renvoyé penaud par la cohue,
J'allai gronder et pleurer dans la rue.
    « De vers, de prose, et de honte étouffé,
Je rencontrai Gresset dans un café;
Gresset doué du double privilége[2]
D'être au collége un bel esprit mondain,
Et dans le monde un homme de collége;
Gresset dévot; longtemps petit badin,
Sanctifié par ses palinodies,
Il prétendait avec componction
Qu'il avait fait jadis des comédies,
Dont à la Vierge il demandait pardon.
— Gresset se trompe, il n'est pas si coupable:
Un vers heureux et d'un tour agréable
Ne suffit pas; il faut une action,
De l'intérêt, du comique, une fable,
Des mœurs du temps un portrait véritable,
Pour consommer cette œuvre du démon.
Mais que fit-il dans ton affliction?
— Il me donna les conseils les plus sages.
« Quittez, dit-il, les profanes ouvrages;
« Faites des vers moraux contre l'amour;
« Soyez dévot, montrez-vous à la cour. »

1. Quinault-Denèle était dans ce temps-là une assez bonne comédienne, pour qui principalement *Zoraïde* avait été faite. Les noms qui suivent sont les noms des comédiens de ce temps-là.
2. Gresset, auteur du petit poëme de *Ver-Vert*, d'autres ouvrages dans ce goût, et de quelques comédies. Il y a des vers très-heureux dans tout ce qu'il a fait. Il était jésuite quand il fit imprimer son *Ver-Vert*. Le contraste de son état et des termes de b..... et f..... qu'on voyait dans ce petit poëme, fit un très-grand éclat dans le monde, et donna à l'auteur une grande réputation. Ce poëme n'était fondé à la vérité que sur des plaisanteries de couvent, mais il promettait beaucoup; l'auteur fut obligé de sortir des jésuites. Il donna la comédie du *Méchant*, pièce un peu froide, mais dans laquelle il y a des scènes extrêmement bien écrites. Revenu depuis à la dévotion, il fit imprimer une *Lettre* dans laquelle il avertissait le public qu'il ne donnerait plus de comédies, de peur de se damner. Il pouvait cesser de travailler pour le théâtre sans le dire. Si tous ceux qui ne font point de comédies en avertissaient tout le monde, il y aurait trop d'avertissements imprimés. Cet avis au public fut plus sifflé que ne l'aurait été une pièce nouvelle, tant le public est malin.

« Je crois mon homme, et je vais à Versaille :
Maudit voyage ! hélas ! chacun se raille
En ce pays d'un pauvre auteur moral ;
Dans l'antichambre il est reçu bien mal,
Et les laquais insultent sa figure
Par un mépris pire encor que l'injure.
Plus que jamais confus, humilié,
Devers Paris je m'en revins à pied.

« L'abbé Trublet alors avait la rage[1]
D'être à Paris un petit personnage ;
Au peu d'esprit que le bon homme avait
L'esprit d'autrui par supplément servait.
Il entassait adage sur adage ;
Il compilait, compilait, compilait ;
On le voyait sans cesse écrire, écrire
Ce qu'il avait jadis entendu dire,
Et nous lassait sans jamais se lasser :
Il me choisit pour l'aider à penser.
Trois mois entiers ensemble nous pensâmes,
Lûmes beaucoup, et rien n'imaginâmes.

« L'abbé Trublet m'avait pétrifié ;
Mais un bâtard du sieur de La Chaussée
Vint ranimer ma cervelle épuisée,
Et tous les deux nous fîmes par moitié
Un drame court et non versifié,
Dans le grand goût du larmoyant comique,
Roman moral, roman métaphysique.
— Eh bien ! mon fils, je ne te blâme pas.
Il est bien vrai que je fais peu de cas
De ce faux genre, et j'aime assez qu'on rie ;
Souvent je bâille au tragique bourgeois,
Aux vains efforts d'un auteur amphibie
Qui défigure et qui brave à la fois,
Dans son jargon, Melpomène et Thalie.
Mais après tout, dans une comédie,
On peut parfois se rendre intéressant
En empruntant l'art de la tragédie,
Quand par malheur on n'est point né plaisant.
Fus-tu joué ? ton drame hétéroclite
Eut-il l'honneur d'un peu de réussite ?
— Je cabalai ; je fis tant qu'à la fin
Je comparus au tripot d'arlequin.

1. L'abbé Trublet, auteur de quatre tomes d'*Essais de littérature*.
Ce sont de ces livres inutiles, où l'on ramasse de prétendus bons mots
qu'on a entendu dire autrefois, des sentences rebattues, des pensées
d'autrui délayées dans de longues phrases, de ces livres enfin dont on
pourrait faire douze tomes avec le seul secours du Polyanthe.

J'y fus hué : ce dernier coup de grâce
M'allait sans vie étendre sur la place ;
On me porta dans un logis voisin,
Près d'expirer de douleur et de faim,
Les yeux tournés, et plus froid que ma pièce.
— Le pauvre enfant! son malheur m'intéresse ;
Il est naïf. Allons, poursuis le fil
De tes récits : ce logis, quel est-il ?
— Cette maison d'une nouvelle espèce,
Où je restai longtemps inanimé,
Était un antre, un repaire enfumé,
Où s'assemblait six fois en deux semaines
Un reste impur de ces énergumènes[1],
De Saint-Médard effrontés charlatans,
Trompeurs, trompés, monstres de notre temps.
Missel en main, la cohorte infernale
Psalmodiait en ce lieu de scandale,
Et s'exerçait à des contorsions
Qui feraient peur aux plus hardis démons.
Leurs hurlements en sursaut m'éveillèrent ;
Dans mon cerveau mes esprits remontèrent ;
e soulevai mon corps sur mon grabat,
Et m'avisai que j'étais au sabbat.
Jn gros rabbin de cette synagogue,
Que j'avais vu ci-devant pédagogue,
Me reconnut : le bouc s'imagina
Qu'avec ses saints je m'étais couché là.
Je lui contai ma honte et ma détresse.
Maître Abraham[2], après cinq ou six mots
De compliment, me tint ce beau propos :
  « J'ai comme toi croupi dans la bassesse,

1. Il y avait en effet alors, auprès de l'hôtel de la Comédie-Italienne, une maison où s'assemblaient tous les convulsionnaires, et où ils faisaient des miracles. Ils étaient protégés par un président au parlement, nommé du Bois, après l'avoir été par un Carré de Mongeron, conseiller au même parlement. Cette secte de convulsionnaires, celle des moraves, des ménonistes, des piétistes, font voir comment certaines religions peuvent aisément s'établir dans la populace, et gagner ensuite les classes supérieures. Il y avait alors plus de six mille convulsionnaires à Paris. Plusieurs d'entre eux faisaient des choses très-extraordinaires. On rôtissait des filles sans que leur peau fût endommagée ; on leur donnait des coups de bûche sur l'estomac sans les blesser ; et cela s'appelait donner des secours. Il y eut des boiteux qui marchèrent droit, et des sourds qui entendirent. Tous ces miracles commençaient par un psaume qu'on récitait en langue vulgaire ; on était saisi du Saint-Esprit, on prophétisait ; et quiconque dans l'assemblée se serait permis de rire aurait couru risque d'être lapidé. Ces farces ont duré vingt ans chez les Welches.
  2. C'est Abraham Chaumeix, vinaigrier et théologien dont on a parlé ailleurs.

« Et c'est le lot des trois quarts des humains :
« Mais notre sort est toujours dans nos mains.
« Je me suis fait auteur, disant la messe,
« Persécuteur, délateur, espion ;
« Chez les dévots je forme des cabales :
« Je cours, j'écris, j'invente des scandales,
« Pour les combattre et pour me faire un nom,
« Pieusement semant la zizanie,
« Et l'arrosant d'un peu de calomnie,
« Imite-moi, mon art est assez bon ;
« Suis, comme moi, les méchants à la piste ;
« Crie à l'impie, à l'athée, au déiste,
« Au géomètre ; et surtout prouve bien
« Qu'un bel esprit ne peut être chrétien :
« Du rigorisme embouche la trompette ;
« Sois hypocrite, et ta fortune est faite. »
A ce discours saisi d'émotion,
Le cœur encore aigri de ma disgrâce,
Je répondis en lui couvrant la face
De mes cinq doigts ; et la troupe en besace,
Qui fut témoin de ma vive action,
Crut que c'était une convulsion.
A la faveur de cette opinion,
Je m'esquivai de l'antre de Mégère.
— C'est fort bien fait ; si ta tête est légère,
Je m'aperçois que ton cœur est fort bon.
Où courus-tu présenter ta misère ?
— Las ! où courir dans mon destin maudit !
N'ayant ni pain, ni gîte, ni crédit,
Je résolus de finir ma carrière,
Ainsi qu'ont fait au fond de la rivière
Des gens de bien, lesquels n'en ont rien dit.
« O changement ! ô fortune bizarre !
J'apprends soudain qu'un oncle trépassé,
Vieux janséniste et docteur de Navarre,
Des vieux docteurs certes le plus avare,
Ab intestat, malgré lui, m'a laissé
D'argent comptant un immense héritage.
« Bientôt, changeant de mœurs et de langage,
Je me décrasse ; et m'étant dérobé
A cette fange où j'étais embourbé,
Je prends mon vol, je m'élève, je plane ;
Je veux tâter des plus brillants emplois,
Être officier, signaler mes exploits ;
Puis de Thémis endosser la soutane,
Et, moyennant vingt mille écus tournois,
Être appelé le tuteur de nos rois.

J'ai des amis, je leur fais grande chère,
J'ai de l'esprit alors, et tous mes vers
Ont comme moi l'heureux talent de plaire
Je suis aimé des dames que je sers.
Pour compléter tant d'agréments divers,
On me propose un très-bon mariage;
Mais les conseils de mes nouveaux amis,
Un grain d'amour ou de libertinage,
La vanité, le bon air, tout m'engage
Dans les filets de certaine Laïs
Que Belzébut fit naître en mon pays,
Et qui depuis a brillé dans Paris.
Elle dansait à ce tripot lubrique
Que de l'Église un ministre impudique
(Dont Marion [1] fut servie assez mal)
Fit élever près du Palais-Royal.
« Avec éclat j'entretins donc ma belle
Croyant l'aimer, croyant être aimé d'elle,
Je prodiguais les vers et les bijoux;
Billets de change étaient mes billets doux :
Je conduisais ma Laïs triomphante,
Les soirs d'été, dans la lice éclatante
De ce rempart, asile des amours,
Par Outrequin rafraîchi tous les jours [2].
Quel beau vernis brillait sur sa voiture!
Un petit peigne orné de diamants
De son chignon surmontait la parure;
L'Inde à grands frais tissut ses vêtements;
L'argent brillait dans la cuvette ovale
Où sa peau blanche et ferme, autant qu'égale,
S'embellissait dans des eaux de jasmin.
A son souper, un surtout de Germain
Et trente plats chargeaient sa table ronde
Des doux tributs des forêts et de l'onde.
Je voulus vivre en fermier général :
Que voulez-vous, hélas! que je vous dise?
Je payai cher ma brillante sottise,

1. **Marion de Lorme**, courtisane du temps du cardinal de Richelieu, et qui fit une assez grande fortune avec ce ministre, qui était fort généreux.

2. La mode était alors de se promener en carrosse ou à pied sur les boulevards de Paris, que M. Outrequin avait soin de faire arroser tous les jours pendant l'été. Les jeunes gens se piquaient d'y faire paraître leurs maîtresses dans les voitures les plus brillantes. On y voyait des filles de l'Opéra couvertes de diamants; elles renouaient leurs cheveux avec des peignes où il y avait autant de diamants que de dents. Les boulevards étaient bordés de cafés, de boutiques de marionnettes, de joueurs de gobelets, de danseurs de corde, et de tout ce qui peut amuser la jeunesse.

En quatre mois je fus à l'hôpital.

« Voilà mon sort, il faut que je l'avoue.
Conseillez-moi. — Mon ami, je te loue
D'avoir enfin déduit sans vanité
Ton cas honteux, et dit la vérité;
Prête l'oreille à mes avis fidèles.
Jadis l'Égypte eut moins de sauterelles
Que l'on ne voit aujourd'hui dans Paris
De malotrus, soi-disant beaux esprits,
Qui, dissertant sur les pièces nouvelles,
En font encor de plus sifflables qu'elles :
Tous l'un de l'autre ennemis obstinés,
Mordus, mordants, chansonneurs, chansonnés,
Nourris de vent au temple de mémoire,
Peuple crotté qui dispense la gloire.
J'estime plus ces honnêtes enfants
Qui de Savoie arrivent tous les ans,
Et dont la main légèrement essuie,
Ces longs canaux engorgés par la suie :
J'estime plus celle qui, dans un coin,
Tricote en paix les bas dont j'ai besoin;
Le cordonnier qui vient de ma chaussure
Prendre à genoux la forme et la mesure,
Que le métier de tes obscurs Frérons.
Maître Abraham, et ses vils compagnons,
Sont une espèce encor plus odieuse.
Quant aux catins, j'en fais assez de cas;
Leur art est doux, et leur vie est joyeuse
Si quelquefois leurs dangereux appas
A l'hôpital mènent un pauvre diable,
Un grand benêt, qui fait l'homme agréable,
Je leur pardonne, il l'a bien mérité.

« Écoute, il faut avoir un poste honnête.
Les beaux projets dont tu fus tourmenté
Ne troublent plus ta ridicule tête;
Tu ne veux plus devenir conseiller;
Tu n'as point l'air de te faire officier,
Ni courtisan, ni financier, ni prêtre.
Dans mon logis il me manque un portier :
Prends ton parti, réponds-moi, veux-tu l'être?
— Oui-da, monsieur. — Quatre fois dix écus
Seront par an ton salaire; et, de plus,
D'assez bon vin chaque jour une pinte
Rajustera ton cerveau qui te tinte;
Va dans ta loge; et surtout garde-toi
Qu'aucun Fréron n'entre jamais chez moi.
— J'obéirai sans réplique à mon maître,

En bon portier; mais en secret, peut-être,
J'aurais choisi, dans mon sort malheureux,
D'être plutôt le portier des Chartreux[1]. »

LA VANITÉ[2].

(1760.)

« Qu'as-tu, petit bourgeois[3] d'une petite ville?
Quel accident étrange, en allumant ta bile,
A sur ton large front répandu la rougeur?
D'où vient que tes gros yeux petillent de fureur?
Réponds donc. — L'univers doit venger mes injures[4];

1. *Le Portier des Chartreux* est un livre qui n'est pas de la morale la plus austère. On y trouve un portrait de l'abbé Desfontaines, plus hardi que tous ceux qu'on lit dans Pétrone. Cet ouvrage est de l'auteur de la petite comédie intitulée *le B.....*. L'auteur était d'ailleurs aussi savant dans l'antiquité que dans l'histoire des mœurs modernes; et il a composé des discours sérieux pour des personnages très-graves, qui ne savaient pas les faire eux-mêmes.

2. *La Vanité* et autres pièces, soit en vers, soit en prose, font partie du volume intitulé *Recueil de facéties parisiennes sur les six premiers mois de l'an* 1760 et qui est de Morellet ou de Voltaire. Elles y sont précédées de l'Avertissement que voici :

« Le sieur L. F., auteur de *la Prière du déiste* que l'on trouvera ici, et du *Voyage de Provence*, ayant été admis à l'Académie française, fit attendre six mois sa harangue de remercîment, et la prononça enfin le 10 mars 1760. Mais, au lieu de remercier l'Académie, il fit un long discours contre les belles-lettres et contre l'Académie, dans lequel il dit que « l'abus des talents, le mépris de la religion, la haine de l'autorité « sont le caractère dominant des productions de ses confrères; que tout « porte l'empreinte d'une littérature dépravée, d'une morale corrompue, « et d'une philosophie altière qui sape également le trône et l'autel; que « les gens de lettres déclament tout haut contre les richesses (parce « qu'on ne déclame pas tout bas), et qu'ils portent envie secrètement « aux riches, etc. » Cet étrange discours si déplacé, si peu mesuré, si injuste, valut alors au sieur L. F. les pièces qu'on va lire. Le sieur L. F., au lieu de se rétracter honnêtement comme il le devait, composa un *Mémoire* justificatif, qu'il dit avoir *présenté au roi*, et il s'exprime ainsi dans ce *Mémoire* : « Il faut que le roi s'est occupé « de mon Mémoire, etc. » Il dit ensuite : « Un homme de ma naissance. » Ayant poussé la modestie à cet excès, il voulut encore avoir celle de faire mettre au titre de son ouvrage : *Mémoire de M. L. F., imprimé par ordre du roi* : mais comme Sa Majesté ne fait point imprimer les ouvrages qu'elle ne peut lire, ce titre fut supprimé. Cette démarche lui attira l'*Épître d'un frère de la Charité*, qu'on trouvera aussi dans ce recueil. »

3. Un provincial, dans un mémoire, a imprimé ces mots : « Il faut que tout l'univers sache que Leurs Majestés se sont occupées de mon discours. Le roi l'a voulu voir; toute la cour l'a voulu voir. » Il dit, dans un autre endroit, que « sa naissance est encore au-dessus de son discours. » Un frère de la doctrine chrétienne a trouvé peu d'humilité chrétienne dans les paroles de ce monsieur; et pour le corriger, il a mis en lumière ces vers chrétiens, applicables à tous ceux qui ont plus de vanité qu'il ne faut.

4. Un provincial, dans un mémoire concernant une petite querelle

L'univers me contemple, et les races futures
Contre mes ennemis déposeront pour moi.
— L'univers, mon ami, ne pense point à toi,
L'avenir encor moins : conduis bien ton ménage,
Divertis-toi, bois, dors, sois tranquille, sois sage.
De quel nuage épais ton crâne est offusqué !
— Ah ! j'ai fait un discours, et l'on s'en est moqué !
Des plaisants de Paris j'ai senti la malice ;
Je vais me plaindre au roi, qui me rendra justice ;
Sans doute il punira ces ris audacieux.
— Va, le roi n'a point lu ton discours ennuyeux.
Il a trop peu de temps, et trop de soins à prendre :
Son peuple à soulager, ses amis à défendre,
La guerre à soutenir ; en un mot, les bourgeois
Doivent très-rarement importuner les rois.
La cour te croira fou : reste chez toi, bonhomme.
— Non, je n'y puis tenir ; de brocards on m'assomme.
Les *quand*, les *qui*, les *quoi*, pleuvant de tous côtés [1],
Sifflent à mon oreille, en cent lieux répétés.
On méprise à Paris mes chansons judaïques,
Et mon *Pater* anglais [2], et mes rimes tragiques,
Et ma prose aux quarante. Un tel renversement
D'un Etat policé détruit le fondement ;
L'intérêt du public se joint à ma vengeance ;
Je prétends des plaisants réprimer la licence.
Pour trouver bons mes vers il faut faire une loi ;
Et de ce même pas je vais parler au roi.

académique, avait imprimé ces propres mots : « Il faut que tout l'univers sache que Leurs Majestés se sont occupées de mon discours à l'Académie. »

Et comme, dans ce discours, dont Leurs Majestés ne s'étaient point occupées, l'auteur avait insulté plusieurs académiciens il n'est pas étonnant qu'il se soit attiré une petite correction dans la pièce de vers intitulée *la Vanité*. Car s'il est mal de commencer la guerre, il est très-pardonnable de se défendre.

1. Ce sont de petites feuilles volantes, qui coururent dans Paris vers ce temps-là.

2. C'est la prière de Pope, connue sous le nom de *Prière du déiste*. Il est vrai qu'elle n'était pas chrétienne, mais elle était universelle. On ne s'en scandalisa point à Londres, non-seulement parce qu'on permet beaucoup de choses aux poëtes, mais parce qu'on était las de persécuter Pope, et surtout parce qu'il se trouve en Angleterre beaucoup plus de philosophes que de persécuteurs.

M. Le Franc de Pompignan la traduisit en vers français ; mais après l'avoir traduite, il ne devait pas insulter tous les gens de lettres de Paris, dans son discours de réception à l'Académie française. Il pouvait faire sa cour sans insulter ses confrères. Ce discours fut la source de quantité d'épigrammes, de chansons, et de petites pièces de vers, dont aucune ne touche à l'honneur, et qui n'empêchent pas, comme on l'a déjà dit ailleurs, que l'homme qui s'était attiré cette querelle ne pût avoir beaucoup de mérite.

Ainsi, nouveau venu, sur les rives de Seine,
Tout rempli de lui-même, un pauvre énergumène
De son plaisant délire amusait les passants.
Souvent notre amour-propre éteint notre bon sens ;
Souvent nous ressemblons aux grenouilles d'Homère,
Implorant à grands cris le fier dieu de la guerre,
Et les dieux des enfers, et Bellone, et Pallas,
Et les foudres des cieux, pour se venger des rats.
Voyez dans ce réduit ce crasseux janséniste,
Des nouvelles du temps infidèle copiste [1],
Vendant sous le manteau ces mémoires sacrés
De bedeaux de paroisse, et de clercs tonsurés.
Il pense fermement, dans sa superbe extase,
Ressusciter les temps des combats d'Athanase.
Ce petit bel esprit, orateur du barreau,
Alignant froidement ses phrases au cordeau,
Citant mal à propos des auteurs qu'il ignore
Voit voler son beau nom du couchant à l'aurore :
Ses flatteurs, à dîner, l'appellent Cicéron.
Berthier dans son collège est surnommé Varron.
Un vicaire à Chaillot croit que tout homme sage
Doit penser dans Pékin comme dans son village ;
Et la vieille badaude, au fond de son quartier,
Dans ses voisins badauds voit l'univers entier.
Je suis loin de blâmer le soin très-légitime
De plaire à ses égaux, et d'être en leur estime.
Un conseiller du roi, sur la terre inconnu,
Doit dans son cercle étroit, chez les siens bienvenu,
Être approuvé du moins de ses graves confrères ;
Mais on ne peut souffrir ces bruyants téméraires,
Sur la scène du monde ardents à s'étaler.
Veux-tu te faire acteur ? on voudra te siffler.
Gardons-nous d'imiter ce fou de Diogène,
Qui pouvant chez les siens, en bon bourgeois d'Athène,
A l'étude, au plaisir doucement se livrer,
Vécut dans un tonneau pour se faire admirer.
Malheur à tout mortel, et surtout dans notre âge,
Qui se fait singulier pour être un personnage !

---

1. C'est le gazetier des *Nouvelles ecclésiastiques* ; on en a déjà parlé ailleurs.

C'est en effet une chose assez plaisante que l'importance mise par ce gazetier à ces petites querelles ignorées dans le reste du monde, méprisées dans Paris par tous les gens de bon sens, et connues seulement par ceux qui les excitaient, et par la canaille des convulsionnaires. Le gazetier ecclésiastique assura dans plusieurs feuilles que les temps d'Arius et d'Athanase avaient été moins orageux, et qu'on devait s'attendre aux événements les plus funestes, depuis qu'on avait mis un porte-Dieu à Bicêtre et un colporteur au pilori.

Piron seul eut raison, quand, dans un goût nouveau[1],
Il fit ce vers heureux, digne de son tombeau :
Ci-gît qui ne fut rien. Quoi que l'orgueil en dise,
Humains, faibles humains, voilà votre devise.
Combien de rois, grands dieux ! jadis si révérés,
Dans l'éternel oubli sont en foule enterrés !
La terre a vu passer leur empire et leur trône.
On ne sait en quel lieu florissait Babylone.
Le tombeau d'Alexandre, aujourd'hui renversé,
Avec sa ville altière a péri dispersé,
César n'a point d'asile où son ombre repose ;
Et l'ami Pompignan pense être quelque chose !

LE RUSSE A PARIS,

PETIT POÈME EN VERS ALEXANDRINS, COMPOSÉ A PARIS, AU MOIS DE MAI 1760, PAR M. IVAN ALÉTHOF, SECRÉTAIRE DE L'AMBASSADE RUSSE.

Tout le monde sait que M. Aléthof, ayant appris le français à Archangel, dont il était natif, cultiva les belles-lettres avec une ardeur incroyable, et y fit des progrès plus incroyables encore : ses travaux ruinèrent sa santé. Il était aisé à émouvoir, comme Horace, *irasci celer* ; il ne pardonnait jamais aux auteurs qui l'ennuyaient. Un livre du sieur Gauchat, et un discours du sieur Le Franc de Pompignan, le mirent dans une telle colère qu'il en eut une fluxion de poitrine ; depuis ce temps il ne fit que languir, et mourut à Paris le 1ᵉʳ juin 1760 ; avec tous les sentiments d'un vrai catholique grec, persuadé de l'infaillibilité de l'Église grecque. Nous donnons au public son dernier ouvrage, qu'il n'a pas eu le temps de perfectionner ; c'est grand dommage ; mais nous nous flattons d'imprimer dans peu ses autres poèmes, dans lesquels on trouvera plus d'érudition, et un style beaucoup plus châtié.

DIALOGUE D'UN PARISIEN ET D'UN RUSSE.

LE PARISIEN.

Vous avez donc franchi les mers hyperborées,
Ces immenses déserts et ces froides contrées
Où le fils d'Alexis, instruisant tous les rois,
A fait naître les arts, et les mœurs, et les lois ?
Pourquoi vous dérober aux sept astres de l'Ourse,
Beaux lieux où nos Français, dans leur savante course,
Allèrent, de Borée arpentant l'horizon,

----

1. Piron, auteur de *la Métromanie*, jolie pièce qui a eu beaucoup de succès. Il a fait son épitaphe, qui commence par ce vers :

    Ci-gît, qui ? quoi ? ma foi, personne, rien.

Geler auprès du pôle aplati par Newton[1];
Et de ce grand projet utile à cent couronnes[2],
Avec un quart de cercle enlever deux Laponnes[3]?
Est-ce un pareil dessein qui vous conduit chez nous?

LE RUSSE.

Non, je viens m'éclairer, m'instruire auprès de vous;
Voir un peuple fameux, l'observer, et l'entendre.

LE PARISIEN.

Aux bords de l'Occident que pouvez-vous apprendre?
Dans vos vastes États vous touchez à la fois
Au pays de Christine, à l'empire chinois :
Le héros de Narva sentit votre vaillance;
Le brutal janissaire a tremblé dans Byzance;
Les hardis Prussiens ont été terrassés;
Et, vainqueurs en tous lieux, vous en savez assez.

LE RUSSE.

J'ai voulu voir Paris : les fastes de l'histoire
Célèbrent ses plaisirs et consacrent sa gloire.
Tout mon cœur tressaillait à ces récits pompeux
De vos arts triomphants, de vos aimables jeux.
Quels plaisirs, quand vos jours marqués par vos conquêtes
S'embellissaient encore à l'éclat de vos fêtes !
L'étranger admirait dans votre auguste cour
Cent filles de héros conduites par l'Amour;
Ces belles Montbazons, ces Châtillons brillantes,
Ces piquantes Bouillons, ces Nemours si touchantes,

1. Ce furent Huygens et Newton qui prouvèrent, le premier par la théorie des forces centrifuges, le second par celle de la gravitation, que le globe doit être un peu aplati aux pôles, et un peu élevé à l'équateur, que par conséquent les degrés du méridien sont plus petits à l'équateur, et au pôle un peu plus longs. La différence, selon Newton, est d'un deux-cent-trentième, et, selon Huygens, d'un cinq-cent-soixante-et-dix-huitième.

On trouva au contraire, par les mesures prises en France, que les degrés du méridien étaient plus grands au sud qu'au nord. De la on conclut que la terre était aplatie au pôle, comme Newton et Huygens l'avaient prouvé par une théorie sûre. C'était tout justement le contraire de ce qu'on devait conclure. Les mesures de France étaient fausses, et la conclusion plus fausse encore.

Cette affaire ne fut portée ni au parlement ni en Sorbonne, comme celle de l'inoculation y a été déférée. L'Académie des sciences se rétracta au bout de vingt ans, et Fontenelle avoua dans son histoire que, si les degrés étaient plus longs vers le nord, la terre devait être aplatie au pôle.

Cela faisait voir qu'on s'était non-seulement trompé en France sur la théorie, mais qu'on s'était aussi trompé dans les mesures.

2. Moreau de Maupertuis fit accroire au cardinal de Fleury que cette dispute purement philosophique intéressait tous les navigateurs; qu'il y allait de leur vie. Il n'y allait certainement que de la curiosité.

3. C'étaient deux filles de Tornéa, qui étaient sœurs. Le père commença un procès criminel contre Maupertuis; mais on ne put du cercle polaire envoyer à Paris un huissier.

Dansant avec Louis sous des berceaux de fleurs[1],
Et du Rhin subjugué couronnant les vainqueurs;
Perrault du Louvre auguste élevant la merveille;
Le grand Condé pleurant aux vers du grand Corneille;
Tandis que, plus aimable, et plus maître des cœurs,
Racine, d'Henriette exprimant les douleurs[2],
Et voilant ce beau nom du nom de Bérénice,
Des feux les plus touchants peignait le sacrifice.
    Cependant, un Colbert, en vos heureux remparts,
Ranimait l'industrie, et rassemblait les arts :
Tous ces arts en triomphe amenaient l'abondance.
Sur cent châteaux ailés les pavillons de France[3],
Bravant ce peuple altier, complice de Cromwel,
Effrayaient la Tamise et les ports du Texel.
    Sans doute les beaux fruits de ces âges illustres,
Accrus par la culture et mûris par vingt lustres,
Sous vos savantes mains ont un nouvel éclat.
Le temps doit augmenter la splendeur de l'État;
Mais je la cherche en vain dans cette ville immense.

LE PARISIEN.

Aujourd'hui l'on étale un peu moins d'opulence.
Nous nous sommes défaits d'un luxe dangereux[4];
Les esprits sont changés, et les temps sont fâcheux.

LE RUSSE.

Et que vous reste-t-il de vos magnificences?

LE PARISIEN.

Mais.... nous avons souvent de belles remontrances[5];

---

1. Cela est vrai à la lettre. Il y avait à la fête de Versailles de grands berceaux de verdure, ornés de fleurs qui formaient des dessins pittoresques. Ce fut là que Louis XIV, qui était dans tout l'éclat de la jeunesse et de la beauté, dansa avec Mlle de La Vallière et d'autres dames.

2. Rien n'est plus connu que l'histoire de la tragédie de *Bérénice*. La princesse Henriette d'Angleterre, fille de Charles Ier, et femme de Monsieur, frère unique de Louis XIV, donna ce sujet à traiter à Corneille et à Racine. On sait comment Corneille en fit une tragédie aussi froide et aussi ennuyeuse que mal écrite; et comment Racine en fit une pièce très-touchante, malgré ses défauts.

3. Louis XIV était parvenu jusqu'à garnir ses ports de près de deux cents vaisseaux de guerre.

4. Cela fut écrit en 1760, temps auquel le malheur des temps, les disgrâces dans la guerre, et la mauvaise administration des finances, avaient obligé le roi et la plupart des gens riches à faire porter à la monnaie une grande partie de leur vaisselle d'argent. On servait alors les potages et les ragoûts dans des plats de faïence qu'on appelait des *cus noirs*.

5. On n'a pas ici la témérité de vouloir jeter le plus léger soupçon de partialité sur les remontrances; le zèle les dicte, la bonté les reçoit, l'équité y a souvent égard. On observe seulement que, lorsque les Anglais se ruinent pour désoler nos côtes, insulter nos ports, détruire nos colonies et notre commerce, nous devons donner quelque chose pour nous défendre. Certes, en voyant notre roi se défaire de sa vaisselle

Et le nom d'Ysabeau [1], sur un papier timbré,
Est dans tous nos périls un secours assuré.

LE RUSSE.

C'est beaucoup ; mais enfin, quand la riche Angleterre
Épuise ses trésors à vous faire la guerre,
Les papiers d'Ysabeau ne vous suffiront pas :
Il faut des matelots, des vaisseaux, des soldats....

LE PARISIEN.

Nous avons à Paris de plus grandes affaires.

LE RUSSE.

Quoi donc ?

LE PARISIEN.

Jansénius.... la bulle.... ses mystères [2].
De deux sages partis les cris et les efforts,
Et des billets sacrés payables chez les morts [3],
Et des convulsions [4], et des réquisitoires,
Rempliront de nos temps les brillantes histoires.
Le Franc de Pompignan, par ses divins écrits [5],

d'argent, et se priver de ce qui fait le nécessaire d'un monarque, quel est le citoyen qui ne suivra pas un exemple si noble et si touchant ?

1. Greffier au parlement de Paris.

2. La querelle de la bulle *Unigenitus* fut un de ces ridicules sérieux qui ont troublé la France assez longtemps. On n'ignore pas que Louis XIV eut le malheur de se mêler des disputes absurdes entre les jansénistes et les molinistes ; que cette extravagance jeta de l'amertume sur la fin de ses jours, et que cette guerre théologique, pour n'avoir pas été assez méprisée, renaquit ensuite assez violemment. C'était la honte de l'esprit humain ; mais on était accoutumé à cette honte.

3. Valère Maxime (lib. II, cap. VI, *de ext. Instit.*) dit que les druides prêtaient de l'argent aux pauvres, à la charge qu'ils le rendraient en l'autre monde.

4. La folie inconcevable des convulsions fut un des fruits de la bulle *Unigenitus*. Il y en avait encore en 1760, et elles avaient commencé en 1724. Sans les philosophes, qui jetèrent sur cette démence infâme tout le ridicule qu'elle méritait, cette fureur de l'esprit de parti aurait eu des suites très-dangereuses.

5. M. Le Franc de Pompignan, dans un mémoire qu'il dit avoir présenté au roi en 1760, s'exprime ainsi, page 17 : « Il faut que tout l'univers sache que.... le roi s'est occupé de mon discours, non comme d'une nouveauté passagère, mais comme d'une production digne de l'attention particulière des souverains. »
Quel producteur que ce Pompignan ! quelle modestie ! de quel ton il parle à l'univers ! comme l'univers est occupé de lui !
Ce même Le Franc de Pompignan dit, page 10 ; « Un homme de ma naissance et de mon état. » La naissance de Le Franc !
Ce même Le Franc de Pompignan dit encore que, pendant qu'il était juge des aides en Quercy, *il écrivait de la prose pour l'utilité de ses compatriotes.* Voici la prose utile de M. Le Franc de Pompignan. Il eut la bonté, en 1756, d'écrire au roi, et de lui reprocher le bien que le roi faisait à la nation, en faisant lui-même, à Trianon, l'essai de la méthode de remédier à la carie des blés. Sa Majesté daigna faire envoyer la recette dans toutes les provinces : c'est une de ses attentions paternelles pour son peuple ; nous l'en bénissons, nos enfants l'en béniront. M. Le Franc de Pompignan semble insulter à sa bienfaisance, il lui dit : « Ces

Plus que Palissot même occupe nos esprits ;
Nous quittons et là Foire et l'Opéra-Comique,
Pour juger de Le Franc le style académique.
Le Franc de Pompignan dit à tout l'univers
Que le roi lit sa prose, et même encor ses vers.
L'univers cependant voit nos apothicaires

expériences ne rendront pas nos champs moins incultes. Le parc de
Versailles ne décide pas de l'état de nos campagnes. Vous traitez vos
sujets plus impitoyablement que des forçats; on exerce sur eux des
vexations horribles : sortez de l'enceinte de votre palais somptueux,
vous verrez un royaume qui sera bientôt un désert.... »

Telle est la prose coulante et agréable du sieur Le Franc de Pompignan. Le roi n'a jamais donné un grand exemple de clémence qu'en
daignant pardonner à ce bourgeois de Quercy un peu trop vif. Est-ce à
ce titre qu'on l'a reçu à l'Académie ?

Le même Le Franc de Pompignan, auteur du *Voyage de Provence*, de
la Prière du déiste, et de quelques psaumes traduits en vers bien durs,
et de plusieurs pièces de théâtre, dont une seule a pu être jouée, nie
qu'on lui ait refusé quelque temps les provisions de sa charge en Quercy,
pour le punir de *la Prière du déiste*, parce qu'il fut d'ailleurs suspendu
de sa charge en Quercy pour une autre affaire qui arriva dans un bal en
Quercy. Nous n'entrerons point dans ces détails ; nous nous contente-
rons d'observer que ce n'est pas sans raison qu'un père de la Doctrine
chrétienne lui a dit :

> Pour vivre un peu joyeusement,
> Croyez-moi, n'offensez personne :
> C'est un petit avis qu'on donne
> Au sieur Le Franc de Pompignan.

Il peut sur cet article présenter un mémoire à l'univers.

Palissot de Montenoy fit jouer par les comédiens français une
comédie intitulée *les Philosophes*, le 2 mai 1760. Il a eu le malheur, dans
cette comédie, d'insulter et d'accuser plusieurs personnes d'un mérite
supérieur; et il se reprochera sans doute cette faute toute sa vie. On
voit, par la lettre qu'il a donnée au public en forme de préface, qu'il a
été trompé par de faux mémoires qu'on lui avait donnés. Il justifie sa
pièce en rapportant plusieurs passages tirés de l'*Encyclopédie*, et la
plupart de ces passages ne se trouvent pas dans l'*Encyclopédie*. Il cite
plusieurs traits de quelques mauvais livres intitulés l'*Homme plante* et
la Vie heureuse, comme si ces livres étaient composés par quelques-uns
de ceux qui ont mis la main à l'*Encyclopédie*, mais ces livres détes-
tables, contre lesquels il s'élève avec une juste indignation, sont d'un
médecin nommé La Métrie, natif de Saint-Malo, de l'Académie de Berlin, qui les composa à Berlin il y a plus de douze ans, dans des accès
d'ivresse. Ce La Métrie n'a jamais été en relation avec aucun des
citoyens qui sont maltraités dans la pièce des *Philosophes*.

Ceux qu'on insulte dans cette pièce sont M. Duclos, secrétaire perpétuel de l'Académie française, auteur de plusieurs ouvrages très-estima-
bles; M. d'Alembert, de la même Académie et de celle des sciences,
célèbre par sa vaste littérature, par ses connaissances profondes dans
les mathématiques, et par son génie; M. Diderot, dont le public fait le
même éloge ; M. le chevalier de Jaucourt, homme d'une grande naissance, auteur de cent excellents articles qui enrichissent le *Dictionnaire encyclopédique*. M. Helvétius, admirable (ce mot n'est pas trop
fort) par une action unique : il a quitté deux cent mille livres de rente
pour cultiver les belles-lettres en paix, et il fait du bien avec ce qui lui
reste. La facilité et la bonté de son caractère lui ont fait hasarder, dans
un livre d'ailleurs plein d'esprit, des propositions fausses et très répré-
hensibles, dont il s'est repenti le premier, à l'exemple du grand Féne-

Combatlre en parlement les jésuites leurs frères[1] ;
Car chacun vend sa drogue, et croit sur son pailler
Fixer, comme Le Franc, les yeux du monde entier.
Que dit-on dans Moscou de ces nobles querelles ?

LE RUSSE.

En aucun lieu du monde on ne m'a parlé d'elles.
Le Nord, la Germanie, où j'ai porté mes pas,
Ne savent pas un mot de ces fameux débats.

LE PARISIEN.

Quoi ! du clergé français la gazette prudente[2],
Cet ouvrage immortel que le pur zèle enfante,
Le *Journal du Chrétien*, le *Journal de Trévoux*[3],

---

lon. L'auteur de la comédie des *Philosophes* se repent aussi d'avoir porté le poignard dans ses blessures ; il a des remords d'avoir imputé des maximes et des vues pernicieuses aux plus honnêtes gens qui soient en France, à des hommes qui n'ont jamais fait le moindre mal à personne, et qui n'en ont jamais dit. En qualité de citoyen, il souhaite que le *Dictionnaire encyclopédique* se continue, que les libraires qui ont fait cette grande entreprise ne soient pas ruinés, que les souscripteurs ne perdent point leurs avances.

Ce livre, qui se perfectionnait sous tant de mains, devenait cher et nécessaire à la nation. J'ai vu l'article Roi en manuscrit ; des étrangers ont pleuré de tendresse au portrait qu'on fait de Louis XV, et ils ont souhaité d'être ses sujets ; la reine son épouse regretterait l'article REINE, si sa vertu modeste pouvait lui faire regretter les plus justes louanges. Au mot GUERRE, on croirait que celui qui commande aujourd'hui nos armées, et plusieurs lieutenants généraux, ont été désignés par l'auteur, qui est lui-même un excellent officier. Le mot SIÈGE forme un article bien important pour nous ; la prise du Port-Mahon immortalise le nom du général et le nom français : en un mot, cet ouvrage eût fait notre gloire, et il est bien honteux qu'il ait essuyé à la fois la persécution et le ridicule.

1. Le 4 mai 1760, jour de l'anniversaire de la mort de Henri IV, les apothicaires de Paris firent saisir, dans un couvent de jésuites qu'on appelait la maison professe, des drogues que les jésuites vendaient en fraude, et leur firent un procès au parlement, qui condamna ces pères. On disait qu'ils débitaient chez eux ces drogues pour empoisonner les jansénistes.

2. C'est ce qu'on appelle la *Gazette ecclésiastique*. Ce journal clandestin commença en 1734, et dure encore. C'est un ramas de petits faits concernant des bedeaux de paroisse, des porte-Dieu, des thèses de théologie, des refus de sacrements, des billets de confession : c'est surtout dans le temps de ces billets de confession que cette gazette a eu le plus de vogue. L'archevêque de Paris, Christophe de Beaumont, avait imaginé ces lettres de change tirées à vue sur l'autre monde, pour faire refuser le viatique à tous les mourants qui se seraient confessés à des prêtres jansénistes. Ce comble de l'extravagance et de l'horreur causa beaucoup de troubles, et mit la *Gazette ecclésiastique* alors dans un grand crédit : elle tomba quand cette sottise fut finie. Elle était, dit-on, comme les crapauds, qui ne peuvent s'enfler que de venin.

3. Le *Journal chrétien* ou *du chrétien* fut d'abord composé par un récollet nommé Hayer, l'abbé Trublet, l'abbé Dinouard, un nommé Joannet. Ils dédièrent leur besogne à la reine, dans l'espérance d'avoir quelque bénéfice ; en quoi ils se trompèrent. Ils mirent d'abord leur *Mercure chrétien* à 30 sous, puis à 20, puis à 15, puis à 12. Voyant qu'ils ne réussissaient pas, ils s'avisèrent d'accuser d'athéisme tous les écri-

N'ont point passé les mers et volé jusqu'à vous?

LE RUSSE.

Non.

LE PARISIEN.

Quoi ! vous ignorez des mérites si rares ?

LE RUSSE.

Nous n'en avons jamais rien appris.

LE PARISIEN.

Les barbares

Hélas ! en leur faveur mon esprit abusé
Avait cru que le Nord était civilisé.

LE RUSSE.

Je viens pour me former sur les bords de la Seine;
C'est un Scythe grossier voyageant dans Athène
Qui vous conjure ici, timide et curieux,
De dissiper la nuit qui couvre encor ses yeux
Les modernes talents que je cherche à connaître
Devant un étranger craignent-ils de paraître ?
Le cygne de Cambrai, l'aigle brillant de Meaux,
Dans ce temps éclairé n'ont-ils pas des égaux
Leurs disciples, nourris de leur vaste science,
N'ont-ils pas hérité de leur noble éloquence ?

LE PARISIEN.

Oui, le flambeau divin qu'ils avaient allumé
Brille d'un nouveau feu, loin d'être consumé :
Nous avons parmi nous des Pères de l'Église.

LE RUSSE.

Nommez-moi donc ces saints que le ciel favorise.

LE PARISIEN.

Maître Abraham Chaumeix, Hayer le récollet [1],
Et Berthier le jésuite, et le diacre Trublet,
Et le doux Caveyrac, et Nonnotte, et tant d'autres [2] :

___

vains, à tort et à travers. Ils s'adressèrent malheureusement à M. de Saint-Foix, qui leur fit un procès criminel, et les obligea à se rétracter. Depuis ce temps-là leur journal fut entièrement décrié, et ces pauvres diables furent obligés de l'abandonner.

Pour le *Journal de Trévoux*, il a subi le sort des jésuites, ses auteurs, il est tombé avec eux.

[1]. Cet Abraham Chaumeix était ci-devant vinaigrier, et, s'étant fait convulsionnaire, il devint un homme considérable dans le parti, surtout depuis qu'il se fut fait crucifier avec une couronne d'épines sur la tête, le 2 mars 1749, dans la rue Saint-Denys, vis-à-vis Saint-Leu et Saint-Gilles. Ce fut lui qui dénonça au parlement de Paris le *Dictionnaire encyclopédique*. Il a été couvert d'opprobre, et obligé de se réfugier à Moscou, où il s'est fait maître d'école.

Hayer le récollet n'est connu que par le *Journal chrétien*; le jésuite Berthier, par le *Journal de Trévoux*, et surtout par une facétie plaisante intitulée *Relation de la maladie, de la confession, de la mort et de l'apparition du jésuite Berthier*.

[2]. Le doux Caveyrac est ici par antiphrase; il n'y a rien de si peu doux que son *Apologie de la révocation de l'édit de Nantes et de la Saint-*

Ils sont tous parmi nous ce qu'étaient les apôtres
Avant qu'un feu divin fût descendu sur eux :
De leur siècle profane instructeurs généreux [1],
Cachant de leur savoir la plus grande partie,
Écrivant sans esprit par pure modestie,
Et par piété même ennuyant les lecteurs.

LE RUSSE.

Je n'ai point encor lu ces solides auteurs :
Il faut que je vous fasse un aveu condamnable.
Je voudrais qu'à l'utile on joignît l'agréable ;
J'aime à voir le bon sens sous le masque des ris ;
Et c'est pour m'égayer que je viens à Paris.
Ce peintre ingénieux de la nature humaine,
Qui fit voir en riant la raison sur la scène,
Par ceux qui l'ont suivi serait-il éclipsé ?

LE PARISIEN.

Vous parlez de Molière : oh ! son règne est passé ;
Le siècle est bien plus fin ; notre scène épurée
Du vrai beau qu'on cherchait est enfin décorée.
Nous avons les *Remparts* [2], nous avons *Ramponneau*.
Au lieu du *Misanthrope* on voit Jacques Rousseau,
Qui, marchant sur ses mains, et mangeant sa laitue [4],

Barthélemy. Ce n'est pas qu'on doive en inférer absolument qu'il eût fait la Saint-Barthélemy, s'il eût été à la place du Balafré. On justifie quelquefois les plus abominables actions qu'on ne voudrait pas avoir faites. On fait un livre pour plaire à un évêque, pour attraper un petit bénéfice, une petite pension du clergé, qu'on n'attrape point ; et ensuite on écrirait pour les huguenots avec autant de zèle qu'on a écrit contre eux. Tout cela n'est, au bout du compte, que du papier perdu et de l'honneur perdu ; ce qui est fort peu de chose pour ces gens-là.

Nonnotte est un ex-jésuite que notre auteur philosophe a fait connaître par les ignorances dont il l'a convaincu, et par les ridicules dont il l'a accablé avec très-juste raison.

1. Peu d'auteurs se sont servis du mot *instructeur*, qui semble manquer à notre langue. On voit bien que c'est un Russe qui parle. Ce terme répond à celui de *coukaski*, qui est très-énergique en slavon.

2. Les comédies qu'on joue sur les boulevards.

3. Ramponneau était un cabaretier de la Courtille, dont la figure comique et le mauvais vin qu'il vendait bon marché lui acquirent pendant quelque temps une réputation éclatante. Tout Paris courut à son cabaret ; des princes du sang même allèrent voir M. Ramponneau. Une troupe de comédiens établis sur les remparts s'engagea à lui payer une somme considérable pour se montrer seulement sur leur théâtre, et pour y jouer quelques rôles muets. Les jansénistes firent un scrupule à Ramponneau de se produire sur la scène ; ils lui dirent que Tertullien avait écrit contre la comédie ; qu'il ne devait pas ainsi prostituer sa dignité de cabaretier ; qu'il y allait de son salut. La conscience de Ramponneau fut alarmée. Il avait reçu de l'argent d'avance, et il ne voulut point le rendre, de peur de se damner. Il y eut procès. M. Élie de Beaumont, célèbre avocat, daigna plaider contre Ramponneau ; notre poëte philosophe plaida pour lui, soit par zèle pour la religion, soit pour se réjouir. Ramponneau rendit l'argent, et sauva son âme.

4. La même année 1760, on joua sur le théâtre de la Comédie-Française la comédie des *Philosophes*, avec un concours de monde prodi-

Jonne un plaisir bien noble au public qui le hue.
Voilà nos grands travaux, nos beaux-arts, nos succès,
Et l'honneur éternel de l'empire français.
A ce brillant tableau connaissez ma patrie.

LE RUSSE.

Je vois dans vos propos un peu de raillerie,
Je vous entends assez; mais parlons sans détour :
Votre nuit est venue après le plus beau jour.
Il en est des talents comme de la finance;
La disette aujourd'hui succède à l'abondance :
Tout se corrompt un peu, si je vous ai compris.
Mais n'est-il rien d'illustre au moins dans vos débris ?
Minerve de ces lieux serait-elle bannie ?
Parmi cent beaux esprits n'est-il plus de génie ?

PARISIEN.

Un génie ? ah, grand Dieu ! puisqu'il faut m'expliquer,
S'il en paraissait un que l'on pût remarquer,
Tant de témérité serait bientôt punie.
Non, je ne le tiens pas assuré de sa vie.
Les Berthiers, les Chaumeix, et jusques aux Frérons,
Déjà de l'imposture embouchent les clairons.
L'hypocrite sourit, l'énergumène aboie ;
Les chiens de Saint-Médard ! s'élancent sur leur proie;
Un petit magistrat à peine émancipé,
Un pédant sans honneur, à Bicêtre échappé,
S'il a du bel esprit la jalouse manie,
Intrigue, parle, écrit, dénonce, calomnie,
En crimes odieux travestit les vertus :
Tous les traits sont lancés, tous les rets sont tendus:
On cabale à la cour; on ameute, on excite
Ces petits protecteurs sans place et sans mérite,
Ennemis des talents, des arts, des gens de bien,
Qui se sont faits dévots, de peur de n'être rien.
N'osant parler au roi, qui hait la médisance,
Et craignant de ses yeux la sage vigilance,
Ces oiseaux de la nuit, rassemblés dans leurs trous,
Exhalent les poisons de leur orgueil jaloux :

gieux. On voyait sur le théâtre Jean-Jacques Rousseau marchant à
quatre pattes et mangeant une laitue. Cette facétie n'était ni dans le
goût du *Misanthrope*, ni dans celui du *Tartuffe*: mais elle était bien
aussi théâtrale que celle de Pourceaugnac qui est poursuivi par des lave-
ments et des fils de p.....
Le reste de la pièce ne parut pas assez gai; mais on ne pouvait pas
dire que ce fût là de la comédie larmoyante. On re rocha à l'auteur
d'avoir attaqué de très-bonnêtes gens dont il n'avait pas à se plaindre.
  1. Saint-Médard est une vilaine paroisse d'un très-vilain faubourg de
Paris, où les convulsions commencèrent. On appelle depuis ce temps-là
les fanatiques, chiens de Saint-Médard.

« Poursuivons, disent-ils, tout citoyen qui pense.
Un génie ! il aurait cet excès d'insolence !
Il n'a pas demandé notre protection !
Sans doute il est sans mœurs et sans religion;
Il dit que dans les cœurs Dieu s'est gravé lui-même,
Qu'il n'est point implacable, et qu'il suffit qu'on l'aime.
Dans le fond de son âme il se rit des Fantins [1],
De *Marie Alacoque* [2] et de *la Fleur des saints* [3].
Aux erreurs indulgent, et sensible aux misères,
Il a dit, on le sait, que les humains sont frères;
Et, dans un doute affreux lâchement obstiné,
Il n'osa convenir que Newton fût damné.
Le brûler est une œuvre et sage et méritoire. »
    Ainsi parle à loisir ce digne consistoire.
Des vieilles à ces mots, au ciel levant les yeux,
Demandent des fagots pour cet homme odieux,
Et des petits péchés commis dans leur jeune âge
Elles font pénitence en opprimant un sage.

LE RUSSE.

Hélas ! ce que j'apprends de votre nation
Me remplit de douleur et de compassion.

LE PARISIEN.

J'ai dit la vérité. Vous la vouliez sans feinte.
Mais n'imaginez pas que, tristement éteinte,
La raison sans retour abandonne Paris :
Il est des cœurs bien faits, il est de bons esprits,
Qui peuvent, des erreurs où je la vois livrée,
Ramener au droit sens ma patrie égarée.
Les aimables Français sont bientôt corrigés.

LE RUSSE.

Adieu ; je reviendrai quand ils seront changés

---

1. Fantin, curé de Versailles, fameux directeur qui séduisait ses dévotes, et qui fut saisi volant une bourse de cent louis à un mourant qu'il confessait ; il n'était pourtant pas philosophe.
2. *Marie Alacoque*, ouvrage impertinent de Languet, évêque de Soissons, dans lequel l'absurdité et l'impiété furent poussées jusqu'à mettre dans la bouche de Jésus-Christ quatre vers pour Marie Alacoque.
3. *La Fleur des saints*, compilation extravagante du jésuite Ribadeneira ; c'est un extrait de *la Légende dorée*, traduit et augmenté par le frère Girard, jésuite.
Nota bene que ce n'était pas ce frère Girard condamné au feu, le 12 octobre 1731, par la moitié du parlement d'Aix, pour avoir abusé de sa pénitente en lui donnant le fouet assez doucement, et pour plusieurs profanations. Il fut absous par l'autre moitié du parlement d'Aix, parce qu'on avait ridiculement mêlé l'accusation de sortilège aux véritables charges du procès. C'est bien dommage que ce frère Girard n'ait pas été philosophe.

LES CHEVAUX ET LES ANES,

OU ÉTRENNES AUX SOTS.

(1761.)

A ces beaux jeux inventés dans la Grèce,
Combats d'esprit, ou de force, ou d'adresse,
Jeux solennels, écoles des héros,
Un gros Thébain, qui se nommait Bathos,
Assez connu par sa crasse ignorance,
Par sa lésine et son impertinence,
D'ambition tout comme un autre épris,
Voulut paraître, et prétendit au prix.
C'était la course. Un beau cheval de Thrace,
Aux crins flottants, à l'œil brillant d'audace,
Vif et docile, et léger à la main,
Vint présenter son dos à mon vilain.
Il demandait des housses, des aigrettes,
Un beau harnais, de l'or sur ses bossettes.
Le bon Bathos quelque temps marchanda.
Un certain âne alors se présenta.
L'âne disait : « Mieux que lui je sais braire,
Et vous verrez que je sais mieux courir;
Pour des chardons je m'offre à vous servir.
Préférez-moi. » Mon Bathos le préfère.
Sûr du triomphe, il sort de sa maison.
Voilà Bathos monté sur son grison,
Il veut courir. La Grèce était railleuse :
Plus l'assemblée était belle et nombreuse,
Plus on sifflait. Les Bathos en ce temps
N'imposaient pas silence aux bons plaisants.
Profitez bien de cette belle histoire,
Vous qui suivez les sentiers de la gloire;
Vous qui briguez ou donnez des lauriers,
Distinguez bien les Ânes des coursiers,
En tout état et dans toute science;
Vous avez vu plus d'un Bathos en France;
Et plus d'un âne a mangé quelquefois
Au râtelier des coursiers de nos rois.
L'abbé Dubois, fameux par sa vessie,
Mit sur son front, très-atteint de folie,
La même mitre, hélas! qui décora
Ce Fénelon que l'Europe admira.
Au Cicéron des oraisons funèbres [1],

1. Jacques-Bénigne Bossuet. (É.)

Sublime auteur de tant d'écrits célèbres,
Qui succéda dans l'emploi glorieux
De cultiver l'esprit des demi-dieux?
Un théatin, un Boyer[1]. Mais qu'importe,
Quand l'arbre est beau, quand sa séve est bien forte,
Qu'il soit taillé par Bénigne ou Boyer?
De très-bons fruits viennent sans jardinier.

    C'est dans Paris, dans notre immense ville,
En grands esprits, en sots toujours fertile,
Mes chers amis, qu'il faut bien nous garder
Des charlatans qui viennent l'inonder.
Les vrais talents se taisent, ou s'enfuient,
Découragés des dégoûts qu'ils essuient.
Les faux talents sont hardis, effrontés,
Souples, adroits, et jamais rebutés.
Que de frelons vont pillant les abeilles!
Que de Pradons s'érigent en Corneilles!
Que de Gauchats[2] semblent des Massillons!
Que de Le Dains[3] succèdent aux Bignons!
Virgile meurt, Bavius le remplace.
Après Lulli nous avons vu Colasse;
Après Le Brun, Coypel obtint l'emploi
De premier peintre ou barbouilleur du roi.
Ah! mon ami, malgré ta suffisance,
Tu n'étais pas premier peintre de France.
Le lourd Crevier[4], pédant, crasseux et vain,
Prend hardiment la place de Rollin,
Comme un valet prend l'habit de son maitre.
Que voulez-vous? chacun cherche à paraître.

    C'est un plaisir de voir ces polissons
Qui du bon goût nous donnent des leçons;
Ces étourdis calculants en finance,
Et ces bourgeois qui gouvernent la France
Et ces gredins qui, d'un air magistral,
Pour quinze sous griffonnant un journal,
Journal chrétien, connu par sa sottise,

---

1. Évêque de Mirepoix, chargé de la feuille des bénéfices. (ÉD.)
2. Gauchat, mauvais auteur de quelques brochures.
3. Un avocat avait soutenu que les comédiens ne devaient pas être excommuniés. Dains prétendit que, pour avoir émis cette opinion, cet avocat devait être rayé du tableau. Il le fut en effet, et ce fut Dains, son confrère, qui plaida contre lui pour obtenir cette radiation. (ÉD.)
4. Crevier, mauvais auteur d'une *Histoire romaine* et d'une *Histoire de l'Université*, et beaucoup plus fait pour la seconde que pour la première. Il a depuis fait un libelle contre le célèbre Montesquieu, dans lequel il s'efforce de prouver que Montesquieu n'était pas chrétien. Voilà un beau service que cet homme rend à notre religion, de chercher à nous convaincre qu'elle était méprisée par un grand homme! La monture de Bathos paraît assez convenable à ce monsieur.

Vont se carrant en princes de l'Église;
Et ces faquins, qui, d'un ton familier,
Parlent au roi du haut de leur grenier.
   Nul à Paris ne se tient dans sa sphère,
Dans son métier, ni dans son caractère;
Et, parmi ceux qui briguent quelque nom,
Ou quelque honneur, ou quelque pension,
Qui des dévots affectent la grimace,
L'abbé La Coste[1] est le seul à sa place.
   Le roi, dit-on, bannira ces abus :
Il le voudrait; ses soins sont superflus.
Il ne peut dire en un arrêt en forme :
« Impertinents, je veux qu'on se réforme,
Que le *Journal de Trévoux* soit meilleur,
Guyon[2] moins plat, Moreau plus fin railleur.
La cour enjoint à Jacque hétérodoxe[3]
De courir moins après le paradoxe;
Je lui défends de jamais dénigrer
Des arts charmants qui peuvent l'honorer;
Je veux, j'entends que, sous mon règne auguste,
Tout bon Français ait l'esprit sage et juste;
Que nul robin ne soit présomptueux,
Nul moine fier, nul avocat verbeux.
Oui le rapport, dans mon conseil j'ordonne
Que la raison s'introduise en Sorbonne,
Que tout auteur sache me réjouir,
Ou m'éclairer : car tel est mon plaisir. »
   Un tel édit serait plus inutile
Que les sermons prêchés par La Neuville[4].
Donc on aurait grande obligation
A qui pourrait par exhortation,
Par vers heureux, et par douce éloquence,
Porter nos gens à moins d'extravagance,
Admonéter par nom et par surnom
Ces ennemis jurés de la raison.
On pourrait dire aux malins molinistes,
A leurs rivaux les rudes jansénistes,
Aux gens du greffe, aux universités,
Aux faux dévots, d'honnêtes vérités.
Je les dirai, n'en soyez point en peine;

---

1. L'abbé La Coste, qui a travaillé à *l'Année littéraire*, de présent employé à Toulon sur les galères du roi.
2. Guyon, auteur de *l'Oracle des philosophes*, Moreau, auteur du *Catéchisme des Cacouacs*, pamphlets contre Voltaire et les philosophes. (Éd.)
3. Jean-Jacques Rousseau. (Éd.)
4. Jésuite dont les sermons étaient pleins d'antithèses. (Éd.)

Chacun de vous obtiendra son étrenne.
Messieurs les sots, je dois, en bon chrétien,
Vous fesser tous, car c'est pour votre bien.

Par M. le ch. DE M....RE (Molmire, Éd.), cornette de cavalerie, e, en cette qualité, ennemi juré des ânes. A Paris, le 1er janvier 1762, pour vos étrennes.

ÉLOGE DE L'HYPOCRISIE.

(1766.)

Mes chers amis, il me prend fantaisie
De vous parler ce soir d'hypocrisie.
Grave Vernet, soutiens ma faible voix.
Plus on est lourd, plus on parle avec poids.
    Si quelque belle à la démarche fière
Aux gros tetons, à l'énorme derrière,
Étale aux yeux ses robustes appas,
Les rimailleurs la nommeront Pallas.
Une beauté jeune, fraîche, ingénue,
S'appelle Hébé; Vénus est reconnue
A son sourire. à l'air de volupté
Qui de son charme embellit la beauté.
Mais si j'avise un visage sinistre,
Un front hideux, l'air empesé d'un cuistre,
Un cou jauni sur un moignon penché;
Un œil de porc à la terre attaché
(Miroir d'une âme à ses remords en proie,
Toujours terni, de peur qu'on ne la voie).
Sans hésiter, je vous déclare net
Que ce magot est Tartuffe, ou Vernet.
    C'est donc à toi, Vernet, que je dédie
Ma très-honnête et courte rapsodie
Sur le sujet de notre ami Guignard,
Fesse-matthieu, dévot, et grand paillard.
    Avant-hier advint que de fortune
Je rencontrai ce Guignard sur la brune,
Qui chez Fanchon s'allait glisser sans bruit,
Comme un hibou qui ne sort que de nuit.
Je l'arrêtai, d'un air assez fantasque,
Par sa jaquette, et je lui criai : « Masque,
Je te connais; l'argent et les catins
Sont à tes yeux les seuls objets divins :
Tu n'eus jamais un autre catéchisme.
Pourquoi veux-tu, de ton plat rigorisme
Nous étalant le dehors imposteur,
Tromper le monde, et mentir à ton cœur;

Et, tout pétri d'une douce luxure,
Parler en Paul, et vivre en Épicure ? »
   Le sycophante alors me répondit
Qu'il faut tromper pour se mettre en crédit,
Que la franchise est toujours dangereuse,
L'art bien reçu, la vertu malheureuse,
La fourbe utile, et que la vérité
Est un joyau peu connu, très-vanté,
D'un fort grand prix, mais qui n'est point d'usage.
   Je répliquai : « Ton discours paraît sage.
L'hypocrisie a du bon quelquefois ;
Pour son profit on a trompé des rois.
On trompe aussi le stupide vulgaire
Pour le gruger, bien plus que pour lui plaire.
Lorsqu'il s'agit d'un trône épiscopal,
Ou du chapeau qui coiffe un cardinal,
Ou, si l'on veut, de la triple couronne
Que quelquefois l'ami Belzébut donne,
En pareil cas peut-être il serait bon
Qu'on employât quelques tours de fripon.
L'objet est beau, le prix en vaut la peine.
Mais se gêner pour nous mettre à la gêne,
Mais s'imposer le fardeau détesté
D'une inutile et triste fausseté,
Du monde entier méprisée et maudite,
C'est être dupe encor plus qu'hypocrite.
Que Peretti[1] se déguise en chrétien
Pour être pape, il se conduit fort bien.
Mais toi, pauvre homme, excrément de collège,
Dis-moi quel bien, quel rang, quel privilège
Il te revient de ton maintien cagot.
Tricher au jeu sans gagner est d'un sot.
Le monde est fin. Aisément on devine,
On reconnaît le cafard à la mine,
Chacun le hue ; on aime à décrier
Un charlatan qui fait mal son métier.
   — Mais convenez que du moins mes confrères
M'applaudiront. —Tu ne les connais guères,
Dans leur tripot on les a vus souvent
Se comporter comme on fait au couvent.
Tout penaillon y vante sa besace,
Son institut, ses miracles, sa crasse ;
Mais, en secret l'un de l'autre jaloux,

---

1. Sixte-Quint. Il est vrai qu'il fit longtemps semblant d'être humble
et doux, lui qui était si fier et si dur. Voilà pourquoi M. Robert Covelle
dit que Sixte-Quint se déguise en chrétien : avec sa permission, je
trouve ce terme un peu hardi. (*Note posthume.*)

Modestement ils se détestent tous.
Tes ennemis sont parmi tes semblables.
Les gens du monde au moins sont plus traitables.
Ils sont railleurs, les autres sont méchants.
Crains les sifflets, mais crains les malfaisants.
Crois-moi, renonce à la cagoterie;
Mène uniment une plus noble vie;
Rougissant moins, sois moins embarrassé.
Que ton cou tors, désormais redressé,
Sur son pivot garde un juste équilibre.
Lève les yeux, parle en citoyen libre :
Sois franc, sois simple; et, sans affecter rien,
Essaye un peu d'être un homme de bien. »
   Le mécréant alors n'osa répondre.
J'étais sincère, il se sentait confondre.
Il soupira d'un air sanctifié;
Puis détournant son œil humilié,
Courbant en voûte une part de l'échine,
Et du menton se battant la poitrine,
D'un pied cagneux il alla chez Fanchon
Pour lui parler de la religion.

LE MARSEILLOIS ET LE LION.

PAR M. DE SAINT-DIDIER, SECRÉTAIRE PERPÉTUEL DE L'ACADÉMIE DE MARSEILLE.

(1768.)

AVERTISSEMENT[1].

Feu M. de Saint-Didier, secrétaire perpétuel de l'Académie de Marseille, auteur du poëme de *Clovis*, s'amusa, quelque temps avant sa mort, à composer cette petite fable, dans laquelle on trouve quelques traits de la philosophie anglaise. Ces traits sont en effet imités de la fable des abeilles de Mandeville, mais tout le reste appartient à l'auteur français. Comme il était de Marseille, il n'a pas manqué de prendre un Marseillois[2] pour son héros. Nous avons fait imprimer ce petit ouvrage sur une copie très-exacte.

Dans les sacrés cahiers, méconnus des profanes,
Nous avons vu parler les serpents et les ânes.

---

1. Cet avertissement est de Voltaire. (ÉD.)
2. Voltaire a conservé cette orthographe, sans doute parce qu'elle était conforme à la prononciation de son temps. (ÉD.)

Un serpent fit l'amour à la femme d'Adam[1],
Un âne avec esprit gourmanda Balaam[2].
Le grand parleur Homère, en vérités fertile,
Fit parler et pleurer les deux chevaux d'Achille[3].
Les habitants des airs, des forêts et des champs,
Aux humains chez Ésope enseignent le bon sens.
Descartes n'en eut point quand il les crut machines[4] :
Il raisonna beaucoup sur les œuvres divines;
Il en jugea fort mal, et noya sa raison.

1. Il est constant que le serpent parlait. La Genèse dit expressément qu'*il était le plus rusé de tous les animaux.* La *Genèse* ne dit point que Dieu lui donna alors la parole par un acte extraordinaire de sa toute-puissance pour séduire Ève; elle rapporte la conversation du serpent et de la femme, comme on rapporte un entretien entre deux personnes qui se connaissent, et qui parlent la même langue. Cela même est si évident, que le Seigneur punit le serpent d'avoir abusé de son esprit et de son éloquence; il le condamne à se traîner sur le ventre, au lieu qu'auparavant il marchait sur ses pieds. Flavien Josèphe dans ses *Antiquités*, Philon, saint Basile, saint Ephrem, n'en doutent pas. Le révérend père dom Calmet, dont le profond jugement est reconnu de tout le monde, s'exprime ainsi : « Toute l'antiquité a reconnu les ruses du serpent, et on a cru qu'avant la malédiction de Dieu cet animal était encore plus subtil qu'il ne l'est à présent. L'Écriture parle de ses finesses en plusieurs endroits; elle dit qu'il bouche ses oreilles pour ne pas entendre la voix de l'enchanteur. Jésus-Christ, dans l'Évangile, nous conseille d'avoir la prudence du serpent. »

2. Il n'en était pas ainsi de l'Âne ou de l'ânesse qui parla à Balaam. Il est vraisemblable que les ânes n'avaient point le don de la parole, car il est dit expressément que le Seigneur ouvrit la bouche de l'ânesse: et même saint Pierre, dans sa seconde épître, dit que *cet animal muet parla d'une voix humaine.* Mais remarquons que saint Augustin, dans sa quarante-huitième question, dit que Balaam ne fut point étonné d'entendre parler son ânesse. Il en conclut que Balaam était accoutumé à entendre parler les autres animaux. Le révérend père dom Calmet avoue que la chose est très-ordinaire. « L'Âne de Bacchus, dit-il, le bélier de Phryxus, le cheval d'Hercule, l'agneau de Bochoris, les bœufs de Sicile, les arbres même de Dodone, et l'ormeau d'Apollonius de Thyane, ont parlé distinctement. » Voilà de grandes autorités qui servent merveilleusement à justifier M. de Saint-Didier.

3. La remarque de Mme Dacier sur cet endroit d'Homère est également importante et judicieuse. Elle appuie beaucoup sur la sage conduite d'Homère; elle fait voir que les chevaux d'Achille, Xante, et Balie, fils de Podarge, sont d'une race immortelle, et qu'ayant déjà pleuré la mort de Patrocle, il n'est point du tout étonnant qu'ils tiennent un long discours à Achille. Enfin, elle cite l'exemple de l'ânesse de Balaam, auquel il n'y a rien à répliquer.

4. Descartes était certainement un grand géomètre et un homme de beaucoup d'esprit; mais toutes les nations savantes avouent qu'il abandonna la géométrie, qui devait être son guide, et qu'il abusa de son esprit pour ne faire que des romans. L'idée que les animaux ont tous les organes du sentiment pour ne point sentir est une contradiction ridicule. Ses tourbillons, ses trois éléments, son système sur la lumière, son explication des ressorts du corps humain, ses idées innées, sont regardés, par tous les philosophes, comme des chimères absurdes. On convient que dans toute sa physique il n'y a pas une vérité physique. Ce grand exemple apprend aux hommes qu'on ne trouve ces vérités que dans les mathématiques et dans l'expérience.

Dans ses trois éléments, au coin d'un tourbillon.
Le pauvre homme ignora, dans sa physique obscure,
Et l'homme, et l'animal, et toute la nature.
Ce romancier hardi dupa longtemps les sots :
Laissons là sa folie, et suivons nos propos.

    Un jour un Marseillois, trafiquant en Afrique,
Aborda le rivage où fut jadis Utique.
Comme il se promenait dans le fond d'un vallon,
Il trouva nez à nez un énorme lion,
A la longue crinière, à la gueule enflammée,
Terrible, et tout semblable au lion de Némée.
Le plus horrible effroi saisit le voyageur :
Il n'était pas Hercule; et, tout transi de peur,
Il se mit à genoux, et demanda la vie.

    Le monarque des bois, d'une voix radoucie,
Mais qui faisait encor trembler le Provençal,
Lui dit en bon français : « Ridicule animal,
Tu veux donc qu'aujourd'hui de souper je me passe ?
Écoute, j'ai dîné : je veux te faire grâce,
Si tu peux me prouver qu'il est contre les lois
Que le soir un lion soupe d'un Marseillois. »

    Le marchand à ces mots conçut quelque espérance.
Il avait eu jadis un grand fonds de science;
Et, pour devenir prêtre, il apprit du latin;
Il savait Rabelais et son saint Augustin [1].

---

1. Il est rapporté, dans l'histoire de l'Académie, que La Fontaine demanda à un docteur s'il croyait que saint Augustin eût autant d'esprit que Rabelais, et que le docteur répondit à La Fontaine : « Prenez garde, monsieur, vous avez mis un de vos bas à l'envers; » ce qui était vrai.

Ce docteur était un sot. Il devait convenir que ce saint Augustin et Rabelais avaient tous deux beaucoup d'esprit, et que le curé de Meudon avait fait un mauvais usage du sien. Rabelais était profondément savant, et tournait la science en ridicule. Saint Augustin n'était pas si savant; il ne savait ni le grec ni l'hébreu; mais il employa ses talents et son éloquence à son respectable ministère. Rabelais prodigua indignement les ordures les plus basses; saint Augustin s'égara dans des explications mystérieuses que lui-même ne pouvait entendre. On est étonné qu'un orateur tel que lui, ait dit dans son sermon sur le psaume VI :

« Il est clair et indubitable que le nombre de quatre a rapport au corps humain, à cause des quatre éléments et des quatre qualités dont il est composé; savoir, le chaud et le froid, le sec et l'humide : c'est pourquoi aussi Dieu a voulu qu'il fût soumis à quatre différentes saisons; savoir, l'été, le printemps, l'automne, et l'hiver.... Comme le nombre de quatre a rapport au corps, le nombre de trois a rapport à l'âme parce que Dieu nous ordonne de l'aimer d'un triple amour; savoir, de tout notre cœur, de toute notre âme, et de tout notre esprit.

« Lors donc que les deux nombres de quatre et de trois, dont le premier a rapport au corps c'est-à-dire au vieil homme et au Vieux Testament, et le second a rapport à l'âme, c'est-à-dire au nouvel homme et au Nouveau Testament, seront écoulés et passés, comme le nombre de sept jours passe et s'écoule, parce qu'il n'y a rien qui ne se fasse dans le temps et par la distribution du nombre quatre au corps, et du nombre

D'abord il établit, selon l'usage antique,
Quel est le droit divin du pouvoir monarchique;
Qu'au plus haut des degrés des êtres inégaux,
L'homme est mis pour régner sur tous les animaux[1];
Que la terre est son trône, et que dans l'étendue
Les astres sont formés pour réjouir sa vue.
Il conclut qu'étant prince, un sujet africain
Ne pouvait sans péché manger son souverain
Le lion, qui rit peu, se mit pourtant à rire;
Et, voulant par plaisir connaître cet empire,
En deux grands coups de griffe il dépouilla tout nu
De l'univers entier le monarque absolu.
    Il vit que ce grand roi lui cachait sous le linge
Un corps faible monté sur deux fesses de singe,
A deux minces talons deux gros pieds attachés,
Par cinq doigts superflus dans leur marche empêchés,
Deux mamelles sans lait, sans grâce, sans usage,
Un crâne étroit et creux couvrant un plat visage,
Tristement dégarni du tissu de cheveux
Dont la main d'un barbier coiffa son front crasseux.
Tel était en effet ce roi sans diadème,

trois à l'âme; lors, dis-je, que ce nombre de sept sera passé, on verra arriver le huitième, qui sera celui du jugement. »

Plusieurs savants ont trouvé mauvais qu'en voulant concilier les deux généalogies différentes données à saint Joseph, l'une par saint Matthieu, et l'autre par saint Luc, il dise, dans son sermon 51, « qu'un fils peut avoir deux pères, puisqu'un père peut avoir deux enfants. »

On lui a encore reproché d'avoir dit, dans son livre contre les manichéens, que les puissances célestes se déguisaient ainsi que les puissances infernales en beaux garçons et en belles filles pour s'accoupler ensemble, et d'avoir imputé aux manichéens cette théurgie impure, dont ils ne furent jamais coupables.

On a relevé plusieurs de ces contradictions. Ce grand saint était homme; il a ses faiblesses, ses erreurs, ses défauts, comme les autres saints. Il n'en est pas moins vénérable, et Rabelais n'est pas moins un bouffon grossier, un impertinent dans les trois quarts de son livre, quoi qu'il ait été l'homme le plus savant de son temps, éloquent, plaisant, et doué d'un vrai génie. Il n'y a pas sans doute de comparaison à faire entre un Père de l'Eglise très-vénérable et Rabelais, mais on peut très-bien demander lequel avait plus d'esprit; et un bas à l'envers n'est pas une réponse.

1. Dans le *Spectacle de la nature*, M. le prieur de Jonval, qui d'ailleurs est un homme fort estimable, prétend que toutes les bêtes ont un profond respect pour l'homme. Il est pourtant fort vraisemblable que les premiers ours et les premiers tigres qui rencontrèrent les premiers hommes leur témoignèrent peu de vénération, surtout s'ils avaient faim.

Plusieurs peuples ont cru sérieusement que les étoiles n'étaient faites que pour éclairer les hommes pendant la nuit. Il a fallu bien du temps pour détromper notre orgueil et notre ignorance; mais aussi plusieurs philosophes, et Platon entre autres, ont enseigné que les astres étaient des dieux. Saint Clément d'Alexandrie et Origène ne doutent pas qu'ils n'aient des âmes capables de bien et de mal : ce sont des choses très-curieuses et très-instructives

Privé de sa parure, et réduit à lui-même,
Il sentit en effet qu'il devait sa grandeur
Au fil d'un perruquier, aux ciseaux d'un tailleur.
« Ah ! dit-il au lion, je vois que la nature
Me fait faire en ce monde une triste figure :
Je pensais être roi ; j'avais certes grand tort.
Vous êtes le vrai maître, en étant le plus fort
Mais songez qu'un héros doit dompter sa colère ;
Un roi n'est point aimé s'il n'est point débonnaire.
Dieu, comme vous savez, est au-dessus des rois :
Jadis en Arménie il vous donna des lois,
Lorsque dans un grand coffre, à la merci des ondes,
Tous les animaux purs, ainsi que les immondes,
Par Noé mon aïeul enfermés si longtemps [1],
Respirèrent enfin l'air natal de leurs champs
Dieu fit avec eux tous une étroite alliance,
Un pacte solennel. — Oh ! la plate impudence
As-tu perdu l'esprit par excès de frayeur ?
Dieu, dis-tu, fit un pacte avec nous ! — Oui, seigneur,
Il vous recommanda d'être clément et sage,
De ne toucher jamais à l'homme, son image [2].
Et si vous me mangez, l'Éternel irrité

[1]. Il faut pardonner au lion s'il ne connaissait pas Noé. Les Juifs sont les seuls qui l'aient jamais connu. On ne trouve ce nom chez aucun autre peuple de la terre. Sanchoniathon n'en a point parlé ; s'il en avait dit un mot, Eusèbe, son abréviateur, en aurait pris un grand avantage. Ce nom ne se trouve point dans le *Zend-Avesta* de Zoroastre. Le *Sadder*, qui en est l'abrégé, ne dit pas un seul mot de Noé. Si quelque auteur égyptien en avait parlé, Flavien Josèphe, qui rechercha si exactement tous les passages des livres égyptiens qui pouvaient déposer en faveur des antiquités de sa nation, se serait prévalu du témoignage de ces auteurs. Noé fut entièrement inconnu aux Grecs, et il le fut également aux Indiens et aux Chinois. Il n'en est parlé ni dans le *Veidam*, ni dans le *Shasta*, ni dans les cinq *Kings* ; et il est très-remarquable que lui et ses ancêtres aient été également ignorés du reste de la terre.

[2]. Au chapitre ix de la *Genèse*, verset 10 et suivants, le Seigneur fait un pacte avec les animaux, tant domestiques que de la campagne. Il défend aux animaux de tuer les hommes ; il dit qu'il en tirera vengeance, parce que l'homme est son image. Il défend de même à la race de Noé de manger du sang des animaux mêlé avec de la chair. Les animaux sont presque toujours traités dans la loi juive à peu près comme les hommes ; les uns et les autres doivent être également en repos le jour du sabbat (Exod., ch. xxiii). Un taureau qui a frappé un homme de sa corne est puni de mort (Exod., ch. xxi). Une bête qui a servi de succube ou d'incube à une personne est aussi mise à mort Lévit., ch. xx). Il est dit que l'homme n'a rien de plus que la bête (Ecclés., chap. iii et ix). Dans les plaies d'Égypte, les premiers-nés des hommes et des animaux sont également frappés (Exod., ch. xii et xiii). Quand Jonas prêche la pénitence à Ninive, il fait jeûner les hommes et les animaux. Quand Josué prend Jéricho, il extermine également les bêtes et les hommes. Tout cela prouve évidemment que les hommes et les bêtes étaient regardés comme deux espèces du même genre. Les Arabes ont encore le même sentiment : leur tendresse excessive pour leurs chevaux et pour leurs gazelles en est un témoignage assez connu.

Fera payer mon sang à votre majesté
— Toi l'image de Dieu ! toi, magot de Provence !
Conçois-tu bien l'excès de ton impertinence ?
Montre l'original de mon pacte avec Dieu.
Par qui fut-il écrit ? en quel temps ? dans quel lieu [1] ?
Je vais t'en montrer un plus sûr, plus véritable :
De mes quarante dents vois la file effroyable [2];
Ces ongles, dont un seul pourrait te déchirer;
Ce gosier écumant, prêt à te dévorer;
Cette gueule, ces yeux, dont jaillissent des flammes :
Je tiens ces heureux dons du Dieu que tu réclames.
Il ne fait rien en vain : te manger est ma loi;
C'est là le seul traité qu'il ait fait avec moi.
Ce Dieu, dont mieux que toi je connais la prudence,
Ne donne pas la faim pour qu'on fasse abstinence.
Toi-même as fait passer sous tes chétives dents
D'imbéciles dindons, des moutons innocents,
Qui n'étaient pas formés pour être ta pâture.
Ton débile estomac, honte de la nature,
Ne pourrait seulement, sans l'art d'un cuisinier,
Digérer un poulet, qu'il faut encor payer.
Si tu n'as point d'argent, tu jeûnes en ermite;
Et moi que l'appétit en tout temps sollicite,
Conduit par la nature, attentive à mon bien,
Je puis t'avaler cru, sans qu'il m'en coûte rien.
Je te digérerai sans faute en moins d'une heure.
Le pacte universel est qu'on naisse et qu'on meure.
Apprends qu'il vaut autant, raisonneur de travers,
Être avalé par moi que rongé par les vers.
— Sire, les Marseillois ont une âme immortelle :
Ayez dans vos repas quelque respect pour elle.
— La mienne apparemment est immortelle aussi.
Va, de ton esprit gauche elle a peu de souci.
Je ne veux point manger ton âme raisonneuse.
Je cherche une pâture et moins fade et moins creuse.
C'est ton corps qu'il me faut; je le voudrais plus gras :
Mais ton âme, crois-moi, ne me tentera pas.
— Vous avez sur ce corps une entière puissance;

---

[1] Le grand Newton, Samuel Clarke, prétendent que le *Pentateuque*
fut écrit du temps de Saül. D'autres savants hommes pensent que ce fut
sous Osias; mais il est décidé que Moïse en est l'auteur, malgré toutes
les vaines objections fondées sur les vraisemblances et sur la raison,
qui trompe si souvent les hommes.
[2] Ceux qui ont écrit l'histoire naturelle auraient bien dû compter les
dents des lions; mais ils ont oublié cette particularité aussi bien qu'Aris
tote. Quand on parle d'un guerrier, il ne faut pas omettre ses armes.
M. de Saint-Didier, qui avait vu disséquer à Marseille un lion nouvelle
ment venu d'Afrique, s'assura qu'il avait quarante dents.

Mais quand on a dîné, n'a-t-on point de clémence ?
Pour gagner quelque argent j'ai quitté mon pays :
Je laisse dans Marseille une femme et deux fils;
Mes malheureux enfants, réduits à la misère,
Iront à l'hôpital, si vous mangez leur père.
— Et moi, n'ai-je donc pas une femme à nourrir ?
Mon petit lionceau ne peut encor courir,
Ni saisir de ses dents ton espèce craintive :
Je lui dois la pâture; il faut que chacun vive.
Eh ! pourquoi sortais-tu d'un terrain fortuné,
D'olives, de citrons, de pampres couronné ?
Pourquoi quitter ta femme et ce pays si rare
Où tu fêtais en paix Madeleine et Lazare [1] ?
Dominé par le gain, tu viens dans mon canton
Vendre, acheter, troquer, être dupe et fripon;
Et tu veux qu'en jeûnant ma famille pâtisse
De ta sotte imprudence et de ton avarice ?
Réponds-moi donc, maraud. — Sire, je suis battu,
Vos griffes et vos dents m'ont assez confondu.
Ma tremblante raison cède en tout à la vôtre.
Oui, la moitié du monde a toujours mangé l'autre :
Ainsi Dieu le voulut; et c'est pour notre bien.

1. Ce lion paraît fort instruit, et c'est encore une preuve de l'intelligence des bêtes. La Sainte-Baume, où se retira sainte Marie-Madeleine, est fort connue; mais peu de gens savent à fond cette histoire. *La Fleur des saints* peut en donner quelques notions; il faut lire son article, tome II de *la Fleur des saints*, depuis la page 59. Ce fut Marie-Madeleine à qui deux anges parlèrent sur le Calvaire, et à qui Notre Seigneur parut en jardinier. Ribadeneira, le savant auteur de *la Fleur des saints*, dit expressément que, si cela n'est pas dans l'Evangile, la chose n'en est pas moins indubitable. Elle demeura, dit-il, dans Jérusalem auprès de la vierge Marie, avec son frère Lazare que Jésus avait ressuscité, et Marthe sa sœur, qui avait préparé le repas lorsque Jésus avait soupé dans leur maison.
L'aveugle-né, nommé Celedone, à qui Jésus donna la vue en frottant ses yeux avec un peu de boue, et Joseph d'Arimathie, étaient de la société intime de Madeleine. Mais le plus considérable de ses amis fut le docteur saint Maximin, l'un des soixante et dix disciples.
Dans la première persécution qui fit lapider saint Etienne, les Juifs se saisirent de Marie-Madeleine, de Marthe, de leur servante Marcelle, de Maximin leur directeur, de l'aveugle-né, et de Joseph d'Arimathie. On les embarqua dans un vaisseau sans voiles, sans rames, et sans mariniers; le vaisseau aborda à Marseille, comme l'atteste Baronius. Dès que Madeleine fut à terre, elle convertit toute la Provence. Le Lazare fut évêque de Marseille, Maximin eut l'évêché d'Aix; Joseph d'Arimathie alla prêcher l'Evangile en Angleterre; Marthe fonda un grand couvent; Madeleine se retira dans la Sainte-Baume, où elle brouta l'herbe toute sa vie. Ce fut là que n'ayant plus d'habits elle pria toujours toute nue; mais ses cheveux crûrent jusqu'à ses talons, et les anges venaient la peigner et l'enlever au ciel sept fois par jour, en lui donnant de la musique. On a gardé longtemps une fiole remplie de son sang, et ses cheveux; et tous les ans, le jour du vendredi saint, cette fiole a bouilli à vue d'œil. La liste de ses miracles avérés est innombrable.

Mais, sire, on voit souvent un malheureux chrétien
Pour de l'argent comptant, qu'aux hommes on préfère,
Se racheter d'un Turc, et payer un corsaire.
Je comptais à Tunis passer deux mois au plus;
A vous y bien servir mes vœux sont résolus;
Je vous ferai garnir votre charnier auguste
De deux bons moutons gras, valant vingt francs au juste.
Pendant deux mois entiers ils vous seront portés,
Par vos correspondants chaque jour présentés;
Et mon valet, chez vous, restera pour otage.
— Ce pacte, dit le roi, me plaît bien davantage
Que celui dont tantôt tu m'avais étourdi.
Viens signer le traité; suis-moi chez le cadi;
Donne des cautions : sois sûr, si tu m'abuses,
Que je n'admettrai point tes mauvaises excuses;
Et que sans raisonner tu seras étranglé,
Selon le droit divin dont tu m'as tant parlé. »

    Le marché fut signé; tous les deux l'observèrent,
D'autant qu'en le gardant tous les deux y gagnèrent.
Ainsi dans tous les temps nos seigneurs les lions
Ont conclu leurs traités aux dépens des moutons

LES TROIS EMPEREURS EN SORBONNE,

PAR M. L'ABBÉ CAILLE.

(1768.)

AVERTISSEMENT DES ÉDITEURS DE KEHL.

  En 1767, la faculté de théologie de Paris censura le roman philosophique intitulé *Bélisaire*. Ce vieux général s'était avisé de dire à l'empereur Justinien que l'on n'éclairait point les esprits avec la flamme des bûchers, et qu'il était tenté de croire que Dieu n'avait point condamné à la damnation éternelle les héros de la Grèce et de Rome.

  Depuis l'invention de l'imprimerie, la faculté de Paris s'est arrogé le droit de dire son avis en mauvais latin sur les livres qui lui déplaisent; et comme depuis cinquante années le public est en possession de se moquer de cet avis, elle a constamment l'humilité de le traduire en français, afin de multiplier les lecteurs et les sifflets.

  La censure de *Bélisaire* eut un grand succès. On ne peut se dissimuler que l'obligation imposée, sous peine de damnation, aux princes et aux magistrats, de condamner à la mort quiconque n'est pas de la communion romaine, ne soit une opinion théologique très-moderne. La damnation des païens n'a jamais été donnée comme un article de foi dans les premiers siècles de l'Église. On n'avance de pareilles opinions que lorsqu'on est le maître. La faculté fut donc obligée d'avouer que, si le fond de la croyance doit toujours rester le même, cependant on peut l'enrichir de temps en temps de quelques nouveaux articles de foi, dont les circonstances n'avaient point permis à notre Seigneur Jésus-Christ et aux saints apôtres de s'occuper.

Cette assertion parut aussi ridicule que scandaleuse; et lorsqu'on vit que le mauvais français de la Sorbonne n'avait pas même le mérite de rendre exactement son mauvais latin, et qu'en se traduisant eux-mêmes ces sages maîtres avaient fait des contre-sens, les ris redoublèrent.

On trouvera dans cette édition plusieurs pièces en prose sur cette facétie théologique. M. de Voltaire s'est plu à attaquer souvent l'opinion que tout infidèle est damné, quelles que soient ses vertus et l'innocence de sa vie. Ce n'est point là une opinion théologique indifférente. Il importe au repos de l'humanité de persuader à tous les hommes qu'un Dieu, leur père commun, récompense la vertu, indépendamment de la croyance, et qu'il ne punit que les méchants.

Cette opinion de la nécessité de croire certains dogmes pour n'être point damné, et d'un supplice éternel réservé à ceux qui les ont niés ou même ignorés, est le premier fondement du fanatisme et de l'intolérance. Tout non-conformiste devient un ennemi de Dieu et de notre salut. Il est raisonnable, presque humain, de brûler un hérétique, et d'ajouter quelques heures de plus à un supplice éternel, plutôt que de s'exposer soi et sa famille à être précipités par les séductions de cet impie dans les bûchers éternels.

C'est à cette seule opinion qu'on peut attribuer l'abominable usage de brûler les hommes vivants; usage qui, à la honte de notre siècle, subsiste encore dans les pays catholiques de l'Europe, excepté dans les États de la famille impériale. Heureusement cette opinion est aussi ridicule qu'atroce, et plus injurieuse à la Divinité que tous les contes des païens sur les aventures galantes des dieux immortels. Aussi, parmi ceux qui sont intéressés au maintien de la théologie, les gens raisonnables voudraient-ils qu'on abandonnât ce prétendu dogme, comme celui de la création du monde il y a juste six mille ans.

On suivrait la même marche à mesure que certains dogmes deviendraient trop révoltants, ou trop clairement absurdes; et au bout d'un certain temps on soutiendrait qu'on ne les a jamais regardés comme articles de foi. Cela est arrivé déjà plus d'une fois, et l'Église s'en est bien trouvée.

Il est juste d'observer ici que Riballier, syndic de Sorbonne, dont on parle dans cette satire, est un homme de mœurs douces, assez tolérant, qui céda malgré lui, dans cette circonstance, au délire théogique de ses confrères. Il avait à se faire pardonner sa modération à l'égard des jansénistes; et pour l'expier, il se mit à persécuter un peu les gens raisonnables.

L'héritier de Brunswick et le roi des Danois,
Vous le savez, amis, ne sont pas les seuls princes

Qu'un désir curieux mena dans nos provinces,
Et qui des bons esprits ont réuni les voix :
Nous avons vu Trajan, Titus et Marc Aurèle,
Quitter le beau séjour de la gloire immortelle,
Pour venir en secret s'amuser dans Paris,
Quelque bien qu'on puisse être, on veut changer de place
C'est pourquoi les Anglais sortent de leur pays.
L'esprit est inquiet, et de tout il se lasse :
Souvent un bienheureux s'ennuie en paradis.

Le trio d'empereurs, arrivé dans la ville,
Loin du monde et du bruit choisit son domicile.
Sous un toit écarté, dans le fond d'un faubourg.
Ils évitaient l'éclat : les vrais grands le dédaignent.
Les galants de la cour, et les beautés qui règnent,
Tous les gens du bel air, ignoraient leur séjour :
A de semblables saints il ne faut que des sages ;
Il n'en est pas en foule. On en trouva pourtant,
Gens instruits et profonds qui n'ont rien de pédant,
Qui ne prétendent point être des personnages ;
Qui, des sots préjugés paisiblement vainqueurs,
D'un regard indulgent contemplent nos erreurs;
Qui sans craindre la mort, savent goûter la vie ;
Qui ne s'appellent point *la bonne compagnie*,
Qui la sont en effet. Leur esprit et leurs mœurs
Réussirent beaucoup chez les trois empereurs,
A leur petit couvert chaque jour ils soupèrent ;
Moins ils cherchaient l'esprit, et plus ils en montrèrent
Tous charmés l'un de l'autre, ils étaient bien surpris
D'être sur tous les points toujours du même avis.
Ils ne perdirent point leurs moments en visites ;
Mais on les rencontrait aux arsenaux de Mars,
Chez Clio, chez Minerve, aux ateliers des arts.
Ils les encourageaient en prisant leurs mérites.

On conduisit bientôt nos nouveaux curieux
Aux chefs-d'œuvre brillants d'*Andromaque* et d'*Armide*
Qu'ils préféraient aux jeux du Cirque et de l'Élide :
Le plaisir de l'esprit passe celui des yeux.

D'un plaisir différent nos trois césars jouirent,
Lorsqu'à l'Observatoire un verre industrieux
Leur fit envisager la structure des cieux,
Des cieux qu'ils habitaient, et dont ils descendirent.

De là, près d'un beau pont que bâtit autrefois
Le plus grand des Henris, et peut-être des rois,
Marc Aurèle aperçut ce bronze qu'on révère,
Ce prince, ce héros célébré tant de fois,
Des Français inconstants le vainqueur et le père :
« Le voilà, disait-il, nous le connaissons tous;

Il boit au haut des cieux le nectar avec nous. »
Un des sages leur dit : « Vous savez son histoire.
On adore aujourd'hui sa valeur, sa bonté;
Quand il était au monde, il fut persécuté;
Bury même à présent lui conteste sa gloire!
Pour dompter la critique, on dit qu'il faut mourir :
On se trompe; et sa dent, qui ne peut s'assouvir,
Jusque dans le tombeau ronge notre mémoire. »
    Après ces monuments si grands, si précieux,
A leurs regards divins si dignes de paraître,
Sur de moindres objets ils baissèrent les yeux.
    Ils voulurent enfin tout voir et tout connaître :
Les boulevards, la Foire, et l'Opéra-Bouffon;
L'école où Loyola corrompit la raison;
Les quatre facultés, et jusqu'à la Sorbonne.
    Ils entrent dans l'étable où les docteurs fourrés
Ruminaient saint Thomas, et prenaient leurs degrés.
Au séjour de l'*Ergo*, Ribaudier en personne
Estropiait alors un discours en latin.
Quel latin, juste ciel! les héros de l'empire
Se mordaient les cinq doigts pour s'empêcher de rire.
    Mais ils ne rirent plus quand un gros augustin
Du concile gaulois lut tout haut les censures.
Il disait anathème aux nations impures
Qui n'avaient jamais su, dans leurs impiétés,
Qu'auprès de l'Estrapade il fût des facultés.
    « O morts! s'écriait-il, vivez dans les supplices²;

---

1. On dit qu'un écrivain, nommé M. de Bury, a fait une *Histoire de Henri IV*, dans laquelle ce héros est un homme très-médiocre. On ajoute qu'il y a dans Paris une petite secte qui s'élève sourdement contre la gloire de ce grand homme. Ces messieurs sont bien cruels envers sa patrie; qu'ils songent combien il est important qu'on regarde comme un être approchant de la divinité un prince qui exposa toujours sa vie pour sa nation, et qui voulut toujours la soulager. Mais il avait des faiblesses. Oui, sans doute; il était homme : mais béni soit celui qui a dit que ses défauts étaient ceux d'un homme aimable, et ses vertus celles d'un grand homme! Plus il fut la victime du fanatisme, plus il doit être presque adoré par quiconque n'est pas convulsionnaire.

Chaque nation, chaque cour, chaque prince a besoin de se choisir un patron pour l'admirer et pour l'imiter. Eh! quel autre choisira-t-on que celui qui dégageait ses amis aux dépens de son sang dans le combat de Fontaine-Française; qui criait, dans la victoire d'Ivry : « Epargnez les compatriotes! » et qui, au faîte de la puissance et de la gloire, disait à son ministre : « Je veux que le paysan ait une poule au pot tous les dimanches? »

2. Il est nécessaire de dire au public, qui l'a oublié, qu'un nommé Riballier, principal du collège Mazarin, et un régent nommé Cogé, s'étant avisés d'être jaloux de l'excellent livre moral de *Bélisaire*, cabalèrent pendant un an pour le faire censurer par ceux qu'on appelle *docteurs de Sorbonne*. Au bout d'un an, ils firent imprimer cette censure en latin et en français : elle n'est cependant ni française ni latine; le titre même est un solécisme : *Censure de la faculté de théologie contre la*

Princes, sages, héros, exemples des vieux temps,
Vos sublimes vertus n'ont été que des vices,
Vos belles actions, des péchés éclatants.
Dieu, juste selon nous, frappe de l'anathème
Épictète, Caton, Scipion l'Africain,
Ce coquin de Titus, l'amour du genre humain,
Marc Aurèle, Trajan, le grand Henri lui-même [1],
Tous créés pour l'enfer, et morts sans sacrements.
Mais, parmi ces élus, nous plaçons les Cléments [2],
Dont nous avons ici solennisé la fête;

livre, etc. On ne dit point *censure contre*, mais *censure de*. Le public pardonne à la faculté de ne pas savoir le français; on lui pardonne moins de ne pas savoir le latin. *Determinatio sacræ facultatis in libellum*, est une expression ridicule. *Determinatio* ne se trouve ni dans Cicéron, ni dans aucun bon auteur; *determinatio in* est un barbarisme insupportable; et ce qui est encore plus barbare, c'est d'appeler *Bélisaire* un libelle, en faisant un mauvais libelle contre lui.

Ce qui est encore plus barbare, c'est de déclarer damnés tous les grands hommes de l'antiquité qui ont enseigné et pratiqué la justice. Cette absurdité est heureusement démentie par saint Paul, qui dit expressément dans son épître aux Juifs tolérés à Rome : « Lorsque les gentils qui n'ont point la loi font naturellement ce que la loi commande, n'ayant point notre loi, ils sont loi à eux-mêmes. » Tous les honnêtes gens de l'Europe et du monde entier ont de l'horreur et du mépris pour cette détestable ineptie qui va damnant toute l'antiquité. Il n'y a que des cuistres sans raison et sans humanité qui puissent soutenir une opinion si abominable et si folle, désavouée même dans le fond de leur cœur. Nous ne prétendons pas dire que les docteurs de Sorbonne sont des cuistres, nous avons pour eux une considération plus distinguée; nous les plaignons seulement d'avoir signé un ouvrage qu'ils sont incapables d'avoir fait, soit en français, soit en latin.

Remarquons, pour leur justification, qu'ils se sont intitulés dans le titre *sacrée faculté* en langue latine, et qu'ils ont eu la discrétion de supprimer en français ce mot *sacrée*.

1. En effet le sieur Riballier, qu'on nomme ici Ribaudier, venait de faire condamner en Sorbonne M. Marmontel, pour avoir dit que Dieu pourrait bien avoir fait miséricorde à Titus, à Trajan, à Marc Aurèle. Ce Riballier est un peu dur.

2. On ne peut trop répéter que la Sorbonne fit le panégyrique du jacobin Jacques Clément, assassin de Henri III, étudiant en Sorbonne; et que d'une voix unanime elle déclara Henri III déchu de tous ses droits à la royauté, et Henri IV incapable de régner.

Il est clair que, selon les principes cent fois étalés alors par cette faculté, l'assassin parricide Jacques Clément, qu'on invoquait publiquement alors dans les églises, était dans le ciel au nombre des saints; et que Henri III, prince voluptueux, mort sans confession, était damné. On nous dira peut-être que Jacques Clément mourut aussi sans confession; mais il s'était confessé, et même avait communié l'avant-veille, de la main de son prieur Bourgoing son complice, qu'on dit avoir été docteur de Sorbonne, et qui fut écartelé. Ainsi Clément, muni des sacrements, fut non-seulement saint, mais martyr. Il avait imité saint Judas, non pas Judas Iscariote, mais Judas Macchabée; sainte Judith, qui coupait si bien les têtes des amants avec lesquels elle couchait; saint Salomon, qui assassina son frère Adonias; saint David, qui assassina Urie, et qui en mourant ordonna qu'on assassinât Joab; sainte Jahel, qui assassina le capitaine Sizara; saint Aod, qui assassina son roi Églon; et tant d'autres saints de cette espèce. Jacques Clément était dans les mêmes principes, il avait la foi : on ne peut lui contester

De beaux rayons dorés nous ceignîmes sa tête :
Ravaillac et Damiens, s'ils sont de vrais croyants[1],
S'ils sont bien confessés, sont ses heureux enfants.
Un Fréron bien huilé verra Dieu face à face[2];
Et Turenne amoureux, mourant pour son pays,
Brûle éternellement chez les anges maudits.
Tel est notre plaisir, telle est la loi de grâce. »
   Les divins voyageurs étaient bien étonnés
De se voir en Sorbonne, et de s'y voir damnés :
Les vrais amis de Dieu répriment leur colère.
Marc Aurèle lui dit d'un ton très-débonnaire[3] :

l'espérance d'aller au paradis, au jardin; de la charité, il en était dévoré, puisqu'il s'immolait volontairement pour les rebelles. Il est donc aussi sûr que Jacques Clément est sauvé qu'il est sûr que Marc-Aurèle est damné.

1. Selon les mêmes principes, Ravaillac doit être dans le paradis, dans le jardin, et Henri IV dans l'enfer qui est sous terre; car Henri IV mourut sans confession, et il était amoureux de la princesse de Condé : Ravaillac, au contraire, n'était point amoureux, et il se confessa à deux docteurs de Sorbonne. Voyez quelles douces consolations nous fournit une théologie qui damne à jamais Henri IV, et qui fait un élu de Ravaillac et de ses semblables! Avouons les obligations que nous avons à Ribaudier de nous avoir développé cette doctrine.

2. M. Caille a sans doute accolé ces deux noms pour produire le contraste le plus ridicule. On appelle communément à Paris un Fréron tout gredin insolent, tout polisson qui se mêle de faire de mauvais libelles pour de l'argent. Et M. Caille oppose un de ses faquins de la lie du peuple, qui reçoit l'extrême-onction sur son grabat, au grand Turenne, qui fut tué d'un coup de canon sans les secours des saintes huiles, dans le temps qu'il était amoureux de Mme de Coetquen. Cette note rentre dans la précédente, et sert à confirmer l'opinion théologique qui accorde la possession du jardin au dernier malotru couvert d'infamie, et qui la refuse aux plus grands hommes et aux plus vertueux de la terre.

3. On invite les lecteurs attentifs à relire quelques maximes de l'empereur Antonin, et à jeter les yeux, s'ils le peuvent, sur la *Censure contre Bélisaire*. Ils trouveront dans cette censure des distinctions sur la foi et sur la loi, sur la grâce prévenante, sur la prédestination absolue; et dans Marc Antonin, ce que la vertu a de plus sublime et de plus tendre. On sera peut-être un peu surpris que de petits Welches, inconnus aux honnêtes gens, aient condamné dans la rue des Maçons ce que l'ancienne Rome adora, et ce qui doit servir d'exemple au monde entier. Dans quel abîme sommes-nous descendus! la nouvelle Rome vient de canoniser un capucin nommé Cucufin, dont tout le mérite, à ce que rapporte le procès de la canonisation, est d'avoir eu des coups de pied dans le cul, et d'avoir laissé répandre un œuf frais sur sa barbe. L'ordre des capucins a dépensé quatre cent mille écus aux dépens des peuples, pour célébrer dans l'Europe l'apothéose de Cucufin, sous le nom de saint Séraphin; et Ribaudier damne Marc Aurèle! O Ribaudier! la voix de l'Europe commence à tonner contre tant de sottises.

Lecteur éclairé et judicieux (car je ne parle pas aux bégueules imbéciles qui n'ont lu que l'*Année sainte* de Le Tourneux, ou *le Pédagogue chrétien*), de grâce apprenez à vos amis quelle est l'énorme distance des *Offices* de Cicéron, du *Manuel* d'Épictète, des *Maximes* de l'empereur Antonin, à tous les plats ouvrages de morale écrits dans nos jargons modernes, bâtards de la langue latine, et dans les effroyables jargons du Nord. Avons-nous seulement, dans tous les livres faits depuis six

« Vous ne connaissez pas les gens dont vous parlez :
Les facultés parfois sont assez mal instruites
Des secrets du Très-Haut, quoiqu'ils soient révélés ;
Dieu n'est ni si méchant ni si sot que vous dites. »
    Ribaudier, à ces mots roulant un œil hagard,
Dans des convulsions dignes de Saint-Médard,
Nomma le demi-dieu déiste, athée, impie,
Hérétique, ennemi du trône et de l'autel,
Et lui fit intenter un procès criminel.
    Ces Romains cependant sortent de l'écurie.
« Mon Dieu, disait Titus, ce monsieur Ribaudier,
Pour un docteur français, me semble bien grossier. »
Nos sages rougissaient pour l'honneur de la France.
« Pardonnez, dit l'un d'eux, à tant d'extravagance :
Nous n'assistons jamais à ces belles leçons.
Nous nous sommes mépris ; Ribaudier nous étonne :
Nous pensions en effet vous mener en Sorbonne,
Et l'on vous a conduits aux Petits-Maisons. »

LES DEUX SIÈCLES.

Siècle où je vis briller un un suivi d'un quatre,
Siècle où l'on sut écrire aussi bien que combattre,
D'où vient qu'à nos plaisirs a succédé l'ennui ?
Ressemblons-nous du moins au Romain d'aujourd'hui
Qui, fier dans l'indigence et grand dans ses misères,
Vante, en tendant la main, les trésors de ses pères ?
Non, d'un plus noble orgueil notre esprit est blessé :
Nous croyons valoir mieux que le bon temps passé.
La sagesse en nos jours a sur nous tant d'empire
Que nous avons perdu la faculté de rire.
C'est dommage : autrefois Molière était plaisant ;
Il sut nous égayer, mais en nous instruisant.
Le comique pleureur aujourd'hui veut séduire,
Et sans nous amuser renonce à nous instruire.
Que je plains un Français quand il est sans gaieté !
Loin de son élément le pauvre homme est jeté,
Je n'aime point Thalie alors que sur la scène
Elle prend gauchement l'habit de Melpomène.
Ces deux charmantes sœurs ont bien changé de ton :
Hors de son caractère on ne fait rien de bon.
Molière en rit là-bas, et Racine en soupire.

cents ans, rien de comparable à une page de Sénèque ? Non, nous
n'avons rien qui en approche, et nous osons nous élever contre nos
maîtres.

Il ne peut supporter l'insipide délire
De tous ces plats romans mis en vers boursouflés,
Apostrophes aux dieux, lieux communs ampoulés,
Maximes sans raison, nœuds d'intrigues bizarres,
Et la scène française en proie à des barbares.
« Tant mieux, dit un rêveur soi-disant financier
Qui gouverne l'État du haut de son grenier;
La chute des beaux-arts est un bien pour la France
Des revenus du roi ma main tient la balance.
Je verrai des impôts les Français affranchis;
Vous ennuyez l'État, et moi je l'enrichis.
J'ai su fertiliser la terre avec ma plume;
J'ai fait contre Colbert un excellent volume.
Le public n'en sait rien; mais la postérité
M'attend pour me conduire à l'immortalité :
Et, pour prix des calculs où mon esprit se tue,
Je veux avec Jean-Jacque avoir une statue [1].
— Taisez-vous, lui répond un philosophe altier
Et ne vous vantez plus de votre obscur métier.
Vous gouvernez l'État ! quelle triste manie
Peut dans ce cercle étroit captiver un génie ?
Prenez un plus haut vol : gouvernez l'univers;
Prouvez-nous que les monts sont formés par les mers,
Jetez les Apennins dans l'abîme de l'onde;
Descendez par un trou dans le centre du monde [2].
Pour bien connaître l'âme et nos sens inégaux,
Allez des Patagons disséquer les cerveaux,
Et, tandis que Nedham a créé des anguilles,
Courez chez les Lapons, et ramenez des filles.
Voilà comme on s'illustre en ce siècle profond.
De la nature enfin mes yeux ont vu le fond.
Que Dieu parle à son gré, qu'à sa voix tout s'arrange
Ce trait a ses beautés : moi je parle, et tout change.
Va, ne t'amuse plus aux finances du roi,
Viens-t'en créer un monde, et sois dieu comme moi. »
A ces discours brillants, saisi d'un saint scrupule,
L'archidiacre Trublet s'épouvante et recule;
Et, pour charmer la cour, qui s'y connaît si bien,
Avec un récollet fait le *Journal chrétien*.
Les voilà tous les deux qui, commentant Moïse,
Pour quinze sous par mois sont l'appui de l'Église.
Ils travaillent longtemps : leur libraire conclut
Qu'il va mourir de faim, mais qu'il fait son salut.

1. On a déjà vu que Jean-Jacques Rousseau le Génevois s'avisa d'écrire, dans une lettre à M. l'archevêque de Paris, que l'Europe aurait dû lui élever une statue, à lui Jean-Jacques.
2. Allusion à Maupertuis. (ED.)

Un autre fou paraît, suivi de sa sorcière;
Il veut réduire au gland l'Académie entière.
« Renoncez aux cités, venez au fond des bois,
Mortels; vivez contents sans secours et sans lois;
Ou, si vous persistez dans l'abus effroyable
De goûter les plaisirs d'un être sociable,
A mes soins vigilants osez vous confier :
Je fais d'un gentilhomme un garçon menuisier.
Ma Julie, avec moi perdant son pucelage,
Accouche d'un fœtus, et n'en est que plus sage;
Rien n'est mal, rien n'est bien; je mets tout de niveau.
Je marie au dauphin la fille du bourreau :
Les Petites-Maisons, où toujours j'étudie,
Valent bien la Sorbonne et sa théologie. »
Ainsi sur le pont Neuf, parmi les charlatans,
L'échappé de Genève ameute les passants,
Grimpé sur les tréteaux qui jadis dans Athène
Avaient servi de loge au chien de Diogène.
Si la philosophie a pris ce noble essor,
L'histoire sous nos mains va s'embellir encor.
Des riens approfondis dans un long répertoire,
Sans éclairer l'esprit, surchargent la mémoire.
    Allons, poudreux valets d'insolents imprimeurs,
Petits abbés crottés, faméliques auteurs,
Ressassez-moi Pétau, copiez-moi du Cange;
De tous nos vieux écrits compilez le mélange.
Servez d'antiques mets, sous des noms empruntés,
A l'appétit mourant des lecteurs dégoûtés.
Mais surtout écrivez en prose poétique;
Dans un style ampoulé parlez-moi de physique;
Donnez du gigantesque; étourdissez les sots.
Si vous ne pensez pas, créez de nouveaux mots,
Et que votre jargon, digne en tout de notre âge,
Nous fasse de Racine oublier le langage.
    Jadis en sa volière un riche curieux
Rassembla des oiseaux le peuple harmonieux;
Le chantre de la nuit, le serin, la fauvette,
De leurs sons enchanteurs égayaient sa retraite;
Il eut soin d'écarter les lézards et les rats.
Ils n'osaient approcher : ce temps ne dura pas.
Un nouveau maître vint. Ses gens se négligèrent;
La volière tomba; les rats s'en emparèrent.
Ils dirent aux lézards : « Illustres compagnons,
Les oiseaux ne sont plus, et c'est nous qui régnons. »

1. Jean-Jacques Rousseau. (ÉD.)

LE PÈRE NICODÈME ET JEANNOT.

LE PÈRE NICODÈME.

Jeannot, souviens-toi bien que la philosophie
Est un démon d'enfer à qui l'on sacrifie.
Archimède autrefois gâta le genre humain;
Newton dans notre temps fut un franc libertin;
Locke a plus corrompu de femmes et de filles
Que Lass à l'hôpital n'a conduit de familles.
Tout chrétien qui raisonne a le cerveau blessé :
Bénissons les mortels qui n'ont jamais pensé.
O bienheureux Larcher, Viret, Cogé, Nonnotte !
Que de tous vos écrits la pesanteur dévote
Toujours pour mon esprit eut de charmes puissants !
Le péché n'est, dit-on, que l'abus du bon sens;
Et, de peur de l'abus, vous bannissez l'usage;
Ah ! fuyons saintement le danger d'être sage.
Pour faire ton salut, ne pense point, Jeannot;
Abrutis bien ton âme; et fais vœu d'être un sot.

JEANNOT.

Je sens de vos discours l'influence bénigne;
Je bâille, et de vos soins je me crois déjà digne.
J'ai toujours remarqué que l'esprit rend malin.
Vous vous ressouvenez du bon curé Fantin,
Qui, prêchant, confessant les dames de Versailles,
Caressait tour à tour et volait ses ouailles;
Ce cher monsieur Billard et son ami Grisel,
Grands porteurs de cilice et chanteurs de missel,
Qui prenaient notre argent pour mettre en œuvres pies
Tous ces gens-là, mon père, étaient de grands génies !

LE PÈRE NICODÈME.

Mon fils, n'en doute pas, ils ont philosophé;
Et soudain leur esprit, par le diable échauffé,
Brûla de tous les feux de la concupiscence.
Dans les bosquets d'Éden l'arbre de la science
Portait un fruit de mort et de corruption;
Notre bon père en eut une indigestion :
Pour lui bien conserver sa fragile innocence,
Il eût fallu planter l'arbre de l'ignorance.

JEANNOT.

C'est bien dit : mais souffrez que Jeannot l'hébété
Propose avec respect une difficulté.
De tous les écrivains dont la pesante plume
Barbouilla sans penser tous les mois un volume,
Le plus ignare en grec, en français, en latin,

C'est notre ami Fréron de Quimper-Corentin.
Sa grosse âme pourtant dans le vice est plongée;
De cent mortels poisons Belzébut l'a rongée.
Je conclurais de là, si j'osais raisonner,
Que le pauvre d'esprit peut encor se damner.

LE PÈRE NICODÈME.

Oui, mais c'est quand ce pauvre ose se croire riche;
C'est quand du bel esprit un lourd pédant s'entiche;
Quand le démon d'orgueil et celui de la faim
Saisissent à la gorge un maudit écrivain :
Le déloyal alors est possédé du diable.
Chez tout sot bel esprit le vice est incurable,
Il va trouver enfin, pour prix de ses travers,
Desfontaine et Chausson dans le fond des enfers.
Au pur sein d'Abraham il eût volé peut-être,
Si dans son humble état il eût su se connaître;
Mais il fut réprouvé sitôt qu'il entreprit
D'allier la sottise avec le bel esprit.
    Autrefois un hibou, formé par la nature
Pour fuir l'astre du jour au fond de sa masure,
Lassé de sa retraite, eut le projet hardi
De voir comment est fait le soleil à midi.
Il pria, de son antre, une aigle sa voisine
De daigner le conduire à la sphère divine,
D'où le blond Apollon de ses rayons dorés
Perce les vastes cieux par lui seul éclairés.
L'aigle au milieu des airs le porta sur ses ailes;
Mais bientôt, ébloui des clartés immortelles,
Dont l'éclat n'est pas fait pour ses débiles yeux,
Le mangeur de souris tomba du haut des cieux.
Les oiseaux, accourus à ses plaintes funèbres,
Dévorèrent soudain le courrier des ténèbres.
Profite de sa faute, et, tapi dans ton trou,
Fuis le jour à jamais en fidèle hibou.

JEANNOT.

On a beau se soumettre à fermer la paupière,
On voudrait quelquefois voir un peu de lumière.
J'entends dire en tous lieux que le monde est instruit;
Qu'avec saint Loyola le mensonge s'enfuit;
Qu'Aranda dans l'Espagne, éclairant les fidèles,
A l'inquisition vient de rogner les ailes [1].
Chez les Italiens les yeux se sont ouverts,
Une auguste cité, souveraine des mers,

---

1. L'arrêt contre l'inquisition est du 7 février 1770. Sur l'inquisition
espagnole, voyez la *Liberté de conscience*, par M. Jules Simon, 2ᵉ édit.,
p. 90 et suiv. *Épîtres*

Des filets de Barjone a rompu quelques mailles.
Le souverain chéri qui naquit dans Versailles
Annula, m'a-t-on dit, ces billets si fameux
Que les morts aux enfers emportaient avec eux[1].
Avec discrétion la sage Tolérance
D'une éternelle paix nous permet l'espérance.
D'abord, avec effroi, j'entendais ces discours ;
Mais, par cent mille voix répétés tous les jours,
Ils réveillent enfin mon âme appesantie ;
Et j'ai de raisonner la plus terrible envie.

LE PÈRE NICODÈME.

Ah ! te voilà perdu. Jeannot n'est plus à moi.
Tous les cœurs sont gâtés.... l'esprit bannit la foi !
L'esprit s'étend partout.... O divine bêtise !
Versez tous vos pavots ; soutenez mon Église.
A quel saint recourir dans cette extrémité ?
O mon fils ! cher enfant de la Stupidité,
Quel ennemi t'arrache au doux sein de ta mère ?
On te l'a dit cent fois, malheur à qui s'éclaire !
Ne va point contrister les cœurs des gens de bien.
Courage, allons, rends-toi ; lis le *Journal chrétien.*
De Jean-George[2], crois-moi, lis le discours sublime ·
C'est pour ton mal qui presse un excellent régime.
Tu peux guérir encore. Oui, Paris dans ses murs
Voit encor, grâce à Dieu, des esprits lourds, obscurs,
D'arguments rebattus déterminés copistes,
Tout farcis de lambeaux des premiers jansénistes.
Jette-toi dans leurs bras ; dévore leurs leçons :
Apprends d'eux à donner des mots pour des raisons.
Fais des phrases, Jeannot ; ma douleur t'en conjure :
Par ce palliatif adoucis ta blessure.
Ne sois point philosophe.

JEANNOT.

Ah ! vous percez mon cœur.
Allons, ne voyons goutte, et chérissons l'erreur.
C'est vous qui le voulez. Mais quel fruit tirerai-je
De demeurer un sot au sortir du collége ?

LE PÈRE NICODÈME.

Jeannot, je te promets un bon canonicat :
Et peut-être à ton tour deviendras-tu prélat.

---

1. L'archevêque Christophe de Beaumont exigeait des billets de confession pour administrer les sacrements, afin d'exclure les confesseurs jansénistes. Le parlement ordonnait par arrêt aux curés d'administrer les sacrements aux mourants. (ED.)
2. Jean-George Lefranc de Pompignan, depuis archevêque de Vienne, et membre de l'Assemblée constituante. (ED.)

LES SYSTÈMES.

Lorsque le seul puissant, le seul grand, le seul sage,
De ce monde en six jours eut achevé l'ouvrage,
Et qu'il eut arrangé tous les célestes corps,
De sa vaste machine il cacha les ressorts,
Et mit sur la nature un voile impénétrable.

J'ai lu chez un rabbin que cet être ineffable
Un jour devant son trône assembla nos docteurs,
Fiers enfants du sophisme, éternels disputeurs;
Le bon Thomas d'Aquin [1], Scot [2], et Bonaventure [3]
Et jusqu'au Provençal élève d'Épicure [4],
Et ce maître René [5], qu'on oublie aujourd'hui,
Grand fou persécuté par de plus fous que lui;
Et tous ces beaux esprits dont le savant caprice
D'un monde imaginaire a bâti l'édifice.

« Çà, mes amis, dit Dieu, devinez mon secret
Dites-moi qui je suis, et comment je suis fait;
Et, dans un supplément, dites-moi qui vous êtes,

1. *Notes de M. de Morza.* (Voltaire.) — Nous n'avons de saint Thomas d'Aquin que dix-sept gros volumes bien avérés, mais nous en avons vingt et un d'Albert; aussi celui-ci a été surnommé *le Grand.*

2. Scot.... Scot est le fameux rival de Thomas. C'est lui qu'on a cru mal à propos l'instituteur du dogme de l'*Immaculée conception*; mais il fut le plus intrépide défenseur de l'*Universel de la part de la chose.*

3. Bonaventure.... Nous avons de saint Bonaventure *le Miroir de l'âme, l'Itinéraire de l'esprit à Dieu, la Diète du salut, le Rossignol de la passion, le Bois de vie, l'Aiguillon de l'amour, les Flammes de l'amour, l'Art d'aimer, les Vingt-cinq mémoires, les Quatre vertus cardinales, les Six chemins de l'éternité, les Six ailes des chérubins, les Six ailes des séraphins, les Cinq fêtes de l'enfant Jésus,* etc.

4. Gassendi, qui ressuscita pendant quelque temps le système d'Épicure. En effet, il ne s'éloigne pas de penser que l'homme a trois âmes : la végétative, qui fait circuler toutes les liqueurs; la sensitive, qui reçoit toutes les impressions; et la raisonnable, qui loge dans la poitrine. Mais aussi il avoue l'ignorance éternelle de l'homme sur les premiers principes des choses; et c'est beaucoup pour un philosophe.

t. Descartes était le contraire de Gassendi; celui-ci cherchait, et l'autre croyait avoir trouvé. On sait assez que toute la philosophie de Descartes n'est qu'un roman mal tissu qu'on ne se donne plus la peine ni de réfuter ni d'examiner. Quel homme aujourd'hui perd son temps à rechercher comment des dés, tournant sur eux-mêmes dans le plein, ont produit des soleils, des planètes, des terres, et des mers? Les partisans de ces chimères les appelaient les hautes sciences; ils se moquaient d'Aristote, et ils disaient : « Nous avons de la méthode. » On peut comparer le système de Descartes à celui de Lass; tous deux étaient fondés sur la synthèse. Descartes vint dans un temps où la raison humaine était égarée. Lass se mit à philosopher en France, lorsque l'argent du royaume était plus égaré encore. Tous deux élevèrent leur édifice sur des vessies. Les tourbillons de Descartes durèrent une quarantaine d'années; ceux de Lass ne subsistèrent que dix-huit mois. On est plus tôt détrompé en arithmétique qu'en philosophie.

Quelle force, en tout sens, fait courir les comètes
Et pourquoi, dans ce globe, un destin trop fatal
Pour une once de bien mit cent quintaux de mal.
Je sais que, grâce aux soins des plus nobles génies,
Des prix sont proposés par les académies :
J'en donnerai. Quiconque approchera du but
Aura beaucoup d'argent, et fera son salut. »
Il dit. Thomas se lève à l'auguste parole ;
Thomas le jacobin, l'ange de notre école,
Qui de cent arguments se tira toujours bien,
Et répondit à tout sans se douter de rien.

« Vous êtes, lui dit-il, l'existence et l'essence [1],
Simple avec attributs, acte pur et substance,
Dans les temps, hors des temps, fin, principe, et milieu
Toujours présent partout, sans être en aucun lieu. »
L'Éternel, à ces mots, qu'un bachelier admire,
Dit : « Courage, Thomas ! » et se mit à sourire.
Descartes prit sa place avec quelque fracas,
Cherchant un tourbillon qu'il ne rencontrait pas,
Et le front tout poudreux de matière subtile,
N'ayant jamais rien lu, pas même l'Évangile :
« Seigneur, dit-il à Dieu, ce bonhomme Thomas
Du rêveur Aristote a trop suivi les pas.
Voici mon argument, qui me semble invincible
Pour être, c'est assez que vous soyez possible [2].
Quant à votre univers, il est fort imposant :
Mais, quand il vous plaira, j'en ferai tout autant

---

1. Ce sont les propres paroles de saint Thomas d'Aquin. D'ailleurs toute la partie métaphysique de sa *Somme* est fondée sur la métaphysique d'Aristote.

2. Voici où est, ce me semble, le défaut de cet argument ingénieux de Descartes. Je conclus l'existence de l'*Être* nécessaire et éternel, de ce que j'ai aperçu clairement que quelque chose existe nécessairement et de toute éternité ; sans quoi il y aurait quelque chose qui aurait été produit du néant et sans cause, ce qui est absurde ; donc un être a existé toujours nécessairement et de lui-même. J'ai donc conclu son existence de l'impossibilité qu'il ne soit pas, et non de la possibilité qu'il soit : cela est délicat, et devient plus délicat encore quand on ose sonder la nature de cet être éternel et nécessaire. Il faut avouer que tous ces raisonnements abstraits sont assez inutiles, puisque la plupart des têtes ne les comprennent pas. Il serait assurément d'une horrible injustice, et d'un énorme ridicule, de faire dépendre le bonheur et le malheur éternel du genre humain de quelques arguments que les neuf dixièmes des hommes ne sont pas en état de comprendre. C'est à quoi ne prendront pas garde tant de scolastiques orgueilleux et peu sensés qui osent enseigner et menacer. Quand un philosophe serait le maître du monde, encore devrait-il proposer ses opinions modestement ; c'est ainsi qu'en usait Marc Aurèle et même Julien. Quelle différence de ces grands hommes à Garasse, à Nonnotte, à l'abbé Guyon, à l'auteur de la *Gazette ecclésiastique*, à Paulian l'ex-jésuite, et à tant d'autres polissons !

3. *Donnez-moi de la matière et du mouvement, et je ferai un monde.* Ces paroles de Descartes sont un peu téméraires ; elles n'auraient pas

Et je puis vous former, d'un morceau de matière,
Éléments, animaux, tourbillons, et lumière,
Lorsque du mouvement je saurai mieux les lois. »
Dieu sourit de pitié pour la seconde fois.

L'incertain Gassendi, ce bon prêtre de Digne,
Ne pouvait du Breton souffrir l'audace insigne,
Et proposait à Dieu ses atomes crochus [1],
Quoique passés de mode, et dès longtemps déchus :
Mais il ne disait rien sur l'essence suprême.

Alors un petit Juif, au long nez, au teint blême,
Pauvre, mais satisfait, pensif et retiré,
Esprit subtil et creux, moins lu que célébré,
Caché sous le manteau de Descartes, son maître,
Marchant à pas comptés, s'approcha du grand Être :

été permises à Platon. Passe qu'Archimède ait dit : « Donnez-moi un
point fixe dans le ciel, et j'enlèverai la terre; » il ne s'agissait plus que
de trouver le levier. Mais qu'avec de la matière et du mouvement on
fasse des organes sentants et des têtes pensantes, sitôt que Dieu y aura
mis une âme, cela est bien fort. Je doute même que Descartes et le
P. Mersenne ensemble eussent pu donner à la matière la gravitation
vers un centre. Après tout, Descartes avait de la matière et du mouvement; nous n'en manquons pas. Que ne travaillait-il? que ne faisait-il
un petit automate de monde? Avouons que dans toutes ces imaginations on ne voit que des enfants qui se jouent.

1. Démocrite, Épicure, et Lucrèce, avec leurs atomes déclinant dans
e vide, étaient pour le moins aussi enfants que Descartes avec ses tourbillons tournoyant dans le plein; et l'on ne peut que déplorer la perte
d'un temps précieux employé à étudier sérieusement ces fadaises par
des hommes qui auraient pu être utiles.

Où est l'homme de bon sens qui ait jamais conçu clairement que des
atomes se soient assemblés pour aller en ligne droite, et pour se détourner ensuite à gauche, moyennant quoi ils ont produit des astres, des
animaux, des pensées? Pourquoi de tant de fabricateurs de mondes, ne
s'en est-il pas trouvé un seul qui soit parti d'un principe vrai, et reçu
de tous les hommes raisonnables? Ils ont adopté des chimères, et ont
voulu les expliquer; mais quelle explication! Ils ressemblaient parfaitement aux commentateurs des anciens historiens. La tour de Babel
avait vingt mille pieds de haut; donc les maçons avaient des grues de
plus de vingt mille pieds pour élever leurs pierres. Le lit du roi Og était
de quinze pieds. Le serpent, qui eut de longues conversations avec Ève,
ne put lui parler qu'en hébreu : car il devait lui parler en sa langue pour
être entendu, et non en la langue des serpents; et Ève devait parler le
pur hébreu, puisqu'elle était la mère des Hébreux, et que ce langage
n'avait pu encore se corrompre. C'est sur des raisons de cette force que
furent appuyés longtemps tous les commentaires et tous les systèmes.
Hérodote a dit que le soleil avait changé deux fois de levant et de couchant; et sur cela on a recherché par quel mouvement ce phénomène
s'était opéré. Des savants se sont distillé le cerveau pour comprendre
comment le cheval d'Achille avait parlé grec; comment la nuit, que Jupiter passa avec Alcmène fut une fois plus longue qu'elle ne devait être,
sans que l'ordre de la nature fût dérangé; comment le soleil avait reculé
au souper d'Atrée et de Thyeste; par quel secret Hercule était resté
trois jours et trois nuits enseveli dans le ventre d'une baleine; par quel
art, au son d'un instrument, les murs de .... Enfin on a compilé et em-
pilé des écrits sans nombre pour trouver la vérité dans les plus absurdes
et les plus insipides fables.

« Pardonnez-moi, dit-il en lui parlant tout bas,
Mais je pense, entre nous, que vous n'existez pas[1].
Je crois l'avoir prouvé par mes mathématiques.
J'ai de plats écoliers et de mauvais critiques :
Jugez-nous.... » A ces mots, tout le globe trembla,
Et d'horreur et d'effroi saint Thomas recula.
Mais Dieu, clément et bon, plaignant cet infidèle,
Ordonna seulement qu'on purgeât sa cervelle.
Ne pouvant désormais composer pour le prix,
Il partit, escorté de quelques beaux esprits.

Nos docteurs, qui voyaient avec quelle indulgence
Dieu daignait compatir à tant d'extravagance,
Étalèrent bientôt cent belles visions,

---

1. Spinosa, dans son fameux livre, si peu lu, ne parle que de Dieu ; et on lui a reproché de ne point connaître de Dieu. C'est qu'il n'a point séparé la Divinité du grand Tout qui existe par elle. C'est le dieu de Straton, c'est le dieu des stoïciens :

Jupiter est quodcumque vides, quocumque moveris.
    Lucain, *Pharsale*, ch. IX, v. 580.

C'est le dieu d'Aratus, dans le sens d'une philosophie audacieuse. « In «Deo vivimus, movemur et sumus. »(*Actes des Apôtres*, chap. XVII, v. 28).

La marche de Spinosa est plus géométrique que celle de tous les philosophes de l'antiquité. C'est le premier athée qui ait procédé par lemmes et par théorèmes.

Bayle, en prenant la doctrine de Spinosa à la lettre, en raisonnant d'après ses paroles, trouve cette doctrine contradictoire et ridicule. En effet, qu'est-ce qu'un Dieu dont tous les êtres seraient des modifications, qui serait jardinier et plante, médecin et malade, homicide et mourant, destructeur et détruit ?

Bayle paraît opposer à Spinosa une dialectique très-supérieure. Mais quel est le sort de toutes les disputes ! Jurieu regardait Bayle comme un compilateur d'idées plus dangereuses que celles de Spinosa ; Arnauld et ses partisans tombaient sur Jurieu comme sur un fanatique absurde ; les jésuites accusaient Arnauld d'être au fond un ennemi de la religion et tout Paris voyait dans les jésuites les corrupteurs de la raison et de la morale, et des fabricateurs de lettres de cachet. Pour Spinosa, tout le monde en parlait, et personne ne le lisait.

Voici l'analyse de tous ses principes :

Il ne peut exister qu'une substance ; car qui est par soi doit être un, et ne peut être limité. La substance doit donc être infinie.

Il est impossible qu'une substance en produise une autre, sans qu'il y ait quelque chose de commun entre elles. Or ce quelque chose de commun ne peut exister avant la substance produite : donc la création est impossible.

Une substance ne peut en faire une autre, puisque étant infinie par sa nature, un infini ne peut en créer un autre.

Il n'y a donc qu'un infini ; donc tout est mode.

L'intelligence et la matière existent ; donc l'intelligence et la matière entrent dans la nature de cet infini.

La substance étant infinie doit avoir une infinité d'attributs : donc l'infinité d'attributs est Dieu ; donc Dieu est tout.

Ce système a été assez réfuté par l'humain Fénelon, par le subtil Lami, et surtout de nos jours par M. l'abbé de Condillac, par M. l'abbé Pluquet.

Si d'illustres adversaires peuvent servir en quelque sorte à la gloire

De leur esprit pointu nobles inventions;
Ils parlaient, disputaient, et criaient tous ensemble.
Ainsi, lorsqu'à dîner un amateur rassemble
Quinze ou vingt raisonneurs, auteurs, commentateurs,
Rimeurs, compilateurs, chansonneurs, traducteurs,
La maison retentit des cris de la cohue;
Les passants ébahis s'arrêtent dans la rue.

d'un auteur, on voit que jamais homme n'a été honoré d'ennemis plus respectables. Il a été attaqué par deux cardinaux des plus savants et des plus ingénieux qu'ait eus la France, tous deux chéris à la cour, tous deux ministres et ambassadeurs à Rome. Le premier lui fait la guerre en beaux vers latins dans son *Anti-Lucrèce*; le second, en beaux vers français, dans une épître instructive et agréable.
Voici quelques-uns des vers latins :

> *Dogmata complexus, partim vesana Stratonis*
> *Restituit commenta, suisque erroribus auxit*
> *Omnigeni Spinosa Dei fabricator, et orbem*
> *Appellare Deum, ne quis Deus, imperet orbi,*
> *Tanquam esset domus ipsa domum qui condidit, ausus.*
> *Sic rediviva novo sese munimine cinxit*
> *Impietas, tumidumque alia caput extulit arce.*
> *Scilicet ex toto rerum glomeramine numen*
> *Construxit, cui sint pro corpore corpora cuncta*
> *Et cunctæ mentes pro mente, simulque perenni*
> *Pro vita atque ævo, fuga temporis ipsa caduci*
> *Et qui sæclorum jugis devolvitur ordo.*
> *Pæna putes.*
>
>   *Anti-Lucrèce*, liv. III, vers 805 et suiv.

Voici quelques-uns des vers français :

> Cesse de méditer dans ce sauvage lieu :
> Homme, plante, animaux, esprit, corps, tout est Dieu.
> Spinosa le premier connut mon existence :
> Je suis l'être complet et l'unique substance;
> La matière et l'esprit en sont les attributs :
> Si je n'embrassais tout, je n'existerais plus.
> Principe universel, je comprends tous les êtres,
> Je suis le souverain de tous les autres maîtres;
> Les membres différents de ce vaste univers
> Ne composent qu'un tout dont les modes divers,
> Dans les airs, dans les cieux, sur la terre, et sur l'onde,
> Embellissent entre eux le théâtre du monde.
>
>   BERNIS, *Discours sur la poésie*.

Le livre du *Système de la nature*, qu'on nous a donné depuis peu, est d'un genre tout différent; c'est une Philippique contre Dieu. L'auteur prétend que la matière existe seule, et qu'elle produit seule la sensation et la pensée. Pour avancer une idée aussi étrange, il faudrait au moins tâcher de l'appuyer sur quelque principe, et c'est ce que l'auteur ne fait pas. Il a pris cette opinion chez Hobbes; mais Hobbes se borne à la supposer, il ne l'affirme pas : il dit que des philosophes savants ont prétendu que tous les corps ont du sentiment. « Qui corpora omnia « sensu esse prædita sustinuerunt. »
Depuis Brama, Zoroastre, et Thaut, jusqu'à nous, chaque philosophe a fait son système; et il n'y en a pas deux qui soient de même avis. C'est un chaos d'idées, dans lequel personne ne s'est entendu. Le petit nombre des sages est toujours parvenu à détruire les châteaux enchantés, mais jamais à pouvoir en bâtir un logeable. On voit par sa

D'un air persuadé, Malebranche assura
Qu'il faut parler au Verbe, et qu'il nous répondra [1].
Arnauld dit que de Dieu la bonté souveraine
Exprès pour nous damner forma la race humaine [2].
Leibnitz avertissait le Turc et le chrétien
Que sans son harmonie on ne comprendra rien [3],
Que Dieu, le monde, et nous, tout n'est rien sans monades.

raison ce qui n'est pas; on ne voit point ce qui est. Dans ce conflit éternel de témérités et d'ignorances, le monde est toujours allé comme il va; les pauvres ont travaillé, les riches ont joui, les puissants ont gouverné, les philosophes ont argumenté, tandis que des ignorants se partageaient la terre.

1. Par quelle fatalité le système de Malebranche paraît-il retomber dans celui de Spinosa, comme deux vagues qui semblent se combattre dans une tempête, et le moment d'après s'unissent l'une dans l'autre?

« Dieu, dit Malebranche, est le lieu des esprits, de même que l'espace est le lieu des corps. Notre âme ne peut se donner d'idées.... Nos idées sont efficaces, puisqu'elles agissent sur notre esprit. Or rien ne peut agir sur notre esprit que Dieu.... Donc il est nécessaire que nos idées se trouvent dans la substance efficace de la Divinité. » (Livre III, de l'Esprit pur, part. II.)

Voilà les propres paroles de Malebranche. Or si nous ne pouvons avoir des perceptions que dans Dieu, nous ne pouvons donc avoir de sentiment que dans lui, ni faire aucune action que dans lui; cela me paraît évident. On peut donc en inférer que nous ne sommes que des modifications de lui-même. Il n'y a donc dans l'univers qu'une seule substance. Voilà le spinosisme, le stratonisme tout pur. Et Malebranche pousse les illusions qu'il se fait à lui-même jusqu'à vouloir autoriser son système par des passages de saint Paul et de saint Augustin.

Je ne dis pas que ce savant prêtre de l'Oratoire fût spinosiste, à Dieu ne plaise! je dis qu'il servait d'un plat dont un spinosiste aurait mangé très-volontiers. On sait que depuis il s'entretient familièrement avec le Verbe. Eh! pourquoi avec le Verbe plutôt qu'avec le Saint-Esprit? Mais comme il n'y avait personne en tiers dans la conversation, nous ne rendrons point compte de ce qu'ils s'est dit; nous nous contentons de plaindre l'esprit humain, de gémir sur nous-mêmes, et d'exhorter nos pauvres confrères les hommes à l'indulgence.

2. Il faut avouer que ce système, qui suppose que l'Être tout-puissant et tout bon a créé exprès des millions de milliards d'êtres raisonnables et sensibles, pour en favoriser quelques douzaines, et pour tourmenter tous les autres à tout jamais, paraîtra toujours un peu brutal à quiconque a des mœurs douces.

3. Notre âme étant simple (car on suppose que son existence et sa simplicité sont prouvées), elle peut résider dans l'étoile du Nord ou du petit Chien, et notre corps végéter sur ce globe. L'âme a des idées là-haut, et notre corps fait ici les fonctions correspondantes à ces idées, à peu près comme un homme prêche, tandis qu'un autre fait les gestes; ou plutôt l'âme est l'horloge, et le corps sonne ici les heures. Il y a des gens qui ont étudié cela sérieusement; et l'inventeur de ce système est celui qui a disputé contre Newton, et qui peut même avoir eu raison sur quelques points.

Quant aux monades, tout être physique étant composé doit être un résultat d'êtres simples; car dire qu'il est fait d'êtres composés, c'est ne rien dire. Des monades sans parties et sans étendue font donc l'étendue et les parties; elles n'ont ni lieu, ni figure, ni mouvement, quoiqu'elles constituent les corps qui ont figure et mouvement dans un lieu.

Chaque monade doit être différente d'une autre, sans quoi ce serait un double emploi.

Chaque monade doit avoir du rapport avec toutes les autres, parce

Le courrier des Lapons[1], dans ses turlupinades[2],
Veut qu'on aille au détroit où vogua Magellan,
Pour se former l'esprit, disséquer un géant.
Notre consul Maillet[3], non pas consul de Rome,
Sait comment ici-bas naquit le premier homme :
D'abord il fut poisson. De ce pauvre animal
Le berceau très-changeant fut du plus fin cristal;
Et les mers des Chinois sont encore étonnées
D'avoir, par leurs courants, formé les Pyrénées.
Chacun fit son système; et leurs doctes leçons
Semblaient partir tout droit des Petites-Maisons.

Dieu ne se fâcha point : c'est le meilleur des pères;
Et, sans nous engourdir par des lois trop austères,
Il veut que ses enfants, ces petits libertins,
S'amusent en jouant de l'œuvre de ses mains.
Il renvoya le prix à la prochaine année;
Mais il vous fit partir, dès la même journée,
Son ange Gabriel, ambassadeur de paix,
Tout pétri d'indulgence, et porteur de bienfaits.

Le ministre emplumé vola dans vingt provinces;
Il visita des saints, des papes, et des princes,
De braves cardinaux, et des inquisiteurs,
Dans le siècle passé dévots persécuteurs.
« Messeigneurs, leur dit-il, le bon Dieu vous ordonne
De vous bien divertir, sans molester personne.

qu'il y a entre les corps dont ces *monades* font l'assemblage une union nécessaire. Ces rapports entre ces *monades simples*, *inétendues*, ne peuvent être que des idées, des perceptions. Il n'y a pas de raison pour laquelle une *monade*, ayant des rapports avec une de ses compagnes, n'en ait pas avec toutes. Chaque *monade* voit donc toutes les autres, et par conséquent est un miroir concentrique de l'univers. Il y a un pays où cela s'est enseigné dans des écoles à des gens qui avaient de la barbe au menton.

1. Moreau de Maupertuis. De son vivant, on le peignit aplatissant, avec un air d'orgueil, la terre qu'il semblait mépriser; après sa mort, la piété de sa famille lui a érigé dans l'église de Saint-Roch un petit mausolée.

2. On a fait assez connaître l'idée d'aller disséquer des cervelles de Patagons, pour voir la nature de l'âme; d'examiner les songes, pour savoir comment on pense dans la veille; d'enduire les malades de poix résine, pour empêcher l'air de nuire; de creuser un trou jusqu'au centre de la terre, pour voir le feu central. Et ce qu'il y a de déplorable, c'est que ces folies ont causé des querelles et des infortunes.

3. On connaît aussi le système vraisemblable par lequel la mer a formé les montagnes, et la terre est de verre; mais celui-là n'a encore rien de funeste. Certes ceux qui ont inventé la charrue, la navette, et les poulies, étaient des dieux bienfaisants, en comparaison de tous ces rêveurs; et il est vrai qu'un opéra-comique vaut mieux que le système de Cudworth, de Wiston, de Burnet, et de Wodward. Car ces systèmes n'ont appris aucune vérité, et n'ont fait aucun plaisir; mais l'opéra des *Gueux* et *le Déserteur* ont fait passer très-agréablement le temps à plus de cent mille hommes.

Il a su qu'en ce monde on voit certains savants
Qui sont, ainsi que vous, de fieffés ignorants;
Ils n'ont ni volonté ni puissance de nuire :
Pour penser de travers, hélas! faut-il les cuire?
Un livre, croyez-moi, n'est pas fort dangereux,
Et votre signature est plus funeste qu'eux.
En Sorbonne, aux charniers[1], tout se mêle d'écrire :
Imitez le bon Dieu, qui n'en a fait que rire. »

LES CABALES.

(1772.)

« Barbouilleurs de papier, d'où viennent tant d'intrigues,
Tant de petits partis, de cabales, de brigues?
S'agit-il d'un emploi de fermier général,
Ou du large chapeau qui coiffe un cardinal?

----

1. Charniers des Saints-Innocents, belle place de Paris, près du Palais-Royal, et non loin du Louvre. C'est là qu'on enterre tous les gueux, au lieu de les porter hors de la ville, comme on fait partout ailleurs. On y voit plusieurs écrivains qui font les placets au roi, les lettres des cuisinières à leurs amants, et les critiques des pièces nouvelles. On y a travaillé longtemps à l'*Année littéraire*. Il y a le style à cinq sous, et le style à dix sous.

Qu'on écrive les *Imaginations de M. Oufle*, les *Mémoires d'un homme de qualité*, les *Soliloques d'une âme dévote*; que l'on condamne les idées innées, et que l'on condamne ensuite ceux qui les rejettent; qu'on donne au public les lettres de Thérèse à Sophie, ou qu'on dise en mauvais latin * « que la vraie religion a été, selon la variété des temps, variée et diverse quant à sa forme et quant à la clarté de la révélation, et que cependant elle a toujours été la même depuis Adam, quant à ce qui appartient à la substance; » que ces belles choses, dis-je, partent des charniers des Saints-Innocents, ou de l'imprimerie de la veuve Simon, cela est bien égal : *Imitons le bon Dieu, qui n'en a fait que rire.*

Concluons surtout qu'une nation qui s'amuse continuellement de tant de sottises doit être une nation extrêmement opulente et extrêmement heureuse, puisqu'elle est si oisive. (1772.)

----

* *Veram religionem, etsi quantum ad sui formam et revelationis perspicuitatem*, etc., page 21 d'un livre latin rempli de solécismes et de barbarismes, imputé faussement à la Sorbonne; il est intitulé *Determinatio sacræ facultatis Parisiensis in libellum cui titulus* Bélisaire; *Parisiis*, 1767 : Censure de la faculté de théologie de Paris, contre le livre qui a pour titre *Bélisaire*; à Paris, 1767, chez la veuve Simon, etc.

Voyez aussi *Les trente-sept vérités opposées aux trente-sept impiétés, par un bachelier ubiquiste.*

— L'auteur de cet ouvrage (Turgot) était véritablement bachelier en théologie; mais ayant renoncé à cette science, il était devenu un des plus grands philosophes et un des premiers hommes d'État de l'Europe. On appelle *ubiquiste* un docteur ou licencié de la faculté de Paris, qui n'est ni moine ni associé aux maisons de Sorbonne et de Navarre. (*Note des Éd. de Kehl.*)

Êtes-vous au conclave ? aspirez-vous au trône [1]
Où l'on dit qu'autrefois monta Simon Barjone ?
Çà, que prétendez-vous ? — De la gloire. — Ah, gredin !
Sais-tu bien que cent rois la briguèrent en vain ?
Sais-tu ce qu'il coûta de périls et de peines
Aux Condés, aux Sullis, aux Colberts, aux Turennes,
Pour avoir une place au haut du mont sacré,
De sultan Moustapha pour jamais ignoré ?
Je ne m'attendais pas qu'un crapaud du Parnasse
Eût pu, dans son bourbier, s'enfler de tant d'audace.
 — Monsieur, écoutez-moi : j'arrive de Dijon,
Et je n'ai ni logis, ni crédit, ni renom.
J'ai fait de méchants vers, et vous pouvez bien croire
Que je n'ai pas le front de prétendre à la gloire;
Je ne veux que l'ôter à quiconque en jouit.
Dans ce noble métier l'ami Fréron m'instruit.
Monsieur l'abbé *Profond* m'introduit chez les dames;
Avec deux beaux esprits nous ourdissons nos trames.
Nous serons dans un mois l'un de l'autre ennemis;
Mais le besoin présent nous tient encore unis.
Je me forme sous eux dans le bel art de nuire :
Voilà mon seul talent; c'est la gloire où j'aspire. »

 Laissons là de Dijon ce pauvre garnement [2],
Des bâtards de Zoïle imbécile instrument;
Qu'il coure à l'hôpital, où son destin le mène.

 Allons nous réjouir aux jeux de Melpomène....
Bon ! j'y vois deux partis l'un à l'autre opposés :
Léon dix et Luther étaient moins divisés.
L'un claque, l'autre siffle; et l'antre du parterre [3]

---

1. *Notes de M. de Morza.* — Ce trône est très-respectable. Il est sans
doute l'objet d'une louable émulation. Simon, fils de Jones, nommé Cé-
phas ou Pierre, est un très-grand saint; mais il n'eut point de trône.
Celui au nom duquel il parlait avait défendu expressément à tous ses
envoyés de prendre même le nom de *docteur*, de *maître*, et avait déclaré
que qui voudrait être le premier serait le dernier. Les choses sont changées; et dans la suite des temps le trône devint la récompense de l'humilité passée.

2. Ce garnement de Dijon est un nommé Clément, maître de quartier
dans un collège de Dijon, qui a fait un livre contre MM. de Saint-Lambert, Delille, de Watelet, Dorat, et plusieurs autres personnes. L'auteur
des *Cabales* fut maltraité dans ce livre, où règne un air de suffisance,
un ton décisif et tranchant qui a été tant blâmé par tous les honnêtes
gens dans les hommes les plus accrédités de la littérature, et qui est le
comble de l'insolence et du ridicule dans un jeune provincial sans expérience et sans génie. Il s'est couvert d'opprobre par des libelles aussi
affreux qu'absurdes, que la police n'a pas punis, parce qu'elle les a
ignorés. Les malheureux qui ont composé de tels libelles pour vivre,
comme Clément, La Beaumelle, Sabatier natif de Castres, ressemblent
précisément au *Pauvre Diable*, qui est si naturellement peint dans la
pièce de ce nom. Il n'est point de vie plus déplorable que la leur.

3. C'est principalement au parterre de la Comédie-Française, à la

Et les cafés voisins sont le champ de la guerre.
　Je vais chercher la paix au temple des chansons.
J'entends crier : « Lulli, Campra, Rameau, Bouffons[1],
Êtes-vous pour la France ou bien pour l'Italie ?
— Je suis pour mon plaisir, messieurs. Quelle folie
Vous tient ici debout sans vouloir écouter ?
Ne suis-je à l'Opéra que pour y disputer ? »
　Je sors, je me dérobe aux flots de la cohue
Les laquais assemblés cabalaient dans la rue.
Je me sauve avec peine aux jardins si vantés
Que la main de Le Nostre avec art a plantés.
　D'autres fous à l'instant une troupe m'arrête.
Tous parlent à la fois, tous me rompent la tête....
« Avez-vous lu sa pièce ? il tombe, il est perdu ;
Par le dernier journal je le tiens confondu.
— Qui ? de quoi parlez-vous ? d'où vient tant de colère ?
Quel est votre ennemi ? — C'est un vil téméraire,
Un rimeur insolent qui cause nos chagrins :
Il croit nous égaler en vers alexandrins.
— Fort bien : de vos débats je conçois l'importance. »
　Mais un gros de bourgeois vers ce côté s'avance.
« Choisissez, me dit-on, du vieux ou du nouveau. »
Je croyais qu'on parlait d'un vin qu'on boit sans eau,
Et qu'on examinait si les gourmets de France
D'une vendange heureuse avaient quelque espérance ;

representation des pièces nouvelles, que les cabales éclatent avec le plus d'emportement. Le parti qui fronde l'ouvrage et le parti qui le soutient se rangent chacun d'un côté. Les émissaires reçoivent à la porte ceux qui entrent, et leur disent : « Venez-vous pour siffler ? mettez-vous là ; venez-vous pour applaudir ? mettez-vous ici. » On a joué quelquefois aux dés la chute ou le succès d'une tragédie nouvelle au café de Procope. Ces cabales ont dégoûté les hommes de génie, et n'ont pas peu servi à décréditer un spectacle qui avait fait si longtemps la gloire de la nation.

　1. La même manie a passé à l'Opéra, et a été encore plus tumultueuse. Mais les cabales au Théâtre-Français ont un avantage que les cabales de l'Opéra n'ont pas ; c'est celui de la satire raisonnée. On ne peut à l'Opéra critiquer que des sons : quand on a dit : « Cette chaconne, cette coure me déplaît, » on a tout dit. Mais à la Comédie on examine des idées, des raisonnements, des passions, la conduite, l'exposition, le nœud, le dénoûment, le langage. On peut vous prouver méthodiquement, et de conséquence en conséquence, que vous êtes un sot qui avez voulu avoir de l'esprit, et qui avez assemblé quinze cents personnes pour leur prouver que vous en savez plus qu'eux. Chacun de ceux qui vous écoutent est, sans le savoir, un peu jaloux de vous ; il est en droit de vous critiquer, et vous êtes en droit de lui répondre. Le seul malheur est que vous êtes trop souvent un contre mille.
　Il en va autrement en fait de musique ; il n'y a que le potier qui soit jaloux du potier, et le musicien du musicien, disait Hésiode. Il y faut seulement ajouter encore les partisans du musicien ; mais ceux-là sont en ..... ne sont point jaloux. Dans les talents de l'esprit, au contraire, tout le monde est jaloux en secret ; et voilà pourquoi tous les gens de lettres, méprisés quand ils n'ont pas réussi, ont été persécutés dès qu'ils ont eu de la réputation.

Ou que des érudits balançaient doctement
Entre la loi nouvelle et le vieux Testament.
Un jeune candidat, de qui la chevelure
Passait de Clodion la royale coiffure [1],
Me dit d'un ton de maître, avec peine adouci :
« Ce sont nos parlements dont il s'agit ici;
Lequel préférez-vous ? — Aucun d'eux, je vous jure.
Je n'ai point de procès, et, dans ma vie obscure,
Je laisse au roi mon maître, en pauvre citoyen,
Le soin de son royaume, où je ne prétends rien.
Assez de grands esprits, dans leur troisième étage,
N'ayant pu gouverner leur femme et leur ménage [2],
Se sont mis, par plaisir, à régir l'univers.
Sans quitter leur grenier, ils traversent les mers;
Ils raniment l'État, le peuplent, l'enrichissent :
Leurs marchands de papiers sont les seuls qui gémissent
Moi, j'attends dans un coin que l'imprimeur du roi
M'apprenne, pour dix sous, mon devoir et ma loi.
Tout confus d'un édit qui rogne mes finances
Sur mes biens écornés je règle mes dépenses
Rebuté de Plutus, je m'adresse à Cérès;
Ses fertiles trésors garnissent mes guérets.
La campagne, en tout temps, par un travail utile
Répara tous les maux qu'on nous fit à la ville.
On est un peu fâché; mais qu'y faire?... Obéir.
A quoi bon cabaler, quand on ne peut agir ?
— Mais, monsieur, des Capets les lois fondamentales,
Et le grenier à sel, et les cours féodales,

1. Il n'y a pas longtemps que les jeunes conseillers allaient au tribunal les cheveux étalés et poudrés de blanc, ou blanc poudrés.

2. L'Europe est pleine de gens qui, ayant perdu leur fortune, veulent faire celle de leur patrie ou de quelque État voisin. Ils présentent aux ministres des mémoires qui rétabliront les affaires publiques en peu de temps ; et en attendant ils demandent une aumône qu'on leur refuse. Bois-Guillebert, qui écrivit contre le grand Colbert, et qui ensuite osa attribuer sa *Dixme royale* au maréchal de Vauban, s'était ruiné. Ceux qui sont assez ignorants pour le citer encore aujourd'hui, croyant citer le maréchal de Vauban, ne se doutent pas que, si on suivait ces beaux systèmes, le royaume serait aussi misérable que lui [*]. Celui qui a imprimé le *Moyen d'enrichir l'État*, sous le nom du comte de Boulainvilliers, est mort à l'hôpital. Le petit La Jonchère, qui a donné tant d'argent au roi en quatre volumes, demandait l'aumône. Telles sont les gens qui enseignent l'art de s'enrichir par le commerce après avoir fait banqueroute, et ceux qui font le tour du monde sans sortir de leur cabinet, et ceux qui n'ayant jamais possédé une charrue, remplissent nos greniers de froment. D'ailleurs la littérature ne subsiste presque plus que d'infâmes plagiats ou de libelles. Jamais cette profession si belle n'a été ni si universelle ni si avilie.

[*] On sait que Voltaire se trompe ici, et sur l'auteur du livre, et sur la valeur du livre. Consultez sur la *Dime royale*, les *Mémoires du duc de Saint-Simon*, édition in-8° de L. Hachette, t. V, p. 363 et suiv. (ED.)

Et le gouvernement du chancelier Duprat ?
— Monsieur, je n'entends rien aux matières d'État :
Ma loi fondamentale est de vivre tranquille.
La Fronde était plaisante [1], et la guerre civile
Amusait la grand'chambre et le coadjuteur.
Barricadez-vous bien ; je m'enfuis ; serviteur. »
    A peine ai-je quitté mon jeune énergumène,
Qu'un groupe de savants m'enveloppe et m'entraîne.
D'un air d'autorité l'un d'eux me tire à part....
« Je vous goûtai, dit-il, lorsque de Saint-Médard [2]
Vous crayonniez gaiement la cabale grossière,

1. La Fronde en effet était fort plaisante, si l'on ne regarde que ses ridicules. Le président Le Cogneux, qui chasse de chez lui son fils le célèbre Bachaumont, conseiller au parlement, pour avoir opiné en faveur de la cour, et qui fait mettre ses chevaux dans la rue ; Bachaumont qui lui dit : « Mon père, mes chevaux n'ont pas opiné, » et qui, de raillerie en raillerie, fait boire son père à la santé du cardinal Mazarin, proscrit par le parlement ; le gentilhomme ami du coadjuteur qui vient pour le servir dans la guerre civile, et qui, trouvant un de ses camarades chez ce prélat, lui dit : « Il n'est pas juste que les deux plus grands fous du royaume servent sous le même drapeau, il faut se partager, je vais chez le cardinal de Mazarin ; » et qui en effet va de ce pas battre les troupes auxquelles il était venu se joindre ; ce même coadjuteur qui prêche, et qui fait pleurer des femmes ; un de ses convives qui leur dit : « Mesdames, si vous saviez ce qu'il a gagné avec vous, vous pleureriez bien davantage ; » ce même archevêque qui va au parlement avec un poignard, et le peuple qui crie : « C'est son bréviaire ! » et toutes les expéditions de cette guerre méditées au cabaret, et les bons mots ; et les chansons qui ne finissaient point ; tout cela serait bon sans doute pour un opéra-comique. Mais les fourberies, les pillages, les rapines, les scélératesses, les assassinats, les crimes de toute espèce dont ces plaisanteries étaient accompagnées, formaient un mélange hideux des horreurs de la Ligue et des farces d'Arlequin. Et c'étaient des gens graves, des *patres conscripti* qui ordonnaient ces abominations et ces ridicules. Le cardinal de Retz dit, dans ses Mémoires, « que le parlement faisait par des arrêts la guerre civile, qu'il aurait condamnée lui-même par les arrêts les plus sanglants. »

L'auteur que je commente avait peint cette guerre de singes dans le *Siècle de Louis XIV* ; un de ces magistrats qui, ayant acheté leurs charges quarante ou cinquante mille francs, se croyaient en droit de parler orgueilleusement aux lettrés, écrivit à l'auteur que messieurs pourraient le faire repentir d'avoir dit ces vérités, quoique reconnues. Il lui répondit : « Un empereur de la Chine dit un jour à l'historiographe de l'empire : « Je suis averti que vous mettez par écrit mes fautes ; tremblez. » L'historiographe prit sur-le-champ ses tablettes. « Qu'osez-vous écrire là ? — Ce que Votre Majesté vient de me dire. » L'empereur se recueillit, et dit : « Écrivez tout, mes fautes seront réparées. »

2. On connaît le fanatisme des convulsions de Saint-Médard, qui durèrent si longtemps dans la populace, et qui furent entretenues par le président Dubois, le conseiller Carré, et d'autres énergumènes. La terre a été mille fois inondée de superstitions plus affreuses, mais jamais il n'y en eut de plus sotte et de plus avilissante. L'histoire des billets de confession et l'expulsion des jésuites succédèrent bientôt à ces facéties. Observez surtout que nous avons une liste de miracles opérés par ces malheureux, signée de plus de cinq cents personnes. Les miracles d'Esculape, ceux de Vespasien, et d'Apollonius de Tyane, etc., n'ont pas été plus authentiques.

Gambadant pour la grâce au coin d'un cimetière ;
Les billets au porteur des chrétiens trépassés ;
Les fils de Loyola sur la terre éclipsés.
Nous applaudîmes tous à votre noble audace,
Lorsque vous nous prouviez qu'un maroufle à besace,
Dans sa crasse orgueilleuse à charge au genre humain,
S'il eût bêché la terre, eût servi son prochain.
Jouissez d'une gloire avec peine achetée ;
Acceptez à la fin votre brevet d'athée.
— Ah ! vous êtes trop bon : je sens au fond du cœur
Tout le prix qu'on doit mettre à cet excès d'honneur
Il est vrai, j'ai raillé Saint-Médard et la bulle ;
Mais j'ai sur la nature encor quelque scrupule.
L'univers m'embarrasse, et je ne puis songer
Que cette horloge existe, et n'ait point d'horloger [1].
Mille abus, je le sais, ont régné dans l'Eglise ;
Fleury le confesseur en parle avec franchise [2].
J'ai pu de les siffler prendre un peu trop de soin :
Eh ! quel auteur, hélas ! ne va jamais trop loin ?
De saint Ignace encore on me voit souvent rire ;
Je crois pourtant un Dieu, puisqu'il faut vous le dire.

1. Si une horloge prouve un horloger, si un palais annonce un architecte, comment en effet l'univers ne démontre-t-il pas une intelligence
suprême ? Quelle plante, quel animal, quel élément, quel astre ne porte
pas l'empreinte de celui que Platon appelait l'éternel géomètre ? Il me
semble que le corps du moindre animal démontre une profondeur et une
unité de dessein qui doivent à la fois nous ravir en admiration, et at-
terrer notre esprit. Non-seulement ce chétif insecte est une machine
dont tous les ressorts sont faits exactement l'un pour l'autre ; non-seulement il est né, mais il vit par un art que nous ne pouvons ni imiter ni
comprendre ; mais sa vie a un rapport immédiat avec la nature entière,
avec tous les éléments, avec tous les astres dont la lumière se fait sentir
à lui. Le soleil le réchauffe, et les rayons qui partent de Sirius, à quatre
cents millions de lieues au delà du soleil, pénètrent dans ses petits yeux,
selon toutes les règles de l'optique. S'il n'y a pas la immensité et unité
de dessein qui démontrent un fabricateur intelligent, immense, unique,
incompréhensible, qu'on nous démontre donc le contraire ; mais c'est ce
qu'on n'a jamais fait. Platon, Newton, Locke, ont été frappés également
de cette grande vérité. Ils étaient théistes, dans le sens le plus rigoureux et le plus respectable.

Des objections ! on nous en fait sans nombre : des ridicules ! on croit
nous en donner en nous appelant cause-finaliers ; mais des preuves
contre l'existence d'une intelligence suprême, on n'en a jamais apporté
aucune. Spinosa lui-même est forcé de reconnaître cette intelligence ; et
Virgile avant lui, et après tant d'autres, avait dit : *Mens agitat molem*.
C'est ce *Mens agitat molem* qui est le fort de la dispute entre les athées
et les théistes, comme l'avoue le géomètre Clarke dans son livre de
l'existence de Dieu, livre le plus éloigné de notre bavarderie ordinaire,
livre le plus profond et le plus serré que nous ayons sur cette matière,
livre auprès duquel ceux de Platon ne sont que des mots, et auquel je
ne pourrais référer que le naturel et la candeur de Locke.

2. Fleury, célèbre par ses excellents discours, qui sont d'un sage écrivain et d'un citoyen zélé, connu aussi par son *Histoire ecclésiastique*,
qui ressemble trop en plusieurs endroits à la *Légende dorée*.

—Ah, traître! ah, malheureux! je m'en étais douté.
Va, j'avais bien prévu ce trait de lâcheté,
Alors que de Maillet insultant la mémoire[1],
Du monde qu'il forma tu combattis l'histoire....
Ignorant, vois l'effet de mes combinaisons :
Les hommes autrefois ont été des poissons;
La mer de l'Amérique a marché vers le Phase;
Les huîtres d'Angleterre ont formé le Caucase :
Nous te l'avions appris, mais tu t'es éloigné
Du vrai sens de Platon, par nous seuls enseigné.
Lâche! oses-tu bien croire une essence suprême?
— Mais, oui. — *De la nature* as-tu lu le *Système*?
Par ses propos diffus n'es-tu pas foudroyé?
Que dis-tu de ce livre ? — Il m'a fort ennuyé[2].
— C'en est assez, ingrat : ta perfide insolence

1. Ce consul Maillet fut un de ces charlatans dont on a dit qu'ils voulaient imiter Dieu, et créer un monde avec la parole. C'est lui qui, abusant de l'histoire de quelques bouleversements avérés, arrivés dans ce globe, prétend que les mers avaient formé les montagnes, et que les poissons avaient été changés en hommes. Aussi quand on a imprimé son livre, on n'a pas manqué de le dédier à Cyrano de Bergerac.
2. Il y a des morceaux éloquents dans ce livre; mais il faut avouer qu'il est diffus et quelquefois déclamateur; qu'il se contredit, qu'il affirme trop souvent ce qui est en question, et surtout qu'il est fondé sur de prétendues expériences dont la fausseté et le ridicule sont aujourd'hui reconnus et sifflés de tout le monde. Tenons-nous-en à ce dernier article, qui est le plus palpable de tous. C'est cette fameuse transmutation qu'un pauvre jésuite anglais, nommé Needham, crut avoir faite, de jus de mouton et de blé pourri, en petites anguilles, lesquelles produisaient bientôt une race innombrable d'anguilles. Nous en avons parlé ailleurs.
On disait au jésuite Needham que cela n'était bon que du temps d'Aristote, de Gamaliel, de Flavien-Josèphe, et de Philon, où l'on croyait que la génération s'opérait par la corruption, et que le limon d'Egypte formait des rats. Il répondit que notre Sauveur lui-même et ses apôtres avaient dit plusieurs fois qu'il faut que le blé pourrisse et meure pour lever et pour produire, et que par conséquent son blé pourri et son jus de mouton faisaient naître des races d'anguilles infailliblement. On avait beau lui répliquer que Jésus-Christ daignait se conformer aux idées fausses et grossières des paysans galiléens, ainsi qu'il daignait se vêtir à leur mode, parler leur langage, et observer tous leurs rites; mais que la sagesse incarnée devait bien savoir que rien ne peut naître sans germe; que son système était aussi dangereux qu'extravagant; que si on pouvait former des anguilles avec du jus de mouton, on ne manquerait pas de former des hommes avec du jus de perdrix; qu'alors on croirait pouvoir se passer de Dieu, et que les athées s'empareraient de la place. Needham n'en démordait point; et, aussi mauvais raisonneur que mauvais chimiste, il persista longtemps à se croire créateur d'anguilles; de sorte que par une étrange bizarrerie, un jésuite se servait des propres paroles de Jésus-Christ pour établir son opinion ridicule, et les athées se servaient de l'ignorance et de l'opiniâtreté d'un jésuite pour se confirmer dans l'athéisme. On citait partout la découverte de Needham. Un des plus intrépides athées m'assurait que dans la ménagerie du prince Charles, à Bruxelles, il y avait un lapin qui faisait tous les mois des enfants à une poule. Enfin l'expérience du jésuite fut reconnue pour ce qu'elle était; et les athées furent obligés de se pourvoir ailleurs.

Dans mon premier concile aura sa récompense.
Va, sot adorateur d'un fantôme impuissant,
Nous t'avions jusqu'ici préservé du néant;
Nous t'y ferons rentrer, ainsi que ce grand Être
Que tu prends bassement pour ton unique maître.
De mes amis, de moi, tu seras méprisé.
— Soit. — Nous insulterons à ton génie usé.
— J'y consens. — Des fatras de brochures sans nombre
Dans ta bière à grands flots vont tomber sur ton ombre.
— Je n'en sentirai rien. — Nous t'abandonnerons
Aux puissants Langlevieux, aux immortels Frérons [1]!
— Ah! bachelier du diable, un peu plus d'indulgence :
Nous avons, vous et moi, besoin de tolérance.
Que deviendraient le monde et la société,
Si tout, jusqu'à l'athée, était sans charité ?
Permettez qu'ici bas chacun fasse à sa tête.
J'avouerai qu'Épicure avait une âme honnête,
Mais le grand Marc-Aurèle était plus vertueux.
Lucrèce avait du bon, Cicéron valait mieux.
Spinosa pardonnait à ceux dont la faiblesse [2]

---

[1]. C'est ce même Langlevieux La Beaumelle, dont il est parlé dans les notes sur l'épître à M. Dalembert, et ailleurs.

Ce même homme s'est depuis associé avec Fréron; et, malgré tant d'horreurs et tant de bassesses, il a surpris la protection d'une personne respectable qui ignorait ses excès ridicules; mais *oportet cognosci malos*.

Nous ajouterons à cette note que Boileau attaqua toujours des personnes dont il n'avait pas le moindre sujet de se plaindre, et que notre auteur s'est toujours borné à repousser les injures et les calomnies des Rollets de son temps. Il y avait deux partis à prendre, celui de négliger les impostures atroces que La Beaumelle a vomies pendant vingt ans, et celui de les relever. Nous avons jugé le dernier parti plus juste et plus convenable.

C'est rendre un service essentiel à plus de cent familles, de faire connaître le vil scélérat qui a osé les outrager.

Les ministres d'Etat, et tous ceux qui sont chargés de maintenir l'ordre public, doivent savoir que ces libelles méprisables sont recherchés dans l'Allemagne, dans l'Angleterre, dans tout le Nord; qu'il y en a de toute espèce; qu'on les lit avidement, comme on y boit pour du vin de Bourgogne les vins faits à Liége; que la faim et la malice produisent tous les jours de ces ouvrages infâmes, écrits quelquefois avec assez d'artifice; que la curiosité les dévore; qu'ils font pendant un temps une impression dangereuse; que depuis peu l'Europe a été inondée de ces scandales; et que plus la langue française a de cours dans les pays étrangers, plus on doit l'employer contre les malheureux qui en font un si coupable usage, et qui se rendent si indignes de leur patrie.

[2]. Baruch Spinosa, théologien circonspect, et fort honnête homme; nous l'appelons ici Baruch, parce que c'est son véritable nom; on ne lui a donné celui de Benoît que par erreur; il ne fut jamais baptisé. Nous avons fait une note plus longue sur ce sophiste à la suite du petit poeme sur les *Systèmes*.

— Vers 1771 les querelles sur les deux parlements, les révolutions du ministère, et les disputes sur la cause universelle, augmentèrent le nombre des ennemis de M. de Voltaire; les philosophes parurent un

D'un moteur éternel admirait la sagesse.
Je crois qu'il est un Dieu; vous osez le nier :
Examinons le fait sans nous injurier.
« J'ai désiré cent fois, dans ma verte jeunesse,
De voir notre saint Père, au sortir de la messe,
Avec le grand lama dansant en cotillon;
Bossuet le funèbre embrassant Fénelon;
Et, le verre à la main, Le Tellier et Noailles
Chantant chez Maintenon des couplets dans Versailles.
Je préférais Chaulieu, coulant en paix ses jours
Entre le dieu des vers et celui des amours,
A tous ces froids savants dont les vieilles querelles
Traînaient si pesamment les dégoûts après elles.
« Des charmes de la paix mon cœur était frappé;
J'espérais en jouir : je me suis bien trompé.
On cabale à la cour, à l'armée, au parterre;
Dans Londres, dans Paris, les esprits sont en guerre;
Ils y seront toujours. La Discorde autrefois,
Ayant brouillé les dieux, descendit chez les rois,
Puis dans l'Église sainte établit son empire
Et l'étendit bientôt sur tout ce qui respire.
Chacun vantait la paix, que partout on chassa.
On dit que seulement par grâce on lui laissa
Deux asiles fort doux : c'est le lit et la table.
Puisse-t-elle y fixer un règne un peu durable !
L'un d'eux me plaît encore. Allons, amis, buvons;
Cabalons pour Chloris, et faisons des chansons. »

LA TACTIQUE.

(1773.)

J'étais lundi passé chez mon libraire Caille,
Qui, dans son magasin, n'a souvent rien qui vaille[1].
« J'ai, dit-il, par bonheur, un ouvrage nouveau,
Nécessaire aux humains, et sage autant que beau.
C'est à l'étudier qu'il faut que l'on s'applique;
Il fait seul nos destins : prenez, c'est la *Tactique*.
— La *Tactique* ! lui dis-je : hélas ! jusqu'à présent

---

moment vouloir s'unir aux prêtres contre lui; mais cette division entre
des hommes qui devaient rester toujours unis, pour défendre la cause
de la raison et de l'humani é, ne fut point durable. C'est à cette querelle
passagère que M. de Voltaire fait allusion à la fin des *Cabales*. (*Note de
l'Ed. de Kehl.*)
1. Caille fut piqué de ce vers, et afficha sur son magasin « qu'il ne
vendait que les ouvrages de M. de Voltaire. » (ED.)

J'ignorais la valeur de ce mot si savant.
   — Ce nom, répondit-il, venu de Grèce en France,
Veut dire le grand art, ou l'art par excellence ;
Des plus nobles esprits il remplit tous les vœux. »
   J'achetai sa *Tactique*, et je me crus heureux.
J'espérais trouver l'art de prolonger ma vie,
D'adoucir les chagrins dont elle est poursuivie,
De cultiver mes goûts, d'être sans passion,
D'asservir mes désirs au joug de la raison,
D'être juste envers tous, sans jamais être dupe.
Je m'enferme chez moi, je lis; je ne m'occupe
Que d'apprendre par cœur un livre si divin.
Mes amis! c'était l'art d'égorger son prochain.
   J'apprends qu'en Germanie autrefois un bon prêtre [2]
Pétrit, pour s'amuser, du soufre et du salpêtre;
Qu'un énorme boulet, qu'on lance avec fracas,
Doit mirer un peu haut pour arriver plus bas;
Que d'un tube de bronze aussitôt la mort vole

1. *Tactique* vient originairement du verbe *tasso*, j'arrange. Tactique est proprement l'art d'aller par rangs; c'est l'arrangement des troupes. C'est ce qui fit que Pyrrhus, en voyant le camp des Romains, ne les trouva pas si barbares.

2. On ne sait encore qui employa le premier des canons dans les batailles et dans les siéges. Une invention qui a changé entièrement l'art de la guerre, dans toute la terre connue, méritait plus de recherches; mais presque toutes les origines sont ignorées. Qui le premier inventa un bateau? qui imagina de plier une branche de frêne, de l'assujettir avec une corde faite d'un intestin d'animal, et d'y ajuster une verge garnie d'un os ou d'un fer pointu à un bout, et de quatre plumes à l'autre bout? qui inventa la navette, les fours, les moulins? De cette prodigieuse multitude d'arts qui secourent notre vie ou qui la détruisent, il n'y en a pas un dont l'inventeur soit connu. C'est que personne n'inventa l'art entier. Les architectes ne sont venus que des milliers de siècles après les cavernes et les huttes.

Les Chinois connaissaient la poudre inflammable, et la faisaient servir à leurs divertissements ingénieux, à leurs fêtes, deux mille ans avant que les jésuites Shall et Verbiest fondissent du canon pour les conquérants tartares, vers l'an 1630. Ce furent donc deux religieux allemands qui enseignèrent l'usage de l'artillerie dans cette vaste partie du monde, comme ce fut, dit-on, un autre Allemand, nommé Schwartz, ou moine noir, qui trouva le secret de la poudre inflammable au XIV° siècle, sans qu'on ait jamais su l'année de cette invention.

On a prétendu que Roger Bacon, moine anglais, antérieur d'environ cent années au moine allemand, était le véritable inventeur de la poudre. Nous avons rapporté ailleurs les paroles de ce Roger, qui se trouvent dans son *Opus majus*, page 454, grande édition d'Oxford,... « Nous avons une preuve des explosions subites dans ce jeu d'enfants qu'on fait par tout le monde. On enfonce du salpêtre dans une balle de la grosseur d'un pouce, et on la fait crever avec un bruit si violent qu'elle surpasse le rugissement du tonnerre, et il en sort une plus grande exhalaison de feu que celle de la foudre. »

Il y a bien loin sans doute de cette petite boule de simple salpêtre à notre artillerie, mais elle a pu mettre sur la voie.

Il paraît qu'il est très-faux que les Anglais eussent employé le canon dans leur victoire de Crécy en 1346, et dans celle de Poitiers dix ans

Dans la direction qui fait la parabole [1],
Et renverse en deux coups prudemment ménagés,
Cent automates bleus, à la file rangés.
Mousquet, poignard, épée ou tranchante ou pointue,
Tout est bon, tout va bien, tout sert, pourvu qu'on tue.
 L'auteur, bientôt après, peint des voleurs de nuit,
Qui, dans un chemin creux, sans tambour et sans bruit,
Discrètement chargés de sabres et d'échelles,
Assassinent d'abord cinq ou six sentinelles;
Puis, montant lestement aux murs de la cité,
Où les pauvres bourgeois dormaient en sûreté,
Portent dans leurs logis le fer avec les flammes,
Poignardent les maris, couchent avec les dames,
Écrasent les enfants, et, las de tant d'efforts,
Boivent le vin d'autrui sur des monceaux de morts.
Le lendemain matin, on les mène à l'église

après. Les actes de la Tour de Londres, recueillis par Rymer, en diraient quelque chose.

Plusieurs de nos historiens ont assuré qu'il existe encore, dans la ville d'Amberg du haut Palatinat, un canon fondu en 1301, et que cette date est encore gravée sur la culasse.

    Et voilà justement comme on écrit l'histoire.

On écrivait et on imprimait à Paris cette erreur avec tant d'assurance, que je fis écrire à M. le comte de Holstein de Bavière, gouverneur du pays d'Amberg. Il donna un certificat authentique qu'un fondeur de canons, nommé Martin, assez fameux pour son temps, était mort en 1501. On mit un petit canon sur son tombeau, avec la date 1501. Il eut la bonté d'envoyer une copie figurée de l'inscription. Il est étonnant qu'on ait pris 1501 pour 1301; mais les historiens aiment l'antique et le merveilleux.

Je n'ai guère plus de foi à la bombarde de Froissart, qui avait plus de « cinquante pieds de long, et qui menoit si grande noise au décliquer, qu'il sembloit que tous les diables d'enfer fussent en chemin. » C'était apparemment une espèce de baliste.

Je doute beaucoup encore du registre de Du Dracht, trésorier des guerres en 1338 : « A Henri Faumechon, pour avoir poudre et autres choses nécessaires aux canons devant Puisguillaume. » Du Cange rapporte ce trait, mais il se borne à le rapporter. Il n'examine point s'il y avait alors des trésoriers des guerres. Il ne s'informe pas si on assiégea un Puisguillaume ou un Puisguilliem dans le Périgord. Il ne paraît pas qu'on ait fait le moindre exploit de guerre en Périgord en l'an 1338. Si l'on entend le petit hameau de Puisguillaume en Bourbonnais, on ne voit pas qu'il eût un château. Il faut donc douter, et c'est presque toujours le seul parti à prendre.

Ce qui paraît certain, c'est que trois moines ont contribué à détruire les hommes et les villes par l'artillerie; et en ajoutant à ces trois moines les jésuites Shall et Verbiest, cela fera cinq.

1. Lorsqu'on tire un boulet, ou qu'on lance une flèche horizontalement, elle tend à décrire une ligne droite; mais la gravitation la fait descendre continuellement dans une autre ligne droite vers le centre de la terre, et de ces deux directions se compose la ligne courbe nommée *parabole*, à la lettre, *allant au delà*. Si un canonnier s'occupait de toutes les propriétés de cette ligne courbe, il n'aurait jamais le temps de mettre le feu à son canon.

Rendre grâce au bon Dieu de leur noble entreprise,
Lui chanter en latin qu'il est leur digne appui,
Que dans la ville en feu l'on n'eût rien fait sans lui,
Qu'on ne peut ni voler, ni violer son monde,
Ni massacrer les gens, si Dieu ne nous seconde.
　Étrangement surpris de cet art si vanté,
Je cours chez monsieur Caillé, encore épouvanté,
Je lui rends son volume, et lui dis en colère :
« Allez, de Belzébut détestable libraire !
Portez votre *Tactique* au chevalier de Tot;
Il fait marcher les Turcs au nom de Sabaoth.
C'est lui qui, de canons couvrant les Dardanelles,
A tuer les chrétiens instruit les infidèles.
Allez, adressez-vous à monsieur Romanzof,
Aux vainqueurs tout sanglants de Bender et d'Azof,
A Frédéric surtout offrez ce bel ouvrage,
Et soyez convaincu qu'il en sait davantage.
Lucifer l'inspira bien mieux que votre auteur;
Il est maître passé dans cet art plein d'horreur;
Plus adroit meurtrier que Gustave et qu'Eugène.
Allez; je ne crois pas que la nature humaine
Sortit (je ne sais quand) des mains du Créateur,
Pour insulter ainsi l'éternel bienfaiteur,
Pour montrer tant de rage et tant d'extravagance.
L'homme, avec ses dix doigts, sans armes, sans défense,
N'a point été formé pour abréger des jours
Que la nécessité rendait déjà si courts,
La goutte avec sa craie, et la glaire endurcie
Qui se forme en cailloux au fond de la vessie,
La fièvre, le catarrhe, et cent maux plus affreux,
Cent charlatans fourrés, encor plus dangereux,
Auraient suffi sans doute au malheur de la terre,
Sans que l'homme inventât ce grand art de la guerre.
　« Je hais tous les héros, depuis le grand Cyrus
Jusqu'à ce roi brillant qui forma Lentulus[2] :
On a beau me vanter leur conduite admirable,
Je m'enfuis loin d'eux tous, et je les donne au diable. »
　En m'expliquant ainsi, je vis que dans un coin
Un jeune curieux m'observait avec soin.
Son habit d'ordonnance avait deux épaulettes,
De son grade à la guerre éclatants interprètes;

---

1. Il s'est élevé sur ces vers une grande dispute. Les uns ont pris ces vers pour un reproche, les autres pour une louange. Il est clair qu'on ne peut faire un plus grand éloge d'un guerrier qu'en le mettant au-dessus du prince Eugène et du grand Gustave. On a dit que vouloir condamner cette comparaison, c'était vouloir faire une querelle d'Allemand.
　2. Le roi de Prusse a formé lui-même tous ses généraux.

Ses regards assurés, mais tranquilles et doux,
Annonçaient ses talents sans marquer de courroux :
De *la Tactique*, enfin, c'était l'auteur lui-même.
« Je conçois, me dit-il, la répugnance extrême
Qu'un vieillard philosophe, ami du monde entier,
Dans son cœur attendri se sent pour mon métier :
Il n'est pas fort humain, mais il est nécessaire.
L'homme est né bien méchant : Caïn tua son frère,
Et nos frères les Huns, les Francs, les Visigoths,
Des bords du Tanaïs accourant à grands flots,
N'auraient point désolé les rives de la Seine,
Si nous avions mieux su la tactique romaine.
Guerrier, né d'un guerrier, je professe aujourd'hui
L'art de garder son bien, non de voler autrui.
Eh quoi ! vous vous plaignez qu'on cherche à vous défendre !
Seriez-vous bien content qu'un Goth vînt mettre en cendre
Vos arbres, vos moissons, vos granges, vos châteaux ?
Il vous faut de bons chiens pour garder vos troupeaux.
Il est, n'en doutez point, des guerres légitimes,
Et tous les grands exploits ne sont pas de grands crimes.
Vous-même, à ce qu'on dit, vous chantiez autrefois
Les généreux travaux de ce cher Béarnois ;
Il soutenait le droit de sa naissance auguste :
La Ligue était coupable, Henri quatre était juste.
Mais, sans vous retracer les faits de ce grand roi,
Ne vous souvient-il plus du jour de Fontenoy,
Quand la colonne anglaise, avec ordre animée,
Marchait à pas comptés à travers notre armée ?
Trop fortuné badaud !.... dans les murs de Paris
Vous faisiez, en riant, la guerre aux beaux esprits ;
De la douce Gaussin le centième idolâtre,
Vous alliez la lorgner sur les bancs du théâtre,
Et vous jugiez en paix les talents des acteurs.
Hélas ! qu'auriez-vous fait, vous, et tous les auteurs ;
Qu'aurait fait tout Paris, si Louis, en personne,
N'eût passé, le matin, sur le pont de Calonne ;
Et si tous vos césars à quatre sous par jour
N'eussent bravé l'Anglais, qui partit sans retour[1]
Vous savez quel mortel, amoureux de la gloire,
Avec quatre canons ramena la victoire.
Ce fut au prix du sang du généreux Grammont,
Et du sage Lutteaux, et du jeune Craon,
Que de vos beaux esprits les bruyantes cohues
Composaient les chansons qui couraient dans les rues,
Ou qu'ils venaient gaiement, avec un ris malin,

---

1. Richelieu. (ÉD.)

Siffler *Sémiramis*, *Mérope*, et *l'Orphelin*[1].
Ainsi que le dieu Mars, Apollon prend les armes.
L'Église, le barreau, la cour, ont leurs alarmes.
Au fond d'un galetas, Clément et Savatier[2]
Font la guerre au bon sens sur des tas de papier
Souffrez donc qu'un soldat prenne au moins la défense
D'un art qui fit longtemps la grandeur de la France,
Et qui des citoyens assure le repos. »
    Monsieur Guibert se tut après ce long propos :
Moi, je me tus aussi, n'ayant rien à redire.
De la droite raison je sentis tout l'empire ;
Je conçus que la guerre est le premier des arts,
Et que le peintre heureux des Bourbons, des Bayards[3],
En dictant leurs leçons, était digne peut-être
De commander déjà dans l'art dont il est maître.
    Mais je vous l'avouerai, je formai des souhaits
Pour que ce beau métier ne s'exerçât jamais,
Et qu'enfin l'équité fît régner sur la terre
L'impraticable paix de l'abbé de Saint-Pierre[4].

---

1. La bataille de Fontenoy eut lieu en 1745. *Sémiramis* ne s'est représentée qu'en 1748. (ED.)
    2. Voyez les notes sur le *Dialogue de Pégase et du Vieillard*.
    3. M. Guibert a fait une tragédie du *Connétable de Bourbon*, dans laquelle le chevalier Bayard dit des choses admirables.
    4. L'idée d'une paix perpétuelle entre tous les hommes est plus chimérique sans doute que le projet d'une langue universelle. Il est trop vrai que la guerre est un fléau contradictoire avec la nature humaine et avec presque toutes les religions ; et cependant un fléau aussi ancien que cette nature humaine, et antérieur à toute religion. Il est aussi difficile d'empêcher les hommes de se faire la guerre que d'empêcher les loups de manger des moutons.

La guerre est quelque chose de si exécrable, que plus nos nations barbares, qui sont venues envahir, ensanglanter, ravager toute notre Europe, se sont un peu policées, plus elles ont adouci les horreurs que la guerre traînait après elle.

Ce n'est point assurément l'ouvrage immense de Grotius, sur le droit prétendu de la guerre et de la paix, qui a rendu les hommes moins féroces ; ce ne sont point ses citations de Carnéade, de Quintilien, de Porphyre, d'Aristote, de Juvénal, et du *Pentateuque* : ce n'est point parce qu'après le déluge il fut défendu de manger les animaux avec leur âme et leur sang, comme le rapporte Barbeirac son commentateur ; ce n'est point, en un mot, par tous les arguments profondément frivoles de Grotius et de Puffendorf ; c'est uniquement parce qu'on ne voit plus parmi nous des hordes sauvages et affamées sortir de leur pays pour en aller détruire un autre. Nos peuples ne font plus la guerre. Des rois, des évêques, des électeurs, des sénateurs, des bourgmestres, ont un certain terrain à défendre. Des hommes qui sont leurs troupeaux paissent dans ce terrain. Les maîtres ont pour eux la laine, le lait, la peau, et les cornes, avec quoi ils entretiennent des chiens armés d'un collier, pour garder le pré, et pour prendre celui du voisin dans l'occasion. Ces chiens se battent ; mais les moutons, les bœufs, les ânes, ne se battent pas : ils attendent patiemment la décision qui leur apprendra à quel maître leur lait, leur laine, leurs cornes, leur peau appartiendront.

Quand le prince Eugène assiégeait Lille, les dames de la ville allèrent à la comédie pendant tout le siège ; et dès que la capitulation fut faite,

DIALOGUE DE PÉGASE ET DU VIEILLARD.

(1774.)

PÉGASE.

Que fais-tu dans ces champs, au coin d'une masure?

LE VIEILLARD.

J'exerce un art utile, et je sers la nature;
Je défriche un désert, je sème, et je bâtis[1].

le peuple paya tranquillement à l'empereur ce qu'il payait auparavant au roi de France. Point de pillage, point de massacre, point d'esclavage, comme du temps des Huns, des Alains, des Visigoths, des Francs.

Le duc de Marlborough faisait garder très-soigneusement tous les domaines de ce Fénelon, archevêque de Cambrai, citoyen de toute l'Europe par son amour du genre humain; amour plus dangereux peut-être à sa cour que son amour de Dieu.

Quand les Français eurent remporté la célèbre victoire de Fontenoy, tous les habitants de Tournay et des environs s'empressèrent de loger chez eux les prisonniers blessés; tous eurent soin d'eux comme de leurs frères, et les femmes prodiguèrent tant de délicatesses sur leurs tables, que les médecins et les chirurgiens furent obligés de modérer cet excès de zèle, devenu dangereux.

A Rosbach, on vit le roi de Prusse lui-même acheter tout le linge d'un château voisin pour le service de nos blessés; et quand il les eut fait guérir, il les renvoya sur leur parole, en disant : « Je ne puis m'accoutumer à verser le sang des Français. »

Quelle humanité, quelle belle âme le prince héréditaire de Brunswick ne déploya-t-il pas, lorsqu'il reçut prisonnier à Crevelt ce comte de Gisors, ce fils du maréchal de Belle-Isle, cet espoir du royaume, ce jeune homme si valeureux, si instruit, si aimable! Le prince de Brunswick ne sortit point d'auprès de son lit, et le baigna de larmes, en le voyant expirer entre ses bras. Il pleurait celui des Français auquel il ressemblait davantage.

Portons nos regards chez cette nation nouvelle qui naît tout d'un coup pour être l'émule des plus policées, et l'exemple des autres. Voyons un comte Alexis Orlof prendre un vaisseau turc chargé des femmes, des esclaves, des meubles, de l'or, de l'argent, des bijoux, du plus riche bacha de la Turquie, et lui renvoyer tout à Constantinople. Ce même bacha, quelque temps après, commande un corps d'armée contre les Russes; il s'avance hors des rangs avec un interprète, et demande à parler. « Avez-vous, dit-il, à votre tête un nommé Orlof? — Non; que lui voudriez-vous? — Me jeter à ses pieds, » répliqua le Turc.

Pouvons-nous rien ajouter à ces traits, sinon l'accueil, les attentions nobles et délicates, les fêtes, les présents, les bienfaits, que reçurent les prisonniers turcs dans Pétersbourg, d'une impératrice qui leur enseignait la guerre, la politesse, et la générosité?

Nous ne voyons point de telles leçons dans Grotius. Il vous dit bien, dans son chapitre du *Droit de ravager*, que les Juifs étaient obligés de ravager au nom du Seigneur; mais il ne trouve chez le peuple saint aucun trait qui ressemble aux exemples profanes que nous venons de apporter.

Voilà donc le dictame que l'humanité des grands cœurs répand sur les maux que fait la guerre : mais ces consolations divines nous démontrent que la guerre est infernale.

1. *Note de M. de Morza.* — En effet, notre auteur a défriché quelques terrains plus rebelles que ceux des plus mauvaises landes de Bordeaux et de la Champagne pouilleuse, et ils ont produit le plus beau froment;

PÉGASE.

Que je vois en pitié tes sens appesantis !
Que tes goûts sont changés, et que l'âge te glace !
Ne reconnais-tu plus ton coursier du Parnasse ?
Monte-moi.

LE VIEILLARD.

         Je ne puis. Notre maître Apollon,
Comme moi, dans son temps fut berger et maçon.

PÉGASE.

Oui; mais rendu bientôt à sa grandeur première,
Dans les plaines du ciel il sema la lumière ;
Il reprit sa guitare ; il fit de nouveaux vers ;
Des filles de Mémoire il régla les concerts.
Imite en tout le dieu dont tu cites l'exemple :
Les doctes Sœurs encor pourraient t'ouvrir leur temple ;
Tu pourrais, dans la foule heureusement guidé,
Et suivant d'assez loin le sublime Vadé [1],
Retrouver une place au séjour du génie.

LE VIEILLARD.

Hélas ! j'eus autrefois cette noble manie.
D'un espoir orgueilleux honteusement déçu
Tu sais, mon cher ami, comme je fus reçu,
Et comme on bafoua mes grandes entreprises
A peine j'abordai, les places étaient prises.
Le nombre des élus au Parnasse est complet ;
Nous n'avons qu'à jouir ; nos pères ont tout fait :
Quand l'œillet, le narcisse, et les roses vermeilles,
Ont prodigué leur suc aux trompes des abeilles,
Les bourdons sur le soir y vont chercher en vain
Ces parfums épuisés qui plaisaient au matin.
     Ton Parnasse d'ailleurs, et ta belle écurie,
Ce palais de la Gloire, est l'antre de l'Envie.
Homère, cet esprit si vaste et si puissant,
N'eut qu'un imitateur, et Zoïle en eut cent.
     Je gravis avec peine à cette double cime
Où la mesure antique a fait place à la rime,
Où Melpomène en pleurs étale en ses discours
Des rois du temps passé la gloire et les amours.
Pour contempler de près cette grande merveille,
Je me mis dans un coin sous les pieds de Corneille.
Bientôt Martin Fréron [2], prompt à me corriger,

mais ces tentatives très-longues et très-dispendieuses ne peuvent être
imitées par des colons. Il faudrait que le gouvernement s'en chargeât,
qu'il recommandât ce travail immense à un intendant, l'intendant à un
subdélégué, et qu'on fît venir de la cavalerie sur les lieux.

  1. Vadé, écrivain de la Foire, sous le nom duquel l'auteur de l'*Écossaise* se cacha par modestie.

  2. Martin Fréron ; Martin n'est pas son nom de baptême, ce n'est que

M'aperçut dans ma niche, et m'en fit déloger.
Par ce juge équitable exilé du Parnasse,
Sans secours, sans amis, humble dans ma disgrace,
Je voulus adoucir par des égards flatteurs,
Par quelques soins polis, mes frères les auteurs.
Je n'y réussis point; leur bruyante séquelle
A connu rarement l'amitié fraternelle :
Je n'ai pu désarmer Sabotier [1] mon rival.

son nom de guerre. Il s'est déchaîné, dit-on, pendant vingt ans contre l'auteur de ce dialogue, pour faire vendre ses feuilles. « Qua mensura « mensi fueritis, eadem remetietur vobis. » Il s'est attiré l'Ecossaise, et nous en sommes bien fâchés.

1. L'abbé Sabotier ou Sabatier, natif de Castres, ne s'est pas exercé dans les mêmes genres que le chantre de Henri IV, et le peintre qui a dessiné le Siècle de Louis XIV et de Louis XV; ainsi il ne peut être son rival. S'il s'était adonné aux mêmes études, il aurait été son maître.

Cet abbé avait fait, en 1771, un dictionnaire de littérature, dans lequel il prodiguait des éloges outrés; il ne se vendit point. Mais il en fit un autre, en 1772, intitulé les Trois Siècles, dans lequel il prodiguait des calomnies, et il se vendit. Il insulta MM. Dalembert, de Saint-Lambert, Marmontel, Thomas, Diderot, Beauzée, La Harpe, Delille, et vingt autres gens de lettres vivants, dont il faudrait respecter la mémoire s'ils étaient morts.

Mais celui que MM. Sabotier et Clément ont déchiré avec l'acharnement le plus emporté est un vieillard de quatre-vingts ans qui ne pouvait pas se défendre.

Il est permis, il est utile de dire son sentiment sur des ouvrages, surtout quand on le motive par des raisons solides, ou du moins séduisantes. S'il ne s'agissait que de littérature, nous dirions qu'il est très-injuste d'accuser l'auteur de la Henriade et du Siècle de Louis XIV, occupé de célébrer la gloire des grands hommes de ce siècle, de ne leur avoir pas rendu justice. Nous dirions que personne n'a parlé avec plus de sensibilité des admirables scènes de Corneille, de la perfection désespérante du style de Racine comme s'exprime M. de La Harpe), de la perfection non moins désespérante de l'Art poétique, et de plusieurs belles épîtres de Boileau.

Nous dirions que sa liste des grands écrivains de ce siècle mémorable contient l'Eloge raisonné de l'inimitable Molière, qu'il regarde comme supérieur à tous les comiques de l'antiquité; celui de La Fontaine, qui a surpassé Phèdre par sa naïveté et par ses grâces; celui de Quinault, qui n'eut ni modèles ni rivaux dans ses opéras. Nous dirions qu'il a rendu des hommages aux Bossuet, aux Fénelon, à tous les hommes de génie, à tous les savants.

Nous ajouterions qu'il aurait été indigne d'apprécier leurs extrêmes beautés s'il n'avait pas connu leurs fautes, inséparables de la faiblesse humaine; que c'eût été une grande impertinence de mettre sur le même rang Cinna et Pertharite, Polyeucte et Théodore, et d'admirer également les excellentes fables de La Fontaine, et celles qui sont moins heureuses. Il faut plus encore; il faut savoir discerner dans le même ouvrage une beauté au milieu des défauts, et un vice de langage, un manque de justesse dans les pensées les plus sublimes : c'est en quoi consiste le goût. Et nous pourrions assurer que l'auteur du Siècle de Louis XIV, après soixante ans de travaux, était peut-être alors aussi en droit de dire son avis que l'est aujourd'hui M. Sabotier.

Mais il s'agit ici d'accusations plus importantes. C'est peu que cet abbé, dans l'espérance de plaire à ses supérieurs, dont il ignore l'équité et le discernement, impute à cent littérateurs de nos jours des sentiments odieux : il a la cruauté de les appeler indévots, impies. Il dit en

> Le Parnasse a bien fait de n'avoir qu'un cheval :
> Si nous en avions deux, ils se mordraient sans doute
> J'ai vu les beaux-esprits, je sais ce qu'il en coûte.
> Il fallut, malgré moi, combattre soixante ans
> Les plus grands écrivains, les plus profonds savants,
> Toujours en faction, toujours en sentinelle :   •

propres mots que l'auteur de *la Henriade* nie *l'immortalité de l'âme*. C'était bien assez de lui ravir l'immortalité d'*Alzire*, de *Zaïre*, de *Mérope*, dont nous sommes certains qu'il est peu jaloux, et dont il ne prend point le parti. Il est trop dur de dépouiller une âme de quatre-vingts ans de la seule vie qui puisse lui rester dans le temps à venir. Ce procédé est injuste et maladroit, et d'autant plus maladroit qu'il nous met dans la nécessité de révéler quelle est l'âme de l'abbé dans le temps présent.

Nous l'avons vu et lu, et nous le tenons entre nos mains, *le Spinosa commenté*, expliqué, éclairci, embelli, écrit tout entier de la main de M. l'abbé Sabotier, natif de Castres ; et nous déposerons ce monument chez un notaire ou chez un greffier, dès qu'il nous en aura donné la permission : car nous ne voulons pas disposer d'un tel écrit sans l'aveu de l'auteur. C'est un égard que nous nous devons les uns aux autres.

Pour les poésies légères de ce grand critique et de ce grand missionnaire, nous en userons un peu plus librement. Voici les preuves de la piété de cet abbé, qui est si peu indulgent pour les péchés de son prochain : voici les preuves du bon goût de celui qui trouve les vers de MM. de Saint-Lambert, Delille, de La Harpe, si mauvais :

En sortant de la prison où ses mœurs respectables l'avaient fait renfermer à Strasbourg, il s'amusa pour se dissiper, à faire un conte intitulé le... mauvais lieu. Ce conte commence ainsi ; et remarquez bien que nous l'avons écrit de sa main, de la même main que *le Spinosa*.

> Du temps que la dame Pâris
> Tenait école florissante
> De jeux d'amour à juste prix,
> D'une écolière assez savante
> Sur le bord de la Seine un jour le pied glissa ;
> La chose assurément n'était pas merveilleuse,
> Mais la chute dans l'eau n'était pas périlleuse,
> Lorsqu'un mousquetaire passa.
> Il crut que ce serait une perte publique
> Que la perte de tant d'appas :
> Aussi, plein d'ardeur héroïque,
> Mit-il, sans hésiter, chemise et pourpoint bas, etc.

Nous épargnons sans hésiter, aux yeux de nos chastes lecteurs, la suite de ce morceau délicat. Ce n'est qu'un échantillon de l'élégante poésie de M. l'abbé *des Trois Siècles*.

Nous lui demandons bien pardon de publier un autre morceau de sa prose, bien plus touchant et bien plus décisif (et toujours de sa main, et signé Sabotier de Castres) :

« On n'aime ici que les processions, les sermons, et les messes. Les gens qui ont eu la force de secouer le joug des préjugés de l'enfance, du fanatisme et de l'erreur, en un mot les hommes qui pensent bien, n'osent se faire connaître, etc., etc. »

Nous donnerons le reste, si cela lui fait plaisir.

Jugez maintenant, lecteur, s'il sied bien à ce galant homme de traiter un secrétaire d'une de nos académies d'impie et de scélérat, et d'en dire autant de nos littérateurs les plus illustres. On croit qu'il aura incessamment un bénéfice : mais quelle récompense aura le censeur royal qui lui a fait obtenir une permission tacite d'outrager la vertu et le bon goût ?

On dit qu'il est tonsuré, et qu'étant bientôt élevé aux dignités de

Ici c'est l'abbé Guyon[1], plus bas c'est La Beaumelle[2].
Leur nombre est dangereux. J'aime mieux désormais
Les languissants plaisirs d'une insipide paix.
  Il faut que je te fasse une autre confidence :
La poste, comme on sait, console de l'absence;
Les frères, les époux, les amis, les amants,
Surchargent les courriers de leurs beaux sentiments.
J'ouvre souvent mon cœur en prose ainsi qu'en rime;
J'écris une sottise, aussitôt on l'imprime.
On y joint méchamment le recueil clandestin
De mon cousin Vadé, de mon oncle Bazin.
Candide, emprisonné dans mon vieux sécrétaire,
En criant : *Tout est bien*, s'enfuit chez un libraire[3];
Jeanne et la tendre Agnès, et le gourmand Bonneau,
Courent en étourdis de Genève à Breslau.
Quatre bénédictins, avec leurs doctes plumes,
Auraient peine à fournir ce nombre de volumes.
On ne va point, mon fils, fût-on sur toi monté,
Avec ce gros bagage à la postérité.
Pour comble de malheur, une troupe importune
De bâtards indiscrets, rebut de la fortune,
Nés le long du *charnier* nommé *des Innocents*,
Se glisse[4] sous la presse avec mes vrais enfants.
C'en est trop. Je renonce à tes neuf immortelles :

l'Eglise, il croira en Dieu, ne fût-ce que par reconnaissance; car, ma.-gré son spinosisme, il saura qu'il n'y a point de société policée qui n'admette un Etre suprême, rémunérateur de la vertu, et vengeur du crime. Nous le prions de se souvenir de ce vers de M. de Voltaire :

    Si Dieu n'existait pas, il faudrait l'inventer.

Ce philosophe écrivait il n'y a pas longtemps, à un grand prince : « C'est de tous les vers médiocres que j'ai jamais faits, le moins médiocre et celui dont je suis le moins mécontent. »
Il avait grande raison : un athée est peut-être presque aussi dangereux, si on l'ose dire, qu'un fanatique; car si le fanatique est un loup enragé qui égorge et qui suce le sang publiquement, en croyant bien faire, l'athée pourra commettre tous les crimes secrets, sachant bien qu'il fait mal, et comptant sur l'impunité. Voilà pourquoi les deux grands législateurs Locke et Penn, qui ont admis toutes les religions dans la Caroline et dans la Pensylvanie, en ont formellement exclu les athées.
  1. L'abbé Guyon, auteur d'un libelle insipide contre notre auteur, intitulé *l'Oracle des philosophes*.
  2. Langleviel (Angliviel), dit La Beaumelle, autre écrivain de libelles aussi ridicules qu'affreux contre la cour. Il faut pardonner à notre auteur s'il n'a puni ces gredins qu'en imprimant leurs noms, et en exposant simplement leurs calomnies.
  3. On a imprimé cinq ou six volumes des prétendues lettres de notre auteur; cela n'est pas honnête. On en a falsifié plusieurs; cela est encore moins honnête ; mais les éditeurs ont voulu gagner de l'argent.
  4. On a glissé dans le recueil de ses ouvrages bien des morceaux qui ne sont pas de lui, comme une traduction des Apocryphes de Fabricius, qui est de M. Bigex ; un dialogue de *Périclès et d'un Russe*, fort estimé,

J'ai beaucoup de respect et d'estime pour elles;
Mais tout change, tout s'use, et tout amour prend fin.
Va, vole au mont sacré; je reste en mon jardin.

PÉGASE.

Tes dégoûts vont trop loin, tes chagrins sont injustes.
Des arts qui t'ont nourri les déesses augustes
Ont mis sur ton front chauve un brin de ce laurier
Qui coiffa Chapelain, Desmarets, Saint-Didier!
N'as-tu pas vu cent fois à la tragique scène,

dont l'auteur est M. Suard; des vers sur la mort de Mlle Lecouvreur, moins estimés, commençant par ceux-ci :

> Quel contraste frappe nos yeux?
> Melpomène ici désolée
> Elève, avec l'aveu des dieux,
> Un magnifique mausolée.

Cette pièce est du sieur Bonneval, jadis précepteur chez M. de Montmartel : s'il a eu l'aveu des dieux, il n'a pas eu celui d'Apollon.

On trouve dans la collection des ouvrages de M. de Voltaire de prétendus vers de M. Clairaut, qui n'en fit jamais; une pièce qui a pour titre les Avantages de la raison, dans laquelle il n'y a ni raison ni rime; une épître à Mlle Sallé, qui est de M. Thieriot; une épître à l'abbé de Rothelin, qui est de M. de Formont; des vers sur la mort de Mme du Châtelet, dont nous ignorons l'auteur;

Des vers au duc d'Orléans, régent, qu'il n'a jamais faits;

Une ode intitulée le vrai Dieu, qui est d'un jésuite nommé Lefèvre,

Une épître de l'abbé de Grécourt, platement licencieuse, qui commence par ces mots : Belle maman, soyez l'arbitre; des vers au médecin Silva et à l'oculiste Gendron; une réponse à un M. de B....., qui commence ainsi :

> Oui, mon cher B....., il est l'âme du monde;
> Sa chaleur le pénètre et sa clarté l'inonde,
>   Effets d'une même action.
>   Sa plus belle production
>   Est cette lumière éthérée,
> Dont Newton le premier, d'une main inspirée,
> Sépara les couleurs par la réfraction.

Les beaux vers! et que les gens qui les attribuent à M. de Voltaire ont le goût fin, et que leur main est inspirée!

Des vers à une prétendue marquise de T. sur la philosophie de Newton, dans lesquels on trouve cette élégante tirade :

> Tout est en mouvement : la terre, suspendue,
> En atome léger nage dans l'étendue;
> L'espace, ou plutôt Dieu dans son immensité
> Balance sur son poids l'univers agité.
> Les travaux de la nuit, les phases, sont prédites.
> Newton des premiers mois retraça les orbites.

Et les éditeurs suisses, qui ont imprimé ces bêtises venues de Paris, ont l'assurance d'imprimer en notes que c'est la véritable leçon.

On a fait pourtant un recueil immense de ces fadaises barbares sans consulter jamais l'auteur, ce qui est aussi incroyable que vrai. Tant pis pour les libraires qui ont ainsi déshonoré leur art et la littérature.

C'est sur quoi l'auteur disait : « On fait mon inventaire, quoique je ne sois pas encore mort; et chacun y glisse ses meubles pour les vendre. »

1. M. Clément et M. Sabotier ont imprimé que notre auteur avait pillé le poëme de la Henriade et le poëme intitulé Clovis, par M. Saint-

Sous le nom de Clairon, l'altière Melpomène,
Et l'éloquent Lekain, le premier des acteurs,
De tes drames rampants ranimant les langueurs,
Corriger, par des tons que dictait la nature,
De ton style ampoulé la froide et sèche enflure?
De quoi te plaindrais-tu? Parle de bonne foi :
Cinquante bons esprits, qui valent mieux que toi,
N'ont-ils pas, à leurs frais, érigé la statue
Dont tu n'étais pas digne, et qui leur était due?
Malgré tous tes rivaux, mon écuyer Piga!
Posa ton corps tout nu sur un beau piédestal;
Sa main creusa les traits de ton visage étique,
Et plus d'un connaisseur le prend pour un antique.
Je vis Martin Fréron, à le mordre attaché,
Consumer de ses dents tout l'ébène ébréché.
Je vis ton buste rire à l'énorme grimace
Que fit, en le rongeant, cet apostat d'Ignace.
Viens donc rire avec nous; viens fouler à tes pieds
De tes sots ennemis les fronts humiliés.
Aux sons de ton sifflet, vois rouler dans la crotte
Sabatier sur Clément [1], Patouillet sur Nonnotte;

Didier. Cela est encore peu honnête, car ce *Clovis* ne parut que trois ans après *la Henriade*; mais une erreur de trois ans est peu de chose.

Il en a échappé une de quinze ans à M. l'abbé Sabatier; car il a imprimé que notre auteur avait pillé son *Siècle de Louis XIV* dans les *Annales politiques* de l'abbé de Saint-Pierre; mais le *Siècle de Louis XIV* fut imprimé pour la première fois en 1752, et le livre de l'abbé de Saint-Pierre en 1767 (en 1757); sur quoi un mauvais plaisant, se souvenant mal à propos que Sabatier est le fils d'un bon perruquier de Castres, chassé de chez son père, a écrit qu'il aurait dû plutôt faire des perruques pour l'auteur de *la Henriade*, que de le dépouiller cruellement de ses prétendus lauriers, et d'exposer sa tête octogénaire à la rigueur des saisons.

1. Cet homme était venu de Dijon à Paris avec sa tragédie de *Charles Ier*, et sa tragédie de *Médée*. Il ne put venir à bout de les faire représenter. La faim le pressait; il s'engagea avec un libraire à lui fournir des critiques contre les premiers livres qui auraient du succès. Il obtint quelque argent à compte sur ses satires à venir. M. de Saint-Lambert donnait alors ses *Saisons*, M. Delille sa traduction de Virgile, M. Dorat son poëme sur la déclamation, M. Watelet son poëme sur la peinture. Voilà l'écolier Clément qui se met vite à écrire contre ces maîtres de l'art, et qui leur donne des leçons comme à des disciples dont il serait mécontent. S'il n'avait eu que ce ridicule, on n'en aurait pas parlé, on ne l'aurait pas connu; mais pour rendre ses leçons plus piquantes il y mêle des traits personnels; il outrage une dame respectable. Alors on sait qu'il existe, la police met mon pédant dans je ne sais quelle prison, soit Bicêtre, soit le For-l'Évêque. M. de Saint-Lambert a la générosité de solliciter sa grâce, et d'obtenir son élargissement. Que fait le critique alors? il persuade qu'on ne lui a fait cette correction que pour avoir enseigné l'art d'écrire, pour avoir soutenu la cause du bon goût, qui sans lui allait expirer en France, et qu'il est, comme Fréron, victime de ses grands talents.

Sorti de prison, il fait un nouveau libelle, dans lequel il insulte un conseiller de grand'chambre, fils d'un magistrat de la chambre des

Leurs clameurs un moment pourront te divertir.

                    LE VIEILLARD.

Les cris des malheureux ne me font point plaisir.
De quoi viens-tu flatter le déclin de mon âge ?
La jeunesse est maligne, et la vieillesse est sage.
Le sage en sa retraite, occupé de jouir,
Sans chercher les humains, et pourtant sans les fuir,
Ne s'embarrasse point des bruyantes querelles
Des auteurs ou des rois, des moines ou des belles.
Il regarde de loin, sans dire son avis,
Trois États polonais doucement envahis ;
Saint Ignace dans Rome écrasé par saint Pierre,
Ou Clément dans Paris acharné sur Le Mierre.
Dans ses champs cultivés, à l'abri des revers,
Le sage vit tranquille, et ne fait point de vers.
Monsieur l'abbé Terray, pour le bien du royaume,
Préfère un laboureur, un prudent économe,

comptes ; il dit ingénieusement qu'il est fils d'un pâtissier, et ce magistrat a dédaigné de le faire remettre à Bicêtre. Il s'associe depuis à Fréron, à Sabotier, et à d'autres gens de cette espèce. Il broche libelle sur
libelle contre un vieillard solitaire, retiré depuis trente années, qu'on
peut outrager impunément. Il avait écrit auparavant à ce même solitaire plusieurs lettres dont nous avons les originaux entre les mains.
En voici un fragment :

« Jugez, monsieur, si votre silence peut ne pas m'affliger. Peut-être,
hélas ! vous êtes-vous imaginé que vous me verriez payer votre amitié,
vos bienfaits, par la plus noire ingratitude ; que je serais assez lâche,
assez criminel, pour n'être pas plus reconnaissant que tant d'autres !
Ah, monsieur ! ne me faites pas l'injure de soupçonner ainsi ma probité.
C'est ce bien précieux que je voudrais délivrer de la contagion générale ; vos soupçons le flétriraient. Votre générosité, votre grandeur
d'âme, peuvent en conserver et en relever l'éclat. Ma tendresse, mon
zèle, mon respect, voilà mes seuls biens, ils ont tous à vous, et ils y
seront toujours, etc. A Dijon, ce sixième décembre 1769. Voici mon
adresse : A Clément fils, chez son père, procureur à Dijon, derrière les
Minimes. »

Il a eu depuis l'intention de désavouer cette lettre, et la probité de
dire qu'elle était falsifiée. Nous la conservons pourtant, quoique ce ne
soit pas une pièce bien curieuse ; mais c'est toujours un témoignage
subsistant de l'honneur que cette petite cabale met dans sa conduite.
C'est ce qui faisait dire à M. Duclos, secrétaire de l'Académie, qu'il ne
connaissait rien de plus méprisable et de plus méchant que la canaille
de la littérature. Il est à croire que M. Clément s'étant marié deviendra
plus juste et plus sage, qu'il sera plus modeste, qu'il ne calomniera plus
des personnes dont il n'eut jamais sujet de se plaindre, qu'il n'a même
jamais envisagées, et qu'il se repentira d'avoir débuté dans le monde
par une conduite si infâme.

Patouillet est un ex-jésuite qui débitait, il y a quelques années, des
déclamations de collège nommées *mandements*, pour des évêques qui
ne pouvaient pas en faire. Il en débita un contre notre auteur et contre
d'autres gens de lettres : c'est dommage qu'il ait été brûlé par la main
du bourreau. Ce Patouillet était un des plus forts écrivains dans le genre
calomnieux que nous ayons eus depuis Garasse.

Nonnotte est un autre ex-jésuite, digne compagnon de Patouillet. Il
a fait deux gros volumes sous le titre d'*Erreurs de Voltaire*, et qu'il

A tous nos vains écrits, qu'il ne lira jamais.
Triptolème est le dieu dont je veux les bienfaits.
Un bon cultivateur est cent fois plus utile
Que ne fut autrefois Hésiode ou Virgile.
Le besoin, la raison, l'instinct doit nous porter
A faire nos moissons plutôt qu'à les chanter ;
J'aime mieux t'atteler toi-même à ma charrue,
Que d'aller sur ton dos voltiger dans la nue.

PÉGASE.

Ah, doyen des ingrats ! ce triste et froid discours
Est d'un vieux impuissant qui médit des amours.
Un pauvre homme épuisé se pique de sagesse.
Eh bien, tu te sens faible, écris avec faiblesse ;
Corneille en cheveux blancs sur moi caracola,
Quand en croupe avec lui je portais Attila ;
Je suis tout fier encor de sa course dernière.
Tout mortel jusqu'au bout doit fournir sa carrière
Et je ne puis souffrir un changement grossier.
Quoi ! renoncer aux arts, et prendre un vil métier
Sais-tu qu'un villageois sans esprit, sans science,
N'ayant pour tout talent qu'un peu d'expérience,
Fait jaunir dans son champ de plus riches moissons
Que n'en eut Mirabeau par ses doctes leçons [1] ?
Laisse un travail pénible aux mains du mercenaire,
Aux journaliers la bêche, aux maçons leur équerre :
Songe que tu naquis pour mon sacré vallon ;

aurait pu intituler *Erreurs de Nonnotte*. Il commence par reprocher à l'auteur de l'*Essai sur les mœurs et l'esprit des nations*, d'avoir dit *que l'ignorance chrétienne* regarde le règne des empereurs romains comme une Saint-Barthélemy continuelle ; et l'auteur n'a point dit cela. Nonnotte, pour rendre odieux celui qu'il attaque, ajoute de sa grâce ce mot *chrétienne*. L'auteur ne parle point là des autres empereurs ; il parle du seul Dioclétien que Galérius engagea à être persécuteur après dix-neuf ans d'un règne de douceur et de tolérance. Sur quoi l'auteur avait remarqué la faute qu'ont faite tous les chronologistes de placer l'ère des martyrs la première année de ce règne ; il la fallait dater de l'an 303, et non de l'an 284.

Il fait dire à l'auteur que Dioclétien *ne punit que quelques chrétiens, qui étaient des hommes brouillons, emportés, et factieux*. L'auteur n'a pas dit un mot de cela, et n'a pu le dire. Il n'a pas assez oublié sa langue pour se servir de cette expression, *hommes brouillons*.

Nonnotte accuse l'auteur d'avoir dit que Charlemagne n'était qu'un heureux brigand. L'auteur n'a rien écrit de semblable. Ainsi voilà en deux pages trois calomnies dont ce bon Nonnotte est convaincu. M. Damilaville daigna prendre le soin de relever deux ou trois cents erreurs de Nonnotte. Elles sont imprimées à la suite de l'*Essai sur les mœurs et l'esprit des nations*. Et Nonnotte était tout étonné qu'on lui manquât ainsi de respect, à lui qui avait eu l'honneur de prêcher dans un village de Franche-Comté, et de régenter en sixième. L'orgueil a du bon ; et quand il est soutenu par l'ignorance, il est parfait.

1. Il a fort encouragé l'agriculture par son livre intitulé *l'Ami des hommes*.

Chante encore avec Pope, et pense avec Platon ;
Ou rime en vers badins les leçons d'Épicure,
Et ce *Système* heureux qu'on dit *de la nature*
Pour la dernière fois veux-tu me monter ?

LE VIEILLARD.

Non.

Apprends que tout système offense ma raison.
Plus de vers, et surtout plus de philosophie.
A rechercher le vrai j'ai consumé ma vie ;
J'ai marché dans la nuit sans guide et sans flambeau
Hélas ! voit-on plus clair au bord de son tombeau ?
A quoi peut nous servir ce don de la pensée,
Cette lumière faible, incertaine, éclipsée ?
Je n'ai pensé que trop. Ceux qui par charité,
Ont au fond de leur puits noyé la Vérité
Font repentir souvent l'imprudent qui l'en tire.
Je me tais. Je ne veux rien savoir, ni rien dire.

PÉGASE.

Eh bien, végète et meurs. Je revole à Paris
Présenter mon service à de profonds esprits ;
Les uns, dans leurs greniers fondant des républiques ;
Les autres ébranchant les verges monarchiques ;
J'en connais qui pourraient, loin des profanes yeux,
Sans le secours des vers, élevés dans les cieux,
Émules fortunés de l'essence éternelle,
Tout faire avec des mots, et tout créer comme elle.
Ils ont besoin de moi dans leurs inventions.
J'avais porté René [1] parmi ses tourbillons ;
Son disciple plus fou [2], mais non pas moins superbe,
Etait monté sur moi quand il parlait au Verbe.
J'ai des amis en prose, et bien mieux inspirés
Que tes héros du Pinde aux rimes consacrés ;
Je vais porter leurs noms dans les deux hémisphères.

LE VIEILLARD.

Adieu donc, bon voyage au pays des chimères [3] !

---

1. René Descartes. On sait qu'il était excellent géomètre, mais que
toute sa philosophie n'est fondée que sur des chimères.
2. On sait aussi que Malebranche s'est entretenu familièrement avec
le Verbe, quoique la première partie de son livre sur les erreurs des sens
et de l'imagination soit un chef-d'œuvre de philosophie.
3. Rien n'est plus chimérique en effet que la plupart des systèmes
de physique. Burnet et Voodwart n'ont écrit que des folies raisonnées
sur le déluge universel. Malebranche a inventé de petits tourbillons
mous pour expliquer la lumière et les couleurs, et cela plus de vingt
ans après que Newton avait fait son *Optique*. Maillet a osé dire que la
mer avait formé les montagnes, que les hommes avaient été poissons,
que notre globe est de verre, qu'il est le débris d'une comète ; d'autres
ont retrouvé le monde primitif, la langue primitive, la manière dont les
métaux se formaient dans ce monde primitif. On sait qu'un philosophe

LE TEMPS PRÉSENT,

PAR M. JOSEPH LAFFICHARD, DE PLUSIEURS ACADÉMIES.

(1775.)

Dans un coin de mes bois, loin du bruit des cités,
Mes tablettes en main, j'étais tenté d'écrire,
En vers assez communs, d'utiles vérités
Qu'à Paris on condamne, ou dont on aime à rire.
De nos pédants fourrés j'esquissais la satire,
Lorsque je vis de loin des filles, des garçons,
Des vieillards, des enfants, qui dansaient aux chansons.
Aux transports du plaisir ils se livraient en proie :
J'étais presque joyeux de leur bruyante joie.
J'en demandai la cause; un d'eux me répondit :
« Nous sommes tous heureux, à ce qu'on nous a dit.
— Heureux! c'est un grand mot. Il est vrai que peut-être
Par vos travaux constants vous méritez de l'être.
Virgile et Saint-Lambert ont quelquefois vanté
A Mécène, à Beauvau, votre félicité;
Mais ce sont, entre nous, des discours de poëtes,
De douces fictions, d'élégantes sornettes.
Leurs vers étaient heureux, et vous ne l'étiez pas
Le bonheur nous appelle, et fuit devant nos pas :
Sous le dais, sous le chaume, il trompe notre vie
C'est en vain qu'on a dit en pleine Académie :
Choiseul est agricole, et Voltaire est fermier [1],
L'art qui nourrit le monde est un méchant métier.
Laissons là ce Choiseul si grand, si magnanime,
Ce Voltaire mourant qui radote et qui rime,
Qu'un fripon persécute, et qui dans son hameau
Rit encore des Frérons au bord de son tombeau.
Songez à vous, amis; contemplez les misères
Qu'accumulent sur vous des brigands mercenaires
Subalternes tyrans munis d'un parchemin,
Ravissant les épis qu'a semés votre main,
Vous traînant aux cachots, à la rame, aux corvées;

---

très doux, très-modeste, très-judicieux, et point jaloux *, a eu le secret
d'enduire les hommes de poix résine pour les empêcher de tomber malades, qu'il disséquait des géants pour connaître la nature de l'âme, et
qu'il prédisait l'avenir : de tels hommes pourtant en ont imposé.

1. Voltaire résume dans ce vers un passage de *l'Homme des champs*,
de l'abbé Delille, lu à l'Académie le jour de la réception de Males-
herbes. (Ed.)

* Maupertuis. (Éd.)

Tandis que de leurs pleurs vos femmes abreuvées
Pressent en vain vos fils mourants entre leurs bras.
Travaillez, succombez, invoquez le trépas,
Mourez sur un fumier, le seul bien qui vous reste :
Ou, si vous survivez à cet état funeste,
Sous l'horrible débris de vos toits écrasés,
Sans vêtements, sans pain, dansez si vous l'osez. »
A peine eus-je parlé, mille voix éclatèrent ;
Jusqu'aux bords étrangers les échos répétèrent :
Ce temps affreux n'est plus, on a brisé nos fers.
　Justement étonné de ces nouveaux concerts :
« Quel Hercule, disais-je, a fait ce grand ouvrage ?
Quel dieu vous a sauvés ? » On répond : « C'est un sage.
— Un sage ! Ah, juste ciel ! à ce nom je frémis.
Un sage ! il est perdu : c'en est fait, mes amis.
Ne les voyez-vous pas ces monstres scolastiques,
Ces partisans grossiers des erreurs tyranniques,
Ces superstitieux qu'on vit dans tous les temps
Du vrai qui les irrite ennemis si constants,
Rassemblant les poisons dont leur troupe est pourvue ?
Socrate est seul contre eux, et je crains la ciguë. »
　Dans mon profond chagrin je restais éperdu
Je plaignais le génie, et surtout la vertu.
Ariston mon ami² survint dans mes bocages,
Que j'avais attristés par ces sombres images.
On connaît Ariston, ce philosophe humain,
Dédaignant les grandeurs qui lui tendaient la main,
De la vérité simple ami noble et fidèle,
Son esprit réunit Euclide et Fontenelle.
Il rendit le courage à mon cœur affligé :
« Ne vois tu pas, dit-il, que le siècle est changé ?
Va, de vaines terreurs ne doivent point l'abattre :
Quand un Sully renaît, espère un Henri quatre. »
　Ce propos ranima mes esprits languissants,
La gaieté renoua le fil de mes vieux ans ;
Et, revenant chez moi, je repris mes tablettes
Pour écrire à loisir ces rimes indiscrètes.

---

1. Le roi Louis XVI venait d'abolir les corvées, et de défendre qu'on poursuivît arbitrairement les débiteurs du fisc. Ces deux opérations si simples n'ont rien coûté à la couronne, et auraient été le salut du peuple.
2. M. le marquis de Condorcet.

POÉSIES MÊLÉES.

I. — A M. DUCHÉ[1].

Dans tes vers, Duché, je te prie,
Ne compare point au Messie
Un pauvre diable comme moi;
Je n'ai de lui que sa misère,
Et suis bien éloigné, ma foi,
D'avoir une vierge pour mère.

II. — SUR UNE TABATIÈRE CONFISQUÉE[2].

Adieu, ma pauvre tabatière;
Adieu, je ne te verrai plus;
Ni soins, ni larmes, ni prière,
Ne te rendront à moi; mes efforts sont perdus.
Adieu, ma pauvre tabatière;
Adieu, doux fruit de mes écus!
S'il faut à prix d'argent te racheter encore,
J'irai plutôt vider les trésors de Plutus.
Mais ce n'est pas ce dieu que l'on veut que j'implore :
Pour te revoir, hélas! il faut prier Phébus....
Qu'on oppose entre nous une forte barrière!
Me demander des vers! hélas! je n'en puis plus.
Adieu, ma pauvre tabatière;
Adieu, je ne te verrai plus.

III. — SUR NÉRON.

De la mort d'une mère exécrable complice,
Si je meurs de ma main, je l'ai bien mérité;
Car, n'ayant jamais fait qu'actes de cruauté,
J'ai voulu, me tuant, en faire un de justice.

IV. — LE LOUP MORALISTE.

Un loup, à ce que dit l'histoire,
Voulut donner un jour des leçons à son fils,
Et lui graver dans la mémoire,
Pour être honnête loup, de beaux et bons avis.

---

1. On croit que Voltaire n'avait que douze ans quand il composa ce sixain. (Éd.)
2. Porée, régent de rhétorique de Voltaire, qui promit de la lui rendre, s'il la demandait en vers. (Éd.)

« Mon fils, lui disait-il, dans ce désert sauvage,
A l'ombre des forêts vous passerez vos jours ;
Vous pourrez cependant avec de petits ours
Goûter les doux plaisirs qu'on permet à votre âge.
Contentez-vous du peu que j'amasse pour vous ;
Point de larcin ; menez une innocente vie ;
        Point de mauvaise compagnie ;
Choisissez pour amis les plus honnêtes loups ;
Ne vous démentez point, soyez toujours le même :
Ne satisfaites point vos appétits gloutons :
Mon fils, jeûnez plutôt l'avent et le carême,
Que de sucer le sang des malheureux moutons ;
        Car enfin quelle barbarie !
Quels crimes ont commis ces innocents agneaux ?
Au reste, vous savez qu'il y va de la vie :
        D'énormes chiens défendent les troupeaux.
Hélas ! je m'en souviens, un jour votre grand-père
Pour apaiser sa faim entra dans un hameau.
Dès qu'on s'en aperçut : « O bête carnassière !
« Au loup ! » s'écria-t-on ; l'un s'arme d'un hoyau,
L'autre prend une fourche ; et mon père eut beau faire,
        Hélas ! il y laissa sa peau ;
De sa témérité ce fut là le salaire.
Sois sage à ses dépens, ne suis que la vertu,
Et ne sois point battant, de peur d'être battu.
Si tu m'aimes, déteste un crime que j'abhorre. »
Le petit vit alors dans la gueule du loup
De la laine, et du sang qui dégouttait encore :
        Il se mit à rire à ce coup.
« Comment, petit fripon, dit le loup en colère,
        Comment, vous riez des avis
        Que vous donne ici votre père !
Tu seras un vaurien, va, je te le prédis ;
Quoi ! se moquer déjà d'un conseil salutaire ! »
        L'autre répondit en riant :
        « Votre exemple est un bon garant ;
Mon père, je ferai ce que je vous vois faire. »

Tel un prédicateur sortant d'un bon repas
        Monte dévotement en chaire,
        Et vient, bien fourré, gros et gras,
        Prêcher contre la bonne chère.

V. — ÉPITAPHE.

Ci-gît qui toujours babilla,
Sans avoir jamais rien à dire ;

Dans tous les livres farfouilla,
Sans avoir jamais pu s'instruire,
Et beaucoup d'écrits barbouilla,
Sans qu'on ait jamais pu les lire.

VI. — ÉPIGRAMME.

(1712.)

Danchet si méprisé jadis
Fait voir aux pauvres de génie
Qu'on peut gagner l'Académie
Comme on gagne le paradis.

VII. — SUR LA MOTTE.

(1714.)

La Motte, présidant aux prix
Qu'on distribue aux beaux esprits,
Ceignit de couronnes civiques
Les vainqueurs des jeux olympiques
Il fit un vrai pas d'écolier,
Et prit, aveugle agonothète,
Un chêne pour un olivier,
Et Dujarry pour un poëte.

VIII. — COUPLET A Mlle DUCLOS

(1714.)

Belle Duclos,
Vous charmez toute la nature!
Belle Duclos,
Vous avez les dieux pour rivaux;
Et Mars tenterait l'aventure,
S'il ne craignait le dieu Mercure,
Belle Duclos.

IX. — ÉPIGRAMME.

(1715.)

Terrasson, par lignes obliques,
Et par règles géométriques,
Prétend démontrer avec art
Qu'Homère prend toujours l'écart;
Que ses images poétiques,
Que tant de richesses antiques,
Ne nous charment que par hasard.

Il s'en avise sur le tard :
Mais quoique ce docteur décide,
D'un ton à gagner son procès,
Gacon avec même succès
Peut faire un rondeau contre Euclide.

X. — NUIT BLANCHE DE SULLY.

(1716.)

A MADAME DE LA VRILLIÈRE.

Quelle beauté, dans cette nuit profonde,
Vient éclairer nos rivages heureux?
Serait-ce point la nymphe de cette onde
Qu'amène ici le satyre amoureux?
Je vois s'enfuir la jalouse dryade,
Je vois venir le faune dangereux;
Non, ce n'est point une simple naïade;
A tant d'attraits dont nos cœurs sont frappés,
A tant de grâce, à cet art de nous plaire,
A ces amours autour d'elle attroupés,
Je reconnais Vénus, ou La Vrillière.
O déité! qui que ce soit des deux,
Vous qui venez prendre un rhume en ces lieux,
Heureux cent fois, heureux l'aimable asile
Qui vers minuit possède vos appas!
Et plus heureux les rimeurs qu'on exile
Dans ces jardins honorés par vos pas!

A MADAME DE LISTENAY.

Aimable Listenay, notre fête grotesque
    Ne doit point déplaire à vos yeux :
Les Amours en chie-en-lit déguisés dans ces lieux,
Sont toujours les Amours, et l'habit romanesque
Dont ils sont revêtus ne les a pas changés :
Vous les voyez encore autour de vous rangés;
Ces guenillons brillants, ces masques, ce mystère,
Ces méchants violons dont on vous étourdit,
        Ce bal, et ce sabbat maudit,
Tout cela dit pourtant que l'on voudrait vous plaire.

A MADAME DE LA VRILLIÈRE.

Venez, charmant moineau[1], venez dans ce bocage
    Tous nos oiseaux, surpris et confondus,

---

1. Dans la société du château de Sully, où se trouvait Voltaire,
Mme de La Vrillière était appelée le Moineau.

Admireront votre plumage ;
Les pigeons du char de Vénus
Viendront même vous rendre hommage.
Joli moineau, que vous dire de plus?
Heureux qui peut vous voir, et qui peut vous entendre!
Vous plaisez par la voix, vous charmez par les yeux ;
Mais le nom de moineau vous siérait un peu mieux,
Si vous étiez un peu plus tendre.

XI. — SUR M. LE DUC D'ORLÉANS ET Mme DE BERRY, SA FILLE.

(1716.)

Ce n'est point le fils, c'est le père ;
C'est la fille, et non point la mère ;
A cela près tout va des mieux.
Ils ont déjà fait Etéocle ;
S'il vient à perdre les deux yeux,
C'est le vrai sujet de Sophocle.

XII. — A Mme LA DUCHESSE DE BERRY, FILLE DU RÉGENT.

(1716.)

Enfin votre esprit est guéri
Des craintes du vulgaire ;
Belle duchesse de Berry,
Achevez le mystère.
Un nouveau Lot vous sert d'époux,
Mère des Moabites :
Puisse bientôt naître de vous
Un peuple d'Ammonites !

XIII. — AU RÉGENT.

(1716.)

Non, monseigneur, en vérité,
Ma muse n'a jamais chanté
Ammonites ni Moabites.
Brancas vous répondra de moi.
Un rimeur sorti des jésuites,
Des peuples de l'ancienne loi
Ne connaît que les Sodomites.

XIV. — A M. L'ABBÉ DE CHAULIEU.

(1716.)

Cher abbé, je vous remercie
Des vers que vous m'avez prêtés :
A leurs ennuyeuses beautés,
J'ai reconnu l'Académie.
La Motte n'écrit pas fort bien,
Vos vers m'ont servi d'antidote
Contre ce froid rhétoricien;
Danchet écrit comme La Motte :
Mais surtout n'en dites rien.

XV. — SUR M. DE FONTENELLE.

D'un nouvel univers il ouvrit la barrière;
Des mondes infinis autour de lui naissants,
Mesurés par ses mains, à son ordre croissants,
A nos yeux étonnés il traça la carrière;
L'ignorant l'entendit, le savant l'admira :
Que voulez-vous de plus? il fit un opéra

XVI. — AU DUC DE LORRAINE LÉOPOLD, ET A Mme LA DUCHESSE SON ÉPOUSE,

En leur présentant la tragédie d'OEdipe.

(1719.)

O vous, de vos sujets l'exemple et les délices!
Vous qui régnez sur eux en les comblant de biens,
De mes faibles talents acceptez les prémices :
C'est aux dieux qu'on les doit, et vous êtes les miens.

XVII. — ÉPIGRAMME.

(1719.)

De Beausse et moi, criailleurs effrontés,
Dans un souper clabaudions à merveille,
Et tour à tour épluchions les beautés
Et les défauts de Racine et Corneille.
A piailler serions encor, je croi,
Si n'eussions vu sur la double colline
Le grand Corneille et le tendre Racine
Qui se moquaient et de Beausse et de moi.

XVIII. — A MLLE LECOUVREUR.

(1719.)

Adieu, divinité du parterre adorée,
Vous, Iris, que le ciel envoya parmi nous
Pour unir à jamais Minerve et Cythérée,
Et la vertu sincère aux plaisirs les plus doux!
Faites le bien d'un seul et le désir de tous;
Et puissent vos amours égaler la durée
De la pure amitié que mon cœur a pour vous!

XIX. — SUR LA MÉTAPHYSIQUE DE L'AMOUR.

(1720.)

De l'amour la métaphysique
Est, je vous jure, un froid roman.
Fanchon, reprenons la physique :
Mais, las! que j'y suis peu savant!

XX. — CHANSON.

(1720.)

Connaissez-vous Saint-Disant,
Soi-disant
Gentilhomme?
C'est le plus insuffisant
Suffisant
Qui soit de Paris à Rome.

XXI. — IMPROMPTU

A MLLE DE CHAROLOIS, PEINTE EN HABIT DE CORDELIER.

Frère Ange de Charolois,
Dis-nous par quelle aventure
Le cordon de saint François
Sert à Vénus de ceinture?

XXII. — A MME DE ***,

En lui envoyant les OEuvres mystiques de Fénelon.

Quand de la Guion le charmant directeur
Disait au monde : « Aimez Dieu pour lui-même,
Oubliez-vous dans votre heureuse ardeur, »
On ne crut point à cet amour extrême,
On le traita de chimère et d'erreur :

On se trompait; je connais bien mon cœur,
Et c'est ainsi, belle Eglé, qu'il vous aime.

XXIII. — A LA MÊME.

De votre esprit la force est si puissante,
Que vous pourriez vous passer de beauté;
De vos attraits la grâce est si piquante,
Que sans esprit vous auriez enchanté.
Si votre cœur ne sait pas comme on aime,
Ces dons charmants sont des dons superflus :
Un sentiment est cent fois au-dessus
Et de l'esprit et de la beauté même.

XXIV. — A M. LE DUC DE RICHELIEU,
SUR SA RÉCEPTION A L'ACADÉMIE. (DÉCEMBRE 1720.

Vous que l'on envie et qu'on aime,
Entrez dans la savante cour;
L'on vous prend pour Apollon même
Sous la figure de l'Amour.
Déjà vers vous l'Académie
A député l'abbé Gédoyn,
Directeur de la compagnie,
Pour avoir en son nom le soin
De ..... Votre Seigneurie.
Heureux ceux qu'en pareil besoin
On traite avec cérémonie !

XXV. — A LA MARQUISE DE RUPELMONDE.

Quand Apollon, avec le dieu de l'onde,
Vint autrefois habiter ces bas lieux,
L'un sut si bien cacher sa tresse blonde,
L'autre ses traits, qu'on méconnut les dieux :
Mais c'est en vain qu'abandonnant les cieux,
Vénus comme eux veut se cacher au monde;
On la connaît au pouvoir de ses yeux,
Dès que l'on voit paraître Rupelmonde.

XXVI. — A Mme DE ***.
(VERS 1722.)

Si ton amour n'est qu'une fantaisie,
Qu'un faible goût qui doit passer un jour,
Si tu m'as pris pour me quitter, Sylvie,
Cruelle, hélas! que je hais ton amour!

Ton changement me coûtera la vie.
Viens dans mes bras te livrer sans retour :
Que tes baisers dissipent mes alarmes;
Que la fureur de tes embrassements
Ajoute encore à mes emportements;
Que ton amour soit égal à tes charmes.

XXVII. — A M. LOUIS RACINE.

(1722.)

Cher Racine, j'ai lu dans tes vers didactiques
De ton Jansénius les leçons fanatiques.
Quelquefois je t'admire, et ne te crois en rien.
Si ton style me plaît, ton Dieu n'est pas le mien :
Tu m'en fais un tyran; je veux qu'il soit un père;
Ton hommage est forcé, mon culte est volontaire·
Mieux que toi de son sang je reconnaîs le prix :
Tu le sers en esclave, et je l'adore en fils.
Crois-moi, n'affecte plus une inutile audace :
Il faut comprendre Dieu pour comprendre sa grâce.
Soumettons nos esprits, présentons-lui nos cœurs
Et soyons des chrétiens, et non pas des docteurs

XXVIII. — IMPROMPTU A M. LE COMTE DE VINDISGRÄTZ

(1722.)

Seigneur, le congrès vous supplie
D'ordonner tout présentement
Qu'on nous donne une tragédie

1. M. de Voltaire passant à Cambrai avec Mme la marquise de Rupelmonde pendant le congrès de 1722, et soupant chez Mme de Saint-
Contest, toute la compagnie marqua le désir qu'elle avait de voir jouer
la tragédie d'*Œdipe* en présence de son auteur. Mais la comédie des
Plaideurs ayant été précédemment annoncée pour le lendemain, à la
demande de M. de Vindisgrätz, premier plénipotentiaire de l'Empire, les
convives chargèrent M. de Voltaire de lui demander la représentation
d'*Œdipe*. Le poète, sans sortir de table, fit cette espèce de placet impromptu, qu'il se chargea de porter lui-même à M. de Vindisgrätz. Il
obtint facilement ce qu'on demandait, et rapporta le placet à Mme de
Rupelmonde, avec cette apostille au bas :

      L'Amour vous fit, aimable Rupelmonde,
        Pour décider de nos plaisirs :
      Je n'en sais pas de plus parfait au monde
        Que de répondre à vos désirs.
    Sitôt que vous parlez, on n'a point de réplique :
    Vous aurez donc *Œdipe*, et même sa critique*.
      L'ordre est donné pour qu'en votre faveur
    Demain l'on joue et la pièce et l'auteur.
              (*Note des éditeurs de Kehl.*)

* La parodie d'*Œdipe*, que Voltaire avait demandée lui-même.

Demain pour divertissement,
Nous vous le demandons au nom de Rupelmonde
Rien ne résiste à ses désirs;
Et votre prudence profonde
Doit commencer par nos plaisirs
A travailler pour le bonheur du monde.

XXIX. — SUR LES FÊTES GRECQUES ET ROMAINES [1].

(1723.)

Chantez, petit Colin,
Chantez une musette;
Pauvre petit Colin,
Chantez un air badin,
Quelque Mélophilète,
Quelque nymphe à lunette
Vous applaudira;
Mais à l'Opéra
L'on vous sifflera.

XXX. — IMPROMPTU A Mme LA DUCHESSE DE LUXEMBOURG,

Qui devait souper avec M. le duc de Richelieu.

Un dindon tout à l'ail, un seigneur tout à l'ambre,
A souper vous sont destinés :
On doit, quand Richelieu paraît dans une chambre,
Bien défendre son cœur, et bien boucher son nez.

XXXI. — LES DEUX AMOURS.

A MADAME LA MARQUISE DE RUPELMONDE.

Certain enfant qu'avec crainte on caresse,
Et qu'on connaît à son malin souris,
Court en tous lieux, précédé par les Ris,
Mais trop souvent suivi de la Tristesse;
Dans les cœurs des humains il entre avec souplesse,
Habite avec fierté, s'envole avec mepris
Il est un autre Amour, fils craintif de l'Estime,
Soumis dans ses chagrins, constant dans ses désirs,
Que la vertu soutient, que la candeur anime,
Qui résiste aux rigueurs et croît par les plaisirs.
De cet Amour le flambeau peut paraître
Moins éclatant, mais ses feux sont plus doux :
Voilà le dieu que mon cœur veut pour maître,
Et je ne veux le servir que pour vous.

1. Opéra dont la musique est de Colin de Blamont. (ÉD.)

XXXII. — A Mme DE LUXEMBOURG,

En lui envoyant *la Henriade*.

(1724.)

Mes vers auront donc l'avantage
D'attirer vos regards sur eux :
Ne pourrai-je jamais attirer vos beaux yeux
Sur l'auteur comme sur l'ouvrage?

XXXIII. — SUR UN CHRIST HABILLÉ EN JÉSUITE.

(1724.)

Admirez l'artifice extrême
De ces moines industrieux;
Ils vous ont habillé comme eux,
Mon Dieu, de peur qu'on ne vous aime.

XXXIV. — TRIOLET A M. TITON DU TILLET.

Dépêchez-vous, monsieur Titon,
Enrichissez votre Hélicon;
Placez-y sur un piédestal
Saint-Didier, Danchet et Nadal;
Qu'on voie armés du même archet
Nadal, Saint-Didier, et Danchet;
Et couverts du même laurier
Danchet, Nadal et Saint-Didier.

XXXV. — A Mme DE ***.

Oui, Philis, la coquetterie
Est faite pour vos agréments :
Croyez-moi, la galanterie,
Malgré tous les grands sentiments,
Est sœur de la friponnerie.

Vénus versa sur vous tous ses dons précieux :
Ce serait être injuste et les mal reconnaître
Que de vous obstiner à faire un seul heureux,
Lorsqu'avec vous le monde entier veut l'être.

Qu'est-ce que la constance? un vieux mot rebattu,
Des amants ennuyeux languissant apanage;
Mais l'infidélité devient une vertu,
Quand on a vos attraits, votre esprit, et votre âge.

XXXVI. — IMPROMPTU

Écrit sur un cahier de lettres de Mme la duchesse du Maine
et de M. de La Motte-Houdart, qui avait perdu la vue.

Dans ses filets elle savait vous prendre
Sitôt qu'elle se laissait voir :
Un pauvre aveugle aussi ressentit son pouvoir :
Je le crois bien, car il pouvait l'entendre.

XXXVII. — A MADEMOISELLE ***,

Qui avait promis un baiser à celui qui ferait les meilleurs vers
pour sa fête.

Quoi ! pour le prix des vers accorder au vainqueur
D'un baiser la douce caresse !
Céphise, quelle est votre erreur !
Vous donnez à l'esprit ce qui n'est dû qu'au cœur.
Un baiser fut toujours le prix de la tendresse,
Et c'est à l'amour seul qu'en appartient le don :
Les habitants du Pinde en leur plus grande ivresse
N'ont jamais espéré qu'un laurier d'Apollon.
Des vers à mes rivaux je cède l'avantage ;
Ils riment mieux que moi, mais je sais mieux aimer
Que le laurier soit leur partage,
Et le mien sera le baiser.

XXXVIII. — ÉPIGRAMME

N'a pas longtemps, de l'abbé de Saint-Pierre
On me montrait le buste tant parfait,
Qu'onc ne sus voir si c'était chair ou pierre,
Tant le sculpteur l'avait pris trait pour trait.
Adonc restai perplexe et stupéfait,
Craignant en moi de tomber en méprise ;
Puis dis soudain : « Ce n'est là qu'un portrait ;
L'original dirait quelque sottise. »

XXXIX. — A Mme LA MARÉCHALE DE VILLARS,

En lui envoyant la *Henriade*.

Quand vous m'aimiez, mes vers étaient aimables ;
Je chantais dignement vos grâces, vos vertus ;
Cet ouvrage naquit dans ces temps favorables :
Il eût été parfait, mais vous ne m'aimez plus.

XL. — IMPROMPTU A LA MARQUISE DE CRILLON,

A souper dans une petite maison de M. le duc de Richelieu.

Dans le plus scandaleux séjour
La vertu même est amenée;
Et la débauche est étonnée
De respecter ici l'amour.

XLI. — A M. L'ABBÉ COUET,

GRAND VICAIRE DU CARDINAL DE NOAILLES,

En lui envoyant la tragédie de *Mariamne.*

(20 AOUT 1725.)

Vous m'envoyez un mandement,
Recevez une tragédie,
Afin que mutuellement
Nous nous donnions la comédie.

XLII. — A M. DE LA FAYE.

(1729.)

Pardon, beaux vers, La Faye et Polymnie :
Las! je deviens prosateur ennuyeux.
Non, ce n'était qu'en langage des dieux
Qu'il eût fallu parler de l'harmonie.
Donnez-le-moi cet aimable génie,
Cet art charmant de savoir enfermer
Un sens précis dans des rimes heureuses;
Joindre aux raisons des grâces lumineuses;
En instruisant savoir se faire aimer;
A la dispute, autrefois si caustique,
Oter son air pédantesque et jaloux;
Être à la fois juste, sincère et doux,
Ami, rival, et poëte, et critique :
A ce grand art vainement je m'applique;
Heureux La Faye, il n'est donné qu'à vous.

XLIII. — INSCRIPTION

POUR UNE STATUE DE L'AMOUR DANS LES JARDINS DE MAISONS.

Qui que tu sois, voici ton maître;
Il l'est, le fut, ou le doit être.

XLIV. — A M. DE CIDEVILLE.

Écrits sur un exemplaire de *la Henriade*.

(1730.)

Mon cher confrère en Apollon,
Censeur exact, ami facile,
Solide et tendre Cideville,
Accepte ce frivole don :
Je ne serai pas ton Virgile,
Mais tu seras mon Pollion.

XLV. — A Mme DE NOINTEL.

A ses écarts Nointel allie
L'amour du vrai, le goût du bon
En vérité, c'est la Raison,
Sous le masque de la Folie.

XLVI. — VERS

Envoyés à M. Sylva, premier médecin de la reine, avec le portrait de l'auteur.

Au temple d'Épidaure on offrait les images
Des humains conservés et guéris par les dieux :
Sylva, qui de la mort est le maître comme eux,
    Mérita les mêmes hommages.
Esculape nouveau, mes jours sont tes bienfaits,
Et tu vois ton ouvrage en revoyant mes traits.

XLVII. — A Mme LA MARQUISE D'USSÉ.

(1730.)

    L'Art dit un jour à la Nature :
« Vous n'égalez jamais les œuvres de ma main ;
Vous agissez sans choix, vous créez sans dessein ;
    Que feriez-vous sans ma parure?
Un teint flétri par vous s'embellit par mon fard :
C'est moi qui d'une prude arrange la sagesse ;
Des coquettes beautés je conduis la finesse,
    Et mène sous mon étendard
    Et les beaux esprits et les belles ;
J'ai seul dicté sans vous les vers de Fontenelles,
    Et les fables du sieur Houdart. »
Ainsi, belle d'Ussé, l'art se croyait le maître,
Et le monde à son char paraissait s'attacher ;
    Mais la Nature vous fit naître,
    Et l'Art confus s'alla cacher.

XLVIII. — CHANSON POUR MLLE GAUSSIN,

LE JOUR DE SA FÊTE, 25 AOUT 1734.

Le plus puissant de tous les dieux,
Le plus aimable, le plus sage,
Louison, c'est l'Amour dans vos yeux.
De tous les dieux le moins volage,
Le plus tendre et le moins trompeur,
Louison, c'est l'Amour dans mon cœur.

XLIX. — PORTRAIT DE M. DE LA FAYE.

Il a réuni le mérite
Et d'Horace et de Pollion,
Tantôt protégeant Apollon,
Et tantôt chantant à sa suite.
Il reçut deux présents des dieux,
Les plus charmants qu'ils puissent faire :
L'un était le talent de plaire ;
L'autre, le secret d'être heureux.

L. — ÉPIGRAMME SUR L'ABBÉ TERRASSON.

(1731.)

On dit que l'abbé Terrasson,
De Lass et de La Motte apôtre,
Va du b..... à l'Hélicon,
N'étant fait pour l'un ni pour l'autre.
Pour avoir un léger prurit,
Il se fait chatouiller la fesse.
Manon le fouette, il la caresse ;
Mais il b.... comme il écrit.
Un jour, dans la cérémonie,
On l'étrillait, il frétillait ;
Notre p..... se travaillait
Dessus sa fesse raccornie.
Entre monsieur l'abbé Dubos,
Qui, voyant fesser son confrère,
Dit tout haut, approuvant l'affaire :
« Frappez fort, il a fait *Séthos*. »

LI. — RÉPONSE A M. DE FORMONT[1].

On m'a conté (l'on m'a menti, peut-être)
Qu'Apelle un jour vint entre cinq et six,

1. M. de Formont de Rouen étant allé chez M. de Voltaire, qui faisait

Confabuler chez son ami Zeuxis;
Mais, ne trouvant personne en son taudis,
Fit, sans billet, sa visite connaître :
Sur un tableau par Zeuxis commencé,
Un simple trait fut hardiment tracé.
Zeuxis revint; puis, en voyant paraître
Ce trait léger, et pourtant achevé,
Il reconnut son maître et son modèle.
Ne suis Zeuxis, mais chez moi j'ai trouvé
Des traits formés de la main d'un Apelle.

LII. — A M. LE MARÉCHAL DE RICHELIEU,

En lui envoyant plusieurs pièces détachées.

(1731.)

Que de ces vains écrits, enfants de mes beaux jours,
    La lecture au moins vous amuse :
Mais, charmant Richelieu, ne traitez point ma muse
    Ainsi que vos autres amours;
Ne l'abandonnez point, elle sera plus belle;
Votre aimable suffrage animera sa voix.
    Richelieu, soyez-lui fidèle,
Vous le serez pour la première fois.

LIII. — SUR L'ESTAMPE DU R. P. GIRARD ET DE LA CADIÈRE.

Cette belle voit Dieu; Girard voit cette belle :
    Ah! Girard est plus heureux qu'elle!

LIV. — MADRIGAL.

(JANVIER 1732.)

Ah! Camargo[1], que vous êtes brillante!
Mais que Sallé[2], grands dieux, est ravissante!

alors son séjour en cette ville, et ne le trouvant pas, avait laissé sur
son bureau cet impromptu :

        Assis devant votre pupitre,
        Avec votre plume j'écris,
        Cela semble d'abord un titre
        Pour façonner des vers polis;
        Aussi je voulais vous en faire;
        Mais Apollon m'a reconnu,
        J'eus beau vouloir vous contrefaire,
        De lui je n'ai rien obtenu.
        Je vois trop que c'est temps perdu,
        Et qu'il ne répond qu'à Voltaire.

1. Marie-Anne de Cupis de Camargo, de la même famille que le cardinal de ce nom, était née à Bruxelles en 1710, entra comme danseuse à l'Opéra en 1730, et se retira après 1750. (Ed.)
2. Sallé se retira en 1741. (Ed.)

Que vos pas sont légers, et que les siens sont doux!
Elle est inimitable, et vous êtes nouvelle :
    Les Nymphes sautent comme vous,
    Mais les Grâces dansent comme elle.

LV. — ÉPIGRAMME.

Néricault dans sa comédie
Croit qu'il a peint le glorieux;
Pour moi, je crois, quoi qu'il nous die,
Que sa préface le peint mieux.

LVI. — POUR LE PORTRAIT DE Mlle SALLÉ.

De tous les cœurs et du sien la maîtresse,
Elle allume des feux qui lui sont inconnus :
    De Diane c'est la prêtresse,
    Dansant sous les traits de Vénus.

LVII. — A Mlle AÏSSÉ,

En lui envoyant du ratafia pour l'estomac

(1732.)

Va, porte dans son sang la plus subtile flamme
Change en désirs ardents la glace de son cœur;
    Et qu'elle sente la chaleur
    Du feu qui brûle dans mon âme.

LVIII. — IMPROMPTU

Écrit chez Mme du Deffand.

(1732.)

Qui vous voit et qui vous entend
Perd bientôt sa philosophie;
Et tout sage avec du Deffand
Voudrait en fou passer sa vie.

LIX. — A Mme DE FONTAINE-MARTEL,

En lui envoyant le Temple de l'Amitié.

(1733.)

Pour vous, vive et douce Martel,
Pour vous, solide et tendre amie,

---

1. Mlle Aïssé, née en Circassie, fut élevée avec Pont-de-Veyle et d'Argental; elle mourut âgée de trente-huit ans, en 1733. (ED.)

J'ai bâti ce temple immortel,
Mon cœur est digne de l'autel
Où rarement on sacrifie.
C'est vous que j'y veux encenser,
Et c'est là que je veux passer
Les jours les plus beaux de ma vie.

LX. — A M. BERNARD.

Ma muse épique, historique et tragique,
Sur un vieux luth, qu'il faut monter toujours,
S'en va raclant quelque air mélancolique;
Ton flageolet enchante les Amours.
Lorsqu'Apollon régla notre apanage,
Il nous dota de présents inégaux :
J'eus les sifflets, les tourments, les travaux;
Toi, les plaisirs. Garde bien ton partage.

LXI. — EPITAPHE.
(1732.)

Ci-gît, au bord de l'Hippocrène,
Un mortel longtemps abusé :
Pour vivre pauvre et méprisé,
Il se donna bien de la peine.

LXII — A MLLE DE GUISE,
DEPUIS DUCHESSE DE RICHELIEU, SŒUR DE MADAME DE BOUILLON.

Vous possédez fort inutilement
Esprit, beauté, grâce, vertu, franchise :
Qu'y manque-t-il? quelqu'un qui vous le dise,
Et quelque ami dont on en dise autant.

LXIII. — A MLLE DELAUNAY.
(1732.)

Qui vous voit un moment voudrait vous voir toujours;
Et, si d'un doux regard le sort me favorise,
De mes jours près de vous je bornerai le cours.
Mon cœur vous parle avec franchise,
Et des vains compliments que la mode autorise
Ne connaît point les faux détours.
Avec vous le plaisir arrive :
A table, à vos côtés, cet aimable convive
Ne manque guère de s'asseoir.

Il verse avec le vin cette gaîté naïve
Qui brille en mots plaisants, sans jamais les prévoir,
Donne aux traits du bon sens une pointe plus vive,
Et rend, en unissant les grâces au savoir,
La science agréable et la joie instructive.
  Sous la lyre d'Anacréon
  Ainsi s'exprimait la Sagesse,
  Ou tantôt, sur un plus haut ton,
  Faisait admirer à la Grèce
  Ses augustes traits dans Platon.
  De l'une et de l'autre leçon
  Faisant usage avec adresse,
  A la plus austère raison
  Vous ôtez son air de rudesse
  Votre art, sans affectation,
  Unit la vigueur de Lucrèce
  Au tour, à la délicatesse
  De la maîtresse de Phaon.

LXIV. — A LA MÊME.

J'ai deux ressources dans ma vie,
Le sommeil et l'oisiveté.
J'aime mieux la tranquillité
De cette douce léthargie
Qu'une inutile activité.
L'ennuyeuse Uniformité,
Que de Paris on a bannie,
Dans ces climats est établie;
Et sa rivale si jolie,
La piquante Diversité,
Jamais dans notre Normandie
N'apporta sa légèreté.
Sous les lois de son ennemie,
On y prend pour solidité
Ce qu'ailleurs, avec vérité,
On nomme froideur de génie;
Et le jugement escorté
De quelque brillante saillie
Y passerait pour la folie.
De ces sottises dégoûté,
Je cours, de la Philosophie,
Contre les efforts de l'ennui
Implorer le solide appui.
Descarte, en sa nouvelle école,
Surprit, éclaira les esprits
Sur Aristote et ses débris.

Nous élevâmes son idole,
L'Anglais, en tout notre rival,
Veut abattre aujourd'hui ce culte;
Le Français, toujours inégal,
Lui-même approuve cette insulte.
Moi, dans mon petit tribunal,
D'un préjugé national
Et des passions en tumulte
Évitant le ton magistral,
Philosophe, jurisconsulte,
Soit que je juge bien ou mal,
Je suis au moins impartial.
Par la clarté la plus brillante
Dissipant une affreuse nuit
Locke, en sa démarche un peu lente
Vers la vérité nous conduit;
Mais, dans sa route fatigante,
Avec peine un lecteur le suit.
D'un air trop sombre il nous instruit,
Et des fleurs la couleur riante
Chez lui n'annonce pas le fruit.
Par ces fleurs Malbranche sait plaire :
Tout chez lui n'est pas vérité;
Mais, de ses grâces enchanté,
L'esprit ne peut être sévère
Quand le cœur est si bien traité.
S'il dort, c'est du sommeil d'Homère;
Son sommeil même est respecté.
Eh! qu'importe qu'il nous éclaire,
Puisqu'ici-bas tout est chimère?
N'écoutons point un vain désir
Pour un secret impénétrable;
Et, satisfaits du vraisemblable,
Cherchons seulement le plaisir.

LXV. — A LA MÊME.

Cette tête ne s'emplit pas
De chiffons ni de babioles,
Et comme celles de nos folles
N'est grenier à nicher des rats;
Mais logis meublé haut et bas,
Plus orné que palais d'idoles,
Où sont rangés sans embarras
L'astrolabe et les falbalas,
Et l'éventail et le compas;
Où, sous bons et sûrs cadenas,

Sont trésors plus chers que pistoles;
Ces précieux et longs amas
De vérités de tous états,
Cette richesse de paroles,
Sans le clinquant des hyperboles,
Ces tours heureux et délicats
Qui font des riens les plus frivoles
Des choses dont on fait grand cas.

LXVI. — A LA MÊME.

Un des quarante peut arranger un volume;
Quelquefois le bon sens fait un livre précis.
    C'est là le fort de nos esprits.
    Mais chez vous, comme en vos écrits,
Sexe aimable, l'Amour tient-il toujours la plume

LXVII. — A LA MÊME.

Vous prêchez pour la liberté
Bien mieux que Locke en son grimoire
Mais, prouvant à votre auditoire
Le droit de choix si contesté,
Vous l'en privez en vérité :
Car qui peut ne pas vous en croire?

LXVIII. — ÉPITAPHE.

(1733.)

Ci-gît dont la suprême loi
Fut de ne vivre que pour soi.
Passant, garde-toi de le suivre;
Car on pourrait dire de toi :
« Ci-gît qui ne dut jamais vivre. »

LXIX. — A M. LINANT.

(1733.)

Connaissez mieux l'oisiveté :
Elle est ou folie ou sagesse;
Elle est vertu dans la richesse,
Et vice dans la pauvreté.
On peut jouir en paix dans l'hiver de sa vie
De ces fruits qu'au printemps sema notre industrie,
Courtisans de la gloire, écrivains ou guerriers,
Le sommeil est permis, mais c'est sur des lauriers.

LXX. — VERS PRÉSENTÉS A LA REINE[1],

Sur la seconde élection du roi Stanislas au trône de Pologne.

(1733.)

Il fallait un monarque aux fiers enfants du Nord
Un peuple de héros s'assemblait pour l'élire;
Mais l'aigle de Russie et l'aigle de l'Empire
Menaçaient la Pologne, et maîtrisaient le sort
De la France aussitôt, son trône et sa patrie,
La Vertu descendit aux champs de Varsovie.
Mars conduisait ses pas: Vienne en frémit d'effroi,
La Pologne respire en la voyant paraître.
« Peuples nés, lui dit-elle, et pour Mars et pour moi,
De nos mains à jamais recevez votre maître. »
Stanislas à l'instant vint, parut, et fut roi.

LXXI. — A M. DE FORCALQUIER,

Qui avait eu ses cheveux coupés par un boulet de canon au siége de Kehl.

(OCTOBRE 1733.)

Des boulets allemands la pesante tempête
    A, dit-on, coupé vos cheveux :
        Les gens d'esprit sont fort heureux
        Qu'elle ait respecté votre tête.
On prétend que César, le phénix des guerriers,
N'ayant plus de cheveux, se coiffa de lauriers :
Cet ornement est beau, mais n'est plus de ce monde.
        Si César nous était rendu,
Et qu'en servant Louis il eût été tondu,
Il n'y gagnerait rien qu'une perruque blonde.

LXXII. — A M. LEFEBVRE,

En réponse à des vers qu'il avait envoyés à l'auteur.

N'attends de moi ton immortalité,
Tu l'obtiendras un jour par ton génie :
N'attends de moi ta première santé;
Ton protecteur, le dieu de l'harmonie,
Te la rendra par son art enchanté :
De tes beaux jours la fleur n'est point flétrie.
Mais je voudrais, de tes destins pervers
En corrigeant l'influence ennemie,
Contribuer au bonheur d'une vie
Que tu rendras célèbre par tes vers.

1. Marie Leckzinska. (ÉD.)

LXXIII. — A MLLE DE GUISE,

Dans le temps qu'elle devait épouser M. le duc de Richelieu

(1734.)

Guise, des plus beaux dons assemblage céleste,
Vous dont la vertu simple et la gaieté modeste
Rend notre sexe amant, et le vôtre jaloux;
    Vous qui ferez le bonheur d'un époux
        Et les désirs de tout le reste,
        Quoi! dans un recoin de Monjeu,
        Vos doux appas auront la gloire
        De finir l'amoureuse histoire
        De ce volage Richelieu!
Ne vous aimez pas trop, c'est moi qui vous en prie;
C'est le plus sûr moyen de vous aimer toujours :
Il vaut mieux être amis tout le temps de sa vie
    Que d'être amants pour quelques jours.

LXXIV. — A M. DE CORLON,

Qui était avec l'auteur à Monjeu, chez M. le duc de Guise, alors malade,

(1734.)

Je sais ce que je dois, et n'en fais jamais rien :
Au lieu d'aller tâter le pouls de Son Altesse,
J'abandonne son lit sans dormir dans le mien;
Je renonce aux dîners, au piquet, à la messe,
Très-mauvais courtisan, bien plus mauvais chrétien,
Libertin dans l'esprit, et rempli de paresse.
Ah! monsieur de Corlon! que vous êtes heureux!
Plus libertin que moi sans être paresseux,
On vous trouve à toute heure, et vous savez tout faire
De grâce, enseignez-moi ce secret précieux
De vous lever matin, de dîner et de plaire.

LXXV. — A M. LE DUC DE GUISE,

Qui prêchait l'auteur à l'occasion des vers précédents.

(1734.)

Lorsque je vous entends et que je vous contemple,
Je profite avec vous de toutes les façons :
    Vous m'instruisez par vos leçons,
    Et me gâtez par votre exemple.

LXXVI. — A Mme LA DUCHESSE DE RICHELIEU.

(1734.)

Plus mon œil étonné vous suit et vous observe,
Et plus vous ravissez mes esprits éperdus;
Avec les yeux noirs de Vénus
Vous avez l'esprit de Minerve.
Mais Minerve et Vénus ont reçu des avis;
Il faut bien que je vous en donne :
Ne parlez désormais de vous qu'à vos amis,
Et de votre père à personne[1]

LXXVII. — A Mme DU CHATELET.

En lui envoyant un traité de métaphysique.

L'auteur de la *Métaphysique*
Que l'on apporte à vos genoux,
Mérita d'être cuit dans la place publique;
Mais il ne brûla que pour vous.

LXXVIII. — A Mme LA DUCHESSE DE BOUILLON,

Qui vantait son portrait fait par Clinchetet.

Cesse, Bouillon, de vanter davantage
Ce Clinchetet qui peignit tes attraits :
Un meilleur peintre, avec de plus beaux traits,
Dans tous nos cœurs a tracé ton image,
Et cependant tu n'en parles jamais.

LXXIX. — A LA MÊME.

Deux Bouillon tour à tour ont brillé dans le monde
Par la beauté, le caprice et l'esprit :
Mais la première eût crevé de dépit,
Si, par malheur, elle eût vu la seconde[2]

LXXX. — CONTRE LES PHILOSOPHES.

SUR LE SOUVERAIN BIEN.

(1734.)

L'esprit sublime et la délicatesse,
L'oubli charmant de sa propre beauté,

---

1. Mme de Richelieu ne parlait que d'elle-même; et son père, le duc de Guise, trichait au jeu. (*Note de M. Beuchot*.)
2. La première est Marie-Anne Mancini, nièce du cardinal Mazarin, et la seconde est Louise-Henriette-Françoise de Lorraine. (Éd.)

L'amitié tendre et l'amour emporté,
Sont les attraits de ma belle maîtresse
Vieux rêvasseurs, vous qui ne sentez rien,
Vous qui cherchez dans la philosophie
L'être suprême et le souverain bien,
Ne cherchez plus, il est dans Uranie.

LXXXI. — A Mme LA MARQUISE DU CHATELET,

Faisant une collation sur une montagne appelée Saint-Blaise,
près de Monjeu.

(1734.)

Saint Blaise a plus d'attraits encor
Que la montagne du Thabor.
Vous valez le fils de Marie;
Mais lorsqu'il s'y transfigura,
Souvenez-vous qu'il y gagna,
Et vous y perdriez, Sylvie.

LXXXII. — A LA MÊME.

Nymphe aimable, nymphe brillante,
Vous en qui j'ai vu tour à tour
L'esprit de Pallas la savante
Et les grâces du tendre Amour,
De mon siècle les vains suffrages
N'enchanteront pas mes esprits;
Je vous consacre mes ouvrages :
C'est de vous que j'attends leur prix.

LXXXIII. — A LA MÊME.

Vous m'ordonnez de vous écrire,
Et l'Amour, qui conduit ma main,
A mis tous ses feux dans mon sein,
Et m'ordonne de vous le dire.

LXXXIV. — A LA MÊME.

Allez, ma muse, allez vers Émilie;
Elle le veut : qu'elle soit obéie.
De son esprit admirez les clartés,
Ses sentiments, sa grâce naturelle,
Et désormais que toutes ses beautés
Soient de vos chants l'objet et le modèle.

LXXXV. — A LA MÊME,

Qui soupait avec beaucoup de prêtres.

Un certain dieu, dit-on, dans son enfance,
Ainsi que vous, confondait les docteurs ;
Un autre point qui fait que je l'encense,
C'est que l'on dit qu'il est maître des cœurs.
Bien mieux que lui vous y régnez, Thémire ;
Son règne au moins n'est pas de ce séjour ;
Le vôtre en est, c'est celui de l'amour :
Souvenez-vous de moi dans votre empire.

LXXXVI. — A LA MÊME,

Lorsqu'elle apprenait l'algèbre.

Sans doute vous serez célèbre
Par les grands calculs de l'algèbre
Où votre esprit est absorbé :
J'oserais m'y livrer moi-même ;
Mais, hélas ! A $+$ D $-$ B
N'est pas $=$ à je vous aime.

LXXXVII. — IMPROMPTU

(1736.)

Sais-tu que celui dont tu parles
D'Apollon est le favori,
Qu'il est le Quint-Curce de Charles
Et l'Homère du grand Henri ?

LXXXVIII. — VERS

Écrits au bas d'une lettre de Mme du Châtelet à Mme de Champbon[1]

(1735.)

C'est l'architecte[1] d'Émilie
Qui ce petit mot vous écrit ;
Je me sers de sa plume, et non de son génie
Mais je vous aime, aimable amie :
Ce seul mot vaut beaucoup d'esprit.

---

1. On bâtissait alors le château de Cirey, et Voltaire dirigeait l'ouvrage. (ED.)

LXXXIX. — RÉPONSE A M. DE FORMONT,

AU NOM DE MADAME DU CHATELET [1].

(1735.)

Chacun cherche le paradis :
Je l'ai trouvé, j'en suis certaine.
Les vrais plaisirs, la raison saine
La liberté, tous gens maudits
Par la sainte Église romaine
Habitent dans ce beau pays;
Les préjugés en sont bannis;
Le bonheur est notre domaine.
Vous, heureux proscrit du jardin
Qu'a chanté la Bible chrétienne,
Venez au véritable Éden,
Si vous m'en croyez souveraine;
Venez; de cet aimable lieu
Les plaisirs purs ouvrent l'entrée :
Vous savez qu'il est plus d'un dieu
Et plus d'un rang dans l'empyrée.

XC. — A Mme DE FLAMARENS,

Qui avait brûlé son manchon, parce qu'il n'était plus à la mode.

Il est une déesse inconstante, incommode,
Bizarre dans ses goûts, folle en ses ornements,
Qui paraît, fuit, revient, et naît en tous les temps :
Protée était son père, et son nom est *la Mode*.
Il est un dieu charmant, son modeste rival,
Toujours nouveau comme elle, et jamais inégal,
Vif sans emportement, sage sans artifice :
Ce dieu, c'est *le Mérite*. On l'adore dans vous
Mais le Mérite enfin peut avoir un caprice;
Et ce dieu si prudent, que nous admirions tous,
A la Mode à son tour a fait un sacrifice.
Vous que pour Flamarens nous voyons soupirer,
　　　Vous qui redoutez sa sagesse,
　　　Amants, commencez d'espérer :
Flamarens vient enfin d'avoir une faiblesse.

NSCRIPTION POUR L'URNE QUI RENFERME LES CENDRES DU MANCHON

Je fus manchon, je suis cendre légère :
Flamarens me brûla, je l'ai pu mériter;

---

1. Formont avait adressé à Mme du Châtelet vingt-trois vers sur ω
Mondain de Voltaire. (ED.)

Et l'on doit cesser d'exister
Quand on commence à lui déplaire.

XCI. — A M.***,

Qui était à l'armée d'Italie.

(1735.)

Ainsi le bal et la tranchée,
Les boulets, le vin et l'amour,
Savent occuper tour à tour
Votre vie, aux devoirs, aux plaisirs attachée.
Vous suivez de Villars les glorieux travaux,
A de pénibles jours joignant des nuits passables.
Eh bien, vous serez donc le second des héros,
Et le premier des gens aimables.

XCII. — A Mme DU CHATELET.

Lorsque Linus chante si tendrement,
Crois-tu que l'amour seul l'anime?
Non, il sait l'art d'exprimer dans son chant
Plus d'amour que son cœur n'en sent;
Et j'en sens plus qu'il n'en exprime.

XCIII. — A M. GRÉGOIRE,

DÉPUTÉ DU COMMERCE DE MARSEILLE.

Voyageur fortuné, dont les soins curieux
Ont emporté les pas aux confins de la terre,
Vous avez vu Paphos, Amathonte et Cythère,
Et vous pouvez voir en ces lieux
Hébé, Mars et Vénus[1], réunis sous vos yeux.

XCIV. — QUATRAIN

POUR LE PORTRAIT DE MADEMOISELLE LECOUVREUR.

Seule de la nature elle a su le langage;
Elle embellit son art, elle en changea les lois.
L'esprit, le sentiment, le goût fut son partage;
L'Amour fut dans ses yeux, et parla par sa voix.

XCV. — DEVISE POUR Mme DU CHATELET.

Du repos, des riens, de l'étude,
Peu de livres, point d'ennuyeux,

1. La duchesse de Villars, le maréchal et la maréchale de Villars. (ÉD.)

Un ami dans la solitude,
Voilà mon sort; il est heureux.

XCVI. — A MME DU CHATELET,
En lui envoyant l'*Histoire de Charles XII*.

Le voici, ce héros si fameux tour à tour
Par sa défaite et sa victoire :
S'il eût pu vous entendre et vous voir à sa cour,
Il n'aurait jamais joint (et vous pouvez m'en croire)
A toutes les vertus qui l'ont comblé de gloire
Le défaut d'ignorer l'amour.

XCVII. — ÉPIGRAMME.

Quand les Français à tête folle
S'en allèrent dans l'Italie,
Ils gagnèrent à l'étourdie
Et Gêne, et Naple, et la v.....
Puis ils furent chassés partout,
Et Gêne et Naple on leur ôta :
Mais ils ne perdirent pas tout;
Car la v..... leur resta.

XCVIII. — A M. CLÉMENT, DE MONTPELLIER,
Qui avait adressé des vers à l'auteur, en l'exhortant à ne pas abandonner la poésie pour la physique.

Un certain chantre abandonnait sa lyre;
Nouveau Képler, un télescope en main,
Lorgnant le ciel, il prétendait y lire,
Et décider sur le vide et le plein.
Un rossignol, du fond d'un bois voisin,
Interrompit son morne et froid délire;
Ses doux accents l'éveillèrent soudain
(A la nature il faut qu'on se soumette);
Et l'astronome, entonnant un refrain,
Reprit sa lyre, et brisa sa lunette.

XCIX. — ÉPIGRAMME.

On dit que notre ami Coypel
Imite Horace et Raphaël :
A les surpasser il s'efforce;
Et nous n'avons point aujourd'hui
De rimeur peignant de sa force,
Ni peintre rimant comme lui.

C. — ÉPIGRAMME.

(JANVIER 1736.)

On dit qu'on va donner *Alzire*.
Rousseau va crever de dépit,
S'il est vrai qu'encore il respire :
Car il est mort quant à l'esprit;
Et s'il est vrai que Rousseau vit,
C'est du seul plaisir de médire.

CI. — SUR M. DE LA CONDAMINE,

Qui était occupé de la mesure d'un degré du méridien au Pérou,
lorsque Voltaire faisait *Alzire*.

(1736.)

Ma muse et son compas sont tous deux au Pérou :
Il suit, il examine; et je peins la nature.
Je m'occupe à chanter les pays qu'il mesure :
Qui de nous deux est le plus fou?

CII. — SUR LE CHATEAU DE CIREY.

(FÉVRIER 1736.)

Un voyageur qui ne mentit jamais
Passe à Cirey, l'admire, le contemple;
Il croit d'abord que ce n'est qu'un palais;
Mais il voit Émilie : « Ah! dit-il, c'est un temple. »

CIII. — A Mme DU CHATELET.

De Cirey, où il était pendant son exil, et où il lui avait écrit de Paris.

On dit qu'autrefois Apollon,
Chassé de la voûte immortelle,
Devint berger et puis maçon,
Et laissa là son violon
Pour la houlette et la truelle.
Je suis cent fois plus malheureux :
Votre présence m'est ravie;
Je ne vois donc plus vos beaux yeux;
Je vous perds, charmante Émilie!
C'est moi qui suis chassé des cieux.
Pour vous, dans ce triste séjour,
Je m'adonne à l'architecture;
Les talents ne sont pas enfants de la nature,
Ils sont tous enfants de l'Amour.

CIV. — A Mlle GAUSSIN.

(1736.)

Ce n'est pas moi qu'on applaudit,
C'est vous qu'on aime et qu'on admire;
Et vous damnez, charmante Alzire,
Tous ceux que Guzman convertit.

CV. — A M. PALLU,

INTENDANT DE MOULINS.

(1736.)

Pope l'Anglais, ce sage si vanté,
Dans sa morale au Parnasse embellie,
Dit que les biens, les seuls biens de la vie,
Sont le repos, l'aisance et la santé.
Il s'est mépris : quoi ! dans l'heureux partage
Des dons du ciel faits à l'humain séjour,
Ce triste Anglais n'a pas compté l'amour !
Que je le plains ! il n'est heureux ni sage.

CVI. — A M. DE LA CHAUSSÉE,

En réponse à son *Épître à Clio.*

(1736.)

Lorsque sa muse courroucée
Quitta le coupable Rousseau,
Elle te donna son pinceau,
Sage et modeste La Chaussée.

CVII. — A M. DE VERRIÈRES.

(1736.)

Élève heureux du dieu le plus aimable,
Fils d'Apollon, digne de ses concerts,
Voudriez-vous être encor plus louable?
Ne me louez pas tant, travaillez plus vos vers.
Le plus bel arbre a besoin de culture :
Émondez-moi ces rameaux trop épars;
Rendez leur sève et plus forte et plus pure.
Il faut toujours, en suivant la nature,
La corriger : c'est le secret des arts.

CVIII. — SONNET A M. LE COMTE ALGAROTTI.

(1736.)

On a vanté vos murs bâtis sur l'onde,
Et votre ouvrage est plus durable qu'eux.
Venise et lui semblent faits pour les dieux,
Mais le dernier sera plus cher au monde.

Qu'admirons-nous dans ce dieu merveilleux
Qui, dans sa course éternelle et féconde,
Embrasse tout, et traverse à nos yeux
Des vastes airs la campagne profonde?

L'invoquons-nous pour avoir sur les mers
Bâti ces murs que la cendre a couverts,
Cet Ilion caché dans la poussière?

Ainsi que vous il est le dieu des vers,
Ainsi que vous il répand la lumière :
Voilà l'objet des vœux de l'univers.

CIX. — IMPROMPTU A M. THIÉRIOT,

Qui s'était fait peindre *la Henriade* à la main

(1736.)

Si je voyais ce monument,
Je dirais, rempli d'allégresse :
« Messieurs, c'est mon plus cher enfant
Que mon meilleur ami caresse. »

CX. — A M. DE LA BRUÈRE,

Sur son opéra intitulé *les Voyages de l'Amour,*

(1736.)

L'Amour t'a prêté son flambeau;
Quinault, son ministre fidèle,
T'a laissé son plus doux pinceau :
Tu vas jouir d'un sort si beau
Sans jamais trouver de cruelle,
Et sans redouter un Boileau.

CXI. — A M. BERNARD,

AUTEUR DE L'ART D'AIMER.

LES TROIS BERNARDS.

En ce pays trois Bernards sont connus.
L'un est ce saint, ambitieux reclus,

Prêcheur adroit, fabricateur d'oracles;
L'autre Bernard est celui de Plutus,
Bien plus grand saint, faisant plus de miracles;
Et le troisième est l'enfant de Phébus,
Gentil Bernard, dont la muse féconde
Doit faire encor les délices du monde,
Quand des deux saints l'on ne parlera plus.

CXII. — SIXAIN.

De ces trois Bernards que l'on vante,
Le premier n'a rien qui me tente :
Il dînait mal, et souvent tard;
Mais mon plaisir serait extrême
De dîner chez l'autre Bernard,
Si j'y rencontrais le troisième.

CXIII. — INVITATION AU MÊME.

Au nom du Pinde et de Cythère,
Gentil Bernard, sois averti
Que l'art d'aimer doit samedi
Venir souper chez l'art de plaire[1].

CXIV. — A Mme DE BASSOMPIERRE,

ABBESSE DE POUSSAI.

Avec cet air si gracieux
L'abbesse de Poussai me chagrine, me blesse.
De Montmartre la jeune abbesse
De mon héros[2] combla les vœux;
Mais celle de Poussai l'eût rendu malheureux :
Je ne saurais souffrir les beautés sans faiblesse.

CXV. — POUR LE PORTRAIT DE JEAN BERNOUILLI.

Son esprit vit la vérité,
Et son cœur connut la justice;
Il a fait "honneur de la Suisse,
Et celui de l'humanité.

---

1. Mme la marquise du Châtelet. On sait que Bernard a fait un poème de l'Art d'aimer. (ED.)
2. Le maréchal de Richelieu. (ÉD.)

CXVI. — LE PORTRAIT MANQUÉ.

A MADAME LA MARQUISE DE B****

On ne peut faire ton portrait :
Folâtre et sérieuse, agaçante et sévère,
Prudente avec l'air indiscret,
Vertueuse, coquette, à toi-même contraire,
La ressemblance échappe en rendant chaque trait
Si l'on te peint constante, on t'aperçoit légère :
Ce n'est jamais toi qu'on a fait.
Fidèle au sentiment avec des goûts volages,
Tous les cœurs à ton char s'enchaînent tour à tour.
Tu plais aux libertins, tu captives les sages,
Tu domptes les plus fiers courages,
Tu fais l'office de l'Amour.
On croit voir cet enfant en te voyant paraître ;
Sa jeunesse, ses traits, son art,
Ses plaisirs, ses erreurs, sa malice peut-être :
Serais-tu ce dieu par hasard ?

CXVII. — VERS

Mis au bas d'un portrait de Leibnitz.

Il fut dans l'univers connu par ses ouvrages,
Et dans son pays même il se fit respecter ;
Il éclaira les rois, il instruisit les sages :
Plus sage qu'eux, il sut douter.

CXVIII. — SUR J. B. ROUSSEAU.

(1736.)

Rousseau, sujet au camouflet,
Fut autrefois chassé, dit-on,
Du théâtre à coups de sifflet,
De Paris à coups de bâton :
Chez les Germains chacun sait comme
Il s'est garanti du fagot ;
Il a fait enfin le dévot,
Ne pouvant faire l'honnête homme.

CXIX. — A MME LA MARQUISE DU CHATELET.

Tout est égal, et la nature sage
Veut au niveau ranger tous les humains :
Esprit, raison, beaux yeux, charmant visage,
Fleur de santé, doux loisir, jours sereins,

Vous avez tout, c'est là votre partage.
Moi, je parais un être infortuné,
De la nature enfant abandonné,
Et n'avoir rien semble mon apanage :
Mais vous m'aimez, les dieux m'ont tout donné.

CXX. — ÉPIGRAMME.

Certain émérite envieux,
Plat auteur du *Capricieux*,
Et de ces *Aïeux chimériques*[1],
Et de tant de vers germaniques,
Et de tous ces sales écrits,
D'un père infâme enfants proscrits,
Voulait d'une audace hautaine
Donner des lois à Melpomène,
Et régenter ses favoris,
Quand du sifflet le bruit utile,
Dont aux pièces de ce Zoïle
Nous étions toujours assourdis,
Pour notre repos a fait taire
La voix débile et téméraire
De ce doyen des étourdis.

CXXI. — RÉPONSE A M. DE LINANT[2].

Mais vous, Linant, que le ciel a doté
De minois rond, de croupe rebondie,
Et, qui plus est, de cet art enchanté
Par qui l'esprit se joint à l'harmonie,
Votre Apollon, dieu de la poésie,
Est bien aussi le dieu de la santé.

CXXII. — A Mme DU CHATELET,

A qui l'auteur avait envoyé une bague où son portrait était gravé.

Barier grava ces traits destinés pour vos yeux ;
Avec quelque plaisir daignez les reconnaître ;
Les vôtres dans mon cœur furent gravés bien mieux,
Mais ce fut par un plus grand maître.

---

1. Titres de deux comédies de J. B. Rousseau.
2. Voici les vers de Linant auxquels Voltaire répondait :

Le nom qu'au prix de ta santé
T'ont fait tes vers et ton histoire,
Crois-moi, n'est pas trop acheté :
Tu te portes en vérité,
Encor trop bien pour tant de gloire.

CXXIII. — IMPROMPTU

Fait dans les jardins de Cirey, en se promenant au clair de lune.

Astre brillant, favorable aux amants,
Porte ici tous les traits de ta douce lumière :
Tu ne peux éclairer, dans ta vaste carrière,
Deux cœurs plus amoureux, plus tendres, plus constants.

CXXIV. — A Mme DU CHATELET,

EN RECEVANT SON PORTRAIT.

Traits charmants, image vivante
Du tendre et cher objet de ma brûlante ardeur,
L'image que l'amour a gravée en mon cœur
Est mille fois plus ressemblante.

CXXV. — A Mme DU CHATELET.

Mon cœur est pénétré de tout ce qui vous touche;
De la félicité je vous fais des leçons;
Mais j'y suis peu savant : un mot de votre bouche
Vaut bien mieux que tous les sermons.

CXXVI. — POUR LE PORTRAIT DE Mme LA PRINCESSE DE TALMONT.

Les dieux, en lui donnant naissance
Aux lieux par la Saxe envahis,
Lui donnèrent pour récompense
Le goût qu'on ne trouve qu'en France,
Et l'esprit de tous les pays.

CXXVII. — A Mme D'ARGENTAL,

LE JOUR DE SAINTE JEANNE SA PATRONNE.

Jean fut un saint (si l'on en croit l'histoire
De saint Matthieu) qui buvait l'eau du ciel,
D'un rocher creux faisait son réfectoire
Et tristement soupait avec du miel.
Jeanne, au rebours, sainte sans prud'homie,
Au sentiment unissait la raison,
Sans opulence avait bonne maison
Et de l'esprit était la bonne amie.
On l'adorait, et c'était bien raison.
Or vous, grand saint, mangeur de sauterelle,
Dans vos déserts vivez avec les loups,

Prêchez, jeûnez, priez; mais vous, la belle,
Quand vous voudrez, j'irai souper chez vous.

CXXVIII. — A M. JORDAN, A BERLIN.

(1738.)

Un prince jeune, et pourtant sage,
Un prince aimable, et c'est bien plus,
Au sein des arts et des vertus,
Jordan, vous donne son suffrage;
Ses mains mêmes vous ont paré
De ces fleurs que la poésie
Sous ses pas fait naître à son gré.
Par vous ce prince est adoré,
Et chaque jour de votre vie
A Frédéric est consacré.
Si je n'étais pas à Cirey,
Que je vous porterais d'envie!

CXXIX. — ÉPIGRAMME SUR L'ABBÉ DESFONTAINES,

Qui se prononçait contre l'attraction.

(1738.)

Pour l'amour antiphysique
Desfontaines flagellé
A, dit-on, fort mal parlé
Du système newtonique.
Il a pris tout à rebours
La vérité la plus pure;
Et ses erreurs sont toujours
Des péchés contre nature.

CXXX. — L'ABBÉ DESFONTAINES ET LE RAMONEUR,

OU LE RAMONEUR ET L'ABBÉ DESFONTAINES.

CONTE PAR FEU M. DE LA FAYE.

(1738.)

Un ramoneur à face basanée,
Le fer en main, les yeux ceints d'un bandeau,
S'allait glissant dans une cheminée,
Quand de Sodome un antique bedeau,
Qui pour l'Amour prenait ce jouvenceau,
Vint endosser son échine inclinée.
L'Amour cria : le quartier accourut.
On verbalise; et Desfontaine en rut

Est encagé dans le clos de Bicêtre.
On vous le lie, on le fait dépouiller.
Un bras nerveux se complaît d'étriller
Le lourd fessier du sodomite prêtre.
Filles riaient, et le cuistre écorché
Criait : « Monsieur, pour Dieu, soyez touché;
Lisez, de grâce, et mes vers et ma prose. »
Le fesseur lut; et soudain, plus fâché,
Du renégat il redoubla la dose,
Vingt coups de fouet pour son vilain péché,
Et trente en sus pour l'ennui qu'il nous cause.

CXXXI. — VERS

ÉCRITS A LA MARGE D'UN MANUSCRIT DE MADAME DU CHATEI ET
SUR NEWTON.

Penser avec solidité,
Et d'un style brillant et sage
Oser écrire avec courage
Ce que le génie a dicté;
Être femme, avoir en partage
Et la grandeur et la beauté,
Sans être vaine ni volage :
Sur les hommes, en vérité,
C'est avoir par trop d'avantage.

CXXXII. — A M. H...., ANGLAIS,
Qui avait comparé l'auteur au Soleil.

Le soleil des Anglais, c'est le feu du génie,
C'est l'amour de la gloire et de l'humanité,
Celui de la patrie et de la liberté :
Voilà leur Apollon, voilà leur Polymnie.
Le feu que Prométhée au ciel avait surpris
N'est point dans les climats, il est dans les esprits;
Le nord n'en éteint point les flammes immortelles;
Partout vous en portez les vives étincelles.
Vous brillerez partout, dans la chaire, au sénat;
Vous servirez le prince, et beaucoup mieux l'État;
Et, né pour instruire et pour plaire,
Ce feu que vous tenez de votre illustre père
A dans vous un nouvel éclat.

CXXXIII. — A Mme DE BOUFFLERS,
En lui envoyant un exemplaire de *la Henriade.*

Vos yeux sont beaux, mais votre âme est plus belle;
Vous êtes simple et naturelle,

Et, sans prétendre à rien, vous triomphez de tous.
Si vous eussiez vécu du temps de Gabrielle,
Je ne sais pas ce qu'on eût dit de vous,
Mais l'on n'aurait point parlé d'elle.

CXXXIV. — A Mme LA DUCHESSE DE LA VALLIÈRE
AU NOM DE MADAME LA DUCHESSE DE***,
En lui envoyant une navette.

L'emblème frappe ici vos yeux :
Si les Grâces, l'Amour, et l'Amitié parfaite,
Peuvent jamais former des nœuds,
Vous devez tenir la navette.

CXXXV. — A Mme DU BOCCAGE.

J'avais fait un vœu téméraire
De chanter un jour à la fois
Les grâces, l'esprit, l'art de plaire,
Le talent d'unir sous ses lois
Les dieux du Pinde et de Cythère :
Sur cet objet fixant mon choix,
Je cherchais ce rare assemblage,
Nul autre ne put me toucher;
Mais hier je vis du Boccage,
Et je n'eus plus rien à chercher.

CXXXVI. — LES SOUHAITS.
SONNET.

Il n'est mortel qui ne forme des vœux :
L'un de Voisin[1] convoite la puissance;
L'autre voudrait engloutir la finance
Qu'accumula le beau-père d'Évreux[2].

Vers les quinze ans, un mignon de couchette
Demande à Dieu ce visage imposteur,
Minois friand, cuisse ronde et douillette
Du beau de Gesvre, ami du promoteur.

Roy versifie, et veut suivre Pindare;
Du Bousset chante, et veut passer Lambert
En de tels vœux mon esprit ne s'égare :

Je ne demande au grand dieu Jupiter
Que l'estomac du marquis de La Fare,
Et les c.....ons de monsieur d'Aremberg.

1. Le chancelier Voisin. (ÉD.) — 2. Crozat. (ÉD.)

CXXXVII. — A M. L'ABBÉ DEPUIS CARDINAL DE BERNIS.

Votre muse vive et coquette,
Cher abbé, me paraît plus faite
Pour un souper avec l'Amour
Que pour un souper de poëte.
Venez demain chez Luxembourg,
Venez la tête couronnée
De lauriers, de myrte et de fleurs;
Et que ma muse un peu fanée
Se ranime par les couleurs
Dont votre jeunesse est ornée.

CXXXVIII. — AU ROI DE PRUSSE.

BILLET DE CONGÉ.

(1740.)

Non, malgré vos vertus, non, malgré vos appas,
Mon âme n'est pas satisfaite;
Non, vous n'êtes qu'une coquette
Qui subjuguez les cœurs, et ne vous donnez pas[1].

CXXXIX. — L'ÉPIPHANIE DE 1741.

Stuart, chassé par les Anglais,
Dit son rosaire en Italie;
Stanislas, ex-roi polonais,
Fume sa pipe en Austrasie;
L'empereur, chéri des Français,
Vit à l'auberge en Franconie :
La belle reine des Hongrais
Se rit de cette épiphanie.

CXL. — A M. DE LA NOUE,

AUTEUR DE MAHOMET II, TRAGÉDIE,

En lui envoyant celle de Mahomet le prophète.

(1741.)

Mon cher La Noue, illustre père
De l'invincible Mahomet,
Soyez le parrain d'un cadet

---

1. Le roi écrivit au bas :

Mon âme sent le prix de vos divins appas;
Mais ne présumez pas qu'elle soit satisfaite.
Traître, vous me quittez pour suivre une coquette :
Moi, je ne vous quitterais pas.

Qui sans vous n'est point sûr de plaire.
Votre fils est un conquérant;
Le mien a l'honneur d'être apôtre,
Prêtre, fripon, dévot, brigand :
Faites-en l'aumônier du vôtre.

CXLI. — SUR LA BANQUEROUTE D'UN NOMMÉ MICHEL,

RECEVEUR GÉNÉRAL.

Michel, au nom de l'Éternel,
Mit jadis le diable en déroute;
Mais, après cette banqueroute,
Que le diable emporte Michel!

CXLII. — VERS

GRAVÉS AU BAS D'UN PORTRAIT DE MAUPERTUIS.

(1741.)

Ce globe mal connu, qu'il a su mesurer,
Devient un monument où sa gloire se fonde;
Son sort est de fixer la fortune du monde,
De lui plaire et de l'éclairer.

CXLIII. — SUR LES DISPUTES EN MÉTAPHYSIQUE.

(1741.)

Tels, dans l'amas brillant des rêves de Milton,
On voit les habitants du brûlant Phlégéton,
Entourés de torrents de bitume et de flamme,
Raisonner sur l'essence, argumenter sur l'âme,
Sonder les profondeurs de la fatalité,
Et de la prévoyance et de la liberté.
Ils creusent vainement dans cet abîme immense.

CXLIV. — A M. MAURICE DE CLARIS,

Qui avait envoyé à l'auteur un poëme sur la grâce.

(1741.)

Lorsque vous me parlez des grâces naturelles
Du héros votre commandant[1],
Et de la déité qu'on adore à Bruxelles[2],
C'est un langage qu'on entend.

---

1. Le duc de Richelieu. (ÉD.)
2. La marquise du Châtelet était alors à Bruxelles. (ÉD.)

La grâce du Seigneur est bien d'une autre espèce ;
Moins vous me l'expliquez, plus vous en parlez bien :
 Je l'adore, et n'y comprends rien.
L'attendre et l'ignorer, voilà notre sagesse.
Tout docteur, il est vrai, sait le secret de Dieu ;
Élus de l'autre monde, ils sont dignes d'envie.
 Mais qui vit auprès d'Émilie,
 Ou bien auprès de Richelieu,
 Est un élu dans cette vie.

CXLV. — SUR LE MARIAGE DU FILS DU DOGE DE VENISE,

AVEC LA FILLE D'UN ANCIEN DOGE.

 Venise et la mère d'Amour
 Naquirent dans le sein de l'onde ;
 Ces deux puissances tour à tour
 Ont été la gloire du monde.
C'est pour éterniser un triomphe si beau
Qu'aujourd'hui l'Amour sans bandeau
 Unit deux cœurs qu'il favorise ;
 Et c'est un triomphe nouveau
 Et pour Vénus et pour Venise.

CXLVI. — À Mme LA PRINCESSE ULRIQUE DE PRUSSE.

 Souvent un peu de vérité
 Se mêle au plus grossier mensonge,
 Cette nuit, dans l'erreur d'un songe,
 Au rang des rois j'étais monté.
Je vous aimais, princesse, et j'osais vous le dire!
Les dieux à mon réveil ne m'ont pas tout ôté ;
 Je n'ai perdu que mon empire.

CXLVII. — LA MUSE DE SAINT MICHEL.

(1744.)

Notre monarque, après sa maladie [1],
Était à Metz, attaqué d'insomnie.
Ah! que de gens l'auraient guéri d'abord!
Le poëte Roy [2] dans Paris versifie :
La pièce arrive, on la lit, le roi dort.
De saint Michel la muse soit bénie!

---

[1] Louis XV commença à entrer en convalescence le 19 août 1744. (ÉD.)
[2] Roy était chevalier de Saint-Michel. (D.)

CXLVIII. — VERS

GRAVÉS AU-DESSUS DE LA PORTE DE LA GALERIE DE VOLTAIRE, A CIREY.

(1744.)

Asile des beaux-arts, solitude où mon cœur
Est toujours demeuré dans une paix profonde,
C'est vous qui donnez le bonheur
Que promettrait en vain le monde.

CXLIX. — PORTRAIT DE Mme LA DUCHESSE DE LA VALLIÈRE.

Être femme sans jalousie,
Et belle sans coquetterie;
Bien juger sans beaucoup savoir,
Et bien parler sans le vouloir;
N'être haute, ni familière;
N'avoir point d'inégalité :
C'est le portrait de La Vallière:
Il n'est ni fini, ni flatté.

CL. — IMPROMPTU.

(1745.)

Mon *Henri quatre*, et ma *Zaïre*,
Et mon Américaine *Alzire*,
Ne m'ont valu jamais un seul regard du roi :
J'avais mille ennemis avec très-peu de gloire.
Les honneurs et les biens pleuvent enfin sur moi,
Pour une farce de la Foire[1].

CLI. — A L'IMPÉRATRICE DE RUSSIE ÉLISABETH PETROWNA,

En lui envoyant un exemplaire de *la Henriade*, qu'elle avait
demandé à l'auteur.

Sémiramis du Nord, auguste impératrice,
Et digne fille de Ninus;
Le ciel me destinait à peindre les vertus,
Et je dois rendre grâce à sa bonté propice :
Il permet que je vive en ces temps glorieux
Qui t'ont vu commencer ta carrière immortelle.
Au trône de Russie il plaça mon modèle;
C'est là que j'élève mes yeux.

---

1. *La Princesse de Navarre.* (ÉD.)

CLII. — ÉPIGRAMME.

Connaissez-vous certain rimeur obscur,
Sec et guindé, souvent froid, toujours dur,
Ayant la rage et non l'art de médire,
Qui ne peut plaire, et peut encor moins nuire;
Pour ses méfaits dans la geôle encagé,
A Saint-Lazare après ce fustigé,
Chassé, battu, détesté pour ses crimes,
Honni, berné, conspué pour ses rimes,
Cocu, content, parlant toujours de soi?
Chacun s'écrie : « Eh! c'est le poëte Roy. »

CLIII. — IMPROMPTU

SUR LA FONTAINE DE BUDÉE, A YÈRE.

Toujours vive, abondante et pure,
Un doux penchant règle mon cours ·
Heureux l'ami de la nature
Qui voit ainsi couler ses jours!

CLIV. — A Mme DE POMPADOUR,

Alors Mme d'Étiole, qui venait de jouer la comédie aux petits
appartements.

Ainsi donc vous réunissez
Tous les arts, tous les goûts, tous les talents de plaire
Pompadour, vous embellissez
La cour, le Parnasse et Cythère.
Charme de tous les cœurs, trésor d'un seul mortel,
Qu'un sort si beau soit éternel!
Que vos jours précieux soient marqués par des fêtes!
Que la paix dans nos champs revienne avec Louis
Soyez tous deux sans ennemis,
Et tous deux gardez vos conquêtes.

CLV. — A Mme DE BOUFFLERS,

QUI S'APPELAIT MADELEINE.

Chanson sur l'air des *Folies d'Espagne*.

Votre patronne en son temps savait plaire;
Mais plus de cœurs vous sont assujettis.
Elle obtint grâce, et c'est à vous d'en faire,
Vous qui causez les feux qu'elle a sentis.
Votre patronne, au milieu des apôtres,

Baisa les pieds du maître le plus doux :
Belle Boufflers, il eût baisé les vôtres,
Et saint Jean même en eût été jaloux.

CLVI. — QUATRAIN SUR LE MARÉCHAL DE SAXE

Ce héros que nos yeux aiment à contempler
A frappé d'un seul coup l'envie et l'Angleterre ;
    Il force l'histoire à parler,
    Et les courtisans à se taire.

CLVII. — A Mme DE POMPADOUR,

En lui envoyant l'*Abrégé de l'Histoire de France*, du président Hénault.

(1745.)

    Le voici ce livre vanté.
    Les Grâces daignèrent l'écrire
    Sous les yeux de la Vérité ;
    Et c'est aux Grâces de le lire.

CLVIII. — INSCRIPTIONS

Mises sur la nouvelle porte de Nevers, élevée en l'honneur de Louis XV.

(1746.)

(Du côté de Paris.
Au grand homme modeste, au plus doux des vainqueurs,
Au père de l'État, au maître de nos cœurs.
    (En dedans de la ville.)
A ce grand monument, qu'éleva l'abondance,
Reconnaissez Nevers, et jugez de la France.
    (En dedans de la porte.)
Dans ces temps fortunés de gloire et de puissance,
Où Louis, répandant les bienfaits et l'effroi,
Triomphait des Anglais aux champs de Fontenoy,
Et faisait avec lui triompher sa clémence ;
Tandis que tous les arts, armés et soutenus,
Embellissaient l'État que sa main sut défendre ;
Tandis qu'il renversait les portes de la Flandre
Pour fermer à jamais les portes de Janus,
Les peuples de Nevers, dans ces jours de victoire,
Ont voulu signaler leur bonheur et sa gloire.
Étalez à jamais, augustes monuments,
Le zèle et la vertu de ceux qui vous fondèrent ;
Instruisez l'avenir : soyez vainqueurs du temps,
Ainsi que le grand nom dont leurs mains vous ornèrent.

CLIX. — A M. CLÉMENT DE DREUX

Qui lui avait envoyé des lentilles.

(1746.)

On voit sans peine, à vos rimes gentilles
Dont vous ornez ce salutaire don,
Que dans vos champs les lauriers d'Apollon
Sont cultivés ainsi que vos lentilles.
Si, dans son temps, ce gourmand d'Esaü
Pour un tel mets vendit son droit d'aînesse,
C'est payer cher, il faut qu'on le confesse;
Mais de surcroît si ce Juif eût reçu
D'aussi bons vers, il n'aurait jamais eu
De quoi payer les fruits de cette espèce.

CLX. — COUPLETS

Chantés par Polichinelle, et adressés à M. le comte d'Eu, qui avait fait venir les marionnettes à Sceaux.

(1746.)

Polichinelle, de grand cœur,
    Prince, vous remercie :
En me faisant beaucoup d'honneur
    Vous faites mon envie,
Vous possédez tous les talents,
    Je n'ai qu'un caractère,
J'amuse pour quelques moments,
    Vous savez toujours plaire.

On sait que vous faites mouvoir
    De plus belles machines,
Vous fîtes sentir leur pouvoir
    A Bruxelle, à Malines.
Les Anglais se virent traiter
    En vrais polichinelles,
Et vous avez de quoi dompter
    Les remparts et les belles.

CLXI. — A MME DUMONT.

Qui avait adressé des vers à l'auteur en lui demandant d'entrer avec sa fille aux fêtes de Versailles pour le mariage du dauphin.

(1742.)

Il faut au duc d'Ayen montrer vos vers charmants :
De notre paradis il sera le saint Pierre,

1. L'artillerie, dont le comte d'Eu était grand-maître. (ÉD.)

Il aura les clefs, et j'espère
Qu'on ouvrira la porte aux beautés de quinze ans.

CLXII.

ur ce que l'auteur occupait à Sceaux la chambre de M. de Saint-Aulaire,
que Mme la duchesse du Maine appelait son berger.

(1747.)

J'ai la chambre de Saint-Aulaire,
Sans en avoir les agréments;
Peut-être à quatre-vingt-dix ans
J'aurai le cœur de sa bergère :
Il faut tout attendre du temps,
Et surtout du désir de plaire.

CLXIII. — A Mme LA DUCHESSE DU MAINE.

Vous en qui je vois respirer
Du grand Condé l'âme éclatante,
Dont l'esprit se fait admirer
Lorsque son aspect nous enchante,
Il faut que mes talents soient protégés par vous,
Ou toutes les vertus auront lieu de se plaindre;
Et je dois être à vos genoux,
Puisque j'ai des vertus et des grâces à peindre.

CLXIV. — A Mme LA MARQUISE DU CHATELET,
LE JOUR QU'ELLE A JOUÉ A SCEAUX LE RÔLE D'ISSÉ.

(1747.)

Être Phébus aujourd'hui je désire,
Non pour régner sur la prose et les vers,
Car à du Maine il remet cet empire;
Non pour courir autour de l'univers,
Car vivre à Sceaux est le but où j'aspire;
Non pour tirer des accords de sa lyre,
De plus doux chants font retentir ces lieux;
Mais seulement pour voir et pour entendre
La belle Issé qui pour lui fut si tendre,
Et qui le fit le plus heureux des dieux.

CLXV. — A LA MÊME.
PARODIE DE LA SARABANDE D'ISSÉ.

(1747.)

Charmante Issé, vous nous faites entendre
Dans ces beaux lieux les sons les plus flatteurs;

    Ils vont droit à nos cœurs :
Leibnitz n'a point de monade plus tendre,
Newton n'a point d'*x* plus enchanteurs ;
A vos attraits on les eût vus se rendre ;
Vous tourneriez la tête à nos docteurs ;
    Bernouilli dans vos bras,
    Calculant vos appas,
    Eût brisé son compas.

CLXVI. — A Mme DU CHATELET,

Qui dînait avec l'auteur dans un collége, et qui avait soupé la veille
avec lui dans une hôtellerie.

    M'est-il permis, sans être sacrilége,
    De révéler votre secret ?
Vénus vint, sous vos traits, souper au cabaret,
Et Minerve aujourd'hui vient dîner au collége.

CLXVII. — A UN BAVARD.

    Il faudrait penser pour écrire ;
    Il vaut encor mieux effacer.
Les auteurs quelquefois ont écrit sans penser,
Comme on parle souvent sans avoir rien à dire.

CLXVIII. — IMPROMPTU.

Écrit sur la feuille du suisse de M. le duc de La Vallière, à qui l'auteur
allait demander la romance de *Gabrielle de Vergy*.

    Envoyez-moi par charité
    Cette romance qui sait plaire,
Et que je donnerais par pure vanité
    Si j'avais eu le bonheur de la faire.

CLXIX. — A Mme LA DUCHESSE D'ORLÉANS,

Qui demandait des vers pour une de ses dames d'atour.

    Que pourrait-on dire de plus
    De la nymphe qui suit vos traces ?
    Un jeune objet qui suit Vénus
    Doit être mis au rang des Grâces.

CLXX. — A Mme DE POMPADOUR.

Les esprits et les cœurs, et les remparts terribles,
Tout cède à ses efforts, tout fléchit sous sa loi ;
Et Berg-op-Zoom et vous, vous êtes invincibles ;

Vous n'avez cédé qu'à mon roi :
Il vole dans vos bras, du sein de la victoire;
Le prix de ses travaux n'est que dans votre cœur;
Rien ne peut augmenter sa gloire,
Et vous augmentez son bonheur.

CLXXI. — SUR LE SERIN DE Mlle DE RICHELIEU.

J'appartiens à l'Amour; non, j'appartiens aux Grâces;
Non, j'appartiens à Richelieu;
L'un dans ses yeux, les autres sur ses traces,
A la méprise ont donné lieu.

CLXXII. — A M. DE LA POPELINIÈRE,
En lui envoyant un exemplaire de *Sémiramis*.

(1748.)

Mortel de l'espèce très-rare
Des solides et beaux esprits,
Je vous offre un tribut qui n'est pas de grand prix :
Vous pourriez donner mieux, mais vos charmants écrits
Sont le seul de vos biens dont vous soyez avare.

CLXXIII. — VERS
Récités par une pensionnaire du couvent de Beaune, avant la représentation de *la Mort de César*, pour la fête de la prieure.

(1748.)

Osons-nous retracer de féroces vertus
Devant des vertus si paisibles?
Osons-nous présenter ces spectacles terribles
A ces regards si doux, à nous plaire assidus?
César, ce roi de Rome, et si digne de l'être,
Tout héros qu'il était, fut un injuste maître;
Et vous régnez sur nous par le plus saint des droits :
On détestait son joug, nous adorons vos lois.
Pour nous et pour ces lieux quelle scène étrangère
Que ces troubles, ces cris, ce sénat sanguinaire,
Ce vainqueur de Pharsale, au temple assassiné,
Ces meurtriers sanglants, ce peuple forcené!
Toutefois des Romains on aime encor l'histoire;
Leur grandeur, leurs forfaits, vivent dans la mémoire.
La jeunesse s'instruit dans ces faits éclatants;
Dieu lui-même a conduit ces grands événements;
Adorons de sa main ces coups épouvantables,
Et jouissons en paix de ces jours favorables

Qu'il fait luire aujourd'hui sur les peuples soumis,
Éclairés par sa grâce, et sauvés par son Fils.

CLXXIV. — SUR LE PANÉGYRIQUE DE LOUIS XV.

(1748.)

Cet éloge a très-peu d'effet;
Nul mortel ne m'en remercie :
Celui qui le moins s'en soucie
Est celui pour qui je l'ai fait.

CLXXV. — ÉPIGRAMME

SUR BOYER, THÉATIN, ÉVÊQUE DE MIREPOIX,

Qui aspirait au cardinalat.

En vain la Fortune s'apprête
A t'orner d'un lustre nouveau;
Plus ton destin deviendra beau,
Et plus tu nous paraîtras bête.
Benoît donne bien un chapeau,
Mais il ne donne point de tête.

CLXXVI. — IMPROMPTU A Mᵐᵉ DU CHATELET,

Déguisée en Turc, et conduisant au bal Mme de Boufflers, déguisée
en sultane.

Sous cette barbe qui vous cache,
Beau Turc, vous me rendez jaloux!
Si vous ôtiez votre moustache,
Roxane le serait de vous.

CLXXVII. — AU ROI STANISLAS.

Le ciel, comme Henri, voulut vous éprouver,
La bonté, la valeur, à tous deux fut commune;
Mais mon héros fit changer la fortune,
Que votre vertu sait braver.

CLXXVIII. — A M. DE PLEEN,

Qui attendait l'auteur chez Mme de Graffigny, où l'on devait lire
la Pucelle.

Comment, Écossais que vous êtes,
Vous voilà parmi nos poètes!
Votre esprit est de tout pays.
Je serai sans doute fidèle

Au rendez-vous que j'ai promis;
Mais je ne plains pas vos amis :
Car cette veuve aimable et belle,
Par qui nous sommes tous séduits,
Vaut cent fois mieux qu'une pucelle.

CLXXIX. — A Mme DU CHATELET.

Il est deux dieux qui font tout ici-bas,
J'entends qui font que l'on plaît et qu'on aime ·
Si ce n'est tout, du moins je ne crois pas
Être le seul qui suive ce système.
Ces deux divinités sont l'Esprit et l'Amour,
    Qui rarement vivent ensemble;
L'intérêt les sépare, et chacun a sa cour.
    Heureux celui qui les rassemble!
    Assez d'ouvrages imparfaits
    Sont les fruits de leur jalousie.
Ils voulurent pourtant un jour faire la paix :
    Ce jour de paix fut unique en leur vie;
    Mais on ne l'oubliera jamais,
    Car il produisit Émilie.

CLXXX. — ÉTRENNES A LA MÊME,

AU NOM DE MADAME DE BOUFFLERS.

Une étrenne frivole à la docte Uranie!
Peut-on la présenter? oh! très-bien, j'en réponds.
Tout lui plaît, tout convient à son vaste génie :
Les livres, les bijoux, les compas, les pompons,
Les vers, les diamants, le biribi, l'optique,
L'algèbre, les soupers, le latin, les jupons,
L'opéra, les procès, le bal, et la physique[1].

CLXXXI. — A Mme DE BOUFFLERS.

Le nouveau Trajan des Lorrains,
Comme roi, n'a pas mon hommage;
Vos yeux seraient plus souverains;
Mais ce n'est pas ce qui m'engage.
Je crains les belles et les rois :

---

1.   RÉPONSE DE MADAME DU CHATELET.

        Hélas! vous avez oublié,
        Dans cette longue kyrielle,
        De placer la tendre amitié :
    Je donnerais tout le reste pour elle.

Ils abusent trop de leurs droits,
Ils exigent trop d'esclavage.
Amoureux de ma liberté,
Pourquoi donc me vois-je arrêté
Dans les chaînes qui m'ont su plaire?
Votre esprit, votre caractère,
Font sur moi ce que n'ont pu faire
Ni la grandeur ni la beauté.

LXXXII. — VERS SUR L'AMOUR.

(1749.)

L'Amour règne par le délire
Sur ce ridicule univers ;
Tantôt aux esprits de travers
Il fait rimer de mauvais vers ;
Tantôt il renverse un empire.
L'œil en feu, le fer à la main,
Il frémit dans la tragédie ;
Non moins touchant et plus humain,
Il anime la comédie ;
Il affadit dans l'élégie,
Et dans un madrigal badin
Il se joue aux pieds de Sylvie.
Tous les genres de poésie,
De Virgile jusqu'à Chaulieu,
Sont aussi soumis à ce dieu
Que tous les états de la vie.

CLXXXIII. — A M. DESTOUCHES.

(1749.)

Auteur solide, ingénieux,
Qui du théâtre êtes le maître,
Vous qui fîtes *le Glorieux*,
Il ne tiendrait qu'à vous de l'être :
Je le serai, j'en suis tenté,
Si mardi ma table s'honore
D'un convive si souhaité ;
Mais je sentirai plus encore
De plaisir que de vanité.

CLXXXIV. — COMPLIMENT

Adressé au roi Stanislas et à Mme la princesse de La Roche-sur-Yon,
sur le théâtre de Lunéville, par Voltaire, qui venait d'y jouer le rôle
de l'assesseur dans *l'Étourderie*.

O roi dont la vertu, dont la loi nous est chère,
Esprit juste, esprit vrai, cœur tendre et généreux,
    Nous devons chercher à vous plaire,
    Puisque vous nous rendez heureux.
Et vous, fille des rois, princesse douce, affable,
Princesse sans orgueil, et femme sans humeur,
De la société, vous, le charme adorable,
    Pardonnez au pauvre assesseur.

CLXXXV. — CHANSON

Composée pour la marquise de Boufflers.

Pourquoi donc le Temps n'a-t-il pas,
    Dans sa course rapide,
Marqué la trace de ses pas
    Sur les charmes d'Armide ?
C'est qu'elle en jouit sans ennui,
    Sans regret, sans le craindre.
Fugitive encor plus que lui,
    Il ne saurait l'atteindre.

CLXXXVI. — AU ROI STANISLAS,

A LA CLÔTURE DU THÉATRE DE LUNÉVILLE.

Des jeux où présidaient les Ris et les Amours
    La carrière est bientôt bornée;
    Mais la vertu dure toujours :
    Vous êtes de toute l'année.
Nous faisions vos plaisirs, et vous les aimiez courts;
Vous faites à jamais notre bonheur suprême,
    Et vous nous donnez, tous les jours,
Un spectacle inconnu trop souvent dans les cours :
    C'est celui d'un roi que l'on aime.

CLXXXVII. — A Mme DU BOCCAGE.

En vain Milton, dont vous suivez les traces,
Peint l'âge d'or comme un songe effacé;
Dans vos écrits, embellis par les Grâces,
On croit revoir un temps trop tôt passé.
Vivre avec vous dans le temple des muses,

Lire vos vers, et les voir applaudis,
Malgré l'enfer, le serpent et ses ruses,
Charmante Églé, voilà le *Paradis*.

CLXXXVIII. — A LA MÊME,

SUR SON PARADIS PERDU.

Par le nouvel essai que vous faites briller,
Vous nous contraignez tous à vous rendre les armes :
Continuez, Iris, à nous humilier;
On vous pardonne tout en faveur de vos charmes.

CLXXXIX. — ÉPITAPHE DE Mme DU CHATELET.

L'univers a perdu la sublime Émilie!
Elle aima les plaisirs, les arts, la vérité.
Les dieux, en lui donnant leur âme et leur génie,
N'avaient gardé pour eux que l'immortalité.

CXC. — A Mme DE POMPADOUR,

Qui trouvait qu'une caille servie à son dîner était grassouillette.

Grassouillette, entre nous, me semble un peu caillette.
Je vous le dis tout bas, belle Pompadourette.

CXCI. — A M. D'ARNAUD,

Qui lui avait adressé des vers très-flatteurs.

Mon cher enfant, tous les rois sont loués
Lorsque l'on parle à leur personne;
Mais ces éloges qu'on leur donne,
Sont trop souvent désavoués.
J'aime peu la louange, et je vous la pardonne;
Je la chéris en vous, puisqu'elle vient du cœur.
Vos vers ne sont pas d'un flatteur,
Vous peignez mes devoirs, et me faites connaître,
Non pas ce que je suis, mais ce que je dois être.
Poursuivez, et croissez en grâces, en vertus :
Si vous me louez moins, je vous louerai bien plus.

CXCII. — A Mme DE POMPADOUR,

DESSINANT UNE TÊTE.

Pompadour, ton crayon divin
Devait dessiner ton visage :
Jamais une plus belle main
N'aurait fait un plus bel ouvrage.

CXCIII. — A LA MÊME,

APRÈS UNE MALADIE.

Lachésis tournait son fuseau,
Filant avec plaisir les beaux jours d'Isabelle :
J'aperçus Atropos qui, d'une main cruelle,
Voulait couper le fil, et la mettre au tombeau.
J'en avertis l'Amour; mais il veillait pour elle,
Et du mouvement de son aile
Il étourdit la Parque, et brisa son ciseau.

CXCIV. — IMPROMPTU A LA MÊME,

En entrant à sa toilette, le lendemain d'une représentation d'*Alzire* au théâtre des petits appartements, où elle avait joué le rôle d'Alzire.

Cette Américaine parfaite
Trop de larmes a fait couler.
Ne pourrai-je me consoler,
Et voir Vénus à sa toilette?

CXCV. — VERS

Faits en passant au village de Lawfelt.

(1750.)

Rivage teint de sang, ravagé par Bellone,
Vaste tombeau de nos guerriers,
J'aime mieux les épis dont Cérès te couronne,
Que des moissons de gloire et de tristes lauriers.
Fallait-il, justes dieux! pour un maudit village,
Répandre plus de sang qu'aux bords du Simoïs?
Ah! ce qui paraît grand aux mortels éblouis
Est bien petit aux yeux du sage!

CXCVI. — AU ROI DE PRUSSE.

O fils aîné de Prométhée,
Vous eûtes, par son testament
L'héritage du feu brillant
Dont la terre est si mal dotée.
On voit encor, mais rarement,
Des restes de ce feu charmant
Dans quelques françaises cervelles.
Chez nous, ce sont des étincelles;
Chez vous, c'est un embrasement.
Pour ce Boyer, ce lourd pédant,
Diseur de sottise et de messe.

Il connaît peu cet élément;
Et, dans sa fanatique ivresse,
Il voudrait brûler saintement
Dans les flammes d'une autre espèce.

CXCVII. — IMPROMPTU

SUR UNE ROSE DEMANDÉE PAR LE MÊME ROI.

Phénix des beaux esprits, modèle des guerriers,
Cette rose naquit au pied de vos lauriers.

CXCVIII. — PLACET

POUR UN HOMME A QUI LE ROI DE PRUSSE DEVAIT DE L'ARGENT.

Grand roi, tous vos voisins vous doivent leur estime,
    Vos sujets vous doivent leurs cœurs;
Vous recevez partout un tribut légitime
    D'amour, de respect, et d'honneurs,
Chacun doit son hommage à votre ardeur guerrière.
O vous qui me devez quelque mille ducats,
Prince, si bien payé de la nature entière,
    Pourquoi ne me payez-vous pas?

CXCIX — AU ROI DE PRUSSE.

J'ai vu la beauté languissante
Qui par lettres me consulta
Sur les blessures d'une amante :
Son bon médecin lui donna
La recette de l'inconstance.
Très-bien, sans doute, elle en usa,
En use encore, en usera
Avec longue persévérance :
Le tendre Amour applaudira;
Certain prince aimable en rira,
Mais le tout avec indulgence.
Oui, grand prince, dans vos États
On verra quelques infidèles :
J'entends les amants et les belles;
Car pour vous seul on ne l'est pas.

CC. — A LA MÉTRIE,

Qui était malade.

Je ne suis point inquiété,
Si notre joyeux La Métrie

Perd quelquefois cette santé
Qui rend sa face si fleurie.
Quelque peu de gloutonnerie,
Avec beaucoup de volupté,
Sont les doux emplois de sa vie.
Il se conduit comme il écrit;
A la nature il s'abandonne;
Et chez lui le plaisir guérit
Tous les maux que le plaisir donne.

CCI. — IMPROMPTU A M. DE MAUPERTUIS,

Qui était à la toilette du roi de Prusse avec l'auteur, lorsque ce prince, encore à la fleur de son âge, leur fit remarquer qu'il avait des cheveux blancs.

Ami, vois-tu ces cheveux blancs
Sur une tête que j'adore?
Ils ressemblent à ses talents :
Ils sont venus avant le temps,
Et comme eux ils croîtront encore.

CCII. — AUTRE IMPROMPTU

Sur un carrousel donné par le roi de Prusse, et où présidait la princesse Amélie.

Jamais dans Athène et dans Rome
On n'eut de plus beaux jours, ni de plus digne prix.
J'ai vu le fils de Mars sous les traits de Pâris,
Et Vénus qui donnait la pomme.

CCIII. — AUX PRINCESSES ULRIQUE ET AMÉLIE.

Si Pâris venait sur la terre
Pour juger entre vos beaux yeux,
Il couperait la pomme en deux,
Et ne produirait plus de guerre.

CCIV. — AUX MÊMES.

Pardon, charmante Ulric, pardon, belle Amélie;
J'ai cru n'aimer que vous le reste de ma vie,
Et ne servir que sous vos lois;
Mais enfin j'entends et je vois
Cette adorable sœur dont l'Amour suit les traces[1].
Ah! ce n'est pas outrager les trois Grâces
Que de les aimer toutes trois.

1. Mme la margrave de Bareuth, sœur de Frédéric. (Éd.)

CCV.
SUR LE DÉPART DU ROI DE PRUSSE DE POTSDAM POUR BERLIN.
(1750.)

Je vais donc vous quitter, ô champêtre séjour,
Retraite du vrai sage, et temple du vrai juste!
    J'y voyais Horace et Salluste,
J'étais auprès d'un roi, mais sans être à la cour.
Il va donc étaler des pompes qu'il dédaigne,
D'un peuple qui l'attend contenter les désirs;
Il va donc s'ennuyer pour donner des plaisirs.
Que j'aimais l'homme en lui! pourquoi faut-il qu'il règne?

CCVI. — A M. DARGET.
(1751.)

Bonsoir, monsieur le secrétaire,
De la part d'un vieux solitaire
Qui de penser fait son emploi,
Et pourtant n'y profite guère.
O désert, puissiez-vous me plaire,
Et puissé-je y vivre avec moi!
Sans-Souci, beaux lieux qu'on renomme,
Je suis encor trop près d'un roi,
Mais trop éloigné d'un grand homme.

CCVII.
A monsieur, monsieur le joyeux de La Métrie,
Fléau des médecins et de la mélancolie.
(1751.)

Allez, courez, joyeux lecteur,
Et le verre à la main, coiffé d'une serviette,
De vos désirs brûlants communiquez l'ardeur
    Au sein de Phyllis et d'Annette.
Chaque âge a ses plaisirs : je suis sur mon déclin;
    Il me faut de la solitude,
    A vous des amours et du vin.
De mes jours trop usés j'attends ici la fin
    Entre Frédéric et l'étude,
Jouissant du présent, exempt d'inquiétude,
    Sans compter sur le lendemain.

CCVIII. — AU ROI DE PRUSSE.
(1751.)

Je baise avec transport un livre si charmant :
Le seigneur de Saint-Jame et celui de Versailles

Ne peuvent faire un tel présent :
Et je m'écrie en vous lisant,
Comme en parlant de vos batailles :
« Non, il n'est point de roi qui puisse en faire autant. »

CCIX. — AU MÊME.
(1751.)

On dit que tout prédicateur
Dément assez souvent ce qu'il annonce en chaire :
Grand roi, soit dit sans vous déplaire,
Vous êtes de la même humeur.
Vous nous annoncez avec zèle
Une importante vérité;
Et vous allez pourtant à l'immortalité,
En nous prêchant l'âme mortelle.

CCX. — AU MÊME.
(1751.)

Affublé d'un bonnet qui couvre de ses bords
Le peu que les destins m'ont donné de visage,
Sur un grabat étroit où gît mon maigre corps,
Oublié des plaisirs, et mis au rang des morts,
Que fais-je, à votre avis? J'enrage.

Il est vrai, Salomon, que dans un bel ouvrage
Vous m'avez enseigné qu'il faut savoir vieillir,
Souffrir, mourir, s'anéantir.
Faute de mieux, grand roi, c'est un parti fort sage.

Je fais assez gaiement ce triste apprentissage,
Du mal qui me poursuit je brave en paix les coups.
Je me sens assez de courage
Pour affronter la nuit du ténébreux rivage,
Mais non pas pour vivre sans vous.

CCXI. — SUR LA NAISSANCE DU DUC DE BOURGOGNE[1].
(1751.)

Rejeton de cent rois, espoir fragile et tendre
D'un héros adoré de nous,
Que vous êtes heureux de ne pouvoir entendre
Les mauvais vers qu'on fait pour vous!

1. Né le 13 septembre 1751, mort le 22 mars 1761, frère aîné de Louis XVI. (Ed.)

CCXII. — AU ROI DE PRUSSE,

(1752.)

Je n'ai point cultivé votre terre fertile,
J'en ai vu les progrès, et j'en goûte les fruits,
O séjour des neuf Sœurs, où Mars même est tranquille,
Paré des dons divers qu'à mes yeux tu produis,
Tu seras mon dernier asile !

Je renvoie au héros dont je suis enchanté
Cet ampoulé fatras d'un ministre entêté,
Triomphe du faux goût plus que de l'*innocence*;
Et je garde la vérité,
Que vous daignez m'offrir des mains de l'éloquence.

CCXIII. — ÉPIGRAMME SUR LA MORT DE M. D'AUBE [1],

NEVEU DE M. DE FONTENELLE.

« Qui frappe là ? dit Lucifer.
— Ouvrez, c'est d'Aube. » Tout l'enfer,
A ce nom, fuit et l'abandonne.
« Oh, oh ! dit d'Aube, en ce pays
On me reçoit comme à Paris :
Quand j'allais voir quelqu'un, je ne trouvais personne. »

CCXIV. — A M. MINGARD,

Qui demandait un billet pour voir *Nanine* au spectacle de la cour
à Berlin.

Qui sait si fort intéresser
Mérite bien qu'on le prévienne;
Oui, parmi nous viens te placer;
Nous dirons tous : « Qu'il y revienne ! »

CCXV. — AU ROI DE PRUSSE,

En lui renvoyant la clef de chambellan et la croix de son ordre.

(1753.)

Je les reçus avec tendresse,
Je vous les rends avec douleur,
Comme un amant jaloux, dans sa mauvaise humeur,
Rend le portrait de sa maîtresse.

---

1. Ancien intendant de Soissons, homme fort instruit, mais si contredisant que tout le monde le fuyait. (ÉD.)

CCXVI. — A Mme LA DUCHESSE DE SAXE-GOTHA.

(1753.)

Grand Dieu, qui rarement fais naître parmi nous
De grâces, de vertus, cet heureux assemblage,
Quand ce chef-d'œuvre est fait, sois un peu plus jaloux
    De conserver un tel ouvrage :
Fais naître en sa faveur un éternel printemps;
Étends dans l'avenir ses belles destinées,
Et raccourcis les jours des sots et des méchants
    Pour ajouter à ses années.

CCXVII. — A LA MÊME.

    Loin de vous et de votre image,
    Je suis sur le sombre rivage;
    Car Plombière est, en vérité,
    De Proserpine l'apanage.
    Mais les eaux de ce lieu sauvage
    Ne sont pas celles du Léthé;
Je n'y bois point l'oubli du serment qui m'engage;
Je m'occupe toujours de ce charmant voyage
    Que dès longtemps j'ai projeté :
    Je veux vous porter mon hommage;
Je n'attends rien des eaux et de leur triste usage :
    C'est le plaisir qui donne la santé.

CCXVIII. — A Mme LA MARQUISE DE BELESTAT,

Qui se plaignait qu'on lui avait pris deux contrats au jeu, et qui chois.
l'auteur pour arbitre.

(1754.)

Vous vous plaignez à tort, on ne vous a rien pris;
C'est vous qui ravissez des biens d'un plus haut prix,
Qui sur nos libertés ne cessez d'entreprendre.
Votre cœur attaqué sait trop bien se défendre;
Et la mère des Jeux, des Grâces, et des Ris,
    Vous condamne à le laisser prendre.

CCXIX. — A Mlle DE LA GALAISIÈRE,

Jouant le rôle de Lucinde dans *l'Oracle*.

J'allais pour vous au dieu du Pinde,
Et j'en implorais la faveur.
Il me dit : « Pour chanter Lucinde
Il faut un dieu plus séducteur. »

Je cherchai loin de l'Hippocrène
Ce dieu si puissant et si doux;
Bientôt je le trouvai sans peine,
Car il était à vos genoux.
Il me dit : « Garde-toi de croire
Que de tes vers elle ait besoin ;
De la former j'ai pris le soin,
Je prendrai celui de sa gloire. »

CCXX. — A M. DE CIDEVILLE.

SUR LES LIVRES DE DOM CALMET.

(1754.)

Ses antiques fatras ne sont point inutiles;
Il faut des passe-temps de toutes les façons,
Et l'on peut quelquefois supporter les Varrons,
Quoiqu'on adore les Virgiles.

CCXXI. — AUX HABITANTS DE LYON.

(1754.)

Il est vrai que Plutus est au rang de vos dieux,
Et c'est un riche appui pour votre aimable ville :
Il n'est point de plus bel asile;
Ailleurs il est aveugle, il a chez vous des yeux.
Il n'était autrefois que dieu de la richesse;
Vous en faites le dieu des arts :
J'ai vu couler dans vos remparts
Les ondes du Pactole et les eaux du Permesse.

CCXXII. — INSCRIPTION

POUR LE PORTRAIT DE M. DE LUTZELBOURG.

(1754.)

Il eut un cœur sensible, une âme non commune;
Il fut par ses bienfaits digne de son bonheur :
Ce bonheur disparut; il brava l'infortune.
Pour l'homme de courage il n'est point de malheur.

CCXXIII. — IMPROMPTU A M. DE CHENEVIÈRES,

A qui Voltaire avait demandé sa confession,
et qui lui avait récité quelques vers.

Vous êtes dans la saison
Des plus aimables faiblesses :

Puissiez-vous servir vos maîtresses
Comme vous servez Apollon !
Entre des vers et vos Lisettes
Goûtez le destin le plus doux :
Votre confesseur est jaloux
Des jolis péchés que vous faites.

CCXXIV. — AU ROI DE PRUSSE.

(1756.)

O Salomon du Nord, ô philosophe roi,
Dont l'univers entier contemplait la sagesse !
Les sages, empressés de vivre sous ta loi,
Retrouvaient dans ta cour l'oracle de la Grèce :
La terre en t'admirant se baissait devant toi ;
Et Berlin, à ta voix sortant de la poussière,
A l'égal de Paris levait sa tête altière,
A l'ombre des lauriers moissonnés à Molvitz [1]
Appelés sur tes bords des rives de la Seine,
Les arts encouragés défrichaient ton pays ;
Transplantés par leurs soins, cultivés et nourris,
Le palmier du Parnasse et l'olive d'Athène
S'élevaient sous tes yeux enchantés et surpris ;
La Chicane à tes pieds avait mordu l'arène,
Et ce monstre, chassé du palais de Thémis,
Du timide orphelin n'excitait plus les cris.
Ton bras avait dompté le démon de la guerre ;
Son temple était fermé, tes États agrandis,
Et tu mettais Bourbon au rang de tes amis.
Mais parjure à la France, ami de l'Angleterre,
Que deviendront les fruits de tes nobles travaux?
L'Europe retentit du bruit de ton tonnerre ;
Ta main de la Discorde allume les flambeaux ;
Les champs sont hérissés de tes fières cohortes,
Et déjà de Leipsick [2] tu vas briser les portes.
Malheureux! sous tes pas tu creuses des tombeaux.
Tu viens de provoquer deux terribles rivaux.
Le fer est aiguisé, la flamme est toute prête,
Et la foudre en éclats va tomber sur ta tête.
Tu vécus trop d'un jour, monarque infortuné !
Tu perds en un instant ta fortune et ta gloire ;
Tu n'es plus ce héros, ce sage couronné,
Entouré des beaux arts, suivi de la victoire !
Je ne vois plus en toi qu'un guerrier effréné,

---

1. Bataille de Molvitz, gagnée par le roi de Prusse, le 10 avril 1741. (ÉD.)
2. 29 août 1756. (ÉD.)

Qui, la flamme à la main, se frayant un passage,
Désole les cités, les pille, les ravage,
Foule les droits sacrés des peuples et des rois,
Offense la nature, et fait taire les lois.

CCXXV. — VERS

POUR ÊTRE MIS AU BAS DU PORTRAIT DE DOM CALMET.

(1757.)

Des oracles sacrés que Dieu daigna nous rendre,
Son travail assidu perça l'obscurité ;
Il fit plus, il les crut avec simplicité,
Et fut, par ses vertus, digne de les entendre.

CXXVI. — VERS

POUR ÊTRE MIS AU BAS DU PORTRAIT DU DUC DE ROHAN, GÉNÉRAL DES GRISONS, QUI CONQUIT LA VALTELINE.

(1758.)

Sur un plus grand théâtre il aurait dû paraître :
Il agit en héros, en sage il écrivit.
Il fut même un grand homme en combattant son maître,
Et plus grand lorsqu'il le servit.

CCXXVII. — A Mme LA DUCHESSE D'ORLÉANS,

Sur une énigme inintelligible qu'elle avait donnée à deviner à l'auteur

(1758.)

Votre énigme n'a point de mot.
Expliquer chose inexplicable
Est d'un docteur, ou bien d'un sot ;
L'un à l'autre est assez semblable :
Mais si l'on donne à deviner
Quelle est la princesse adorable
Qui sur les cœurs sait dominer,
Sans chercher cet empire aimable,
Pleine de goût sans raisonner,

Voici cette énigme, que Voltaire appelait une *attrape Foncemagne* :

Je suis des musulmans l'horreur et le modèle :
J'ai suivi les Césars, et suis encor pucelle.
Soit qu'il pleuve, soit qu'il tonne,
Je vais à l'abreuvoir,
Et la place que j'abandonne
Ne sera prise par personne
Qu'il n'ait pissé sur son mouchoir. (ÉD.)

Et d'esprit sans faire l'habile ;
Cette énigme peut étonner ,
Mais le mot n'est pas difficile.

CCXXVIII. — A Mme LA MARQUISE DE CHAUVELIN,

Dont l'époux avait chanté les sept péchés mortels.

(1758.)

Les sept péchés que mortels on appelle
Furent chantés par monsieur votre époux :
Pour l'un des sept nous partageons son zèle,
Et pour vous plaire on les commettrait tous.
C'est grand'pitié que vos vertus défendent
Le plus chéri, le plus digne de vous,
Lorsque vos yeux malgré vous le demandent.

CCXXIX. — INSCRIPTION POUR LA TOMBE DE PATU.

(SEPTEMBRE 1758.)

Tendre et pure amitié , dont j'ai senti les charmes,
Tu conduisis mes pas dans ces tristes déserts ;
Tu posas cette tombe et tu gravas ces vers,
Que mes yeux arrosent de larmes.

CCXXX. — A Mme LULLIN,

En lui envoyant un bouquet, le 6 janvier 1759, jour auquel elle avait
cent ans accomplis.

Nos grands-pères vous virent belle ;
Par votre esprit vous plaisez à cent ans :
Vous méritiez d'épouser Fontenelle,
Et d'être sa veuve longtemps.

CCXXXI. — ÉPIGRAMME SUR GRESSET.

(1759.)

Certain cafard, jadis jésuite,
Plat écrivain, depuis deux jours
Ose gloser sur ma conduite,
Sur mes vers et sur mes amours :
En bon chrétien je lui fais grâce,
Chaque pédant peut critiquer mes vers ;
Mais sur l'amour jamais un fils d'ignace
Ne glosera que de travers.

CCXXXII. — ÉPIGRAMME.

Savez-vous pourquoi Jérémie
A tant pleuré pendant sa vie?
C'est qu'en prophète il prévoyait
Qu'un jour Le Franc le traduirait.

CCXXXIII. — LES POUR.

(1780.)

Pour vivre en paix joyeusement,
Croyez-moi, n'offensez personne :
C'est un petit avis qu'on donne
Au sieur Le Franc de Pompignan.

Pour plaire il faut que l'agrément
Tous vos préceptes assaisonne :
Le sieur Le Franc de Pompignan
Pense-t-il donc être en Sorbonne?

Pour instruire il faut qu'on raisonne,
Sans déclamer insolemment;
Sans quoi plus d'un sifflet fredonne
Aux oreilles d'un Pompignan.

Pour prix d'un discours impudent,
Digne des bords de la Garonne,
Paris offre cette couronne
Au sieur Le Franc de Pompignan.

                        Dédié par le sieur A...

CCXXXIV. — LES QUE.

Que Paul Le Franc de Pompignan
Ait fait en pleine académie
Un discours fort impertinent,
Et qu'elle en soit tout endormie;

Qu'il ait bu jusques à la lie
Le calice un peu dégoûtant
De vingt censures qu'on publie,
Et dont je suis assez content;

Que, pour comble de châtiment,
Quand le public le mortifie
Un Fréron le béatifie,
Ce qui redouble son tourment;

Qu'ailleurs un noir petit pédant
Insulte à la philosophie,

Et qu'il serve de truchement
A Chaumeix qui se crucifie;

Que l'orgueil et l'hypocrisie
Contre ces gens de jugement
Étalent une frénésie
Que l'on siffle unanimement;

Que parmi nous à tout moment
Cinquante espèces de folie
Se succèdent rapidement,
Et qu'aucune ne soit jolie;

Qu'un jésuite avec courtoisie
S'intrigue partout sourdement,
Et reproche un peu d'hérésie
Aux gens tenant le parlement;

Qu'un janséniste ouvertement
Fronde la cour avec furie :
Je conclus très-patiemment
Qu'il faut que le sage s'en rie.

Prononcé par le sieur F.

CCXXXV. — LES QUI.

Qui pilla jadis Métastase,
Et qui crut imiter Maron?
Qui, bouffi d'ostentation,
Sur ses écrits est en extase?

Qui si longuement paraphrase
David en dépit d'Apollon,
Prétendant passer pour un vase
Qu'on appelle d'élection?

Qui, parlant à sa nation,
Et l'insultant avec emphase,
Pense être au haut de l'Hélicon
Lorsqu'il barbote dans la vase?

Qui dans plus d'une périphrase
A ses maîtres fait la leçon?
Entre nous, je crois que son nom
Commence en *V*, finit en *ase*.

Offert par Ramponneau.

CCXXXVI. — LES QUOI.

Quoi! c'est Le Franc de Pompignan,
Auteur de chansons judaïques,

Barbouilleur du *Vieux Testament*,
Qui fait des discours satiriques?

Quoi! dans des odes hébraïques,
Qu'il translata si tristement,
A-t-il pris ces propos caustiques
Qu'il débite si lourdement?

Quoi! verrait-on patiemment
Tant de pauvretés emphatiques?
L'ennui, dans nos temps véridiques,
Ne se pardonne nullement.

Quoi! Pompignan dans ses répliques
M'ennuiera comme ci-devant?
Nous le poursuivrons très-gaiement
Pour ses fatras mélancoliques.

Présenté par Arnoud.

CCXXXVII. — LES QUI.

Oui, ce Le Franc de Pompignan
Est un terrible personnage;
Oui, ses psaumes sont un ouvrage
Qui nous fait bâiller longuement.

Oui, de province un président
Plein d'orgueil et de verbiage
Nous paraît un pauvre pédant,
Malgré son riche mariage.

Oui, tout riche qu'il est, je gage
Qu'au fond de l'âme il se repent;
Son mémoire est impertinent,
Il est bien fier, mais il enrage.

Oui, tout Paris, qui l'envisage
Comme un seigneur de Montauban,
Le chansonne, et rit au visage
De ce Le Franc de Pompignan.

Essayé par Matthieu Ballot.

CCXXXVIII. — LES NON.

Non, cher Le Franc de Pompignan,
Quoi que je dise et que je fasse,
Je ne peux obtenir ta grâce
De ton lecteur peu patient.

Non, quand on a maussadement
Insulté le public en face,

On ne saurait impunément
Montrer la sienne avec audace.

Non, quand tu quitteras la place
Pour retourner à Montauban,
Les sifflets partout sur ta trace
Te suivront sans ménagement.

Non, si le ridicule passe,
Il ne passe que faiblement.
Ces couplets seront la préface
Des ouvrages de Pompignan.

Répondu par Jacques Agard.

CCXXXIX. — LES FRÉRON.

D'où vient que ce nom de Fréron
Est l'emblème du ridicule?
Si quelque maître Aliboron,
Sans esprit comme sans scrupule,
Brave les mœurs et la raison;
Si de Zoïle et de Chausson
Il se montre le digne émule,
Les enfants disent : « C'est Fréron. »

Sitôt qu'un libelle imbécile
Croqué par quelque polisson
Court dans les cafés de la ville :
« Fi, dit-on, quel ennui! quel style!
C'est du Fréron, c'est du Fréron! »

Si quelque pédant fanfaron
Vient étaler son ignorance,
S'il prend Gillot pour Cicéron,
S'il vous ment avec impudence,
On lui dit : « Taisez-vous, Fréron. »

L'autre jour un gros ex-jésuite,
Dans le grenier d'une maison,
Rencontra fille très-instruite
Avec un beau petit garçon.
Le bouc s'empara du giton.
On le découvre, il prend la fuite,
Tout le quartier à sa poursuite
Criait : « Fréron, Fréron, Fréron ! »

Lorsqu'au drame de monsieur Hume[1]
On bafouait certain fripon,

---

1. C'est sous le nom de Hume que Voltaire a donné l'*Écossaise*. (Éd.)

Le parterre, dont la coutume
Est d'avoir le nez assez bon,
Se disait tout haut : « Je présume
Qu'on a voulu peindre Fréron. »

Cependant, fier de son renom,
Certain maroufle se rengorge;
Dans son antre à loisir il forge
Des traits pour l'indignation.
Sur le papier il vous dégorge
De ses lettres le froid poison,
Sans songer qu'on serre la gorge
Aux gens du métier de Fréron.

Pour notre petit embryon,
Délateur de profession,
Qui du mensonge est la trompette,
Déjà sa réputation
Dans le monde nous semble faite :
C'est le perroquet de Fréron.

CCXL. — RONDEAU.

(1760.)

En riant quelquefois on rase
D'assez près ces extravagants,
A manteaux noirs, à manteaux blancs,
Tant les ennemis d'Athanase,
Honteux ariens de ces temps,
Que les amis de l'hypostase;
Et ces sots qui prennent pour base
De leurs ennuyeux arguments
De Baïus quelque paraphrase;
Sur mon bidet, nommé Pégase,
J'éclabousse un peu ces pédants;
Mais il faut que je les écrase
En riant.

CCXLI. — VERS

Gravés au bas d'une estampe où l'on voit un âne qui se met à braire
en regardant une lyre suspendue à un arbre.

Que veut dire
Cette lyre?
C'est Melpomène ou Clairon.
Et ce monsieur qui soupire,
Et fait rire,
N'est-ce pas Martin Fréron?

CCXLII. — A M. LE COMTE DE SAINT-ÉTIENNE,

Qui avait adressé à l'auteur une épître sur la comédie de l'*Écossaise*.

(1760.)

Vous m'avez attendri, votre épître est charmante;
　　En philosophe vous pensez.
Lindane est dans vos vers plus belle et plus charmante;
　　Et c'est vous qui l'embellissez.

CCXLIII. — VERS

POUR UNE ESTAMPE DE PIERRE-LE-GRAND.

(1761.)

Ses lois et ses travaux ont instruit les mortels;
Il fit tout pour son peuple, et sa fille l'imite :
Zoroastre, Osiris, vous eûtes des autels,
　　Et c'est lui seul qui les mérite.

CCXLIV. — AU PÈRE BETTINELLI.

Compatriote de Virgile,
Et son secrétaire aujourd'hui,
C'est à vous d'écrire sous lui :
Vous avez son âme et son style.

CCXLV. — SUR LA MORT DE L'ABBÉ DE LA COSTE,

QUI ÉTAIT CONDAMNÉ AUX GALÈRES.

(1761.)

La Coste est mort; il vaque dans Toulon
Par ce trépas, un emploi d'importance :
Ce bénéfice exige résidence,
Et tout Paris y nomme Jean Fréron.

CCXLVI. — A M. LE COMTE DE ***,

Au sujet de l'impératrice-reine.

Marc-Aurèle, autrefois des princes le modèle,
Sur les devoirs des rois instruisit nos aïeux;
　　Et Thérèse fait à nos yeux
　　Tout ce qu'écrivait Marc-Aurèle.

CCXLVII. — CHANSON

EN L'HONNEUR DE MAÎTRE LE FRANC DE POMPIGNAN, ET DE RÉVÉREND
PÈRE EN DIEU, SON FRÈRE, L'ÉVÊQUE DU PUY, LESQUELS ONT ÉTÉ
COMPARÉS, DANS UN DISCOURS PUBLIC, A MOÏSE ET A AARON.

Nota bene que maître Le Franc est le Moïse, et maître du Puy, l'Aaron :
et que maître Le Franc a donné de l'argent à maître Aliboron, dit
Fréron, pour être preconisé dans ses belles feuilles.

Sur l'air de la musette de Rameau : *Suivez les lois*, etc.
(dans les *Talents lyriques*.)

(1761.)

Moïse, Aaron,
Vous êtes des gens d'importance ;
Moïse, Aaron,
Vous avez l'air un peu gascon.
De vous on commence
A ricaner beaucoup en France ;
Mais en récompense
Le veau d'or est cher à Fréron.
Moïse, Aaron,
Vous êtes des gens d'importance ;
Moïse, Aaron,
Vous avez l'air un peu gascon.

CCXLVIII. — IMPROMPTU

Sur l'aventure tragique d'un jeune homme de Lyon, qui se jeta dans le
Rhône, en 1762, pour une infidèle qui n'en valait pas la peine.

Eglé, je jure à vos genoux
Que s'il faut, pour votre inconstance,
Noyer ou votre amant ou vous,
Je vous donne la préférence.

CCXLIX. — ÉPIGRAMME IMITÉE DE L'ANTHOLOGIE.

L'autre jour, au fond d'un vallon,
Un serpent piqua Jean Fréron ;
Que pensez-vous qu'il arriva ?
Ce fut le serpent qui creva.

CCL. — IMPROMPTU A Mme LA PRINCESSE DE VIRTEMBERG,

Qui avait appelé le vieillard papa dans un souper.

O le beau titre que voilà !
Vous me donnez la première des places ;
Quelle famille j'aurais là !
Je serais le père des Grâces.

CCLI. — HYMNE

CHANTÉ AU VILLAGE DE POMPIGNAN.

Sur l'air de *Béchamel.*

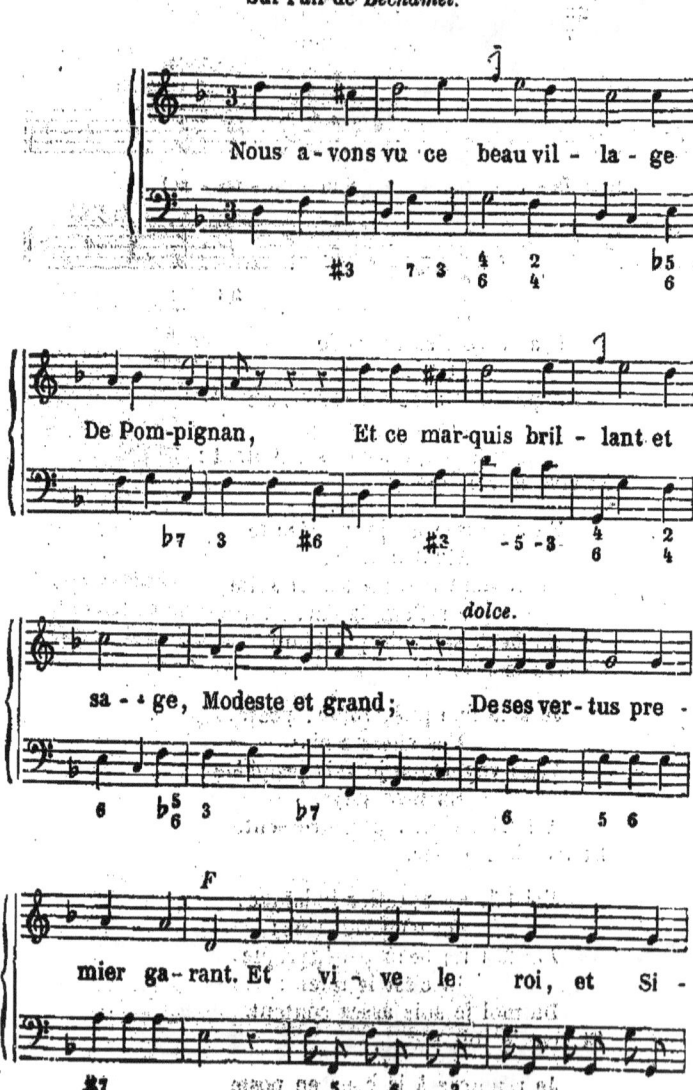

Nous a - vons vu ce beau vil - la - ge
De Pom-pignan, Et ce mar-quis bril - lant et
sa - - ge, Modeste et grand; De ses ver - tus pre -
mier ga - rant. Et vi - ve le roi, et Si -

mon   Le   Franc]

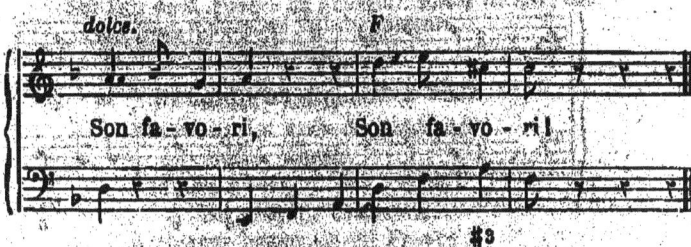

Son fa - vo - ri,   Son   fa - vo - ri !

Il a recrépi sa chapelle
       Et tous ses vers ;
Il poursuit avec un saint zèle
       Les gens pervers.
Tout son clergé s'en va chantant :
Et vive le roi, etc.

En aumusse un jeune jésuite
       Allait devant ;
Gravement marchait à sa suite
       Sir Pompignan,
En beau satin de président.
Et vive le roi, etc.

Je suis marquis, robin, poète,
       Mes chers amis ;
Vous voyez que je suis prophète
       En mon pays.
A Paris, c'est tout autrement.
Et vive le roi, etc.

J'ai fait un psautier judaïque ;
       On n'en sait rien ;
J'ai fait un beau panégyrique,
       Et c'est le mien :
De moi je suis assez content.
Et vive le roi, etc.

Je retourne à la cour en poste
       Charmer les grands ;

Je protége l'abbé La Coste
        Et mes parents;
Je suis sifflé par les méchants.
    Et vive le roi, etc.

Bientôt il revient à Versaille,
        D'un air humain,
Aux ducs et pairs, à la canaille,
        Serrant la main;
Récitant ses vers dignement.
Et vive le roi, et Simon Le Franc,
        Son favori,
        Son favori!

CCLII. — A Mme LA MARQUISE DE SAINT-AUBIN,

Auteur du livre intitulé : *Le Danger des liaisons.*

J'ai lu votre charmant ouvrage :
Savez-vous quel est son effet?
On veut se lier davantage
Avec la muse qui l'a fait.

CCLIII. — LES RENARDS ET LES LOUPS.

FABLE [1].

(1763.)

Les renards et les loups furent longtemps en guerre :
Nos moutons respiraient; les bergers diligents
Ont chassé par arrêt les renards de nos champs;
    Les loups vont désoler la terre :
    Nos bergers semblent, entre nous,
    Un peu d'accord avec les loups.

CCLIV. — CHANSON,

Sur l'air *D'un inconnu.*

Simon le Franc, qui toujours se rengorge,
Traduit en vers tout le *Vieux Testament :*
        Simon les forge
        Très-durement;
Mais pour la prose, écrite horriblement,
Simon le cède à son puîné Jean-George.

1. Sur l'expulsion des Jésuites. (Éd.)

CCLV. — A LA SIGNORA JULIA URSINA DE VENISE,

Qui avait adressé une lettre très-flatteuse et très-agréable à Voltaire,
sans se faire connaître.

Etes-vous la déesse Isis,
Sous son grand voile méconnua?
Etes-vous la mère des Ris?
Mais quelquefois elle était nue.
Nous voyons de vous un écrit
Plein de raison, brillant et sage;
Mais, en nous montrant tant d'esprit
Ne cachez plus votre visage.

CCLVI. — IMPROMPTU A UNE DAME DE GENÈVE,

Qui prêchait l'auteur sur la Trinité.

Oui, j'en conviens, chez moi la Trinité
Jusqu'à présent n'avait pas fait fortune;
Mais j'aperçois les trois Grâces en une;
Vous confondez mon incrédulité.

CCLVII. — INSCRIPTION

POUR LA STATUE DE LOUIS XV A REIMS.

(1765)

Esclaves qui tremblez sous un roi conquérant,
Que votre front touche la terre;
Levez-vous, citoyens, sous un roi bienfaisant
Enfants, bénissez votre père.

CCLVIII. — AUTRE SUR LE MÊME SUJET.

Peuple fidèle et juste, et digne d'un tel maître,
L'un par l'autre chéri, vous méritez de l'être.

CCLIX. — AUTRE.

Il chérit ses sujets comme il est aimé d'eux;
C'est un père entouré de ses enfants heureux.

CCLX. — A L'IMPÉRATRICE DE RUSSIE CATHERINE II,

Qui invitait l'auteur à faire un voyage dans ses Etats.

Dieux qui m'ôtez les yeux et les oreilles,
Rendez-les-moi, je pars au même instant.
Heureux qui voit vos augustes merveilles,

O Catherine ! heureux qui vous entend !
Plaire et régner, c'est là votre talent ;
Mais le premier me touche davantage.
Par votre esprit vous étonnez le sage,
Qui cesserait de l'être en vous voyant.

CCLXI. — SUR LE BUSTE DE Mme DE BRIONNE.

(1764.)

Brionne, de ce buste admirable modèle,
Le fut de la vertu comme de la beauté :
L'amitié le consacre à la postérité,
    Et s'immortalise avec elle.

CCLXII. — A Mme ÉLIE DE BEAUMONT.

(1764.)

L'histoire dit ce qu'on a fait ;
Un bon roman ce qu'il faut faire.
Vous nous avez peint trait pour trait
Les vertus avec l'art de plaire :
Et l'on peut dire en cette affaire
Que le peintre a fait son portrait.

CCLXIII. — A M. LE CHEVALIER DE LA TREMBLAYE,

SUR LA RELATION EN VERS ET EN PROSE DE SON VOYAGE D'ITALIE.

Ce Chapelle, ce Bachaumont,
Ont fait un moins heureux voyage ;
Tout est épigramme ou chanson
Dans leur renommé badinage.
Vous parlez d'un plus noble ton ;
Et je crois entendre Platon
Qui, revenant de Syracuse,
Dans Athène emprunte la muse
De Pindare et d'Anacréon.

CCLXIV. — AU MÊME.

Ce beau lac de Genève, où vous êtes venu,
Du Cocyte bientôt m'offre les rives sombres :
Vous êtes un Orphée en ces lieux descendu
    Pour venir enchanter les ombres.

CCLXV. — A MME DU BOCCAGE,

APRÈS SON VOYAGE D'ITALIE.

Sur ces bords, fameux dans l'histoire,
Que vous venez de parcourir,
Qu'avez-vous admiré? des débris pleins de gloire,
Où rien n'a pu vous retenir;
Des noms d'éternelle mémoire,
Ces chefs-d'œuvre vantés, vous les avez vus tous;
Ils ont mérité vos suffrages;
Mais vous n'avez rien vu de plus charmant que vous,
Ni de plus beau que vos ouvrages.

CCLXVI. — COUPLETS A M. DE LA MARCHE,

PREMIER PRÉSIDENT AU PARLEMENT DE BOURGOGNE,

Qui avait fait des vers pour sa fille.

Plus d'un amant sur sa lyre a formé
Les tendres sons qui charment les amantes,
Un père a fait des chansons plus touchantes :
Pourquoi cela? c'est qu'il a mieux aimé.

Je suis bien loin de blasphémer l'Amour;
C'est un grand dieu; je le sers, et je jure
De le servir jusqu'à mon dernier jour :
Mais il faut bien qu'il cède à la nature.

CCLXVII. — PARODIE D'UNE ANCIENNE ÉPIGRAMME.

(1766.)

Voici donc mes *Lettres secrètes*;
Si secrètes, que pour lecteur
Elles n'ont que leur imprimeur,
Et ces messieurs qui les ont faites.

CCLXVIII. — ÉPIGRAMME.

Aliboron, de la goutte attaqué,
Se confessait, car il a peur du diable :
Il détaillait, de remords suffoqué,
De ses méfaits une liste effroyable;
Chrétiennement chacun fut expliqué.
Stupide orgueil, mensonge, ivrognerie,
Basse impudence, et noire hypocrisie,
Il ne croyait en oublier aucun.
Le confesseur dit : « Vous en passez un.

— Un? de par Dieu! j'en dis assez, je pense.
— Eh, mon ami, le péché d'ignorance! »

CCLXIX. — A M. MARMONTEL.
(1765.)

On nous écrit que maître Aliboron,
Étant requis de faire pénitence :
« Est-ce un péché, dit-il, que l'ignorance? »
Un sien confrère aussitôt lui dit : « Non;
On peut très-bien, malgré l'*An littéraire*,
Sauver son âme en se faisant huer :
En conscience il est permis de braire;
Mais c'est péché de mordre et de ruer. »

CCLXX. — A M. DE LA HARPE,

Qui avait prononcé un compliment en vers sur le théâtre de Ferney,
avant une représentation d'*Alzire*.

(1765.)

Des plaisirs et des arts vous honorez l'asile,
Il s'embellit de vos talents :
C'est Sophocle dans son printemps,
Qui couronne de fleurs la vieillesse d'Eschyle.

CCLXXI. — COUPLETS D'UN JEUNE HOMME [1],

Chantés à Ferney, le 11 auguste 1765, veille de Sainte-Claire,
à Mlle Clairon.

Sur l'air : *Annette, à l'âge de quinze ans.*

Dans la grand' ville de Paris,
On se lamente, on fait des cris,
Le plaisir n'est plus de saison;
La comédie
N'est plus suivie :
Plus de Clairon.

Melpomène et le dieu d'Amour
La conduisirent tour à tour;
En France elle donne le ton.
Paris répète :
« Que je regrette
Notre Clairon! »

1. Ce jeune homme était Voltaire, alors dans sa soixante-douzième année. (ED.)

Dès qu'elle a paru parmi nous,
Nos bergers sont devenus fous :
Tircis vient de quitter Fanchon.
   Si l'infidèle
   Laisse sa belle,
   C'est pour Clairon.

Je suis à peine en mon printemps,
Et j'ai déjà des sentiments :
Vous êtes un petit fripon.
   Sois bien discrète,
   La faute est faite,
   J'ai vu Clairon.

Clairon, daigne accepter nos fleurs ;
Tu vas en ternir les couleurs :
Ton sort est de tout effacer.
   La rose expire ;
   Mais ton empire
   Ne peut passer.

CCLXXII. — VERS A Mmes D. L. C. ET G.,

Présentés par un enfant de dix ans, en 1765.

A tout âge il est dangereux
De vous voir et de vous entendre :
Sans faire un choix entre vous deux,
A toutes deux il faut se rendre.

A MADAME D. L. C.

Par vous l'Amour sait tout dompter,
Songez que je suis de son âge ;
Et, si vous avez son visage,
Dans mon cœur il peut habiter.

A MADAME G.

Avec tant de beauté, de grâce naturelle,
Qu'a-t-elle affaire de talents ?
Mais avec des sons si touchants,
Qu'a-t-elle affaire d'être belle ?

CCLXXIII. — A M. LE COMTE DE SCHOWALOW,

Qui avait adressé une épître à l'auteur.

Puisqu'il faut croire quelque chose,
J'avouerai qu'en lisant vos séduisants écrits,
Je crois à la métempsycose.

Orphée, aux bords du Tanaïs,
Expira dans votre pays,
Près du lac de Genève il vient se faire entendre;
En vous il renaît aujourd'hui;
Et vous ne devez pas attendre
Que les femmes jamais vous battent comme lui.

CCLXXIV. — A M. L'ABBÉ DE VOISENON,

Qui lui avait envoyé l'opéra d'*Isabelle et Gertrude*, tiré du conte
intitulé : *l'Éducation d'une fille.*

(1765.)

J'avais un arbuste inutile
Qui languissait dans mon canton;
Un bon jardinier de la ville
Vient de greffer mon sauvageon :
Je ne recueillais de ma vigne
Qu'un peu de vin grossier et plat;
Mais un gourmet l'a rendu digne
Du palais le plus délicat.
Ma bague était fort peu de chose,
On la taille en beau diamant :
Honneur à l'enchanteur charmant
Qui fait cette métamorphose!

CCLXXV. — COUPLET A Mme CRAMER,

POUR M. LE CHEVALIER DE BOUFFLERS.

(1766.)

Mars l'enlève au séminaire;
Tendre Vénus, il te sert;
Il écrit avec Voltaire;
Il sait peindre avec Hubert;
Il fait tout ce qu'il veut faire,
Tous les arts sont sous sa loi :
De grâce, dis-moi, ma chère,
Ce qu'il sait faire avec toi.

CCLXXVI. — A M. DUMOURIEZ [1],

AUTEUR DU POÈME DE RICHARDET.

(1766.)

Vous ne parlez que d'un moineau,
Et vous avez une volière :
Il est chez vous plus d'un oiseau

1. Père du général Dumouriez. (Éd.)

Dont la voix tendre et printanière
Plaît par un ramage nouveau,
Celui qui n'a plumes qu'aux ailes,
Et qui fait son nid dans les cœurs,
Répandit sur vous ses faveurs
Il vous fait trouver des lecteurs,
Comme il vous a soumis des belles.

CCLXXVII. — AU PRINCE DE BRUNSWICK,

Vers prononcés à Ferney par Mlle Corneille.

(JANVIER 1766.)

Quoi ! vous venez dans nos hameaux !
Corneille, dont je tiens le sang qui m'a fait naître,
Corneille à cet honneur eût prétendu peut-être :
Il aurait pu vous plaire ; il peignait vos égaux.
On vous reçoit bien mal en ce désert sauvage :
Les respects à la fin deviennent ennuyeux.
Votre gloire vous suit ; mais il faut davantage ;
Et, si j'avais quinze ans, je vous recevrais mieux.

CCLXXVIII. — A Mme DE SCALLIER,

Qui jouait parfaitement du violon.

(AUGUSTE 1766.)

Sous tes doigts l'archet d'Apollon
Étonne mon âme, et l'enchante ;
J'entends bientôt ta voix touchante,
J'oublie alors ton violon ;
Tu parles, et mon cœur plus tendre
De tes chants ne se souvient plus :
Mais tes regards sont au-dessus
De tout ce que je viens d'entendre.

CCLXXIX. — A Mme DE SAINT-JULIEN,

Qui était à Ferney.

(AUGUSTE 1766.)

J'étais dans ma solitude
Sans espoir et sans lien,
Et de n'aspirer à rien
C'était ma pénible étude :
Je vous vois ; je sens très-bien
Qu'il faut que mon cœur désire ;
Et vous me forcez à dire
L'oraison de saint Julien.

CCLXXX. — SUR LA MORT DU DAUPHIN[1].

(1766.)

Connu par ses vertus plus que par ses travaux,
Il sut penser en sage, et mourut en héros.

CCLXXXI. — A Mme LA MARQUISE DE M.,

Pendant son voyage à Ferney.

On dit que les dieux autrefois
Dans de simples hameaux se plaisaient à paraître :
On put souvent les méconnaître,
On ne peut se méprendre aux charmes que je vois.

CCLXXXII. — A M. DESRIVIÈRES,

SERGENT AUX GARDES FRANÇAISES,

Qui avait adressé à l'auteur le livre intitulé : *Loisirs d'un soldat.*

Soldat digne de Xénophon,
Ou d'un César, ou d'un Biron[2],
Ton écrit dans les cœurs allume
Le feu d'une héroïque ardeur :
Ton régiment sera vainqueur
Par ton courage et par ta plume.

CCLXXXIII. — SUR J. J. ROUSSEAU

Cet ennemi du genre humain,
Singe manqué de l'Arétin,
Qui se croit celui de Socrate;
Ce charlatan trompeur et vain,
Changeant vingt fois son mithridate;
Ce basset hargneux et mutin,
Bâtard du chien de Diogène,
Mordant également la main
Ou qui le fesse, ou qui l'enchaîne,
Ou qui lui présente du pain.

CCLXXXIV. — RÉPONSE A MM. DE LA HARPE ET DE CHABANON,

Qui lui avaient donné des vers à l'occasion de saint François
son patron, en octobre 1767.

« Ils ont berné mon capuchon;
Rien n'est si gai ni si coupable.

1. Père de Louis XVI. (ÉD.)
2. Le maréchal de Biron, colonel des gardes françaises. (ÉD.)

Qui sont donc ces enfants du diable? »
Disait saint François, mon patron:
C'est La Harpe, c'est Chabanon :
Ce couple agréable et fripon
A Vénus vola sa ceinture,
Sa lyre au divin Apollon,
Et ses pinceaux à la Nature.
« Je le crois, dit le penaillon;
Car plus d'une fille m'assure
Qu'ils m'ont aussi pris mon cordon. »

CCLXXXV. — A M. LE COMTE DE FEKETÉ.

(1767.)

Un descendant des Huns veut voir mon drame scythe;
Ce Hun, plus qu'Attila rempli d'un vrai mérite,
A fait des vers français qui ne sont pas communs.
Puissiez-vous dans les miens en trouver quelques-uns
Dont jamais au Parnasse Apollon ne s'irrite!
Ceux qu'on rime à présent dans la Gaule maudite
　　Sont bien durs et bien importuns.
Il faut que désormais la France vous imite :
Nos rimeurs d'aujourd'hui sont devenus des Huns.

CCLXXXVI. — VERS

POUR LE PORTRAIT DE M. DE LA BORDE.

(1768.)

Avec tous les talents le Destin l'a fait naître,
Il fait tous les plaisirs de la société :
　　Il est né pour la liberté,
　　Mais il aime bien mieux son maître.

CCLXXXVII. — LE HUITAIN BIGARRÉ.

AU SIEUR DE LA BLETTERIE,

Aussi suffisant personnage que traducteur insuffisant.

(1768.)

On dit que ce nouveau Tacite
Aurait dû garder le *tacet* :
Ennuyer ainsi, *non licet.*
Ce petit pédant prestolet
Movet bilem (la bile excite),
En français le mot de sifflet,

Convient beaucoup (*multum decet*
A ce translateur de Tacite.

CCLXXXVIII. — A L'ABBÉ DE LA BLETTERIE,

Auteur d'une *Vie de Julien*, et traducteur de Tacite.

(1768.)

Apostat comme ton héros,
Janséniste signant la bulle,
Tu tiens de fort mauvais propos
Que de bon cœur je dissimule;
Je t'excuse, et ne me plains pas :
Mais que t'a fait Tacite, hélas!
Pour le tourner en ridicule?

CCLXXXIX. — REMERCIEMENT D'UN JANSÉNISTE

AU SAINT DIACRE FRANÇOIS DE PARIS.

Dans un recueil divin par Montgeron formé,
Jadis le pieux La Blettrie
Attesta que la toux d'un saint prêtre enrhumé
Par le bienheureux diacre en trois mois fut guérie.
L'espoir d'un vain fauteuil d'académicien
A ce traître depuis fit accepter la bulle :
Tu punis l'apostat, saint diacre, et tu fis bien.
Chez le dévot, chez l'incrédule
Il n'est qu'un renégat méprisé de tous deux;
Chez les grands il rampe et mendie;
Il transforme Tacite en un cuistre ennuyeux,
Et n'est point de l'Académie.

CCXC. — A M. SAURIN,

SUR LA TRADUCTION DE TACITE PAR LA BLETTERIE

(1768.)

Un pédant dont je tais le nom,
En inlisible caractère
Imprime un auteur qu'on révère,
Tandis que sa traduction
Aux yeux, du moins, a de quoi plaire.
Le public est d'opinion
Qu'il eût dû faire
Tout le contraire

CCXCI. — A M. MARIN.

Sur ce que La Blèterie disait que Voltaire avait oublié de se faire
enterrer.

Je ne prétends point oublier
Que mes œuvres et moi nous avons peu de vie ;
Mais je suis très-poli ; je dis à La Blètrie :
« Ah ! monsieur, passez le premier ! »

CCXCII. — LA CHARITÉ MAL REÇUE.

Un mendiant poussait des cris perçants ;
Choiseul le plaint, et quelque argent lui donne.
Le drôle alors insulte les passants ;
Choiseul est juste ; aux coups il l'abandonne.
Cher La Blètrie, apaise ton courroux ;
Reçois l'aumône, et souffre en paix les coups.

CCXCIII. — A UNE JEUNE DAME DE GENÈVE,

Qui avait chanté dans un repas.

Que j'ai goûté le plaisir de l'entendre !
Que j'ai senti le danger de la voir !
Dans tous ses traits l'Amour mit son pouvoir ;
Même on m'a dit qu'il lui fit un cœur tendre.
Je suis venu trop tard pour y prétendre,
Mais assez tôt pour l'aimer sans espoir.

CCXCIV. — A Mme DU BOCCAGE,

Qui avait adressé à l'auteur un compliment en vers, à l'occasion de sa fête.

(1768.)

Qui parle ainsi de saint François ?
Je crois reconnaître la sainte
Qui de ma retraite autrefois
Visita la petite enceinte.
Je crus avoir sainte Vénus,
Sainte Pallas, dans mon village ;
Aisément je les reconnus,
Car c'était sainte Du Boccage.
L'Amour même aujourd'hui se plaint
Que, dans mon cœur étant fêtée,
Elle ne fut que respectée :
Ah ! que je suis un pauvre saint !

CCXCV. — PORTRAIT DE Mme DE SAINT-JULIEN.

L'esprit, l'imagination,
Les grâces, la philosophie,
L'amour du vrai, le goût du bon,
Avec un peu de fantaisie;
Assez solide en amitié,
Dans tout le reste un peu légère :
Voilà, je crois, sans vous déplaire,
Votre portrait fait à moitié.

CCXCVI. — ÉPITAPHE DU PAPE CLÉMENT XIII.

(1769.)

Ci-gît des vrais croyants le mufti téméraire,
Et de tous les Bourbons l'ennemi déclaré :
De Jésus sur la terre il s'est dit le vicaire;
Je le crois aujourd'hui mal avec son curé.

CCXCVII. — A Mme LA COMTESSE DE B....

A quoi peut-on servir sur la fin de sa vie?
Ah! croyez-moi, choisissez mieux :
Sans doute un vieil aveugle ennuie;
C'est un aveugle enfant qu'il faut à vos beaux yeux.

CCXCVIII. — A M.***.

Beau rossignol de la belle Italie,
Votre sonnet cajole un vieux hibou,
Au mont Jura retiré dans un trou,
Sans voix, sans plume, et surtout sans génie.
Il veut quitter son pays morfondu;
Auprès de vous, à Naple il va se rendre :
S'il peut vous voir, et s'il peut vous entendre,
Il reprendra tout ce qu'il a perdu.

CCXCIX. — SUR UN RELIQUAIRE.

Ami, la Superstition
Fit ce présent à la Sottise :
Ne le dis pas à la Raison;
Ménageons l'honneur de l'Église.

CCC. — A M.***,

SUR L'IMPÉRATRICE DE RUSSIE.

Tu cherches sur la terre un vrai héros, un sage,
Qui méprise les sots et leur fasse du bien,
Qui parle avec esprit, qui pense avec courage :
Va trouver Catherine, et ne cherche plus rien.

CCCI. — A Mme DE***,

Qui avait fait présent d'un rosier à l'auteur.

Vous embellissez la retraite
Où, loin des sots et de leur bruit,
Dans le sein d'une étude abstraite,
De la paix je goûte le fruit.
C'est par vos bienfaits qu'il arrive
Que le plus charmant arbrisseau
Au verger que ma main cultive
Va prêter un éclat nouveau.
De ce don mon âme est touchée
Ainsi, dans l'âge heureux d'Astrée,
La main brillante des talents,
En dépit des traits de l'envie,
Sur les épines de la vie
Sema les roses du printemps.

CCCII. — SUR CATHERINE II.

Ses bontés font ma gloire, et causent mon regret,
Elle daigne à mes vers accorder son suffrage :
Si j'étais né plus tard, elle en serait l'objet,
Je réussirais davantage.

CCCIII. — A MLLE DE VAUDEUIL.

(1769)

La figure un peu décrépite
D'un vieux serviteur d'Apollon
Était dans la barque à Caron,
Prête à traverser le Cocyte.
Le maître du sacré vallon
Dit à sa muse favorite :
« Écrivez à ce vieux barbon. »
Elle écrivit ; je ressuscite.

CCCIV. — A M. LE CHANCELIER DE MAUPEOU.
(1771.)

Je veux bien croire à ces prodiges
Que la fable vient nous conter;
A ces héros, à leurs prestiges,
Qu'on ne cesse de nous citer;
Je veux bien croire à ce fier Diomède
Qui ravit le palladium;
Aux généreux travaux de l'amant d'Andromède;
A tous ces fous qui bloquaient Ilium;
De tels contes pourtant ne sont crus de personne :
Mais que Maupeou tout seul du dédale des lois
Ait su retirer la couronne,
Qu'il l'ait seul rapportée au palais de nos rois;
Voilà ce que je sais, voilà ce qui m'étonne.
J'avoue avec l'antiquité
Que ses héros sont admirables :
Mais par malheur ce sont des fables,
Et c'est ici la vérité.

CCCV. — SUR Mme LA MARQUISE DE MONTFERRAT,
Assise à table entre un jésuite et un ministre protestant.

Les malins qu'Ignace engendra,
Les raisonneurs de jansénistes,
Et leurs cousins les calvinistes,
Se disputent à qui l'aura.
Les Grâces, dont elle est l'ouvrage,
Ont dit : « Elle est notre partage,
C'est à nous qu'elle restera. »

CCCVI. — A M. LE PRÉSIDENT DE FLEURIEU,
Qui reprochait à l'auteur de n'avoir pas répondu à l'une de ses lettres et d'avoir écrit à son fils, M. de La Tourette.

Également à tous je m'intéresse;
Je vois partout les vertus, les talents.
Que l'on écrive au père, à la mère, aux enfants,
C'est au mérite qu'est l'adresse.

CCCVII — AU LANDGRAVE DE HESSE,
Au nom d'une dame à qui ce prince avait donné une boîte ornée de son portrait.

J'ai baisé ce portrait charmant,
Je vous l'avouerai sans mystère

Mes filles en ont fait autant;
Mais c'est un secret qu'il faut taire :
Une fille dit rarement
Ce qu'elle fit, ou voulut faire.
Vous trouverez bon qu'une mère
Vous parle un peu plus hardiment;
Et vous verrez qu'également
En tous les temps vous savez plaire.

CCCVIII. — A M.***

OFFICIER RUSSE QUI AVAIT SERVI CONTRE LES TURCS.

Sur un présent que lui avait fait l'impératrice de Russie.

Reçois de cette amazone
Le noble prix de tes combats;
C'est Vénus qui te le donne
Sous la figure de Pallas.

CCCIX. — IMPROMPTU

Fait devant un rigoriste qui parlait de vertu avec un peu de pédanterie

Le dieu des dieux assez mal raisonna
Lorsqu'à Vénus le bonhomme ordonna
D'être à jamais de grâces entourée :
C'est à Minerve, et pédante et sucrée,
Que ces conseils devaient être adressés
Écoutez bien, gens à morale austère :
Sans nos avis la beauté songe à plaire,
Et la vertu n'y songe pas assez.

CCCX. — A Mlle CLAIRON.

(1772.)

Les talents, l'esprit, le génie,
Chez Clairon sont très-assidus;
Car chacun aime sa patrie :
Chez elle ils se sont tous rendus
Pour célébrer certaine orgie!
Dont je suis encor tout confus.
Les plus beaux moments de ma vie
Sont donc ceux que je n'ai point vus!

---

1. L'inauguration de la statue de Voltaire, fête célébrée chez Mlle Clairon, en octobre 1772. Cette actrice, habillée en prêtresse d'Apollon, posa une couronne de laurier sur le buste de l'auteur de *Zaïre*, et récita une ode de Marmontel en son honneur. (Ep.)

Vous avez orné mon image
Des lauriers qui croissent chez vous
Ma gloire, en dépit des jaloux,
Fut en tous les temps votre ouvrage.

CCCXI. — A M.***.

Croyez-moi, je renonce à toutes les chimères
    Qui m'ont pu séduire autrefois.
Les faveurs du public, et les faveurs des rois,
    Aujourd'hui ne me touchent guères.
Le fantôme brillant de l'immortalité
Ne se présente plus à ma vue éblouie.
Je jouis du présent, j'achève en paix ma vie
    Dans le sein de la liberté.
Je l'adorai toujours, et lui fus infidèle.
    J'ai bien réparé mon erreur ;
    Je ne connais le vrai bonheur
Que du jour que je vis pour elle.

CCCXII. — A Mme LA COMTESSE DE BRIONNE,

Que l'auteur reconduisait à Genève.

Oui, vous avez raison, j'applaudis à vos yeux :
J'en suis plus satisfait cent fois que vous ne l'êtes.
Je vous vois, il suffit ; un autre fera mieux :
    Je voudrais voir ce que vous faites.

CCCXIII. — QUATRAIN

Écrit au crayon chez Mme Mallet, de Ferney, au bas d'un portrait
que la nièce de cette dame envoyait à sa famille.

    Si le Sort injuste et jaloux
Condamne votre Adèle aux tourments de l'absence,
Tous ses traits vous diront que, malgré la distance,
    Son cœur est au milieu de vous.

CCCXIV. — SUR LE VOL

Fait par le contrôleur des finances de tout l'argent mis en dépôt par
des particuliers chez Magon, banquier du roi.

(1772)

    Au temps de la grandeur romaine,
Horace disait à Mécène :
« Quand cesserez-vous de donner ? »
Ce discours peut nous étonner

Chez le Welche on n'est pas si tendre.
Je dois dire, mais sans douleur,
A monseigneur le contrôleur
« Quand cesserez-vous de me prendre? »

CCCXV. — SUR LA DESTRUCTION DES JÉSUITES
EN 1773

C'en est donc fait, Ignace; un moine vous condamne :
C'est le lion qui meurt d'un coup de pied de l'âne.

CCCXVI. — A M. GUENEAU DE MONTBELLIARD.

Dans le séjour d'Euclide, un compagnon d'Horace
Par des vers délicats, pleins d'esprit et de grâce,
Veut en vain ranimer mes esprits languissants :
Ma muse eut quelque feu, l'âge vient la morfondre.
Que votre épouse et vous me prêtent leurs talents.
      Alors je pourrai vous répondre.

CCCXVII. — A L'ABBÉ DE VOISENON.
(1775.)

Il est bien vrai que l'on m'annonce
Les lettres de maître Clément;
Il a beau m'écrire souvent,
Il n'obtiendra point de réponse.
Je ne serai pas assez sot
Pour m'embarquer dans ces querelles :
Si c'eût été Clément Marot,
Il aurait eu de mes nouvelles.

CCCXVIII. — IMPROMPTU

Écrit de Genève à messieurs mes ennemis, au sujet de mon portrait
en Apollon.

(1774.)

Oui, messieurs, c'est ma fantaisie
De me voir peint en Apollon;
Je conçois votre jalousie,
Mais vous vous plaignez sans raison;
Si mon peintre, par aventure,
Tenté d'égayer son pinceau,
En Silène eût mis ma figure,
Vous auriez tous place au tableau,
Messieurs, vous seriez ma monture.

1. Clément XIV avait été franciscain. (En.)

CCCXIX. — AU ROI DE PRUSSE.

Sur le mot *immortali*, que ce prince avait fait mettre au bas d'un buste
de porcelaine qui représente l'auteur, et qu'il lui envoya en 1775.

Vous êtes généreux; vos bontés souveraines
Me font de trop riches présents :
Vous me donnez dans mes vieux ans
Une terre dans vos domaines.

CCCXX. — SUR L'ESTAMPE

Mise par le libraire Le Jay à la tête d'un commentaire sur *la Henriade*,
où le portrait de Voltaire est entre ceux de La Beaumelle et de
Fréron.

(1774.)

Le Jay vient de mettre Voltaire
Entre La Beaumelle et Fréron :
Ce serait vraiment un Calvaire,
S'il s'y trouvait un bon larron.

CCCXXI. — A M. DECROIX[1],

SUR DES VERS PRÉSENTÉS LE JOUR DE SAINT FRANÇOIS.

Pourquoi vous plaisez-vous, avec ce doux langage,
A me reprocher mon patron?
Ne me raillez pas davantage,
Monsieur, et gardez son cordon.

CCCXXII. — INSCRIPTION SUR L'ILE DE MALTE.

Ce rocher sourcilleux, que défend la vaillance,
Est le rempart de Rome et l'écueil de Byzance.

CCCXXIII. — ÉPITAPHE DE L'ABBÉ DE VOISENON.

(1775.)

Ici gît, ou plutôt frétille
Voisenon, frère de Chaulieu.
A sa muse vive et gentille
Je ne prétends point dire adieu;
Car je m'en vais au même lieu,
Comme un cadet de la famille.

1. L'un des éditeurs de l'édition de Kehl. (Éd.)

CCCXXIV. — A M. LE CHEVALIER DE CHASTELLUX,

Qui avait envoyé à l'auteur son discours de réception à l'Académie française, lequel traitait du goût.

(1775)

Dans ma jeunesse, avec caprice,
Ayant voulu tâter de tout,
Je bâtis un Temple du Goût;
Mais c'était un mince édifice.
Vous en élevez un plus beau;
Vous y logez auprès du maître,
Et le Goût est un dieu nouveau
Qui vous a nommé son grand prêtre.

CCCXXV. — IMPROMPTU SUR M. TURGOT.

Je crois en Turgot fermement;
Je ne sais pas ce qu'il veut faire,
Mais je sais que c'est le contraire
De ce qu'on fit jusqu'à présent.

CCCXXVI. — A M. LE PRINCE DE BELOSELSKI.

(1775.)

Dans des climats glacés Ovide vit un jour
Une fille du tendre Orphée;
D'un beau feu leur âme échauffée
Fit des chansons, des vers, et surtout fit l'amour.
Les dieux bénirent leur tendresse,
Il en naquit un fils orné de leurs talents;
Vous en êtes issu: connaissez vos parents
Et tous vos titres de noblesse.

CCCXXVII. — RÉPONSE A MLLE***,

De Plaisance (département du Gers), âgée de onze ans.

(1775.)

A l'âge de douze ans faire d'aussi beaux vers
Pour un vieillard octogénaire,
C'est lui donner, Eglé, le plus charmant salaire
Que puissent briguer ses concerts.
Je crois votre estime sincère,
Mais quittez les moutons, les bois et la fougère;
Allez sur des bords plus heureux
Charmer les beaux esprits, et captiver les dieux
Quand on a vos talents, on naquit pour leur plaire.

CCCXXVIII. — A M. L'ABBÉ DELILLE.

Vous n'êtes point savant en *us*;
D'un Français vous avez la grâce;
Vos vers sont de *Virgilius*,
Et vos épîtres sont d'Horace.

CCCXXIX. — A M. LEKAIN.

Acteur sublime, et soutien de la scène,
Quoi ! vous quittez votre brillante cour,
Votre Paris, embelli par sa reine !
De nos beaux-arts la jeune souveraine [1]
Vous fait partir pour mon triste séjour !
On m'a conté que souvent elle-même,
Se dérobant à la grandeur suprême,
Sèche en secret les pleurs des malheureux :
Son moindre charme est, dit-on, d'être belle.
Ah ! laissons là les héros fabuleux :
Il faut du vrai, ne parlons plus que d'elle.

CCCXXX. — A Mme DE FLORIAN,

Qui voulait que l'auteur vécût longtemps.

(SEPTEMBRE 1776.)

Vous vouliez arrêter mon âme fugitive :
Ah ! madame, je le vois bien,
De tout ce qu'on possède on ne veut perdre rien ;
On veut que son esclave vive.

CCCXXXI. — VERS AU CHEVALIER DE RIVAROL.

(1777.)

En vain ma muse surannée
Voudrait, ainsi que vous, rimer des vers aisés;
Je sens que ma force est bornée,
Ma chaleur est éteinte, et mes sens sont usés :
Mais vous brillez à votre aurore;
Vous êtes l'ami des neuf Sœurs,
Et je vois vos talents éclore
Avec les plus belles couleurs.
Seize lustres brisent mon être;
Je respire avec peine l'air;
Mais vous commencez à paraître,
Et l'on voit le printemps renaître
Des tristes débris de l'hiver.

1. Marie-Antoinette. (ÉD.)

CCCXXXII. — A M. LE PRINCE DE LIGNE.

Sous un vieux chêne un vieux hibou
Prétendait aux dons du génie ;
Il fredonnait dans son vieux trou
Quelques vieux airs sans harmonie :
Un charmant cygne, au cou d'argent,
Aux sons remplis de mélodie,
Se fit entendre au chat-huant,
Et le triste oiseau sur-le-champ
Mourut, dit-on, de jalousie.
Non, beau cygne, c'est trop mentir ;
Il n'avait pas tant de faiblesse :
Il eût expiré de plaisir,
Si ce n'eût été de vieillesse.

CCCXXXIII. — A M. NECKER,

DIRECTEUR GÉNÉRAL DES FINANCES

(1777.)

On vous damne comme hérétique ;
On vous damne bien autrement
Pour votre plan économique,
Fruit du génie et du talent :
Mais ne perdez point l'espérance,
Allez toujours à votre but
En réformant notre finance.
On ne peut manquer son salut,
Quand on fait celui de la France.

CCCXXXIV. — A M. D'HERMENCHES,

BARON DE CONSTANT, ETC.

Qui avait joué la comédie à Ferney, et chanté des couplets à la louange
de l'auteur, sur l'air *Vive la sorcellerie*, à la suite d'une petite pièce
où il faisait le rôle d'un magicien.

De nos hameaux vous êtes l'enchanteur ;
De mes écrits vous voilez la faiblesse ;
Vous y mettez, par un art séducteur,
Ce qu'ils n'ont point, la grâce, la noblesse.
C'est bien raison qu'un sorcier si flatteur
Pour son épouse ait une enchanteresse.

CCCXXXV. — A Mme DE SAINT-JULIEN.

Dans un désert un vieux hibou
Tombait sous le fardeau de l'âge,
Un serin fit près de son trou

Briller sa voix et son plumage.
Que faites-vous, serin charmant?
Pourquoi prodiguer vos merveilles,
Sans pouvoir à ce chat-huant
Rendre des yeux et des oreilles?

CCCXXXVI. — A Mme DENIS.

Si par hasard, pour argent ou pour or,
A vos boutons vous trouviez un remède,
Peut-être vous seriez moins laide;
Mais vous seriez bien laide encor.

CCCXXXVII. A M.***.

Je le ferai bientôt, ce voyage éternel
Dont on ne revient point au séjour de la vie :
En vain vous prétendez que le Dieu d'Israël
Daignera me prêter, comme au bonhomme Élie,
Un beau cabriolet des remises du ciel,
Avec quatre chevaux de sa grande écurie;
Dieu fait depuis ce temps moins de cérémonie :
Le luxe était permis dans le Vieux Testament;
De la nouvelle loi la rigueur le condamne;
Tout change sur la terre et dans le firmament :
Élie eut un carrosse, et Jésus n'eut qu'un âne.

CCCXXXVIII. — SUR LE MARIAGE DE M. LE MARQUIS DE VILLETTE.

(1777.)

Il est vrai que le dieu d'amour,
Fatigué du plaisir volage,
Loin de la ville et de la cour,
Dans nos champs a fait un voyage.
Je l'ai vu, ce dieu séducteur :
Il courait après le bonheur,
Il ne l'a trouvé qu'au village.

CCCXXXIX. — A M. PIGALLE, SCULPTEUR,

Chargé par le roi de faire les statues du maréchal de Saxe et de Voltaire

Le roi connaît votre talent :
Dans le petit et dans le grand
Vous produisez œuvre parfaite :
Aujourd'hui, contraste nouveau,
Il veut que votre heureux ciseau
Du héros descende au trompette.

CCCXL. — A Mme DU DEFFAND,

Pour s'excuser de ne pouvoir aller avec elle voir l'opéra de *Roland*.

(FÉVRIER 1778.)

De ce Roland que l'on nous vante
Je ne puis avec vous aller, ô Du Deffand,
Savourer la musique et douce et ravissante !
Si Tronchin le permet, Quinault me le défend[1].

CCCXLI. — A Mme HÉBERT[2],

(1778.)

Je perdais tout mon sang, vous l'avez conservé ;
Mes yeux étaient éteints, et je vous dois la vue.
    Si vous m'avez deux fois sauvé,
    Grâce ne vous soit point rendue ;
Vous en faites autant pour la foule inconnue
    De cent mortels infortunés ;
    Vos soins sont votre récompense :
    Doit-on de la reconnaissance
    Pour les plaisirs que vous prenez ?

CCCXLII. — A M. LE MARQUIS DE SAINT-MARC,

Sur les vers qu'il fit prononcer lors du couronnement de l'auteur au
Théâtre-Français.

Vous daignez couronner, aux jeux de Melpomène,
D'un vieillard affaibli les efforts impuissants :
Ces lauriers, dont vos mains couvraient mes cheveux blancs,
    Étaient nés dans votre domaine.
On sait que de son bien tout mortel est jaloux ;
Chacun garde pour soi ce que le ciel lui donne :
    Le Parnasse n'a vu que vous
    Qui sût partager sa couronne.

CCCXLIII. — A M. GRÉTRY,

Sur son opéra du *Jugement de Midas*, représenté sans succès devant
une nombreuse assemblée de grands seigneurs, et très-applaudi
quelques jours après sur le théâtre de Paris.

    La cour a dénigré tes chants,
    Dont Paris a dit des merveilles.

---

1. Marmontel avait retouché l'opéra de Quinault. (ÉD.)
2. Cette dame avait conseillé à Voltaire de prendre de la purée de
fèves, à cause de son crachement de sang, et lui avait indiqué un
remède contre une fluxion sur les yeux. (ÉD.)

Hélas! les oreilles des grands
Sont souvent de grandes oreilles.

CCCXLIV. — ÉPITAPHE DE M. JAYEZ,

MINISTRE DE L'ÉVANGILE A NOYON,

Demandée par sa veuve à Voltaire.

(1778.)

Sans superstition ministre des autels,
    Il fut plus citoyen que prêtre :
Il instruisait, aimait, soulageait les mortels,
Et fut digne de Dieu, si quelqu'un le peut être.

CCCXLV. — ADIEUX A LA VIE.

(1778.)

Adieu, je vais dans ce pays
D'où ne revint point feu mon père.
Pour jamais adieu, mes amis,
Qui ne me regretterez guère.
Vous en rirez, mes ennemis :
C'est le *requiem* ordinaire.
Vous en tâterez quelque jour;
Et lorsqu'aux ténébreux rivages
Vous irez trouver vos ouvrages,
Vous ferez rire à votre tour.
    Quand sur la scène de ce monde
Chaque homme a joué son rôlet,
En partant il est à la ronde
Reconduit à coups de sifflet.
Dans leur dernière maladie
J'ai vu des gens de tous états,
Vieux évêques, vieux magistrats,
Vieux courtisans à l'agonie :
Vainement en cérémonie
Avec sa clochette arrivait
L'attirail de la sacristie;
Le curé vainement oignait
Notre vieille âme à sa sortie;
Le public malin s'en moquait;
La satire un moment parlait
Des ridicules de sa vie;
Puis à jamais on l'oubliait;
Ainsi la farce était finie.
Le purgatoire ou le néant
Terminait cette comédie.

Petits papillons d'un moment,
Invisibles marionnettes,
Qui volez si rapidement
De Polichinelle au néant,
Dites-moi donc ce que vous êtes.
Au terme où je suis parvenu,
Quel mortel est le moins à plaindre ?
C'est celui qui ne sait rien craindre,
Qui vit et qui meurt inconnu.

COMMENCEMENT DU XVIᵉ LIVRE DE L'ILIADE[1].

Traduction littérale de la rapsodie [2] de l'Iliade intitulée :
PATROCLÉE.

C'est ainsi qu'ils combattaient autour des vaisseaux garnis de
bancs de rameurs. Mais Patrocle était auprès d'Achille pasteur
des peuples, pleurant à chaudes larmes, comme une fontaine
noire qui, du haut d'un rocher, répand son eau noire. Le divin
Achille, puissant des pieds, eut pitié de lui ; et, élevant la voix
avec des paroles qui avaient des ailes, lui dit : « Patrocle, pourquoi pleures-tu comme une petite fille qui, courant avec sa mère,
la prie de la prendre entre ses bras, la retient par sa robe, tandis
que sa mère se hâte de marcher, et qui la regarde en pleurant,
jusqu'à ce que la mère l'ait mise dans ses bras ? Semblable à
elle, ô Patrocle, tu répands des larmes molles. Apportes-tu des
nouvelles aux Myrmidons ou à moi même ? As-tu écouté quelque
messager de Phthie ? Ils disent pourtant que Ménesthée ton père,
fils d'Actor, est vivant, et que Æacide Pélée est parmi les Myrmidons. Certes, s'ils étaient morts, nous nous attristerions.
Pleures-tu pour les Grecs, parce qu'on les tue vers leurs vaisseaux creux, à cause de leur injustice ? Parle, ne me cache rien,
nous ne sommes que nous deux. »

Tu soupiras alors profondément, ô Patrocle, bon écuyer ! tu
lui dis : « O Achille, fils de Pélée, le plus vaillant des Grecs !
une douleur cruelle oppresse les Grecs ; car tous ceux qui étaient
les plus forts sont couchés dans leurs vaisseaux, blessés de loin
et de près ; le fort Diomède, fils de Tydée, a été blessé de loin ;
et Ulysse, fameux par sa lance, a été blessé de près ; et Eurypyle
l'est à la cuisse par une flèche. Les médecins sont occupés à leur
préparer des médicaments et à guérir leurs blessures.

1. Ce fragment de traduction en prose, et la traduction en vers qui le
suit, sont de Voltaire. Le marquis de Villette, après la mort de Voltaire,
se les appropria, les envoya au concours pour le prix de poésie à l'Académie française, où ils ne furent pas couronnés, et les publia sous son
nom. (Eᴅ.)
2. C'est le titre qui fut donné à l'*Iliade* dans toutes les anciennes
éditions.

« Mais vous êtes inexorable, ô Achille ! Dieu me préserve de ressentir jamais une colère comme la vôtre ! Vous êtes fort pour le mal. Qui secourrez-vous donc dorénavant, si vous n'avez pas pitié des Grecs, et si vous les abandonnez à leur ruine ? Non, Pélée, le dompteur de chevaux, n'était point votre père, ni Thétis votre mère ; mais les flots bleus de la mer et les rochers escarpés vous ont engendré ; car votre âme est cruelle.

« Mais si vous craignez quelques prédictions, et si votre vénérable mère vous a dit quelque chose de la part de Jupiter, prêtez-moi du moins au plus vite les troupes de vos Myrmidons : je pourrai servir de lumière et de secours aux Grecs. Mettez aussi vos armes sur mes épaules, afin que je m'arme. Peut-être en me prenant pour vous, à cause de la ressemblance, les Troyens renonceront à la bataille, et les enfants de la Grèce respireront devant Mars. Ils sont accablés actuellement : ils reprendront haleine ; nous repousserons facilement les ennemis fatigués ; nous leur ferons regagner la ville loin de nos navires et de nos tentes. »

C'est ainsi qu'il parla en suppliant, et c'était avec beaucoup d'imprudence ; car il demandait une mort fatale. Achille au pied léger lui répondit avec de profonds soupirs : « Hélas ! illustre Patrocle, que m'as-tu dit ? je ne crains point les prédictions. Ma respectable mère ne m'en a jamais fait de la part de Jupiter : mais une douleur cruelle occupe mon âme. Un homme dont je suis l'égal m'a voulu priver de mon partage, parce qu'il est plus puissant que moi ; il m'a ravi le prix que j'avais gagné : cette injure tourmente mon esprit.

« Cette fille que les Grecs m'avaient donnée pour ma récompense, et que j'avais méritée avec ma lance en renversant une ville très-forte, Agamemnon, fils d'Atrée, l'a ravie de mes mains, et m'a traité comme un homme sans honneur. Mais cet outrage est fait, n'en parlons plus. Il ne faut pas que la colère soit toujours dans le cœur. J'avais résolu de ne vaincre mon ressentiment que quand les ennemis et le danger seraient venus jusqu'à mes vaisseaux. Endosse mes armes brillantes sur tes épaules, et conduis mes belliqueux Myrmidons au combat : car une nuée de Troyens environne les vaisseaux ; le danger augmente ; notre flotte est enfermée sur le bord de la mer dans un espace fort étroit, et la ville entière de Troie fond sur nous, pleine de confiance ; car les Troyens ne voient pas encore mon casque resplendissant ; ils auraient bientôt couvert nos fossés de leurs cadavres, si le roi Agamemnon avait été plus doux envers moi ; mais à présent ils assiègent notre armée enfermée.

« La lance de Diomède, fils de Tydée, ne peut écarter la mort qui fond sur les Grecs. Je n'ai point entendu la voix du fils d'Atrée mon ennemi ; mais j'ai entendu la voix tonnante d'Hector, qui exhorte les Troyens ; ils répondent par des frémissements guerriers. Les vainqueurs sont dans tout notre camp. Mais qu'ainsi ne soit; Patrocle, va chasser au loin cette peste; attaque-les vaillamment; qu'ils ne portent point la flamme dans nos vaisseaux; qu'ils ne nous privent point d'un doux retour. Fais périr tous les Troyens, mais abstiens-toi d'attaquer Hector. Obéis à ma remontrance; qu'elle soit présente à ton esprit : conserve-moi le grand honneur et la gloire que j'attends de tous les Grecs; qu'ils me rendent la belle fille qu'on m'a enlevée, et qu'ils me fassent de riches présents.

« Dès que tu auras repoussé les ennemis des vaisseaux, reviens à moi, si tu veux que le tonnant mari de Junon te donne de la gloire. Ne cède point à l'ambition de combattre sans moi contre les belliqueux Troyens; car tu m'exposerais à la honte. Ne te laisse point emporter à la chaleur du combat, en tuant les Troyens jusqu'aux murs d'Ilion, de peur que quelque dieu ne descende de l'éternel Olympe; car Apollon, qui tire de très-loin, protége Troie. Reviens dès que tu auras mis en sûreté les vaisseaux. Laisse aller les Troyens dans la campagne. Plût à Dieu que le père Jupiter, et Minerve, et Apollon, nous livrassent tous les Troyens! qu'aucun n'évitât la mort, et qu'aucun des Grecs n'échappât! que nous évitassions la mort nous deux seuls, et que nous pussions tous deux seuls renverser les murs sacrés de Troie! »

C'est ainsi qu'Achille et Patrocle parlaient ensemble. Ajax cependant ne pouvait plus résister. Il était accablé de traits. Les décrets de Jupiter et les illustres archers troyens l'oppressaient. Son casque brillant rendait un son terrible autour de ses tempes; car il était frappé sans cesse sur les clous très-bien arrangés de son casque. Il repoussait les traits ennemis de l'épaule gauche, tenant toujours d'une main ferme son bouclier; et les Troyens, qui le pressaient, ne pouvaient, à coups de javelots, le faire remuer de sa place. Il haletait; la sueur coulait de tous ses membres, il ne pouvait plus respirer : mal sur mal fondait sur lui.

Dites-moi à présent, muses, habitantes des maisons de l'Olympe, comment le feu prit d'abord aux vaisseaux des Grecs.

Hector, qui était tout auprès, frappa avec sa grande épée la lance de bois de frêne (la lance d'Ajax); et la coupa juste à l'endroit par lequel le bois tenait à la hampe. Ajax Télamon empoigna alors inutilement sa pique mutilée. La hampe d'airain était tombée à terre loin de lui, en retentissant.

Ajax, d'un esprit éclairé, reconnut l'ouvrage des dieux; et comme Jupiter, foudroyant d'en haut, renversait tous les desseins des Grecs dans la bataille, et décernait la victoire aux Troyens, il se retira donc de la mêlée; et les Troyens jetèrent de tous côtés des feux sur les vaisseaux agiles; et la flamme inextinguible s'étendit soudain partout, car le feu environna la poupe.

Alors Achille, s'étant frappé les cuisses, parla ainsi : « Hâte-toi, illustre Patrocle, dompteur de chevaux; car je vois sur les vaisseaux l'impétuosité d'un feu ennemi : crains que les flammes ne les embrasent tous, et qu'il n'y ait plus ensuite moyen de s'enfuir. Prends les armes incessamment; et moi j'assemblerai les troupes. »

Il parla ainsi, et Patrocle s'arma d'un brillant airain. Il mit d'abord les bottines autour de ses belles jambes. Ensuite il attacha autour de sa poitrine la cuirasse du prompt Achille, peinte de couleurs diverses, et semée d'étoiles. Il pendit à ses épaules l'épée d'airain enrichie de clous d'argent, et le bouclier vaste et solide. Il mit sur sa forte tête le casque bien batt··· dont l'aigrette était de crins de cheval; et une crête terribl·   ·ttait au-dessus d'eux. Il mit dans ses mains deux forts jave···s carrés, propres pour elles. Il ne prit point la lance du brillant Achille, grande, pesante, forte, qu'aucun autre des Grecs ne put manier, et que le seul Achille sut lancer. C'était un bois de frêne péliaque, que Chiron avait donné à Pélée, père d'Achille, coupé sur le haut du mont Pélion, pour donner un jour la mort aux héros.

Il ordonne à Automédon d'atteler sur-le-champ les chevaux. Il honorait Automédon, après Achille, comme le plus capable de rompre les bataillons ennemis; car il était fidèle et attentif dans la bataille à soutenir les efforts menaçants des ennemis. Automédon lui amena donc sous le joug Xante et Balie, chevaux impétueux qui égalaient les vents à la course. La harpie Podarge les avait conçus du vent Zéphyre, un jour qu'elle paissait dans un pré sur le bord de l'Océan. Il joignit encore aux courroies du timon l'illustre Pédase. Achille avait pris ce cheval au sac de la ville d'Éétion. Ce Pédase, quoique mortel, allait fort bien avec les chevaux immortels.

Achille fit prendre les armes à ses Myrmidons, allant par toutes les tentes avec des armes. Ils étaient comme des loups, dévorant de la chair crue, exerçant une grande force dans leurs entrailles, qui déchirent et mangent dans les montagnes un cerf aux grandes andouillées, après l'avoir tué. Leur mâchoire est toute rouge de sang; et ils s'en vont en troupe, d'une fontaine aux eaux noires, boire à petites gorgées la superficie d'une eau noire que leur gueule mêle avec des grumeleaux de sang. Leur poitrine est intrépide, et leur large ventre est tendu fortement.

C'est ainsi que les chefs des Myrmidons, et les princes, accompagnaient le courageux serviteur d'Achille au pied léger; et ils allaient d'un grand courage. Achille était au milieu d'eux, semblable à Mars, les exhortant, eux, et leurs chevaux, et leurs boucliers [1].

[1] Ce sont là les 167 vers sur lesquels l'Académie a voulu qu'on travaillât; si l'auteur a poussé son travail jusqu'au 217e vers, ce n'est que pour parvenir au moment où Patrocle va combattre.

TRADUCTION LIBRE[1]

Tandis que les héros défenseurs du Scamandre
Mettaient la Grèce en fuite et ses vaisseaux en cendre,
Patrocle aux pieds d'Achille apportait ses douleurs.
Ses yeux étaient baignés de deux ruisseaux de pleurs ;
Il éclate en sanglots. Le fils de la déesse
D'un regard dédaigneux contemple sa faiblesse ;
Mais dans son fier courroux respectant l'amitié,
Indigné de ses pleurs, attendri de pitié
« Quoi ! c'est l'ami d'Achille ! il m'apporte des larmes
N'est-il qu'un faible enfant dont la mère en alarmes,
En pleurant avec lui, le serre entre ses bras ?
Est-ce avec des sanglots qu'on revient des combats ?
Qui peux-tu regretter ? Tes parents ni mon père
N'ont point de leurs vieux ans terminé la carrière.
Alors, certes, alors ma juste piété
Égalerait du moins ta sensibilité.
Qui pleures-tu ? dis-moi : des Grecs qui me trahissent,
Qui n'ont pas su combattre, et que les dieux punissent ;
Les esclaves d'un roi qui m'a persécuté ?
Va, s'ils sont malheureux, ils l'ont bien mérité. »
Patrocle lui répond d'une voix lamentable

---

1. L'Académie française avait, en 1777, proposé, pour sujet du prix de poésie pour 1778, la traduction en vers du seizième livre de l'*Iliade*. Voici ce qu'on lit dans la *Correspondance* de La Harpe, tome II, p. 213 :

« Une anecdote très-remarquable, et dont j'ai la certitude, c'est que M. de Voltaire avait envoyé au concours une pièce sous le nom du marquis de Villette. Cette pièce s'est trouvée la cinquième du concours, et a été jugée très-faible, quoique facile. On n'en sera pas étonné si on fait réflexion que le talent de la haute poésie demande une force qui n'est pas celle de quatre-vingt-quatre ans. Mais quelle étrange avidité de gloire de venir à cet âge disputer le prix de l'Académie aux jeunes poètes ! Ce trait, peut-être unique, peint bien le caractère de cet homme, en qui tout a été un excès, et surtout l'amour de la gloire. Dépositaire de ce secret, que m'avait confié le marquis de Villette, et qui aujourd'hui n'en est plus un, j'observais avec curiosité, je l'avoue, l'effet que produirait la pièce de Voltaire sur des juges qui n'en connaîtraient pas l'auteur : elle ne fit aucune sensation. A peine y vit-on un beau vers, et on eut peine à aller jusqu'à la fin. Elle n'aurait pas même obtenu une mention, si je n'avais, en opinant, ramené mes confrères à mon avis, et si je ne leur eusse représenté qu'elle était écrite du moins assez purement, mérite que l'Académie doit toujours encourager. Mais je me disais à moi-même : « Si vous saviez quel homme vous jugez en ce moment ! si vous saviez que vous balancez à relire un ouvrage qui est de l'auteur de *Zaïre* et de *la Henriade* ! » Voilà ce que je pensais intérieurement, et je plaignais le sort de l'humanité qui méconnaît sa faiblesse, et le sort du génie qui s'avilit. »

Le point le plus important du récit de La Harpe se trouve confirmé par une note de Wagnière, secrétaire de Voltaire.

L'Académie française ne donna point de prix ; on le réserva pour augmenter la valeur de celui de l'année suivante, et dont le sujet était l'éloge de Voltaire. (*Note de M. Beuchot.*)

«Grand et cruel Achille, Achille inexorable !
Malheur à qui serait, dans ce mortel effroi,
Dans ce malheur public, aussi ferme que toi !
La mort est sur nos pas : Diomède, Eurypyle,
Ulysse, sont blessés, et tu restes tranquille !
Le sang du puissant roi qui t'osait outrager,
Le sang d'Agamemnon coule pour te venger.
Crois-moi, voilà le temps où les grands cœurs pardonnent
A quels affreux loisirs tes chagrins s'abandonnent !
A perdre tes amis quels dieux t'ont animé ?
O ciel ! Hector triomphe ! Achille est désarmé !
Il voit d'un œil content la Grèce désolée...!
Non, tu n'es pas le fils du généreux Pélée ;
Non, la tendre Thétis n'a point formé ton cœur,
Ce cœur que j'implorais, et qui me fait horreur,
Qui dédaigne Patrocle et qui hait sa patrie.
Les autans déchaînés, les vagues en furie,
T'ont formé, t'ont vomi dans les antres affreux,
Pour être plus terrible et plus funeste qu'eux.
Pardonne, j'en dis trop : mais si vers cette rive
Ton éternel courroux tient ta valeur captive,
Ou si de nos devins quelque oracle menteur
Enchaîne ton courage et nous ôte un vengeur,
Souffre au moins qu'un ami puisse tenir ta place.
Prête-moi ton armure, et j'aurai ton audace.
Autour de nos vaisseaux Ajax combat encor,
Ton casque sur mon front fera trembler Hector ;
Et ton nom préparant un triomphe facile,
Les Troyens sont vaincus s'ils pensent voir Achille. »
    C'est ainsi qu'il parlait : ainsi, par sa vertu,
Il ébranle un courroux de pitié combattu ;
Il l'assiége, il le presse. Ah ! malheureux, arrête ;
Hélas ! tu ne vois point ce que le ciel t'apprête :
Ta vertu te trompait ; tu courais au trépas.
    Achille cependant ne le rebutait pas ;
Mais dans sa bonté même éclatait sa colère.
« Je méprise, dit-il, cette erreur populaire
Qui croit que l'avenir au prêtre est révélé,
Et qu'il nous faut mourir lorsque Delphe a parlé.
Je ne m'occupe point d'une chimère vaine ;
J'écoute mon dépit, je me livre à ma haine ;
Elle est juste, il suffit. Je n'ai point pardonné
A cet indigne roi par mes mains couronné,
A cet Atride ingrat, au rival que j'abhorre,
Qui m'ôta Briséis, et la retient encore,
Qui devant tous les Grecs osa m'humilier :
Non, jamais tant d'affronts ne pourront s'oublier.

« Mais enfin j'ai prescrit un terme à ma vengeance;
J'ai promis, si jamais, poursuivis, sans défense,
Les Argiens, tremblants aux bords du Ximois,
Fuyaient jusqu'aux vaisseaux par nous-mêmes conduits,
Qu'alors de ces vaincus j'aurais pitié peut-être;
Que je pourrais souffrir qu'on secourût leur maître;
Qu'on le couvrit de honte en conservant ses jours.
Ce temps est arrivé; va, marche à son secours.
Je vois d'Agamemnon la fuite avilissante;
D'Hector qui le poursuit j'entends la voix tonnante
Il t'appelle à la gloire, arme-toi contre lui;
Et si le ciel vengeur te seconde aujourd'hui
N'abuse point surtout du bonheur qu'il t'envoie;
Ne tente point les dieux, ne va point jusqu'à Troie
Modère ta valeur; c'est assez d'écarter
Cet Hector insolent qui nous ose insulter;
C'est assez d'arracher aux flammes, au pillage,
Nos vaisseaux exposés sur cet affreux rivage.
Puissent ces fils de Tros, et ces Grecs odieux,
Ces communs ennemis, en horreur à mes yeux,
S'égorger l'un par l'autre et tomber nos victimes!
Que leur sang détestable efface enfin leurs crimes!
Qu'il ne reste que nous pour détruire à jamais
Les lieux qu'ils ont souillés d'opprobre et de forfaits! »
    Tandis que, d'une voix si terrible et si fière,
Achille à sa pitié mêlait tant de colère,
Ajax versait son sang. Ce fils de Télamon,
Défenseur de la Grèce et terreur d'Ilion,
Combattait une armée, Hector, et les dieux mêmes.
Sa force défaillit; ses périls sont extrêmes;
L'immense bouclier dont le poids le défend
Va bientôt échapper à son bras languissant.
    O muse! apprenez-moi, muse fière et sensible
Qui gardez de nos maux la mémoire terrible
Dites aux nations quel mortel ou quel dieu
Lançant avec la mort et le fer et le feu,
Sur les vaisseaux des Grecs apporta l'incendie.
    C'est le fils de Priam; c'est cette main hardie
Qui, d'un glaive tranchant, fit tomber en éclats
La lance dont Ajax armait encor son bras
Apollon dirigeait un coup si redoutable.
Ajax périra-t-il sous le dieu qui l'accable?
Il a trop reconnu qu'il ne peut résister
A ce dieu qui s'obstine à le persécuter;
Il pâlit, il succombe, il cède, il se retire.
    Les Troyens acharnés, que son absence attire,
Lancent sur les vaisseaux des brandons allumés.

Quelles voiles, quels bois, sont déjà consumés ?
C'est le vaisseau d'Ajax ; il périt à sa vue ;
La flamme en tourbillons monte et fuit dans la nue.
Achille en est témoin ; il se frappe les flancs ;
Il s'écrie : « Arme-toi, cher Patrocle, il est temps ;
Va combattre et sauver la flotte menacée. »
De Patrocle déjà la valeur empressée
Du bouclier d'Achille avait chargé son bras ;
Il essayait sa lance, et ne s'en servit pas :
Le seul fils de Thétis en pouvait faire usage.
Mais il saisit le glaive, instrument du carnage,
Dont l'argent le plus pur est le simple ornement.
Il a couvert son front du casque étincelant
Dont le flottant panache inspirait l'épouvante ;
Sa poitrine soutient la cuirasse pesante ;
Deux puissants javelots brillaient entre ses mains,
Tout prêts à se plonger dans le sang des humains.
Le brave Automédon, digne écuyer d'Achille,
Déjà d'une main prompte, et ferme autant qu'habile,
Attelait du héros les coursiers écumants,
Des amours du Zéphyre impétueux enfants ;
Ils prouvent leur naissance, et leur course légère
Dans les champs des combats a devancé leur père.
Patrocle impatient sur le char est monté.
Enfin, maître de soi, quoique encore irrité,
A ses Thessaliens Achille se présente.
Sur cinquante vaisseaux aux rivages du Xante
Il les avait conduits pour venger Ménélas :
Trop longtemps en ces lieux il enchaîna leurs bras.
Cinq héros commandaient leur troupe partagée.
Sous le fier Ménesthus la première est rangée ;
Ménesthus est le fils d'un des dieux ignorés
Qu'aux champs thessaliens le temps a consacrés,
Et qui sut captiver la belle Polydore.
La seconde phalange est sous les lois d'Eudore,
Héros que Polymèle, hélas ! a mis au jour
Quand le flatteur Mercure eut trompé son amour.
Phénix, de qui la Grèce a vanté la prudence,
Qui du fils de Pélée a gouverné l'enfance,
Conduisait aux combats un autre bataillon.
Les derniers ont suiv. Pisandre, Alcimédon,
Alcimédon, parent du dangereux Ulysse.
Non loin de ses vaisseaux, dans une vaste lice,
Achille les rassemble, et leur parle en ces mots :
« Assez et trop longtemps mon funeste repos,
Braves Thessaliens, excita vos murmures.
Du fier Agamemnon l'outrage et les injures,

Mes affronts, mes malheurs, ne vous ont point touchés;
Ma vengeance est un droit que vous me reprochez.
Vous me disiez toujours : « Impitoyable Achille,
« Jusqu'à quand rendrez-vous la valeur inutile?
« Aux vallons de Tempé renvoyez vos soldats,
« Si votre dureté les tient loin des combats,
« Si vous leur défendez de servir la patrie. »
Eh bien ! vous le voulez? j'entends la voix qui crie :
« Aux armes ! aux assauts ! aux périls ! à la mort ! »
Vous l'emportez ; marchez, je me rends sans effort.
Marchez avec Patrocle, et laissez votre maître
Dévorer ses chagrins, qu'il combattra peut-être :
Ma main ne peut servir l'indigne roi des rois. »
    Ses guerriers cependant se pressent à sa voix ;
Tout obstiné qu'il est, lui-même il les arrange ;
En bataillons serrés il unit sa phalange;
Les soldats aux soldats paraissent s'appuyer;
Le bouclier d'airain se joint au bouclier;
Le casque joint le casque ; une forêt mouvante
De panaches brillants porte au loin l'épouvante,
Tel d'un vaste palais l'habile ordonnateur,
Par des marbres épais en soutient la hauteur,
Les unit l'un à l'autre ; et le superbe faîte
S'élève inaccessible aux coups de la tempête.

VERS LATINS.

I. — INSCRIPTION

GRAVÉE SUR UNE PORTE DU CHÂTEAU DE CIREY.

(1736.)

Hæc ingens incepta domus fit parva; sed ævum
    Degitur hic felix et bene, magna sat est.

II. — AUTRE,

GRAVÉE AUSSI A CIREY.

Hic virtutis amans, vulgi contemptor, et aulæ,
Cultor amicinæ vates latet abditus agro.

III. — VERS SUR LE FEU.
(1738.)

Ignis ubique latet, naturam amplectitur omnem,
Cuncta parit, renovat, dividit, unit, alit.

IV. — VERS
POUR LE PORTRAIT DU PAPE BENOÎT XIV.
(1745.)

Lambertinus hic est, Romæ decus et pater orbis,
Qui mundum scriptis docuit, virtutibus ornat.

V. — AU CARDINAL QUIRINI.
(1745.)

Sic veneranda suis plaudebat Roma Quirinis,
 Laus antiqua redit, Romaque surgit adhuc;
Non jam Marte ferox, dirisque superba triumphis :
 Plus mulcere orbem quam domuisse fuit.

VI. — A M. AMMAN,
SECRÉTAIRE DE M. L'AMBASSADEUR DE NAPLES A PARIS, QUI AVAIT ADRESSÉ DE JOLIS VERS LATINS A M. DE VOLTAIRE.
(1746.)

Tu vatem vates laudatus Apolline laudas,
Concedisque tua decerptas fronte coronas.
Carminibus nostram petis ad certamina musam :
O utinam videar tibi respondere paratus!
Sed quondam dulcis vox deficit, atque labore
Nunc defessus, iners, ignava silentia servans,
Semper amans Phœbi, non exauditus ab illo,
Te miror, victus; non invidus, arma repono.

VII. — INSCRIPTION
PROPOSÉE POUR L'ÉCOLE DE CHIRURGIE.

Arte manus regitur, genius prælucet utrique.

VIII. — VERS POUR LE PORTRAIT DE***.

Musarum amicus, judex, patronus fuit.

VERS ANGLAIS.

I. — TO LAURA HARLEY.

(1727.)

Laura, would you know the passion
  You have kindled in my breast?
Trifling is the inclination
  That by words can be express'd.
In my silence see the lover;
  True love is by silence known :
In my eyes you 'll best discover
  All the power of your own.

II. — SUR LES ANGLAIS.

Capricious, proud, the same axe avails
To chop off monarchs' heads or horses' tails.

TABLE.

LA HENRIADE.

SATIRES.

POÉSIES MÊLÉES.

VERS LATINS.

VERS ANGLAIS.

FIN DE LA TABLE DU SEPTIÈME VOLUME.

COULOMMIERS

Imprimerie PAUL BRODARD.